བོད་ལྗོངས་སློབ་གྲྭ་ཆེན་མོའི་སློབ་གཞི།
བོད་རང་སྐྱོང་ལྗོངས་སློབ་གཞི་ཞིབ་བཤེར་ཨུ་ལྷན་གྱིས་ཞིབ་བཤེར་མཛད།

དམངས་ཁྲོད་རྩོམ་རིག་རྣམ་བཤད།

མིག་དམར་གྱིས་བརྩམས།

མི་རིགས་དཔེ་སྐྲུན་ཁང་།

རྩོམ་སྒྲིག་གསལ་བཤད།

གཅིག　ཐེངས་འདིའི་བོད་ཡིག་ཆེད་ལས་སློབ་གཞི་ནི་“བསམ་པའི་དཔལ་ཡོན་འཛུགས་སྐྲུན་”གྱི་དགོངས་དོན་བཞིན་རྩོམ་སྒྲིག་བྱས་པ་ཡིན་ཞིང་། ཐེངས་འདིར་རྩོམ་སྒྲིག་བྱས་པའི་སློབ་གཞིའི་ནང་《བོད་ཀྱི་རྩོམ་རིག་ལོ་རྒྱུས》དང་། 《རྩོམ་རིག་རྣམ་བཤད་》《བརྡ་སྤྲོད་རྣམ་བཤད་》《རྩོམ་རིག་གཤིབ་སྡུར་རིག་པ་》《དམངས་རྩོམ་རྣམ་བཤད་》《ཉེ་རྩོམ་གཅེས་བསྒྲིགས་》《བོད་ཀྱི་བར་རྩོམ་གཅེས་བསྒྲིགས་》《དེང་རྩོམ་གཅེས་བསྒྲིགས་》《གྲུབ་མཐའ་》《ལེགས་སྦྱར་བརྡ་སྤྲོད་འཇུག་སྒོ་》《སློབ་འཁྲིད་བོད་ཡིག་སློབ་ཐབས་》《བོད་ཀྱི་རྡོ་ལ་དབྱངས་ལོ་རྒྱུས་》བཅས། སློབ་གཞི་བཅུ་གཉིས་ཡོད།

གཉིས། ཐེངས་འདིའི་སློབ་གཞི་རྩོམ་སྒྲིག་བྱེད་སྐབས་ནང་དོན་དང་། རྣམ་པའི་ཐད་བོད་ཀྱི་སྲོལ་རྒྱུན་རིག་གནས་ཀྱི་སྙིང་བཅུད་ལེན་གང་ཐུབ་བྱ་བའི་རྨང་གཞིའི་ཐོག་རྒྱལ་ཁབ་ཕྱི་ནང་གི་སྔོན་ཐོན་ཉམས་མྱོང་དང་། ལེགས་ཆ་ལེན་གང་ཐུབ་བྱས་ཏེ་སྲོལ་རྒྱུན་དང་། དེང་རབས་ཀྱི་འབྲེལ་བ་མཚོན་གང་ཐུབ་དང་། སློབ་གཞིའི་ཚན་རིག་རང་བཞིན་དང་། བེད་སྤྱོད་རང་བཞིན། དུས་རབས་རང་བཞིན་མཚོན་གང་ཐུབ་བྱས་ཡོད་པས། སློབ་གཞི་འདི་དག་མཐོ་རིམ་སློབ་གྲྭ་ཁག་གི་བོད་སྐད་ཡིག་རྩོམ་རིག་ཆེད་ལས་དང་ཐད་ཀར་འབྲེལ་བ་ཡོད་པའི་ཆེད་ལས་དང་། རིག་ཚན་ཁག་ནང་སྤྱོད་ཆོག་པ་མ་ཟད། ཡིག་སྒྲིང་སློབ་ཁྲིད་དང་། རང་སྦྱོང་རྒྱུགས་ལེན་གྱི་སློབ་གཞིར་ཡང་སྤྱད་ཆོག

གསུམ། ཐེངས་འདིའི་སློབ་གཞི་རྩོམ་སྒྲིག་བྱེད་སྐབས་མར་ཁེ་རིང་ལུགས་ཀྱི་མཛུབ་ཁྲིད་འོག་ཆེད་ལས་ཀྱི་རྨང་གཞིའི་གཞུང་ལུགས་དང་། རྨང་གཞིའི་ཤེས་བྱ། རྨང་གཞིའི་རྩལ་ནུས་བཅས་གཙོ་གནད་དུ་བཟུང་སྟེ་སློབ་

གཞིའི་ནང་ལྟ་བ་ཡང་དག་པ་དང་། གསོ་སྐྱོང་གི་དམིགས་ཡུལ་དང་ཁ་མི་འཁྲུལ་བ་བཅས་ཀྱི་བླང་བྱ་བཏོན་ཡོད། འོན་ཀྱང་སྒྲིག་པ་པོའི་ཆུ་ཚད་མི་འདང་བའམ། ཡང་ན་ཐོག་མའི་འདུན་པ་བཞིན་མ་གྲུབ་པའི་ཞན་ཆ་དང་། ཆད་ལུས་མི་ཉུང་བ་ཞིག་ཡོད་སྲིད་པས། སློབ་ཆེན་སློབ་གཞིའི་སྤུས་ཚད་དང་། ཡང་སྐོས་བོད་སྐད་ཡིག་གི་སློབ་གཞིའི་འཛུགས་སྐྲུན་ཡག་པོ་ཡོང་ཕྱིར་རྒྱ་ཆེའི་མཁས་དབང་དང་། ཀློག་པ་པོ་ནས་རྩ་ཆེའི་དགོངས་འཆར་ལྷུག་རྩོལ་ཡོང་བར་རེ་སྐོན་ཞུ་བཞིན་ཡོད།

བཞི། སློབ་གཞི་རྩོམ་སྒྲིག་བྱེད་སྐབས་སློབ་གཞི་དང་། རིག་ཚན་སོ་སོའི་ཁྱད་ཆོས་གཙོ་བོར་བཞག་པ་ལས། རྩོམ་སྒྲིག་གི་རྣམ་པ་གཅིག་གྱུར་ཡོང་གྱུར་བླང་བྱ་བཏོན་མེད།

ལྔ། སློབ་གཞི་འདི་དག་ནི་བོད་ལྗོངས་སློབ་གྲྭ་ཆེན་མོའི་བོད་རིག་པའི་ཚན་ཁག་དང་སྒྱུ་རྩལ་ཚན་ཁག་གཉིས་ནས་རྩོམ་སྒྲིག་འགན་འཁུར་བཞེས་པ་དང་། སློབ་གྲྭས་ཆེད་མངགས་སྤྲོལ་རྒྱུན་སློབ་གཞིའི་རྩོམ་སྒྲིག་ལྷན་ཁང་བཙུགས་ཏེ་མཇུབ་ཁྲིད་དང་། ཞིབ་བཤེར་གྱི་འགན་འཁུར་བ་དང་ཆབས་ཅིག གོང་འོག་མཐུན་འགྲིག་གི་ལས་དོན་བྱས་ཡོད།

དྲུག སློབ་གཞིའི་སྤུས་ཚད་འགན་ལེན་ཡོང་ཆེད་ཚན་ཁག་དང་། སློབ་གྲྭས་ལྟ་རྗེས་སུ་ཞིབ་བཤེར་བཟོ་བཅོས་བྱས་རྗེས་སློབ་གཞི་འཛུགས་སྐྲུན་ཀྱི་དགོས་འདུན་བཞིན་ལྗོངས་དང་ཞིང་ཆེན་རིམ་པའི་སློབ་གཞིའི་ཞིབ་བཤེར་བྱས་ཏེ་རིག་པའི་ལྟ་བ་དང་། གཞུང་ལུགས་ཀྱི་སྤུས་ཚད་འགན་ལེན་ཡོང་གང་ཐུབ་བྱས་ཡོད།

བདུན། ཐེངས་འདིའི་སློབ་གཞི་རྩོམ་སྒྲིག་གི་ལས་དོན་ནང་བོད་ཀྱི་སློབ་གསོ་དང་། ཞིབ་འཇུག་ལས་རིགས་ཁག་གི་བོད་རིག་པའི་མཁས་དབང་རྣམ་པའི་ཤུགས་ཆེའི་རྒྱབ་སྐྱོར་དང་། ཀྲུང་གོའི་མཐོ་སློབ་དཔེ་སྐྲུན་ཁང་གི་རྒྱབ་སྐྱོར་ཐོབ་པར་སྙིང་དབུས་ནས་ཐུགས་རྗེ་ཆེ་ཞུ་རྒྱུ་ཡིན།

རྩོམ་སྒྲིག་པའི་གཏམ།

《དམངས་ཁྲོད་རྩོམ་རིག་རྣམ་བཤད་》ཞེས་པ་འདི་ནི་བོད་ལྗོངས་སློབ་གྲྭ་ཆེན་མོའི་བོད་སྐད་ཡིག་རྩོམ་རིག་ཆེད་ལས་ལ་བེད་སྤྱོད་བྱེད་པའི་སློབ་གཞི་ཞིག་ཡིན་ཞིང་། སློབ་གཞི་འདིའི་ནང་དམངས་ཁྲོད་རྩོམ་རིག་གི་རྩ་བའི་རིག་གཞུང་གི་གནད་དོན་དང་། དམངས་རྩོམ་གྱི་རྩོམ་ལུས་སོ་སོའི་ངོ་བོ་དང་དབྱེ་བ་ཁྱད་ཆོས་དེ་བཞིན་དམངས་རྩོམ་ཞིབ་འཇུག་གི་བྱ་གཞག་དངོས་ལ་མཁོ་བའི་འཚོལ་བསྡུ་ལེགས་སྒྲིག་གི་གནད་དོན་བཅས་ཅུང་ཞིབ་ཕྲ་དང་ཁ་གསལ་གྱིས་བརྗོད་ཁྲུལ་བྱས་ཡོད། འོན་ཏེ་སེམས་བསམ་བ་ནམ་མཁར་ཏ་རྒྱུགས་ཀྱང་། རྒྱུ་དངོས་པོས་སྤྲར་མཐིལ་ལ་སོ་མི་ཐེབས་ཟེར་བའི་དཔེ་ལྟར་སློབ་གཞི་འདིའི་ནང་དམངས་རྩོམ་གྱི་གནད་དོན་མང་པོའི་ཐད་གསལ་བཤད་མ་ཐུབ་པ་དང་། ཐ་ནོར་བ་དང་འཁྲུལ་བའི་སྐྱོན་ཆ་ཡང་སྲིད་པས་སླད་ལེགས་བཅོས་ཡོང་ཕྱིར་དཔྱོད་ལྡན་རྣམས་ཀྱིས་དགོངས་འཆར་དང་སྐྱོན་བརྗོད་ཡོད་པ་ཞུ།

སློབ་གཞི་འདི་རྩོམ་སྒྲིག་བྱེད་རིང་གཞི་རྐང་སློབ་གྲྭའི་ཐུགས་འཁུར་འོག་རང་ཚན་པའི་དགེ་རྒན་ཆེན་མོ་བ་གསང་བདག་རྡོ་རྗེ་ལགས་དང་དགེ་རྒན་ཆེན་མོ་བ་གཞོན་པ་ལྷག་པ་ཚོས་འཕེལ་ལགས་རྣམ་གཉིས་ཀྱིས་ལྷག་བསམ་དག་པའི་མཛུབ་ཁྲིད་དང་ཚན་པའི་དབུ་ཁྲིད་ལྷག་པ་ཚེ་རིང་ལགས་དང་བཅས་པས་རྒྱབ་སྐྱོར་རོགས་རམ་གནང་བར་ངས་སྙིང་ཐག་པ་ནས་ཐུགས་རྗེ་ཆེ་ཞུ་རྒྱུ་ཡིན།

རྩོམ་སྒྲིག་པས།

2000.1.2ཉིན་བྲིས།

དཀར་ཆག

ལེའུ་དང་པོ། དམངས་ཁྲོད་རྩོམ་རིག་གི་ཁྱབ་ཁོངས་དང་ཁྱད་ཆོས།

ས་བཅད་དང་པོ། དམངས་ཁྲོད་རྩོམ་རིག་གི་ངོ་བོ་དང་དབྱེ་བ་བཤད་པ།

དམངས་ཁྲོད་རྩོམ་རིག་ནི་རྩོམ་རིག་སྤྱིའི་གཞི་མ་ཡིན་ཞིང་། མི་དམངས་ཀྱི་བློ་གྲོས་ལས་འབྱུངས་པའི་རྩོམ་རིག་འདིས་གདོད་མ་ནས་ད་བར་གྱི་དུས་རིང་ནང་རྒྱ་ཆེའི་མང་ཚོགས་ཀྱི་འདོད་བློ་དང་། སྐྱིད་སྡུག ཕུགས་བསམ། གནས་བབ་བཅས་དོན་དངོས་དང་འཆར་ཡན། རྒྱས་པ་དང་བསྡུས་པ་ཅི་རིགས་ཀྱི་སྒོ་ནས་གསལ་མཚོན་བྱས་ཡོད།

རྩོམ་པ་པོའི་རྩོམ་རིག་དང་ཕྱོགས་བཅས་སུ་གྱུར་པའི་རྩོམ་རིག་འདིའི་ངོ་བོ་གང་འདྲ་དང་ཁྱད་ཆོས་ཇི་ཡིན། དབྱེ་བའི་རྣམ་གྲངས་ཇི་ཡོད་ཤེས་པ་བྱ་རྒྱུ་ནི་རིག་གཞུང་འདི་མཐིལ་ཕྱིན་པ་རྟོགས་པའི་རྩ་བའི་ཆ་རྐྱེན་དང་འགག་གནད་ཉག་གཅིག་པོ་དེ་ཡིན་སྐབས་ང་ཚོས་སྔོན་ལ་དོན་དེ་རྣམས་ལ་བསམ་གཞིགས་དང་དབྱེ་འབྱེད་བྱེད་དགོས།

དམངས་ཁྲོད་རྩོམ་རིག་ཅེས་པ་ཡོངས་གྲགས་སུ། ངལ་རྩོལ་མི་དམངས་ཀྱིས་ངག་ཐོག་ནས་གསར་རྩོམ་བྱས་ཤིང་། མང་ཚོགས་ཀྱི་འཚོ་བ་དང་། བསམ་བློའི་འདུ་ཤེས། མཛེས་དཔྱོད། སྒྱུ་རྩལ་གྱི་དང་བ་བཅས་མཚོན་པའི་

ངག་ཐོག་གི་རྩོམ་རིག་རྣམ་པ་ཞིག་ལ་ངོས་འཛིན་ཞིང་། ངལ་རྩོལ་མི་དམངས་ཞེས་པས་རྩོམ་རིག་གང་ཞིག་དམངས་ཁྲོད་རྩོམ་རིག་གི་ཁོངས་སུ་གཏོགས་པ་དང་། གང་ཞིག་དམངས་རྩོམ་དང་ཐ་དད་ཡིན་པའི་བཅད་མཚམས་བསྟན་པ་མ་ཟད། དམངས་ཁྲོད་རྩོམ་རིག་གི་ཁྱབ་ཁོངས་འདི་གྲལ་རིམ་གྱི་ངོ་བོ་དང་གཅིག་ཏུ་སྦྲེལ་ཡོད་པ་མཚོན་ལ་ངག་ཐོག་ཅེས་པ་འདིས་རྩོམ་འབྲིའི་རྒྱུ་ཆ་ར་སྤྲོད་བྱས་པ་མ་ཟད་ཡིག་ཐོག་རྩོམ་རིག་གམ་སྙེར་རྩོམ་གྱི་ཁྱབ་ཁོངས་དང་ཐ་དད་ཡིན་པ་བསྟན་ཡོད།

ངལ་རྩོལ་མི་དམངས་དང་ངག་ཐོག་ཅེས་པའི་ཚིག་འདི་གཉིས་ལ་ཆེས་གལ་ཆེའི་ནུས་པ་ཞིག་ལྡན་པ་སྟེ། གདོད་མའི་སྤྱི་ཚོགས་སུ་ལས་རིགས་དང་གྲལ་རིམ་གྱི་དབྱེ་བ་ཅི་ཡང་ཐོན་མེད་པ་མ་ཟད། མིའི་རིགས་ལ་རང་གི་བསམ་བློ་དང་འཚོ་བ་མཚོན་པའི་ཡིག་རིགས་ཀྱང་བསྟན་རྒྱུ་མེད་པས་སྐབས་དེ་དུས་དར་བའི་རྩོམ་རིག་ཡོངས་རྫོགས་དམངས་ཁྲོད་རྩོམ་རིག་ལས་ལོགས་སུ་མེད་པ་དང་། མིའི་རིགས་གྲལ་རིམ་ཡོད་པའི་སྤྱི་ཚོགས་ལ་ཁ་ཕྱོགས་རྗེས་སྤྱི་ཚོགས་ཕྱིལ་པོར་ལས་རིགས་དང་གྲལ་རིམ་གྱི་དབྱེ་བ་ཐོན་པ་དང་ལྷག་པར་དུ་མིའི་རིགས་ལ་ཆེད་ལས་ཀྱི་རྩོམ་པ་པོའི་རྩོམ་རིག་བྱུང་བས་རྩོམ་རིག་ལ་ངག་ཐོག་རྩོམ་རིག་དང་ཡིག་ཐོག་རྩོམ་རིག་གི་ཁྱད་པར་གྲུབ་པ་དང་ངག་ཐོག་ཏུ་དར་བའི་རྩོམ་རིག་ལའང་གྲལ་རིམ་གྱི་ཤན་ངེས་ཅན་ཞུགས་པས་དམངས་ཁྲོད་རྩོམ་རིག་ཅེས་པ་ངལ་རྩོལ་མི་དམངས་ཀྱིས་ངག་ཐོག་ནས་གསར་རྩོམ་དང་རྒྱུན་འཛིན་བྱས་པའི་རྩོམ་རིག་ཅིག་ཡིན་ཞེས་བརྗོད་པའང་གནད་དེར་ཐུག་ཡོད།

དམངས་ཁྲོད་རྩོམ་རིག་ཅེས་པའི་ཐ་སྙད་འདི་རང་ཅག་བོད་ཀྱི་སྲོལ་རྒྱུན་རིག་གནས་ནང་ཤིན་ཏུ་རྙེད་དཀའ་བ་ཞིག་ཡིན་པར་སེམས་ཏེ། བོད་ཀྱི་དམངས་ཁྲོད་དུ་དེ་ལྟ་བུའི་རྩོམ་རིག་གི་རྣམ་པར་སྒྲུང་ངམ་གཏམ། གཏམ་དཔེ། དཔེ་སོགས་འདོད་ཅིང་། དེ་སྔའི་བོད་ཀྱི་མཁས་པ་རྣམས་ཀྱི་ཕྱག་རྩོམ་ཁྲོད་

དུའང་ཤོད་སྲོལ་ལམ་སྒྲུང་། གཏམ་རྒྱུད་ཟེར་བ་ལས་དམངས་ཁྲོད་རྩོམ་རིག་ཟེར་སྲོལ་ཞིག་ཆགས་མེད། རྒྱུ་མཚན་དེས་བོད་ཀྱི་ད་ལྟའི་རིག་གནས་ནང་ཐ་སྙད་འདི་ཇི་ལྟར་བྱུང་བ་དང་། ཐ་སྙད་འདི་རང་གི་འཕོ་འགྱུར་ལོ་རྒྱུས་གང་ཡིན་རགས་ཙམ་གླེང་རྒྱུ་ནི་ཧ་ཅང་གལ་ཆེ་བ་ཡིན།

ཐ་སྙད་འདི་ནི་དབྱིན་ཇིའི་མཁས་དབང་དབྱུལ་ལན་・ཐང་མོ་སིས་(威廉·汤姆斯)གསར་གཏོད་གནང་བའི་རྒྱལ་སྤྱིའི་ཐ་སྙད་Folk－loveཟེར་བ་རྒྱང་གཞིར་བྱས་ནས་དར་བ་ཞིག་ཡིན་ཞིང་ཐ་སྙད་འདིའི་གདོད་མའི་གོ་དོན་སྤྱི་དམངས་ཀྱི་འདུ་ཤེས་“民众意识”ཞེས་པ་ཡིན་ལ་དུས་རབས་19ཡི་ལོ་རབས་70ནང་ནུབ་ཕྱོགས་མ་རྩ་རིང་ལུགས་ཀྱི་ཤེས་ཡོན་ཅན་ཚོས་ཐ་སྙད་དེ་རྒྱ་ཆེར་བེད་སྤྱད་ཅིང་། དམངས་སྲོལ་རིག་པ་ཞེས་པའི་གོ་དོན་ཅན་དུ་གཏན་འཁེལ་བྱས། རྗེས་སུ་དམངས་སྲོལ་རིག་པ་འཕེལ་རྒྱས་ཀྱི་བརྒྱུད་རིམ་ནང་ཐ་སྙད་དེ་ར་སྒྲ་ཡངས་དོག་གི་ཁྱད་པར་ཐོན་ཅིང་སྒྲ་ཡངས་པའི་ཐོག་ནས་དམངས་ཁྲོད་ཀྱི་ཤེས་རིག་ཡོད་ཚད་བསྡུ་བ་དང་། སྒྲ་དོག་པའི་སྒོ་ནས་དམངས་ཁྲོད་རྩོམ་རིག་ཁོ་ནའི་གོ་དོན་ཅན་དུ་ངེས་པར་བྱས་པས་དམངས་ཁྲོད་གསར་རྩོམ་གྱི་ཆེད་དམིགས་ཐ་སྙད་དུ་གྱུར་པ་ཞིག་ཡིན།

རང་རྒྱལ་རྒྱ་རིགས་ཀྱི་གནའ་བོའི་རིག་གནས་ཁྲོད་དུའང་དམངས་ཁྲོད་རྩོམ་རིག་གི་རྩོམ་ལུས་བྱེ་བྲག་འགའི་ཐ་སྙད་ཙམ་ལས་སྤྱི་ལ་ཁྱབ་པའི་ཐ་སྙད་ཅིག་སྔར་ནས་ཡོད་པ་མ་ཡིན་པར་“ལྔ་བཞིའི་”ལས་འགུལ་རྗེས་རྒྱལ་ནང་དུ་དམངས་སྲོལ་རིག་པ་འདི་ཁེར་རྐྱང་གི་རིག་ཚན་ཞིག་ལ་བརྩིས་ཤིང་དམངས་སྲོལ་རིག་པ་ཞིབ་འཇུག་གི་ལས་འགུལ་རྒྱ་ཆེར་སྤེལ་བ་ལས་ སྔ་རྗེས་སུ་པེ་ཅིང་སློབ་གྲྭ་ཆེན་མོས་ཐོག་དྲངས་ཏེ་དམངས་སྲོལ་དང་དམངས་གཞས་སྐོར་གྱི་དུས་དེབ་འདྲ་མིན་དཔར་བསྐྲུན་བྱས་པ་དང་། ཀྲུང་ཧྭ་མི་དམངས་སྤྱི་མཐུན་རྒྱལ་ཁབ་དབུ་བརྙེས་རྗེས་ཀྲུང་གོའི་དམངས་ཁྲོད་སྒྱུ་རྩལ་ཞིབ་འཇུག་ཚོགས་པས་

《དམངས་ཁྲོད་རྩོམ་རིག་》《民间文学》ཞེས་པའི་དུས་དེབ་དཔར་བསྐྲུན་བྱས་པ་དང་། དེ་ནས་བཟུང་ད་ལྟ་སྤྱོད་བཞིན་པའི་དམངས་ཁྲོད་རྩོམ་རིག་ཅེས་པའི་ཐ་སྙད་འདི་རྒྱ་མི་རིགས་ཀྱི་རིག་གནས་ཁྲོད་དུ་རྒྱ་ཁྱབ་ཏུ་བེད་སྤྱོད་དང་ཁས་ལེན་ཐོག་རིག་གཞུང་གི་ཐ་སྙད་ཅིག་ལ་གྱུར་པ་ཡིན།

བོད་ལ་ཞི་བའི་བཅིངས་འགྲོལ་ཐོབ་རྗེས་བོད་ཀྱི་རིག་གནས་དང་རྒྱའི་རིག་གནས་དབར་སྤྲར་ལས་ལྷག་པའི་འབྲེལ་བ་བྱུང་ཡོད་ལ། རིག་གནས་དབར་གྱི་ཤུགས་རྐྱེན་ལས་བོད་ལ་སྔར་མེད་ཀྱི་ཐ་སྙད་གསར་པ་དང་ལྷག་པར་རིག་གཞུང་གི་ཐ་སྙད་གསར་པ་འབོར་ཆེན་ཐོན་ཡོད། ད་ལྟ་ང་ཚོས་བེད་སྤྱོད་བྱེད་བཞིན་པའི“དམངས་ཁྲོད་རྩོམ་རིག”ཅེས་པའི་ཐ་སྙད་འདི་ཡང་རྒྱའི་རིག་གནས་ཀྱི་ཤུགས་རྐྱེན་ལས་བྱུང་བ་ཞིག་སྟེ་རྒྱའི“民间文学”ཞེས་པའི་ཐ་སྙད་འདི་དོན་བསྒྱུར་བྱས་པ་ལས་བྱུང་བ་ཡིན་པ་ནི་ཤེས་ལྡན་སུས་བལྟས་ནའང་དེ་མར་རྟོགས་ཐུབ་པ་ཡིན།

དམངས་ཁྲོད་རྩོམ་རིག་ནི་ལོ་རྒྱུས་རིང་ལ་གཞི་རྒྱ་ཆེ་བ་ལྷག་པར་དམངས་ཁྲོད་རྩོམ་རིག་གསར་རྩོམ་པ་ངལ་རྩོལ་མི་དམངས་ཀྱིས་རང་གི་ཐྭད་པའི་ནང་ཚུར་སྣང་བྱུང་བའི་སྤྱི་ཚོགས་ཀྱི་འཚོ་བ་དེ་རྩོམ་རིག་གི་མཚོན་ཐབས་འདྲ་མིན་དང་རྩོམ་ལུས་མི་འདྲ་བ་སྣ་ཚོགས་ཀྱིས་མཚོན་པར་བྱས་པས་དུས་ཀྱི་རླབས་རྒྱུན་རིང་མོའི་ནང་ལྷ་སྒྲུང་དང་གཏམ་རྒྱུད། དམངས་གཞས་སོགས་ནང་དོན་དང་རྣམ་པ་ཕུན་སུམ་ཚོགས་པ་ནོར་བུའི་མཛོད་དང་གཉིས་སུ་མེད་པ་ཞིག་བསྐྲུན་ཡོད་པ་དེ་ར་ང་ཚོས་ཕྱོགས་ཡོངས་ནས་ཞིབ་འཇུག་དང་ཤེས་རྟོགས་བྱེད་པར་སྔོན་ལ་ཡུལ་དུས་མི་རིགས་སོགས་ཀྱི་སྒོ་ནས་རིགས་དབྱེ་ངེས་ཅན་བྱེད་རྒྱུ་ནི་གལ་ཆེ་བས་འདིར་སྤྱི་ལ་ཁྱབ་པའི་དགེ་མཚན་དང་། ངོས་འཛིན་སླ་བའི་ཁྱད་ཆོས་ཀྱིས་རྩོམ་ལུས་ལ་གཞིག་ནས་དམངས་ཁྲོད་རྩོམ་རིག་ལ་དམངས་ཁྲོད་སྒྲུང་། དམངས་ཁྲོད་སྙན་རྩོམ། དམངས་ཁྲོད་གར་བྲོའི་སྒྲུ་ཚིག་བཅས་དབྱེ་བ་ཆེ་བ་

གསུམ་དང་། དམངས་ཁྲིད་སྒྲུང་ལའང་ལྷ་སྒྲུང་། གཏམ་རྒྱུད། སྒྲུང་བཅས་ཞིབ་ཕྲའི་དབྱེ་བ་ཁག་གསུམ་དང་། དམངས་ཁྲིད་སྙན་རྩོམ་ལ། དམངས་གཞས། གཏམ་དཔེ། གབ་ཚིག དམངས་ཁྲིད་སྙན་རྩོམ་རིང་མོ་བཅས་ཞིབ་ཕྲའི་དབྱེ་བ་ཁག་བཞི་བྱས་སོ། །

གོང་དུ་བརྗོད་པའི་དབྱེ་བ་དེ་དག་དམངས་ཁྲིད་རྩོམ་རིག་གི་རྩོམ་ལུས་གཙོར་བཟུང་ནས་བྱས་པ་ཞིག་ཡིན་ལ་རྩོམ་ལུས་དེ་ལྡན་གྱི་རྩོམ་རིག་ཡོད་ཚད་དམངས་རྩོམ་གྱི་ཁོངས་སུ་གཏོགས་པའང་མ་ཡིན་པས་ང་ཚོས་དམངས་རྩོམ་ཡིན་དང་མ་ཡིན་པའི་བཅད་མཚམས་ལ་ཚན་རིག་དང་མཐུན་པའི་ངོས་འཛིན་ཞིག་ཐོབ་དགོས་ན་དམངས་རྩོམ་རང་ལ་དམིགས་བསལ་ཁྱད་ཆོས་གང་ཡོད་ཤེས་རྒྱུ་ནི་ཆེས་གལ་ཆེའི་གནད་ཅིག་ཡིན།

ས་བཅད་གཉིས་པ། དམངས་ཁྲོད་རྩོམ་རིག་གི་ཁྱད་ཆོས་བཤད་པ།

དམངས་ཁྲོད་རྩོམ་རིག་ནི་རྩོམ་རིག་སྤྱིའི་མ་མཐའ་འབྱུང་ཁུངས་ཡིན་པས་རྩོམ་རིག་སྤྱི་ལ་ཡོད་པའི་ཁྱད་ཆོས་རྣམས་དམངས་ཁྲོད་རྩོམ་རིག་ལའང་རྩ་བའི་ཆ་ནས་ལྡན་པ་ནི་སྨོས་མེད་ཀྱི་དོན་ཞིག་ཡིན། འོན་ཀྱང་རྩོམ་པ་པོའི་རྩོམ་རིག་དང་སྤྲོས་བཅས་སུ་གྲུབ་པའི་དམངས་རྩོམ་ཁོ་རང་ལ་ནང་དོན་དང་། གསར་རྩོམ། ཁྱབ་སྤེལ་རྒྱུན་འཛིན་གྱི་ཐབས་ཤེས་བཅས་ལ་དམིགས་བསལ་གྱི་ཆོས་ཉིད་དམ་ཁྱད་ཆོས་ཤིག་མེད་ན་རྩོམ་རིག་འདི་ཉིད་འཚོ་ཐབས་བྲལ་བས་གཤམ་དུ་དམངས་རྩོམ་ལ་ཁྱད་ཆོས་གང་ཡོད་ཐད་དབྱེ་ཞིབ་རགས་ཙམ་བྱའོ། །

དང་པོ། ནང་དོན་ལ་མི་དམངས་ཀྱི་ཐད་ཀའི་རང་བཞིན་ལྡན་པ།

དམངས་ཁྲོད་རྩོམ་རིག་གང་དང་གང་ཡིན་ནའང་ངལ་རྩོལ་མི་དམངས་ཀྱི་འཚོ་བའི་ཞིང་ས་ལས་འཁྲུངས་པ་ཞིག་དང་ངལ་རྩོལ་མི་དམངས་ཀྱི་འཚོ་བའི་ཕྱོགས་གང་སར་འབྲེལ་ནས་ཡོད་པ་ཞིག་ཡིན། དེས་ན་དམངས་ཁྲོད་རྩོམ་རིག་ལས་མི་དམངས་ཀྱི་འཚོ་བ་དང་བསམ་པའི་འདུ་ཤེས་ཕྱོགས་རེ་བཅས་ཐད་ཀ་དང་ཕུན་སུམ་ཚོགས་པོས་མཚོན་ཐུབ་པ་མ་ཟད། དེའི་སྒྲུ་རྩལ་གྱི་རྣམ་པ་དང་། མཛེས་དཔྱོད་ཀྱི་ཁྱད་པར་བཅས་ངལ་རྩོལ་མི་དམངས་ཀྱི་བློ་ཁ་དང་ཡོངས་སུ་འཚམས་པ་ཞིག་ཡིན།

རྩོམ་རིག་གི་མི་དམངས་རང་བཞིན་ཟེར་བ་ནི་དོན་དུ་རྩོམ་རིག་དང་མི་དམངས་དབར་གྱི་འབྲེལ་བའམ་རྩོམ་རིག་གིས་རྒྱ་ཆེའི་མི་དམངས་ཀྱི་འཚོ་བ་དང་། བསམ་བློ། བདེ་སྡུག ཁ་ཕན་བཅས་མཚོན་པའི་ཆ་དེར་ངོས་འཛིན་པས་ན་རྩོམ་པ་པོའི་རྩོམ་རིག་དང་དམངས་རྩོམ་གཉིས་ཀར་ལྡན་པའི་ཁྱད་ཆོས་ཤིག་ཡིན། འོན་ཀྱང་མི་དམངས་རང་བཞིན་གྱི་རྗེས་སུ་ཐད་ཀ་ཞེས་པའི་ཚིག་སྦྱར་ནས་དེ་དམངས་རྩོམ་གྱི་དམིགས་བསལ་ཁྱད་ཆོས་ཤིག་ལ་བཞག་དོན་ནི། གཅིག་ནས། རྩོམ་པ་པོའི་རྩོམ་རིག་ནི་མི་སྒེར་གྱི་བློ་རྩལ་དང་འཚོ་བའི་ཉམས་མྱོང་ལས་བྱུང་བས་དེའི་ནང་རྩོམ་པ་པོ་སྒེར་གྱི་དགའ་སྐྱོ་སྡུག་གསུམ། མི་ཚེའི་ལྟ་བ་བསམ་བློའི་འདུ་ཤེས་བཅས་ཀྱི་ཤན་ངེས་ཅན་ཞུགས་པས་དམངས་རྩོམ་ལྟར་ཐད་ཀར་མི་དམངས་ཀྱི་འཚོ་བ་དང་བསམ་བློ་བཅས་མཚོན་དཀའ་བ་དང་། གཉིས་ནས་རྩོམ་རིག་ལས་མི་དམངས་རང་བཞིན་མཚོན་ཚད་ཐད་དམངས་

ཁྲོད་རྩོམ་རིག་འདི་རྒྱ་ཆེའི་མི་དམངས་ཀྱིས་ཐད་ཀར་གསར་རྩོམ་དང་རྒྱུན་སྤེལ་བྱས་པ་ཞིག་ཡིན་པས་མི་དམངས་རང་གི་བསམ་འདོད་དང་འཚོ་བ། བདེ་སྡུག་འཇིག་རྟེན་དང་མི་ཚེར་འཛིན་པའི་ལྟ་བ་བཅས་བཀག་རྒྱ་གང་ཡང་མེད་པའི་ཐོག་ནས་ཆེས་ཕུན་སུམ་ཚོགས་པ་དང་ཆེས་གསོན་ཉམས་ལྡན་པའི་སྒོ་ནས་མཚོན་ལ་སྙེར་རྩོམ་མང་ཆེ་བའི་རྩོམ་པ་པོ་ནི་མི་དམངས་དང་གཅིག་གནས་ཤུང་བས་ཁོང་ཚོས་རང་གི་རྩོམ་ཡིག་ནང་མི་དམངས་ཀྱི་བདེ་སྡུག་མཚོན་པར་བྱེད་པ་ལའང་ངེས་པར་དུ་མི་དམངས་ནང་བསྐྱོད་ནས་ཚད་གཞི་ངེས་ཅན་ནང་དུ་མི་དམངས་དང་མཉམ་ཟ་མཉམ་སྡོད་དང་། མང་ཚོགས་ཀྱི་བསམ་བློ་དང་འཚོ་བ་བཅས་ལ་ཉམས་རྟོགས་བྱས་པ་རྨང་གཞིར་བྱེད་དགོས་ལ་རང་ལ་མང་ཚོགས་ཀྱི་འཚོ་བའི་ཉམས་མྱོང་དངོས་དེ་མེད་པས་ཕྱོགས་གང་ཅིའི་ཉམས་རྟོགས་དེའང་ཐད་ཀ་དང་ཆ་ཚང་ཞིག་ཡོང་དཀའ་བས་མི་དམངས་རང་བཞིན་དེར་ཚད་བཀག་ངེས་ཅན་ཆགས་པ་དང་། ཐ་ན་བཙམས་ཆོས་ནང་མི་དམངས་ཀྱི་འཚོ་བ་དང་བསམ་བློ། ཁ་ཕན་བཅས་དང་གཅིག་མཐུན་མ་ཡིན་པའི་གནད་དོན་ཡང་ལྷགས་སྲིད་པས་ཡིན།

དམངས་ཁྲོད་རྩོམ་རིག་སྤྱི་ལ་བསམ་ན། བརྩམས་ཆོས་འགའི་ནང་དོན་ལ་རྫོངས་དད་དང་རྗེས་ལུས་ཀྱི་ཕྱོགས་ལྡན་པ་ཁས་ལེན་མ་བྱ་ཐབས་མེད་ཡིན་ནའང་གཙོ་བོའི་ཁ་ཕྱོགས་ཡར་ཐོན་དང་སྐྱོན་མེད་དེ་སྤྱི་ཚོགས་དང་དབང་བསྒྱུར་པའི་ཆེས་ མུན་ནག་དང་ཆེས་ལོག་སྤྱོད་ཐེར་འདོན་དང་། ངལ་རྩོལ་དང་ངལ་རྩོལ་པའི་བློ་གྲོས། མི་རིགས་དང་རྒྱལ་ཁབ་ཀྱི་ལ་རྒྱ་འཛིན་མཁན་ལ་བསྟོད་བསྔགས་བྱེད་པ་ཡིན་པས་གཙོ་ཕལ་དབྱེ་འབྱེད་ཀྱིས་དམངས་རྩོམ་གྱི་ནང་དོན་ལ་དབྱེ་ཞིབ་དང་ངོས་འཛིན་ཐུབ་པ་བྱ་དགོས།

མི་དམངས་ཀྱི་ཐད་ཀའི་རང་བཞིན་ལྡན་པ་ནི་དམངས་ཁྲོད་རྩོམ་རིག་གི་ནང་དོན་ཐད་ཀྱི་ཁྱད་ཆོས་ཡིན་ཞིང་གཞན་ཡང་དམངས་རྩོམ་ལ་གསར་རྩོམ

དང་ཁྱབ་སྤེལ་ཐད་རྩོམ་པ་པོའི་རྩོམ་རིག་དང་མི་འདྲ་བའི་ཁྱད་ཆོས་འགའ་ཡང་ཡོད་པ་ཡིན།

གཉིས་པ། ངག་ཐོག་རང་བཞིན།

དམངས་ཁྲོད་རྩོམ་རིག་ནི་ཡི་གེ་ཡོད་མེད་ལ་མ་ལྟོས་པའི་རྩོམ་རིག་གི་རྣམ་པ་ཞིག་ཡིན། འོན་ཀྱང་དེའི་གསར་རྩོམ་དང་རྒྱུན་སྤེལ། མཚོན་ཐབས་བཅས་ངག་ཐོག་གི་ལམ་བུ་དེ་ངེས་པར་བརྒྱུད་དགོས་པའམ་དེར་བརྟེན་དགོས་པས་དམངས་ཁྲོད་རྩོམ་རིག་ལ་ངག་ཐོག་རང་བཞིན་ལྡན་ཞེས་བརྗོད་ཅིང་། ཁྱད་ཆོས་དེ་ལྡན་པས་རྩོམ་རིག་སྒྱུ་རྩལ་གྱི་རིག་པའི་ཁྲོད་དམངས་རྩོམ་ལ་མི་དམངས་ཀྱི་ངག་ཐོག་གསར་རྩོམ་མམ་ངག་ཐོག་རྩོམ་རིག ངག་རྒྱུན་སྒྱུ་རྩལ་ཞེས་མིང་འདོགས་པ་ཡིན། འོན་ཏེ་ཁྱད་ཆོས་དེ་དམངས་རྩོམ་གྱི་དམིགས་བསལ་ཁྱད་ཆོས་ཤིག་ལ་བཟུང་ན་འགལ་འཁྲུལ་ཆེན་པོ་ཐོན་པ་སྟེ། ངལ་རྩོལ་མི་དམངས་མ་ཡིན་པ་དབང་ཐ་ན་དབང་བསྒྱུར་གྲལ་རིམ་པར་ཡང་ངག་ཐོག་གསར་རྩོམ་མི་ཉུང་བ་ཡོད་པ་བཙོས་སུ་མེད་པའི་བདེན་པ་ཞིག་ཡིན་པས་སོ། དེས་ན་དམངས་ཁྲོད་རྩོམ་རིག་ལ་ངག་ཐོག་རང་བཞིན་ལྡན་ཟེར་བ་གཙོ་བོར་རྩོམ་པ་པོའི་རྩོམ་རིག་ལ་ལྟོས་ནས་བརྗོད་པ་ཡིན། དོན་དངོས་ཀྱི་ལག་ལེན་ནང་རྩོམ་པ་པོའི་རྩོམ་ཡིག་མང་དག་ངག་ཐོག་ལས་འཆད་པ་དང་། ངག་ཐོག་ལས་སྒྲོར་བ་སོགས་བྱེད་པས་ཁྱད་ཆོས་དེ་རྩོམ་པ་པོའི་རྩོམ་རིག་དང་ཇི་ལྟར་ལྟོས་ནས་བཞག་སྙམ་ན། རྩོམ་པ་པོའི་རྩོམ་རིག་གསར་རྩོམ་གྱི་སྔོན་འགྲོར་ངེས་པར་དུ་ཡིག་རིགས་གང་རུང་དགོས་པ་དང་ཡིག་རིགས་ཀྱི་ཐོག་ནས་གསར་རྩོམ་དང་ཁྱབ་སྤེལ་བྱེད་རྒྱུ་དེ་ཐབས་ལམ་གཙོ་བོ་དང་དང་པོ་ཡིན་པ་མ་ཟད་བརྩམས་ཆོས་ཀྱི་ནང་དུ་ཐོན་པའི་མིང་ཚིག་བརྗོད་པ་བཅས་རྩོམ་པ་པོས་སླིགས་དོར་དང་

བདམས་སྒྲུག་ཐེངས་མང་བརྒྱུད་བྱུང་བ་ཡིན་པས་ཡིག་སྐད་རང་བཞིན་འབྱུར་དུ་ཐོན་པ། ཁྱབ་སྤྱིལ་ཡང་དཔེ་དེབ་དཔར་བསྐྲུན་གྱི་ཐབས་ལམ་ལ་གཙོ་བོར་བརྟེན་པ་ཡིན་ལ། དམངས་ཁྲོད་རྩོམ་རིག་ནི་དེ་ལས་ལྡོག་སྟེ་གསར་རྩོམ་གྱི་ཐབས་ལམ་དང་ཁྱབ་སྤྱིལ་གྱི་ཐབས་ལམ་གཙོ་བོ་ངག་ཐོག་དང་རྩོམ་གྱི་སྐད་ཆའི་ཉམས་འགྱུར་མཚོན་ཐབས་ཚང་མ་ངག་ཐོག་དང་གཅིག་ཏུ་སྦྲེལ་བ། གཅིག་བཤད་གཅིག་ཉན་གྱི་ལམ་བུ་དེས་འཚོ་གནས་ཐུབ་པར་བྱས་པས་ཡིན།

དམངས་ཁྲོད་རྩོམ་རིག་ལ་ངག་ཐོག་རང་བཞིན་གྱི་ཁྱད་ཆོས་ལྡན་པའང་། གཅིག རྩོམ་རིག་འདིའི་གསར་དར་གྱི་སྤྱི་ཚོགས་རྒྱབ་ལྗོངས་ལ་རགས་ལུས་པ་སྟེ། རྩོམ་རིག་ནང་བྱུང་ཐ་སྙད་ཀྱི་དམངས་རྩོམ་འདི་ནི་མིའི་རིགས་ཀྱི་གདོད་མའི་དུས་སུ་དར་བས་སྐབས་དེ་དུས་མིའི་རིགས་ལ་བསམ་བློ་མཚོན་བྱེད་ཀྱི་ཡིག་རིགས་གང་ཡང་མེད་ལ། ཁོང་ཚོས་རང་ལ་ཐོབ་པའི་ཐོན་སྐྱེད་ངལ་རྩོལ་གྱི་ཉམས་མྱོང་དང་འཚོ་བའི་བསླབ་བྱ་སོགས་ཕྱོགས་བསྡོམས་དང་རྗེས་རབས་ལ་ངོ་སྤྲོད། གཞན་ལ་ཁྱབ་སྤྱིལ་ཚང་མ་ངག་ཐོག་ལ་མ་བརྟེན་ཐབས་མེད་དང་། ལྷག་པར་དུ་ཁོང་ཚོའི་བསམ་བློའི་འདུ་ཤེས། རྒྱུན་གཏན་གྱི་འཚོ་བ་བཅས་སྒྱུ་རྩལ་ལམ་རྩོམ་རིག་གི་ཐྲོ་བ་ཅན་དུ་བྱེད་པའང་ངག་ཐོག་གི་གསར་རྩོམ་ལས་གཞན་གྱི་ཐབས་མེད་པས་ངག་ཐོག་རང་བཞིན་དེ་དམངས་ཁྲོད་རྩོམ་རིག་དང་མཉམ་སྐྱེ་མཉམ་གསོན་དུ་མ་གནས་ཐབས་མེད་དང་། གཞན་ཡང་ཁ་སྐད་དེ་རང་ལ་ངག་ཐོག་རྩོམ་རིག་གསར་རྩོམ་གྱི་ནུས་པ་ཡོད་པ། ལྷག་པར་དུ་དུས་ཚོད་དང་བར་སྟོང་གི་བཀག་རྒྱ་མེད་པར་ངལ་རྩོལ་དང་ཐོན་སྐྱེད། འགྲོ་འདུག་སྤྱོད་ལངས་ཀྱི་གནས་སྐབས་གང་ལའང་བཤད་སྤྱིལ་ཐུབ་པའི་ལེགས་ཆ་དེ་འདྲ་ཞིག་ལྡན་པས་ཡིན། ཕྱོགས་དེ་གཉིས་ཟུང་འབྲེལ་གྱི་ཐོག་ནས་དམངས་ཁྲོད་རྩོམ་རིག་ལ་ངག་ཐོག་རང་བཞིན་ལྡན་པའི་རྒྱུ་མཚན་ཞིབ་དཔྱད་བྱ་རྒྱུ་ནི་ཏ་ཅང་གལ་ཆེ་བའི་དོན་ཞིག་སྟེ། གལ་ཏེ་དམངས་ཁྲོད་རྩོམ་རིག་འདི་ཡིག་རིགས་

ཡོད་མེད་དང་ངལ་རྩོལ་མི་དམངས་ལ་ཡིག་རིགས་སྦྱང་དབང་དང་སྤྱོད་དབང་ཡོད་མེད་ལ་མཐའ་གཏུགས་ན་ནམ་ཞིག་ངལ་རྩོལ་པ་ཡོངས་རྫོགས་ཡིག་རིགས་ལ་མི་རྨོངས་པར་ཆགས་པའི་དུས་དེར་དམངས་རྩོམ་འདི་རྩོམ་རིག་གི་གར་སྟེགས་ལས་མེད་པར་འགྲོ་རྒྱུའི་ནོར་འཁྲུལ་གྱི་སྣོམ་ཚིག་ཅིག་ཐོབ་སྲིད།

དམངས་ཁྲོད་རྩོམ་རིག་འདི་ངག་ཐོག་རང་བཞིན་ཅན་ནམ་ངག་ཐོག་གསར་རྩོམ་ཡིན་པ་འདིས་རྩོམ་རིག་འདིའི་ནང་བརྡ་དང་ཐ་སྙད། ཚིག་རྒྱན་བརྗོད་པ་སོགས་ཀྱི་བེད་སྤྱོད་ཐད་དེ་རང་ལ་དམིགས་བསལ་གྱི་ཁྱད་ཆོས་ཤིག་ཀུང་གྲུབ་པ་སྟེ། གཅིག དམངས་རྩོམ་འདི་ཐད་ཀར་ངལ་རྩོལ་མི་དམངས་ཀྱིས་གསར་རྩོམ་བྱས་པ་ཞིག་ཡིན་པས། བརྡ་དང་ཐ་སྙད་ཀྱི་བེད་སྤྱོད་ཐད་མང་ཆེ་བ་ཁ་སྐད་དམ་འཚོ་བའི་ནང་རྒྱུན་དུ་སྤྱོད་བཞིན་པ་གཙོ་བོར་བྱས་པ་དཔེར་ན།

ལུང་པ་ལྷ་ཀླུ་མང་བ། །
གཞི་བདག་སྤུ་དབང་བཙན་པ། །
ཨ་མས་བསྐྱར་བའི་ཟ་ར། །
མཆོད་མཆོད་མཆོད་ལ་རྫོགས་སོང་། །
རོང་ནས་གནམ་ལ་བལྟས་པས། །
མཐོང་རྒྱུ་གནམ་ལས་མི་འདུག །
གནམ་ལ་འཁོར་བའི་སྤྲིན་པ། །
ཡབ་ཡུམ་ཡིན་ན་དགའ་ལ། །

ལྷ་བུ་ཐ་སྙད་དང་བརྡའི་བེད་སྤྱོད་ཐད་ནམ་རྒྱུན་འཚོ་བའི་ཁྲོད་གང་བེད་སྤྱོད་པ་བཞིན་བཞག་པ་དང་། གཉིས་ནས་འཚོ་བའི་སྤྱོད་སྐད་དངོས་དང་འབྲེལ་བའི་བརྗོད་པའི་འགྲོ་ལུགས་ཤུགས་ཆེ་བ་དཔེར་ན།

ཁང་ཆུང་དཀར་ནས་གང་ཡོང་། །

དར་ལྕོག་བཙུགས་མཁན་མི་འདུག །
བུ་མོ་མཛེས་ནས་གང་ཡོང་། །
མནའ་མར་སློང་མཁན་མི་འདུག །

དེ་བཞིན་བོད་ཀྱི་དམངས་གླུ་《ཁྱིམ་མཚེས་གཉིས་ལ་འདྲི་བྲུག་པ་》《གྲོགས་པོ་གཉིས་ཀྱིས་གསེར་བགོ་བ་》སོགས་ཀྱི་བརྗོད་པའི་འགྲོ་ལུགས་ལ་ཞིབ་ཏུ་ལྟ་བས་ཤེས། གསུམ་ནས་ངེས་བདེ་བརྗོད་བདེའི་དཔེ་དོན་གྱི་སྦྱོར་ཚུལ་མཆོག་ཏུ་འཛིན་པ་དཔེར་ན།

རི་མགོ་གངས་ལས་དཀར་བ། །
རི་གཤམ་རྒྱ་ལས་རིང་བ། །
འཁྲིད་ལ་རྒྱུགས་པའི་སྨྱུགས་པ། །
ཉམས་བཟང་གཞན་ལས་དོད་པ། །
ཁྱེད་ཀྱིས་མ་མོ་གནང་དང་ཀླུ །
ང་ཡིས་ལུ་གུ་ཞུས་ཚོག ཀླུ⊄ལུ་གུ་མ་མོའི་རྗེས་སུ། ཀླུ
མ་འགྲོ་སུ་ཡིས་ཟེར་བ། །

ལྟ་བུ་ཤིན་ཏུ་ངེས་བདེ་བརྗོད་བདེའི་དཔེ་དོན་གྱི་སྦྱོར་ཚུལ་རྒྱ་ཁྱབ་ཏུ་སྤྱད་ཡོད། མདོར་ན། རྩོམ་པ་པོའི་རྩོམ་རིག་ལ་ལྟོས་ནས་དམངས་ཁྲོད་རྩོམ་རིག་གི་གསར་རྩོམ་དང་། ཁྱབ་སྤེལ་ཐད་ལ་ངག་ཐོག་རང་བཞིན་ཡོད་པར་འཛོག་ཅིང་ངག་ཐོག་སྐད་ཆར་རྩོམ་རིག་འདི་འདྲ་ཞིག་གསར་རྩོམ་དང་ཁྱབ་སྤེལ་བྱུབ་པའི་ནུས་པ་ལྡན་པ་འདིས་དམངས་རྩོམ་འདི་མིའི་རིགས་ལ་ངག་ཐོག་སྐད་ཆ་ཇི་སྲིད་གནས་པ་དེ་སྲིད་དུ་མ་བརླག་མ་ཡལ་བར་གནས་ངེས་པའི་ཆོས་ཉིད་དེ་གསལ་ཡོད།

གསུམ་པ། མཉམ་སྐྱེལ་རང་བཞིན།

མཉམ་སྐྱེལ་རང་བཞིན་ནི་དམངས་ཁྲོད་རྩོམ་རིག་གསར་རྩོམ་དང་ཁྱབ་སྤྱིལ་ཐད་ཀྱི་ཁྱད་ཆོས་གཙོ་བོའམ་ཡང་ན་རྩོམ་པ་པོའི་རྩོམ་རིག་དང་མི་འདྲ་བའི་ཁྱད་པར་གཙོ་བོ་དེ་ཡིན།

དམངས་རྩོམ་གང་འདྲ་ཞིག་ཡིན་ནའི་དེའི་གསར་རྩོམ་དང་། ཁྱབ་སྤྱིལ། སྔོན་འཕྲི་ཉར་ཚགས་བཅས་རྒྱ་ཆེའི་མི་དམངས་མང་ཚོགས་དང་ཁ་བྲལ་ན་ཡོང་ཐབས་མེད་པ་མ་ཟད། དམངས་རྩོམ་གང་དང་གང་ལ་ལྡན་པའི་སྒྱུ་རྩལ་གྱི་རིན་ཐང་དང་སྤྱི་ཚོགས་ཀྱི་ཕན་ནུས་བཅས་མི་དམངས་ཀྱི་བློ་གྲོས་དང་ཁ་བྲལ་ཐབས་མེད་སྟབས་དམངས་རྩོམ་ལ་མཉམ་སྐྱེལ་རང་བཞིན་གྱི་ཁྱད་ཆོས་ལྡན་པར་བརྗོད་པ་ཡིན།

དེ་ཡང་གསར་རྩོམ་ཐད། རྩོམ་པ་པོའི་རྩོམ་རིག་ནི་མི་སྒེར་ཞིག་གིས་རང་གི་ཀླད་པའི་ནང་ཚུར་སྣང་བྱུང་བའི་སྤྱི་ཚོགས་ཀྱི་འཚོ་བ་དེར་ཡང་བསྐོར་བསྐྱར་སྐོར་གྱི་འདམ་སྒྲུག་དང་བློས་བསླངས་བཅས་བྱས་པ་བརྒྱུད་བྱུང་བས་རྩོམ་གྱི་དཔར་བསྐྲུན། རྩོམ་པ་པོའི་མིང་རྟགས། བཟོ་བཅོས་ཀྱི་བདག་དབང་སོགས་རྩོམ་པ་པོ་ཁོ་རང་ལ་ཡོད་པ་དང་། དེ་བཞིན་རྩོམ་གྱི་ཉམས་འགྱུར་དང་ཁྱད་ཆོས་ཐད་རྩོམ་པ་པོ་སོ་སོའི་འཚོ་བའི་ཉམས་མྱོང་དང་འཛིག་རྟེན་ལྟ་བ། སྐད་ཆའི་ནུས་པ། མཛེས་དཔྱོད་བཅས་ཀྱིས་ཐག་གཅོད་པས་མི་སྒེར་དེ་རྩོམ་ཡིག་དེའི་གསར་རྩོམ་གྱི་བྱེད་པོ་གཙོ་བོར་གྱུར་པ་ཡིན་ལ། དམངས་ཁྲོད་རྩོམ་རིག་ནི་དེ་ལས་ལྡོག་སྟེ། ངལ་རྩོལ་པས་ཐུན་མོང་དུ་གསར་རྩོམ་བྱས་པས་སྐྱེས་བུ་འདི་དང་འདིའི་གསར་རྩོམ་ཡིན་ཞེས་ངེས་བཟུང་མེད་ལ། རྩོམ་གྱི་བདག་དབང་ཡང་ཐུན་མོང་ལས་མི་སྒེར་སུ་ལའང་དབང་བ་མ་ཡིན། དེ་བཞིན་དུ་

ཁྱབ་སྲོལ་ཐད་རྩོམ་པ་པོའི་རྩོམ་ཡིག་ཅིག་ཡིན་ན་དཔར་བསྐྲུན་ནམ་དེབ་ཐོག་ནས་གློག་པ་པོ་དང་མི་རབས་རྗེས་མར་ཁྱབ་སྲོལ་བྱས་པ་ཡིན་ཞིང་ཁྱབ་སྲོལ་གྱི་བརྒྱུད་རིམ་ནང་ཐོག་མའི་ཚིག་སྦྱོར་དང་ཉམས་འགྱུར། སྒྲིག་གཞི་བཅས་འགྱུར་མེད་དུ་གནས་ཤིང་དམངས་རྩོམ་ནི་ཁྱབ་སྲོལ་གྱི་བརྒྱུད་རིམ་ནང་རིམ་བཞིན་འགྱུར་ལྡོག་སྲིད་པ་དང་གསར་སྣོན་སྤྲིགས་དོར་སྲིད་པ། མདོར་ན་ཁྱབ་སྲོལ་གྱི་བརྒྱུད་རིམ་དེ་ཡང་མཉམ་སྡེབ་གསར་རྩོམ་གྱི་བརྒྱུད་རིམ་ཞིག་ལ་གྱུར་པ་ཡིན།

དམངས་ཁྲོད་རྩོམ་རིག་གི་ཁྱད་ཆོས་མཉམ་སྡེབ་རང་བཞིན་དེའི་དོན་ཇི་འདྲ་ཞིག་ཡིན་མིན་ཐད་དམངས་ཁྲོད་རྩོམ་རིག་ཞིབ་འཇུག་གནང་མཁན་ནང་ཚོགས་པ་ལས་བྱུང་བ་(集群起原说)དང་མི་སྒེར་ལས་བྱུང་བའི་(个人起原说)ལྟ་ཚུལ་རྣམ་པ་གཉིས་ཡོད་པ་སྟེ་དུས་རབས་བཅུ་དགུ་པའི་དུས་འགོར་ཨའོ་གླིང་གི་མཁས་པ་ཧྥར་སྡེས་དམངས་ཡོངས་ཀྱིས་སྙན་ཚིག་རྩོམ་ཞེས་དང་། དགའ་ལེན་གྱིས་དམངས་གཞས་ཀྱི་རྩོམ་པ་པོ་ནི་དམངས་གཞས་ཁོ་རང་རེད་ཅེས་གསུངས་པ་དོན་དུ་ཚོགས་པས་མཉམ་དུ་དམངས་རྩོམ་གསར་རྩོམ་བྱས་པའི་དགོངས་གཞི་ཡིན་པར་དེང་གི་མི་རྣམས་ཀྱིས་ངོས་འཛིན་ལ། ཡང་མི་སྒེར་གྱི་གསར་རྩོམ་ལས་སྔོན་དུ་མང་ཚོགས་ཀྱིས་རང་གི་བློ་དང་བསྟུན་ནས་འཕྲི་སྣོན་གྱིས་རྩོམ་ཡིག་ཆ་ཚང་བ་བྱུང་བར་བཤད་པ་ནི་མི་སྒེར་ལས་བྱུང་བའི་ལྟ་བ་སྟེ། ཤེའི་ཞིར་・ཤྲཱ་ཕའོས《སུའུ་ཀ་ལན་གྱི་དམངས་གཞས་ཕྱོགས་བསྒྲིགས་》ཀྱི་སྔོན་འགྲོའི་གཏམ་ནང་དུ་འདི་ལྟར་དམངས་གཞས་ལ་འབྱུང་ཁུངས་ཤིག་ཡོད་ངེས་ལ་དེའི་འབྱུང་རྩ་མདོར་ན་མི་སྒེར་གཅིག་ལ་ཐུག་ངེས་ཡིན། གལ་སྲིད་ང་ཚོས་དེ་ལྟ་བུའི་ཆོས་གཞི་ཞིག་མ་བཞག་ཚེ་དམངས་གཞས་འདི་སྐབས་བདེའི་སྤྱི་ཚོགས་ཁྲོད་ཀྱི་མི་རྣམས་ཀྱིས་དུས་གཅིག་ཏུ་མཁྲེན་པ་མཉམ་གཟིང་གིས་གསར་རྩོམ་བྱས་པར་ཁས་ལེན་མི་བྱེད་ཐབས་མེད་ཡིན། ཡིན་ནའི་ཐོག་མའི་སྐྱེས་བུ

དེ་དམངས་གཞས་དེའི་རྩོམ་པ་པོར་འཛོག་མིན་ནི་གནད་དོན་གཞན་ལགས། གཅིག་བྱས་ན་རྩོམ་པ་པོ་ཞེས་བརྗོད་ན་མི་འགྲིག་པ་སྟེ། མི་རྣམས་ཀྱི་ལུགས་སུ་རང་གི་བློ་དང་མི་འཚམས་པ་རྣམས་བཙོས་བཟོ་བྱེད་རྒྱུར་དགའ་བ་དེས་ཐོག་མར་མི་སྙིར་གྱི་གསར་རྩོམ་དེ་དུས་ངེས་ཅན་ནང་མཉམ་སྡེབ་ཀྱི་རྩོམ་ཡིག་ལ་འགྱུར་པ་ཡིན་ཞེས་གསུངས་པ་དེ་བཞིན་དུ་ཕའོ་མིས་《འཛར་མན་གྱི་གནའ་རབས་དམངས་གཞས་ཕྱོགས་བསྒྲིགས》ཀྱི་སྔོན་འགྲོའི་གཏམ་ནང་དང་ཐོག་མར་མི་གཅིག་གིས་གཞས་ཚིག་གཅིག་སླར་ལེན་ལ་དེ་རྗེས་གཞན་པ་རྣམས་ཀྱིས་ཀྱང་དེ་དང་མཉམ་དུ་གླུ་ལེན་ཅིང་། ཁོང་ཚོས་རང་གི་བློ་དང་མི་འཚམས་པ་རྣམས་རང་དབང་དུ་བཙོས་བཟོ་བྱེད་པ་ཡིན་ཞེས་གསུངས་པ་དག་ལྟ་བ་འདིའི་ཁུངས་གཞིར་འགྱུར་ཡོད།

གོང་བཀོད་དགོངས་གཞི་གཉིས་ལ་བསམ་བློ་བཏང་ན། ལྟ་ཚུལ་དང་པོ་ནི་དམངས་རྩོམ་གསར་རྩོམ་གྱི་དོན་དངོས་དང་ཅུང་མི་འཚམས་པ་ཡིན་པ་ནི་ཤེའི་ཞིར་·ཤྭ་ཕའོས་གསུངས་པ་ལྟར་དུས་གཅིག་ཏུ་མགྲིན་པ་མཉམ་གཟེང་གིས་གསར་རྩོམ་བྱས་པ་ད་ལྟ་གསར་དུ་ཐོན་བཞིན་པའི་དམངས་རྩོམ་དག་གི་གསར་རྩོམ་བརྒྱུད་རིམ་ལ་བལྟས་ན་སྲིད་ཐབས་མེད་པ་དེ་མར་རྟོགས་ཐུབ་ཅིང་། ལྟ་བ་གཉིས་པ་དེ་སྒྱུར་བཏང་ཐོག་དོན་དངོས་དང་མཐུན་པ་སྟེ། དམངས་ཁྲོད་ཀྱི་རྩོམ་རིག་གང་འདྲ་ཞིག་ཡིན་རུང་ཐོག་མར་མི་སྙེར་གྱིས་སྤུབས་བདེའི་གསར་རྩོམ་དང་དེ་རྗེས་དམངས་ཀྱིས་རིམ་བཞིན་སྣོན་འཕྲི་སྙིགས་ངོར་གྱིས་ཆ་ཚང་བྱས་པ་དམངས་རྩོམ་གསར་རྩོམ་གྱི་དོན་དངོས་ཐབས་ལམ་དང་གསར་རྩོམ་གྱི་དོན་དངོས་ཆོས་ཉིད་ཡིན་པས་སོ། ། མདོར་ན་མཉམ་སྡེབ་རང་བཞིན་དེ་དམངས་རྩོམ་གྱི་གསར་རྩོམ་ཐབས་ཤེས་དང་ཁྱབ་སྤེལ་གྱི་ཕྱོགས་དེ་གཉིས་ལས་མངོན་པ་སྟེ། དམངས་གཞས། གཏམ་དཔེ་སོགས་རྩོམ་རིག་འགའ་ཞིག་ནི་མང་ཚོགས་ཀྱིས་རྒྱུན་གཏན་གྱི་འཚོ་བ་དང་། ངལ་རྩོལ། དེ་བཞིན་བྱེད་སྒོ་

ཁག་གི་ཁྲོད་དུ་མི་རེས་ཚིག་རེའམ་དུམ་བུ་རེ་གསར་རྩོམ་བྱས་མཐར་ཆ་ཚང་བའི་རྩོམ་ཡིག་ཅིག་བྱུང་བ་དང་། ཚིག་རེའི་ངོས་ནས་མི་སྣེར་གྱི་ཁྱད་ཆོས་ལྡན་ནའང་མཐའ་མའི་རྩོམ་ཡིག་ཆ་ཚང་བ་དེ་མཉམ་སྡེབ་ལས་བྱུང་བ་དང་། ཡང་སྐྲུང་དང་། དགོད་གཏམ་སོགས་ལྷུག་རྩོམ་ཕལ་ཆེར་སྔོན་ལ་སྤྲབས་བདེའི་སྒྲིག་གཞི་ཞིག་གསར་རྩོམ་བྱས་པའི་རྒྱང་གཞིའི་ཐོག་རྗེས་སུ་དེའི་བྱུང་རིམ་དང་སྒྱུ་རྩལ་བཅས་ལ་ཁ་སྣོན་སྙིགས་དོར་བཅས་བྱས་པས་ཆ་ཚང་བའི་རྩོམ་ཡིག་ཅིག་བྱུང་བ་དེས་དམངས་རྩོམ་གསར་རྩོམ་གྱི་བརྒྱུད་རིམ་དེ་མཉམ་སྡེབ་དང་ཁ་མཐལ་བ། ཕྱོགས་གཉིས་ནས་དམངས་རྩོམ་དག་མང་ཚོགས་ཁྲོད་དུ་ཁྱབ་སྤེལ་བྱེད་པའི་བརྒྱུད་རིམ་ནང་མང་ཚོགས་ཀྱི་རེ་འདོད་སྙིང་ཐུབ་པ་གང་ཡིན་རྒྱུན་འཛིན་དང་། མི་འཚམས་པ་རྣམས་དོར་བ་སྟེ་མདོར་ན། ཁོང་ཚོས་རང་གི་དོན་དངོས་འཚོ་བ་དང་མཛེས་དཔྱོད་བཅས་ལ་བསྟུན་ནས་གདོད་མའི་རྩོམ་ཡིག་དེར་ནང་དོན་དང་སྒྱུ་རྩལ་གྱི་སྙིང་བཅུད་གསར་པ་ཁ་སྣོན་དང་། མི་འཚམས་པ་རྣམས་དོར་བ་འདིས་དམངས་རྩོམ་ཁྱབ་སྤེལ་གྱི་བརྒྱུད་རིམ་དེ་སླར་ཡང་གསར་རྩོམ་གྱི་བྱ་བར་འགྱུར་བས་མཉམ་སྡེབ་རང་བཞིན་བསྐྱོན་མེད་དུ་ཡོད་པ་ཞིག་ཡིན། དེས་ན་ རླབས་ཆེན་གྱི་སློབ་དཔོན་སི་ཏཱ་ལིན་གྱིས་མི་དམངས་ཀྱིས་རང་གི་གླུ་གཞས་དེ་དུས་རབས་མང་པོའི་ནང་བསྒྲིག་བཅད་བྱས་པས་དེ་སྒྱུ་རྩལ་གྱི་ཆེས་མཐོའི་བང་རིམ་ཞིག་ལ་སླེབས་པ་ཡིན་ཞེས་ཚན་རིག་རང་བཞིན་ཅན་གྱི་ཕྱོགས་བསྡོམས་གནང་བ་ཡིན།

བཞི་པ། འགྱུར་བའི་རང་བཞིན།

ང་ཚོས་དམངས་ཁྲོད་རྩོམ་རིག་ལ་ཤེས་རྟོགས་བྱེད་པའི་སྐབས་རྩོམ་ཡིག་མང་པོ་ཞིག་རྩ་བའི་སྒྲིག་གཞི་དང་གྲུབ་ཆ། ནང་དོན་བཅས་གཅིག་མཚུངས་

ཡིན་ནའང་ས་གནས་མི་འདྲ་བ་དང་མི་རིགས་མི་འདྲ་བ། ཡང་ན་སློང་མཁན་མི་འདྲ་བ་དང་དུས་ཀྱི་ཁྱད་པར་མི་འདྲ་བ་སོ་སོའི་ནང་རྩོམ་ཡིག་དེར་བྱུང་རིམ་ཙུང་ཟད་མི་འདྲ་བའམ། སྐད་ཆའི་ཉམས་འགྱུར་དང་བརྗོད་ཚུལ་ཙུང་ཟད་མི་འདྲ་བ། ཡང་ན་རྩོམ་ཡིག་གི་བསམ་བློ་ཙུང་ཟད་མི་འདྲ་བ་སོགས་ཀྱི་འགྱུར་ཡིག་འདྲ་མིན་མང་པོ་ཞིག་མཐོང་གི་ཡོད། དེས་དམངས་ཁྲོད་རྩོམ་རིག་འདི་མཉམ་སྦྱིབ་ཀྱིས་ངག་ཐོག་ནས་གསར་རྩོམ་དང་ཁྱབ་སྤེལ་བྱས་པས་དུས་དང་རྣམ་པ་ཀུན་ཏུ་གཏན་ཆགས་མ་ཡིན་པའི་རྣམ་པར་གནས་པའམ་ཡང་ན་དམངས་ཁྲོད་རྩོམ་རིག་ལ་འགྱུར་བའི་རང་བཞིན་གྱི་ཁྱད་ཆོས་ཤིག་ཡོད་པ་ར་སྟོད་ཐུབ་པ་ཡིན། འོ་ན་དམངས་ཁྲོད་རྩོམ་རིག་གི་འགྱུར་བའི་རང་བཞིན་དེ་གང་འདྲ་ཞིག་ལ་ཟེར་དགོས་ཞེ་ན། དེ་ནི་རྩོམ་གཞི་གཅིག་ཡིན་ནའང་ས་གནས་དང་མི་རིགས་དུས་ཀྱི་ཁྱད་པར་མི་འདྲ་བའི་ནང་རྩོམ་ཡིག་གི་ཕྱི་ནང་གི་གྲུབ་ཆར་ཙུང་ཟད་མི་འདྲ་བའི་འགྱུར་ལྡོག་ཐེབས་ཤེང་། དེ་འདྲའི་གཏན་ཆགས་མ་ཡིན་པར་འགྱུར་ལྡོག་འགྲོ་བའི་ཁྱད་ཆོས་དེར་དམངས་ཁྲོད་རྩོམ་རིག་གི་འགྱུར་བའི་རང་བཞིན་ཟེར་བ་ཡིན།

དམངས་ཁྲོད་རྩོམ་རིག་གི་འགྱུར་བའི་རང་བཞིན་གྱི་ཁྱད་ཆོས་དེ་ནི་དམངས་རྩོམ་གསར་རྩོམ་དང་ཁྱབ་སྤེལ་གྱི་བརྒྱུད་རིམ་ནང་རྟག་ཏུ་གནས་པའི་ཆོས་ཉིད་ཅིག་ཡིན་པས་ཆོས་ཉིད་དེ་ལས་བརྒལ་བའི་དམངས་རྩོམ་ཞིག་ཏ་ཙང་རྙེད་དཀའ་བ་ཉིན་མོའི་སྐར་ལྟར་ཡིན། དེ་ཡང་རྩོམ་པ་པོའི་རྩོམ་ཡིག་ཅིག་ཡིན་ན་དེ་ཡིག་ཐོག་ནས་དཔར་བསྐྲུན་ཟིན་རྗེས་སྒྱུར་འགྱུར་མེད་གཏན་ཆགས་ལ་གནས་པ་ཡིན་ལ། གལ་སྲིད་རྗེས་སུ་བཟོ་བཅོས་དང་སྣོན་འཕྲི་བྱས་ནའང་རྩོམ་ཡིག་དེའི་རྩ་བའི་རྣམ་པར་འགྱུར་ལྡོག་ཆེན་པོ་མེད་པ་གང་ཞིག་རིགས་འདྲའི་རྩོམ་ཡིག་གཞན་ཞིག་གཏན་ནས་ཐོན་མི་སྲིད་པ་དང་། བཟོ་བཅོས་མི་དགོས་པའི་རྩོམ་ཡིག་དག་ནི་དེ་བས་འགྱུར་མེད་གཏན་ཆགས་ཀྱི་རྣམ་པར

གནས་པ་དཔེར་ན། མདོ་མཁར་ཞབས་དྲུང་ཚེ་རིང་དབང་རྒྱལ་གྱིས་བརྩམས་གནང་བའི་《མི་དབང་རྟོགས་བརྗོད》《བཀའ་བློན་རྟོགས་བརྗོད》ལྟ་བུ་བྱུང་ནས་ད་བར་ལོ་ངོ་ཉིས་བརྒྱ་ཡན་ཕྱིན་ནའང་རྩོམ་ཡིག་དེ་གཉིས་པོའི་སྒྲུ་རྩལ་གྱི་མཚོན་ཐབས་དང་ནང་དོན། བརྗོད་ཚིག་སོགས་སྐར་གང་ཡིན་གང་ཡོད་ལས་ད་བར་འགྱུར་ཟློག་གཏན་ནས་ཕྱིན་མེད་པ་དེ་བཞིན་མི་རིགས་ཁག་གི་རྩོམ་པ་པོའི་རྩོམ་ཡིག་མང་པོར་བལྟས་ན་གསལ་བར་ཤེས་ནུས་སོ། །

དམངས་རྩོམ་གྱི་འགྱུར་བའི་རང་བཞིན་དེ་རྒྱུ་མེད་རྐྱེན་མེད་དུ་བྱུང་བ་ཞིག་མིན་པས་དེའི་རྒྱུ་རྐྱེན་གང་ཡིན་ལ་བསམ་བློ་བཏང་ན།

གཅིག དམངས་ཁྲོད་རྩོམ་རིག་ནི་མཉམ་སྡེབ་ཀྱིས་གསར་རྩོམ་དང་མཉམ་སྡེབ་ཀྱིས་ཁྱབ་སྤེལ་བྱས་པ་ཞིག་ཡིན་ཞིང་། མཉམ་སྡེབ་ཀྱི་གསར་རྩོམ་ལས་བྱུང་བའི་རྩོམ་ཡིག་དེ་དག་གཅིག་བཤད་གཅིག་ངེས་ཀྱི་ཁྱབ་སྤེལ་ཐབས་ལམ་བརྒྱུད་དགོས་པ་དེས་འགྱུར་བའི་རང་བཞིན་བྱུང་བ་སྐྱེ་མིའི་དྲན་ཤེས་ལ་ཚད་བཀག་ངེས་ཅན་ཡོད་པས་སྒྲུང་མཁན་དང་གཞས་མཁན་སུ་ཞིག་ཡིན་ནའང་སྐར་ཡོད་ཇི་བཞིན་ཆད་ལྷག་མེད་པར་འཆད་དཀའ་བ་དང་། ཉན་པ་པོས་ཇི་བཞིན་ངེས་དཀའ་བས་སྐབས་འགར་སྐར་ཡོད་ལ་ཆད་ལུས་དང་། སྐབས་འགར་སྐར་མེད་ཅིག་རང་སོ་སོའི་བློ་དང་འཚམས་པར་ཁ་སྣོན་བྱས་པ་འདིས་དམངས་ཁྲོད་རྩོམ་རིག་ལ་ཕྱོགས་གང་ཅིའི་ཐད་འགྱུར་བ་འགྲོ་ཡི་ཡོད། དམངས་རྩོམ་ནང་ནས་ཀྱང་སྙན་རྩོམ་རིང་མོ་དང་ཤུག་པའི་རྩོམ་རིག་ནི་ལུས་ཚད་དང་མི་སྣ། བྱུང་རིམ་བཅས་རྒྱ་ཆེ་བ་ཞིག་ཡིན་སྟབས་འགྱུར་བའི་རང་བཞིན་དེ་བས་མངོན་གསལ་དོད་པ་དང་ཤུགས་ཆེ་བ་ཡིན་ཏེ་དཔེར་ན། གེ་སར་སྒྲུང་ནང་སྒྲུང་མིང་གཅིག་དང་ནང་དོན་གཅིག་ཡིན་ནའང་སྒྲུང་མཁན་མི་འདྲ་བས་བཤད་པའི་ཚེ་སྒྲུང་ནང་གི་མི་སྣའི་བཀོད་འབྲི་དང་བྱུང་རིམ་གྱི་རྒྱས་བསྡུས། བརྗོད་ཚིག་བཅས་ལ་ཁྱད་པར་ཆེན་པོ་ཐོན་པས་མཚོན་ཐུབ།

གཉིས། དམངས་ཁྲོད་རྩོམ་རིག་ནི་མཉམ་སྡེབ་ཀྱི་ངལ་རྩོལ་གྱི་འབྲས་བུ་ཞིག་ཡིན་པས་མི་སྒེར་སུ་ལའང་རྩོམ་ཡིག་གི་བདག་དབང་མེད་ལ་དེས་དམངས་ཁྲོད་རྩོམ་རིག་ལ་འགྱུར་བའི་རང་བཞིན་བྱུང་བ་སྟེ། ངལ་རྩོལ་པ་སུ་ཞིག་ཡིན་ནའང་སྐབས་དེའི་སྤྱི་ཚོགས་ཀྱི་དགོས་མཁོ་དང་རང་གི་མཛེས་དཔྱོད་ལ་བསྟུན་ནས་ནང་དོན་དང་སྒྲུ་རྩལ་ཐད་སྣིང་བཅུད་གསར་པ་ཁ་སྣོན་བྱེད་སྲིད་པས་རྩོམ་ཡིག་དེའི་སྔར་ཡོད་ཀྱི་ཆ་མང་པོར་འགྱུར་བ་འགྲོ་ཡི་ཡོད།

གསུམ། དུས་སྐབས་དང་སྤྱི་ཚོགས་ཀྱི་འཚོ་བ་རྟག་བརྟན་འགྱུར་མེད་མ་ཡིན་པ་དེས་དམངས་ཁྲོད་རྩོམ་རིག་ལ་འགྱུར་བ་ཡོང་བ་ཡིན། དུས་སྐབས་དང་སྤྱི་ཚོགས་ཀྱི་འཚོ་བ་འགྱུར་ལྡོག་འགྲོ་བ་དེས་རྩོམ་རིག་གི་མཚོན་དོན་ལ་འགྱུར་ལྡོག་འགྲོ་བ་ནི་རྩོམ་རིག་སྤྱིའི་ཆོས་ཉིད་ཡིན་པས་དམངས་ཁྲོད་རྩོམ་རིག་དེ་ཡང་དུས་སྐབས་དེ་དང་སྤྱི་ཚོགས་ཀྱི་འཚོ་བ་དེ་ལ་ཞབས་འདེགས་ཞུ་མ་ཐུབ་ཚེ་འཚོ་གནས་དཀའ་བས་ངེས་པར་དུ་དེ་དང་འཚམས་པར་འགྱུར་ལྡོག་ཡོང་བ་ཡིན་དཔེར་ན། བོད་ཀྱི་དམངས་གཞས་《བྱ་དེ་ཁྲུང་ཁྲུང་དཀར་མོ་》ཟེར་བ་བོད་བཅིངས་འགྲོལ་མ་ཐོབ་པའི་སྔོན་དུ་འདི་ལྟར།

བྱ་དེ་ཁྲུང་ཁྲུང་དཀར་མོ། །
གཤོག་རྩལ་ང་ལ་གཡོར་དང་། །
ཐག་རིང་རྒྱང་ལ་མི་འགྲོ། །
བྱམས་པ་མཇལ་ནས་ལོག་ཡོང་། །

ཞེས་པ་ལ་རྗེས་སུ་བོད་ཀྱི་སྤྱི་ཚོགས་ཧྲིལ་པོར་འགྱུར་ལྡོག་ཆེན་པོ་བྱུང་བ་དང་ལྷག་པར་དུ་མི་དམངས་ལ་བཅིངས་འགྲོལ་གྱི་བདེ་བ་ཐོབ་པའི་རྗེས་དམངས་གཞས་དེ་འདི་ལྟར།

བྱ་དེ་ཁྲུང་ཁྲུང་དཀར་མོ། །
གཤོག་རྩལ་ང་ལ་གཡོར་དང་། །

ཐག་རིང་རྒྱང་ལ་མི་འགྲོ། །
པེ་ཅིང་བསྐོར་ནས་ལོག་ཡོང་། །

ཞེས་བརྗོད་ཚིག་ཐད་བྱམས་པ། ཞེས་པ་པེ་ཅིང་ལ་འགྱུར་བ་དང་དེས་གཞས་དེའི་བསྟན་དོན་ཐད་དེ་མི་འདྲ་བ་གཉིས་ལ་གྱུར་པ་ལྟ་བུའོ། །

བཞི། མི་རིགས་ཕན་ཚུན་རིག་གནས་ལ་ཤུགས་རྐྱེན་ཐེབས་རེས་བྱུང་བས་དམངས་ཁྲོད་རྩོམ་རིག་ལ་འགྱུར་བ་བྱུང་བ་སྟེ། མི་རིགས་གཞན་གྱི་སྒྲུང་ལ་སོགས་པ་རང་མི་རིགས་ནང་ཁྱབ་དར་བྱུང་བའི་སྐབས་རང་མི་རིགས་ཀྱི་དོན་དངོས་འཚོ་བ་དང་། སེམས་ཁམས། ཡུལ་སྲོལ་གོམས་གཤིས་དང་འཚམས་པར་སྔོན་འཕྲི་བཟོ་བཅོས་དང་ཡང་འགའ་ཤས་རང་གཞན་གཉིས་ཀྱི་སྒྲུང་ལ་སོགས་རིགས་མཐུན་རྣམས་གཅིག་ཏུ་འདྲེས་ནས་མཐར་རང་མི་རིགས་ཀྱི་ཁྱད་ཆོས་ལྡན་པའི་སྒྲུང་ཞིག་ལ་འགྱུར་བ་བྱས་པ་དེས་ཐོག་མའི་མི་རིགས་དེའི་སྒྲུང་དེ་ཁྱབ་སྤེལ་བྱེད་པའི་བརྒྱུད་རིམ་ནང་མི་རིགས་དེ་དང་དེ་ལ་འཚམས་པའི་སྒྲུང་ཞིག་ལ་འགྱུར་ལྡོག་བྱུང་བ་ཡིན།

མདོར་ན། དམངས་ཁྲོད་རྩོམ་རིག་ལ་འགྱུར་བ་ཡོང་བར་རྒྱུ་རྐྱེན་མང་དག་ཡོད་ལ་འགྱུར་བ་བྱུང་བའི་ཁྲོད་དུ་བཙམས་ཆོས་དེ་དང་དེ་ཕར་བས་སྒྱུ་རྩལ་རིན་ཐང་ཆེ་བ་དང་ཕར་བས་ནང་དོན་ཕུན་སུམ་ཚོགས་པ། དུས་སྐབས་སོ་སོར་འཚམས་ལ་གསོན་ཉམས་ལྡན་པར་འགྲོ་བ་ནི་དམངས་རྩོམ་སྤྱིའི་འཕེལ་རྒྱས་ལོ་རྒྱུས་ལས་མངོན་པའི་ཆོས་ཉིད་ཅིག་ཡིན།

དམངས་ཁྲོད་རྩོམ་རིག་གི་འགྱུར་བའི་རང་བཞིན་ནམ་འགྱུར་བའི་ཆ་རྣམས་དོན་དུ་གཤམ་གསལ་ཕྱོགས་འདི་དག་ལས་མངོན་ཐུབ་པ་སྟེ། ད་ལྟ་དམངས་ཁྲོད་དུ་གནས་བཞིན་པའི་དམངས་རྩོམ་རིགས་མཐུན་མང་པོ་ཞིག་ས་གནས་དང་སྒྲུང་མཁན་མི་འདྲ་བའི་རྐྱེན་གྱིས་བརྗོད་ཚིག་གམ་མིང་བརྗོད་གཅིག་མཚུངས་མ་ཡིན་པར་འགྱུར་བ་དཔེར་ན། དམངས་གཞས་《བྱམས་པ་ཨ་

གསར་ཅན་》ཞེས་པ་འདི་ལྟར

(1) བྱ་མས་པ་ཨ་གསར་ཅན་གྱིས། །
ཤོག་བུའི་འོག་འཇུག་གཡོག་བྱུང་། །
སྐེ་རགས་བཅིངས་པར་ཕྱིན་པས། །
ཡ་ལིང་མ་ལིང་བྲལ་སོང་། །

(2) བྱ་མས་པ་ཨ་གསར་ཅན་གྱིས། །
ཤོག་བུའི་འོག་འཇུག་གཡོག་བྱུང་། །
ཕུ་ཐུང་རྒྱུ་ལ་ཕྱིན་པས། །
ཡ་ལིང་མ་ལིང་བྲལ་སོང་། །

ལྷ་བུ་དམངས་གཞས་རིགས་མཐུན་འདིའི་བསྟན་དོན་ལ་ཁྱད་པར་མེད་ནའང་བརྗོད་ཚིག་ཐད་སྔ་མར་སྐེ་རགས་བཅིངས་ཞེས་པ་དང་ཕྱི་མར་ཕུ་ཐུང་རྒྱུ་ཞེས་འགྱུར་བ་རྟོགས་སླ། ཕྱོགས་གཞན་ནི་རྩོམ་ཡིག་གི་ནང་དོན་ལ་འགྱུར་ལྡོག་བྱུང་བ་དེ་ཡིན། དུས་ཀྱི་འཕོ་འགྱུར་ནང་སྐར་གྱི་དམངས་རྩོམ་མང་དག་ཅིག་ལ་ནང་དོན་གྱི་སྙིང་བཅུད་གསར་པ་སྟེར་བ་གོང་བཀོད་ཀྱི་དམངས་གཞས《བྱ་དེ་ཁྲུང་ཁྲུང་དཀར་མོ་》ཞེས་པ་འདིས་མཚོན་ལ། དེ་དང་འདྲ་བའི་རྩོམ་ཡིག་དེ་དག་ལ་བལྟས་ན། དེ་སྔ་ནང་དོན་དེ་འདྲའི་བདེ་ཐང་དང་ཡར་ཐོན་ཞིག་མིན་ནའང་རྗེས་སུ་ངལ་རྩོལ་པར་ཐོན་སྐྱེད་ཀྱི་སྐྱལ་མ་དང་། བརྩེ་དུང་ལ་ཟྲོལ་མེད། བསམ་བློར་བཅིངས་འགྲོལ། མེས་རྒྱལ་ལ་དགའ་ཞེན་བཅས་ཆེས་ཡར་ཐོན་དང་ཆེས་ཕུལ་བྱུང་གི་བསྟན་དོན་ལྡན་པའི་བརྩམས་ཆོས་ཤིག་ལ་གྱུར་ཡོད། གཞན་ཡང་རྩོམ་གྱི་སྒྲིག་གཞི་དང་མི་སྣ་བྱུང་རིམ་གྱི་སྤྱི་ཕྱི་དང་མང་ཉུང་། བསམ་བློ་དང་། བརྩེ་དུང་བཅས་ལ་མི་འདྲའི་ཁྱད་པར་སྣ་ཚོགས་ཐོན་པ་ལས་དམངས་རྩོམ་གྱི་འགྱུར་བའི་རང་བཞིན་ནམ་འགྱུར་བའི་ཆ་ཅེ་ཡིན་མངོན་ཐུབ་པ་ཡིན།

ལྔ་པ། བརྒྱུད་འཛིན་རང་བཞིན།

དམངས་ཁྲོད་རྩོམ་རིག་གང་དང་གང་ཡིན་ནའང་དེ་དུས་དང་རྣམ་པ་ཀུན་ཏུ་གསར་རྩོམ་གྱི་བརྒྱུད་རིམ་ལ་གནས་པས་དེའི་ཕྱོགས་གང་སར་འགྱུར་བ་ཡོང་གི་ཡོད་པ་ནི་སྨོས་མེད་ཅིག་ཡིན་ཀྱང་ཁོ་རང་ལ་ཅུང་ཟད་གཏན་ཆགས་ཀྱི་གྲུབ་ཆ་ཞིག་མེད་ཚེ་རྩོམ་ཡིག་དེའི་འཕེལ་རྒྱས་ཡོ་རྒྱུས་དང་རྩ་བའི་ཁུངས་གཞི། འགྱུར་ལྡོག་གི་ཆ་བཅས་གང་ཡིན་ཞིབ་འཇུག་བྱེད་ཐབས་བྲལ། དེས་ན་དམངས་རྩོམ་གང་དང་གང་ལའང་ཁྱབ་སྤྱིལ་གྱི་བརྒྱུད་རིམ་ནང་ཅུང་ཟད་གཏན་ཆགས་ཐོག་རྗེས་འཛིན་བྱེད་པའི་ཆ་ཞིག་ཡོད་པ་རྟོགས་ཐུབ་ལ། འགྱུར་མེད་གཏན་ཆགས་ཐོག་རྗེས་འཛིན་བྱེད་པའི་ཆ་དེ་ར་དམངས་ཁྲོད་རྩོམ་རིག་གི་བརྒྱུད་འཛིན་རང་བཞིན་ཟེར་བ་ཡིན།

དམངས་ཁྲོད་རྩོམ་རིག་ལ་བརྒྱུད་འཛིན་རང་བཞིན་གྱི་ཁྱད་ཆོས་དེ་འདྲ་ལྡན་པའང་གཅིག་ནས་མི་དམངས་ཀྱི་སྒྱུ་རྩལ་གོམས་གཤིས་དང་སྒྱུ་རྩལ་ཉམས་རྟོགས་ཀྱི་ཁྱད་ཆོས་དང་འབྲེལ་བ་ཡོད་པ་སྟེ། དམངས་རྩོམ་ནི་མི་དམངས་ཀྱི་གསར་རྩོམ་ཡིན་ཞིང་། མི་དམངས་མང་ཆེ་བའི་འདོད་བློ་དང་འཚམས་པ་ཞིག་ཡིན་སྐབས་དེར་ལྡན་པའི་སྒྱུ་རྩལ་གྱི་ཐབས་ཤེས་དང་རྣམ་པ་བཅས་དུས་རབས་མང་པོའི་རིང་མི་དམངས་རང་གི་སྐད་ཆའི་འགྲོ་ལུགས། དཔེ་དོན་གྱི་སྦྱོར་ཚུལ་ཁུངས་སུ་བྱས་ནས་གསར་གཏོད་བེད་སྤྱོད་བྱས་པས་སྤྱི་ཚོགས་དང་འཚོ་བར་འགྱུར་ལྡོག་ཇི་ལྟར་བྱུང་ནའང་རང་ལ་དང་བ་སྐྱེར་བའི་རྩོམ་རིག་གི་སྒྱུ་རྩལ་ཁྱད་ཆོས་དེ་དག་བོར་བརླག་མེད་པར་བརྒྱུད་འཛིན་བྱེད་པས་ཡིན་ལ། གཉིས་ནས་དམངས་རྩོམ་གྱི་ངག་ཐོག་རང་བཞིན་གྱི་ཁྱད་ཆོས་དང་འབྲེལ་བ་ཡོད་པ་སྟེ། དམངས་རྩོམ་ནང་ངག་ཐོག་སྐད་ཆའི་མཚོན་ཐབས་དང་འཚམས་པའི་སྒྱུ་རྩལ་

གྱི་ཐབས་ཤེས་དང་རྣམ་པ་གང་ཡིན་བརྒྱུད་འཛིན་བྱེད་པ་ལས་ངེས་བདེ་བརྗོད་བདེ་མ་ཡིན་པའི་དམངས་རྩོམ་ཞིག་ནི་མི་དམངས་ཀྱིས་ཁས་ལེན་དང་བེད་སྤྱོད་བྱེད་མི་སྲིད་པ་དམངས་རྩོམ་གྱི་སོ་རྒྱུས་ལས་མངོན་ནོ། །

དམངས་རྩོམ་ གྱི་ བརྒྱུད་ འཛིན་ རང་ བཞིན་ དེ་ སྐྱོན་ མེད་ ཡར་ ཐོན་ གྱི་ བསམ་བློའི་ནང་དོན་བརྒྱུད་འཛིན་བྱས་པ་ལས་མངོན་ཐུབ་པ་མ་ཟད། གཙོ་ཆེར་དམངས་རྩོམ་ གྱི་ གསར་ རྩོམ་ གྱི་ ཐབས་ ཤེས་ དང་ སྒྲིག་ གཞི་ བརྒྱུད་ འཛིན་ ལས་མངོན་པ་སྟེ། དཔེར་ན། བཅད་པའི་དམངས་རྩོམ་ལ་བསམ་ཚོ་བོད་ཀྱི་དམངས་གཞས་ཀྱི་རྩོམ་ཐབས་དེ་སྔོར་དྲུག་ཚིག་གི་རྣམ་པར་བརྩམས་པ་དང་། འདོན་པའི་ཚེ་ཚིག་ཁྲིམ་གཉིས་རེ་མཉམ་དུ་འདོན་པ། ལྷག་པར་དུ།

དཀར་གསལ་ཟླ་བའི་དཀྱིལ་གྱི། །
རི་བོང་སློ་ལྡན་ཤེས་རབ། །
ཟླ་བའི་ཐུགས་ལ་མེད་ན། །
རི་བོང་སྡོད་ས་སྤྲོས་ཆོག །
བྱ་དེ་ཆུང་ལ་མཛེས་པ། །
གོང་དཀར་གཡུ་བྱ་སྔོན་མོ། །
བྱ་ཆུང་མང་པོ་འཛོམས་དུས། །
གཡུ་བྱ་འདྲ་བ་མིན་འདུག །

ལྷ་བུ་དཔེ་དོན་མཉམ་དུ་བེད་སྤྱད་པ་མིན་པར་དཔེ་དངོས་སུ་བརྗོད་པའི་ནང་དུ་བརྗོད་དོན་དངོས་བསྟུས་པའི་ཚུལ་གྱིས་གོ་བར་བྱེད་པའི་ཐབས་ལམ་གཙོ་ཆེ་བ་དང་དེ་བཞིན་སྙན་གཞས་དང་གཞས་ཆེན་ཡིན་ཚེ་ལྷབ་སྐྱོར་གྱི་མཚོན་ཐབས་བེད་སྤྱོད་ཤིན་ཏུ་མང་བ་ལྷ་བུ་དང་། སྒྲུང་ལ་སོགས་པའི་ལྷུག་པའི་དམངས་རྩོམ་དག་ལའང་ཅུང་ཟད་གཏན་ཆགས་ཀྱི་སྒྲིག་གཞི་ཞིག་བརྒྱུད་འཛིན་བྱས་ཡོད་པ་དཔེར་ན། སྔ་ཕྱིར་མ་ཕྱོས་པའི་བོད་ཀྱི་དམངས་སྒྲུང་མང་ཆེ་བའི་རྩོམ་

འགོར་དང་པོའི་ཅ་ན། གནའ་སྔ་མོ། སྔོན་དང་པོའི་དུས། གནའ་སྔ་མོ་སྔ་མོའི་ཚེ། སོགས་ངེས་གཏན་གྱི་བརྗོད་ཚུལ་དང་ཕོ་མོའི་གཉེན་སྒྲིག་སྐོར་གྱི་སྒྲུང་ཡིན་ན་འགོ་བཙུགས་ལ་ངེས་གཏན་གྱི་བརྗོད་ཚུལ་དང་པོའི་ཚེ་སོགས་ཡོད་པ་མ་ཟད། མཇུག་བསྡུ་བ་ལའང་གོས་ཆེན་གྱི་ཐབ་ཕྱིས་ཙཀྲ་གྱི་མེ་གཡོག་བྱེད་རྒྱུ་བྱུང་། ལྟ་བུའི་ངེས་གཏན་གྱི་བརྗོད་ཚུལ་ཡོད་པ། ལྷག་པར་སྒྲུང་གི་ནང་དོན་དང་བྱུང་རིམ་ལ་བཤད་པ་པོ་དང་ཉན་པ་པོ་རྣམས་དེ་བས་ངེས་ཤེས་ཐོབ་ཆེད་དམངས་སྒྲུང་ནང་ཤིན་ཏུ་གཅིག་འདྲའི་བྱུང་རིམ་གཉིས་སམ་གསུམ། ལྔ་ལ་སོགས་པ་བསྐྱར་ཟློས་ཀྱི་མཚོན་ཐབས་བེད་སྤྱོད་པ་གནའ་དེང་གཉིས་ཀའི་དམངས་སྒྲུང་ནང་མཐོང་ཐུབ་པས་དམངས་རྩོམ་ལ་བརྒྱུད་འཛིན་རང་བཞིན་ཞིག་ཡོད་ཅེས་བརྗོད་པ་ཡིན། བརྒྱུད་འཛིན་རང་བཞིན་ནི་དམངས་ཁྲོད་རྩོམ་རིག་གི་དམིགས་བསལ་ཁྱད་ཆོས་ཡིན་པས་ང་ཚོས་མི་རིགས་སོ་སོའི་དམངས་རྩོམ་གྱི་ཁྱད་ཆོས་དང་མཐུན་པར་དེར་ཡང་དག་པའི་ངོས་འཛིན་དང་ཤེས་རྟོགས། ལྷག་པར་དུ་གཅིག་འདྲའི་བྱུང་རིམ་ཐེངས་མང་ཐོན་པ་དེ་རྣམས་ཀྱི་དགོས་པའི་རང་བཞིན་ཤེས་དགོས་པ་ལས་བསྡུ་སྒྲིག་དང་ཞིབ་འཇུག་སྐབས་དེ་དག་ཕན་མེད་དང་རྟོག་ཟླ། ཚིག་རི་དང་བློས་སྐྱུན་ཞིག་ལ་བལྟས་ནས་དོར་ན་དམངས་རྩོམ་གྱི་ཁྱད་ཆོས་ཞིབ་འཇུག་བྱེད་པར་གནོད་སྐྱོན་ཆེན་པོ་བྱུང་ངོ་། །

དྲུག་པ། མིང་རྟགས་མེད་པའི་རང་བཞིན།

དམངས་ཁྲོད་རྩོམ་རིག་གང་དང་གང་ལའང་རྩོམ་པ་པོའི་རྩོམ་རིག་ལྟར་སྐྱེས་བུ་འདི་དང་འདིས་བརྩམས་ཞེས་རྩོམ་པ་པོའི་སྙེར་མིང་ཞིག་ཐོན་མི་སྲིད་ཅིང་སྙེར་མིང་མེད་པའི་ཆ་དེར་དམངས་ཁྲོད་རྩོམ་རིག་གི་རྩོམ་པ་པོའི་མིང་རྟགས་མེད་པའི་རང་བཞིན་ནམ་ཁྱད་ཆོས་ཟེར་བ་ཡིན། ཁྱད་ཆོས་དེ་གཅིག

ནས་དམངས་རྩོམ་གསར་རྩོམ་གྱི་ཐབས་ལམ་དེར་རགས་ལུས་པ་སྟེ། དམངས་རྩོམ་ཡོད་དོ་ཅོག་མི་དམངས་ཐུན་མོང་གིས་གསར་རྩོམ་བྱས་པས་དེའི་བདག་དབང་མི་སྒེར་གཅིག་ལ་དབང་མི་སྲིད་པས་དེར་རྩོམ་པ་པོའི་མིང་རྟགས་ཡོང་ཐབས་བྲལ་བ་དང་། གཉིས་ནས་དམངས་རྩོམ་ཁྱབ་སྤེལ་གྱི་ཐབས་ལམ་ལ་རག་ལུས་པ་སྟེ་དམངས་རྩོམ་ནི་སྔར་ངག་ཐོག་ལ་བརྟེན་ནས་ཁྱབ་སྤེལ་བྱེད་པ་ཡིན་ཞིང་ཁྱབ་སྤེལ་གྱི་བརྒྱུད་རིམ་ནང་མང་ཚོགས་ཀྱི་འདོད་པར་འཚམས་པའི་སྔོན་འཕྲི་འདྲ་མིན་བྱུང་བས་སྔར་ཡོད་བརྩམས་ཆོས་ལ་འགྱུར་ལྡོག་དང་། ལྷག་པར་དུ་ཁྱབ་སྤེལ་གྱི་ཁྲོད་དུ་ངལ་རྩོལ་པ་མི་རབས་མང་པོས་བརྩམས་ཆོས་དེ་རྣམས་དེ་བས་འཐུས་ཚང་དང་སྒྲུ་རྩལ་གྱི་ཐྲོ་བཅུད་ལྡན་བས་ཕུན་སུམ་ཚོགས་པར་བྱས་པས་བརྩམས་ཆོས་ཀྱི་བདག་དབང་མི་དམངས་ཐུན་མོང་ལ་ཡོད་པ་ལས་མི་སྒེར་ག་གེ་མོ་ཞིག་ལ་ཐོབ་ཐབས་བྲལ་བས་དམངས་ཁྲོད་རྩོམ་རིག་ལ་རྩོམ་པ་པོའི་མིང་རྟགས་མེད་པའི་རང་བཞིན་དེ་བྱུང་བ་ཡིན། རྩོམ་པ་པོའི་མིང་རྟགས་མེད་པའི་རང་བཞིན་དེ་དམངས་ཁྲོད་རྩོམ་རིག་གསར་རྩོམ་དང་ཁྱབ་སྤེལ་ཐད་ཀྱི་ཁྱད་ཆོས་ཤིག་མིན་ནའང་དམངས་རྩོམ་སྤྱིའི་ཕྱི་ངོས་སུ་མངོན་པའི་ཁྱད་ཆོས་གལ་ཆེན་ཞིག་ཡིན་པས་དམངས་རྩོམ་ཞིབ་འཇུག་དང་བསྡུ་སྒྲིག་སྐབས་ངེས་པར་དུ་ཟབ་ནན་དགོས་པ་ཡིན།

མདོར་ན། གོང་དུ་བརྗོད་པའི་ཁྱད་ཆོས་དེ་དག་ཕན་ཚུན་འབྲེལ་མེད་ཅིག་མིན་པར་གཅིག་ལ་གཅིག་བརྟེན་གྱི་འབྲེལ་བ་གྲུབ་པ་དང་ཁྱད་ཆོས་དེ་རྣམས་ཀྱིས་རྩོམ་རིག་གང་ཞིག་དམངས་ཁྲོད་རྩོམ་རིག་གི་ཁོངས་སུ་གཏོགས་པ་དང་གང་ཞིག་དམངས་ཁྲོད་རྩོམ་རིག་མ་ཡིན་པ་དབྱེ་འབྱེད་བྱེད་པ་གང་ཞིག་དམངས་རྩོམ་གྱི་བསྡུ་སྒྲིག་དང་ཞིབ་འཇུག་གི་ལས་དོན་བཅས་དང་ཡང་ཁ་བྲལ་ཐབས་མེད་པའི་རྩ་བའི་རིག་པའི་གཞུང་ལུགས་ཀྱི་ཤེས་བྱ་འབའ་ཞིག་ཡིན་ནོ། །

བསམ་གཞིག་འདྲི་གཞི།

1. དམངས་རྩོམ་གྱི་གོ་དོན་གང་ཡོད། །
2. དམངས་རྩོམ་ལ་ཁྱད་ཆོས་གང་ཡིན།
3. མཉམ་སྐྱེལ་རང་བཞིན་འདིར་མཁས་པའི་དགོངས་བཞེད་གང་དང་གང་ཡོད་དམ།

ས་བཅད་གསུམ་པ། དམངས་ཁྲོད་རྩོམ་རིག་དང་རྩོམ་པ་པོའི་རྩོམ་རིག་བར་གྱི་འབྲེལ་བ་བཤད་པ།

མི་རིགས་ཤིག་གི་རྩོམ་རིག་གི་འཕེལ་རྒྱས་ལོ་རྒྱུས་ལ་ཡང་དག་པའི་ཞིབ་འཇུག་བྱེད་དགོས་ན་དམངས་རྩོམ་དང་སྙན་རྩོམ་བར་གྱི་འབྲེལ་བར་ཞིབ་འཇུག་ཡང་དག་པ་ཞིག་མ་བྱས་ན་འགྲིག་ཐབས་གཏན་ནས་མེད། དེ་ལྟར་བརྗོད་དོན་ནི་མི་རིགས་དེའི་དམངས་རྩོམ་དང་སྙན་རྩོམ་གཉིས་བར་གཅིག་ལ་གཅིག་བརྟེན་གྱི་འབྲེལ་བ་ཟབ་མོ་ཞིག་གྲུབ་ཡོད་པའི་རྐྱེན་གྱིས་རེད།

རྩོམ་རིག་སྤྱིའི་འཕེལ་རྒྱས་ལ་བསམ་གཞིགས་བྱ་ན། དམངས་ཁྲོད་རྩོམ་རིག་ནི་མིའི་རིགས་ལ་བྱུང་སྔ་ཤོས་ཀྱི་རྩོམ་རིག་གི་རྣམ་པ་ཞིག་ཡིན་པ་དང་དེས་དུས་ཚོད་ངེས་ཅན་ཞིག་ནང་དམངས་ཡོངས་ཀྱི་བསམ་བློའི་ལོངས་སྤྱོད་ཐད་ཞབས་འདེགས་ཚད་མེད་ཞུས་ཡོད་པ་དང་། ལྷག་པར་དུ་རྩོམ་པ་པོའི་རྩོམ་རིག་དར་ཁྱབ་པར་རྨང་གཞི་དང་ཆ་རྐྱེན་བརྗོད་ལས་འདས་པ་ཞིག་བསྐྲུན་ཡོད། འོན་ཀྱང་སྤྱི་ཚོགས་ཀྱི་རྣམ་པ་མི་འདྲ་བ་དང་ལོ་རྒྱུས་ཀྱི་འཕོ་འགྱུར་མི་འདྲ་བ་འགའི་ནང་དེའི་རིན་ཐང་ལ་ཡང་དག་པའི་ངོས་འཛིན་མ་ཐུབ་པའི་རྐྱེན་གྱིས་སྔང་ཆུང་ངམ་རྩོམ་པ་པོའི་རྩོམ་རིག་ལས་ཆེས་ཞན་པའི་གནས་བབས་ཤིག་ལ་བཞག་ཡོད། ནོར་འཁྲུལ་གྱི་ལྟ་བ་དེ་འདྲས་རྐྱེན་བྱས་ནས་ལོ་རྒྱུས་རིང་ལ་བརྗོད་བྱ་ཕུན་སུམ་ཚོགས་པ། སྒྱུ་རྩལ་གྱི་བྲོ་བཅུད་ཆེ་བའི་དམངས་ཁྲོད་རྩོམ་རིག་ལ་རིག་པའི་གཞུང་ལུགས་ཀྱིས་ཞིབ་འཇུག་བྱེད་པ་ཉུང་བ་མ་ཟད། སྐབས་བབས་དམངས་ཁྲོད་རྩོམ་རིག་དང་སྙན་རྩོམ་བར་འབྲེལ་བ་གང་འདྲ་ཞིག་

ཆགས་མིན་ཐད་མཇོ་བསམ་ཡང་དག་དང་ཞིབ་འཇུག་ཡང་དག་གནང་མཁན་དེ་བས་ཉིན་མོའི་སྐར་ལྟར་དཀོན་པར་གྱུར་ཡོད། དོན་དུ་དམངས་ཁྲོད་རྩོམ་རིག་ཁོ་རང་ལ་འཕེལ་རྒྱས་ཀྱི་ཆོས་ཉིད་ཅིག་ཆགས་ཡོད་པ་མ་ཟད་རྣམ་པ་མི་འདྲ་བའི་རྩོམ་རིག་དེ་གཉིས་བར་དེ་བས་ངེས་ཅན་གྱི་འབྲེལ་བ་ཞིག་གྲུབ་ཡོད། དེ་ལྟར་སྨྲ་བ་ཡང་རྩོམ་རིག་འདི་གཉིས་པོས་མཚོན་པར་བྱ་བ་ནི་ཕྱི་རོལ་ཡུལ་གྱི་འཛིག་རྟེན་གཅིག་པོ་འདི་ཡིན་པ་གང་ཞིག་མཚོན་བྱེད་ཐུན་མོང་གི་སྐད་ཆ་དེ་ལས་གཞན་མེད་པ་དང་ལྷག་པར་དུ་རྩོམ་རིག་གི་བསམ་བློ་དང་ནང་དོན་ཐད་ཕན་ཚུན་ཤུགས་རྐྱེན་ཐེབས་རེས་གནས་དང་གནས་བཞིན་པ་དེས་སོ། །

དང་པོ། དམངས་ཁྲོད་རྩོམ་རིག་གིས་རྩོམ་པ་པོའི་རྩོམ་རིག་ལ་ཐེབས་པའི་ཤུགས་རྐྱེན།

རྩོམ་རིག་གི་རྣམ་པ་གང་འདྲ་ཞིག་ཡིན་རུང་དེ་བྱུང་བ་ནས་བཟུང་དོན་དངོས་ཀྱི་སྤྱི་ཚོགས་ཀྱི་འཚོ་བ་གསལ་མཚོན་བྱ་རྒྱུ་ནི་དེའི་དོར་དུ་མེད་པའི་འོས་འགན་ཞིག་ལ་གྱུར་ཡོད། དམངས་ཁྲོད་རྩོམ་རིག་ནི་མི་དམངས་ཐུན་མོང་གི་གསར་རྩོམ་ལ་བརྟེན་པ་ཞིག་ཡིན་སྟབས་སྔར་རྩོམ་དང་བསྟུར་ན་དེས་རྒྱ་ཆེའི་མི་དམངས་ཀྱི་དགའ་སྐྱོ་སྡུག་གསུམ་དང་། ཕྱུགས་རེ་འདུ་ཤེས། འཚོ་བའི་གོམས་གཤིས་སོགས་ཚུར་ལ་དྲང་བའི་ཐོག་མཚོན་པ་དང་ཆབས་ཅིག་དུས་རིང་གི་གསར་རྩོམ་གྱི་ལག་ལེན་ནང་དུ་རྩོམ་རིག་ལ་མཁོ་བའི་བརྗོད་བྱེད་སྐད་ཆ། རྩོམ་ལུས། སྒྱུ་རྩལ་གྱི་མཚོན་ཐབས་བཅས་ཕུན་སུམ་ཚོགས་པ་གསར་བསྐྲུན་བྱས་ཡོད། དེ་རྣམས་རྩོམ་པ་པོའི་རྩོམ་རིག་གསར་རྩོམ་གྱི་རྫོགས་མཐའ་མེད་པའི་རྒྱུ་ཆ་ཞིག་ལ་གྱུར་ཅིང་། དེ་ལ་བརྟེན་ནས་རྩོམ་པ་པོའི་དཔུང་ཁག་དེ་སྐྱེད་

སྲིང་ཐུབ་པ་ཡིན། རྩོམ་རིག་འཕེལ་རྒྱས་ཀྱི་ལོ་རྒྱུས་ལ་གདུགས་ནའང་དམངས་ཁྲོད་རྩོམ་རིག་ནི་རྩོམ་པ་པོའི་རྩོམ་རིག་མ་དར་སྔོན་གྱི་ལོ་ངོ་སྟོང་ཕྲག་དུ་མ་ནས་བྱུང་བ་ཞིག་ཡིན་པས་རྩོམ་པ་པོའི་རྩོམ་རིག་ལ་མགོ་ངེས་ཀྱི་རྒྱུ་ཆ་མང་དག་བསྐྲུན་ཡོད་པ་ནི་བརྗོད་ག་ལ་དགོས།

དམངས་ཁྲོད་རྩོམ་རིག་གིས་རྩོམ་པ་པོའི་རྩོམ་རིག་ལ་ཤུགས་རྐྱེན་གང་ཐེབས་ཡོད་རགས་བསྡུས་སུ་བྱས་ན།

གཅིག དམངས་ཁྲོད་རྩོམ་རིག་གིས་རྩོམ་པ་པོའི་རྩོམ་རིག་གསར་རྩོམ་ཐུབ་པར་ནང་དོན་གྱི་རྒྱུ་ཆ་ཕུན་སུམ་ཚོགས་པ་མགོ་འདོན་བྱས་ཡོད།

དམངས་ཁྲོད་རྩོམ་རིག་ལྷ་སྒྲུང་དང་། སྒྲུང་། གཏམ་རྒྱུད། གཏམ་དཔེ་སོགས་ཚང་མས་མིའི་རིགས་ཀྱིས་རང་བྱུང་ལ་འཐབ་རྩོད་བྱས་པའི་སྙིང་སྟོབས་དང་རང་གི་འཚོ་བའི་ཤེས་བྱ་ཉམས་མྱོང་ཕྱོགས་བསྡོམས། སྤྱི་ཚོགས་ཀྱི་ལུགས་ངན་སྲོལ་ངན་ལ་འཁང་ར། དེ་བཞིན་དུས་སྐབས་སོ་སོའི་སྤྱི་ཚོགས་ཀྱི་རྣམ་པ་དང་། མང་ཚོགས་ཀྱི་བསམ་བློའི་འདུ་ཤེས་འཛིན་སྟངས་གང་ཡིན་སོགས་གསལ་མཚོན་བྱས་སྟབས་ནང་དོན་ཤིན་ཏུ་རྒྱ་ཡངས་ཤིང་ཆེ་བ་ཞིག་ཡིན་པ་དེས་རྩོམ་པ་པོའི་རྩོམ་རིག་གསར་རྩོམ་གྱི་ནང་དོན་ལ་ཐད་ཀའི་ཕན་ནུས་ཐོན་ཡོད། མར་ཁེ་སིས་ཚང་མས་ཤེས་གསལ་ཤེ་ལའི་ལྷ་སྒྲུང་ནི་ཤེ་ལའི་སྒྱུ་རྩལ་གྱི་ནོར་མཛོད་ཙམ་དུ་མ་ཟད་ཤེ་ལའི་སྒྱུ་རྩལ་གྱི་གཞི་མ་ཡང་ཡིན་ཞེས་གསུངས་པ་ལྟར་རྒྱའི་མི་རིགས་ཀྱི་རྩོམ་པ་པོའི་རྩོམ་རིག་ལ་ཆ་བཞག་ན་སྔན་ངག་པ་དང་པོར་གྲགས་པ་ཆུའུ་ཡོན་གྱི《འཇུའུ་ཀེ》《九歌》འདི་གནའ་བོའི་ཀྲུའུ་མི་རིགས་ཀྱི་དམངས་ཁྲོད་ལྷ་གསོལ་གཞས་སྨུ་ཊང་གཞིར་བྱས་ནས་གསར་རྩོམ་བྱས་པ་དེ་བཞིན《ནུབ་ཕྱོགས་སུ་བསྐྱོད་པའི་ཟིན་ཐོ》《ཆུ་ངོགས་གཏམ་རྒྱུད་》ལ་སོགས་པ་དམངས་ཁྲོད་ཀྱི་ངག་རྒྱུན་ལ་གཞི་འཛིན་པའམ་དམངས་ཁྲོད་ངག་རྒྱུན་རྒྱུ་ཆར་བྱས་ནས་བརྩམས་པ་ཡིན་པ་རྒྱའི་རྩོམ་རིག་ལོ་རྒྱུས་ལས་གསལ་བར་

བཤད་ཡོད། གཞན་ཕྱིའི་རྒྱལ་ཁབ་ཀྱི་རྩོམ་པ་པོའི་རྩོམ་རིག་ལ་བལྟས་ན་གྲགས་ཅན་གྱི་བརྩམས་ཆོས་མང་ཆེ་བ་དམངས་ཁྲོད་རྩོམ་རིག་དང་བློ་སྲོག་གཅིག་སྒྲིལ་ཞྭ་བྲུར་གནས་པ་སྟེ་ཤིག་སེ་པིར་གྱི་《ཧན་མེན་ལེ་ཐེ》གུ་ཏིའི་《ཧྥུ་ཧྲི་ཏེ》བྲུ་ཤི་ཅིན་གྱི་ཁྱིམ་སྒྲུང་དང་སྔན་ངག་ཀོར་ཅིའི་སྒྲུང་རྩོམ་དང་སྙན་ངག་སོགས་གནའ་བོའི་ཤི་ལའི་ལྷ་སྒྲུང་དང་མི་རིགས་སོ་སོའི་དམངས་རྩོམ་གཞིར་བཟུང་ནས་བརྩམས་པ་སྐབས་དོན་བོད་ཀྱི་རྩོམ་པ་པོའི་རྩོམ་རིག་ཀྱང་གོང་བཀོད་དང་མཚུངས་པ་སྟེ། མདོ་མཁར་ཞབས་དྲུང་ཚེ་རིང་དབང་རྒྱལ་གྱིས་བརྩམས་པའི་《གཞོན་ནུ་ཟླ་མེད་ཀྱི་གཏམ་རྒྱུད》ཞང་ཞུང་ཆོས་དབང་གྲགས་པས་བརྩམས་པའི་《ནོ་མ་ཏའི་རྟོགས་བརྗོད》ལྷ་སྨོན་ཡེ་ཤེས་ཚུལ་ཁྲིམས་ཀྱིས་བརྩམས་པའི་《སྐྱ་སེང་བུ་ལྟའི་བྱུང་བ་བརྗོད་པ》ལྟ་བུ་རྒྱ་གར་གྱི་དམངས་ཁྲོད་ལ་ཐོར་ནས་དར་བའི་དམངས་རྩོམ་གྱི་རྨང་གཞིའི་ཐོག་རྩོམ་པ་པོ་སོ་སོས་གསར་རྩོམ་གྱི་བློས་བསླངས་གསར་པ་དང་སྒྱུ་རྩལ་གྱི་མཚོན་ཐབས་གསར་པ་བེད་སྤྱད་ནས་གསར་རྩོམ་བྱས་པ་ཡིན་ལ་གལ་ཏེ་རྒྱ་གར་དམངས་ཁྲོད་ལ་དེ་ལྟ་བུའི་བརྩམས་ཆོས་ཤིག་མེད་ཚེ་རྩོམ་པ་པོའི་གྲགས་ཅན་བརྩམས་ཆོས་དེ་དག་ཡོང་ཐབས་བྲལ་བ་མང་དུ་བརྗོད་ག་ལ་དགོས། དེས་ན་དམངས་ཁྲོད་རྩོམ་རིག་གིས་རྩོམ་པ་པོའི་རྩོམ་རིག་འཕོར་ཆེན་ཞིག་ལ་རིན་ཐང་བྲལ་བའི་བློ་སྲོག་སྤྲིན་ཡོད་ལ་བློ་སྲོག་དེ་ལ་བརྟེན་ནས་རྩོམ་པ་པོའི་རྩོམ་རིག་གི་ལང་ཚོ་དེ་དམར་མདངས་རྒྱས་ཤིང་རྣ་བའི་ཡོངས་སྤྱོད་ཅིག་ལ་གྱུར་པ་ཡིན།

གཉིས། དམངས་ཁྲོད་རྩོམ་རིག་གིས་རྩོམ་པ་པོའི་རྩོམ་རིག་ལ་རྩོམ་ལུས་ཕུན་སུམ་ཚོགས་པ་མཁོ་འདོན་བྱས་ཡོད།

རྩོམ་རིག་སྒྱུ་རྩལ་གྱི་འབྱུང་ཁུངས་ངོས་ནས་དོན་དེར་གོ་བ་ཞིག་བླངས་ན་རྩོམ་རིག་སྒྱུ་རྩལ་གང་ཞིག་ཡིན་རུང་དང་པོར་ངལ་རྩོལ་ལས་བྱུང་བ་དང་དམངས་ཁྲོད་ལས་བྱུང་བ་ཞིག་ཡིན། སྙན་ངག་དང་འཁོལ་རྩོམ་ལ་སོགས་པ་

རྩོམ་ལུས་ཀྱི་རྣམ་པ་དེ་དག་རྩོམ་པ་པོའི་རྩོམ་རིག་མ་དར་སྔོན་ནས་དམངས་རྩོམ་གྱིས་སྤྱི་ཚོགས་འཕེལ་རྒྱས་དང་མི་དམངས་ཀྱི་སྨྱུ་རྩལ་དགོས་མཁོ་དང་འཚམས་པར་གསར་བསྐྲུན་བྱས་ཡོད་ཅིང་། དེ་དག་རྩོམ་པ་པོས་རང་གི་གསར་རྩོམ་གྱི་ལག་ལེན་ནང་བེད་སྤྱོད་དང་ཁས་ལེན་བྱས་པ་སྟེ་རྒྱའི་རྩོམ་རིག་མཁས་པ་ལུ་ཤུན་གྱིས་གཞས། སྙན་ངག ཚིག གདངས་བཅས་ངས་བསམ་ན་སྔོན་ལ་དམངས་ཁྲོད་ཀྱི་རྒྱུ་ནོར་ཡིན་ལ་ཤེས་ཡོན་ཅན་ཚོས་དེ་དག་བླངས་ནས་རང་ལ་དབང་བ་ཡིན་ཞེས་གསུངས་པས་མཚོན་ཐུབ། རྒྱའི་རྩོམ་རིག་ལ་ཆ་མཚོན་ན། ལྔ་ཚིག བཞི་ཚིག བདུན་ཚིག་ཅན་གྱི་སྙན་ངག་གི་རྩོམ་ལུས་ཀྱི་རྣམ་པ་དག་དམངས་རྩོམ་གྱི་རྩོམ་ལུས་རྣམ་པར་ཁུངས་གཏུགས་པ་སྟེ། ལྔ་ཚིག་ཅན་གྱི་སྙན་ངག་གསར་རྩོམ་པ་དང་པོར་གྲགས་པ་པན་ཀུ་ཡི་《ཡུང་ཧྲི་》 《咏史》ཞེས་པའང་གནའ་བོའི་རྒྱ་ནག་དམངས་གཞས་ཀྱི་རྣམ་པ་དེ་བེད་སྤྱད་པ་ཞིག་ལས་པན་ཀུ་ཡིས་གསར་གཏོད་བྱས་པ་དང་པན་ཀུ་ཡིས་སྙན་ངག་དེ་མ་བརྩམས་གོང་རྩོམ་ལུས་དེ་གདན་ནས་མེད་པ་ཞིག་མ་ཡིན་པ་རྒྱའི་རྩོམ་རིག་ལོ་རྒྱུས་ལས་མཐོང་ཐུབ་པ་ཞིག་དང་། རང་ཅག་བོད་ཀྱི་རྩོམ་རིག་ལ་ཆ་མཚོན་ན་《མི་ལ་རས་པའི་མགུར་》དང་《ཞབས་དཀར་བའི་མགུར་》ལ་སོགས་མགུར་རྩོམ་གྱི་རྣམ་པ་དག་བོད་རང་གི་དམངས་གཞས་ཀྱི་རྩོམ་ལུས་ཀྱི་རྣམ་པར་ཁུངས་དང་གཞི་འཛིན་ནས་བྱུང་བ་ཙམ་མ་ཟད། དམིགས་བསལ་《ཚངས་དབྱངས་རྒྱ་མཚོའི་མགུར་གླུ་》ཞེས་པ་འཛམ་གླིང་རྩོམ་རིག་བང་མཛོད་ནང་ཡ་མཚན་གྱི་ནོར་བུ་ཞིག་ཏུ་བརྩིས་པ་དེ་ཡང་བོད་ཀྱི་དམངས་གཞས་ཀྱི་རྩོམ་ལུས་རྣམ་པ་ཇི་བཞིན་བླངས་ནས་གསར་རྩོམ་བྱས་པ་སྟེ་དཔེར་ན།

སྟོབས་ལྡན་ཏ་ལོའི་མེ་ཏོག །
མཆོད་པའི་རྫས་ལ་ཕེབས་ན། །
གཡུ་སྦྲང་གཞོན་ནུ་ང་ཡང་། །

ལྷ་ཁང་ནང་ལ་ཁྲིད་དང་། །

—《ཚངས་དབྱངས་རྒྱ་མཚོའི་མགུར་》

སེམས་ཉིད་ནམ་མཁའ་སྟོང་པ། །
སྤྲིན་པའི་གཡའ་ཞིག་འཁོར་བྱུང་། །
དགའ་པོ་སེམས་ཀྱི་ཁོ་ཐག །
ཆོད་པོ་རང་དང་མ་བྱུང་། །

—《དམངས་གཞས་》

ངང་པ་འདམ་ལ་ཆགས་ནས། །
རེ་ཞིག་སྡོད་དགོས་བསམ་ཀྱང་། །
མཚོ་མོ་དར་ཁ་འཁྲིགས་ནས། །
རང་སེམས་ཁོ་ཐག་ཆོད་སོང་། །

—《ཚངས་དབྱངས་རྒྱ་མཚོའི་མགུར་》

ངང་པ་བྱུང་ནས་ཡོང་དུས། །
མཚོ་མོ་བསམ་ནས་ཡོང་ཡོད། །
མཚོ་ལ་དར་གྱི་སྒོ་ལྕགས། །
བརྒྱབ་ཡོང་བསམ་པ་མ་བྱུང་། །

—《དམངས་གཞས་》

ལྷ་དུ་རྩོམ་ལུས་ཀྱི་རྣམ་པ། ཚིག་གི་མང་ཉུང་། ཚིག་གི་བཅད་མཚམས་ཡོངས་སུ་ཁྱད་མེད་ཡིན་པ་རགས་ཙམ་བསྟུར་བས་རྟོགས་ཐུབ། དེ་བཞིན་དུ་བོད་ཀྱི་རྩོམ་པ་པོའི་རྩོམ་རིག་ནང་གནས་བབ་ཏ་ཅན་མཐོ་པོར་འཛིན་པའི་རྟོགས་བརྗོད་རྩོམ་རིག་གི་རྣམ་པ་དེ་ཡང་བོད་ཀྱི་དམངས་ཁྲོད་ཀྱི་མི་སྣའི་སྐོར་གྱི་བཤད་སྲོལ་ལམ་མི་སྣའི་སྐོར་གྱི་གཏམ་རྒྱུད་ཀྱི་རྩོམ་ལུས་རྣམ་པ་དེ་རྨང་གཞིར་

བྱས་ནས་བྱུང་བ་བཅས་མདོར་ན། གོང་བཀོད་དཔེ་མཚོན་དེ་དག་ལས་རྩོམ་པ་པོའི་རྩོམ་རིག་གི་རྩོམ་ལུས་ཀྱི་རྣམ་པ་མང་ཆེ་བ་དམངས་ཁྲོད་རྩོམ་རིག་ལས་བྱུང་བ་དང་དམངས་ཁྲོད་རྩོམ་རིག་གི་རྩོམ་ལུས་འདྲ་མིན་དག་རྩོམ་པ་པོའི་རྩོམ་རིག་འཕེལ་རྒྱས་ཐུབ་པའི་གསོན་ཤུགས་ཤིག་ཡིན་པ་གསལ་བཤད་ཐུབ་པ་ཡིན།

གསུམ། དམངས་ཁྲོད་རྩོམ་རིག་གི་བརྗོད་པའམ་སྒྱུ་རྩལ་གྱི་སྐད་ཆས་རྩོམ་པ་པོའི་རྩོམ་རིག་ལ་ཕན་ནུས་ཐོན་ཡོད།

རྩོམ་རིག་ནི་སྐད་ཆའི་སྒྱུ་རྩལ་ཞིག་ཡིན་པས་དམངས་རྩོམ་དང་སྙེར་རྩོམ་གང་ཞིག་ཡིན་རུང་སྐད་ཆར་བརྟེན་ནས་གསོན་ཉམས་ལྡན་པའི་གཟུགས་བརྙན་དང་དཔེ་མཚོན་བསྒྲུབ་བཞེངས་ཀྱིས་དོན་དངོས་འཚོ་བ་གསལ་མཚོན་བྱེད་པ་ཡིན་པ་ནི་སྨོས་མེད་ཀྱི་དོན་ཞིག་ལགས།

རྒྱ་ཆེའི་ངལ་རྩོལ་མི་དམངས་ཀྱིས་ལྷ་སྒྲུང་དང་གཏམ་དཔེ། དམངས་གཞས་དང་གབ་ཚིག་སོགས་གསར་རྩོམ་གྱི་བརྒྱུད་རིམ་ནང་མིའི་རིགས་ཀྱི་རྒྱུན་སྤྱོད་དམ་འཚོ་བའི་སྐད་ཆ་མཐོར་གཏེགས་ཀྱིས་རྩོམ་རིག་ལ་ཉེར་མཁོའི་བརྗོད་པ་ཕུན་སུམ་ཚོགས་པ་གསར་བསྐྲུན་བྱས་པ་དག་རྩོམ་པ་པོས་དུས་དང་རྣམ་པ་ཀུན་ཏུ་རང་གི་རྩོམ་ཡིག་ནང་བཀོད་སྤྱོད་དང་དང་ལེན་བྱས་པས་སྙེར་རྩོམ་གྱི་རྗོད་བྱེད་གསོན་ཉམས་ལྡན་པ་དང་སྙིང་བསྡུས་ཀྱི་ཁྱད་གཤིས་ལྡན་པར་གྲུབ་པ་རྩོམ་རིག་གི་སྣང་ཚུལ་མང་དག་ལས་མངོན་ཐུབ། དཔེར་ན། རྒྱའི་གྲགས་ཅན་གྱི་བརྩམས་ཆོས《ཁང་ཆེན་དམར་པོའི་རྨི་ལམ་》ནང་རྩོམ་པ་པོས་དམངས་ཁྲོད་ཀྱི་གཏམ་དཔེ་སྤྱབས་བདེ་འགས་མི་སྣའི་གཤིས་ཀའི་ཁྱད་པར་མངོན་རྗེན་ཞིག་བཀོད་འབྲི་བྱས་པ་དེ་བཞིན་བོད་རྩོམ《བྱ་སྤྲེལ་གཏམ་རྒྱུད་》ནང་མི་སྣ་དང་མི་སྣའི་བར་གྱི་སྐབས་ལ་འཇེབས་པའི་གཏམ་གླེང་དག་དམངས་ཁྲོད་ཀྱི་གཏམ་དཔེ་བཀོད་ནས་རྫོགས་པར་བྱས་ལ་གལ་ཏེ་རྩོམ་པ་པོས་དམངས་ཁྲོད་ཀྱི་ཕུན་སུམ་ཚོགས་ལ་སྙིང་བསྡུས་ཀྱི་བརྗོད་པ་དེ་དག་རྒྱབ་རྟེན་དུ་བྱས་མེད་ན་བོད་མིའི་རྣ་

བའི་བཅུད་དུ་སྨིན་པའི་བརྩམས་ཆོས་དེ་བྱུང་ཐབས་བྲལ་ལོ། བྱ་ཞིའི་ཅིན་གྱིས་རྩོམ་རིག་འདི་དམངས་ཁྲོད་སྔན་རྩོམ་དང་ཤ་རུས་གཅིག་ཏུ་སྦྲེལ་ན་གཞི་ནས་བདེ་མྱུར་དུ་འཕེལ་རྒྱས་འགྲོ་ལ་རྩོམ་པ་པོ་ཡང་དམངས་ཁྲོད་སྒྱུ་རྩལ་དང་རྟག་སྦྲེལ་བྱས་ན་གཞི་ནས་སྐད་ཆའི་སྒྱུ་རྩལ་བྱང་ཆུབ་ཐུབ་ཅེས་གསུངས་པ་ལྟར་རྩོམ་ལ་དབང་བའི་རྩོམ་པ་པོ་སུ་ཡིན་ནའང་མི་དམངས་ཀྱིས་བསྒྲིགས་བཅད་བྱས་པའི་སྐད་ཆར་བརྟེན་ནས་སྐད་ཆའི་སྒྱུ་རྩལ་གྱི་ཆེས་མཐོའི་གནས་བབས་ཤིག་ལ་སླེབས་པ་ནི་བསྙོན་མེད་ཡིན།

བཞི། དམངས་ཁྲོད་རྩོམ་རིག་གི་སྒྱུ་རྩལ་མཚོན་ཐབས་ཀྱིས་རྩོམ་པ་པོའི་རྩོམ་རིག་ལ་ཤུགས་རྐྱེན་ངེས་ཅན་ཐེབས་ཡོད།

ང་ཚོས་རྩོམ་པ་པོའི་བརྩམས་ཆོས་མང་དག་ཞིག་ལ་ཞིབ་ཏུ་བལྟས་ན་དེ་ཚོའི་སྒྱུ་རྩལ་མཚོན་ཐབས་མི་འདྲ་བ་ཞིག་རྩོམ་པ་པོས་གསར་གཏོད་བྱས་པ་ཞིག་མ་ཡིན་པར་དམངས་ཁྲོད་རྩོམ་རིག་གི་མཚོན་ཐབས་དཔེ་གཞིར་འཛིན་ནས་བྱུང་བ་ཡིན་པ་རྟོགས་ཐུབ། དཔེར་ན། དམངས་གཞས་ནང་བརྗོད་འདོད་ཀྱི་དོན་དེ་དཔེ་དོན་ཟུང་འབྲེལ་ལམ་དཔེའི་ནང་དུ་བསྲུས་ནས་བརྗོད་པའི་སྒྱུ་རྩལ་མཚོན་ཐབས་རྒྱ་ཁྱབ་ཏུ་བེད་སྤྱོད་པ་འདིས་རྩོམ་པ་པོའི་སྙན་ངག་རྩོམ་རིག་གི་མཚོན་ཐབས་ལ་ཐད་ཀར་ཤུགས་རྐྱེན་ཐེབས་ཡོད་པ་《ཚངས་དབྱངས་རྒྱ་མཚོའི་མགུར་གླུ》དང་《ལྷ་ས་དྲན་གླུ》སོགས་ལས་ཆེས་གསལ་བར་མངོན་པ་དང་དེ་བཞིན་དམངས་རྩོམ་ནང་བསྡུས་བརྗོད་ཀྱི་མཚོན་ཐབས་དང་བསྒྱུར་བའི་མཚོན་ཐབས་སོགས་རྒྱ་ཆེར་སྤྱོད་པ་འདིས་རྩོམ་པ་པོའི་རྩོམ་རིག་ནང་མཚོན་ཐབས་དེ་དག་བྱུང་བ་མང་དུ་བརྗོད་ག་ལ་དགོས།

དམངས་ཁྲོད་རྩོམ་རིག་གིས་རྩོམ་པ་པོའི་རྩོམ་རིག་ལ་ཤུགས་རྐྱེན་གང་ཐེབས་ཚང་མ་འདིར་བརྗོད་པའི་ངལ་བ་མ་བྱས་ལ་མདོར་ན་ རླབས་ཆེན་གྱི་རྩོམ་པ་པོ་ཀོར་ཅིས་རྒྱལ་ཁབ་སོ་སོའི་རླབས་ཆེན་གྱི་སྙན་ངག་པའི་ཕུལ་བྱུང་སྙན་

རྩོམ་དེ་དག་དམངས་ཁྲོད་ཀྱི་མཉམ་སྡེབ་གསར་རྩོམ་གྱི་ནོར་མཛོད་དེ་ལས་སྙིང་བཅུད་ལེན་པ་ཡིན་ལ་སྔར་ནས་ད་བར་ནོར་མཛོད་དེས་སྣན་ངག་པར་གསོན་ཉམས་ལྡན་པའི་གཟུགས་བརྙན་དང་དཔེ་མཚོན་མཐའ་དག་མཁོ་འདོན་བྱས་པ་ཡིན་ཞེས་གསུངས་པ་ལྟར་དམངས་ཁྲོད་རྩོམ་རིག་གིས་རྩོམ་པ་པོའི་རྩོམ་རིག་ལ་ནང་དོན་དང་རྣམ་པ། བརྗོད་ཚིག་བཅས་རྒྱ་ཆ་རྫོགས་མཐའ་མེད་པ་གསར་བསྐྲུན་བྱས་ཡོད་ལ་དེས་རྩོམ་པ་པོའི་རྩོམ་རིག་དེ་ཆར་ཤུལ་གྱི་ནགས་བཞིན་འཕེལ་རྒྱས་དང་འཚར་ལོངས་བྱུང་བ་ཡིན།

གཉིས་པ། རྩོམ་པ་པོའི་རྩོམ་རིག་གིས་དམངས་ཁྲོད་རྩོམ་རིག་ལ་ཐེབས་པའི་ཤུགས་རྐྱེན།

དམངས་ཁྲོད་རྩོམ་རིག་ནི་རྩོམ་རིག་བང་མཛོད་ནང་གི་ཆེས་ཁྱད་དུ་འཕགས་པའི་ནོར་བུ་ཞིག་ཡིན། དེ་ལས་མང་དག་ཅིག་ང་ཚོས་ད་ལྟའང་ལོངས་སུ་སྤྱོད་རྒྱུ་བྱུང་བ་ནི་དམངས་ཁྲོད་རྩོམ་རིག་ཁོ་རང་ལ་འཚོ་གནས་ཀྱི་ནུས་པ་ཡོད་པ་ལ་བརྟེན་པ་ཙམ་མ་ཟད། རྩོམ་པ་པོ་དང་རྩོམ་པ་པོའི་རྩོམ་རིག་གིས་ཕན་ནུས་ངེས་ཅན་བཏོན་པར་བརྟེན་པ་ནི་བཟློག་ཏུ་མེད་པའི་བདེན་པ་ཞིག་ཡིན། འོན་ཀྱང་རྩོམ་པ་པོའི་རྩོམ་རིག་གིས་དམངས་རྩོམ་བརྒྱུད་འཛིན་བྱས་པའི་བརྒྱུད་རིམ་ནང་སྙེར་རྩོམ་རང་གི་ཁྱད་ཆོས་དང་བསྟུན་གང་ཐུབ་བྱས་པས་དམངས་རྩོམ་སྤྱིའི་ནང་དོན་དང་སྒྱུ་རྩལ་ཐད་གནོད་སྐྱོན་མ་ཉུང་བ་ཡང་བྱུང་ཡོད། ང་ཚོས་དགེ་སྐྱོན་གཉིས་ཀྱི་ཆ་ནས་རྩོམ་པ་པོའི་རྩོམ་རིག་གིས་དམངས་ཁྲོད་རྩོམ་རིག་ལ་ཤུགས་རྐྱེན་གང་ཐེབས་མིན་གླེང་ངོ་། །

གཅིག དམངས་ཁྲོད་རྩོམ་རིག་ཉར་ཚགས་དང་བསྡུ་སྒྲིག་ཐུབ་པར་ཕན་ནུས་ཐོན་ཡོད། དམངས་ཁྲོད་རྩོམ་རིག་ནི་སྤྱིར་གཅིག་བཤད་གཅིག་ངེས་ལ་

བརྟེན་པའི་རྩོམ་རིག་ཅིག་ཡིན་སྟབས་དེའི་ཉར་ཚགས་དང་བསྡུ་སྒྲིག་ཆ་ཚང་བ་དམངས་རྩོམ་རང་གི་བརྒྱུད་འཛིན་ཐབས་ལམ་གྱིས་སྒྲུབ་དཀའ་བ་ནི་ད་ལྟའི་མི་རྣམས་ལ་གནའ་བོའི་ལྷ་སྒྲུང་དང་གཏམ་རྒྱུད་ཇི་མ་ཇི་བཞིན་ཞིག་ངག་རྒྱུན་རང་ལས་གོ་དཀའ་བ་དེས་མཚོན་ཐུབ་ཅིང་། འོན་ཀྱང་གནའ་བོའི་དམངས་རྩོམ་འགོར་ཆེན་དུ་ལྷག་འང་ཙུང་ཆ་ཚང་བར་གནས་པ་ནི་རྩོམ་པ་པོ་དང་རྩོམ་པ་པོའི་རྩོམ་རིག་གིས་ཉར་ཚགས་དང་བསྡུ་སྒྲིག་བྱས་པའི་འབྲས་བུ་ཡིན། དེ་ཡང་རྩོམ་པ་པོས་གཅིག་ནས་རང་གི་བརྩམས་ཆོས་དེ་ཐད་ཀར་དམངས་སྒྲུང་ལ་སོགས་པ་ཞིག་གཞིར་འཛིན་པའམ་ཡང་ན་རང་གི་བརྩམས་ཆོས་ནང་དམངས་སྒྲུང་དང་གཏམ་དཔེ། དམངས་གཞས། གབ་ཚིག་ལ་སོགས་པ་བེད་སྤྱོད་བྱས་པས་དམངས་རྩོམ་དེ་དང་དེ་མ་བརླགས་མ་ཡལ་བར་ཉར་ཚགས་ཐུབ་པ་བྱུང་བ་དཔེར་ན་རྒྱ་ཡོན་གྱིས《ཧྲུའུ་གི་》ཞེས་པ་གྲུའུ་མི་རིགས་ཀྱི་ལྷ་གསོལ་གླུ་གཞས་རྨང་གཞིར་བྱས་པའི་བརྩམས་ཆོས་དེ་འདྲ་ཞིག་མཛད་མེད་ཚེ་ད་ལྟའི་མི་རྣམས་ཀྱིས་གྲུའུ་མི་རིགས་ཀྱི་གནའ་བོའི་ལྷ་གསོལ་གླུ་གཞས་གོ་ཐོས་ཕར་བཞག་རྣམ་པའང་ངོས་འཛིན་དཀའ་བ་དང་དེ་བཞིན་ས་སྐྱ་པཎ་ཆེན་གྱི《ས་སྐྱ་ལེགས་བཤད་》ལྷ་སློན་ཡེ་ཤེས་ཚུལ་ཁྲིམས་ཀྱི་《སྐྱ་སེང་བུ་ལྔའི་བྱུང་བ་བརྗོད་པ་》ཉུས་པའི་རྒྱན་མཚན་གྱི་《མི་ལ་རས་པའི་རྣམ་ཐར་》ཞང་ཞུང་བའི་《ར་མ་ཎའི་རྟོགས་བརྗོད་》སོགས་གྲགས་རྩོམ་དེ་དག་ནང་བེད་སྤྱད་པའི་སྒྲུང་དང་གཏམ་རྒྱུད་གཏམ་དཔེ་བཅས་ཀྱི་གྲངས་འབོར་ལ་སྟོམ་རྩིས་རགས་ཙམ་བྱ་ན་དོན་དེ་བདེ་བླག་ངང་གསལ་ཐུབ་ལ་ཕྱོགས་གཞན་ནས་རྩོམ་པ་པོས་རང་གི་བརྩམས་ཆོས་ནང་དམངས་རྩོམ་བཀོད་པ་དང་དམངས་རྩོམ་ཕྱོགས་བསྒྲིགས་བྱས་པས་ཁ་ཐོར་དང་སྤྱོག་རྒྱུན་ཆད་ཉེར་ཡོད་པའི་དམངས་རྩོམ་མང་པོ་བསྡུ་སྒྲིག་ཐུབ་པ་དཔེར་ན་《བཀའ་ཆེམས་བཀའ་འཁོལ་མ་》དང་《དཔྱིད་ཀྱི་རྒྱལ་མོའི་གླུ་དབྱངས་》ནང་བོད་མི་ཇི་ལྟར་ཆགས་ཚུལ་ཙུང་ཆ་ཚང་བའི་ཐོག་ནས་བཀོད་

ཡོད་པ་དང་། བསྟུ་སྒྲིག་པའི་མཚན་མི་གསལ་བའི་《མི་རོ་རྩེ་སྒྲུང་》(མཚོ་སྔོན་མི་རིགས་དཔེ་བསྐྲུན་ཁང་) ནང་ཁྲོད་བསྡོམས་སྒྲུང་སྣ་ཉེར་བཞི་བཀོད་པ་དེ་འདྲས་དམངས་རྩོམ་དེ་དག་བསྟུ་སྒྲིག་དང་འཚོ་གནས་ཉར་ཚགས་ཐུབ་པ་བྱུང་ཡོད།

གཉིས། དམངས་ཁྲོད་རྩོམ་རིག་གི་བསམ་བློ་ནང་དོན་དང་སྒྱུ་རྩལ་ཐད་མཐོར་འདེགས་ཀྱི་ནུས་པ་ཐོན་ཡོད།

རྩོམ་པ་པོས་རང་གི་བཙམས་ཆོས་ནང་དུ་དམངས་རྩོམ་དེ་དང་དེ་ཇི་མ་ཇི་བཞིན་བེད་སྤྱོད་པ་ལས་བརྒལ་ཏེ་གསར་རྩོམ་གྱི་ཚད་གཞི་གསར་པའི་ཐོག་ནས་སྒྱུ་རྩལ་གྱི་སྙིང་བཅུད་གསར་སྣོན། ནང་དོན་ལེགས་བཅུས། བསམ་བློ་ཡར་ཐོན་བཅས་བྱས་ཡོད། འཛམ་གླིང་གྲགས་ཅན་གྱི་སྙན་རྩོམ《ཚངས་དབྱངས་རྒྱ་མཚོའི་མགུར་གླུ》ལ་ཆ་བཞག་ན་སྔོན་བོད་ཀྱི་དམངས་གཞས་ཀྱི་རྗོད་བྱེད་དང་སྒྱུ་རྩལ་མཚོན་ཐབས་རྨང་གཞིར་བྱས་པ་ཞིག་ཡིན་ནའང་དེ་ལས་མངོན་པའི་ནང་དོན་དང་། དྲང་སེམས་མཚོན་ཚུལ་སྒྱུ་རྩལ་གྱི་ཐབས་ཤེས་བཅས་དམངས་ཁྲོད་མཛའ་གཞས་ཀྱི་ཚད་ལས་བརྒལ་ཏེ་རྩོམ་པ་པོ་རང་གི་ཁྱད་ཆོས་ཡོད་པ་ཞིག་ཏུ་གྱུར་ཅིང་། རྩོམ་པ་པོའི་ཤེས་རབ་ཀྱིས་དམངས་གཞས་དེ་དང་དེའི་བསམ་བློའི་སྙིང་དོན་དང་སྒྱུ་རྩལ་གྱི་རིན་ཐང་ཚད་གཞི་མཐོ་པོ་ཞིག་གི་ཐོག་སླེབས་པར་བྱས་ཡོད། དེ་དང་འདྲ་བར་ལྷ་སྔོན་ཡེ་ཤེས་རྒྱལ་ཁྲིམས་ཀྱིས《སྐྱ་སེང་བུ་ལྔའི་བྱུང་བ་བརྗོད་པ》ཡི་ནང་སྲིད་སྒྲུབ་ཅེས་སྒྱུ་རྩལ་ཀུན་ལ་བྱུང་ཆུབ་ལ་ལྷག་པར་མདའ་རྩལ་འགྲན་ཟླ་བྲལ་བ་དང་གཡུལ་ངོར་བརྟན་པ་ཞེས་ཤེ་སྲོག་ལ་ཐུག་ནའང་རྫུན་མི་སྨྲ་བ། ཁྲིའུ་རྣ་ཅན་ཞེས་རང་ལ་གང་ཡོད་གཞན་ལ་སྦྱིན་པ། རྣ་གུ་ལི་ཞེས་མིག་གི་རྣམ་ཤེས་ལྷག་པར་བརྟན་པ། སྨེ་བ་དྲུག་པ་ཞེས་རང་ལུས་ཀྱི་སྨེ་བ་དྲུག་ཅིག་ཅར་མ་ཕུབ་ན་གླགས་མ་རྙེད་པ། དགྲ་ངན་ཞེས་མཚན་མ་ངན་པ་བཅས་མི་སྣ་གསོན་ཉམས་ལྡན་ལ་ཁྱད་གཤིས་ཅན་བསྐྲུབ

བཞེངས་ཀྱིས་མིའི་རིགས་ཀྱི་རྩོད་ལྡན་དུས་ཚོད་གང་ཞིག་ལ་བྱུང་བ་དང་། དགེ་སྡིག་གི་ཁྱད་པར་གང་ཞིག་ཡིན་པ་བཅས་ བློས་བསླངས་གསར་པ་དང་མཚོན་ཐབས་གསར་པའི་སྟེང་ནས་རྒྱ་གར་དམངས་ཁྲོད་ལ་སྔར་ནས་དར་བའི་རྩོམ་ཡིག་དེ་བོད་རིགས་མཁས་པའི་བློ་གྲོས་ཀྱིས་ཕྱོགས་གང་ཅིའི་ཐད་ཚད་གཞི་སྔར་བས་མཐོ་བ་ཞིག་ཏུ་སླེབས་པར་བྱས་པ་དང་། ལྷ་མོའི་འཁྲབ་གཞུང་《སྣང་ས་འོད་འབུམ་》ལྟ་བུ་ཡང་དམངས་ཁྲོད་བཤད་སྲོལ་གྱི་རྨང་གཞིའི་ཐོག་དུས་རབས་རིམ་བྱུང་གི་རྩོམ་པོས་འཕྲུས་ཚང་དང་འཕེལ་རྒྱས་བཏང་བས་མི་སྣའི་ཁྱད་གཤིས་གསོན་ཉམས་ལྡན་ལ་སྐབས་སོ་སོའི་མི་རྣམས་ཀྱི་བསམ་བློར་མཛུབ་ཁྲིད་ཐུབ་པའི་འཁྲབ་གཞུང་ཁྱད་དུ་འཕགས་པ་ཞིག་ཏུ་གྱུར་པ་ཡིན། རྩོམ་པ་པོས་དམངས་རྩོམ་གྱི་ནང་དོན་དང་སྒྱུ་རྩལ་མཐོར་བཏེག་བྱས་པའི་དཔེ་མཚོན་རང་ཅག་བོད་རྩོམ་ཙམ་དུ་མ་ཟད་མི་རིགས་གཞན་ལའང་མང་དུ་ཡོད་པ་དཔེར་ན་རྒྱའི་རྩོམ་པ་པོའི་བརྩམས་ཆོས《ཆུ་ངོགས་གཏམ་རྒྱུད་》དང《ནུབ་ཕྱོགས་སུ་བསྐྱོད་པའི་ཟིན་ཐོ་》ལ་སོགས་པ་དམངས་ཁྲོད་བཤད་སྲོལ་རྨང་གཞིར་བྱས་ནས་རྩོམ་པ་པོ་སོ་སོས་གསར་རྩོམ་དང་འཕེལ་རྒྱས་ཕྱོགས་བསྡུས་བཏང་བ་ཡིན་པ་དང་ཕྱི་རྒྱལ་མི་རིགས་ཀྱི་ངོས་ནས་བཤད་ན། ཀར་ཏེའི《ཕྲའུ་སྟེ་ཏེ་》དང་བུ་ཞི་ཅིན་གྱི《བཙོན་པ་》ལ་སོགས་པ་མང་དག་དམངས་རྩོམ་ལ་བསམ་བློ་སྒྱུ་རྩལ་གྱི་སྟེང་བཅུད་གསར་པ་སྦྱིན་པ་དང་། དམངས་རྩོམ་ལ་འཕེལ་རྒྱས་ཀྱིས་སྔར་ཡོད་དམངས་རྩོམ་གྱི་ཕྱོགས་གང་ཅིར་མཐོར་བཏེག་བྱས་པ་ཤ་སྟག་གོ།

གསུམ། དམངས་ཁྲོད་རྩོམ་རིག་གི་ཁྱབ་སྤེལ་ཐད་ཕན་ནུས་ཐོན་ཡོད།

དམངས་ཁྲོད་རྩོམ་རིག་ལ་གཅིག་བཤད་གཅིག་ངེས་སམ་ངག་ཐོག་ལས་ཁྱབ་སྤེལ་བྱེད་པའི་རང་གི་ཐབས་ལམ་ཞིག་གྲུབ་ཡོད་ནའང་དུས་ཐུང་དང་རྒྱ་ཁྱབ་ཏུ་ཁྱབ་སྤེལ་བྱེད་པར་དཀའ་ངལ་ཆེན་པོ་ཡོད་པ་ཡིན། རྩོམ་པ་པོའི་རྩོམ་རིག་གིས་དམངས་རྩོམ་དེ་དག་ཐབས་ལམ་གཞན་ཞིག་ལ་བརྟེན་ནས་ཁྱབ་སྤེལ་

བྱས་པས་དམངས་རྩོམ་ཁྱབ་སྤེལ་གྱི་ལམ་བུ་དེ་དེ་བས་རྒྱ་ཡངས་པར་ཕྱིན་ཡོད། དཔེར་ན《ཨ་ཁྲུ་སྟོན་པའི་སྒྲུང་》 《ཉི་ཆོས་བཟང་པོའི་སྒྲུང་》སོགས་རྩོམ་པ་པོས་དགོད་བྲོའི་གཏམ་གླེང་གི་རྣམ་པར་བརྩམས་ནས་འཁྲབ་སྟོན་ཐུབ་པ་དེས་སྒྲུང་དེ་རིགས་དུས་ཐུང་ནང་བོད་ཀྱི་ཞིང་འབྲོག་ས་ཁུལ་མང་ཆེ་བར་ཁྱབ་སྤེལ་བྱུང་ཐུབ་པ་དང་ལྷག་པར་དུ་མི་རིགས་གཞན་གྱི་དམངས་རྩོམ་རང་མི་རིགས་ནང་ཁྱབ་སྤེལ་དང་རང་མི་རིགས་ཀྱི་དམངས་རྩོམ་གཞན་མི་རིགས་ནང་ཁྱབ་སྤེལ་ཐུབ་པ་ལ་རྩོམ་པ་པོའི་རྩོམ་རིག་གིས་ནུས་པ་དེ་བས་ཆེ་བ་བཏོན་ཡོད། དཔེར་ན། ཞང་ཞུང་ཆོས་དབང་གྲགས་པ་དང་མདོ་མཁར་ཞབས་དྲུང་ཚེ་རིང་དབང་རྒྱལ། ལྷ་སྨོན་ཡེ་ཤེས་ཚུལ་ཁྲིམས་སོ་སོས《ར་མ་ཎའི་རྟོགས་བརྗོད་》 《གཞོན་ནུ་ཟླ་མེད་ཀྱི་གཏམ་རྒྱུད་》 《སྐྱེ་སེང་བུ་ལྷའི་བྱུང་བ་བརྗོད་པ་》དེ་དག་མ་མཛད་ན། རྒྱ་གར་དམངས་ཁྲོད་ཀྱི་གྲགས་ཅན་སྒྲུང་རྩོམ་དེ་རྣམས་བོད་ཁ་བ་ཅན་གྱི་ཡུལ་གྲུ་མཐའ་བཞི་རི་ཆེན་གནམ་ལ་ཟུག་འདྲས་བསྐོར་བ་འདིའི་ནང་ཁྱབ་སྤེལ་ཐུབ་པ་ཤིན་ཏུ་དཀའ་བ་དང་ས་པཎ་གྱིས《ས་སྐྱ་ལེགས་བཤད་》མ་མཛད་ཚེ་ཐུང་ལ་སྙན་པའི་རྒྱ་གར་དམངས་ཁྲོད་ཀྱི་གཏམ་རྒྱུད་དེ་དག་རང་ཅག་བོད་པ་རྣམས་ཀྱི་རྣ་བའི་བདུད་རྩིར་གྱུར་ཐབས་མེད་དོ། །འོན་ཏེ་རྩོམ་པ་པོའི་རྩོམ་རིག་གིས་དམངས་རྩོམ་བེད་སྤྱོད་དང་ཁྱབ་སྤེལ་བྱས་པའི་བརྒྱུད་རིམ་ནང་ཆེད་མངགས་དང་ཆེད་མངགས་མ་ཡིན་པའི་ཐོག་ནས་ཤུགས་རྐྱེན་ངན་པ་ཡང་ཐེབས་ཡོད།

དེ་ཉི་གཅིག་ནས་རྩོམ་པ་པོས་དམངས་རྩོམ་རང་གི་ཁྱད་ཆོས་ལ་སྣང་མེད་ཀྱིས་གང་བྱུང་དུ་བཅོས་བཟོ་དང་གང་བྱུང་དུ་གསར་བཟོ་བྱས་པ་དང་འབྲེལ་བ་ཡོད་ལ་གཉིས་ནས་རྩོམ་པ་པོའི་གྲལ་རིམ་དང་གྲལ་རིམ་གྱི་འདུ་ཤེས། འཛིག་རྟེན་ལྟ་བ་བཅས་ཀྱིས་དམངས་རྩོམ་གྱི་བསམ་བློའི་ནང་དོན་དེ་སྐབས་དེའི་དབང་བསྒྱུར་གྲལ་རིམ་མམ་རྩོམ་པ་པོའི་རང་གི་གྲལ་རིམ་གྱི་ཞེན་ཆགས་དང་

བརྩེ་དུང་། དམིགས་ཡུལ་བཅས་མཚོན་པ་ཞིག་ཏུ་བཅོས་པས་དམངས་རྩོམ་གྱི་སྤར་ཡོད་བསམ་བློའི་ནང་དོན་ཉམས་དམས་དང་ཐ་ན་རྗེས་ལུས་སྐྱོངས་དད་ཅིག་ལ་གྱུར་བར་བྱས་པ་དེས་ཡིན། དཔེར་ན་རང་ཅག་བོད་ཀྱི་ལྷ་སྒྲུང་《སྤྲེའུ་དང་བྲག་སྲིན་མོ་ལས་བོད་མི་མཆེད་པ་》ཞེས་པ་འདི་《བཀའ་ཆེམས་བཀའ་ཁོལ་མ་》མ་བྱུང་བའི་སྔོན་དུ་ད་ལྟའི་རྣམ་པ་འདི་གཏན་ནས་ཡིན་མི་སྲིད་ལ་རྩོམ་པ་པོའི་གྲལ་རིམ་གྱི་ཞེན་ཆགས་དང་དགོས་མཁོར་དམིགས་ནས་སྤྱན་རས་གཟིགས་ཀྱིས་འགྲོ་བ་འདུལ་བའི་དོན་ཅན་ཞིག་ཏུ་བསྒྱུར་བ་དང་དེ་བཞིན་རྒྱའི་རྩོམ་རིག་《འབྲུག་དཀར་གཏམ་རྒྱུད་》ཅེས་པ་གདོད་མའི་དམངས་རྩོམ་དེ་གཞོན་ནུ་ཕོ་མོ་གཉིས་ཀྱི་བརྩེ་དུང་མཚོན་པ་ཞིག་དང་བཀས་བཀོད་རྒྱུད་འཛིན་གྱི་སྤྱི་ཚོགས་ནང་དུ་བུད་མེད་ཀྱིས་རང་མོས་གཉེན་སྒྲིག་ལ་རེ་སྨོན་དང་དེར་ལྷག་བསམ་ཟློལ་མེད་བྱེད་པ་མཚོན་པ་ཞིག་ཡིན་ཙང་རྩོམ་པ་པོ་ཧོང་གིས་བྱས་པའི་《ལེ་ཕྲུང་མཆོད་རྟེན་གྱི་གཏམ་རྒྱུད་》ནང་གཞོན་ནུ་ཕོ་མོ་གཉིས་ཀྱི་བརྩེ་དུང་དེ་ཚེ་སྔོན་ལས་མ་རྫོགས་པའི་འབྲས་བུ་ཡིན་པར་བཤད་ཅིང་ན་གཞོན་མ་དེ་ཡང་འདྲེ་སྲིན་གྱི་དྲི་བྲོ་བ་དང་ཉམ་ཆུང་ལ་གནོད་བྱེད་ཅིག་ལ་བཀོད་འཕྲི་བྱས་ཡོད་པས་མི་རྣམས་ཀྱིས་སྙིང་རྗེ་དང་བསྟོད་བསྔགས་ཐོབ་པའི་དམངས་རྩོམ་གྱི་མི་སྣ་དེ་རྩོམ་པ་པོས་ལེ་ཕྲུང་མཆོད་རྟེན་ནང་དམ་དུ་བཏགས་ན་འོས་ཤིང་འཚམས་པ་དང་སྙིང་རྗེ་དེ་བས་མི་ཐོབ་པའི་གཟུགས་བརྙན་ཞིག་ཏུ་བཀོད་འཕྲི་བྱས་ཡོད། དེས་དམངས་རྩོམ་གྱི་མི་སྣའི་གཟུགས་བརྙན་ལ་སྐྱོན་ཆེན་པོ་བྱུང་བ་མ་ཟད་རྩོམ་ཡིག་ཧྲིལ་པོའི་ནང་དོན་དང་རྩོམ་གྱི་བསམ་བློའི་རང་བཞིན་ལ་གནོད་སྐྱོན་དེ་བས་ཆེ་བ་བཟོས་ཡོད། དེ་ལྟ་བུའི་གནོད་སྐྱོན་སྔ་དུས་ཙམ་དུ་མ་ཟད་ད་ལྟའང་གནས་དང་གནས་བཞིན་པ་སྟེ་རྩོམ་པ་པོ་འགའ་ཤས་ཀྱིས་དམངས་ཁྲིད་རྩོམ་རིག་གི་ཆོས་ཉིད་ལ་མཐོ་བསམ་མ་བཏང་བར་དམངས་རྩོམ་དེ་"དེང་གི་རང་བཞིན་"ཅན་དུ་ནན་གྱིས་འཁྲིད་པས་དམངས་རྩོམ་གྱི་གདོད་

མའི་བསམ་བློ་དང་སྒྲུ་རྩལ་ཁྱད་ཆོས་བརྣག་པར་བྱེད་ཀྱི་ཡོད། སྨད་ཕྱིན་ང་ཆོས་དོན་དངོས་ཀྱི་ལག་ལེན་ནང་ངེས་པར་དུ་དངོས་གཙོའི་ལྟ་བ་བཟུང་ནས་དམངས་རྩོམ་རང་གི་ཆོས་ཉིད་དང་སྲོལ་རྒྱུན་ལ་བརྩི་འཛོག་བྱེད་དགོས་ཤིང་དེ་ལྟར་ཐུབ་ན་གནོད་པ་དང་འཁྲུལ་པ་དག་རང་བཞིན་གྱིས་བཀག་ཐུབ།

མདོར་ན། རྩོམ་རིག་འཕེལ་རྒྱས་ཀྱི་ལོ་རྒྱུས་ནང་རྩོམ་པ་པོའི་རྩོམ་རིག་གིས་དམངས་རྩོམ་རྒྱུ་ཆར་ལེན་པ་དང་དམངས་རྩོམ་བེད་སྤྱོད་བྱས་པས་དེ་དག་ཉར་ཚགས་དང་དེར་གང་ཐད་ནས་མཐོར་བཏེག་བྱུང་ལ་ཕྱོགས་གཞན་ནས་དམངས་རྩོམ་བེད་སྤྱོད་བྱས་པའི་བརྒྱུད་རིམ་ནང་བསམ་བློའི་ནང་དོན་དང་སྒྲུ་རྩལ་སོགས་ལ་ཆེ་ཆུང་ལ་མ་ལྟོས་པའི་ཤན་ཞུགས་པས་དམངས་རྩོམ་དེ་དང་དེའི་གདོད་མའི་རང་བཞིན་ནམ་ཁྱད་ཆོས་ལ་གནོད་སྐྱོན་ཡང་ངེས་ཅན་བྱུང་ཡོད།

བསམ་གཞིག་འདྲི་གཞི།

1. དམངས་རྩོམ་གྱིས་རྩོམ་པ་པོའི་རྩོམ་རིག་ལ་ཤུགས་རྐྱེན་གང་དང་གང་ཐེབས་འདུག་གམ།
2. རྩོམ་པ་པོའི་རྩོམ་རིག་གིས་དམངས་རྩོམ་ལ་ཤུགས་རྐྱེན་གང་ཐེབས་ཡོད་དམ།

ས་བཅད་བཞི་པ། དམངས་ཁྲོད་རྩོམ་རིག་གི་ཕན་ནུས་སམ་རིན་ཐང་བཤད་པ།

དམངས་ཁྲོད་རྩོམ་རིག་འདི་མི་དམངས་ཀྱི་ཐོན་སྐྱེད་ངལ་རྩོལ་འཚོ་བ་དང་གྲལ་རིམ་འཐབ་རྩོད་བཅས་དང་འབྲེལ་བ་དམ་ཟབ་ཡོད་པ་མ་ཟད་མི་དམངས་ཀྱི་འཚོ་བའི་གྲུབ་ཆ་གལ་ཆེན་ཞིག་ཀྱང་ཡིན། རྒྱུན་གཏན་གྱི་ཐོན་སྐྱེད་ངལ་རྩོལ་ཁྲོད་ཞིང་འདེབས། ཕྱུག་སྐྱོང་། བཟོ་བསྐྲུན་ལ་སོགས་ཡོད་པར་བརྟེན་ནས་དམངས་རྩོམ་ནང་དེ་ལ་དེ་འཚམས་ཀྱི་གཞས་དང་གབ་ཚིག་གཏམ་དཔེ། སྒྲུང་ལ་སོགས་པ་བྱུང་ཞིང་ཡང་དམངས་གཞས་ལ་སོགས་པ་དེ་དག་རྒྱུན་གཏན་འཚོ་བའི་ནང་བེད་སྤྱོད་བྱས་པས་གཞོན་ནུ་ཕོ་མོ་བར་གྱི་བརྩེ་དུང་བརྗེ་རེས་དང་། ཐོན་སྐྱེད་ངལ་རྩོལ་དང་འཚོ་བའི་ཤེས་བྱ་ཉམས་མྱོང་ཕྱོགས་བསྡོམས། ཀུན་སྤྱོད་སློབ་གསོ། གྲལ་རིམ་འཐབ་རྩོད། དེ་བཞིན་རྩེད་དགའ་འཕེལ་བ་བཅས་ལ་ཕན་ནུས་ཆེན་པོ་ཐོན་ཡོད། དེས་ན་དམངས་ཁྲོད་རྩོམ་རིག་ལ་སྒྱུ་རྩལ་གྱི་རིན་ཐང་ལྡན་པ་ཙམ་མ་ཟད། སྤྱི་ཚོགས་འཚོ་བའི་ཐད་ཀྱི་རིན་ཐང་ཡང་ཧ་ཅང་ཆེན་པོ་ལྡན་ཡོད།

དང་པོ། དམངས་ཁྲོད་རྩོམ་རིག་གི་བེད་སྤྱོད་རིན་ཐང་།

དམངས་རྩོམ་གྱི་བེད་སྤྱོད་རིན་ཐང་ཞེས་པ་ནི་དམངས་ཁྲོད་རྩོམ་རིག་འདི་སྤྱི་ཚོགས་ཀྱི་འཚོ་བའི་ནང་དངོས་སུ་བེད་སྤྱོད་བྱས་པ་ལས་བྱུང་བའི་ཕན་ནུས་ཀྱི་ཆ་དེར་བརྗོད་པ་ཡིན། སྤྱི་ཚོགས་ཀྱི་འཚོ་བ་རྒྱང་གཞིར་བྱས་ནས་དེར་

སྒྱུ་རྩལ་གྱིས་ཕྱོགས་བསྡུས་དང་མཐོར་འདེགས་བྱས་པ་ལས་བྱུང་བའི་དམངས་རྩོམ་འདི་སྤྱི་ཚོགས་ཀྱི་འཚོ་བའི་ཕྱོགས་གང་སར་ཁྱབ་པ་ཙམ་མ་ཟད་སྤྱི་ཚོགས་འཚོ་བའི་དགོས་མཁོར་དམིགས་ནས་གསར་རྩོམ་བྱས་པ་ཞིག་ཡིན་སྟབས། དེ་དོན་དངོས་འཚོ་བའི་ནང་བེད་སྤྱོད་ཀྱི་ཁྱད་ནུས་ཆེས་ཆེར་ལྡན་པ་ཞིག་ཏུ་གྱུར་ཡོད། དེ་ཡང་ཐོན་སྐྱེད་ངལ་རྩོལ་གྱི་ཁྱབ་ཁོངས་ནང་དམངས་རྩོམ་གྱིས་གཅིག་ནས་ངལ་རྩོལ་གྱི་ནུས་ཤུགས་དང་འགྲོས་པ་གཅིག་མཐུན་བཟོ་ཐུབ་པ་སྟེ་མིའི་རིགས་ལ་མཉམ་སྦྲེལ་ངལ་རྩོལ་བྱུང་བ་ནས་འཕྲུལ་ཆས་ཀྱིས་མིའི་ནུས་ཚབ་ཡོངས་སུ་མ་ཐུབ་པའི་དུས་རིང་ནང་ངལ་རྩོལ་གྱི་རྣམ་གྲངས་མང་དག་མིའི་ཐུན་མོང་གི་ནུས་ཤུགས་ལ་བརྟེན་པ་གང་ཞིག་མཉམ་སྦྲེལ་ངལ་རྩོལ་དེའི་མགྱོགས་མྱུར་དང་། འབྲས་བུའི་ཡག་ཉེས་བཅས་ངལ་རྩོལ་གྱི་ནུས་ཤུགས་དང་འགྲོས་པ་གཅིག་མཐུན་ཐུབ་མིན་དང་ཐད་ཀར་འབྲེལ་བ་ཆགས་ཡོད། ངལ་རྩོལ་པས་ངལ་རྩོལ་གྱི་བརྒྱུད་རིམ་ནང་ལས་ཀ་དེ་དང་དེ་ལ་འཚམས་པའི་ལས་གཞས་བེད་སྤྱོད་བྱས་པས་ངལ་རྩོལ་གྱི་ནུས་ཤུགས་གཅིག་སྒྲིལ་དང་ངལ་རྩོལ་གྱི་འགྲོས་པ་གཅིག་གནས་ཡོང་བ་དཔེར་ན། ཨར་ཀ་བཅག་སྐབས་ཨར་གཞས་བཏང་བས་ཨར་བཅག་པའི་ངལ་རྩོལ་གྱི་འགྲོས་པ་གཅིག་མཐུན་བྱུང་བ་དང་། བཀོད་འདོམས་ཀྱི་ལས་གཞས་ལ་བརྟེན་ནས་ཐར་འགྱུལ་མི་ཐུབ་པའི་རྗོ་ཆེན་དང་ལྡེ་དངོས་ནམ་མཁར་བཀྱག་ཐུབ་པ་ལྟ་བུས་མཚོན་ཐུབ། གཉིས་ནས་ངལ་རྩོལ་པའི་ངལ་རྩོལ་གྱི་བློ་འདོད་ལ་སྐུལ་ལྕག་དང་། ངལ་རྩོལ་གྱི་དང་བ་འཕེལ་ཐུབ་པ་སྟེ་ངལ་རྩོལ་སྐབས་དགོད་བྲོའི་སྒྲུང་ཐུང་ཕར་བཤད་ཚུར་བཤད་དང་སྙན་ལ་འཇེབས་པའི་ལས་གཞས་ཕར་གཏོང་ཚུར་གཏོང་བྱས་པས་ངལ་རྩོལ་ལས་བྱུང་བའི་ངལ་བ་སེལ་ཞིང་ངལ་རྩོལ་གྱི་ངར་ཤུགས་འཕེལ་ཐུབ་པ་བྱུང་ལ་དེས་ངལ་རྩོལ་པར་ངལ་རྩོལ་བྱེད་འདོད་དང་། ངལ་རྩོལ་ལ་དགའ་བའི་བསམ་བློ་རང་བཞིན་དུ་སློབས་པ་བོད་ཀྱི་དམངས་གཞས་ལས་ཀ་གླུ་དང་སྙེབ་ཤོག །ལས་ལ་

དཀའ་བ་མི་འདུག །ཅེས་པ་ལས་ལེགས་པར་མཚོན་ཐུབ། ལྷག་པར་དུ་ཐོན་སྐྱེད་ངལ་རྩོལ་གྱི་ཉམས་མྱོང་ཕྱོགས་བསྡོམས་དང་ངལ་རྩོལ་གྱི་ཤེས་བྱ་ལག་རྩལ་བརྒྱུད་བསྒྲགས་ཐད་ལ་ཕན་ནུས་དེ་བས་ཆེ་བ་ཐོན་ཡོད་པ་སྟེ་དཔེར་ན། བོད་ཀྱི་གཏམ་དཔེ།

ཟླ་རམ་པ་ཞིང་གི་ལྟས་འདྲེ་རེད། །
ཞིང་ལོ་ལེགས་དགོས་ན་རམ་པ་ཐོག །
ལོ་བཟང་པོའི་མེ་ཏོག་འབྱུང་འདོད་ན། །
ལས་དང་པོ་རིན་ཆེན་ལུད་ལ་བརྟེན། །
ས་བོན་ཡག་ན་མྱུ་གུ་ཡག །
མྱུ་གུ་ཡག་ན་འབྲས་བུ་ཡག །
ཞིང་ནི་ བྲོད་གཤེར་ལྡན་ཆེ་སྟོ། །
དེ་ནི་འབྲས་བུ་སྨིན་པའི་རྒྱུ། །

ཞེས་པ་སོགས་དང་བོད་ཀྱི་ལས་གཞས། ནམ་ཟླ་དབྱར་ཀའི་དུས་སུ། །

སྐྱ་ལ་སྦོ་གཙོད་མ་གཏོང་། ། དུས་ལ་བབ་པའི་བཙས་མ། ། མི་རྒྱུག་གང་ལ་ཆོག་ག །

ལྟ་བུས་ཡུན་རིང་གི་ཞིང་ལས་ངལ་རྩོལ་ལས་ཐོབ་པའི་ཉམས་མྱོང་ཕྱོགས་བསྡོམས་དང་ལོ་ལེགས་འབྱུང་བར་ངེས་པར་ཚང་དགོས་པའི་ཆ་རྐྱེན་དང་ཞིང་སྲོ་འདེབས་དང་བརྔ་བསྡུའི་སྐབས་ངེས་པར་གཟབ་ནན་དགོས་པའི་ཤེས་བྱ་ལག་རྩལ་གསལ་བར་བསྒྲགས་པ་འདིས་དམངས་ཁྲོད་རྩོམ་རིག་ནི་ཐོན་སྐྱེད་ངལ་རྩོལ་གྱི་སློབ་གཞི་གསོན་པོ་ཞིག་ཡིན་ཞེས་པའི་སྔོམ་ཚིག་བྱས་པ་ཡིན།

གྲལ་རིམ་འཐབ་རྩོད་ཀྱི་ཁྱབ་ཁོངས་ནང་དུའང་དམངས་ཁྲོད་རྩོམ་རིག་གི་བེད་སྤྱོད་རིན་ཐང་མངོན་གསལ་དོད་པ་སྟེ། གཅིག་ནས་རྒྱ་ཆེ་བའི་ངལ་རྩོལ་མི་དམངས་ཀྱིས་དམངས་ཁྲོད་རྩོམ་རིག་འདིར་བརྟེན་ནས་དབང་བསྒྱུར་

གྲལ་རིམ་གྱི་གཉའ་གནོན་བཤུ་གཞོག་ཐེར་འདོན་དང་ནུས་མེད་མི་ཚང་གི་དཔོན་རིགས་ཚོའི་སྤྱོད་ཚུལ་ལ་དགག་རྒྱག་བྱས་པ་དཔེར་ན་བོད་གླུང་《སོ་ནམ་པ་དང་རྒྱལ་པོ་གཏུམ་པོ་》བོད་ཀྱི་དམངས་གཞས།

ལྷང་མ་ང་རས་བཏབ་ཡོད། །

ལྷང་ཆུ་ང་རས་བཏང་ཡོད། །

ལྷང་མའི་བསིལ་གྲིབ་འོག་ལ། །

སྡོད་མཁན་དཔོན་པོ་སླེབས་བྱུང་།

ལྟ་བུ་དབང་བསྒྱུར་པས་ངལ་རྩོལ་མི་དམངས་ལ་སྐྲུབ་ཐབས་བྲལ་བའི་དམྱལ་ཁྲལ་འཇལ་དུ་བཅུག་པས་ངལ་རྩོལ་པ་རང་ཡུལ་རྒྱབ་བསྐྱར་གྱི་གནས་སུ་ལྷུང་བ་དང་ངལ་རྩོལ་པའི་རང་གི་ངལ་རྩོལ་འབྲས་བུ་ལོངས་སུ་སྤྱོད་དབང་མེད་པར་དབང་བསྒྱུར་པས་བཤུ་གཞོག་བྱས་པ་བཅས་ཀྱི་སྤྱི་ཚོགས་ནང་བརྗོད་པས་འགལ་ཟླའི་གྲལ་རིམ་ལ་ཁོང་ཁྲོ་དང་དགག་རྒྱག་ཤུགས་ཆེར་བྱས་ཐུབ།

གཉིས་ནས་ངལ་རྩོལ་མི་དམངས་ཀྱིས་དམངས་རྩོམ་ལ་བརྟེན་ནས་གྲལ་རིམ་འཐབ་རྩོད་ཀྱི་རླུང་རླབས་ཆེར་བསྐྱེད་དང་། འཐབ་རྩོད་ཀྱི་ངོ་བོ་དང་ལངས་ཕྱོགས་བརྒྱུད་བསྒྲགས་འཐབ་རྩོད་ཀྱི་དཔུང་ཁག་སྒྲིག་འཛུགས། མང་ཚོགས་ལ་འཐབ་རྩོད་ཀྱི་བསམ་བློ་སྐྱུལ་སློང་སོགས་བྱས་པ་སྔེ་གྲུང་གོའི་ལོ་རྒྱུས་ཐོག་སྐད་གྲགས་ལྡན་པའི་འོས་ལངས་མང་པོ་སྔོན་ལ་གཞི་རྒྱ་ཆུང་བ་ཞིག་དང་ས་གནས་རང་བཞིན་ཅན་ཞིག་ཡིན་ནའང་སྐབས་དེའི་འོས་ལངས་པས་སྤྱབས་བདེའི་དམངས་གཞས་བེད་སྤྱད་ནས་འོས་ལངས་ཀྱི་ངོ་བོ་དང་ཁེ་ཕན་བརྒྱུད་བསྒྲགས་བྱས་པ་དེས་རྗེས་སུ་འོས་ལངས་པའི་དཔུང་ཁག་སྟོབས་ཆེན་ཞིག་ཏུ་འཕེལ་ལ་འོས་ལངས་ཀྱི་གཞི་རྒྱ་ཡང་རྒྱལ་ཡོངས་རང་བཞིན་ཅན་དུ་གྱུར་པ་དང་། རྒྱལ་ནང་དམག་འཁྲུག་དང་རི་འགོག་དམག་འཁྲུག་གི་དུས་སྐབས་སུའང་གསར་བརྗེ་པས་དམངས་ཁྲོད་རྩོམ་རིག་བེད་སྤྱད་ནས་དམག་འཁྲུག་གི་

ཛོ་བོ་དང་མི་རིགས་ཀྱི་ལ་རྒྱ། རྒྱལ་ཁབ་ཀྱི་ཁེ་དབང་བཅས་བརྒྱུད་བསྒྲགས་བྱས་པས་ཀྱང་གོའི་མི་རིགས་རྣམས་བློ་རྩ་གཅིག་ཏུ་སྒྲིལ་ཐུབ་པ་བྱུང་ཞིང་དེས་འཐབ་རྩོད་ཀྱི་མཐའ་མའི་རྒྱལ་ཁ་དགྲ་ལག་ཏུ་མི་ཤོར་བ་བྱུང་བ་ཡིན།

གཞན་ཡང་རྒྱུན་གཏན་ཕོ་མོའི་གཉེན་སྒྲིག་གི་འཚོ་བ་དང་ཡུལ་སྲོལ་གོམས་གཤིས་ཐད་ལའང་དམངས་རྩོམ་འདིར་བེད་སྤྱོད་རིན་ཐང་ཆེན་པོ་ཡོད། འཛམ་གླིང་མི་རིགས་སོ་སོའི་ཕོ་མོའི་གཉེན་སྒྲིག་གི་སྔ་ཕྱིའི་རིམ་པ་དང་ཁྱད་ཆོས་ནི་མི་འདྲ་བ་སྣ་ཚོགས་པ་ཡིན་མོད། འོན་ཏེ་མི་རིགས་མང་པོའི་ནང་དུ་ཕོ་མོ་ཕན་ཚུན་གྱི་བརྩེ་དུང་དེ་ཐད་གར་དམངས་ཁྲོད་ཀྱི་མཛའ་གཞས་ལ་བརྟེན་ནས་མཚོན་པར་བྱེད་པ་དང་། མཛའ་གཞས་ལ་བརྟེན་ནས་བདེ་མཐུན་གྱི་བཟའ་ཚོར་འགྱུར་པར་བྱེད་པའི་གོམས་སྲོལ་གནས་དང་གནས་བཞིན་ཡོད་ལ་མི་རིགས་དེ་ཚོའི་གཉེན་སྒྲིག་མཛད་སྒོའི་གཞས་ལ་མཚོན་ན་མཛད་སྒོ་ཕྱི་དང་བཞུགས་གྲལ་ལ་སྤྲོ་བ་སྤྲིན་ཐུབ་པ་ཙམ་དུ་མ་ཟད་མནའ་མ་མག་པར་སློབ་གསོ་སྐུལ་ལྕག ཁྱིམ་བདག་ཕན་ཚུན་གྱིས་མནའ་མ་མག་པའི་ཟས་གོས་སྤྱོད་གསུམ་ལ་སྐྱོང་གུད་མེད་པ་དང་། ལུས་ངག་ཡིད་གསུམ་གྱི་བྱ་སྤྱོད་ལ་སློབ་སྟོན་གནང་དགོས་པའི་རེ་བ་དང་མངགས་ཆ་ཚང་མ་གཞས་ཀྱི་ནང་གཏོང་ལེན་གྱིས་མཚོན་པར་བྱས་པས་དམངས་ཁྲོད་མཛའ་གཞས་ཀྱིས་ཕོ་མོའི་གཉེན་སྒྲིག་ཐད་ཕན་ནུས་ཤུགས་ཆེན་ཐོན་པ་མང་དུ་བརྗོད་ག་ལ་དགོས། དེ་མཚུངས་མི་རིགས་འགར་དམངས་ཁྲོད་ཀྱི་གཏམ་དཔེ་དང་སྒྲུང་ལ་སོགས་པ་བེད་སྤྱོད་ཀྱིས་ཁྱིམ་ཚང་དང་ཁྱིམ་ཚང་བར་གྱི་འགལ་ཟླ་ཐག་གཅོད་དང་ལྷ་མཆོད་ཀླུ་མཆོད་དང་བཟའ་བཏུང་གང་བྱེད་ནའང་གཏམ་དཔེ་དང་དམངས་སྒྲུང་བཤད་བསྒྲགས་བྱེད་པ་སྟོན་དུ་འགྲོ་བའི་གོམས་སྲོལ་ཡོད་པས་ཡུལ་སྲོལ་གོམས་གཤིས་ཐད་ལའང་དམངས་རྩོམ་འདིར་བེད་སྤྱོད་རིན་ཐང་ངེས་ཅན་ཡོད། མདོར་ན། དམངས་ཁྲོད་རྩོམ་རིག་གི་བེད་སྤྱོད་རིན་ཐང་ནི་སྤྱི་ཚོགས་འཚོ་བའི་ནང་རྒྱ་ཆེར་

གནས་པ་ཞིག་དང་ཕྱོགས་གང་སར་ཁྱབ་པ་ཞིག་ཡིན།

གཉིས་པ། དམངས་ཁྲོད་རྩོམ་རིག་གི་སློབ་གསོའི་རིན་ཐང་།

དམངས་ཁྲོད་རྩོམ་རིག་གང་ཞིག་ཡིན་ནའང་རྒྱ་ཆེའི་ངལ་རྩོལ་མི་དམངས་ཀྱིས་གསར་རྩོམ་བྱས་པ་ཞིག་ཡིན་སྐབས་དེ་ལས་མངོན་པའི་ལངས་ཕྱོགས་དང་དུང་སེམས། བདེ་དང་སྡུག མཛེས་དང་ཉེས། བདེན་དང་རྫུན་གྱི་ལྟ་བ་དང་བསྟོད་སྨད་ཀྱི་ཁྱད་པར་བཅས་ངལ་རྩོལ་མི་དམངས་ཀྱི་བསམ་བློ་འདུ་ཤེས་དང་གཅིག་མཚུངས་སུ་གནས་ལ་རྩོམ་གྱི་སྒྲུ་རྩལ་མཚོན་ཐབས་དང་རྣམ་པ་ནི་དེ་བས་མང་ཚོགས་ཀྱི་བློར་མཐུན་པ་དང་བཟོད་དགའ་ཉན་དགའ་ཞིག་ཡིན། དེ་འདྲའི་རྩོམ་རིག་འདིས་མང་ཚོགས་ཀྱི་འཚོ་བའི་ཁེ་ཕན་སྲུང་ཐུབ་པ་མ་ཟད། འཚོ་བར་ཡང་དག་པའི་མཛུབ་ཁྲིད་དང་བསམ་བློ་ཀུན་སྤྱོད་ཐད་ཡང་དག་པའི་སློབ་གསོ་སློབ་སྟོན་ངེས་ཅན་བྱེད་ཐུབ། ལས་བརྩོན་དང་སྙིང་ལྡུག་གང་ཞིག་ལྷང་ངོར་བྱ་དགོས་པ་དང་། གང་ཞིག་ལ་སྨྲོ་བ་བརྙས་དགོས་མིན་ནི་མི་ཀུན་ལ་ཕྲད་པའི་འཚོ་བའི་གནད་དོན་གལ་ཆེན་ཞིག་ཡིན་ཞིང་དེའི་ཐད་ཡང་དག་པའི་མཛུབ་སྟོན་དང་སློབ་གསོ་ཐོབ་དང་ཐོབ་མིན་གྱིས་མི་གཅིག་གི་མི་ཚེ་ཧྲིལ་པོའི་ངལ་རྩོལ་ལྟ་བ་དང་རིན་ཐང་ལྟ་བར་ཤུགས་རྐྱེན་འཛོག་སྲིད་ལ་ངལ་རྩོལ་མི་དམངས་ཀྱིས《མོ་སྟོན་ཕག་མགོ》《གྲོགས་པོ་བཞི》《དབུལ་པོའི་བུ》ལ་སོགས་པའི་དམངས་རྩོམ་གསར་རྩོམ་གྱིས་སྙིང་ལྡུག་ཅན་གྱི་མི་སྣ་དང་ལས་ལ་བརྩོན་པའི་མི་སྣ་སོ་སོར་མཐའ་འབྲས་མི་འདྲ་བ་རེ་དང་གདེང་འཛོག་མི་འདྲ་བ་རེ་བྱས་ནས་ལས་བརྩོན་དང་སྙིང་ལྡུག་གི་དགེ་སྐྱོན་གྱི་ཁྱད་པར་གསལ་བཤད་དང་ངལ་རྩོལ་པའི་ལས་ལ་བརྩོན་པའི་སྤྱོད་པར་བསྟོད་བསྔགས་རྒྱ་ཆེར་བྱས་པ་འདིས་མི་རྣམས་ལ་དུས་དང་རྣམ་པ་ཀུན་ཏུ་ལས་ལ་

བཙོན་ཅིང་ངལ་རྩོལ་ལ་དགའ་ཞེན་ངེས་པར་དུ་བྱེད་དགོས་པའི་བསམ་བློའི་སློབ་གསོ་དང་མཛུབ་སྟོན་རྒྱ་ཆེར་བྱས་ལ་གཞན་ཡང་དུས་རབས་རིམ་བྱུང་གི་དམངས་རྩོམ་དཔེར་ན《སྤྲལ་པ་དང་སྲུས་མོ་》《ང་རྒྱལ་ཅན་གྱི་སེང་གེ་》《གཟིག་ལྤགས་བཀབ་པའི་བོང་བུ་》ལྟ་བུའི་ནང་ང་རྒྱལ་ཕྲག་དོག་དང་གཡོ་སྒྱུ་གནོད་སེམས་ཅན་ལ་མཐའ་འབྲས་ངན་པ་ཁོ་ན་དང་《རྫུན་མི་སླུ་བའི་ཧ་ཟི་》《རྡོའི་སེང་གེ་ཁ་གདངས་པ་》ལྟ་བུའི་ནང་ལུགས་མཐུན་གྱི་ལྟ་སྤྱོད་དང་གཞན་ཕན་གྱི་སྙིང་རྗེ་བཅས་ལས་རང་གཞན་ཚང་མར་ཕན་པ་རྒྱ་ཆེན་ཐོབ་པ་བརྗོད་པས་འཆད་ཉན་གྱི་མང་ཚོགས་ལ་སྒྱུ་རྩལ་གྱི་བག་ཆགས་བཟང་པོ་བྱུང་བ་དང་མཉམ་དུ་གཡོ་སྒྱུ་ཕྲག་དོག་སྤངས་དགོས་པ་དང་ལྟ་སྤྱོད་ཡ་རབས་དང་སེམས་ཚུང་དགོས་པའི་བསམ་བློ་ཀུན་སྤྱོད་ཀྱི་སློབ་གསོ་དང་མི་ཚེ་སྐྱེལ་སྟངས་ལ་ཡང་དག་པའི་མཛུབ་སྟོན་བཅས་ཀྱི་ཕན་ནུས་རིན་ཐང་ཐྲལ་བ་ཐོན་ཡོད།

གསུམ་པ། དམངས་ཁྲོད་རྩོམ་རིག་གི་ཤེས་རྟོགས་རིན་ཐང་།

དམངས་ཁྲོད་རྩོམ་རིག་གིས་སྤྱི་ཚོགས་ཀྱི་འཚོ་བ་དང་མི་དམངས་ཀྱི་བསམ་བློ་དང་འདུ་ཤེས་རྒྱ་ཆེ་གཏིང་ཟབ་དང་དྲང་བདེན་གྱིས་མཚོན་པ་མ་ཟད་དུས་སྐབས་དེ་དང་དེའི་དམངས་རྩོམ་དག་དུས་སྐབས་དེ་དང་དེའི་སྤྱི་ཚོགས་ཀྱི་ལོ་རྒྱུས་དང་དམངས་སྲོལ། རང་བྱུང་ཚན་རིག་སོགས་ཀྱི་ཟིན་ཐོ་གསོན་པ་ཞིག་ཏུ་གྱུར་བས་དམངས་ཁྲོད་རྩོམ་རིག་ལ་ཕྱོགས་མང་པོའི་ཤེས་རྟོགས་རིན་ཐང་ངམ་ཚན་རིག་གི་རིན་ཐང་ལྡན་ཡོད། དེ་ཡང་《སྲིད་པས་བ་ཚུང་བཤའ་བ་》《ཙུ་ཙུ་ལྷས་འདམ་པས་མི་བཙོས་པ་》《མིང་སྲིང་གཉིས་ལས་མིའི་རིགས་འཕེལ་བ་》《གླིང་གེ་སར་རྒྱལ་པོའི་སྒྲུང་》《ག་ལེ་ཕ་ལགས་》ལ་སོགས་པའི་གནའ་བོའི་ལྷ་སྒྲུང་དང་། གནའ་བོའི་གཏམ་རྒྱུད། གནའ་བོའི་ལོ་རྒྱུས་

སྙན་རྩོམ་དེ་དག་ནང་གནམ་ས་ཇི་ལྟར་ཆགས་ཚུལ་དང་། མིའི་རིགས་ཇི་ལྟར་བྱུང་ཚུལ་ཚེ་པ་དང་ཚེ་པ་བར་གྱི་འཐབ་རྩོད་དང་འཕོ་འགྱུར་ཇི་ལྟར་བྱུང་བ་བཀོད་འདྲི་བྱས་པས་ཐད་ཀ་དང་ཐད་ཀ་མ་ཡིན་པའི་ཐོག་ནས་མིའི་རིགས་ཀྱི་ཞིང་འབྲོག་ཤེས་རིག ཟ་ཆས་བཟོ་བསྐྲུན་གྱི་ཤེས་རིག གཉེན་ཉེའམ་སྤུན་མཆེད་བར་གྱི་གཉེན་སྒྲིག་སོགས་ལོ་རྒྱུས་ཟིན་ཐོ་ལས་གསལ་ཐབས་མེད་པའི་གདོད་མའི་སྤྱི་ཚོགས་ཀྱི་ལམ་ལུགས་དང་རིག་གནས། མི་དམངས་ཀྱི་འཚོ་བ། གོམས་སྲོལ་བཅས་རྣམ་པ་གང་དང་ཚད་གཞི་གང་ཐོག་གནས་ཡོད་མེད་ཤེས་རྟོགས་ཐུབ་ལ་《ཉི་ཚེས་བཟང་པོའི་སྒྲུང་》《རྒྱུན་རིང་གླུ་པ་》《ཨ་ཁྲ་སྟོན་པའི་སྒྲུང་》《ཨ་ཧྲན་ཐེའི་སྒྲུང་》ལ་སོགས་པའི་ཉེ་རབས་དམངས་རྩོམ་དེ་དག་ནང་དཔོན་དང་གཡོག འབྱོར་པ་ཅན་དང་དབུལ་ཕོངས། དབང་བསྒྱུར་པ་དང་དབང་བསྒྱུར་སྐྱོང་མཁན་གཉིས་དབར་གྱི་འཐབ་རྩོད་དང་ལྷག་པར་དུ་དབང་བསྒྱུར་པའི་ཚུལ་མིན་གྱི་ལྷ་སྤྱོད་བཀོད་འདྲི་བྱས་པས་མི་དམངས་ཀྱི་འཚོ་བ་ཤིན་ཏུ་ཉམ་ཐག་པ་དང་། དབང་བསྒྱུར་པའི་གནའ་གནོན་བཤུ་གསོག་ཤིན་ཏུ་གདུག་རྩུབ་ཆེ་བའི་ཐབ་གཡོག་ལམ་ལུགས་དང་སྨུན་ནག་སྤྱི་ཚོགས་ཀྱི་ངོ་བོ་དེ་གསལ་བར་རྟོགས་ཐུབ་པ་དང་། 《དབྱིན་བོད་དམག་འཁྲུག་གི་གཏམ་རྒྱུད་》《ཉལ་ཐག་དམག་འཁྲུག་གཏམ་རྒྱུད་》《གོར་བོད་དམག་འཁྲུག་གི་གཏམ་རྒྱུད་》ལ་སོགས་པའི་དམངས་རྩོམ་ནང་རྒྱལ་གཅེས་མི་དམངས་ཀྱིས་ཕྱི་རྒྱལ་བཙན་འཛུལ་པར་འཐབ་རྩོད་མཐའ་གཅིག་ཏུ་བྱས་པའི་སྙིང་སྟོབས་དང་བཙན་རྒྱལ་པའི་འདོད་ཧམ་རྣམས་བཀོད་འདྲི་བྱས་པས་འཐབ་རྩོད་ཀྱི་བརྒྱུད་རིམ་དང་བཙན་རྒྱལ་རིང་ལུགས་པས་བཙན་འཛུལ་དང་སྤྱོད་ངན་ཅི་སྤྱེལ་དེང་གི་དུས་འདིར་ཞིབ་པར་རྟོགས་ཐུབ་པ་བཅས་ཀྱིས་དམངས་ཁྲིད་རྩོམ་རིག་ལ་ཕྱོགས་གཅིག་ནས་ལོ་རྒྱུས་ཤེས་རྟོགས་ཀྱི་རིན་ཐང་ཆེན་པོ་ཡོད་པ་དང་ཕྱོགས་གཞན་ནས་དམངས་ཁྲིད་རྩོམ་རིག་ལ་བརྟེན་ནས་མི་རིགས་ཤིག་

གི་དམངས་སྲོལ་འདྲ་མིན་དང་དམངས་སྲོལ་དེ་དག་བྱུང་བའི་རྒྱུ་རྐྱེན་གསལ་བར་རྟོགས་ཐུབ་པ་སྟེ། བོད་རིགས་ཀྱི་དམངས་ཁྲོད་རྒྱན་འཕྲེལ་མཛད་སྒོའི་ཁྲུང་གཞས་ལ་བརྟེན་ནས་བོད་ཀྱི་དམངས་ཁྲོད་རྒྱན་འཕྲེལ་མཛད་སྒོའི་དམངས་སྲོལ་དེར་བརྒྱུད་རིམ་གང་ཞིག་ལྡན་པ་དང་མཛད་སྒོ་དེར་འཚམས་པའི་བྱེད་སྒོ་གང་ཞིག་སྤེལ་དགོས་པ། སྒྲིག་སྲོལ་གང་དང་སྨྲ་ཕྱིའི་གོ་རིམ་གང་ཞིག་ཡོད་པ་བཅས་ཅུང་ཆ་ཚང་བར་ཤེས་རྟོགས་ཐུབ་པ་དང་། 《མེ་རྟེད་དུས་ཆེན་གྱི་བཤད་སྲོལ་》 《ཆུ་གཏོར་དུས་ཆེན་གྱི་བཤད་སྲོལ་》 《ངང་དཀར་དང་སྤྱུགས་རྐྱ་》 《སྐྱིད་པོ་ཁྱིའི་བཀའ་དྲིན་》ལྟ་བུའི་དམངས་རྩོམ་ལས་མི་རིགས་དེ་དང་དེ་ལ་དམངས་སྲོལ་དེ་འདྲ་ཞིག་ཡོད་པ་རྟོགས་ཐུབ་པ་ཙམ་མ་ཟད། དམངས་སྲོལ་དེ་འདྲ་བྱུང་བའི་རྒྱུ་མཚན་རགས་ཙམ་ཤེས་རྟོགས་ཐུབ་པ་ཡིན། རྒྱུ་མཚན་དེས་དམངས་རྩོམ་འདི་དམངས་སྲོལ་ཞིབ་འཇུག་ལ་མེད་ཐབས་བྲལ་བའི་རྒྱུ་ཆ་ཙམ་དུ་མ་ཟད་མི་རིགས་ཤིག་གི་སེམས་ཁམས་དང་མི་རིགས་ཤིག་གི་ཕྱི་ནང་ཚང་མར་ཞིབ་འཇུག་བྱ་བའི་མེད་ན་མི་འགྲིག་པའི་རྒྱུ་ཆ་མཆོག་ཏུ་གྱུར་པ་ཞིག་ཡིན་ཞེས་སྨྲོས་ཆོག་བྱས་སོ།

ང་ཚོས་དམངས་ཁྲོད་རྩོམ་རིག་ལ་བརྟེན་ནས་མིའི་རིགས་ཀྱི་སྤྱི་ཚོགས་ལ་ཤེས་རྟོགས་ཐུབ་པ་མ་ཟད། རང་བྱུང་ཚན་རིག་ལའང་ཤེས་རྟོགས་མི་ཉུང་བ་ཐོབ་པ་སྟེ་དམངས་ཁྲོད་རྩོམ་རིག་ནི་རྒྱུན་རིང་གི་ཐོན་སྐྱེད་འཐབ་རྩོད་དང་རང་བྱུང་འཐབ་རྩོད་ཀྱི་ཉམས་མྱོང་དང་ཤེས་བྱའི་སྙིང་བསྡུས་ཤིག་ཡིན་པས་དུས་དང་གནམ་གཤིས་ཀྱི་འགྱུར་བ། ཐན་གཤེར་གྱི་ཁྱད་པར་སོགས་རང་བྱུང་ཁམས་ཀྱི་ངོ་བོ་དང་ཆོས་ཉིད་མང་པོ་ཞིག་དེ་ལས་བསྟན་ཡོད། དཔེར་ན། སྤྲ་ཐྲའི་ཁ་བ་འགྲོ་མཁན་ཡིན། ། དགོང་ཐྲའི་ཁ་བ་སྡོད་མཁན་ཡིན། ། ཞེས་པ་ལས་ཁ་བའི་བབས་རྒྱུན་གྱི་ཆོས་ཉིད་དུས་དང་འབྲེལ་ནས་བཤད་པ་དང་། །འཇའ་ཆུ་ལ་ཟུག་ན་ཆར་པ་དགོན། ། འཇའ་སྤང་ལ་ཟུག་ན་སྤང་རྩ་ཆོས། ། ཞེས་པ་

ལས་འཇའ་ཟུག་པའི་ཁྱད་པར་མི་འདྲ་པར་ཆར་ཤུགས་མི་འདྲ་བའི་ཆོས་ཉིད་ལྡན་པ་བསྟན་པ་དང་།ཆོས་གཅིག་ཁ་བ་གསེར་ལས་དཀོན། ། བབས་རང་བབས་ན་རི་ལས་མཐོ། ། ལྷ་བུ་ལས་སྤྱིར་ལོ་གསར་ཆོས་གཅིག་ཉིན་ཁ་བ་བབས་པ་ཉུང་བ་ལ་གལ་ཏེ་བབས་ན་བབས་ཤུགས་ཤིན་ཏུ་ཆེ་བ་ཡིན་པར་བསྟན་ཡོད། གོང་བཀོད་དཔེ་མཚོན་དག་གིས་མཚོན། རང་བྱུང་ཁམས་ཀྱི་ངོ་བོ་དང་ཆོས་ཉིད་བསྟན་པའི་དམངས་རྩོམ་ནི་གྲངས་ལས་འདས་པ་ཡོད་ལ་དམངས་རྩོམ་དེ་རྣམས་ལ་བརྟེན་ནས་ང་ཚོས་རང་བྱུང་གི་ཤེས་བྱ་དང་རང་བྱུང་གི་ཆོས་ཉིད་ཁོང་དུ་ཆུད་ཐུབ་པ་དང་དོན་དངོས་ཀྱི་རང་བྱུང་འཐབ་རྩོད་ནང་ཤེས་བྱ་དེ་དག་བེད་སྤྱོད་ནས་མཐའ་མའི་རྒྱལ་ཁ་ལེན་ཐུབ་པར་ཕན་ནུས་ཆེན་པོ་ཡོད།

བཞི་པ། དམངས་ཁྲོད་རྩོམ་རིག་གི་རྩེད་དགའི་རིན་ཐང་།

ངལ་རྩོལ་མི་དམངས་ཀྱིས་ལྷ་སྒྲུང་དང་། གཏམ་དཔེ། བྱིས་གཞས་སོགས་དམངས་རྩོམ་སྣ་འཛོམས་འདི་འདྲ་ཞིག་གསར་རྩོམ་དང་རྒྱུན་འཛིན་བྱས་པ་གོང་བཀོད་རིན་ཐང་ངམ་ཕན་ནུས་དེ་དག་ཁོ་ནར་དམིགས་པ་མ་ཡིན་པར་དེ་ལས་ད་དུང་ཁོང་ཚོར་རྩེད་དགའི་བདེ་བ་དཔག་མེད་ཐོབ་པའམ་དམངས་རྩོམ་ལ་རྩེད་དགའི་རིན་ཐང་ཡང་ངེས་ཅན་ལྡན་པས་ཡིན།

རིག་གནས་འཚོ་བ་དེ་ཙམ་ཕུན་སུམ་ཚོགས་པོ་མེད་པའི་གཞི་རིམ་གྱི་སྤྱི་ཚོགས་ནང་དམངས་ཁྲོད་རྩོམ་རིག་ནི་ངལ་རྩོལ་པའི་རིག་གནས་རོལ་རྩེད་འཚོ་བ་ཉག་གཅིག་ཏུ་ངེས་ཤིང་ཁོང་ཚོས་ངལ་རྩོལ་བྱེད་པའི་སྐབས་དང་ངལ་གསོ་བའི་སྐབས་དམངས་ཁྲོད་ཀྱི་གཏམ་དཔེ། དགོད་སྒྲུང་། བྱིས་སྒྲུང་། དམངས་གཞས། གབ་ཚིག་སོགས་ཕར་བཤད་ཚུར་བཤད་དང་ཕར་གཏོང་ཚུར་གཏོང་གིས་ངལ་རྩོལ་པའི་ལུས་སེམས་གཉིས་ཀྱི་ངལ་དུབ་སེལ་ཐུབ་པ་དང་ཆབས་ཅིག

ངལ་རྩོལ་པའི་ཚོགས་པ་སྤྱི་དང་བྱེ་བྲག་ལ་རོལ་རྩེད་དང་རོལ་རྩེད་ལས་བྱུང་བའི་དགའ་སྣང་ངམ་ངམ་ཤུགས་ཤུགས་སུ་འཕེལ་བར་བྱེད་པ་དང་སྨོས་སུ་བྱིས་གཞས་དང་། གབ་ཚིག དགོད་གཏམ་སོགས་དམངས་རྩོམ་དེ་རྣམས་ལ་བསམ་བློའི་སྙིང་དོན་དེ་ཙམ་མི་ལྡན་ནའང་རོལ་རྩེད་དང་རྩེད་དགའ་སྤྲིན་པའི་ནུས་པ་དེ་བས་ཤུགས་ཆེ་བ་སྟེ་དམངས་རྩོམ་དེ་དག་གི་བློས་བསླངས་དང་སྒྲིག་གཞི་གསར་རྩོམ་བཅས་རོལ་རྩེད་ཀྱི་དགོས་མཁོར་དམིགས་པ་མ་ཟད། བཀོད་ཚིག་དང་ནང་དོན་ལ་བཞད་གད་སྤྲིན་པའི་ཁྱད་ནུས་འབུར་དུ་ཐོན་པ་ཞིག་ཡོད། དཔེར་ན་ཨ་ཁུ་སྟོན་པའི་སྒྲུང་《ལྤྱི་བ་མིའི་ལྤྱི་བ་རེད་》ཅེས་པ་དང་དེང་གི་《ཁྲིམ་མཆོས་ཀྱི་གླིང་མོལ་》ལ་སོགས་བཤད་ཉན་བྱེད་སྐབས་འཆད་མཁན་དང་ཉན་མཁན་ལ་རྩེད་དགའ་རབ་ཏུ་སྤྲིན་པས་མཚོན་ནོ། །

མདོར་ན། དམངས་ཁྲོད་རྩོམ་རིག་གི་རིན་ཐང་ངམ་ཕན་ནུས་ནི་རྒྱ་ཆེ་བ་ཞིག་ཡིན་ལ་དེས་མི་རྣམས་ལ་རྩེད་དགའི་བདེ་བ་སྤྲིན་པ་མ་ཟད། བསམ་བློ་ཀུན་སྤྱོད་ཀྱི་སློབ་གསོ་དང་ཤེས་བྱ་ཉམས་མྱོང་བརྒྱུད་བསྒྲགས་བྱས་པས་ང་ཚོས་རིན་ཐང་ཕན་ཚུན་གྱི་འབྲེལ་བ་དང་རིག་ཚན་ཕྱོགས་མང་གི་འབྲེལ་བ་བཅས་ལ་ཡང་དག་པའི་ཞིབ་འཇུག་དང་ངོས་འཛིན་བྱ་རྒྱུ་གལ་ཆེའོ། །

བསམ་གཞིག་འདྲི་གཞི།

དམངས་རྩོམ་གྱིས་འཚོ་བར་ཕན་པའི་ཕན་ནུས་གང་ཡིན་ནམ།

ལེའུ་གཉིས་པ། དམངས་ཁྲོད་རྩོམ་རིག་གི་རྩོམ་ལུས་སོ་སོར་བཤད་པ།

ས་བཅད་དང་པོ། ལྷ་སྒྲུང་།

དང་པོ། ལྷ་སྒྲུང་གི་ངོ་བོ་དང་བྱུང་འཕེལ་སྐོར།

གདོད་མའི་དུས་ཡུན་རིང་པོ་དེའི་ནང་རང་ཅག་གི་མེས་པོ་ཚོས་བསམ་པའི་དཔལ་ཡོན་དང་དངོས་པོའི་དཔལ་ཡོན་གྲངས་ལས་འདས་པ་གསར་བསྐྲུན་བྱས་པས་མིའི་རིགས་ཀྱི་ཤེས་རིག་ཁང་ཆེན་འདིར་རྨང་གཞི་སྲ་ལ་བརྟན་པ་བཏིང་བ་དང་ལྷག་པར་དུ་མེས་པོ་རྣམས་ཀྱིས་སྔོན་ལ་ཁྲིད་མཚར་བ། མི་རིགས་སོ་སོའི་རྩོམ་རིག་ནང་གནས་བབས་ངེས་ཅན་ལྡན་པའི་རྩོམ་རིག་སྟེ། ལྷ་སྒྲུང་འདི་གསར་གཏོད་བྱས་པས་སྒྲུང་རྩོམ་གསར་རྩོམ་དང་ཡོངས་སྤྱོད་ཀྱི་བསྐལ་བཟང་ཞིག་མིའི་རིགས་ལ་བྱུང་བ་ཡིན།

བོད་མི་རིགས་འདིར་རང་གིས་གསར་རྩོམ་བྱས་པའམ་གཞན་ལས་བྱུང་བའི་ལྷ་སྒྲུང་གྲངས་ལས་འདས་པ་ཞིག་ཡོད་མོད། འོན་ཀྱང་དེའི་ཐད་རིགས་པའི་གཞུང་ལུགས་ཤིག་གྲུབ་མེད་སྐབས་ལྷ་སྒྲུང་ཞེས་པའི་ཐ་སྙད་འདི་ཡང་རང་ཅག་བོད་ཀྱི་སྔར་གྱི་རིག་གནས་ནང་རྙེད་དཀའ་བར་གྱུར་ཡོད། བོད་ཀྱི་རིག

གནས་ལ་ཆ་རྒྱུས་ཕྲན་ཙམ་ཡོད་པ་ཀུན་གྱིས་ཤེས་གསལ་མངོན་བརྗོད་འགྲེལ་པ་དང་། གྲུབ་མཐའ། སྙན་ངག ལོ་རྒྱུས་དེབ་ཐེར་སོགས་ནང་ལྷ་སྒྲུང་མང་དག་ཐོན་ལ། དེ་འདྲའི་ལྷ་སྒྲུང་རྩོམ་རིག་གི་ཁྱད་ཆོས་ལྡན་པའི་དམངས་ཁྲོད་རྩོམ་ཡིག་རྣམས་ལ་ང་ཚོའི་རིག་གཞུང་ཁྲོད་དུ་གཏམ་རྒྱུད་དམ་རིག་བྱེད་གཏམ་རྒྱུད་ཅེས་པའི་མིང་འདོགས་བྱེད་ཅིང་། མིང་འདོགས་དེར་ཡང་གྲུབ་མཐའི་ཚད་འཛིན་དམ་པས་ནང་པའི་ལྟ་བའི་ཤན་བཞུགས་པའི་ལྷ་སྒྲུང་མང་པོར་མིང་འདོགས་བྱེད་ཐབས་བྲལ་བ་དང་། ཐ་ན་ཕྱིས་ཀྱི་མི་མང་པོས་དེ་དག་བདེན་པ་དང་ལོ་རྒྱུས་རང་དུ་འཛིན་པའི་སྐྱོན་དང་ནོར་འཁྲུལ་མི་ཉུང་བ་ཐོན་བཞིན་པ་ལེགས་པར་བརྟགས་ན་ཤེས་ཐུབ། ནོར་འཁྲུལ་དེ་དག་སེལ་བར་ངེས་པར་དུ་ལྷ་སྒྲུང་ཞེས་པའི་ཐ་སྙད་དང་། ལྷ་སྒྲུང་གི་གོ་དོན། བྱུང་འཕེལ་བཅས་རགས་ཙམ་ཤེས་རྒྱུ་ནི་གལ་ཆེ་དགོས་པ་དང་བཅས་པར་མཐོང་།

ད་ལྟ་ང་ཚོས་བེད་སྤྱོད་པའི་ལྷ་སྒྲུང་ཞེས་པའི་ཐ་སྙད་འདི་ནི་རྒྱའི་རིག་གཞུང་གི"神话"ཞེས་པའི་ཐ་སྙད་འདི་བསྒྱུར་བ་ལས་བྱུང་ཞིང་རྒྱའི་མི་རིགས་ཁོ་རང་ལའང་ཐ་སྙད་འདི་ཕྱིར་ནས་ཡོད་པ་ཞིག་མ་ཡིན་པར་འཛམ་གླིང་ལྷ་སྒྲུང་རིག་པ་ཞིབ་འཇུག་གི་འཕེལ་རྒྱས་དང་སྦྲགས་ནས་ཡིག་བསྒྱུར་བྱས་པ་ཞིག་ཡིན།

གནའ་བོའི་ཤི་ལའི་སྐད་དུ"MYTHOS"ཞེས་པ་འདི་ཐ་སྙད་འདིའི་འབྱུང་རྩ་དངོས་དེ་ཡིན་ཞིང་ཐོག་མར་དེའི་དོན་ནི་གཏམ་རྒྱུད་དང་སྒྲུང་ཟེར་བ་ཡིན་ལ་སྤྱི་ལོའི་སྔོན་གྱི་དུས་རབས་དྲུག་པ་དང་ལྔ་པའི་སྐབས་རང་རྐྱ་ཐུབ་པའི་མིང་རྐྱང་ཞིག་ལ་གྱུར་ཞིང་དོན་ཡང་ལྷ་གཤིས་ལྡན་པར་བཤད་པའི་གཏམ་རྒྱུད་ཟེར་བ་ཡིན། དུས་རབས་བཅུ་དགུ་པ་ནས་འཛམ་གླིང་ཐོག་ལྷ་སྒྲུང་རིག་པ་ཐར་བས་ཤུགས་ཆེར་དར་བ་དང་ལྷ་སྒྲུང་ཞིབ་འཇུག་ཐད་གྲུབ་འབྲས་ངེས་ཅན་ཐོབ་པས་ལྷ་སྒྲུང་ཞེས་པའི་ཐ་སྙད་འདི་འཛམ་གླིང་རང་བཞིན་ལྡན་པའི་ཆེད་

ལས་ཐ་སྙད་ལ་གཏན་འཁེལ་བྱུང་བ་ཡིན། འོན་ཀྱང་ལྷ་སྒྲུང་འདིར་རྩོམ་གྲངས་མང་བ་དང་ནང་དོན་ཤིན་ཏུ་རྒྱ་ཆེ་བས་ཐ་སྙད་འདིའི་གོ་དོན་ཐད་གསུང་ཚུལ་འདྲ་མིན་སྣ་ཚོགས་ཡོད་ལ། ཐ་ན་ལྷ་སྒྲུང་རིག་པ་མཁས་ཅན་ག་ཚོད་ཡོད་པ་གོ་དོན་ཡང་རིགས་མི་འདྲ་བ་དེ་འདྲ་ཡོད་ཅེས་བརྗོད་ཚོག་པར་སྣང་། འོན་ཏེ་ཚ་དོན་ཐད་འགལ་བ་དེ་ཙམ་མེད་པས་ང་ཚོས་ལྷ་སྒྲུང་གི་གོ་དོན་ལ་གཙོ་བོར་གདོད་མའི་སྤྱི་ཚོགས་ནང་མི་རྣམས་ཀྱིས་རང་གི་འཆར་སྣ་དང་། སོ་སོའི་སེམས་ཁམས། འདོད་བློ་བཅས་ལ་བརྟེན་ནས་རང་བྱུང་དང་སྤྱི་ཚོགས་ཀྱི་སྙིག་འགྱུར་ནུས་པར་འགྲེལ་པ་དང་གསལ་བཤད་བྱས་པའི་སྒྲུང་ཞིག་ཡིན། ཞེས་བཞག་ན་འགྲིག་པ་སྟེ་ལྷ་སྒྲུང་གང་འདྲ་ཞིག་ཡིན་ནའི་རང་བྱུང་དང་སྤྱི་ཚོགས་ཀྱི་དོན་དངོས་གནས་སྟངས་གང་ཡིན་ལ་ཚན་རིག་དང་མཐུན་པའམ་ཕྱི་རོལ་དངོས་པོའི་གནས་ཚོད་དང་མཐུན་པའི་གསལ་འགྲེལ་བྱས་པ་ཞིག་མིན་པར་དེ་ལས་ལྡོག་སྟེ་མི་རང་གི་སེམས་ཁམས་དང་འདོད་པར་མཐུན་པར་འདྲ་མིན་སྣ་ཚོགས་ཀྱི་བྱ་དངོས་ལ་འགྲེལ་པ་དང་གསལ་བཤད་བྱས་པ་སྟེ་རླབས་ཆེན་གྱི་སློབ་དཔོན་མར་ཁེ་སིས་ལྷ་སྒྲུང་གང་འདྲ་ཞིག་ཡིན་རུང་ཚང་མ་མི་རྣམས་ཀྱི་འཆར་སྣ་དང་འཆར་སྣར་བརྟེན་ནས་རང་བྱུང་གི་སྟོབས་ཤུགས་འདུལ་བ་དང་རང་བྱུང་གི་སྟོབས་ཤུགས་ཁ་ལོ་བསྒྱུར་བ། རང་བྱུང་གི་སྟོབས་ཤུགས་གཟུགས་ཅན་དུ་བྱས་པ་ཞིག་ཡིན་ཞེས་གསུངས་པས་སོ། །

ངོ་བོ་དེ་ལྟན་གྱི་ལྷ་སྒྲུང་རྩོམ་རིག་འདི་ཐོག་མར་གདོད་མའི་སྤྱི་ཚོགས་སུ་བྱུང་བ་སྟེ། སྐབས་དེ་དུས་མིའི་རིགས་ལྷུན་སྤོངས་ཀྱི་ངང་ཚུལ་ལ་གནས་པས་རང་བྱུང་ཁམས་དང་སྤྱི་ཚོགས་ཀྱི་སྣང་ཚུལ་སྣ་ཚོགས་ལ་ཤེས་རྟོགས་བྱ་ཐབས་བྲལ་ལ་རང་བྱུང་ཁམས་དང་འཐབ་རྩོད་བྱེད་པའི་ནང་རྟག་ཏུ་ཕམ་ཉེས་བྱུང་བས་རང་བྱུང་གི་སྣང་ཚུལ་འདྲ་མིན་དེ་དག་བསམ་ཡུལ་ལས་འདས་པའི་སྟོབས་ཤུགས་ཤིག་གམ་ལྷས་བྱས་པར་ངོས་འཛིན་དང་རང་བྱུང་གི་དངོས་རིགས་དང་

རང་བྱུང་གི་ནུས་པ་ཐམས་ཅད་མིའི་རིགས་དང་འདྲ་བར་སེམས་ལྡན་ཞིག་ཏུ་སྣང་སྟེ་དེ་དག་ལྷ་རུ་ངོས་བཟུང་ནས་དེ་དང་དེ་ལ་དད་སེམས་དང་མཆོད་པ་བྱས་ན་རང་བྱུང་གི་གནོད་འཚེ་བཟློག་ཐུབ་པར་སེམས་ནས་ལྷ་མཆོད་པའི་བྱེད་སྒོ་འམ་ཆེས་གདོད་མའི་ཆོས་ལུགས་དར་ལ་དེ་དང་ལྷན་ཅིག་མི་རྣམས་ལ་རང་བྱུང་གི་སྣང་ཚུལ་ཤེས་འདོད་དང་རང་བྱུང་ལ་ཁ་ལོ་བསྒྱུར་འདོད་ཀྱི་བློ་དེ་རྟག་ཏུ་གནས་ཤིང་། རང་གི་བསམ་འདུན་དེ་རང་རྟོགས་མ་ཡིན་པའི་འཆར་སྣང་གིས་གཟུགས་བརྙན་དང་བྱུང་རིམ་ཅན་དུ་བྱས་ཏེ་འདྲ་མིན་གྱི་སྣང་ཚུལ་ལ་འགྲེལ་པ་དང་གསལ་བཤད་བྱས་པས་ལྷ་སྒྲུང་རྩོམ་རིག་འདི་དར་བ་ཡིན། འོན་ཀྱང་ལོ་ངོ་ཁྲི་ཕྲག་ལྷག་གི་ལོ་རྒྱུས་ལྡན་པའི་གདོད་མའི་སྤྱི་ཚོགས་ཡོངས་རྫོགས་ང་ཚོས་ལྷ་སྒྲུང་དར་བའི་དུས་རིམ་ལ་བཞག་ན་མིའི་རིགས་ཀྱི་འཕེལ་རྒྱས་དང་རྩོམ་རིག་འཕེལ་རྒྱས་ཀྱི་ཆོས་ཉིད་དང་མི་འཚམ་པས་ལྷ་སྒྲུང་དར་བར་འཛོམས་དགོས་པའི་ཆ་རྐྱེན་དང་སྤྲགས་ནས་ལྷ་སྒྲུང་འདི་གདོད་མའི་དུས་གང་གི་སྐབས་དར་མིན་བརྗོད་དོ། །

1. ལྷ་སྒྲུང་ནི་སྐད་ཆའི་སྒྱུ་རྩལ་ཡིན་པས་དེ་གསར་རྩོམ་དང་ཁྱབ་སྤེལ་བྱ་བའི་ཐབས་ལམ་གཙོ་བོ་ནི་སྐད་ཆ་ཡིན། གལ་སྲིད་ཆུ་ཚད་ངེས་ཅན་ལ་སླེབས་པའི་སྐད་ཆ་ཞིག་མེད་ན། ལྷ་སྒྲུང་རྩོམ་རིག་འདི་བྱུང་ཐབས་བྲལ་བས་ལྷ་སྒྲུང་རྩོམ་རིག་དར་བ་ལ་ངེས་པར་དུ་ཅུང་ཟད་ཕུན་སུམ་ཚོགས་པའི་སྐད་ཆ་ཡོད་དགོས། དེ་ནི་ལྷ་སྒྲུང་དར་ཐུབ་དང་མ་ཐུབ་པའི་འགག་རྩའི་གནད་དོན་ཡིན་ལ་ལྷ་སྒྲུང་དར་ཐུབ་པའི་རྩ་བའི་ཆ་རྐྱེན་ཡང་ཡིན།

2. ལྷ་སྒྲུང་དང་གདོད་མའི་ཆོས་ལུགས་འབྲེལ་བ་ཆེས་ཟབ་པ་སྟེ་ལྷ་སྒྲུང་ནང་གི་མི་སྣ་གཙོ་བོ་ཕལ་མོ་ཆེ་གདོད་མའི་ཆོས་ལུགས་དེ་དང་དེའི་ལྷ་རྣམས་ཡིན་ཞིང་རང་བྱུང་དང་འཐབ་རྩོད་བྱས་པའི་བརྒྱུད་རིམ་ནང་འཆར་སྒོ་དང་མཐུན་པའི་ལྷ་མང་པོ་གསར་བཟོ་བྱས་པ་དེས་ལྷ་སྒྲུང་ལ་མགོ་བའི་གཟུགས་

བརྟན་དང་ཁོར་ཡུག་བྱུང་ལ་དེ་ལ་བརྟེན་ནས་ལྷ་སྒྲུང་རྩོམ་རིག་བྱུང་བས་ལྷ་སྒྲུང་རྩོམ་རིག་དར་བར་ངེས་པར་དུ་གདོད་མའི་ཆོས་ལུགས་ཀྱི་མྱུ་གུ་སྐྱེས་ཐེན་དགོས་པ་ཡིན།

3. ལྷ་སྒྲུང་ནང་གི་ལྷ་རྣམས་ཀྱི་བྱ་སྤྱོད་དང་། བདེ་སྡུག འགལ་ཟླ་དང་འཐབ་རྩོད་སྣ་ཚོགས་པ་དེ་རྣམས་དོན་དམ་པར་སྤྱི་ཚོགས་འཚོ་བར་རོལ་མཁན་མི་རྣམས་ཀྱི་བྱ་སྤྱོད་དང་བདེ་སྡུག འགལ་ཟླ་འཐབ་རྩོད་ཀྱི་གྲིབ་གཟུགས་ཡིན་ལ། གལ་ཏེ་གདོད་མའི་མི་རྣམས་ཀྱི་སྤྱི་ཚོགས་ཀྱི་འཚོ་བ་དེ་མེད་ན། ལྷ་སྒྲུང་ལ་ནང་དོན་གྱི་གཞི་མ་མེད་པས་མིའི་རིགས་ཀྱི་སྤྱི་ཚོགས་ཀྱི་འཚོ་བ་དེ་ལྷ་སྒྲུང་སྐྱེ་གནས་ཐུབ་པའི་ས་གཞི་ལྟ་བུར་གྱུར་བ་སྟེ་དཔྱིན་ཇིའི་མིའི་རིགས་མཁས་ཅན་ཐད་ལེགས་ཀྱིས་ལྷ་སྒྲུང་ནང་མི་ལས་འདས་པའི་དཔའ་བོའི་འཚོ་བ་བཀོད་པ་མིན་པར་དེ་ལས་ལྡོག་སྟེ་འཆར་སྣ་ཕུན་སུམ་ཚོགས་པའི་མི་རིགས་ཀྱི་འཚོ་བ་བཀོད་པ་ཡིན། གདོད་མའི་མི་རྣམས་ཀྱིས་སོ་སོའི་འཚོ་བའི་ནང་གི་ཆེས་ཕུལ་བྱུང་གི་སྒྲུང་དེ་དག་ལྷའི་ཞིང་ཁམས་སུ་འཕྱིར་ནས་ས་ཐོག་འདིར་བྱུང་བའི་སྐྱོ་གར་དང་དགོད་གར་དག་ལྷའི་ཡུལ་ལ་ཡང་བསྐྱར་འཁྲབ་པ་ཡིན། ཞེས་དང་མཁས་དབང་དགེ་འདུན་ཆོས་འཕེལ་གྱིས་རང་ཅག་གིས་ཁས་བླངས་པའི་འཇིག་རྟེན་ལས་འདས་པའི་ཆོས་སུ་རློམས་པ་འདི་དག་ཐམས་ཅད་ཀྱང་ཞིབ་ཏུ་བརྟག་ཚེ་འཇིག་རྟེན་དང་དེའི་ནང་ནས་མིའི་འགྲོ་བ་ཁོ་ན་ལ་དཔེ་བཀབ་ནས་བཟོས་པ་ཤ་སྟག་ཡིན་པ་དཔེར་ན། རང་ཅག་རིན་པོ་ཆེ་ལ་དགའ་བའི་རྐྱེན་གྱིས་འོག་མིན་གྱི་ས་གཞི་ཁང་ཁྱིམ་སོགས་ཀྱང་རིན་པོ་ཆེའི་རང་བཞིན་དུ་བྱས། དེ་བཞིན་ལོངས་སྤྱོད་རྫོགས་སྐུའི་མཚན་བཟང་རྣམས་ཀྱང་དོན་ལ་རང་ཅག་མིའི་མིག་ལ་ཡིད་དུ་འོང་བའི་ཆས་རྣམས་ཡིན། ཞེས་དང་མར་ཁེ་སིས་ལྷ་སྒྲུང་ནི་མི་དམངས་ཀྱི་འཆར་སྣ་བརྒྱུད་རང་རྩོགས་མིན་པའི་སྒྱུ་རྩལ་གྱིས་ཁ་སྣོན་བྱས་པའི་རང་བྱུང་དང་སྤྱི་ཚོགས་ཀྱི་རྣམ་པ་དེ་རང་ཡིན་ཞེས་གསུངས་སོ། ། དེས་ན་

ལྷ་སྒྲུང་རྩོམ་རིག་དར་བ་ལ་ངེས་པར་དུ་ཅུང་གཏན་ཆགས་ཡིན་པའི་སྤྱི་ཚོགས་ཀྱི་སྒྲིག་འཛུགས་དང་ཅུང་ཕུན་སུམ་ཚོགས་པའི་སྤྱི་ཚོགས་ཀྱི་འཚོ་བ་ཡོད་དགོས།

4. ལྷ་སྒྲུང་རྩོམ་རིག་འདི་སྤྱིར་དོན་དངོས་འཚོ་བའི་རྨང་གཞིའི་ཐོག་བྱུང་བ་དང་། གདོད་མའི་མིའི་འཚོ་བ་མཚོན་པ་ཞིག་ཡིན་ནའང་དེ་འཆར་སྣང་གི་རྣམ་པར་བརྟེན་ནས་བྱུང་བ་ཞིག་ཡིན་ཕྱིར་ཆུ་ཚད་ངེས་ཅན་ལ་སླེབས་པའི་བསམ་བློའི་བཀོད་པ་དང་ཚད་གཞི་ངེས་ཅན་གྱི་རྗེས་དཔག་གི་བློ་རིག་མེད་ན་གསར་རྩོམ་བྱ་ཐབས་བྲལ་བས་ལྷ་སྒྲུང་རྩོམ་རིག་དར་བར་ངེས་པར་དུ་མིའི་རིགས་ལ་ཆུ་ཚད་ངེས་ཅན་ལ་སླེབས་པའི་བསམ་བློའི་བཀོད་པ་དང་རྗེས་དཔག་བློ་རིག་གི་རྨང་གཞི་ཡོད་དགོས།

མིའི་རིགས་ཀྱི་འཕེལ་རྒྱས་ལོ་རྒྱུས་ལ་བརྟག་ན་གདོད་མའི་སྤྱི་ཚོགས་ཀྱི་སྔོན་ཆར་ཆ་རྐྱེན་དེ་དག་འཛོམས་པ་ཞིག་མི་སྣང་ལ་ལོ་རྒྱུས་རིག་པ་སྨྲ་བ་ཚོས་གསུངས་པ་ལྟར་མ་རྒྱུད་དུས་ཚོའི་སྤྱི་ཚོགས་སྐབས་མི་བཟོས་མེ་ལག་ལེན་དང་། མདའ་མདུང་བེད་སྤྱོད། སྟབས་བདེའི་ཁང་ཁྱིམ་བཟོ་བསྐྲུན། ནན་ལ་བཙན་པའི་དུས་རྒྱུད་སྤྱི་ཚོགས་ཀྱི་སྒྲིག་འཛུགས་དང་དུས་རྒྱུད་གཞན་དང་གཉེན་སྒྲིག་པའི་ལམ་ལུགས་བཅས་བྱུང་བས་གདོད་མའི་མི་རྣམས་ལ་དོན་དངོས་ཀྱི་སྤྱི་ཚོགས་འཚོ་བ་འགོ་ཚུགས་པ་དང་། ལྷག་པར་དུ་སྒྲ་ཚོགས་རྐྱང་པའི་སྐད་ཆ་དེ་ཅུང་ཟད་ཕུན་སུམ་ཚོགས་པའི་སྐད་ཆར་འཕེལ་རྒྱས། མིའི་རིགས་ཀྱི་བསམ་བློའི་བཀོད་པ་དང་རྗེས་དཔག་གི་བློ་རིག་གསར་སྐྱེས། དུས་རྒྱུད་མཚོན་རིས་ལ་དད་མོས་རྒྱ་ཆེར་བྱེད་པའི་གདོད་མའི་ཆོས་ལུགས་ཀྱི་རྨང་གཞི་ཚུགས་པ་མདོར་ན། མིའི་རིགས་ལ་ལྷ་སྒྲུང་གསར་རྩོམ་ཐུབ་པའི་ཕྱི་ནང་གི་རྒྱུ་རྐྱེན་ཚང་བར་སྣང་བས་ང་ཚོས་ལྷ་སྒྲུང་རྩོམ་རིག་འདི་མ་རྒྱུད་དུས་ཚོའི་སྤྱི་ཚོགས་སྐབས་ཐོག་མར་དར་བ་ཡིན་ཞེས་བརྗོད་ཆོག དེ་ལྟ་ནའང་ལྷ་སྒྲུང་ནི་རྩོམ་རིག་གཞན་དང་མི་འདྲ་བས་དེ་ནི་ཐད་ཀར་མིའི་རིགས་ཀྱི་ཤེས་རྟོགས་དང་འབྲེལ་བ་གྲུབ་པས

མིའི་རིགས་ཀྱི་བྱིས་བློའི་དུས་སྐབས་བྱུང་བའི་རྩོམ་རིག་འདི་མིའི་རིགས་ཀྱིས་རང་བྱུང་དང་སྤྱི་ཚོགས་ཀྱི་སྣང་ཚུལ་ལ་ཤེས་རྟོགས་བྱེད་པའི་རྒྱུ་ཚད་གོང་མཐོར་འགྲོ་བ་དང་རང་བྱུང་ཁམས་དབང་དུ་བསྒྱུར་བ་དང་བསྟུན་ནས་ཉམས་མད་འགྲོ་བ་ཆོས་ཉིད་དུ་གྲུབ་པས་དུས་དང་རྣམ་ཀུན་ཏུ་ལྷ་སྒྲུང་གསར་རྩོམ་ཐུབ་པའི་ལོག་འཁྲུལ་སྤངས་པར་བྱའོ། །

གཉིས་པ། ལྷ་སྒྲུང་གི་དབྱེ་བ།

ལྷ་སྒྲུང་གི་དབྱེ་བའི་ཐད་ལྷ་སྒྲུང་རིག་པ་སྨྲ་བ་ཚོས་རང་གི་ཞིབ་འཇུག་གི་གཞི་འཛིན་ས་མི་འདྲ་བའི་ཆ་ནས་རྒྱ་རིགས་ཀྱི་ལྷ་སྒྲུང་། རྒྱ་གར་གྱི་ལྷ་སྒྲུང་། ཀྲི་རིགས་ཀྱི་ལྷ་སྒྲུང་། སོག་པོའི་ལྷ་སྒྲུང་སོགས་མི་རིགས་སོ་སོ་ནས་དབྱེ་བ། སྨུག་པའི་ལྷ་སྒྲུང་། བཅད་པའི་ལྷ་སྒྲུང་ཞེས་རྩོམ་ལུས་ལས་དབྱེ་བ་སོགས་མང་ལ་འདིར་ལྷ་སྒྲུང་གི་ནང་དོན་དང་བསྟུན་ནས་རི་གླིང་གནམ་ས་ཆགས་ཚུལ་གྱི་ལྷ་སྒྲུང་། འགྲོ་བ་མི་བྱུང་ཚུལ་གྱི་ལྷ་སྒྲུང་། རིགས་རུས་བྱུང་ཚུལ་གྱི་ལྷ་སྒྲུང་། ཐོན་སྐྱེད་ངལ་རྩོལ་སྐོར་གྱི་ལྷ་སྒྲུང་བཅས་དབྱེ་བ་ཆེན་པོ་བཞིར་ཕྱེས་ནས་བརྗོད་དོ།

གཅིག རི་གླིང་གནམ་ས་ཆགས་ཚུལ་གྱི་ལྷ་སྒྲུང་།

རི་གླིང་གནམ་ས་ཆགས་ཚུལ་གྱི་ལྷ་སྒྲུང་ནི་འཛམ་གླིང་མི་རིགས་མང་ཆེ་བའི་ལྷ་སྒྲུང་ནང་ཡོད་པ་མ་ཟད། སྲིད་པ་ཆགས་ཚུལ་ལྷ་སྒྲུང་གི་གྲུབ་ཆ་གཙོ་བོ་དང་ནང་དོན་གཙོ་བོ་ཡིན།

མི་རིགས་སོ་སོའི་ལྷ་སྒྲུང་ནང་གནམ་སའི་འབྱུང་ཁུངས་དང་བྱུང་ཚུལ་ཐད་སྔོད་སྣངས་འདྲ་མིན་སྣ་ཚོགས་དང་། རྩོམ་ལུས་ཐད་བཅད་པ་དང་སྨུག་

པ་གཉིས་ཀ་ཡོད་ནའང་ཚང་མ་རི་ཀླུང་གནམ་ས་སོགས་ཕྱི་སྣོད་ཀྱི་འཛིག་རྟེན་འདི་ཇི་ལྟར་བྱུང་བ་དང་ཇི་ལྟར་ཆགས་པར་གསལ་བཤད་དང་འགྲེལ་པ་བྱས་པ་གཅིག་མཚུངས་ཡིན་པས་ང་ཚོས་དེའི་གོ་དོན་ལ་རི་ཀླུང་གནམ་ས་སོགས་ཕྱི་སྣོད་ཀྱི་འཛིག་རྟེན་ཇི་ལྟར་ཆགས་ཚུལ་ལམ་དེའི་འབྱུང་ཁུངས་ལ་གདོད་མའི་མི་རྣམས་ཀྱིས་འགྲེལ་པ་གསལ་བཤད་བྱས་པའི་ལྷ་སྒྲུང་གི་རིགས་ཤིག་ཡིན། ཞེས་བཤད་ན་འགྲིག མི་རིགས་སོ་སོའི་ཤེས་རྟོགས་དང་ངོས་འཛིན། འཆར་སྒོ་བཅས་མི་འདྲ་བའི་དབང་གིས་ལྷ་སྒྲུང་དེར་ཡང་གཤམ་གསལ་རིགས་དག་ཡོད་པ་སྟེ།

1. གནམ་ས་འབྱེད་པར་སྨྲ་བའི་ལྷ་སྒྲུང་།

ལྷ་སྒྲུང་དེ་རིགས་ནང་གནམ་ས་གཉིས་ཐོག་མར་འདྲེས་མའི་ཚུལ་དུ་ཡོད་པ་ལས་རྗེས་སུ་ལྷའམ་བྱ་ཁྱུང་ལ་སོགས་པ་གང་རུང་ཞིག་གི་ནུས་སྟོབས་ཀྱིས་དེ་གཉིས་ཐ་དད་སོ་སོར་འབྱེད་པ་སྨྲ་བ་ཞིག་སྟེ་དཔེར་ན། རང་ཅག་བོད་ཀྱི་ལྷ་སྒྲུང་《སྲིད་པ་ཆགས་སྒྲུ》ཞེས་པར།

དང་མ་སྲིད་པ་ཆགས་དུས་ཀྱི། །
ས་གནམ་གཉིས་ཀ་འདྲེས་བསྡད་ཡོད། །
ས་གནམ་ཕྱེ་ནོ་སུ་ཡིན་ནོད། །
དང་མ་སྲིད་པ་ཆགས་དུས་ཀྱི། །
ཉིན་སྲིབ་གཉིས་ཀ་འདྲེས་བསྡད་ཡོད། །
ཉིན་སྲིབ་ཕྱེ་ནོ་སུ་ཡིན་ནོད། །
དང་མ་སྲིད་པ་ཆགས་དུས་ཀྱི། །
ས་གནམ་ཕྱེ་ནོ་སུ་ཡིན་ནོད། །
གནམ་ས་ཕྱེ་ནི་ཁྱུང་ཆེན་རེད། །
ཁྱུང་ཆེན་མགོ་ན་ཅི་ཞིག་ཡོད། །

དང་མ་སྲིད་པ་ཆགས་དུས་ཀྱི། །
ཉིན་སྲིབ་གཉིས་པོ་འདྲེས་བསྡད་ཡོད། །
ཉིན་སྲིབ་ཕྱེ་ནོ་ཉི་མ་རེད། །
ཉི་མའི་མགོ་ན་ཅི་ཞིག་ཡོད། །

ཅེས་གནམ་ས་གཉིས་ཐོག་མར་འདྲེས་མའི་ཚུལ་དུ་གནས་པར་བརྗོད་ཅིང་དེ་ལྟ་གནམ་ས་སོ་སོར་ཡོད་པ་ནི་ཁྱུང་ཆེན་གྱིས་ཕྱེ་བར་བཤད་པ་དང་དེ་བཞིན་རྒྱ་མི་རིགས་ཀྱི་ལྷ་སྒྲུང་《པན་ཀུའུ་》(盘古)ཞེས་པར་དང་པོ་གནམ་ས་འདྲེས་མ་སྔོང་དང་འདྲ་བའི་དབུས་པན་ཀུའུ་སྐྱེས་ཤིང་། པན་ཀུས་ཡང་རླུང་གནམ་དང་ཉོག་རླུང་སར་བྱས་ཏེ་གནམ་ས་སོ་སོར་འབྱེད་དོ། ཞེས་དང་ཧྲུའི་རིགས་(水族)ཀྱི་ལྷ་སྒྲུང་《གནམ་འབྱེད་ས་གཤགས་》ནང་སྔོན་དང་པོ་ལྷ་མོ་ཡ་ཡུས་གནམ་ས་འབྱེད་ཅིང་། ཁོང་གིས་གནམ་ས་འབྱེད་སྐབས་ལག་གཉིས་པོས་ཕྱོགས་གཉིས་དམ་དུ་ཟིན་ནས་ཤུགས་ཆེར་འཐེན་པས་གནམ་ས་སོ་སོར་འབྱེད་དོ། །དེ་རྗེས་ཁོང་གིས་ལག་པས་གནམ་གོང་དུ་བཏེག རྐང་པས་ས་གཞི་འོག་ཏུ་མནན། ཟངས་རྒྱུག་གིས་ནམ་མཁའི་ཀ་བ་བྱས་ལྕགས་རྒྱུག་གིས་ས་གཞིའི་སྙིང་འཛིན་བྱས་ཆུ་སྲིན་རུས་པས་ས་གནམ་གྱི་ཟུར་བཞི་སོ་སོར་བཏེག་པས་ས་གཞི་བརྟན་ལ་སྲ་བ་གནམ་མཁའ་ལས་མི་ལྷུང་བ་བྱུང་ངོ་།ཞེས་པ་སོགས་མི་རིགས་སོ་སོའི་ལྷ་སྒྲུང་དེ་དག་ནང་གནམ་ས་འབྱེད་པ་པོ་ལ་མི་འདྲ་བ་ཡོད་ཀྱང་གཅིག་མཐུན་ནི་གནམ་ས་འདྲེས་མར་ཡོད་པ་ལས་ལྷ་ལ་སོགས་པའི་སྟོབས་ཤུགས་ཤིག་གིས་སོ་སོར་འབྱེད་པར་ངོས་འཛིན་པ་དེ་ཡིན་པས་ལྷ་སྒྲུང་རིག་པའི་ཁྲོད་ལྷ་སྒྲུང་དེ་རིགས་ལ་གནམ་ས་འབྱེད་པར་སྨྲ་བའི་ལྷ་སྒྲུང་ཞེས་པའི་མིང་བཏགས་སོ། །

2. གཟུགས་འགྱུར་ལས་བྱུང་བར་སྨྲ་བའི་ལྷ་སྒྲུང་།

ཡང་རང་ཅག་བོད་ཀྱི་ལྷ་སྒྲུང་ནང་《སྲིད་པས་བ་ཆུང་གཤའ་བ་》ཞེས་པ་

ཞིག་ཡོད་པ་དེ་འདིར་བརྗོད་པའི་གཟུགས་འགྱུར་ལས་བྱུང་བའི་ལྷ་སྒྲུང་གི་ཁོངས་སུ་གཏོགས་ཤིང་ལྷ་སྒྲུང་དེ་རིགས་ནི་འགྱུར་བྱ་འགྱུར་བྱེད་ཀྱི་དངོས་རིགས་གཉིས་ལ་འདྲ་མཚུངས་ཀྱི་ཁྱད་ཆོས་ཡོད་པ་རྨང་གཞིར་བྱས་ནས་ཕྱི་སྣོད་ཀྱི་འཇིག་རྟེན་ན་གནས་པའི་རི་དང་ལུང་། ཆུ་དང་སྤྲིན། རླུང་དང་ནགས། ཉི་ཟླ་སྐར་མ་སོགས་དེ་ཚང་མ་དངོས་རིགས་གཞན་ཞིག་འགྱུར་བ་ལས་བྱུང་བར་བཤད་པའི་ནང་དོན་ཅན་ཏེ་དཔེར་ན《སྲིད་པས་བ་རྒྱུང་གཤའ་བ》ཞེས་པར།

སྲིད་པས་བ་རྒྱུང་གཤའ་དུས་གི། །(ཀྱི་)
བ་མགོ་བླངས་ནས་གང་ལ་བཞག །
མ་ཤེས་གླུ་བར་དྲིས་ནི་ཡིན། །
སྲིད་པས་བ་རྒྱུང་གཤའ་དུས་གི། །(ཀྱི་)
བ་ཐ་བླངས་ནས་གང་ལ་བཙུགས། །
མ་ཤེས་གླུ་བར་དྲིས་ནི་ཡིན། །
སྲིད་པས་བ་རྒྱུང་གཤའ་དུས་གི། །(ཀྱི་)
བ་ཀོ་བླངས་ནས་གང་ལ་བཞག །
མ་ཤེས་གླུ་བར་དྲིས་ནི་ཡིན། །
སྲིད་པས་བ་རྒྱུང་གཤའ་དུས་གི། །(ཀྱི་)
བ་མགོ་བླངས་ནས་ཐོད་ལ་བཞག །
ཐོད་འབུར་འབུར་ཡིན་ནོ་གན་གི་རེད། །
སྲིད་པས་བ་རྒྱུང་གཤའ་དུས་གི། །(ཀྱི་)
བ་ཐ་བླངས་ནས་སྲིབ་ལ་བཙུགས། །
ནགས་དགའ་ལྗན་སྐྱི་བ་གན་གི་རེད། །
སྲིད་པས་བ་རྒྱུང་གཤའ་དུས་གི། །(ཀྱི་)
བ་ཀོ་བླངས་ནས་ཐང་ལ་བཏིང་། །

ཐང་བདེ་བདེ་ཡིན་ནོ་གན་གི་རེད། །

ཅེས་སོགས་འཁོད་པ་འདིར་བ་མགོ་དང་ཐོད་འབུར་འབུར་རམ་རི་གཉིས་དབྱིབས་འདྲ་བ། བ་ཕའམ་མཚུག་སྤུ་དང་ནགས་རྣམ་པ་འདྲ་བ། བ་ཀོ་དང་ཐང་གཉིས་ངོས་སྐྱོམས་པར་འདྲ་བ་རྒྱང་གཞིར་བྱས་ནས་རི་ལ་སོགས་པ་དེ་དག་བ་མགོ་ལ་སོགས་དེ་ལས་བྱུང་བར་འགྲེལ་ཡོད་པ་དེ་བཞིན་དུ་ཡའོ་རིགས་ཀྱི《རྒྱ་ཅི་མིང་སྲིང་གི་གླུ》ཞེས་པ་ཡང་རི་རྒྱུད་མཐོ་བ་དག་ནི་དེ་སྔོན་བན་ཀུའི་རུས་པ་ཡིན་པ་དང་རི་རྒྱུད་དམའ་བ་རྣམས་ནི་དེ་སྔོན་བན་ཀུའི་ལུས་གཟུགས་ཡིན། བན་ཀུའི་མིག་གཉིས་ཉི་ཟླར་གྱུར་པ་དང་། སོ་དག་གསེར་དངུལ་ལ་གྱུར་པ་ལུས་སྤུ་རྩ་ཤིང་། དབུགས་རླུང་། རྔུལ་ཆུར། ཁྲག་ཆུ་ཀླུང་བཅས་སུ་གྱུར་པ་ཡིན། ཞེས་འཁོད་པའང་འགྱུར་བྱ་འགྱུར་བྱེད་གཉིས་རྣམ་པ་ཤིན་ཏུ་འདྲ་བ་མཟད། ད་ལྟའི་རི་ལ་སོགས་པ་དེ་དག་བན་ཀུའི་གཟུགས་ཀྱི་བྱེ་བྲག་སོ་སོ་འགྱུར་བ་ལས་བྱུང་བར་བཤད་པ་མདོར་ན་ཕྱི་སྣོད་ཀྱི་འཇིག་རྟེན་འདིའི་རི་ཀླུང་ནགས་ལ་སོགས་པ་རྣམས་དངོས་རིགས་གཞན་ཞིག་འགྱུར་བ་ལས་བྱུང་བར་བཤད་པའི་ལྷ་སྒྲུང་ཡོད་དོ་ཅོག་འདིར་བསྡུ་ན་འགྲིག་ཅིང་། ད་བར་ལྷ་སྒྲུང་དེའི་ཐད་ཞིབ་འཇུག་བྱས་པའི་འབྲས་བུར་དཔྱད་ན། འགྱུར་བྱེད་ལ་བན་ཀུ་ལྷ་བུའི་ལྷ་དང་། བ་ཆུང་དང་སྟག་ལ་སོགས་པའི་དུད་འགྲོ་བཅས་རིགས་གཉིས་སུ་ངེས་ལ། འགྱུར་བྱེད་དུད་འགྲོ་དང་འབྲེལ་བའི་ཚོ་སྒྲིར་ལྷའམ་སྟོབས་ཆེན་གཞན་གྱིས་དུད་འགྲོ་དེ་བསད་པར་བཤད་པ་གཙོ་ཆེ་བ་ལགས།

3. སྔོང་ལས་སྐྱེས་པར་སྨྲ་བའི་ལྷ་སྒྲུང་།

ལྷ་སྒྲུང་དེ་རིགས་ནང་གནམ་དང་ས། རི་དང་ནགས་ཚལ། ཉི་ཟླ་སྐར་མ་ལ་སོགས་པ་རྣམས་སྔོང་ལས་བྱུང་བར་སྨྲ་ཞིང་དེ་དག་གི་འབྱུང་ཁུངས་སྔོང་ཡིན་པར་འགྲེལ་པ་སྟེ《མེའོ་རིགས་ཀྱི་གནའ་གཞས》ནང་སྲིད་པ་ཐོག་མར་སྲིན་སྨུག་ཡིན་ཞིང་སྲིན་སྨུག་གིས་ཁྱཱ་ཧྲིས་དང་བཀྲ་ཧྲིས་ཟེར་བའི་བྱ་ཆེན་གཉིས

བསྐལ་གསོ་བྱས་ལ་བྱ་ཆེན་གཉིས་པོས་སྒོང་བསྐལ་བ་ལས་གནམ་ས་གཉིས་སྐྱེས་པ་ཡིན། ཞེས་དང་། ཕྱིན་ལན་གྱི《ཀཱ་ལེ་ཝ་ལགས》《卡列瓦拉》ཞེས་པའི་ནང་སྲིད་པ་དང་པོའི་སྐབས་ཀླུང་གི་ན་གཞོན་མ་ནམ་མཁའ་ལས་རྒྱ་མཚོར་བབས་ཤིང་ཆུ་བོ་ཆེའི་མར་གྱུར། ཀླུང་རླབས་གཉིས་ཀྱིས་མོར་མངལ་ཟིན་ནའང་དུས་རབས་བདུན་རིང་བཅའ་མ་ཐུབ་པར་གནས་སོ། རྗེས་སུ་བྱ་ཆུང་ཞིག་གནས་བཅོལ་བར་སླེབས་པ་ལ་ན་གཞོན་མས་རང་གི་པུས་མོ་བརྐྱངས་ནས་གནས་བཅའ་བར་བཅུག་གོ། དེར་བྱ་ཆུང་གིས་སྒོང་བཏང་ལ་ཉིན་གསུམ་གསོ་བས་མོ་ཚ་བ་མི་བཟོད་པར་གྱུར་ཏེ་རང་གི་རྐང་པ་བརྐྱངས་པས་སྒོང་ཆུ་ནང་འགྲིལ་ཏེ་ཆག སྒོང་ཆག་པའི་འོག་ངོས་ས་གཞིར་གྱུར་བ་དང་། སྟེང་ངོས་གནམ་ལ་གྱུར། སྟེང་ངོས་ཀྱི་སེར་རིལ་ཉི་མ། སྒོང་སྐྱི་ཟླ་བ། གཞན་རྣམས་སྐར་ཚོགས་དང་སྤྲིན་པར་གྱུར་རོ། །ཞེས་པ་ལྟ་བུས་མཚོན་རང་ཅག་བོད་ཀྱི་རིག་གནས་ནང་དུའང་རིན་ཆེན་སྣ་ལྔའི་སྒོང་ལས་འཇིག་རྟེན་གྲུབ་པར་བཤད་པ་ཞིབ་ཏུ་དཔྱད་ན་དེ་ལས་ལོགས་སུ་མེད་དོ། །

སྒོང་ལས་གནམ་ས་སོགས་སྐྱེས་པར་སྨྲ་བའི་ལྟ་གྲུབ་དག་གདོད་མའི་མིར་གནམ་ས་སོགས་ཕྱི་སྣོད་ཀྱི་དངོས་རིགས་ཐམས་ཅད་སེམས་ལྡན་ཡིན་པར་ལྟ་བའི་བསམ་བློ་དང་། སྒོང་ལས་སྲོག་ཆགས་གཞན་སྐྱེས་པའི་སྣང་ཚུལ་མཐོང་སྐབས་གནམ་སོགས་སེམས་ལྡན་གཞན་དག་ཀྱང་དེ་ལྟར་བྱུང་བ་ཡིན་སྙམ་པའི་རིགས་འདྲའི་བློ་ཡོད་པ་རྨང་གཞི་དང་ཁུངས་བྱས་ནས་བྱུང་བ་ཡིན་ནོ། །

4. རང་སྐྱེས་སྨྲ་བའི་ལྟ་གྲུབ།

རང་སྐྱེས་སྨྲ་བའི་ལྟ་གྲུབ་ཞེས་པ་ནི་གནམ་ས་ཐོག་མ་ནས་ཡོད་པའམ་གནམ་དང་ས་སོགས་གཞན་ལས་འགྱུར་བ་དང་སྟོབས་ཤུགས་གཞན་ལྷ་སོགས་ཀྱིས་བསྐྲུན་པ་མིན་པར་རང་ངོས་ཀྱི་འཕོ་འགྱུར་ལས་བྱུང་བར་བརྗོད་པ་ཞིག་སྟེ་ནག་ཆུའི་དམངས་ཁྲོད་དུ་ས་གཞི་ཆེན་མོ་དང་པོའི་སྐབས་ཆུ་ཡི་རྒྱ་མཚོ་ཆེན་པོ་

ཞིག་ཡིན་ལ་རྗེས་སུ་ནམ་མཁར་ཉི་མ་བདུན་ཤར་ནས་རྒྱ་མཚོ་ཐག་ཅིང་གཡའ་རྫོགས་རྫོ་རྡུལ་དང་རྒྱ་མཚོ་འདྲེས་པར་རྒྱུན་རིང་ཆར་རླུང་བརྒྱབ་པས་རྫོ་ཆུང་མང་པོ་བྱུང་བ་ལ་ས་ཆགས། སའི་སྟེང་རིམ་བཞིན་རྩྭ་དང་མེ་ཏོག་སྐྱེས་པ་མ་ཟད་རྗེས་སུ་འབྲུ་རིགས་སྣ་ཚོགས་ཡང་སྐྱེས་སོ། །ཞེས་པ་འདི་ནི་རང་ཅག་བོད་རིགས་ཀྱི་རང་སྐྱེས་སྨྲ་བའི་ལྷ་སྒྲུང་ཞིག་ཡིན་ལ་དེ་དང་འདྲ་བར་ཡི་རིགས་ཀྱི་《དངོས་པོའི་འབྱུང་ཁུངས》ནང་གནའ་སྔ་མོའི་ཚེ་གནམ་ས་གཉིས་མེད་པར་རྡོག་འདྲེས་སུ་གནས་པ་ལ་དྭངས་རྙོག་གི་རླུང་བྱུང་ངོ། །ལྷགས་རླུང་དལ་བུར་བརྒྱབ་པས་དྭངས་རྙོག་རླུང་ལ་དབྱེ་བ་བྱུང་ལ་དྭངས་རླུང་སྟེང་ལ་འཕྱོ་ཞིང་རྙོག་རླུང་འོག་ཏུ་ཐིམ་པས་དྭངས་རླུང་གནམ་དང་། རྙོག་རླུང་ས་གཞིར་ཆགས་སོ། ཞེས་པའང་རང་སྐྱེས་སྨྲ་བའི་ལྷ་སྒྲུང་གི་ཁོངས་སུ་གཏོགས་ཤིང་གོང་བཀོད་ལྷ་སྒྲུང་དག་དང་བསྡུར་ན་གནམ་སའི་འབྱུང་ཁུངས་དང་ཆགས་ཚུལ་ལ་གཏན་ཚིགས་ཐལ་བའི་འགྲེལ་པ་བྱས་པ་མིན་པར་རང་གི་འཕོ་འགྱུར་རམ་ཕྱི་རོལ་དངོས་པོའི་འགྱུར་ལྡོག་ཆོས་ཉིད་ཇྱང་གཞིར་བྱས་ཏེ་འགྲེལ་པ་བྱས་པས་སྲིད་པ་ཆགས་ཚུལ་ལྷ་སྒྲུང་ནང་འདི་ཅུང་དར་ཕྱི་བ་ཡིན་པར་མངོན་ནོ། །

5. ལྷས་བཟོས་པར་སྨྲ་བའི་ལྷ་སྒྲུང་།

དེ་ནི་གནམ་ས་སོགས་ཕྱི་སྣོད་ཀྱི་དངོས་རིགས་ཐམས་ཅད་ལྷས་གསར་དུ་བསྐྲུན་པའམ་བཟོས་པར་བཤད་པ་ཞིག་ཡིན། མན་ཏྲུ་རིགས་ཀྱི་དམངས་རྩོམ་ནང་“གནམ་ལྷ་ཨ་བུ་ཀཱ་ཡན་ཏུའུ་མིས་ས་བེད་སྤྱད་ནས་ས་གཞི་ཆེན་པོ་བསྐྲུན་པའི་རྗེས་ཆུ་སྟེང་དུ་བཞག ཉ་ཆེན་པོ་གསུམ་ས་གཞི་འདེགས་པར་མངགས་པ་ལ་སྟོ་བསྐྱལ་མཁན་ལྷའི་ན་གཞོན་ཞིག་ཀྱང་བཏང་ངོ། གལ་ཏེ་ན་གཞོན་དེས་དུས་ཐོག་ཏུ་ལྟོ་མ་བསྐྱལ་ཚེ་ཉ་རྣམས་ལྟོགས་སྐོམ་མ་བཟོད་པར་གཡས་འགྱུལ་གཡོན་འགྱུལ་བྱེད་ཀྱི་ཡོད་པས་ས་ཡོམ་བྱུང་བ་ཡིན་ནོ། གནམ་ལྷ་དེས་བཟོས་པའི་གནམ་ལ་རིམ་པ་བཅུ་བདུན་ཡོད་པ་ལ་གནམ་སྟེང་གི་ཞིང་ཁམས་ཟེར་བ་

དང་། སར་རིམ་པ་དགུ་ཡོད་པས་སའི་ཞིང་ཁམས་ཟེར་ཞེས་པ་དང་དེ་བཞིན་དུ་ལ་ཧུའུ་རིགས་ཀྱི་དམངས་རྩོམ་ནང་དུའང་འཇིག་རྟེན་བྱེད་པོ་ལྷ་ཆེན་ཨབ་ཧྲས་རང་གི་ལུས་སྙིང་གི་དྲིག་རྡུལ་ལས་གནམ་ས་བཟོས་པ་ཡིན་ཞེས་པའི་ལྷ་སྒྲུང་ཡོད་པ་རྣམས་ལྷས་བཟོས་པར་སྨྲ་བའི་ལྷ་སྒྲུང་གི་དཔེ་མཚོན་ཡིན་ཞིང་། འཛམ་གླིང་ལྷ་སྒྲུང་སྤྱི་ལ་བལྟས་ན་འཇིག་རྟེན་བྱེད་པོ་ལྷ་དེར་ཉུའུ་ཝ། ས་མན་ལྷ་བུའི་ལྷ་མོ་དང་། ཨུག་བུ་ཕག ཀུ་མི་ཡག་ལྷ་བུའི་ལྷ་པོ། དེ་བཞིན་ལྷའི་ཚོགས་པ་བཅས་ཕུན་སུམ་ཚོགས་པ་དང་། གནམ་ས་ཇི་ལྟར་བསྐྲུན་པའི་བརྒྱུད་རིམ་ཡ་མཚན་ཆེ་བ། གནམ་སའི་གྲུབ་ཆ་དང་ཁྱད་ཆོས་དགོད་བྲོ་བ་ཞིག་ཡོད་པ་ཡིན།

འཛམ་གླིང་མི་རིགས་མང་པོའི་ནང་ལྷ་སྒྲུང་འདི་དར་ཁྱབ་ཤིན་ཏུ་ཆེ་བས་མི་རིགས་དེའི་ཆོས་ལུགས་ཀྱི་འཇིག་རྟེན་ཆགས་ཚུལ་གྱི་ལྟ་བ་ལའང་ཤུགས་རྐྱེན་ངེས་ཅན་ཐེབས་ཡོད་པ་སྟེ་ཕྱི་རོལ་གྲུབ་མཐའི་ནང་དབང་ཕྱུག་དང་ཁྱབ་འཇུག་ཚངས་པ་བཅས་ཀྱིས་འཇིག་རྟེན་བསྐྲུན་པར་སྨྲ་བ་དང་། ཁོང་ཚོས་འཇིག་རྟེན་བསྐྲུན་པས་ཁོང་ཚོར་འཇིག་རྟེན་བྱེད་པོ་ཞེས་པའི་མིང་འདོགས་བྱས་པ་དེས་མཚོན་ཐུབ། འོན་ཀྱང་ལྷ་སྒྲུང་ནང་ལྷ་དེ་དང་དེས་འཇིག་རྟེན་བཟོས་སྐབས་ངལ་རྩོལ་ལྟེ་བར་བཟུང་ཡོད་ལ་ཆོས་ལུགས་གྲུབ་མཐའི་ནང་དུ་འཇིག་རྟེན་བྱེད་པོའི་བསམ་བློའི་འཁྲུལ་སྐྱོད་ཙམ་ལ་བརྟེན་པས་དེ་གཉིས་བར་ཁྱད་པར་ཆེན་པོ་ཡོད།

མདོར་ན། གོང་བཀོད་ལྷ་སྒྲུང་དེ་རྣམས་གནམ་ས་སོགས་ཕྱི་སྣོད་ཀྱི་འཇིག་རྟེན་ཇི་ལྟར་ཆགས་པར་འགྲེལ་པ་དང་དེ་ཚོའི་འབྱུང་ཁུངས་འཚོལ་ཞིབ་བྱས་པ་གཅིག་མཚུངས་ཡིན་པ་མ་ཟད། འགྲེལ་པ་དང་འཚོལ་ཞིབ་དེའང་ཕྱི་རོལ་དངོས་པོའི་ངོ་བོ་དང་ཆོས་ཉིད་དངོས་གང་ཡིན་ཁུངས་སུ་མ་བྱས་པར་དངོས་པོ་དང་དངོས་པོའི་བར་གྱི་ཕྱིའི་སྣང་ཚུལ་འདྲ་བ་ཙམ་གཏན་ཚིགས་སུ

བྱས་པའམ་རང་གི་འཆར་སྒོ་འདོད་བློ་རྩ་བར་བྱས་པ་གཅིག་མཚུངས་ཡིན་ནོ།

གཉིས། འགྲོ་བ་མི་བྱུང་ཚུལ་གྱི་ལྷ་སྒྲུང་།

འགྲོ་བ་མི་འདིའི་འབྱུང་ཁུངས་གང་དང་ཇི་ལྟར་བྱུང་བ་ཡིན་ཞེས་པའི་དྲི་བ་དེར་སྟེ་ཕྱི་བར་གསུམ་གྱི་མིའི་རིགས་ཀྱིས་ལན་འདྲ་མིན་སྣ་ཚོགས་བྱས་ཡོད། གདོད་མའི་མིས་གནད་དོན་དེའི་ཐད་དེ་བས་ཀྱང་མཐོང་ཆེན་དང་བློ་སྣ་འགྱུལ་བས་འགྲོ་བ་མི་སྔོང་ལས་སྐྲེས་པ་དང་སྤྲེའུ་ལས་བྱུང་བ། ལྟས་བཟློས་པ་སོགས་ཀྱི་ལྟ་བ་བཏོན་པ་དང་། ལྟ་བ་དེ་ཚོར་ད་ལྟའི་མིས་བརྟག་ན་ཤིན་ཏུ་གཏན་ཚིགས་བྲལ་བ་ཁྱིས་པའི་གཏམ་ཙམ་དུ་ཟད་ནའང་མིའི་རིགས་ཇི་ལྟར་བྱུང་བའི་ཞིབ་འཇུག་གི་ལོ་རྒྱུས་ནང་མགོ་འདྲེན་གྱི་བྱ་བཞག་ཧྲབས་པོ་ཆེ་ཞིག་ཏུ་གྱུར་བ་ནི་བརྗོད་མེད་ཡིན། འགྲོ་བ་མི་བྱུང་ཚུལ་ཐད་གདོད་མའི་མིས་གསལ་འགྲེལ་སྣ་མང་བྱས་པ་དག་འདིར་ལྷ་སྒྲུང་ནང་འཛོག་དོན་ནི་གདོད་མའི་མི་རྣམས་ཤེས་རྟོགས་ཆུ་ཚད་ཆེས་དམའ་བས། ཁོང་ཚོས་འགྲོ་བ་མིའི་བྱུང་ཚུལ་དང་འབྱུང་ཁུངས་དེ་མི་རང་ཉིད་ཀྱི་ཆོས་ཉིད་དམ་ཚན་རིག་གི་ཁུངས་ལ་མ་བརྟེན་པར་འཆར་སྣང་དང་འདོད་བློ་ཙམ་གྱི་སྟེང་ནས་གསལ་བཤད་བྱས་པས་ཡིན། དེས་ན་འགྲོ་བ་མི་བྱུང་ཚུལ་གྱི་ལྷ་སྒྲུང་ཞེས་པ། གདོད་མའི་མིས་རང་གི་འཆར་སྒོ་དང་འདོད་བློར་བརྟེན་ནས་མིའི་འགྲོ་བ་ཇི་ལྟར་བྱུང་ཚུལ་དང་དེའི་འབྱུང་ཁུངས་གང་ཡིན་ལ་འགྲེལ་པ་བྱས་པའི་དམངས་ཁྲོད་སྒྲུང་དེ་འདྲར་ཟེར་བ་ཡིན།

ལྷ་སྒྲུང་སྤྱི་ལ་བལྟས་ན་འགྲོ་བ་མི་བྱུང་ཚུལ་གྱི་ལྷ་སྒྲུང་ནི་སྲིད་པ་ཆགས་ཚུལ་ལྷ་སྒྲུང་གི་གྲུབ་ཆ་གཙོ་བོ་དང་ནང་དོན་གལ་ཆེ་ཤོས་ཤིག་ཡིན་ལ་འཛམ་གླིང་མི་རིགས་མང་ཆེ་བའི་དམངས་རྩོམ་ནང་ཡོད་པ་ཞིག་ཀྱང་ཡིན། འདིར་མི་རིགས་སོ་སོའི་འགྲེལ་པའི་ནང་དོན་མི་འདྲ་བར་གཞིགས་ཏེ་སྤྲུག་ཆགས་མིར་གྱུར་བར་སྨྲ་བའི་ལྷ་སྒྲུང་དང་རང་བྱུང་ལས་མི་བྱུང་བར་སྨྲ་བའི་ལྷ་སྒྲུང་། ལྟས་

མི་བཟློས་པར་སྨྲ་བའི་ལྷ་སྒྲུང་བཅས་དབྱེ་བ་ཆེན་པོ་གསུམ་ལ་ཕྱེ་ནས་བརྗོད་དོ། །

1. སྲོག་ཆགས་མིར་གྱུར་བར་སྨྲ་བའི་ལྷ་སྒྲུང་།

འདི་ནི་མིའི་འབྱུང་ཁུངས་སྲོག་ཆགས་ལ་གཏུགས་པའམ་སྲོག་ཆགས་ལས་མི་བྱུང་བར་བརྗོད་པ་ཞིག་ཡིན། བོད་ཀྱི་དམངས་ཁྲོད་དང་ལོ་རྒྱུས་དེབ་ཐེར་མ་ཎི་བཀའ་འབུམ་དང་དཔྱིད་ཀྱི་རྒྱལ་མོའི་གླུ་དབྱངས་སོགས་མང་པོའི་ནང་བོད་རིགས་ཀྱི་མེས་པོ་སྤྲེའུ་ཡིན་པར་བཤད་པའི་སྒྲུང་ཤིན་ཏུ་ངོ་མཚར་ཆེ་བ་ཞིག་ཡོད་པ་སྟེ་སྔོན་དང་པོའི་ཚེ་ཁ་བ་ཅན་འདིར་མིའི་འགྲོ་བ་མེད་ལ་མི་མ་ཡིན་དུ་མ་གནས་སོ། སྐབས་དེར་སྤྱན་རས་གཟིགས་ཀྱི་སྤྲུལ་པ་སྤྲེལ་རྒན་བྱང་ཆུབ་སེམས་དཔའ་ཁ་བ་ཅན་ལ་སྒོམ་དུ་བཞུགས་པ་དང་ཉེ་བར་བྲག་སྲིན་མོ་ཞིག་ཡོད་པ་དེས་སྤྲེའུའི་གམ་དུ་ཡོང་ནས་འདོད་པའི་རྣམ་འགྱུར་དུ་མ་བསྟན་པས་སྤྲེའུ་དང་བྲག་སྲིན་གཉིས་བཟའ་འཚོ་བྱས། ཕྲུ་གུ་དྲུག་བྱུང་བ་ནགས་སུ་བསྐྱལ་ནས་ལོ་གསུམ་ཕྱིན་རྗེས་ལྟ་བར་སོང་བས་ཕྲུ་བརྒྱ་ཙམ་འཕེལ་འདུག་པ་ལ་ཟས་དཀོན་པས་ཕན་ཚུན་འཐབ་པ་དང་སྡོད་པ་མཐོང་བ་ལ་མ་བཟོད་ནས་སྤྱན་རས་གཟིགས་ཀྱི་དྲུང་དུ་ཕྱིན། སྤྱན་རས་གཟིགས་ཀྱིས་འབྲུ་སྣ་ལྔ་སྟེར་བྱུང་བ་ཁ་བ་ཅན་དུ་འཐོར་ནས་བཏབ་སྟེ་དེའི་འབྲས་བུ་དག་སྤྲེའུ་ཕྲུག་རྣམས་བཟར་བཅུག་པས་རིམ་བཞིན་མཇུག་མ་དང་སྤུ་རྣམས་མེད་པར་གྱུར་ལ་གཏམ་ཡང་སྨྲ་ཤེས་པས་མིར་གྱུར་པ་ཡིན་ནོ། །ཞེས་པ་འདི་སྲོག་ཆགས་མིར་གྱུར་པའི་ལྷ་སྒྲུང་གི་དཔེ་མཚོན་ཡག་ཤོས་ཤིག་ཡིན་ལ་དེ་དང་འདྲ་བར་ཡི་རིགས་ཀྱི《སྲིད་པ་ཆགས་རབས》ནང་……སྤྲེལ་རྒན་དེས་རྗོ་ཡིས་ཤིང་འབྲས་བརྟུང་པ་ལ་མི་སྟག་བྱུང་སྟེ་རྗོ་ལེབ་འོག་གི་སྟོང་ཚར་མི་འབར་ཞིང་རྗོ་ལེབ་སྟེང་གི་ཆུ་ཡང་ཁོལ་བ་མ་ཟད་ཤིང་འབྲས་ཀྱང་ཚོས་སོ། སྤྲེལ་རྒན་གྱིས་ཤིང་འབྲས་ཚོས་པ་རྣམས་བཟས་པས་མངར་ཞིང་ཞིམ་ལ་མ་ཚོས་པ་རྣམས་བཟས་ཚེ་སྐ་ཞིང་སྐྱུར་བར་རྟོགས་པས་

རྗེས་སོར་བཟས་བཙོས་ནས་བཟས་སོ། དེ་ལྟར་ཉིན་རེར་རིག་པ་རེ་བསླབ་པས་སྤྲེའུ་མིར་གྱུར་རོ།ཞེས་པ་ལྟ་བུ་མི་རིགས་གཞན་གྱི་དམངས་རྩོམ་ནང་དུའང་མང་ངོ་། །

སྤྲག་ཆགས་མིར་གྱུར་པའི་ལྷ་སྒྲུང་གི་ནང་དུ་འགྱུར་བྱེད་སྤྲག་ཆགས་དེ་སྤྲེའུར་བཤད་པ་མང་བ་དང་། ལྷག་པར་དུ་རང་ཅག་བོད་ཀྱི་ལྷ་སྒྲུང་ནང་སྤྲེའུ་མིར་འགྱུར་བའི་བརྒྱུད་རིམ་ནས་བཏབ་པ་དང་། ནས་བཟས་པ་ལས་རིམ་བཞིན་མཇུག་མ་དང་ལུས་སྤུ་མེད་པར་གྱུར་བ། གཏམ་སྒྲ་ཤེས་པ་བཅས་ཞིབ་ཕྲའི་བཀོད་འབྲི་བྱས་པ་དེང་གི་ཚན་རིག་ལྟ་བ་དང་མཐུན་པ་ཅམ་དུ་སྣང་ཡང་། དེ་ནི་གནོད་མའི་མིས་སྤྲེའུའི་བྱ་སྤྱོད་སྣ་ཚོགས་རང་དང་འདྲ་བར་རིག་པ་རྒྱུ་མཚན་དུ་བྱས་ནས་སྤྲེའུ་མིར་འགྱུར་ཐུབ་པའི་ཡིད་ཆེས་དང་ཐད་རྟོགས་ཀྱི་བློ་སྐྱེས་པའི་འབྲས་བུ་ཞིག་ལས་སྤྲེའུ་མིར་གྱུར་བའི་གནས་ལུགས་ཡང་དག་དང་རྒྱུ་མཚན་བཙན་ཤོས་ཤིག་ན་ངུང་བརྗོད་ཐུབ་མེད་སྟབས་ཚན་རིག་དང་གཅིག་མཚུངས་སུ་བཞག་ན་མི་འགྲིག འོན་ཀྱང་མེས་པོའི་གསར་རྩོམ་ཐོག་ནང་པ་སངས་རྒྱས་ཆོས་ལུགས་ཀྱི་ཤེས་ཡོན་ཅན་པས་བཟོ་བཅོས་བྱས་པའི་རང་ཅག་བོད་ཀྱི་ལྷ་སྒྲུང་དེའི་ནང་དངོས་གཙོའི་བསམ་བློ་མངོན་སུམ་དུ་མཐོང་རྒྱུ་ཡོད་པ་འདིས་དེའི་རིན་ཐང་དང་གནས་བབས་སྤྱིར་བཏང་མ་ཡིན་པ་གསལ་བར་མངོན་ནོ། །

2. རང་བྱུང་ལས་མི་བྱུང་བར་སྨྲ་བའི་ལྷ་སྒྲུང་།

རང་བྱུང་ལས་མི་བྱུང་བར་སྨྲ་བའི་ལྷ་སྒྲུང་ནི་གནོད་མའི་མིས་རང་བྱུང་ཁོར་ཡུག་གི་སྣང་ཚུལ་ལ་བརྒྱུན་རིང་རྟོགས་ཞིབ་བྱས་པའི་ཉམས་མྱོང་ལས་སྐྱེས་པའི་འཆར་སྒོ་སྟེ་ཁོང་ཚོས་ས་གཞི་ལས་རྡོ་ཤེད། རྡོ་ཤེད་ལས་མེ་ཏོག སྒོ་ང་ལས་འདབ་ཆགས་དང་དུད་འགྲོ་སོགས་སྐྱེས་པ་མཐོང་སྐབས་མི་ཡང་ཐོག་མར་དངོས་རིགས་དེ་འདྲ་ཞིག་ལས་སྐྱེས་པའོ་སྙམ་པ་བྱུང་ཞིང་དེ་འདྲའི་བློ་དེས་མིའི་

འབྱུང་ཁུངས་རང་བྱུང་དངོས་རིགས་དེ་དང་དེ་ཡིན་པར་གཏུགས་པའི་ལྷ་སྒྲུང་བསྟན་པ་ཡིན།

(1) སྒོང་ལས་མི་བྱུང་བ།

ལྷ་སྒྲུང་དེ་རིགས་ནང་འགྲོ་བ་མི་ཉིད་སྒོང་བསྒྲལ་བ་ལས་བྱུང་བར་བཤད་ལ་དེ་ནི་གདོད་མའི་མིས་སྒོང་ལས་བྱ་ཕྲུག་དང་སྤྲལ་སྦྲུང་སོགས་སྐྱེས་པའི་ཆོས་ཉིད་དེ་ཤེས་རྟེས་མི་ཡང་དེ་དག་དང་རིགས་འདྲ་སྒྲམ་པ་ལས་བྱུང་བའི་ལྷ་སྒྲུང་ཞིག་ཡིན། དེ་ཡང་ཧུང་རིགས་ཀྱི་དམངས་སྒྲུང་《ཧུང་རིགས་ཀྱི་མེས་པོ་གང་ལས་བྱུང་》ཞེས་པར་ཀུས་སྤྲལ་བཞིས་རི་གཤམ་དུ་གནས་བཅས་ནས་སྒོང་བཞི་བསྒྲལ་པས་གསུམ་ཕན་མ་ཐོགས་པས་དོར་ལ་ཕན་ཐོགས་པ་གཅིག་པོ་དེ་ལས་སྤྱང་ཀྱང་ལྡན་པའི་བུ་སྤུང་ཨན་ཞེས་པ་སྐྱེས་སོ། ཡང་ཀུས་སྤྲལ་བཞིས་སྒོང་བཞི་བསྒྲལ་བས་གསུམ་ཕན་མ་ཐོགས་པས་དོར་ལ་ཕན་ཐོགས་པ་གཅིག་པོ་དེ་ལས་མེ་ཏོག་དང་འདྲ་བའི་བུ་མོ་སྤུང་གསང་སྐྱེས། སྤུང་ཨན་དང་སྤུང་གསང་གིས་བརྒྱུད་པ་སྤེལ་བས་ས་གཞིར་རིམ་བཞིན་མི་མང་པོ་བྱུང་ངོ་ཞེས་སྤུང་ཨན་དང་སྤུང་གསང་སྒོང་ལས་སྐྱེས་པ་གསལ་བར་བཤད་ཅིང་བོད་རིགས་ལའང་《སྒོང་ལས་སྐྱེས་པའི་དཔའ་བོ་》ཞེས་པའི་དམངས་སྒྲུང་ཞིག་ཡོད་པར་སྲིད་པ་ཐོག་མའི་དུས་རིན་ཆེན་སྣ་ལྔ་ལས་གྲུབ་པའི་སྒོང་ཞིག་བྱུང་བ་དེ་གས་པས་དེའི་དཀྱིལ་ནས་སེང་གེའི་གདོང་དང་། གླང་ཆེན་གྱི་སྣ། སྟག་གི་སྡེར་མོ། མགོ་ལ་རྭ་གཉིས་ཡོད་པའི་བར་བྱ་ཁྱུང་གིས་བརྒྱན་པའི་དཔའ་བོ་འགྲན་ཟླ་བྲལ་བ་ཞིག་སྐྱེས་སོ། །ཞེས་འཁོད་པ་མིའི་འབྱུང་ཁུངས་སྒོང་ཡིན་པར་བཤད་པ་མིན་ནའང་སྒོང་ལས་དཔའ་བོ་དེ་འདྲ་ཞིག་འཁྲུངས་པར་བཤད་པས་གནའ་དུས་ཀྱི་བོད་རིགས་ལ་སྒོང་ལས་མི་བྱུང་ཐུབ་སྙམ་པའི་བསམ་བློའམ་ལྟ་སྟངས་ཡོད་པ་རྟོགས་ཐུབ།

(2) རྩི་ཤིང་ལས་མི་བྱུང་བ།

རྩི་ཤིང་ལས་མི་བྱུང་བར་སྨྲ་བའི་ལྷ་སྒྲུང་ལ་ཡང་ཤིང་གི་འདབ་མ་ལས་བྱུང་བ་སྨྱུག་མ་ལས་བྱུང་བ། ཤིང་ཀ་བེད་ལས་བྱུང་བ་སོགས་མང་ལ་མདོར་ན་འགྲོ་བ་མི་ཉིད་དང་ཐོག་མར་རྩི་ཤིང་གང་རུང་ལས་བྱུང་བར་བཤད་པ་གཅིག་མཚུངས་ཡིན་པས་འདིར་དཔེ་མཚོན་དུ་མོང་གོལ་གྱི་ལྷ་སྒྲུང་མེ་ཏོག་ལས་མི་བྱུང་བར་བཤད་པ་དེ་ཞུས་ན།སྔོན་དང་པོ་རི་ཞིག་གི་རྩེ་ན་རྩྭ་ཞིག་ཡོད་པ་ལ་མེ་ཏོག་སྐྱེས་སོ། མེ་ཏོག་དེ་ལས་ལག་པ་གཅིག རྐང་པ་གཅིག མིག་གཅིག རྣ་གཅིག ཁ་ཕྱེད་བྱས་པའི་མི་ཕྱེད་ཅིག་བྱུང་བ་དེས་གང་སར་ཕྱིན་ཕྱིན་པས་ཡང་མི་ཕྱེད་ཅིག་འཕྲད་དོ། དེ་གཉིས་མཉམ་དུ་སྡེབ་པས་མི་ཧྲིལ་པོ་གཅིག་ཆགས་ལ། དེ་ནི་འཛམ་གླིང་ཐོག་གི་མིའི་འགྲོ་བ་དང་པོ་དེ་ཡིན་ནོ། །ཞེས་མིའི་འགྲོ་བ་དང་པོ་མེ་ཏོག་ལས་བྱུང་བར་བཤད་དོ། །

རང་བྱུང་ལས་མི་བྱུང་བར་བཤད་པའི་ལྷ་སྒྲུང་འདིར་ད་དུང་གནམ་དང་ས་ལས་མི་བྱུང་བ། བྲག་རྡོ་ཆེན་པོ་ལས་མི་བྱུང་བ། ཆུ་ལས་མི་བྱུང་བ་སོགས་རིགས་མང་དུ་ཡོད་ལ་ཚང་མ་མིའི་འབྱུང་ཁུངས་རང་བྱུང་དངོས་རིགས་གང་རུང་ལ་གཏུགས་པ་འདྲ་བས་ཞིབ་ཏུ་བརྗོད་པའི་ངལ་བ་མ་བྱས་སོ། །

3. ལྷས་མི་བཟོས་པར་སྨྲ་བའི་ལྷ་སྒྲུང་།

སྲིད་པ་ཆགས་རབས་ཀྱི་ལྷ་སྒྲུང་ནང་ལྷ་དེ་དང་དེས་ཕྱི་སྣོད་ཀྱི་འཇིག་རྟེན་བསྐྲུན་པ་དང་ཆབས་ཅིག་མིའི་འགྲོ་བ་ཡང་བཟོས་པར་བཤད་པ་མང་དུ་སྣང་ལ་མི་བཟོ་བའི་རྒྱུ་ཆ་དང་ཐབས་ཤེས་མི་འདྲ་བའི་དབང་གིས་ལྷ་སྒྲུང་འདི་ཕུན་སུམ་ཚོགས་པོ་ཞིག་ཆགས་ཡོད།

(1) ལྷས་འདམ་པས་མི་བཟོས་པ།

ལྷ་སྒྲུང་དེ་རིགས་ནང་ལྷ་གང་ཡང་རུང་བས་འཇིམ་པ་བེད་སྤྱད་ནས་མིའི་འགྲོ་བ་བསྐྲུན་པར་བཤད་པ་སྟེ་རྒྱ་རིགས་ཀྱི་ལྷ་སྒྲུང་《ཉུའི་ལྷྭ་ཡིས་འཇིམ་པས་མི་

བཟོས་པ་》ཞེས་པར་གནམ་ས་ཐོག་མར་ཆགས་པའི་ཚེ་ས་གཞིའི་སྟེང་མིའི་འགྲོ་བ་མེད་པས་ལྷ་ཆེན་ཹའི་ལྟུས་ས་སེར་ལས་མི་བཟོས། ཁོང་གིས་མི་བཟོ་སྐབས་ལས་བྲེལ་ཆེ་ལ་ནུས་པས་མ་ཕྱོག་རྒྱེན་ཐག་པ་ཞིག་འཛིམ་པའི་ནང་བཙུག་ཅིང་སླར་ནམ་མཁར་བསྐོར་བས་འཛིམ་པ་གང་ལྷུང་གི་སར་མི་གསོན་པོ་དུ་མ་བྱུང་བས་མིའི་འགྲོ་བ་བྱུང་ངོ་། ། ཞེས་བཤད་ལ་ཡེ་རིགས་ཀྱི་《ཨ་ཤེའི་མིའི་བྱུང་རབས་》ནང་ལྷ་ཕོ་ཨ་རགས་དང་ལྷ་མོ་ཨ་མེས་འཛིམ་པ་དཀར་པོ་དང་འཛིམ་པ་སེར་པོས་བུ་དང་བུ་མོའི་གཟུགས་བརྙན་བཟོས་རྗེས་གཟུགས་བརྙན་དེ་གཉིས་ལ་ཕྱུ་བརྒྱབ་པས་འགུལ་སྐྱོད་བྱེད་ལ་གཏམ་ཡང་སྨྲ་ཤེས་པས་མི་བྱུང་བ་ཡིན་ཞེས་པ་དེ་ལ་སོགས་འཛིམ་པས་མི་བཟོས་པའི་ལྷ་སྒྲུང་ནི་གྲངས་འབོར་ཤིན་ཏུ་མང་བ་ཡིན།

འཛིམ་པས་མི་བཟོས་པའི་ལྷ་སྒྲུང་ནང་འགྲོ་བ་མི་བྱུང་ཚུལ་ཐད་དགོད་བྲོ་ལ་ཁྲུངས་མེད་ལྟ་བུའི་འགྲེལ་བཤད་བྱས་ཡོད་ནའང་དེ་ནི་དོན་དངོས་ཀྱི་ཚོགས་ཀུག་ཀྱོག་གིས་མཚོན་པ་ཞིག་སྟེ་གལ་ཏེ་མིའི་རིགས་ཀྱིས་འཛིམ་པ་བེད་སྤྱད་ནས་ཐོན་རྫས་བསྐྲུན་པའི་ཤེས་རིག་དར་མེད་ཚེ་དེ་ལྟའི་ལྷ་སྒྲུང་བྱུང་དཀའ་བས་ལྷ་སྒྲུང་དེ་རིགས་ནས་མིའི་རིགས་ཀྱི་དོན་དངོས་ཀྱི་ཚོགས་འཚོ་བའི་གནས་སྟངས། ཤེས་རིག་གི་ཚད་གཞི་བཅས་འོས་འཚམས་མཚོན་པ་ཡིན།

(2) **ལྟས་སྟེ་ཤིང་གིས་མི་བཟོས་པ།**

ལྟས་སྟེ་ཤིང་འདྲ་མིན་བེད་སྤྱད་ནས་མིའི་འགྲོ་བ་བཟོས་པར་བཤད་པ་སྟེ་ཐུའུ་ཙ་རིགས་ཀྱི་དམངས་སྒྲུང་ནང་ལྷ་མོ་ཡེ་ལོས་སྨྱུག་མ་བེད་སྤྱད་ནས་མིའི་རུས་གཟུགས། པད་མའི་འདབ་མར་གློ་བ་དང་མཆིན་པ། སྲན་དམར་གྱིས་རྒྱུ་མ། ཀ་བེད་ཀྱིས་ཀ་ལི་བཅས་བཟོས་རྗེས་ཨི་ཁྲང་བདུན་ཕུག་པ་དང་། ཕུ་བརྒྱབ་པས་གསོན་ཏེ་མི་བྱུང་ངོ་། ཞེས་བཤད་པ་དང་འདྲ་བར་ཕུའུ་དབྱི་རིགས་སོགས་ཀྱི་དམངས་སྒྲུང་ནང་དུའང་ལྟས་སྟེ་ཤིང་གིས་མི་བཟོས་པར་

བཤད་པའི་སྒྲུང་མང་དུ་ཡོད།

འགྲོ་བ་མི་བྱུང་ཚུལ་གྱི་ལྷ་སྒྲུང་ནི་མིའི་རིགས་ཀྱིས་རང་ཉིད་ཀྱི་འབྱུང་ཁུངས་དང་རིན་ཐང་ལ་ཤེས་རྟོགས་དང་བསམ་གཞིགས་བྱས་པའི་གོམ་པ་དང་པོ་དེ་ཡིན་ཞིང་། དེས་མིའི་རིགས་འཕེལ་རྒྱས་ཀྱི་ཞིབ་འཇུག་ཐད་ལ་གཞལ་དུ་མེད་པའི་ནུས་པ་ཐོན་ཡོད།

འདིར་འཁོད་དང་མ་འཁོད་པའི་འགྲོ་བ་མི་བྱུང་ཚུལ་གྱི་ལྷ་སྒྲུང་དག་ལ་ཞིབ་ཏུ་དཔྱད་ན་ཁྱད་ཆོས་འདི་འདྲ་ཞིག་མངོན་པ་སྟེ་སྔོན་མ་སྔོན་མར་དར་བ་རྣམས་སྐབས་བདེ་ལ་གཏན་ཚིགས་སམ་རྒྱུ་མཚན་བྲལ་བ་འཆར་སྣང་དང་འདོད་བློ་ཁོ་ནར་བརྟེན་པ་ཞིག་དང་ཕྱི་མ་ཕྱི་མར་དར་བ་རྣམས་འགྲོ་བ་མི་བྱུང་བའི་བརྒྱུད་རིམ་ལ་ཅུང་ཞིབ་ཕྲའི་བཀོད་འབྲི་ཡོད་པ་དང་འཆར་སྣང་དེ་ཡང་ཡང་དག་མིན་ལ་མ་ལྟོས་པའི་རྒྱུ་མཚན་ལ་བརྟེན་པ། རྩོམ་རིག་གི་བྲོ་བ་འམ་རིན་ཐང་ཅུང་ཟད་ཆེ་བ་གང་ཞིག་དོན་དངོས་སྤྱི་ཚོགས་འཚོ་བའི་གྲིབ་གཟུགས་ལྷན་ཅིག་ཏུ་གནས་པ་ཞིག་སྟེ་དཔེར་ན་འཛམ་པས་མི་བཟོས་པར་བཤད་པ་ལ་སོགས་པའི་ལྷ་སྒྲུང་དེ་འདྲའོ། །

གསུམ། རིགས་རུས་བྱུང་ཚུལ་གྱི་ལྷ་སྒྲུང་།

མི་རིགས་གང་དང་གང་ཡིན་ནའང་རང་གི་མི་རིགས་དེ་ཇི་ལྟར་བྱུང་བ་དང་རང་གི་རུས་རྒྱུད་དེ་མེས་པོ་གང་ལ་ཐུག་པ་རྗེས་དེད་དང་འཚོལ་ཞིབ་བྱ་རྒྱུ་དེ་ལོ་རྒྱུས་ཀྱི་འཕེལ་རིམ་ངེས་ཅན་ཞིག་ནང་གཡོལ་ཐབས་མེད་པར་འཕྲད་ཀྱི་ཡོད། གནའ་བོའི་མི་རྣམས་ལ་གནད་དོན་དེ་ཐག་གཅོད་བྱེད་པའི་ཐབས་ལམ་ཡང་དག་པ་ཞིག་མ་རྙེད་སྐབས། རང་གི་མི་རིགས་དང་རིགས་རུས་དེ་སྤྲེའུ་ལ་ཁུངས་བཙོལ་བ་དང་དོམ་ལ་ཁུངས་བཙོལ་བ། ལྷ་ལ་ཁུངས་བཙོལ་བ་སོགས་བྱས་ཤིང་། ཁུངས་དེ་ལས་རང་གི་མི་རིགས་དང་རིགས་རུས་དེ་ཇི་ལྟར་བྱུང་བ

ལ་ངོ་མཚར་དང་འཆར་སྣོན་ཁྱིངས་པའི་འགྲེལ་པ་དང་གསལ་བཤད་རེ་བྱས་པས་རིགས་རུས་བྱུང་ཚུལ་གྱི་ལྷ་སྒྲུང་དེ་དག་བྱུང་བ་ཡིན།

མི་རིགས་དེ་དང་དེ་ཇི་ལྟར་བྱུང་བ་དང་རུས་རྒྱུད་དེ་དང་དེའི་མེས་པོ་གང་ཡིན་བརྗོད་དོན་གཙོ་བོར་བྱས་པའི་ལྷ་སྒྲུང་དེ་ལའང་མི་རིགས་ཀྱི་འབྱུང་ཁུངས་བཤད་པ་དང་རུས་རྒྱུད་ཀྱི་འབྱུང་ཁུངས་བཤད་པ་གཉིས་སུ་དབྱེ་བ་ལས།

1. མི་རིགས་ཀྱི་འབྱུང་ཁུངས་བཤད་པའི་ལྷ་སྒྲུང་།

མི་རིགས་མང་ཆེ་བར་མི་རིགས་བྱུང་ཚུལ་གྱི་ལྷ་སྒྲུང་ཡོད་པས་ང་ཚོས་དེ་དག་ལ་དཔྱད་བསྡུར་བྱས་ན་སྤྱིར་བཏང་རྣམ་པ་གཉིས་སུ་ངེས་པ་སྟེ། མི་རིགས་ཁེར་རྐྱང་གཅིག་བྱུང་ཚུལ་བཤད་པ་དང་ཁུངས་གཅིག་ལས་མི་རིགས་མང་པོ་བྱུང་བར་བཤད་པའོ། །

མི་རིགས་ཁེར་རྐྱང་གཅིག་གི་བྱུང་ཚུལ་བཤད་པའི་ལྷ་སྒྲུང་ནི་བོད་རིགས་ལྟ་བུ་མི་རིགས་གཅིག་ཀོ་ནའི་འབྱུང་ཁུངས་འཚོལ་ཞིབ་དང་རྗེས་ཀྱི་དར་འཕེལ་ཇི་ཡིན་གཙོ་བོར་བཤད་པ་སྟེ། ཏ་ས་ཁའི་ལྷ་སྒྲུང་《ངང་དཀར》ཞེས་པ་འདི་ལྟར་སྔར་ཕྱུག་ཇོ་ད་ཕྱུག་ཅིག་ཡོད་ལ་ཉིན་ཞིག་ཕྱུག་འཚོ་བའི་སྐབས་བྱེ་ཀླུང་དྲག་པོ་བརྒྱབ་སྟེ་ལུག་རྣམས་ཕྱོགས་བཞིར་ཐོར། རྩ་ཐང་བྱེ་སར་གྱུར། ཉི་མའི་ཚ་གླབས་ཀྱིས་ཕྱུག་ཇོ་གདུང་ཞིང་དྲན་མེད་དུ་བརྒྱལ། ནམ་རྒྱུན་ཕྱུག་ཇོ་དེ་དེ་ལྟར་གྱུར་པའི་སྐབས་ངང་དཀར་ཞིག་གིས་རྟག་པར་ཤིང་ལོའི་ནང་ཆུ་བླངས་ནས་ཁོ་གསོ་བར་བྱེད་ཀྱི་ཡོད། རྗེས་ཀྱི་ཉིན་ཞིག་ངང་དཀར་གྱིས་རང་གི་སྒྲོ་གོས་ཕུད་པས་བུད་མེད་མཛེས་མ་ཞིག་ཏུ་གྱུར་ལ་ཕྱུག་ཇོ་དང་བཟའ་ཚོ་བྱས་པས་བུ་ཚ་བྱུང་ཞིང་དེ་ལས་ཏ་ས་ཁའི་མི་རིགས་འདི་བྱུང་བ་ཡིན། ཞེས་དང་ཉུའི་ཀྲན་རིགས་སམ་མན་ཇུ་རིགས་ཀྱི་ལྷ་སྒྲུང་《ཉུའི་ཀྲན་རིགས་ཀྱི་འབྱུང་ཁུངས》ནང་གནའ་སྔ་མོ་པའི་ཧྲན་རི་བོའི་བརྒྱུད་དེ་མི་མེད་ལུང་སྟོང་ཡིན་ལ་གཞོན་ནུ་ཨ་ཀཱ་གཅིག་པོ་པའི་ཧྲན་མཚོའུ་ལས་ཉ་འཛིན་བཞིན་འཚོ་སྐྱོད་བྱེད་ཀྱི་

ཡོད། ཉིན་ཞིག་ཁོ་ཎ་འཛིན་པའི་སྐབས་ནམ་མཁའ་ལས་ལྷ་མོ་དགུ་མཚོའུར་ཁྲུས་བྱེད་པར་ཐེབས་པ་དང་། ལྷ་མོ་ཆེ་བ་བརྒྱད་མི་མཐོང་བ་དང་སྐྲག་ནས་ནམ་མཁར་འཕུར། ལྷ་མོ་ཐ་ཆུང་དེར་བསྡད་དོ། དེར་ལྷ་རྒྱལ་ཁྲོས་ནས་ལྷ་དམག་ལྷ་རྗོད་བཏང་སྟེ་ལྷ་མོ་ཐ་ཆུང་བཟུང་བར་ཆས་པ་ལ་མཚོའུ་ནང་གི་འབྲུག་ནག་དེས་བསྐྱབས་སོ། རྗེས་སུ་ཨ་ཀྣ་དང་ལྷ་མོ་ཐ་ཆུང་གཉེན་སྒྲིབ་པས་བུ་ཚ་འཕེལ་ཞིང་དེ་ལས་ཉུའི་ཀྲན་རིགས་སམ་མན་ཏྲུ་རིགས་བྱུང་བ་ཡིན། ཞེས་པ་ལྷ་བུའི་ལྷ་སྒྲུང་དེ་རིགས་ནང་ཧ་ས་ཁ་སོགས་མི་རིགས་གཅིག་ཁོ་ནའི་ཁུངས་དང་བྱུང་ཚུལ་འཚོལ་ཞིབ་དང་རྗེས་དེད་བྱས་པས་མི་རིགས་ཁེར་རྐྱང་གཅིག་གི་བྱུང་ཚུལ་བཤད་པའི་ལྷ་སྒྲུང་ཞེས་བརྗོད་པ་ཡིན།

ཁུངས་གཅིག་ལས་མི་རིགས་མང་པོ་བྱུང་བར་བརྗོད་པའི་ལྷ་སྒྲུང་ནི་མི་རིགས་གཉིས་སམ་མང་པོ་ཁུངས་གཅིག་དང་ཁུངས་གཅིག་ལས་མཆེད་པར་བཤད་ཅིང་དེ་དག་བར་སྤུན་ཉེ་དང་རྒྱན་གཞོན་གྱི་འབྲེལ་བའང་ངེས་ཅན་ཡོད་པར་བརྗོད་པ་ཞིག་སྟེ་ལི་སུའུ་རིགས་ཀྱི་《གནམ་འབྱེད་ས་གཤགས་》ཞེས་པའི་ལྷ་སྒྲུང་ནང་གནམ་ལྷས་ཤིང་འབྲས་ཤིག་བཏབ་པའི་ནང་ལས་མིང་སྲིང་གཉིས་བྱུང་ལ་མིང་སྲིང་གཉིས་གཉེན་བྱས་པས་བུ་ཕྲུག་ཉེར་གཉིས་སྐྱེས་ཤིང་སྐད་རིགས་ཉེར་གཉིས་སླ་བས་རྗེས་སུ་མི་རིགས་ཉེར་གཉིས་བྱུང་ངོ་ཞེས་དང་ཅི་ནུའོ་རིགས་ཀྱི་ལྷ་སྒྲུང་《ཀ་བེད་ནང་གི་མི་》ཞེས་པར་ཀ་བེད་ནང་ནས་ཕུའུ་ལང་རིགས་ནི་དང་པོར་བྱུང་ལ་ཁོང་ཚོ་འགྲོ་བའི་སྐབས་སོལ་བ་འཕྲད་པ་གདོང་པར་བྱུག་པས་ཕུའུ་ལང་རིགས་དེ་ངོ་གདོང་ནག་པ། ཅི་ནུའི་རིགས་གཉིས་པར་བྱུང་ལ་འགྲོ་བའི་སྐབས་དཀར་མིན་ནག་མིན་གྱི་ལི་ཙིའི་ཤིང་དང་འཕྲད་པས་ཤ་མདོག་དཀར་མིན་ནག་མིན་དང་ཧྲེའི་རིགས་གསུམ་པར་བྱུང་ལ་འགྲོ་བའི་སྐབས་ཆུ་ཤིང་དང་འཕྲད་པས་ཧྲེའི་རིགས་དེ་ཤ་མདོག་ཤིན་ཏུ་དཀར་བ་ཡོད་པ་ཡིན། ལྷ་བུ་ཁུངས་མིང་སྲིང་གཉིས་སམ་ཤིང་ཀ་བེད་ལྷ་བུ་གཅིག་ལས་མི་

རིགས་གཉིས་སམ་མང་པོ་བྱུང་བར་བརྗོད་པས་ཁུངས་གཅིག་ལས་མི་རིགས་མང་པོ་བྱུང་བར་བརྗོད་པའི་ལྷ་སྒྲུང་ཡིན།

མི་རིགས་ཁེར་རྐྱང་གཅིག་བྱུང་ཚུལ་ལྷ་སྒྲུང་དང་བསྡུར་ན་འདིར་མི་རིགས་སོ་སོའི་མི་གྲངས་ཀྱི་མང་ཉུང་། ལུས་གཟུགས་ཀྱི་ཁྱད་ཆོས། འཚོ་བའི་གོམས་གཤིས་ལ་སོགས་མ་ཉུང་བ་བརྗོད་ཡོད་པས་མི་རིགས་ཁེར་རྐྱང་གཅིག་བྱུང་བར་བརྗོད་པའི་ལྷ་སྒྲུང་ལས་དར་ཕྱི་བ་ཡིན་པ་ར་སྤྲོད་ཐུབ་བོ། །

2. རུས་རྒྱུད་ཀྱི་འབྱུང་ཁུངས་བཤད་པའི་ལྷ་སྒྲུང་།

རུས་རྒྱུད་ནི་མིའི་སྤྱི་ཚོགས་ཀྱི་ཆེས་སྔ་ཤོས་ཀྱི་ཚོགས་པའི་རྣམ་པ་སྟེ་དེ་ནི་མེས་པོ་གཅིག་ལས་བྱུང་ཞིང་རུས་མིང་གཅིག་དང་ཁྲག་རྒྱུད་ཕན་ཚུན་འབྲེལ་བ་ངེས་ཅན་གྲུབ་པའི་ཁྲག་རྒྱུད་སྤུན་ཉེའི་ཚོགས་པར་ཟེར་བས་རུས་རྒྱུད་ཀྱི་འབྱུང་ཁུངས་བཤད་པའི་ལྷ་སྒྲུང་དེ་ཡང་དེ་འདྲའི་ཚོགས་པ་དེའི་ཁུངས་འཚོལ་ཞིབ་དང་རུས་རྒྱུད་དེའི་མེས་པོ་གང་ཡིན་གསལ་བཤད་བྱས་པའི་ནང་དོན་ཅན་ཡིན།

བོད་འདིར་ད་ལྟ་རུས་མིང་བཏགས་སྲོལ་མེད་ནའང་བོད་མི་བྱུང་ཚུལ་ལྷ་སྒྲུང་ནང་བོད་ཀྱི་རུས་ཆེན་བཞི་ཇི་ལྟར་བྱུང་ཚུལ་བཤད་ཡོད་པ་དང་དེ་བཞིན་བོད་ཀྱི་ཆོས་འབྱུང་དང་དེབ་ཐེར་མང་པོར་རང་གི་གདུང་རྒྱུད་གང་ལས་མཆེད་པ་མང་དག་བཀོད་ཡོད་པ་ལ་ཞིབ་ཏུ་དཔྱད་ན་ལྷ་སྒྲུང་ལས་ལོགས་སུ་མེད་པ་ཞིག་ཉེད་སྲིད།

འདིར་ལྷ་སྒྲུང་དེའི་དཔེ་མཚོན་ལ་པའི་རིགས་ཀྱི《བུ་མོ་ཆེ་བ་དང་དོམ་གྱི་རུས་རྒྱུད》ཅེས་པ་བརྗོད་ན་ཨ་ཕོ་ཐས་རང་གི་བུ་མོ་འཁྲིད་ནས་ཞིང་ནང་བཏབ་པའི་ལོ་ཏོག་སྲིན་མིན་ལ་ལྟ་བར་འགྲོ་བའི་སྐབས་དོམ་ཀན་གྱིས་ཨ་ཕོ་ཐའི་བུ་མོ་ཆེ་བ་མཐོང་སྟེ་མོར་ལག་བརྫ་བྱས། དེས་མོ་དངངས་ཤིང་སྐྲག་ནས་པ་ཕ་ཞེས་ཤུགས་ཀྱིས་འབོད་དོ། ཕས་མྱུར་དུ་མདའ་གཞུ་འཁྱེར་ནས་དོམ་ཀན་ལ་བརྒྱབ། འོན་ཏེ་ཇི་ལྟར་བརྒྱབ་ཀྱང་གཏན་ནས་ཕོག་མ་ཐུབ། གང་མཚམས་སོང་རྗེས་

དོམ་ཀན་གྱིས་ཨ་ཕོ་ཐར་བུ་མོ་ཆེ་བ་རང་གི་བཟའ་ཟླར་སྐྱེར་དགོས་པའི་རེ་བ་བྱས་ཤིང་། གལ་ཏེ་མ་སྐྱེར་ན་ལོ་ཏོག་ཐམས་ཅད་མེད་པར་བཟོ་ཞེས་འཇིགས་སྣང་སྐུལ། དེ་ལ་ཨ་ཕོ་ཐས་དོམ་ཀན་ཁྱོད་རང་མི་མ་ཡིན་པས་མིའི་བུ་མོ་མནའ་མར་ཨེ་འཚམ་ཞེས་བཤད་པར་དོམ་ཀན་གྱིས་ང་མིར་འགྱུར་ཤེས་ཞེས་སླས་པ་དང་ཆབས་ཅིག་ཕོ་གསར་གྲུང་ཤ་ལྡན་པ་ཞིག་ཏུ་འགྱུར། ཨ་ཕོ་ཐ་ཐབས་ཟད་ནས་བུ་མོ་ཆེ་བ་ཁོའི་མནའ་མར་སྐྱེར། དེ་ལས་བུ་ཚ་འཕེལ་བ་ད་ལྟ་ལན་པིན་ཁུལ་དུ་འཚོ་སྡོད་བྱེད་ཅིང་དོམ་གྱི་རུས་རྒྱུད་ཅེས་ཟེར་བ་ལྟར་ལི་སུའུ་རིགས་ཀྱི་ལྷ་སྒྲུང་《སྟག་རུས་རྒྱུད་ཀྱི་འབྱུང་ཁུངས་》ཞེས་པར་འདི་ལྟར་སྔར་ཕ་མ་གཉིས་མེད་ཀྱི་བུ་མོ་ཞིག་ཡོད་པ་དེ་རི་གཤམ་དུ་གཅིག་པོར་འཚོ་སྡོད་བྱེད་དོ། ཉིན་ཞིག་མོ་རིར་ཤིང་སྒྲུག་སྐབས་གློ་བུར་དུ་སྟག་ཅིག་ནགས་ལས་ཐོན་བྱུང་བ་དང་སྐྲག་སྣང་གིས་གང་མཚམས་བྲོས་ཕྱིན། ཤིང་སྡོང་ཞིག་གི་འོག་ཏུ་སྐྱིབས་པ་དང་ཁ་ཕྱིར་བལྟས་པས་མོ་རང་གི་རྗེས་འདེད་མཁན་དེ་སྟག་མིན་པར་ཕོ་གཞོན་ཡིད་དུ་འོང་བ་ཞིག་འདུག་པས་མཛའ་བའི་གཏམ་གླིང་། གཉེན་གྱི་ལས་བྱས་སོ། ཁྱོ་བོས་ཉིན་ལྟར་རིར་ཕྱིན་ནས་རི་དྭགས་རྔོན་པ་དང་བུད་མེད་དེས་ཞིམ་ལས་བྱས་ཏེ་དེ་ལྟར་དུས་རིང་པོ་ཕྱིན་རྗེས་ཉིན་ཞིག་མོ་རིར་ཟས་འཚོལ་བར་ཕྱིན་སྐབས་རང་གི་ཁྱོ་བོ་དེས་སྟག་ལུས་ལ་སྤྲུལ་ནས་རི་དྭགས་རྔོན་བཞིན་ཡོད་པ་མཐོང་བས་མོ་དང་བུ་ཕྲུག་རྣམས་ཤིན་ཏུ་སྐྲག་སྟེ་གཏམ་ཡང་སྨྲ་མ་ནུས་པར་གྱུར་རོ། ཁྱོ་བོས་རང་གི་རང་གཟུགས་ངོ་མ་གང་ཡིན་བཟའ་ཟླས་མཐོང་བ་མ་བཟོད་ནས་སྡུག་བསྔལ་དང་སྐྱོ་སྣང་ཆེན་པོས་བཟའ་ཟླ་བུ་ཕྲུག་དང་ཁ་བྲལ་ཏེ་ཕྱིན་ཏོ། བུ་ཕྲུག་རྣམས་ཆེན་པོར་ལོངས་རྗེས་མི་རྣམས་ཀྱིས་ཁོང་ཚོར་སྟག་གི་རུས་རྒྱུད་ཅེས་བརྗོད་དོ། །ལྟ་བུར་རུས་རྒྱུད་དེ་དང་དེ་ཇི་ལྟར་བྱུང་བ་དང་རང་གི་རུས་རྒྱུད་ཀྱི་མེས་པོ་སུ་ལ་ཐུག་མིན་འཚོལ་ཞིབ་དང་རྗེས་དེད་འགྲེལ་པ་བཅས་བྱས་ཡོད་ལ། སྤྱིར་ལྷ་སྒྲུང་དེ་རིགས་ནང་རང་གི་རུས་རྒྱུད་དེ་ལྷ་མོའམ་

མིའི་བུ་མོ་དང་དོམ་ལ་སོགས་པའི་སྲོག་ཆགས་གམ་ཡང་ན་སྤྱི་ཤིང་སོགས་སྡེབ་པ་ལས་བྱུང་བ་བརྗོད་པ་གཙོ་ཆེ་བ་དང་། རང་གི་རུས་རྒྱུད་ཀྱི་མེས་པོའང་མིའི་བུ་མོ་དེ་དང་འདོད་འབྲེལ་བྱུང་བའི་སྲོག་ཆགས་གང་ཡིན་དེ་ལ་ངོས་འཛིན་ཚེ་རུས་ཚོའི་ མིང་ འདོགས་ ཀྱང་ མེས་ པོའི་ སྲོག་ ཆགས་ དེ་ གཞིར་ འཛིན་ ནས་བཏགས་པ་ཤས་ཆེ་བ་སོགས་ཀྱི་ཁྱད་ཆོས་ཡོད་པས་རུས་རྒྱུད་བྱུང་ཚུལ་ལྷ་སྒྲུང་དང་རུས་རྒྱུད་མཚོན་རིས་བར་འབྲེལ་བ་ཤིན་ཏུ་ཟབ་པ་ཆགས་ཡོད་པ་ཤེས་ནུས།

མདོར་ན་མི་རིགས་བྱུང་ཚུལ་གྱི་ལྷ་སྒྲུང་ཡིན་ནའང་འདྲ་རུས་རྒྱུད་བྱུང་ཚུལ་གྱི་ལྷ་སྒྲུང་ཡིན་ནའང་འདྲ་ཁུངས་ལྷ་དང་སྲོག་ཆགས་ལ་གཏུགས་པ་ཤིན་ཏུ་མང་བ་ཡིན་ཞིང་། མི་རིགས་དེ་དང་དེས་རང་མི་རིགས་དང་རང་གི་རུས་རྒྱུད་ཀྱི་ཁུངས་དེ་སྲོག་ཆགས་ལ་གཏུགས་ཚེ། སྲོག་ཆགས་དེའི་གནས་བབ་ཆེས་མཐོ་བར་བཞག་པ་དང་། ཐ་ན་སྲོག་ཆགས་དེར་མིར་འགྱུར་བའི་ནུས་པ་ཡོད་པར་བརྗོད་པ་དང་གལ་ཏེ་ལྷར་གཏུགས་ན། དེ་འདྲའི་ལྷ་དེ་སྙིང་རྗེ་ཆེ་བ་དང་། འགྲོ་བ་མིར་བརྩེ་བ། མིའི་ཆེད་དུ་ལྷ་ཁྲིམས་དང་འགལ་ནུས་པ་བཅས་ཀྱི་རང་བཞིན་ཅན་དུ་བརྗོད་པ་ནི་ལྷ་སྒྲུང་དེ་རིགས་ཀྱི་ཁྱད་ཆོས་མངོན་གསལ་དོད་པོས་ཤིག་ཡིན་ནོ།

བཞི། ཐོན་སྐྱེད་ངལ་རྩོལ་སྐོར་གྱི་ལྷ་སྒྲུང་།

དེ་ནི་ཐོན་སྐྱེད་ངལ་རྩོལ་གྱི་ལག་རྩལ་དང་ཐོན་སྐྱེད་དང་འཚོ་བར་ཐད་ཀར་འབྲེལ་བ་ཡོད་པའི་དངོས་རིགས་ཀྱི་འབྱུང་ཁུངས་ལ་འགྲེལ་པ་བྱས་པའི་སྒྲུང་ཞིག་ཡིན། ལྷ་སྒྲུང་འདིའི་ནང་གདོད་མའི་མིས་གསར་གཏོད་དམ་དབང་བསྒྱུར་བའི་དངོས་རིགས་མེ་དང་སྒོ་ཕྱུགས། ནས་དང་ཁང་ཁྱིམ་སོགས་ཀྱི་ཁུངས་དང་བྱུང་ཚུལ་བརྗོད་བྱར་བྱས་པས་མིའི་རིགས་ཀྱི་དངོས་པོའི་ཤེས་རིག་ཇི་ལྟར་དར་ཚུལ་བཤད་པའི་ལྷ་སྒྲུང་ལས་ལོགས་སུ་མེད་པ་ཡིན།

ལྷ་སྒྲུང་འདི་མི་རིགས་མང་པོའི་དམངས་སྒྲུང་ནང་རྒྱ་ཁྱབ་ཏུ་ཡོད་པ་ཞིག་ཡིན་ཞིང་གདོད་མའི་མིས་རང་གི་གསར་བསྐྲུན་དང་དབང་བསྒྱུར་བའི་དངོས་རིགས་དེ་དག་གི་ཁྱངས་དང་བྱུང་ཚུལ་ལ་འཆར་སྒོས་བརྒྱབ་པའི་འགྲེལ་པ་བྱས་པ་ཅི་ཡིན་སྙམ་ན། དེ་ཡང་ཐོན་སྐྱེད་ངལ་རྩོལ་གྱི་ནུས་པ་ཤིན་ཏུ་ཞན་པ་དང་། ཤེས་སྒྲིམ་དང་ཚ་འཁྱགས་ཀྱི་གདུང་བས་རྟག་ཏུ་མནར་ཞིང་འཚོ་བའི་རྒྱབ་རྟེན་གཙོ་ཆེ་བ་རང་བྱུང་ལ་བརྟེན་པའི་གདོད་མའི་དུས་སྐབས་ནང་མེ་དང་ནས། ཁང་ཁྱིམ་དང་སྒོ་ཕྱུགས་སོགས་རྒྱུན་རིང་གི་ཐོན་སྐྱེད་ངལ་རྩོལ་ལས་ཐོབ་པའི་འབྲས་བུ་དག་གིས་གདོད་མའི་མིར་ཕན་པ་རྒྱ་ཆེན་བསྐྲུན་པ་དེས་དངོས་རིགས་དེ་དག་ལ་དད་གུས་དང་གཙིགས་ཆེན་བྱེད་པའི་འདུ་ཤེས་བྱུང་ཞིང་ལྷག་པར་དུ་དངོས་རིགས་དེ་དག་ཇི་ལྟར་བྱུང་ཚུལ་ཐད་མི་ཐལ་པ་ཞིག་གིས་གསར་བསྐྲུན་བྱས་པ་མིན་པར་ལྷའམ་བསམ་འདས་ཀྱི་དཔའ་བོ་གང་རུང་གིས་སྟེར་བ་དང་བསྐྲུན་པའི་ངོས་འཛིན་དང་འཆར་སྒོ་སྐྱེས་ལ། དེ་འདྲའི་འཆར་སྒོ་དེས་དངོས་པོའི་ཤེས་རིག་གི་ཁུངས་དང་བྱུང་ཚུལ་ལ་སྙན་ཞིང་འཇེབས་པའི་འགྲེལ་པ་དང་འཆར་སྒོས་ཕྱུག་པའི་གསལ་བཤད་བྱས་པ་ཡིན།

ལྷ་སྒྲུང་འདིའི་ནང་གདོད་མའི་མིས་གསར་གཏོད་བྱས་པའི་དངོས་རིགས་ཕལ་མོ་ཆེ་བྱུང་བས་ནང་དོན་ཤིན་ཏུ་རྒྱ་ཆེ་བ་ཞིག་སྟེ་དཔེར་ན་བོད་ཀྱི་དམངས་སྒྲུང་《སྐྱིད་པོ་ཁྱིའི་བཀའ་དྲིན》ཞེས་པར་གནའ་སྔ་མོའི་དུས་སྐྱུང་ལ་དཔའ་བའི་རྒྱལ་སྲས་ཤིག་ཡོད་པ་དེས་བློན་འཁོར་དང་བཅས་འཁྲིད་ནས་ཀླུའི་རྒྱལ་པོའི་སར་འབྲུ་ལེན་པར་ཕྱིན་པས་ལམ་བར་འཁོར་གཡོག་ཡོངས་རྫོགས་སེམས་ཅན་གདུག་པ་ཅན་དང་གཅན་གཟན་སོགས་ཀྱིས་བསད་ཅིང་རྒྱལ་སྲས་གཅིག་པོ་ལྷག དེ་ནས་ཁོང་གཅིག་པུ་ཡུན་རིང་བསྐྱོད་མཐར་ཀླུའི་རྒྱལ་པོའི་སར་སླེབས་ཤིང་ཀླུ་རྒྱལ་ལ་འབྲུ་སྟེར་དགོས་པའི་རེ་བ་བྱས། འོན་ཀྱང་ཀླུ་རྒྱལ་དེ་ནི་སེར་སྣ་དང་གདུག་རྩུབ་ཆེ་བ་ཞིག་ཡིན་པས་འབྲུ་རྡོག་པོ་གཅིག་ཀྱང་མ་སྟེར།

དེར་རྒྱལ་སྲས་ཐབས་ཟད་དེ་ཕྲུའི་འབྲུ་ཀུས་ཏེ་བྲོས་སོ། དེ་ཕྲུ་རྒྱལ་གྱིས་ཤེས་ནས་རྒྱལ་སྲས་ཁྲིའི་གཟུགས་ལ་བསྒྱུར། རྗེས་སུ་ཁྲི་ལུས་ཅན་གྱི་རྒྱལ་སྲས་དེར་ཕྱུག་པོའི་སྲས་མོ་ཞིག་གི་བརྩེ་དུང་ཆགས་པས་སླར་མིར་གྱུར། ཁོ་གཉིས་ཀྱིས་སོ་ནམ་གྱི་ལས་བྱས་པས་མི་ལ་གཞི་ནས་འབྲུ་བྱུང་ངོ་། །ཞེས་པ་ལྟ་བུ་དང་དེ་བཞིན་ཡའོ་རིགས་ཀྱི《ཁྲི་བོའི་བཤད་སྲོལ》ཞེས་པར་སྔོན་མ་སྔོན་མ་ཁྲི་བོའི་རྫོག་པོ་ཤིན་ཏུ་ཆེ་བ་མ་ཟད་མིས་བཏབ་པ་དང་བསྐྱུ་བ་སོགས་བྱེད་མི་དགོས་པར་ཁྲི་བོ་སྐྱིན་རྗེས་སུ་མིའི་འབྲུ་མཛོད་ནང་རང་འགུལ་ངང་སླེབས་ཀྱི་ཡོད། དེ་འདྲས་མི་རྣམས་སྐྱིད་ལུག་ཆེར་སོང་ངོ་། ཉིན་ཞིག་བུད་མེད་ཅིག་སྒྲ་སླ་བའི་སྐབས་ཁྲི་བོས་སྒོ་བརྡུངས་པར་མོ་བསྒུན་ཏེ་དབྱུང་རྒྱུགས་གཡུག་པས་ཁྲི་བོར་ཕོག་ལ་ཉེ་བར་བྱུང་། དེར་ཁྲི་བོ་མ་བཟོད་པར་གནམ་ལ་ཕྱིན་ཏོ། མི་རྣམས་ཐབས་ཟད་དེ་མེས་པོ་ལྟར་ཞུས་པས་མེས་པོ་ལྟས་ཞིམ་བུ་དང་ཁྱི་སོགས་བཏང་ནས་བཙལ་ཀྱང་ཁྲི་བོ་མ་རྙེད་དོ། དེ་རྗེས་ཙི་ཙི་འཚོལ་བར་བཏང་བས་གཙང་ཚུ་ལས་རྙེད་ཀྱང་བརླག་པར་དོགས་ནས་མིད་ཅིང་སླར་མི་ལ་སྤྲད་པའི་ཚེ་ཞིབ་ཞིབ་ཏུ་ཕྱིན་ཡོད་པས་ད་ལྟའི་འབྲས་རྫོག་ཆུང་ངུ་འདི་བྱུང་བ་ཡིན། ལྟ་བུ། ཧུང་རིགས་ཀྱི་དམངས་གླུང《ནས་འབྲུའི་འབྱུང་ཁུངས》མེའོ་རིགས་ཀྱི་དམངས་གླུང《ཁྱིས་གནམ་ལས་འབྲུ་སོན་བླངས་པ》ལ་སོགས་ནས་སམ་འབྲུ་སྣ་ཁག་ཇི་ལྟར་བྱུང་བའི་སྐོར་དང《ཏ་དང་རྐྱང་གི་བྱུང་ཚུལ》ཞེས་པར་སྔོན་སྤྲིན་དཀར་པོའི་སྟེང་དང་ཉི་ཟླ་སྐར་ཚོགས་ཀྱི་འོག་ཏུ་ཏ་དང་རྐྱང་མོ་ཞིག་མཆིས་པར་རྟེའུ་ཞིག་བཙས། འོན་ཏེ་ཏ་གནམ་དུ་ཡོད་པ་དང་རྟེའུ་བར་སྣང་དུ་གནས་པས་རྩ་ཆུ་དཀོན་པར་བརྟེན་ནས་ཏ་དང་རྟེའུ་མི་ཡུལ་དུ་ཐོན། རྗེས་སུ་རྟེའུ་དེ་ཡང་རྒྱལ་ལུང་དྭངས་བ་བྱ་བའི་ས་ཆར་སོང་ནས་ཏའི་རྒྱལ་པོ་དང་གཤེབ་པ་ལས་རྟེའུ་སྤུན་ཟླ་གསུམ་བཙས་པ་ལ་ཡང་རྒྱགས་པའི་རྩ་དང་ཚིམ་པའི་ཆུ་འཕྲུང་རྒྱུ་མེད་པས་སྤུན་གསུམ་སོ་སོར་སོང་། ཕུ་ཆེ་བ་དང་འབྲིང་བ་སོང་

བའི་ཡུལ་དུ་རྩ་ཆུ་འཛོམས་ལ་སྤུན་ཆུང་བ་སོང་བའི་ཡུལ་དུ་རྩ་ཆུ་དེ་ལས་ལྷག་པ་ཡོད། དེ་ནས་ཡུན་རིང་སོང་བ་ན་རྟའི་ཕྲུ་བོ་དེ་དང་འབྲོང་གཡག་སྐར་བ་གཉིས་ཐུག་སྟེ་འབྲོང་གཡག་སྐར་བས་རྩྭ་ཐང་ཡོངས་རྫོགས་དབང་དུ་བྱ་འདོད་པས་ན། རྟའི་ཕྲུ་བོས་རྟ་དང་གཡག་གཉིས་བར་རྩོད་པ་མི་བྱེད་པར་ཞི་བདེར་འདུག་པ་བཤད་ནའང་འབྲོང་གཡག་གིས་མ་ཉན་པར་རྟའི་ཕྲུ་བོ་དཀྲོངས། སྤུན་ཆུང་བས་དགྲ་ཤ་ལེན་པར་དམ་བཅས་ཀྱང་ཕྲུ་བོ་འབྲིད་བས་འབྲོང་གཡག་མི་ཐུབ་བསམས་ནས་མ་འཐད་དེ་ཁོ་གཉིས་རང་རང་སོ་སོར་འཁྱམ་མོ། མཇུག་མཐར་སྤུན་ཆུང་བ་མི་དང་འཕྲད་པས་དགྲ་ཤ་ལེན་པའི་རེ་བ་བཏོན་པ་བཞིན་འབྲོང་གཡག་བཀུམ་མི་ལ་དྲིན་ལན་འཇལ་ཕྱིར་མིའི་བློས་ཐུབ་གྲོགས་པོར་གྱུར་པ་དང་ཕྲུ་བོ་འབྲིད་བ་གང་སར་འཁྱམས་པས་ཐ་མ་རྐྱང་དུ་གྱུར་པའོ། །ལྷ་བྲི་རི་དྭགས་སྔོ་ལྗུགས་སུ་འགྱུར་བའི་ནང་དོན་ཅན་དང་《སྐར་མ་སྨི་བདུན》ཞེས་པར་སྟོན་དང་པོ་གླིང་གེ་སར་རྒྱལ་པོས་བོད་ལ་མངའ་མཛད་ཅིང་ཁོང་གིས་ཕྱོགས་བཞིའི་དགྲ་དང་རི་སྲུང་གི་གཅན་གཟན། ཆུ་སྲུང་དང་མཚོའི་འདྲེ་སྲིན་ཡོད་ཚད་བརྟུལ་ཞིང་དམ་ལ་བཏགས། འོན་ཀྱང་གདོན་འདྲེ་འདྲ་མིན་གྱིས་སྤྲུལ་པའི་རླུང་འཚུབ་ཀྱིས་རྟ་ནོར་ལོ་ཏོག་མི་དང་བཅས་པར་གནོད་འཚེ་ཆེན་པོ་བཟོས་སོ། རྗེས་སུ་བློ་གྲོས་ཆེ་བའི་སྤུན་ཟླ་བདུན་གྱིས་ཚང་མའི་དོན་དུ་སྲ་ཞིང་བརྟན་པའི་ཁང་ཁྱིམ་སུམ་ཐོག་ཅན་བསྐྲུན་ཏེ་མི་བར་ཁང་དང་ཕྱུགས་རིགས་འོག་ཁང་། སྟེང་ཁང་འབྲུ་རིགས་འཛོག་ས་དང་ལྷ་མཆོད་སར་བྱས་སོ། ལྷ་ཆེན་ཚངས་པས་དོན་དེ་ཐོས་པ་དང་ཕོ་ཉ་མངགས་ཏེ་ཁོང་སྤུན་བདུན་ལྷ་ཡུལ་དུ་ཁང་ཁྱིམ་བརྩིགས་པར་གདན་དྲངས། དེང་དགུང་མོ་ནམ་མཁར་འོད་ལྷམ་ལྷམ་གྱི་སྐར་ཆེན་བདུན་ཤར་བ་དེ་ནི་ཁོང་སྤུན་བདུན་གྱིས་ལྷ་ལ་རོགས་བྱས་ཏེ་ཁང་ཁྱིམ་བརྩིགས་པའོ། །ལྷ་བྲི་ཁང་ཁྱིམ་བཟོ་བསྐྲུན་གྱི་ཤེས་རིག་དེ་ཇི་ལྟར་བྱུང་བ་དང་ཇི་ལྟར་བྱུང་བའི་བརྒྱུད་རིམ་ལ་འགྲེལ་པ་བྱས་པ་ཞིག་ཡིན།

གཞན་ཡང་མིའི་རིགས་ལ་མེ་ཇི་ལྟར་བྱུང་བ་དང་ཞིང་འདེབས་ཀྱི་ལག་རྩལ་ཇི་ལྟར་བྱུང་བ་སོགས་དངོས་རིགས་གཞན་དག་གི་ཁུངས་དང་བྱུང་ཚུལ་ལ་འགྲེལ་པ་བྱས་པའི་ལྷ་སྒྲུང་ཤིན་ཏུ་མང་བ་ཡིན་ལ་ལྷ་སྒྲུང་རིགས་འདིར་ཞིབ་ཏུ་དཔྱད་ན་ཁྱད་ཆོས་འདི་འདྲ་འགའ་ཞིག་ཡོད་པ་མངོན་ཏེ།གཅིག དངོས་རིགས་མང་པོ་ཞིག་གི་ཁུངས་དང་བྱུང་ཚུལ་སྒྲིག་ཆགས་ལ་གཏུགས་པའམ་སྒྲིག་ཆགས་དང་འབྲེལ་བ་བྱས་པ་དཔེར་ན་བོད་རིགས་ཀྱི་ལྷ་སྒྲུང་ནང་ནས་འབྲུའི་ཁུངས་ཁྱིར་གཏུགས་པའམ་ཁྱི་དང་འབྲེལ་བ་བྱས་པ་དེ་བཞིན་མི་རིགས་འགས་ཙོ་ཙོ།འགས་སྤྲུལ་དང་། མིའི་ཁུངས་དང་བྱུང་ཚུལ་ཡང་ཀའོ་ཧྲན་རིགས་ཀྱི་ལྷ་སྒྲུང་ནང་ལྷ་བྱར་བཤད་པ་དང་ལིའི་སུའུ་རིགས་ཀྱི་ལྷ་སྒྲུང་ནང་ཞིམ་བུར་འབྲེལ་ནས་བཤད་པ་སོགས་མང་ཞིང་ད་ལྟ་མི་རིགས་མང་པོར་སྒྲིག་ཆགས་དེ་དང་དེ་ལ་དགའ་པོ་དང་མཐོང་ཆེན་བྱེད་པའི་སྲོལ་ཞིག་ཆགས་ཡོད་པའང་མེས་པོའི་བློ་ལས་འཁྲུངས་པའི་ལྷ་སྒྲུང་དེ་དག་གི་བག་ཆགས་ཡིན་པར་སེམས།གཉིས། དངོས་རིགས་མང་པོ་ཞིག་སྔར་ནས་མིའི་རིགས་ལ་ཡོད་པ་ཞིག་ཡིན་ནའང་མིའི་སྒྱིད་ལུག་དང་བག་མེད་ཀྱི་རྐྱེན་པས་བརླག་པ་དང་ལྷས་འཕྲོག་པ་ཡིན་ལ་དེ་དག་སླར་ཐོབ་པའང་མིའི་རང་གཤིས་ངན་པ་བསྒྱུར་བཅོས་བྱས་པ་ལ་བརྟེན་པར་བཤད་པས་ལྷ་སྒྲུང་དེ་རིགས་ནང་ངལ་རྩོལ་གྱི་རིན་ཐང་དང་བག་ཡོད་ཀྱི་ཕན་ཡོན་གསལ་སྟོན་བྱས་ཡོད། གསུམ། སྒྲུང་ནང་གི་མི་སྣ་རིགས་གཅིག་ཏུ་ངེས་པ་མིན་པར་ལྷ་དང་སྒྲིག་ཆགས། དཔའ་བོ་དང་མི་མ་ལྷ་སོགས་འདྲ་མིན་སྣ་ཚོགས་ལ་མི་སྣ་གང་ཞིག་ཡིན་རུང་ཚང་མ་དཔའ་ངར་ཆེ་ལ་སྤྱང་གྲུང་དོད་པ། དཀའ་ངལ་བཟོད་ལ་བྱས་པ་ཆེ་བ་མིའི་རིགས་ལ་བདེ་བ་བསྐྲུན་པའི་དཔའ་བོ་དང་བསྟོད་བསྔགས་དང་དད་མོས་བྱེད་འོས་ཀྱི་གཟུགས་བརྙན་རླབས་པོ་ཆེ་ཞིག་ལ་བཀོད་འབྲི་བྱས་ཡོད།

གསུམ་པ། ལྷ་སྲུང་གི་ཁྱད་ཆོས།

ལྷ་སྲུང་ནི་མིའི་རིགས་ཀྱི་ཐོན་སྐྱེད་ནུས་པ་ཤིན་ཏུ་ཞན་པ་དང་ཤེས་རྟོགས་ཚད་ཆེས་དམའ་བའི་གདོད་མའི་སྤྱི་ཚོགས་ནང་དར་བ་ཞིག་ཡིན་ཞིང་། ཁོང་ཚོས་རང་བྱུང་དང་སྤྱི་ཚོགས་ཀྱི་སྣང་ཚུལ་དེ་དག་གང་ལས་བྱུང་དང་ཇི་ལྟར་བྱུང་བ་འཚོལ་ཞིབ་བྱེད་པའི་ནང་རང་བྱུང་ཁམས་ཀྱི་དངོས་རིགས་ཡོད་ཚད་རང་ཉིད་དང་འདྲ་བར་སེམས་ལྡན་ཞིག་དང་བརྩེ་དུང་ལྡན་པ་ཞིག་ཏུ་ངོས་འཛིན་བྱེད་ཅིང་དེ་ལས་ལྷ་འདྲ་མིན་སྣ་ཚོགས་གསར་བསྐྲུན་དང་ལྷ་དེ་དང་དེས་དངོས་པོའི་སྣང་ཚུལ་དེ་དང་དེ་བྱས་པར་སེམས་པའི་འཆར་སྒོ་སྐྱེས་པ་རྒྱང་གཞིར་བྱས་ནས་རང་བྱུང་གི་སྣང་ཚུལ་སྣ་ཚོགས་ལ་འགྲེལ་པ་བྱས་པ་ཡིན།

དེ་ལྟ་བུའི་དམིགས་བསལ་རྩོམ་རིག་དེར་ཁྱད་ཆོས་གཙོ་ཆེ་བ་གང་ཡོད་ཅེ་ན།

1. ལྷ་སྲུང་ནི་དམངས་ཁྲོད་རྩོམ་རིག་དང་རྩོམ་རིག་སྤྱིའི་ཁྲོད་འཆར་ཡན་ཁྱད་ཆོས་ཆེས་མངོན་གསལ་དོད་ཤོས་ཡིན། དཔེར་ན《བན་རྒྱུས་གནམ་ས་འབྱེད་པ》ཞེས་པར་ད་ལྟ་གནམ་མ་རྡིབ་པ་དང་ས་མ་འགུལ་བར་གནས་པ་དེ་བན་རྒྱུས་རྒྱ་སྦྱིན་རུས་པས་གནམ་གྱི་ཀ་བ་དང་ས་ཡི་སྙིང་འཛིན་བྱས་པ་ལས་བྱུང་བར་བཤད་པ་དང་། ཉི་མ་ཞོགས་པ་ཤར་ནས་དགོང་མོ་ནུབ་པ་དེ་ལྷ་སྲུང་ནང་གནམ་ས་བསྐྲུན་པའི་བྱེད་པོས་གནམ་ལ་ཀ་བ་བཙུགས་པའི་སྐབས་ནུབ་ཀྱི་ཀ་བ་ཐུང་བ་བྱུང་བས་ཡིན་པར་བཤད་པ་སོགས་སྲུང་ནང་གི་མི་སྣ་དང་བྱ་དངོས་ལྷག་པར་དུ་དངོས་པོའི་བྱུང་ཚུལ་དང་གསར་བསྐྲུན་གྱི་བརྒྱུད་རིམ་བཅས་འཆར་ཡན་ལ་བརྟེན་པའམ་འཆར་ཡན་དང་ཁ་མ་བྲལ་བ་ཡིན་པ་མང་དུ་བརྗོད་མ་དགོས་སོ།

2. ལྷ་སྒྲུང་ནང་གི་མི་སྣ་སྤྱིར་ལྷའམ་མི་མ་ལྷའི་རྣམ་པ་ཡིན་ཞིང་མི་སྣ་དེ་དག་མང་ཆེ་བ་ཐུན་མོང་དང་མིའི་ཆེད་དུ་ཡོངས་རྫོགས་བློས་གཏོང་ཐུབ་པའི་སྙིང་སྟོབས། འགྱུར་མེད་ཀྱི་དཔའ་ངར། གཟུགས་སྟོབས་ཆེ་ལ་ནུས་ཤུགས་འགྲན་ཟླ་བྲལ་བ་ཞིག་ཏུ་བཀོད་འབྲི་བྱས་ཡོད། དཔེར་ན་བོད་ཀྱི་ནས་འབྲུའི་བྱུང་ཚུལ་བརྗོད་པའི་ལྷ་སྒྲུང་ནང་གི་རྒྱལ་སྲས་ཨ་ཕྲུག་དང་རྒྱ་རིགས་ཀྱི་ལྷ་སྒྲུང་ནང་གི་བན་ཀུ་དང་ཉུའུ་ཝ། ཕྱི་ལང་རིགས་ཀྱི་ལྷ་སྒྲུང་ནང་གི་ཀུ་མི་ཡ་ལ་སོགས་རླབས་ཆེན་དང་དཔའ་བོའི་གཟུགས་བརྙན་ཅན་ཤ་སྟག་གོ།

3. ལྷ་སྒྲུང་གི་ཕྱོགས་གང་སར་གདོད་མའི་རང་བཞིན་ཤུགས་ཆེར་ལྡན་ཡོད། ལྷ་སྒྲུང་ནི་གདོད་མའི་མིས་རང་བྱུང་ལ་ངོས་འཛིན་ཇི་ལྟར་བྱས་པ་མཚོན་པ་ཞིག་ཡིན་སྟབས་གདོད་མའི་མིའི་འཛིག་རྟེན་ལྟ་བ་དང་གཅིག་ཏུ་སྦྲེལ་ཞིང་གདོད་མའི་མིས་དངོས་རིགས་ཡོད་ཚད་སེམས་ལྡན་དང་བརྩེ་དུང་ལྡན་པར་ལྟ་བས་ལྷ་སྒྲུང་གསར་རྩོམ་གྱི་བསམ་བློའི་རྨང་གཞི་དེ་ཆེས་བྱིས་བློ་ཅན་དང་ཆེས་གདོད་མའི་རང་བཞིན་ཅན་ཡིན་ལ། བསམ་བློའི་རྨང་གཞི་དེ་ལས་བྱུང་བའི་རྩོམ་རིག་ནང་དངོས་པོའི་ཁུངས་དང་བྱུང་ཚུལ། མི་དང་རང་བྱུང་བར་གྱི་འབྲེལ་བ་བཅས་ལ་བྱིས་བློའི་ལྟ་སྟངས་ཤིག་བཟུང་ནས་འགྲེལ་པ་དང་གསལ་བཤད་བྱས་པས་བརྗོད་དོན་ཧྲིལ་པོ་མིའི་རིགས་ཀྱི་ཤེས་རྟོགས་ནུས་པ་ཆེས་དམའ་བའི་དུས་ཁོ་ནར་བྱུང་སྲིད་པའི་ནང་དོན་ཅན་དུ་ངེས་པ་དང་དེ་བཞིན་དུ་རྩོམ་རིག་ནང་གསལ་བའི་མིའི་རིགས་ཀྱི་འཚོ་བ་དེ་རང་བྱུང་ཆེན་པོ་དང་ཁ་མ་བྲལ་བར་དེ་དང་ཡོངས་སུ་གཅིག་འདྲེས་དང་། མི་དང་སྲོག་ཆགས་མཛའ་མཐུན་མཉམ་གནས་མ་ཟད་གནས་བབ་ཁྱད་མེད་འདྲ་མཚུངས་ཡིན་པའི་མིའི་རིགས་ཀྱི་གདོད་མའི་འཚོ་བའི་ཁྱད་གཤིས་ལྷམ་མེར་གསལ་བས་སོ། །

བསམ་གཞིག་འདྲི་གཞི།

1. ལྷ་སྲུང་གི་གོ་དོན་གང་ཡིན།
2. གནམ་ས་འབྱེད་པར་སྨྲ་བའི་ལྷ་སྲུང་གི་ཁྱད་ཆོས་གཙོ་བོ་གང་ཡོད།
3. ལྷ་སྲུང་ལ་ཁྱད་ཆོས་གང་ཡོད།

ས་བཅད་གཉིས་པ། དམངས་ཁྲོད་གཏམ་རྒྱུད།

དང་པོ། གཏམ་རྒྱུད་ཀྱི་ངོ་བོ་དང་བྱུང་འཕེལ།

གཏམ་རྒྱུད་ནི་འཛམ་གླིང་རྩོམ་རིག་ནང་དུ་གནས་བབས་ཆེས་མཐོ་བ་ཞིག་ཡིན་པ་མ་ཟད། ལྷག་པར་དུ་རང་ཅག་བོད་ཀྱི་རྩོམ་རིག་ཁྲོད་དམིགས་བསལ་གྱི་ཁྱད་ཆོས་ཡོད་པའི་རྩོམ་རིག་གི་རྣམ་པ་ཞིག་ཡིན། ང་ཚོས་ནང་དོན་ཕུན་སུམ་ཚོགས་ལ་རྣམ་པ་ངོ་མཚར་ཆེ་བའི་གཏམ་རྒྱུད་རྩོམ་རིག་འདིར་དམིགས་ཕུག་པའི་རྒྱུས་མངའ་དང་ཞིབ་འཇུག་བྱེད་དགོས་ན་སྔོན་ལ་ངེས་པར་དུ་རྩོམ་རིག་གི་རྣམ་པ་གང་འདྲ་ཞིག་ལ་གཏམ་རྒྱུད་ཟེར་བ་དང་། དེའི་བྱུང་འཕེལ་ཇི་ལྟར་ཡིན་པ། དབྱེ་བའི་རིགས་ཇི་ཙམ་ཡོད་པ་སོགས་རྨང་གཞིའི་རིག་གཞུང་གི་ཤེས་བྱ་དག་ལ་ཤེས་རྟོགས་ཕྲན་ཙམ་བྱེད་དགོས།

དམངས་ཁྲོད་གཏམ་རྒྱུད་ཅེས་པ་ཡོངས་གྲགས་སུ་ངལ་རྩོལ་མི་དམངས་ཀྱིས་ལོ་རྒྱུས་མི་སྣ་དང་། ལོ་རྒྱུས་ཀྱི་དོན་ཆེན། གནའ་ཤུལ་རིག་དངོས། སྐྱེ་ཚོགས་ཀྱི་སྲོལ་རྒྱུན། རང་བྱུང་ཡུལ་བཀོད་སོགས་ངེས་ཅན་ཞིག་རྨང་གཞིར་བཟུང་ནས་གསར་རྩོམ་བྱས་པའི་ངག་རྒྱུན་གྱི་སྒྲུང་ཞིག་ལ་ཟེར་བ་ཡིན། གོ་དོན་དེས་དམངས་ཁྲོད་གཏམ་རྒྱུད་མང་པོ་ཞིག་ལ་ལོ་རྒྱུས་དང་དོན་དངོས་ཀྱི་རྨང་གཞི་ངེས་ཅན་ཡོད་པར་བསྟན་པས་མཁས་པ་འགས་དམངས་ཁྲོད་གཏམ་རྒྱུད་ཀྱི་ངོ་བོ་ལ་ལོ་རྒྱུས་ཀྱི་རང་བཞིན་ངེས་ཅན་ལྡན་པའི་དམངས་ཁྲོད་ཀྱི་སྒྲུང་ཞེས་གསུངས་པ་ཡིན།

གཏམ་རྒྱུད་ནི་ལོ་རྒྱུས་ཀྱི་རྨང་གཞི་ངེས་ཅན་ཞིག་བེད་སྤྱད་ནས་དེ་ར་མི་དམངས་ཀྱིས་སྒྲོ་བཏགས་དང་དོར་ལེན། མདོར་ན་རྩོམ་རིག་ལ་མཁོ་བའི་སྔོན་ཕྱི་སྔ་ཚོགས་བྱས་པ་ལས་བྱུང་བ་ཞིག་དང་དེ་ལོ་རྒྱུས་ཀྱི་ཚད་བཀག་རང་བཞིན་ལས་འདས་ཏེ་རྟོག་བཟོའི་ཁྱད་ཆོས་དུ་མ་ལྡན་པ་ཞིག་ཡིན་ནའང་དེར་ལོ་རྒྱུས་ཀྱི་གྲིབ་གཟུགས་ཡོད་པ་དང་བདེན་པའི་རང་བཞིན་ལྡན་པ་དེས་སྐྱེ་བོ་མང་པོར་འཕྲུལ་པ་འདྲ་མིན་སྐྱེས་པ་དང་ཐ་ན་གཏམ་རྒྱུད་ཐད་ཀར་བླངས་ནས་ལོ་རྒྱུས་དེབ་ཐེར་བརྩམས་པ་དང་ལོ་རྒྱུས་ལ་ཞིབ་འཇུག་བྱས་པ་འགའ་མཐོང་བས་སྐད་ནས་དེ་འདྲའི་ནོར་འཁྲུལ་མི་ཡོང་ཆེད་དང་གཏམ་རྒྱུད་དང་ལོ་རྒྱུས་ཀྱི་ཁྱད་པར་ཁ་གསལ་ཡོང་ཆེད་གཏམ་རྒྱུད་དང་ལོ་རྒྱུས་བསྡུར་ཐབས་ཀྱིས་དེ་གཉིས་བར་མི་འདྲ་བ་ཅི་ཡོད་གསལ་ཁ་ཕྱེད་དོ། །

དང་པོ་རྒྱུ་ཆ་བདམས་སྒྲིག་ཐད། གཏམ་རྒྱུད་ནི་སྒྱུ་རྩལ་གྱི་རྣམ་པ་ཞིག་ཡིན་པས་དེའི་གསར་རྩོམ་ཐད་བདམས་སྒྲིག་བྱས་པའི་རྒྱུ་ཆ་འགའ་ཤས་ལོ་རྒྱུས་ཀྱི་ངོས་ནས་བལྟས་ན་གལ་ཆེ་བ་གང་མིན་ནའང་གཏམ་རྒྱུད་གསར་རྩོམ་གྱི་རྒྱུ་ཆར་སྤྱད་ན་སྤྱི་ཚོགས་ཀྱི་ཕན་ནུས་ཆེ་བ། ལྷག་པར་དུ་དེས་མི་རྣམས་ལ་སྒྱུ་རྩལ་གྱི་དང་བ་དང་། སྒྱུ་རྩལ་གྱི་སྤྲོ་སྣང་། མཛེས་ཚོར་བཅས་སྐྱེར་བས་གཏམ་རྒྱུད་ཀྱི་རྒྱུ་ཆ་ནི་སྒྱུ་རྩལ་གསར་རྩོམ་གྱི་དགོས་པར་དམིགས་ནས་བདམས་སྒྲིག་བྱས་པ་ཡིན། དཔེར་ན། གླང་དར་མའི་དབུ་ལ་རྭ་ཅོ་ཡོད་པའི་སྐོར་གྱི་གཏམ་རྒྱུད་ལྟ་བུ་ལོ་རྒྱུས་ནས་བལྟས་ན་རྭ་ཅོ་ཡོད་མེད་དེ་གལ་ཆེ་བ་གང་མིན་ནའང་གཏམ་རྒྱུད་ནང་དུ་དེ་བེད་སྤྱད་པས་ལོ་རྒྱུས་ཀྱི་མི་སྣ་དེར་གདེང་འཛོག་བྱེད་པའི་བརྒྱུད་རིམ་ཆ་ཚང་སྒྱུ་རྩལ་གྱི་བྲོ་བཅུད་དང་སྤྲོ་སྣང་ལྡན་པར་གྱུར་ཡོད་པ་བཞིན་ནོ། ལོ་རྒྱུས་ཀྱི་རྒྱུ་ཆ་བདམས་སྒྲིག་ནི་དེ་ལས་ལྡོག་སྟེ་ངེས་པར་དུ་ལོ་རྒྱུས་ཀྱི་རིན་ཐང་ཡོད་མེད་དང་སྔོན་སོང་གི་བྱུང་བ་གསལ་མཚོན་ཐུབ་མིན་ལ་དམིགས་དགོས་པ་ཡིན། གཉིས་ནས་གཏམ་རྒྱུད་ནི་ལོ་རྒྱུས་ཀྱི་གནད་དོན་དང་

ལོ་རྒྱུས་ཀྱི་བྱུང་བ་སོགས་ཕྱོགས་ཡོངས་ནས་གསལ་མཚོན་ཐུབ་ཕྱིར་གསར་རྩོམ་བྱས་པ་མིན་པས་གཏམ་རྒྱུད་ནང་ལོ་རྒྱུས་ཀྱི་གནད་དོན་ཕྱོགས་རེའམ་ལོ་རྒྱུས་ཀྱི་གྲིབ་གཟུགས་ལྡན་པ་ཙམ་ཡིན་ལ་ལོ་རྒྱུས་ནི་སྐབས་དེ་དང་དེའི་བྱུང་བ་ཙང་ཆ་ཚང་དང་རྒྱ་ཆེ་གསལ་བཤད་ཐུབ་ཆེད་ལ་དམིགས་པས་ངེས་པར་དུ་ལོ་རྒྱུས་ཀྱི་ཕྱོགས་ཡོངས་དང་ལོ་རྒྱུས་ལྟེ་བར་བྱས་ནས་བཀོད་དགོས་པ་ཡིན། གསུམ་ནས་གཏམ་རྒྱུད་ཀྱི་ནང་དུ་སྔོན་སོང་བྱུང་བ་ཇི་མ་ཇི་བཞིན་འགོད་མི་དགོས་པར་སྒྲོ་བཏགས་དང་རྟོག་བཟོ་ཅི་རིགས་ཀྱིས་མཚོན་པར་བྱས་ན་ཆོག་ལ། ལོ་རྒྱུས་ནི་གཙོ་བོར་སྔོན་སོང་བྱུང་བ་བསྐྱར་བཤད་ཡིན་པས་ངེས་པར་དུ་རྟོག་བཟོ་བཅོས་བཟོ་མེད་པར་བདེན་བྲི་དྲང་བཤད་ཀྱིས་གསལ་མཚོན་བྱེད་དགོས་པ་བཅས་དེ་གཉིས་ལ་ནང་དོན་དང་རྒྱ་ཆ་གང་ཅིའི་ཐད་ཁྱད་པར་ཤིན་ཏུ་ཆེན་པོ་ཡོད། འོན་ཀྱང་གཏམ་རྒྱུད་ལ་ངག་ཐོག་ལོ་རྒྱུས་ཞེས་པའི་མིང་འདོགས་བྱས་པ་འདིས་གཏམ་རྒྱུད་འདི་རྩོམ་པ་པོའི་འཆར་སྒོ་ཁོ་ན་དང་ཁུངས་མེད་ལུང་མེད་ཀྱི་རྟོག་བཟོ་ཁོ་ན་མིན་པ་གང་ཞིག་ལོ་རྒྱུས་རང་བཞིན་དང་བདེན་པའི་རང་བཞིན་ངེས་ཅན་ཡོད་པ་གོ་ཐུབ་པ་ཡིན།

དེ་ཡང་གཏམ་རྒྱུད་ལ་ལོ་རྒྱུས་རང་བཞིན་ཡོད་ཅེས་སྨྲ་དོན་ནི། སྤྱིར་གཏམ་རྒྱུད་གང་ཞིག་ཡིན་རུང་ལོ་རྒྱུས་ཀྱི་འཁོར་རྒྱ་ལས་གྲོལ་མི་ཆོག་པ་མིན་པར་ལོ་རྒྱུས་ཀྱི་གྲིབ་གཟུགས་ཤིག་གཡར་ནས་གསར་སྤྲོན་དང་རྟོག་བཟོ་ཅུད་སྒྲོག་ཅི་རིགས་བྱེད་ཆོག་ནའང་ལོ་རྒྱུས་ཀྱི་མི་སྣ་དང་ལོ་རྒྱུས་ཀྱི་དོན་ཆེན་གང་རུང་དང་འབྲེལ་བ་ཤིན་ཏུ་ཟབ་པའམ་དེ་དག་གསར་རྩོམ་གྱི་རྨང་གཞིའི་རྒྱུ་ཆར་བླངས་ནས་བྱུང་སྟབས་གཏམ་རྒྱུད་དང་ལོ་རྒྱུས་དབར་དེ་བྱུང་གི་འབྲེལ་བ་གྲུབ་པ་དང་གཏམ་རྒྱུད་ལས་ལོ་རྒྱུས་ཀྱི་མི་སྣ་དང་ལོ་རྒྱུས་དོན་ཆེན་སོགས་འོས་འཚམ་མཛོན་པས་དེ་ལྟར་བརྗོད་ལ། གཞན་ཡང་ལྷ་སྲུང་ལྟ་བུའི་ཁུངས་མེད་ལུང་མེད་དང་འཆར་སྣང་སྲུང་ལྟ་བུའི་དངོས་མེད་འཁྲུལ་སྣང་མིན་པར་གཏམ་

རྒྱུད་ནང་བརྗོད་དོན་ངོ་མཚར་དང་བྱུང་རིམ་རྟོག་བཟོ་གང་འདྲ་ཞིག་བཀོད་ནའང་དེའི་རྒྱུས་བཤད་ཀྱི་ཁ་ཕྱོགས་ཡུལ་ནི་དགོན་པ་དང་མཁར་སོགས་མི་བཟོས་དངོས་རིགས་དང་རི་དང་རྒྱ་མཚོ་སོགས་རང་བྱུང་དངོས་རིགས་བཅས་ཕྱི་རོལ་གྱི་ཡོད་པ་ཞིག་དང་མི་རྣམས་ཀྱིས་ངོས་འཛིན་དང་ཤེས་རྟོགས་ཐུབ་པའི་དངོས་པོ་ཞིག་ཡིན་པས་གཏམ་རྒྱུད་ལ་བདེན་པའི་རང་བཞིན་ཡོད་ཅེས་བརྗོད་པ་ཡིན།

ལོ་རྒྱུས་དང་འབྲེལ་བ་དམ་ཟབ་ལྡན་པའི་གཏམ་རྒྱུད་རྩོམ་རིག་འདི་ལོ་རྒྱུས་འཕེལ་རྒྱས་ཀྱི་གོམ་འགྲོས་དང་སྦྲགས་ནས་དར་འཕེལ་བྱུང་བ་སྟེ་ཆེས་སྔ་མོའི་གཏམ་རྒྱུད་དག་ནི་གདོད་མའི་སྤྱི་ཚོགས་ཀྱི་དུས་སྐབས་སུ་དར་བར་མཁས་པ་རྣམས་ཀྱིས་གསུངས་ཤིང་། དེ་ཡང་གདོད་མའི་མི་རྣམས་ཀྱིས་ལྷ་སྲུང་ལ་བརྟེན་ནས་རང་བྱུང་གི་གནས་ཚུལ་དང་ཐོན་སྐྱེད་འཐབ་རྩོད། སྤྱི་ཚོགས་ཀྱི་འཚོ་བ་མཚོན་པ་དེ་མིའི་རིགས་ལ་ཕྱོགས་གང་ས་ནས་འཕེལ་རྒྱས་བྱུང་བའི་ཁྲོད་རིམ་བཞིན་ཉམས་གུད་དུ་ཕྱིན་ཏེ། ཁོང་ཚོས་དམག་དོན་དང་དཔའ་བོའི་མཛད་རྗེས། ལོ་རྒྱུས་དོན་ཆེན་སོགས་རང་གི་འཚོ་བའི་ནང་ཐོན་དང་འཐོན་བཞིན་པའི་གནས་ཚུལ་དག་རྩོམ་རིག་གི་མཚོན་ཐབས་གསར་པའམ་གཏམ་རྒྱུད་ལ་བརྟེན་ནས་གསལ་བཤད་བྱས་པས་རིམ་བཞིན་གཏམ་རྒྱུད་རྩོམ་རིག་འདི་དར་བ་ཡིན། གཏམ་རྒྱུད་སྤྱིའི་འཕེལ་རྒྱས་ལོ་རྒྱུས་ལ་ཞིབ་འཇུག་བྱས་ན་ཆེས་སྔ་མོའི་གཏམ་རྒྱུད་མང་ཆེ་བ་ལྷ་སྲུང་གི་རྣམ་པ་འགྱུར་བ་ལས་བྱུང་བ་སྟེ། ལྷ་སྲུང་ནང་གི་དོན་དངོས་ལས་བརྒལ་བའི་ལྷ་དག་གི་གཟུགས་བརྙན་དེ་རིམ་བཞིན་མིའི་རང་བཞིན་ཅན་དུ་མངོན་པར་བྱས་པ་དང་ཁོང་ཚོའི་མཛད་པ་རྣམས་མིའི་འཚོ་བའི་ཁྲོད་ཀྱི་རླབས་ཆེན་མི་སྣ་དང་འཛོན་ཐང་ཅན་གྱི་ངལ་རྩོལ་པའི་མཛད་རྗེས་ཀྱི་ཚད་དུ་བྱས་པས་མི་སྣའི་སྐོར་གྱི་གཏམ་རྒྱུད་བྱུང་བ་དང་། དེ་བཞིན་ལྷ་སྲུང་ནང་གི་དངོས་རིགས་མང་པོའི་རང་བྱུང་ལས་བརྒལ་བའི་ནུས་པ་དེ་རིམ་

བཞིན་མིའི་ཤེས་བདེ་དང་བློར་ཚུད་ཐུབ་པའི་རྣམ་པར་འགྱུར་ནས་འཚོ་བ་དངོས་དང་ཐག་ཐེ་ཉེ་དང་དོན་དངོས་ཀྱི་ཕྱི་རོལ་དངོས་པོའི་གནས་སྟངས་དང་མཚུངས་པར་བཤད་པས་དངོས་རིགས་དང་གནའ་ཤུལ། རང་བྱུང་ཡུལ་བཀོད་སོགས་ཀྱི་གཏམ་རྒྱུད་བྱུང་བ་ཡིན། ལྷ་སྒྲུང་ལས་གཏམ་རྒྱུད་འཕེལ་བའི་བརྒྱུད་རིམ་དེའི་ནང་གཏམ་རྒྱུད་དེ་རྩོམ་རིག་ནང་དུ་རང་རྐྱ་ཐུབ་པའི་རྩོམ་ལུས་ཤིག་ལ་གྱུར་ཞིང་། དེས་ཕྱིས་ཀྱི་གཏམ་རྒྱུད་དག་ལྷ་སྒྲུང་གི་རྣམ་པ་འགྱུར་བ་དང་ལྷ་སྒྲུང་ལ་བརྟེན་མི་དགོས་པར་རང་གི་འཚོ་བའི་ནང་བྱུང་བའི་དོན་ཆེན་དང་བྱས་པ་ཅན་གྱི་རླབས་ཆེན་མི་སྣ། ཡུལ་སྲོལ་གོམས་གཤིས་སོགས་ཐད་ཀའི་རྒྱུ་ཆར་བྱས་ནས་དེའི་ཐོག་མི་དམངས་ཀྱིས་སྒྱུ་རྩལ་ཐབས་ཤེས་བེད་སྤྱོད་ནས་གསར་རྩོམ་བྱས་པས་གཏམ་རྒྱུད་ལ་དར་ཁྱངས་མི་འདྲ་བ་གཉིས་ཡོད་པ་རྟོགས།

གཉིས་པ། དམངས་ཁྲོད་གཏམ་རྒྱུད་ཀྱི་དབྱེ་བ།

ངལ་རྩོལ་མི་དམངས་ཀྱིས་གསར་རྩོམ་བྱས་པའི་དམངས་ཁྲོད་རྩོམ་རིག་འདི་རྣམ་པ་དང་གྲངས་ཚད་གང་ནས་བལྟས་ནའང་ཕུན་སུམ་ཚོགས་པ་ཞིག་ཡིན་ལ། ལྷག་པར་དམངས་ཁྲོད་གཏམ་རྒྱུད་ནི་འཚོ་བའི་ཕྱོགས་མང་དང་འབྲེལ་བ་ཡོད་པ་ཞིག་དང་ལྷ་སྒྲུང་རྩོམ་རིག་གི་བག་ཆགས་ཤུགས་ཆེར་གནས་པ་ཞིག་ཡིན་སྐབས་འདིའི་དབྱེ་བ་མཐའ་གཅིག་ཏུ་ངེས་པ་ཞིག་མེད་ལ་འདིར་ནང་དོན་གཙོར་དམིགས་ཀྱིས་མི་སྣའི་སྐོར་གྱི་གཏམ་རྒྱུད། ལོ་རྒྱུས་དོན་ཆེན་སྐོར་གྱི་གཏམ་རྒྱུད། ས་གནས་དང་དངོས་རིགས་སྐོར་གྱི་གཏམ་རྒྱུད། དམངས་སྲོལ་སྐོར་གྱི་གཏམ་རྒྱུད་བཅས་དབྱེ་བ་བཞིར་བྱས་སོ། །

གཅིག མི་སྣའི་སྐོར་གྱི་གཏམ་རྒྱུད།

གཏམ་རྒྱུད་དེ་རིགས་ནི་མི་སྣ་གང་རུང་ཞིག་ལྟེ་བར་བཟུང་ནས་དེའི་བྱས་རྗེས་སམ་བདེ་སྡུག ལོ་རྒྱུས་ཀྱི་གནས་བབ་སོགས་རྟོག་བཟོ་སྒྲོ་བཏགས་ཀྱིས་རྒྱས་བཤད་བྱས་པའི་དམངས་ཁྲོད་ཀྱི་ངག་རྒྱོམ་སྒྲུང་ཞིག་ལ་ཟེར་བ་ཡིན།

མི་སྣ་གང་རུང་གསར་རྩོམ་གྱི་རྨང་གཞིའི་རྒྱུ་ཆ་དང་སྒྲུང་གི་ལྟེ་བར་བྱས་པའི་རྩོམ་རིག་འདིའི་གཙོ་བོའི་མི་སྣ་མང་ཆེ་བ་ལོ་རྒྱུས་ཐོག་དངོས་སུ་བྱུང་བའི་གྲགས་ཅན་གྱི་གཙོ་འཛིན་དང་གཡུལ་ལ་རྒོད་པའི་དཔའ་བོ། ཐོན་སྐྱེད་ལག་རྩལ་དང་ཤེས་རིག་བསྒྲུབ་པའི་གསར་གཏོད་པ། སྲིད་དང་ཆོས་ལ་ཕན་ནུས་འདོན་པའི་བྱས་པ་ཅན་ནམ་ཡང་ན། རྒྱལ་ཁབ་དང་མི་དམངས་ལ་གནོད་པའི་རྒྱལ་པོ་ངན་པ། ཕྲག་དོག་དང་ཐ་ཤལ་གྱིས་རྒྱལ་སྲིད་ལ་གནོད་པར་བྱེད་པའི་བློན་པོ་ངན་པ། མི་ཆུང་གི་སྤྱོད་པ་འཛིན་པའི་རྒྱལ་འཚོང་པ་སོགས་བཟང་ངན་གཉིས་ཡིན་ལ། དྲང་ཕྱོགས་མི་སྣའི་གཏམ་རྒྱུད་ནང་ཁོང་ཚོའི་མཛད་རྗེས་དང་བསམ་བློ་ཀུན་སྤྱོད་ཐད་ཱུད་བསྟོད་དང་རྟོག་བཟོ་རྒྱ་ཆེར་བྱས་ནས་བསྟོད་བསྔགས་དང་དཔེ་བཟང་གི་གཟུགས་བརྙན་ལྷབས་པོ་ཆེ་ཞིག་ཏུ་བསྒྲུན་ཡོད་ཅིང་། ལོག་ཕྱོགས་མི་སྣའི་གཏམ་རྒྱུད་ནང་དུ་མི་སྣ་དེ་རིགས་ཀྱི་སྤྱོད་ལམ་ཤིན་ཏུ་ངན་པ་རྒྱལ་གནོད་དམངས་གནོད་དང་། ཁོག་རྒྱ་ཆུང་ལ་སེམས་གནག་པ། ལུས་གཟུགས་ཀྱང་ཤིན་ཏུ་འཇིགས་རུང་དུ་བཀོད་ནས་དམའ་འབེབས་ཐེར་འདོན་དང་འཕྱ་སྨོད་བྱེད་འོས་ཀྱི་ཡུལ་ཞིག་ལ་བསྒྲུན་ཡོད། དཔེར་ན། རང་ཅག་བོད་ཀྱི་མི་སྣའི་གཏམ་རྒྱུད་ནང་སྒྱུ་རྩལ་དང་སྲི་ཚོགས་ཀྱི་ཕན་ནུས་ཐུལ་དུ་བྱུང་བའི་བོད་ཀྱི་བཙན་པོ་རིམ་བྱོན་སྐོར་གྱི་གཏམ་རྒྱུད་ཚན་པ་ཞིག་ཡོད་པ་ལས《སྲོང་བཙན་སྒམ་པོའི་གཏམ་རྒྱུད་》ནང་རྒྱ་བཟའ་བལ་བཟའ་བཙུན་མོར་བསུ་བའི་ཆེ་རྒྱ་ནག་རྒྱལ་པོ་དང་བལ་པོའི་རྒྱལ་པོས་དྲི་བ་འདྲ་མིན་བཏོན་པ་ལ་

དེ་ལ་དེ་འཚམས་ཀྱི་ལན་གྱི་ཤོག་དྲིལ་སྤྲོན་ནས་བསྐུར་བ། སྤྲུལ་པའི་དམག་གིས་མཐའི་རྒྱལ་ཁབ་རྒྱལ་ཕྲན་དབང་དུ་བསྡུས་པ། སྤྲུལ་པའི་ཞིང་བཟོར་བརྟེན་ནས་གཙུག་ལག་ཁང་བཞེངས་པ་སོགས་བཤད་ནས་བོད་མི་རིགས་ཀྱི་འཕེལ་རྒྱས་དང་བོད་ཀྱི་ཆོས་སྲིད་ཐད་རླབས་ཆེན་གྱི་མཛད་འཕྲིན་སྐྱོང་མཁན་བོད་རྒྱལ་སྲོང་བཙན་སྒམ་པོ་ཉིད་ཕྱི་ནང་གང་ནས་བལྟས་ཀྱང་བསྟོད་བསྔགས་དང་གུས་པ་ཐོབ་པའི་ཚད་དུ་བྱས་པ་དང་། ཡང་《རྒྱལ་པོ་གླང་དར་མའི་གཏམ་རྒྱུད་》ནང་གླང་དར་མས་ཉིན་རེར་རང་གི་སྐྲ་སླ་མཁན་བུད་མེད་རེ་བསད་པ་དང་ཉིན་ཞིག་བུད་མེད་ཅིག་རྒྱལ་པོ་གླང་དར་མའི་སྐྲ་སླ་བར་སོང་བ་སྒྲིག་ཉིན་ལས་ཐར་ཏེ་ཙོ་ཁྲུང་ཞིག་ལ་རྒྱལ་པོ་གླང་དར་དབུ་ལ་རྭ་ཅོ་འདུག་ཅེས་ལབ་པས་རྗེས་སུ་ཙོ་ཁྲུང་དེ་ལས་སྨྱུག་མ་ཞིག་སྐྱེས་པ་དང་ལུག་རྫིས་སྨྱུག་མ་དེ་བཅད་དེ་གླིང་བུར་བཟོས་པ་ཇི་ལྟར་བཏང་ནའང་རྒྱལ་པོ་གླང་དར་དབུ་ལ་རྭ་ཅོ་འདུག་ཅེས་པ་ལས་སྒྲ་གཞན་མི་ཐོན་ནོ། ཞེས་བརྗོད་ནས་མི་རིགས་ཀྱི་འཕེལ་རྒྱས་ལ་འགོག་རྐྱེན་དང་མི་དམངས་ཀྱི་བདེ་སྡུག་ལ་མནོ་བསམ་མི་བྱེད་པའི་བོད་རྒྱལ་གླང་དར་ཉིད་གདུག་རྩུབ་ཆེ་ལ་གཏུམ་འཛིགས་ཅན་ཞིག་ཏུ་བཀོད་འབྲི་དང་《ཁྲི་གུམ་བཙན་པོའི་གཏམ་རྒྱུད་》ནང་དང་ཐོག་མར་བཙན་པོའི་མཚན་ཐོག་ཚུལ་ཐད་རྫོ་བོར་གོ་ནོར་བྱུང་བས་མཚན་ལ་ཁྲི་གུམ་བཙན་པོ་དང་མཐར་ལོ་ངམ་གྱིས་ཇི་ལྟར་དཀྲོང་ཚུལ་ཐད། ལོ་ངམ་གྱི་གཡོ་འཁོག་ཏུ་ཚུད་པས་རལ་གྲི་ལྷད་ལ་བསྐོར་བས་ལྷ་སྲིན་འདྲེ་སྲིན་འཁྲུགས། དེ་དག་འཁྲུགས་པས་ཚ་ངེའི་སྒྲ་དང་ཙུར་སྒྲ་བྱུང་། དེས་ཆུའི་ནང་གི་བ་དམར་གླང་དམར་འདྲོགས་ནས་སོལ་བའི་སྦྱིལ་མོ་རལ་ཏེ་སོལ་འཚུབ་ཆེན་པོ་བྱུང་བས་དེའི་གསེབ་ནང་དུང་ཨ་ཡོང་དང་དངུལ་དཀར་མེ་ཡོང་གཉིས་དཀར་ལྷག་གི་འདུག་པ་ལ་མདའ་བརྒྱབ་པས་དཔྱལ་པར་ཐོག་ནས་བཀུམ་མོ། ཞེས་རང་གཤིས་སླ་བའི་རྒྱལ་པོ་ཁྲི་གུམ་བཙན་པོར་འཕྱ་སྨོད་ཀྱིས་ང་རྒྱལ་དང་རློམ་རྒྱུགས་ཆེ་བའི་རང་

གཤིས་རྗེན་པར་བསྟན་ཡོད། གཞན་ཡང་བོད་ཀྱི་བཙན་པོའི་གཏམ་རྒྱུད་ལ་《གཉའ་ཁྲི་བཙན་པོའི་གཏམ་རྒྱུད་》《སྟག་རི་གཉན་གཟིགས་ཀྱི་གཏམ་རྒྱུད་》《ཁྲི་རལ་པ་ཅན་གྱི་གཏམ་རྒྱུད་》 《ཁྲི་སྲོང་ལྡེ་བཙན་གྱི་གཏམ་རྒྱུད་》ལ་སོགས་པ་མང་ཞིང་གཏམ་རྒྱུད་དེ་དག་ནང་དུ་ངལ་རྩོལ་མི་དམངས་ཀྱིས་སྐྱུ་རྩལ་ཐབས་ལམ་ལ་བརྟེན་ནས་ལོ་རྒྱུས་ཐོག་གི་བཙན་པོ་སོ་སོའི་རང་གཤིས་དང་བཟང་ངན་གྱི་ཁྱད་པར་གསལ་བར་བརྗོད་ཡོད་པ་མ་ཟད་བཙན་པོ་དེ་དང་དེ་ལ་འཚམ་པའི་གདེང་འཇོག་རེ་བྱས་ཡོད།

བཙན་པོའི་གཏམ་རྒྱུད་དག་ནི་བོད་ཀྱི་ལོ་རྒྱུས་དེབ་ཐེར་མང་པོར་བཙན་པོ་རིམ་བྱོན་ལ་ངོ་མཚར་ཅན་གྱི་བཤད་པ་རེ་བྱས་པ་དང་བོད་ཀྱི་དམངས་ཁྲོད་དུ་བཙན་པོ་སོ་སོར་གདེང་འཇོག་གི་གཏམ་རེ་དར་བ་གཉིས་ལོ་རྒྱུས་ཀྱི་རླབས་རྒྱུན་ཁྲོད་དུ་འདྲེས་འདྲེས་སུ་གྱུར་ཏེ་བྱུང་བ་ཞིག་ཡིན་སྟབས། ལོ་རྒྱུས་དངོས་རང་ཡིན་སྲིད་དཀའ་ནའང་ལོ་རྒྱུས་ཀྱི་གྲིབ་གཟུགས་སམ་ལོ་རྒྱུས་རང་བཞིན་ངེས་ཅན་ཡོད་པ་སྟེ། གཅིག་ནས་གཏམ་རྒྱུད་དེ་དག་ནང་གི་གཙོ་བོའི་མི་སྣ་ལོ་རྒྱུས་ཐོག་དངོས་སུ་བྱུང་སྒྲོང་བ་ཤ་སྟག་ཡིན་པ་དང་། གཉིས་ནས་གྲི་གུམ་བཙན་པོ་ཇི་ལྟར་ཕམ་པ། སྣང་དར་དབུ་ལ་རྭ་ཅོ་ཡོད་པ། སྲོང་བཙན་སྒམ་པོ་འཕགས་པ་སྤྱན་རས་གཟིགས་ཀྱི་རྣམ་སྤྲུལ་དང་དབུར་འོད་དཔག་མེད་ཀྱི་དབུ་བརྙན་ཡོད་ལ་དྲིས་ལན་གྱི་ཤོག་དྲིལ་སྦོན་ནས་བསྐུར་བ་དང་། དོན་ཆེན་མང་དག་རྫུ་འཕྲུལ་གྱིས་བསྒྲུབས་པ་སོགས་སྐྱུ་རྩལ་གྱི་རྟོག་བཟོ་དེ་རྣམས་ཀྱང་གྲི་གུམ་བཙན་པོ་ང་རྒྱལ་དང་རྩོལ་རྒྱུགས་ཆེ་བའི་རང་གཤིས་ཅན་དང་། སྣང་དར་མས་སངས་རྒྱས་བསྟན་པ་གཏོར་གཤིགས། གྲྭ་བཙུན་སོགས་ཆོས་བྱེད་མི་སྣར་གནོད་འཚེ། ཆོས་བྱེད་ཀྱི་ལྷ་གནས་གཙུག་ལག་ཁང་དང་དགོན་སྡེར་ཉམས་ཉེས། སྲོང་བཙན་སྒམ་པོས་ཆོས་ཀྱི་སྒོ་དབྱེ་བ་དང་རྒྱལ་ཁམས་གཅིག་གྱུར་བཟོས་པ་བོད་མི་རིགས་ཀྱི་ཕན་བདེ་དང་འཕེལ་རྒྱས་ལ་མཛད་རྗེས་ཆེན་པོ

བཞག་པ། ལྷག་པར་དུ་཈ོང་གིས་འབྱུང་འགྱུར་གྱི་གནས་ཚུལ་མང་དག་ལ་ཡང་དག་པའི་ཚོད་དཔག་དང་དེ་མཐུན་གྱི་ཐབས་ལམ་སྟོན་ཐུབ་པའི་དོན་དངོས་ལ་བརྟེན་པས་ཡིན།

བོད་དུ་བཙན་པོའི་གཏམ་རྒྱུད་དང་མི་རིགས་གཞན་གྱིས་གཙོ་འཛིན་མི་སྣའི་གཏམ་རྒྱུད་དུ་གྲགས་པ་འདི་མི་སྣའི་སྐོར་གྱི་གཏམ་རྒྱུད་ཀྱི་གྲུབ་ཆ་གཙོ་ཆེ་བ་ཞིག་ཡིན་ལ་དེའི་ནང་ངལ་རྩོལ་མི་དམངས་ཀྱིས་དད་གུས་ཐོབ་འོས་ཀྱི་རླབས་ཆེན་མི་སྣར་བསམ་པ་ཤུགས་དྲག་གིས་ཡི་རངས་དང་བསྟོད་བསྔགས་རྒྱ་ཆེར་བྱས་ལ་རྒྱལ་ཕྲུང་དམངས་གནོད་ཀྱི་མི་སྣར་འཕྱ་སྨོད་དང་འཁང་རའང་གཏིང་ཐོན་པ་བྱས་པས་གཏམ་རྒྱུད་འདི་དག་ནི་དགའ་སྤང་མངོན་གསལ་དང་བསྟོད་སྨད་ཀྱི་བརྗོད་བྱ་གཉིས་ལྡན་ཞིག་ཏུ་གྱུར་ཡོད།

མི་སྣའི་སྐོར་གྱི་གཏམ་རྒྱུད་ཀྱི་གལ་ཆེའི་ནང་དོན་གཞན་ཞིག་ནི་མི་རིགས་དེ་དང་དེའི་ཐོན་སྐྱེད་ངལ་རྩོལ་དང་ཤེས་བྱ་རིག་གནས། མི་རིགས་ཀྱི་འཕེལ་རྒྱས་བཅས་ལ་བྱས་རྗེས་དམིགས་བསལ་བཞག་པའི་དཔའ་མཛངས་ཅན་གྱི་ངལ་རྩོལ་མི་སྣའི་བྱ་སྤྱོད་དང་མཛད་རྗེས་བརྗོད་པ་དེ་ཡིན།

མི་རིགས་སོ་སོའི་དཔའ་མཛངས་ཅན་གྱི་མི་སྣའི་གཏམ་རྒྱུད་འདི་མི་སྣ་དེ་དང་དེའི་མཛད་རྗེས་བརྗོད་པ་དང་ཁོང་ཚོའི་མཛད་རྗེས་ལ་བསྟོད་བསྔགས་དང་ཡིད་སྨོན་བྱས་པར་དམིགས་པ་གཅིག་མཚུངས་ཡིན་ནའང་། མི་སྣ་གང་ཞིག་ལྟེ་བར་འཛིན་མིན་ཐད་ཁྱད་པར་ཆེ་ཙམ་ཡོད་དེ། རྒྱ་མི་རིགས་ཀྱི་དམངས་ཁྲོད་མི་སྣའི་གཏམ་རྒྱུད་ནང་དྲག་འཐབ་ལ་མཁས་པའི་དཔའ་བོ་དང་འོས་ལངས་ཀྱི་གཙོ་འཛིན་ལྟེ་བར་བྱས་པ་མང་བ་དང་། མི་རིགས་འགར་གཞས་པ་གཞས་མ་སོགས་སྒྱུ་རྩལ་མཁས་པ་དང་། འགར་འཐག་མཁན་འཚེམ་མཁན་སོགས་ལག་རྩལ་མཁས་པ་ལྟེ་བར་བྱས་ལ་བོད་ཀྱི་གཏམ་རྒྱུད་འཕེལ་རྒྱས་ཀྱི་ལོ་རྒྱུས་ལ་བལྟས་ན་གནའ་རབས་ཀྱི་མི་སྣའི་གཏམ་རྒྱུད་ནང་མཛངས་མི་

བདུན་རྒྱ་བཟའ་བལ་བཟའ་སོགས་སྲིད་སྐྱོང་ངམ་བློན་འཁོར་དུ་གཏོགས་པའི་མི་སྣ་ལྟེ་བར་བྱས་ལ་ནང་པ་སངས་རྒྱས་ཀྱི་ཆོས་ལུགས་བོད་ལ་རྒྱ་ཁྱབ་ཏུ་དར་བ་དང་ནང་ཆོས་བོད་མི་རིགས་ཀྱི་བསམ་བློའི་འདུ་ཤེས་དང་ཡོངས་སུ་འདྲེས་རྗེས་བོད་ཀྱི་དམངས་ཁྲོད་མི་སྣའི་སྐོར་གྱི་གཏམ་རྒྱུད་ཀྱི་ལྟེ་བ་ཆོས་ཕྱོགས་ཀྱི་སྐྱེས་བུ་དམ་པའི་འབྱུང་འདས་དང་མཛད་པ་བརྗོད་པར་ཁ་ཕྱོགས་ཡོད།

ངལ་རྩོལ་མི་དམངས་ཀྱིས་དཔའ་མཛངས་ཅན་གྱི་མི་སྣའི་གཏམ་རྒྱུད་གསར་རྩོམ་བྱས་པའི་དམིགས་ཡུལ་ནི་ཁོང་ཚོའི་མཛད་རྗེས་ལ་བསྟོད་བསྔགས་དང་དྲན་གསོ། དཔའ་མཛངས་ཅན་གྱི་མི་སྣ་རེ་འབོད་བྱེད་པ་དེ་ཡིན་པས་གཏམ་རྒྱུད་དེ་ཚོའི་ནང་མི་སྣ་དེས་ལོ་རྒྱུས་ཐོག་དངོས་སུ་མཛད་པའི་བྱས་རྗེས་ལ་ཡིད་སྨོན་བྱས་པ་དང་ཆབས་ཅིག་རྟོག་བཟོའི་མཛད་པ་འདྲ་མིན་གྱིས་བརྒྱན་ནས་དེ་དང་དེའི་མཛད་རྗེས་ལ་ཞུད་ཆེན་པོས་གདེང་འཛོག་དང་། བསྟོད་བསྔགས། ལྷག་པར་དུ་གཏམ་རྒྱུད་འགའི་ནང་མི་སྣ་དེ་ཉིད་དེ་བས་རླབས་ཆེན་དང་དཔེ་མཚོན་ཅན་དུ་བསྒྱུར་ཆེད་མི་རིགས་དེའི་ཐུན་མོང་གི་གྲུབ་འབྲས་སམ་འདོན་ཐང་ཅན་གྱི་མི་སྣ་གཞན་པའི་གྲུབ་འབྲས་རྣམས་ཀྱང་མི་སྣ་དེའི་མཛད་རྗེས་སུ་སྒྲོ་བཏགས་ནས་བརྗོད་པར་བྱེད་ཀྱི་ཡོད། དཔེར་ན། 《རྒྱ་བཟའ་ཀོང་ཇོའི་གཏམ་རྒྱུད་》ནང་རྒྱ་བཟའ་ཀོང་ཇོས་བོད་ལ་འབྲུ་རིགས་དང་ལུག་དཀར་ནག་འཁྱེར་ཡོད་པ་དང་། དེ་ནས་བཟུང་བོད་ལ་འབྲུ་རིགས་དང་ལུག་དཀར་ནག་ཐུང་བར་བརྗོད་པ་དང་། རྒྱའི་《ལུའུ་པན་གྱི་གཏམ་རྒྱུད་》ནང་ལི་ཁྲུན་གྱིས་བཟོ་བསྐྲུན་བྱས་པའི་ཀྲའོ་ཀྲུའུ་ཟམ་པ་དེ་ལུའུ་པན་གྱིས་བརྒྱབ་པར་བཤད་པ་སོགས་དཔེ་མཚོན་ཤིན་ཏུ་མང་།

གོང་བཀོད་གཏམ་རྒྱུད་གཉིས་པོ་རྒྱ་བོད་ཀྱི་ལོ་རྒྱུས་ཤེས་པ་རྣམས་ཀྱིས་ཐོས་ན་ཤིན་ཏུ་དགོད་བྲོ་བ། ལོ་རྒྱུས་ཀྱི་དོན་དངོས་དང་འགལ་བ་ཞིག་ཡིན་ནའང་གཏམ་རྒྱུད་ནང་དེ་ལྟར་བརྗོད་པས་ལོ་རྒྱུས་ཀྱི་མི་སྣ་ཀོང་ཇོས་བོད་ལ་

ཞིང་འབྲོག་ལས་ཐད་ཀྱི་ཤེས་རིག་མི་ཉུང་བ་འཁྱེར་ཡོད་པ་དང་དེས་བོད་ཀྱི་ཞིང་འབྲོག་འཕེལ་རྒྱས་ལ་ཕན་ནུས་ཆེན་པོ་ཐོན་པ་དང་ལུའུ་པན་གྱིས་རྒྱ་མི་རིགས་ཀྱི་བཟོ་བསྐྲུན་འཕེལ་རྒྱས་ལ་ལེགས་སྐྱེས་ལྷབས་ཆེན་ཕུལ་བ་དང་ལུའུ་པན་ཉིད་བཟོ་བསྐྲུན་ལ་ཤིན་ཏུ་མཁས་པ་མཚོན་པ་མ་ཟད། རྒྱ་བོད་མི་རིགས་སོ་སོའི་བསམ་བློའི་ནང་ལོ་རྒྱུས་མི་སྣ་དེ་ཚོའི་གནས་བབས་ཇི་ཙམ་ཡོད་མེད་དང་རྒྱ་བོད་མི་རིགས་ཀྱིས་ངལ་རྩོལ་པར་དད་གུས་དང་མཐོང་ཆེན། ཁོང་ཚོའི་ལེགས་སྐྱེས་དང་འཛིན་ཐང་ལ་ཡི་རངས་བསྟོད་བསྔགས་བྱེད་པའི་བསམ་བློ་ལེགས་པར་མཚོན་ནོ། །

མདོར་ན། མི་སྣའི་གཏམ་རྒྱུད་ནི་མི་སྣའི་ལོ་རྒྱུས་ཇི་མ་ཇི་བཞིན་བསྐྱར་ཁྲིས་བྱས་པ་ཞིག་མིན་པས་མི་སྣའི་ནུས་པ་དང་མཛད་པ། གཤིས་ཀ་དང་གཟུགས་བརྙན་བཅས་ཀྱི་ཕྱོགས་གང་སར་རྩོམ་བཟོ་སྒྲོ་བཏགས་ངེས་པར་ཡོད་སྲིད་ལ། ལྷག་པར་དུ་གཏམ་རྒྱུད་འགའི་མི་སྣ་ཁྱབ་སྤེལ་གྱི་བརྒྱུད་རིམ་ནང་རིམ་བཞིན་ལོ་རྒྱུས་ཀྱི་མི་སྣ་དེ་དང་ཐག་ཇེ་རིང་དུ་གྱུར་ནས་སྒྱུ་རྩལ་གྱི་རྩོམ་བཟོ་དང་དཔེ་མཚོན་ཙམ་ལ་གྱུར་སྲིད་པའང་ཡིན་ནོ། །

གཉིས། ལོ་རྒྱུས་དོན་ཆེན་སྐོར་གྱི་གཏམ་རྒྱུད།

གཏམ་རྒྱུད་འདི་ནི་ལོ་རྒྱུས་ཐོག་བྱུང་བའི་དམག་འཁྲུག་དང་ཚོས་ལངས། གལ་ཆེའི་རིག་གནས་དང་ཐོན་སྐྱེད་ལས་འགུལ་སོགས་བརྗོད་བྱའི་སྙིང་པོར་བྱས་པའི་དམངས་ཁྲོད་ཀྱི་ངག་ཐོག་སྒྲུང་ཞིག་ཡིན།

མི་རིགས་སོ་སོའི་ལོ་རྒྱུས་ནང་མི་རིགས་ཀྱི་ཤེ་གསོན་དང་མི་རིགས་ཀྱི་ལམ་བུ་ཐག་གཅོད་བྱེད་པའི་དོན་ཆེན་གྲངས་ལས་འདས་པ་བྱུང་ཡོད་ཅིང་། ངལ་རྩོལ་པས་རང་ཉིད་ལོ་རྒྱུས་ཀྱི་དཔང་པོ་དང་ལོ་རྒྱུས་ཀྱི་བདེན་རྫུན་ཤན་འབྱེད་པའི་གོ་ས་བཟུང་ནས་ལོ་རྒྱུས་ཀྱི་བདེན་པ་གསལ་བསྒྲགས་དང་མི་དམངས་ཀྱི་བློ་

གཏད་མཚོན་པའི་གཏམ་རྒྱུད་འདི་གསར་རྩོམ་བྱས་ཤིང་། དེ་ལས་འོས་ལངས་དང་དམག་འཁྲུག་སོགས་ཀྱི་ལོ་རྒྱུས་དོན་ཆེན་དེས་ཁེ་ཕན་གང་ཞིག་སྐྱུང་སྐྱོབ་བྱས་པ་དང་། མི་རིགས་དང་རྒྱལ་ཁབ་ཀྱི་འཕེལ་རྒྱས་ལ་ཕན་ནུས་གང་ཐོན་པ། མི་དམངས་ཀྱི་རེ་འདུན་གང་སྒྲུབ་པ་སོགས་ལ་ཞིབ་བསྡོམས་དང་རྒྱས་བཤད་བྱས་ཡོད། དཔེར་ན། 《གྲུན་ཧྲང་· ཝུ་ཀོང་འོས་ལངས་ཀྱི་གཏམ་རྒྱུད་》ནང་གྲུང་གོའི་ལོ་རྒྱུས་ཐོག་གི་གཞི་རྒྱ་ཆེ་བའི་ཞིང་པའི་འོས་ལངས་དེའི་འབྱུང་རྐྱེན་དང་མཐའ་འབྲས་ལ་འཚོལ་ཞིབ། ཞིབ་བསྡོམས། འོས་ལངས་ཀྱི་གཙོ་འཛིན་གྲུན་ཧྲང་། ཝུ་ཀོང་གི་དཔའ་སྟོབས་དང་མཛད་རྗེས་ལ་བསྟོད་བསྔགས་ཀྱིས་མི་དམངས་ཀྱི་ལངས་ཕྱོགས་དང་ལྟ་བ་བཅེ་དུང་བཅས་མངོན་གསལ་དུ་མཚོན་པར་བྱས་ལ་འོས་ལངས་དེས་ཁེ་ཕན་གང་ཞིག་སྐྱུང་སྐྱོབ་བྱས་པ་དང་། ལོ་རྒྱུས་ཐོག་ཕན་ནུས་གང་ཐོན་པ་སོགས་ལོ་རྒྱུས་ཀྱི་བདེན་པའང་གསལ་བར་བསྟུགས་ཡོད། དེ་བཞིན་《སྐྱི་དར་སེར་པོའི་འོས་ལངས་གཏམ་རྒྱུད་》 《ཐྲང་ཀླུའི་འོས་ལངས་གཏམ་རྒྱུད་》སོགས་པར་འོས་ལངས་ཀྱི་བརྒྱུད་རིམ་དང་དགོས་ཕན་བཅས་ལ་ཞིབ་ཕྲའི་རྒྱས་བཤད་དང་འོས་ལངས་ཀྱི་གཙོ་འཛིན་དང་འོས་ལངས་དམག་གི་དཔའ་སྟོབས་སྤྱོད་བཟང་ལ་རྒྱ་ཆེའི་བསྟོད་བསྔགས་བྱས་ནས་འོས་ལངས་དཔའ་བོར་དྲན་གསོ་དང་། འོས་ལངས་ཀྱི་བདེན་པ་སྐྱུང་སྐྱོབ་བྱས་ཡོད།

རང་རྒྱལ་ནི་བཙན་རྒྱལ་རིང་ལུགས་ཀྱི་བཙན་འཛུལ་ཐེངས་མང་བྱུང་བའི་རྒྱལ་ཁབ་ཅིག་ཡིན། གྲུང་གོའི་མི་དམངས་ཀྱིས་རང་རྒྱལ་གྱི་བདག་དབང་སྲུང་སྐྱོབ་དང་མི་རིགས་ཀྱི་ལ་རྒྱའི་ཆེད་དུ་ཕྱིའི་ཞི་དྲག་གི་བཙན་འཛུལ་སྣ་ཚོགས་ལ་འགོག་རྒོལ་མཐའ་གཅིག་ཏུ་བྱས་ཤིང་བསྐལ་བརྒྱར་མི་ནུབ་པའི་རང་སྲུང་འཐབ་རྩོད་ཀྱི་རྒྱལ་ཁའི་ལོ་རྒྱུས་གྲངས་འདས་བྲིས་ཡོད། རྒྱ་ཆེའི་ངལ་རྩོལ་མི་དམངས་ཀྱིས་ལོ་རྒྱུས་ཀྱི་བྱུང་བ་དེ་དག་སྣང་མེད་ཚོར་མེད་དུ་མ་བཞག་པར་

དཔེར་ན་《དབྱིན་བོད་དམག་འཁྲུག་གི་གཏམ་རྒྱུད་》 《སོག་བོད་དམག་འཁྲུག་གི་གཏམ་རྒྱུད་》 《གོར་བོད་དམག་འཁྲུག་གི་གཏམ་རྒྱུད་》ལ་སོགས་རང་གི་ལོ་རྒྱུས་ཀྱི་ཟིན་ཐོ་སྟེ་དམངས་ཁྲོད་གཏམ་རྒྱུད་རྒྱ་ཆེར་གསར་རྩོམ་གྱིས་བཙན་རྒྱལ་རིང་ལུགས་ཀྱི་རྣམ་སེམས་དང་ནག་ཉེས་བཅས་ཐེར་འདོན་དང་རྒྱལ་གཅེས་དམག་དང་མི་རིགས་དཔའ་བོའི་སྙིང་སྟོབས་ལ་བསྟོད་བསྔགས། ལོག་སྤྱོད་ཀྱི་དབང་བསྒྱུར་པའི་ནུས་མེད་དང་མགོ་སྐྱུར་ལ་དགག་པ་བཅས་བྱས་ཡོད།

འདིར་དཔེར་འདྲེན་པ་དག་དམག་འཁྲུག་དང་འོས་ལངས་ཀྱི་ནང་དོན་ཅན་ཡིན་མོད། གཞན་ཡང་། ལོ་རྒྱུས་དོན་ཆེན་སྐོར་གྱི་གཏམ་རྒྱུད་ལ་མི་རིགས་ཀྱི་བཟོ་བསྐྲུན་ནྲབས་པོ་ཆེ་དང་། རིག་གནས་ཀྱི་གསར་གཏོད། ཐོན་སྐྱེད་ལག་རྩལ་གྱི་གསར་བརྗེ་སོགས་ནང་དོན་མང་ལ་མདོར་ན་ལོ་རྒྱུས་དོན་ཆེན་སྐོར་གྱི་གཏམ་རྒྱུད་གང་ཞིག་ཡིན་རུང་སྒྱུ་རྩལ་གྱི་སྐད་ཆར་བརྟེན་ནས་ལོ་རྒྱུས་ཀྱི་ངོ་བོ་གསལ་བསྟགས་དང་རྒྱ་ཆེའི་མི་དམངས་ཀྱི་ལོ་རྒྱུས་ལྟ་བ་དང་། ལངས་ཕྱོགས་མཚོན་པར་བྱས་པ་ཞིག་ཡིན།

གསུམ། ས་གནས་དང་རིག་དངོས་སྐོར་གྱི་གཏམ་རྒྱུད།

གཏམ་རྒྱུད་འདི་ནི། གཙོ་བོར་ས་གནས་དང་ས་གནས་དེའི་ཁྱད་ཆོས་ཤུགས་ཆེན་ལྡན་པའི་རིག་དངོས་གནའ་ཤུལ། རི་ཀླུང་རྩི་ཤིང་འདབ་ཆགས། ཐོན་དངོས་སོགས་ཀྱི་མིང་དང་བྱུང་ཚུལ་བཤད་འགྲེལ་བྱས་པའི་དམངས་སྒྲུང་ཞིག་ལ་ཟེར།

རང་རྒྱལ་ནི་མི་རིགས་མང་ལ་རང་བྱུང་ཡུལ་བཀོད་དང་རིག་དངོས་གནའ་ཤུལ་གྱིས་ཕྱུག་པ་ཞིག་ཡིན་ལ་དེའི་ནང་འཚོ་སྡོད་བྱེད་པའི་རྒྱ་ཆེའི་མི་དམངས་ཀྱིས་སྐྱན་ལ་འཇེབས་པའི་གཏམ་རྒྱུད་གྲངས་ལས་འདས་པ་བརྩམས

ནས་ཕྱུན་སུམ་ཚོགས་པའི་དངོས་རིགས་དེ་དག་ཇི་ལྟར་བྱུང་བ་དང་མིང་ཇི་ལྟར་ཐོབ་ཚུལ་ལ་འགྲེལ་པ་དང་གསལ་བཤད་བྱས་ཡོད།

བོད་ཀྱི་གཏམ་རྒྱུད་ལ་བལྟས་ན་ཡུལ་ལུང་རིག་དངོས་གནའ་ཤུལ་གྱི་མིང་དང་བྱུང་ཚུལ་བརྗོད་པ་ཤིན་ཏུ་མང་བ་སྟེ་དཔེར་ན《འོན་གྱི་མིང་འདོགས་ཐོབ་ཚུལ》《མལ་གྲོ་གུང་དཀར》《ལྷ་སའི་མིང་འདོགས་སྐོར》སོགས་ཚང་མ་ཡུལ་ལུང་དེ་དང་དེ་ལ་མིང་དེ་ལྟ་བུ་བཏགས་པའི་རྒྱུ་མཚན་གསལ་བཤད་བྱས་པ་དང་《དཀར་ཡོལ་དང་ཛའི་བཤད་སྲོལ》《ཁྲ་འབྲུག་དགོན་གྱི་བཤད་སྲོལ》《བསམ་ཡས་བྱ་དེ་དཀར་པོ》《མཚུར་ཕུ་དགོན་གྱི་བཤད་སྲོལ》《སེར་རའི་རྟ་མགྲིན་གྱི་བཤད་སྲོལ》《ར་མོ་ཆེའི་བཤད་སྲོལ》ལ་སོགས་པ་དག་ནི་གནའ་ཤུལ་དང་རིག་དངོས་དེ་ཇི་ལྟར་བྱུང་བ་བཤད་པ་ཡིན། གཞན་ཡང་ཡིད་དུ་འོང་བའི་རང་བྱུང་ཡུལ་བཀོད་ནི་གཏམ་རྒྱུད་འདིའི་བརྗོད་གཞིར་རྟག་ཏུ་ཐོན་ལ་དཔེ་མཚོན་གྱི་ཁྱད་ཆོས་ཡོད་པ་ཞིག་ཡིན། དཔེར་ན། རང་ཅག་བོད་ཀྱི《འབྲི་ཆུ་ཇི་ལྟར་བྱུང་ཚུལ》《སྟོད་ཀྱི་གངས་རིན་པོ་ཆེ》《སྟག་ས་པོ་རི》《བྲག་ཡེར་བ》ལྟ་བུ་མང་ཞིང་གཏམ་རྒྱུད་དེ་དག་ནང་རང་རེའི་མི་རིགས་ཀྱིས་ཕ་ཚ་བུ་བརྒྱུད་དུ་དད་མོས་དང་གཙོགས་ཆེན་དུ་བྱེད་པའི་རང་བྱུང་ཡུལ་བཀོད་ལ་མོས་པ་དང་བརྩེ་དུང་གིས་བཅིངས་པའི་འགྲེལ་པ་བྱས་ཡོད།

གཏམ་རྒྱུད་འདིའི་ནང་དངོས་རིགས་དེ་དང་དེའི་མིང་དང་བྱུང་ཚུལ་ལ་འགྲེལ་པ་དང་གསལ་བཤད་བྱས་པ་གང་ཞིག་འགྲེལ་པ་དང་གསལ་བཤད་མང་པོ་ཞིག་ལྷ་སྲུང་དང་འདྲ་བར་རྟོག་བཟོ་དང་འཆར་ཡན་གྱི་སྒྱུ་རྩལ་ཐབས་ཤེས་ལ་བརྟེན་པས་ལྷ་སྲུང་དང་ཁྱད་པར་གང་ལས་འབྱེད་སྙམ་ན། མཁས་པ་ཀུང་ཅིང་འོན་གྱིས། གཅིག ལྷ་སྲུང་ནི་གཙོ་བོར་ཁྱབ་ཆེའི་རང་བཞིན་ལྡན་པའི་རང་བྱུང་གི་རྣམ་པ་དཔེར་ན། ས། གནམ། མི། རྩི་ཤིང་སོགས་ཀྱི་བྱུང་ཚུལ་

ལ་འགྲེལ་པ་བྱས་པ་ཞིག་ཡིན་ལ་གཏམ་རྒྱུད་ནི་ངེས་ཅན་གྱི་ས་གནས་རིག་དངོས་དཔེར་ན། རི་འདི་དང་ཆུ་འདི་དང་འདི་སོགས་ཀྱི་བྱུང་ཚུལ་ལ་འགྲེལ་པ་བྱས་པ་ཞིག་ཡིན། གཉིས། ལྷ་སྲུང་ནང་དངོས་པོའི་བྱུང་ཚུལ་ལ་འགྲེལ་པ་བྱས་པ་དེ་གཙོ་བོར་འཆར་ཡན་གྱི་ཐབས་ལམ་ལ་བརྟེན་པ་དང་། གཏམ་རྒྱུད་ནང་དུ་འཆར་ཡན་གྱི་ཁྱད་བཞུགས་ནའང་གཙོ་བོར་རྒྱུན་གཏན་འཚོ་བའི་གཏན་ཚིགས་ལ་བསྟུན་པ་དང་། གསུམ། གདོད་མའི་མི་རྣམས་ཀྱིས་འགྲེལ་པའི་རང་བཞིན་ཅན་གྱི་ལྷ་སྲུང་དེ་བདེན་པ་རང་དུ་ལྷ་ལ་གཏམ་རྒྱུད་ནང་དངོས་དོན་གྱི་གྲིབ་གཟུགས་ཤིག་བཞུགས་པས་ཕྱོགས་གཅིག་ནས་བྱ་དངོས་དེ་རིགས་བདེན་པ་ལྟར་མངོན་པ་དང་ཕྱོགས་གཞན་ནས་ཡིད་ཆེས་ཐུབ་པའི་གནད་དོན་ཐད་རྟོག་འཛིན་གྱི་སྣང་ཚུལ་མང་དག་མངོན་པས་ཕྱིད་བདེན་ཕྱིད་རྫུན་གྱི་སྣང་བ་ཞིག་སྐྱེས། ཞེས་རྩོམ་རིག་གཉིས་པོའི་ཁ་ཕྱོགས་སའི་གཞི་དང་སྒྱུ་རྩལ་གསར་རྩོམ་གྱི་ཐབས་ཤེས་སྐབས་དེ་དང་དེའི་མི་རྣམས་ཀྱིས་ངོས་འཛིན་ཇི་ལྟར་བྱེད་པ་བཅས་ཕྱོགས་གསུམ་ནས་ཁྱད་པར་གླེང་བ་ལྟར་ཤེས་པར་བྱ་ལ་གཞན་ས་གནས་རིག་དངོས་སྐོར་གྱི་གཏམ་རྒྱུད་ཀྱི་བརྗོད་གཞི་གོང་བཀོད་དེ་ཙམ་དུ་ཟློགས་པ་མིན་པར་ད་དུང་མི་བཟོས་དངོས་རིགས་དང་ས་གནས་ཀྱི་ཐོན་དངོས། རྩི་ཤིང་འདབ་ཆགས་སོགས་ཤིན་ཏུ་རྒྱ་ཆེ་བ་ཡོད་པར་རྟོགས་པར་བྱའོ། །

བཞི། དམངས་སྲོལ་སྐོར་གྱི་གཏམ་རྒྱུད།

དམངས་སྲོལ་གཏམ་རྒྱུད་ནི། མི་རིགས་དེའམ། ས་གནས་དེའི་དམངས་ཁྲོད་དུ་དར་བའི་གོམས་སྲོལ་སྣ་ཚོགས་བརྗོད་བྱར་བྱས་པའི་ངག་ཐོག་གི་སྲུང་དག་ལ་ཟེར་བ་ཡིན།

དམངས་སྲོལ་གཏམ་རྒྱུད་ནི་མི་རིགས་དེའི་ལོ་རྒྱུས་ཀྱི་ཧྲབས་རྒྱུན་ཁྲོད་དུ་

དར་བ་ཞིག་ཡིན་པས་དེས་མི་རིགས་དེའི་ལོ་རྒྱུས་ཀྱི་དུས་མཚམས་སོ་སོའི་འཚོ་བའི་གོམས་གཤིས་དང་དགའ་སྣང་གི་ཕྱོགས་ཞེན་གསལ་བར་མཚོན་པ་མ་ཟད། གཏམ་རྒྱུད་ནང་བཀོད་པའི་གོམས་སྲོལ་དེ་དང་དེས་མི་རིགས་དེའི་འཚོ་བ་དང་སེམས་ཁམས། ཀུན་སྤྱོད་བཅས་ཀྱི་ཕྱོགས་གང་སར་ཚད་བཀག་ཀྱང་ངེས་ཅན་བྱེད་ཀྱི་ཡོད།

ལོ་རྒྱུས་ཀྱི་བརྒྱུད་རིམ་རིང་མོའི་ནང་རྒྱ་ཆེ་བའི་ངལ་རྩོལ་པས་གོམས་སྲོལ་དམིགས་བསལ་རེ་ལ་གཏམ་རྒྱུད་འདྲ་ཚགས་རེ་གསར་རྩོམ་བྱས་པས་དེའི་ནང་དོན་ལ་དཔེར་ན་སྔར་ལྷའི་དབང་པོས་མི་ཡུལ་གྱི་མཛེས་ལྗོངས་རྣམས་མཐོང་བས་ཞེ་སྡང་དྲག་པོ་སྐྱེས་ཏེ་ལྷའི་དམག་དཔོན་ཞིག་མི་ཡུལ་མེས་བསྲེགས་པར་མངགས། ལྷའི་དམག་དཔོན་དེ་མི་ཡུལ་དུ་འགྱུར་རྗེས་མི་ཡུལ་གྱི་མཛེས་ལྗོངས་ཀྱིས་ཡིད་དབང་མེད་དུ་འཕྲོག་སྟེ་ལྷའི་དབང་པོའི་སྙིག་གཡོ་རྣམས་མིའི་རིགས་ལ་བཤད། མི་རྣམས་ཀྱིས་གྲོས་བྱས་ནས་ལྷའི་དབང་པོའི་སྙིག་གཡོ་དང་མཐུན་པར་ཟླ་བ་དྲུག་པའི་ཚེས་ཉེར་ལྔ་ཉིན་གང་སར་མེ་སྤུར་བས་ལྷའི་དབང་པོས་མི་ཡུལ་མེས་བསྲེགས་སོ་སྙམ་ནས་དགའ་ཚོར་ཆེན་པོ་བྱས་སོ། དེ་ནས་བཟུང་མི་རྣམས་ཀྱིས་ལྷ་ལས་རྒྱལ་བར་རྟེན་འབྲེལ་དང་། ལྷའི་དམག་དཔོན་གྱི་བཀའ་དྲིན་ལ་དྲན་གསོ་བྱེད་ཆེད་ལོ་ལྟར་ཟླ་བ་དྲུག་པའི་ཚེས་ཉེར་ལྔ་ཉིན་མི་རྣམས་ཀྱིས་མེ་རྩེད་བྱེད་དོ། ཞེས་ཡུ་ནན་ཞིང་ཆེན་གྱི་ཡི་རིགས་ཀྱི་《མེ་རྩེད་དུས་ཆེན་གྱི་གཏམ་རྒྱུད་》ལ་གྲགས་པ་ལྟ་བུ་དུས་ཆེན་ཁག་གི་བྱུང་ཚུལ་བརྗོད་པའི་གཏམ་རྒྱུད་དང་《ཀོང་ཆས་ཀྱི་བཤད་སྲོལ་》《ཡི་རིགས་ཀྱི་སྨྱུག་ཁྱིམ་གྱི་བཤད་སྲོལ་》ལྟ་བུ་མི་རིགས་དེ་དང་དེའི་གྱོན་ཆས་དང་སྡོད་གནས། བཟའ་བཏུང་སོགས་ཀྱི་བྱུང་ཚུལ་དང་ཁྱད་ཆོས་བརྗོད་པ་བཅས་ཕྱོགས་མང་ཞིང་སྣ་ཚོགས་པ་ཡོད་པ་ཡིན།

དམངས་སྲོལ་ནི་མིའི་རིགས་ལ་སྤྱི་ཚོགས་ཀྱི་འཚོ་བ་ངེས་ཅན་ཞིག་གྲུབ་

པའི་རྗེས་གཞི་ནས་བྱུང་ཐུབ་པ་ཞིག་ཡིན་སྐབས་དམངས་སྲོལ་གཏམ་རྒྱུད་ལས་བསྟན་པའི་ནང་དོན་དང་སྤྱི་ཚོགས་ཀྱི་འཚོ་བ་འབྲེལ་བ་དམ་པོར་གནས་པ་སྨོས་མེད་ཡིན་ལ། ལྷག་པར་དུ་དམངས་སྲོལ་གཏམ་རྒྱུད་འདི་ཉིད་མི་རིགས་དེ་དང་དེའི་ངལ་རྩོལ་པས་འཚོ་བར་གོ་བ་ཇི་ལྟར་ལེན་པ་དང་། འཚོ་བར་ངོས་འཛིན་ཇི་ལྟར་བྱེད་པ་བཅས་དང་ཐད་ཀའི་འབྲེལ་བ་ཡོད་པས་དམངས་སྲོལ་གཏམ་རྒྱུད་གང་འདྲ་ཞིག་ཡིན་རུང་དེས་མི་རིགས་གཅིག་གི་སེམས་ཁམས་དང་འདུ་ཤེས། མི་རིགས་ཀྱི་འཚོ་བའི་གོམས་སྲོལ་དང་འཚོ་བའི་དང་ཞེན་བཅས་ལེགས་པར་མཚོན་ཐུབ། དེས་ན་ཕྱི་ནང་མཁས་པ་མང་པོས་དམངས་སྲོལ་གཏམ་རྒྱུད་ནི་མི་རིགས་གཅིག་ལ་རྒྱུས་མངའ་བྱ་བའི་མིག་ལྟ་བུ་ཡིན།ཞེས་གསུངས་པ་ལྟར་དམང་སྲོལ་གཏམ་རྒྱུད་ལ་རྩོམ་རིག་སྒྱུ་རྩལ་གྱི་རིན་ཐང་ལྡན་པ་ཙམ་མ་ཟད། མི་རིགས་དང་དམངས་སྲོལ་ཞིབ་འཇུག་གི་རིན་ཐང་ཡང་གཞལ་དུ་མེད་པ་ཡོད་དོ། །

གསུམ་པ། དམངས་ཁྲོད་གཏམ་རྒྱུད་ཀྱི་ཁྱད་ཆོས།

མི་རིགས་སོ་སོའི་དམངས་ཁྲོད་གཏམ་རྒྱུད་ནི་མི་རིགས་དེས་དུས་ཡུན་རིང་པོའི་ཐོན་སྐྱེད་དང་འཚོ་བའི་འཐབ་རྩོད་ཁྲོད་གསར་རྩོམ་བྱས་པ་ཞིག་ཡིན་ཞིང་ཕ་ཚ་བུ་རྒྱུད་དུ་རྒྱུན་འཛིན་དང་འཕྲུས་ཚང་བྱས་པའི་བརྒྱུད་རིམ་ནང་བརྗོད་དོན་རིམ་བཞིན་རྒྱ་ཆེ་སྣ་མང་དང་སྒྱུ་རྩལ་མཚོན་ཐབས་རིམ་བཞིན་ཕུན་ཚོགས་སུ་ཕྱིན་པས་དམངས་ཁྲོད་རྩོམ་རིག་སྤྱིའི་ཁྲོད་དམིགས་བསལ་གྱི་ཁྱད་ཆོས་ཡོད་པ་ཞིག་ཏུ་གྱུར།

གོང་བཀོད་དབྱེ་བ་དག་ལས་ང་ཚོས་ཤེས་གསལ་དམངས་ཁྲོད་གཏམ་རྒྱུད་ཀྱི་བརྗོད་གཞི་དེ་ཁེར་རྐྱང་དང་ཕྱོགས་གཅིག་ཙམ་མ་ཡིན་པར་ཕྱར་བྱུང་ལོ་

རྒྱུས་ཀྱི་དྲང་ཕྱོག་མི་སྣའི་མཛད་པ་དང་བྱུས་ཉེས་བརྗོད་པ་དང་། ལོ་རྒྱུས་ཀྱི་དོན་ཆེན་ལྔེ་བར་བཟུང་ནས་དེའི་འབྱུང་རྐྱེན་དང་མཐའ་འབྲས་བརྒྱུད་རིམ་བརྗོད་པ། ངོ་མཚར་དང་དམིགས་བསལ་ཁྱད་ཆོས་ལྡན་པའི་རང་བྱུང་ཡུལ་བཀོད་དང་རིག་དངོས་གནའ་ཤུལ་སོགས་ཀྱི་བྱུང་རབས་དང་ཁྱད་ནུས་བརྗོད་པ། མི་རིགས་དང་ས་གནས་ཀྱི་དྲི་བྲོ་བའི་ཡུལ་ལུགས་གོམས་སྲོལ་དེ་དང་དེ་ཇི་ལྟར་བྱུང་བ་དང་ཁྱད་ཆོས་གང་དང་གང་ཡོད་པ་བརྗོད་པ་སོགས་ནང་དོན་རྒྱ་ཆེ་བ་དང་ཕྱོགས་མང་བ་མ་ཟད། གཏམ་རྒྱུད་གསར་རྩོམ་དང་ཁྱབ་སྤེལ་གྱི་བརྒྱུད་རིམ་ནང་སྒྱུ་རྩལ་གྱི་ཁྱད་ཆོས་ཀྱང་མི་ཉུང་བ་གྲུབ་ཡོད།

དེ་ཡང་གཅིག་ནས། གཏམ་རྒྱུད་ལ་ངག་ཐོག་ལོ་རྒྱུས་ཞེས་བརྗོད་པ་འདིས་གཏམ་རྒྱུད་ལ་རྩོམ་རིག་གི་བདེན་པའི་རང་བཞིན་ཡོད་པ་ཙམ་མ་ཟད་ལོ་རྒྱུས་ཀྱི་བདེན་པའང་ལྡན་ཅིག་ལྡན་པའི་ཁྱད་ཆོས་གལ་ཆེན་ཞིག་ཡོད་པ་མངོན།

སྤྱིར་གཏམ་རྒྱུད་གང་འདྲ་ཞིག་ཡིན་རུང་ཐར་བྱུང་ལོ་རྒྱུས་མི་སྣ་དང་ལོ་རྒྱུས་དོན་ཆེན། གནའ་ཤུལ་རིག་དངོས་སོགས་གང་རུང་དང་འབྲེལ་བ་དམ་པོར་གནས་པ་གང་ཞིག་དེ་དག་གསར་རྩོམ་གྱི་རྩ་བའི་རྒྱུ་ཆར་བྱས་ནས་བྱུང་བ་ཞིག་ཡིན་པ་དང་། གཏམ་རྒྱུད་ལས་སྔོན་གྱི་བྱུང་བ་མང་དག་མངོན་ཐུབ་སྐབས་གཏམ་རྒྱུད་ལ་བདེན་པའི་རང་བཞིན་ནམ་ལོ་རྒྱུས་ཀྱི་བདེན་པའི་རང་བཞིན་ལྡན་པ་མཐོང་ཐུབ། དཔེར་ན་《གྲི་གུམ་བཙན་པོ་ཇི་ལྟར་དགྲོང་པའི་གཏམ་རྒྱུད་》ལ་མཆོན་ན། བཙན་པོ་དེ་ཉིད་བོད་ཀྱི་ལོ་རྒྱུས་ཐོག་དངོས་སུ་བྱུང་སྒྱུང་བ་ཞིག་དང་དེ་ཡང་གྲལ་རིམ་གྱི་འགལ་ཟླ་དྲག་པོའི་ཁྲོད་རང་སྲོག་ཤོར་བ་ལོ་རྒྱུས་ཁུངས་བཙན་ལས་ར་སྤྲོད་ཐུབ་པ་ཡིན་ལ་《དབྱིན་བོད་དམག་འཁྲུག་གི་གཏམ་རྒྱུད་》ལ་མཆོན་ན། དབྱིན་ཇི་དང་བོད་རིགས་བར་གྱི་དྲག་པོའི་འཐབ་རྩོད་དང་བོད་མི་རིགས་ཀྱིས་རང་མི་རིགས་ཀྱི་ལ་རྒྱའི་ཆེད་ཕོ་ཟད་མོ་ཐུག་དང་ལག་ཟད་དཔུང་ཐུག་གིས་འགོག་རྒོལ་མཐའ་གཅིག་ཏུ་བྱས་པའང་ལོ་རྒྱུས

ཁྱུངས་བཙན་ལས་རྙེད་པ་ཞིག་ཡིན། དམངས་སྲོལ་དང་རིག་དངོས་གནའ་ཤུལ་སོགས་ཀྱི་གཏམ་རྒྱུད་ཀྱང་གོང་དང་མཚུངས་པ་སྟེ། ཀོང་ཡུལ་གྱི་ལོ་གསར་དེ་བོད་ས་ཁུལ་གཞན་དང་མི་འདྲ་བ་ཞིག་མེད་ན《ཀོང་ཡུལ་ལོ་གསར་གྱི་གཏམ་རྒྱུད》ཡོང་ཐབས་བྲལ་བ་དང་། ཇོ་མཆར་ཁྲིད་འཕགས་ཀྱི་བསམ་ཡས་གཙུག་ལག་ཁང་མེད་ན《བསམ་ཡས་བཞེངས་ཚུལ་གྱི་གཏམ་རྒྱུད》གཏན་ནས་བྱུང་ཐབས་མེད། གཏམ་རྒྱུད་དེ་དག་བུད་མེད་ལྷན་ཚོགས་རེ་རེས་སྔར་བྱུང་ལོ་རྒྱུས་ཀྱི་བདེན་པ་ཞིག་བསྟན་ཡོད་ཅིང་། རྒྱ་ཆེའི་ངལ་རྩོལ་པས་སྔར་བྱུང་ལོ་རྒྱུས་དེ་དག་རྒྱས་བཤད་བྱེད་སྐབས་ལོ་རྒྱུས་ཟིན་བཀོད་ཀྱི་རྒྱ་ལས་འདས་ཏེ་ཀུག་ཀྱོག་ངོ་མཚར་གྱི་བྱུང་རིམ་བཀོད་འཁྲི་དང་རང་གཤིས་མངོན་གསལ་ཅན་དང་གཟུགས་བརྙན་གསོན་ཉམས་ཅན་གྱི་མི་སྣ་གསར་བསྐྲུན་གྱིས་ལོ་རྒྱུས་ཀྱི་བྱུང་བ་མིག་ལམ་དུ་ལྷམ་མེར་འཆར་ཐུབ་པ་བྱས་པས་གཏམ་རྒྱུད་ལ་ལོ་རྒྱུས་ཀྱི་བདེན་པའི་རང་བཞིན་དང་སྒྱུ་རྩལ་གྱི་བདེན་པའི་རང་བཞིན་ལྷན་ཅིག་གནས་པའི་ཁྱད་ཆོས་ཡོད་པ་ཡིན།

གཉིས་ནས་གཏམ་རྒྱུད་ཀྱི་མི་སྣ་ཕལ་ཆེ་བ་གནད་དོན་རྒྱས་བཤད་ཀྱི་ཁྲོད་དུ་བསྐྲུབས་བཞེངས་དང་མི་སྣའི་དམིགས་བསལ་གྱི་བསམ་བློ་དང་རང་གཤིས་སོགས་ཕྱོགས་གཅིག་གཙོགས་སུ་བཟུང་ནས་བཀོད་འཁྲི་བྱས་པས་སྐབས་བདེ་མངོན་གསལ་གྱི་ཁྱད་ཆོས་གྲུབ་ཡོད། དཔེར་ན། གྲི་གུམ་བཙན་པོའི་གཏམ་རྒྱུད་ནང་མི་སྣ་དེ་ཉིད་ཀྱི་ང་རྒྱལ་ཧ་ལ་རྒྱུགས་ཆེ་བའི་རང་གཤིས་གཙོགས་སུ་བཟུང་ནས་བཀོད་འཁྲི་བྱས་ཡོད་པ་དང་། གླང་དར་གཏམ་རྒྱུད་ནང་གླང་དར་མའི་གདུག་རྩུབ་ཆེ་ལ་ཁོག་རྒྱ་ཆུང་བའི་གཤིས་སྤྱོད་གཙོགས་ཆེར་བྱས་པ་བཞིན་ནོ། གཞན་ཡང་གཏམ་རྒྱུད་ནང་གསར་རྩོམ་པས་ཅུད་དང་སྒྲོ་བཏགས་ཀྱིས་མི་སྣར་བསམ་ཚོད་ལས་འདས་པའི་ནུས་སྟོབས་དང་བསམ་ཚོད་ལས་འདས་པའི་འཛོན་ཐང་དང་རྫུ་འཕྲུལ་ལྡན་པར་བཀོད་ནས་གཏམ་རྒྱུད་ཀྱི་མི་སྣ་ཕུགས་

བསམ་ཅན་དུ་བྱས་པའང་ཤིན་ཏུ་མང་བ་དཔེར་ན《རྒྱ་བཟའ་ཀོང་ཇོའི་གཏམ་རྒྱུད》ནང་གི་རྒྱ་བཟའ་ཀོང་ཇོ་དང《སྲོང་བཙན་སྒམ་པོའི་གཏམ་རྒྱུད》ནང་གི་སྲོང་བཙན་སྒམ་པོ《ལུའུ་པན་གྱི་གཏམ་རྒྱུད》ནང་གི་ལུའུ་པན་ལྟ་བུའི་མི་སྣ་དག་གོ།། མདོར་ན། གཏམ་རྒྱུད་ཀྱི་མི་སྣ་ཇི་ལྟར་བསྒྲུབ་བཞེངས་བྱས་ནའང་གཙོ་བོར་མི་སྣའི་དྲང་ལྡོག་གི་ཁྱད་པར་ཁ་གསལ་དང་མི་སྣའི་རང་གཤིས་མངོན་གསལ་བྱེད་ཆེད་ལ་དམིགས་པ་ཞིག་ཡིན་པས་དྲང་ཕྱོགས་མི་སྣ་དེ་བས་བསམ་སྤྱོད་ཕུལ་དུ་བྱུང་བ་དང་ལྡོག་ཕྱོགས་མི་སྣ་ངན་པའི་མཐར་ཐུག་པ་ཞིག་ཏུ་བསྐྲུན་པ་ནི་གཏམ་རྒྱུད་ནང་མི་སྣ་བསྒྲུབ་བཞེངས་ཀྱི་ཆོས་ཉིད་ལྟ་བུར་ཆགས་ཡོད།

གསུམ་ནས། དཔེར་ན《ཀོང་ཆས་ཀྱི་གཏམ་རྒྱུད》འདི་ཀོང་པོ་ཡུལ་གྱི་དམིགས་བསལ་གྱོན་ཆས་དང་གཅིག་ཏུ་འབྲེལ་པ་དང《ཇ་དང་དཀར་ཡོལ་གྱི་གཏམ་རྒྱུད》འདི་བོད་མི་རིགས་ཀྱི་བཟའ་འཐུང་གོམས་གཤིས་དང་གཅིག་ཏུ་འབྲེལ་བ་ལྟ་བུ་གཏམ་རྒྱུད་ཀྱི་བརྗོད་གཞི་དེ་ས་གནས་ངེས་ཅན་དང་། རིག་དངོས་གནའ་ཤུལ་ངེས་ཅན། མི་རིགས་ངེས་ཅན་ལ་བརྟེན་པས་གཏམ་རྒྱུད་མང་ཆེ་བར་ས་གནས་དང་མི་རིགས་ཀྱི་ཁྱད་ཆོས་མངོན་གསལ་ལྡན་པ་མ་ཟད། དམངས་རྩོམ་གཞན་དང་མི་འདྲ་བར་སྐྱེ་བའི་ཁོར་ཡུག་ཞིག་ལ་བརྟེན་ནས་ཁྱབ་སྤེལ་བྱས་པའི་ཁྱད་ཆོས་ཀྱང་ཡོད་དོ།

མདོར་ན། རྒྱ་ཆེའི་ངལ་རྩོལ་པས་གཏམ་རྒྱུད་ཀྱི་འོ་མཚོའི་ནང་མི་རིགས་དེའི་ལོ་རྒྱུས་དང་། ཡུལ་སྲོལ་གོམས་གཤིས། རང་བྱུང་ཡུལ་བཀོད་སོགས་གཅིག་ཏུ་འདྲེས་པར་བྱས་པས་འདི་ནི་མི་རིགས་ཤིག་ལ་རྒྱུས་མངའ་དང་ཞིབ་འཇུག་བྱེད་པའི་མེ་ལོང་མཆོག་ཏུ་གྱུར་པ་ཞིག་ཡིན།

བསམ་གཞིགས་འདྲི་གཞི།

1. གཏམ་རྒྱུད་ཀྱི་གོ་དོན་གང་ཡིན།
2. གཏམ་རྒྱུད་དང་ལོ་རྒྱུད་དབར་འབྲེལ་བ་གང་ཡོད།
3. གཏམ་རྒྱུད་ལ་ཁྱད་ཆོས་གང་དང་གང་ཡོད།

ས་བཅད་གསུམ་པ། དམངས་ཁྲོད་གླུ།

དམངས་ཁྲོད་གླུ་ནི་མི་རིགས་དེ་དང་དེའི་རྩོམ་རིག་གི་གྲུབ་ཆ་གཙོ་བོ་དང་ཡན་ལག་གལ་ཆེན་ཞིག་ཡིན། སྔོན་སྲུ་རང་ཅག་བོད་འདིར་ད་ལྟ་ང་ཚོས་སྤྱོད་བཞིན་པའི་ཡི་གེ་འདི་མ་དར་བའི་སྔོན་གྱི་ལོ་ངོ་མང་པོ་ནས་གླུ་བོན་ལྡེའུ་གསུམ་གྱིས་སྲིད་བསྐྱངས་པའི་གཏམ་རྒྱུད་ལྟར་གྲགས་པས་བོད་ཀྱི་དམངས་གླུ་ལ་ཤིན་ཏུ་རིང་བའི་ལོ་རྒྱུས་ཡོད་པ་སྨོས་མེད་ལ་ཡིག་ཐོག་ཏུ་འཁོད་པ་དང་མ་འཁོད་པའི་དམངས་གླུ་དག་གིས་བོད་ཀྱི་དུས་རབས་རིམ་བྱུང་གི་རྩོམ་པ་པོར་གསར་རྩོམ་གྱི་རྒྱུ་ཆ་ཇི་ཙམ་མཁོ་འདོན་དང་བོད་ཀྱི་ངལ་རྩོལ་པར་བསམ་པའི་ལོངས་སྤྱོད་ཇི་ཙམ་སྦྱིན་པ་ནི་དཔོག་དཀའ་ཕྱིར་དེ་ནི་རྩོམ་རིག་གི་རིན་ཐང་དང་སྤྱི་ཚོགས་རིན་ཐང་གིས་ཕྱུག་པའི་ཁྱད་དུ་འཕགས་པའི་ནོར་བུ་ཞིག་ལགས། དེ་འདྲའི་ནོར་བུ་དེར་རིག་པའི་གཞུང་ལུགས་ཀྱི་ཕྱོགས་བསྡོམས་དང་རིག་པའི་གཞུང་ལུགས་བེད་སྤྱད་ནས་ཞིབ་འཇུག་བྱ་རྒྱུ་ནི་ང་ཚོའི་ཐུག་སྟེང་དུ་བབས་པའི་ཆབས་ཆེན་གྱི་འོས་འགན་དུ་རིག་པས་གཤམ་དུ་དེའི་དོན་དང་བཅས་བརྗོད་པར་བྱའོ། །

དང་པོ། དམངས་གླུ་གི་གོ་དོན།

གླུ་ཞེས་པའི་ཐ་སྙད་དེར་བོད་ཀྱི་ས་གནས་སོ་སོར་མིང་འདོགས་སྟངས་མི་འདྲ་བ་རེ་སྣང་བ་སྟེ་ཨ་མདོ་ཁུལ་དུ་གནའ་གཏམ། སི་ཁྲོན་བོད་རིགས་རྣམས་ཀྱིས་གནའ་གླུ་དེ་བཞིན་ས་གནས་འགར་གཏམ་དཔེ་འགར་དཔེ་

སོགས་སུ་འཐོད་ཅིང་སྒྲིར་བཏང་ནས་ལྷ་སྒྲུང་དང་གཏམ་རྒྱུད་སྒྲུང་གསུམ་ཀའི་སྤྱི་མིང་དུ་དེ་ལྟར་བེད་སྤྱོད་པར་མངོན། རྒྱའི་མི་རིགས་ལའང་དེ་ལྟ་བུའི་ཐ་སྙད་མང་ལ་ཁོང་ཚོས་གནའ་བོའི་དུས་སུ་སྒྲུང་ལ“说”ཞེས་པའི་རྒྱ་ཡིག་འདི་བེད་སྤྱོད་ཅིང་དེ་ནི་བྱ་ཚིག་དང་མིང་གཉིས་ཀའི་ངོ་བོ་དང་ལྡན་པ་ཞིག་དང་རྗེས་སུ་རྒྱ་ཡིག“说”དེའི་སྔོན་དུ“小”འདི་བསྣན་པས“小说”ཞེས་པའི་ཐ་སྙད་འདི་གྲུབ་པ་དོན“故事”ཟེར་བ་དང་མཚུངས་པར་བཤད། རིམ་བཞིན“说”“话”“故事”བཅས་གཅིག་ཚབ་གཅིག་གིས་བྱས་པས་དོན་གཅིག་འདྲར་ཆགས་ཤིང་ལོ་རྒྱུས་འཕེལ་རྒྱས་ཀྱི་ཁྲོད་ད་ལྟ་ཐུན་མོང་གིས་བེད་སྤྱོད་པའི“故事”ཞེས་པའི་ཐ་སྙད་འདི་སྤྱོད་རྒྱ་ཆེ་བར་གྱུར་བས་དེང་གི་རྒྱ་ནག་གི་རིག་གཞུང་ནང་དུ་དམངས་སྒྲུང་ལ“故事”ཟེར་བའི་ཐ་སྙད་འདི་བེད་སྤྱོད་ཀྱི་ཡོད། མདོར་ན་བོད་ཀྱི་ས་གནས་མི་འདྲ་བར་ཐ་སྙད་མི་འདྲ་བ་རེ་བེད་སྤྱད་ནའང་འདྲ་རྒྱའི་མི་རིགས་ཀྱི་ཐ་སྙད་འདིའི་འཕེལ་རིམ་བཤད་ནའང་འདྲ་གང་ལྟར་ཁོང་ཚོས་དམངས་སྒྲུང་ཟེར་བ་ནི་དམངས་ཁྲོད་དུ་དར་བའི་དོན་བརྗོད་ལྷུག་རྩོམ་ཡོངས་རྫོགས་ལ་ངོས་འཛིན་གྱི་ཡོད་པ་ནི་གཅིག་ཏུ་མཐུན་པས་ང་ཚོས་དམངས་སྒྲུང་ལ་ལྷ་སྒྲུང་དང་གཏམ་རྒྱུད་དམངས་སྒྲུང་བཅས་ཚུད་པའི་སྤྲ་ཡངས་པའི་གོ་དོན་ཞིག་དང་ལྷ་སྒྲུང་གཏམ་རྒྱུད་ཕུད་པའི་སྤྲ་དོག་པའི་གོ་དོན་ཞིག་ཡོད་པ་རྟོགས་ཐུབ།

སྤྲ་ཡངས་པའི་དམངས་སྒྲུང་གི་དོན་ལ་ངལ་རྩོལ་མི་དམངས་ཀྱིས་གསར་རྩོམ་བྱས་ཤིང་དམངས་ཁྲོད་དུ་དར་འཕེལ་བྱུང་པའི་ངག་ཐོག་གི་དོན་བརྗོད་ལྷུག་རྩོམ་ཞེས་བྱུང་བས་ལྷ་སྒྲུང་དང་གཏམ་རྒྱུད་ཀྱང་དོན་དེ་ལས་མ་འདས་ལ་སྤྲ་དོག་པའི་དབང་དུ་བྱས་ན་དམངས་སྒྲུང་གི་ནང་དོན་དང་རྣམ་པ་བཅས་གཞན་གཉིས་པོ་དང་ཅུང་མི་འདྲ་བ་ཞིག་ཏུ་ཆགས་ཡོད། སྐབས་དོན་སྤྲ་དོག་པའི་དམངས་སྒྲུང་ཡིན་པས་དེའི་གོ་དོན་ནི་ལྷ་སྒྲུང་དང་གཏམ་རྒྱུད་ཕུད་པའི་

འཆར་སྒོ་ལྡན་ལ་དོན་དངོས་འཚོ་བ་དང་འབྲེལ་བ་ངེས་ཅན་ཡོད་པའི་དམངས་ཁྲིད་ཀྱི་ངག་ཐོག་དོན་བརྗོད་ལྷུག་རྩོམ་ཞིག་གོ། གོ་དོན་དེ་ལས་དམངས་སྒྲུང་གི་ལུས་ནི་འཕོལ་རྩོམ་མམ་ལྷུག་པའི་རྣམ་པ་ཡིན་པ་དང་འཆར་སྒོ་འཆར་ཡན་གྱི་རང་བཞིན་དང་དོན་དངོས་བྱུང་འབྲེལ་གྱིས་རྙོག་འཛིང་ཆེ་བའི་སྤྱི་ཚོགས་ཀྱི་འཚོ་བ་མཚོན་པའི་དོན་བརྗོད་རྩོམ་རིག་ཞིག་ཡིན་པ་གསལ་པོར་བསྟན་ཡོད།

གཉིས་པ། དམངས་སྒྲུང་གི་དབྱེ་བ།

མཁས་པའི་དགའ་སྟོན་སོགས་ལོ་རྒྱུས་དེབ་ཐེར་ཁག་ལས་བོད་ཀྱི་རྒྱལ་རབས་བརྒྱད་པ་བ་སྤུ་དེ་གུང་རྒྱལ་སྐབས་སུ་མདོ་སྡེ་འབྱུང་བའི་ལྟས་སུ་སྒྲུང་རྣམས་དར་ཞེས་གསུངས་ནའང་རྩོམ་རིག་འཕེལ་རྒྱས་ཀྱི་ལོ་རྒྱུས་ལྟར་ན་མི་རིགས་ཚང་མའི་དམངས་སྒྲུང་ནི་གདོད་མའི་དུས་སུ་དར་བ་ཡིན་ཞིང་གྲལ་རིམ་ཡོད་པའི་སྤྱི་ཚོགས་ཀྱི་དུས་སྐབས་སུ་ཚད་མཐོའི་འཕེལ་རྒྱས་བྱུང་བའི་ནང་དུ་དེས་སྤྱི་ཚོགས་ཀྱི་གྲལ་རིམ་དང་སྲིད་སྐྱོང་མི་འདྲ་བ་སོ་སོའི་ནང་གི་མི་དམངས་ཀྱི་དཔལ་འབྱོར་དང་གྲལ་རིམ་གྱི་འབྲེལ་བ་འདུ་ཤེས་གོམས་སྲོལ་བཅས་མཚོན་པ་ཡིན་ལ་ཁྱབ་འཕེལ་གྱི་བརྒྱུད་རིམ་ནང་དུ་དོན་དང་རྣམ་པ་མཚོན་ཐབས་བཅས་ཕུན་སུམ་ཚོགས་སུ་ཕྱིན་པ་ཡིན།

སྐབས་དོན་དམངས་སྒྲུང་གི་དབྱེ་བའི་ཐད་དམངས་སྒྲུང་ནི་ལོ་རྒྱུས་རིང་བ་དང་ནང་དོན་དང་རྣམ་པ་ཕུན་སུམ་ཚོགས་པ་ལྷག་པར་དུ་བློར་གསོང་དགའ་བའི་གྲངས་འབོར་ཞིག་ཡོད་པ་འདིས་དེའི་དབྱེ་བ་གང་ལས་བྱ་དང་ཇི་ལྟར་བྱ་མིན་ལ་མཁས་པའི་དགོངས་བཞེད་གཅིག་མཐུན་ཞིག་ད་བར་བྱུང་མེད་པར་སྣང་། དེ་ཡང་མཁས་པ་འགས་དམངས་སྒྲུང་གི་དབྱེ་བ་དེ་དམངས་སྒྲུང་སོ་སོའི་ནང་དོན་ཐད་ནས་འཇོག་པར་མཛད་པ་དང་འགའ་ཤས་ཀྱིས་མི་སྣའི་ཐད་

ནས་འཇོག་པ་འགའ་ཤས་ཀྱིས་རྣམ་པའི་ཐད་ནས་འཇོག་པ་སོགས་མང་བས་འདིར་དབྱེ་ཐབས་འགའ་ངོ་སྤྲོད་ཚུལ་དུ་བརྗོད་ན།

(1) ཤར་ནུབ་རྒྱལ་ཁམས་སོ་སོའི་དབྱེ་ཐབས།

A ནུབ་ཕྱོགས་རྒྱལ་ཁམས་ཀྱི་དབྱེ་ཐབས། དེ་ནི་ཡོ་རོབ་ནུབ་མའི་རྒྱལ་ཁབ་ཀྱི་དམངས་ཁྲོད་རྩོམ་རིག་ལ་ཞིབ་འཇུག་གནང་མཁན་ཚོས་གཏན་འཁེལ་གནང་བ་ཞིག་ཡིན། ཁོང་རྣམ་པས་དམངས་སྒྲུང་ལ། སྲོག་ཆགས་སྒྲུང་། ཆ་ཚང་སྒྲུང་། དགོད་ཁྲའི་སྒྲུང་བཅས་ཁག་གསུམ་དུ་དབྱེ་ཡོད།

B ཤར་ཕྱོགས་རྒྱལ་ཁམས་ཀྱི་དབྱེ་ཐབས། གཙོ་བོར་རི་པིན་གྱི་དམངས་ཁྲོད་རྩོམ་རིག་མཁས་པ་རྣམས་ཀྱིས་བྱས་པ་སྟེ། ཁོང་ཚོས་དམངས་སྒྲུང་ལ་ཆ་ཚང་བའི་སྒྲུང་དང་དེ་བྱུང་གི་སྒྲུང་ཞེས་དབྱེ་བ་གཉིས་སུ་བྱས་ཤིང་ཆ་ཚང་བའི་སྒྲུང་ནི་གཅིག་ནས་ཅུང་ཆ་ཚང་བའི་བརྗོད་དོན་གྱི་གྲུབ་ཆ་ཡོད་པ་དང་གཉིས་ནས་རྩོམ་འཇོང་ཆེ་བའི་རྟོགས་བརྗོད་ལྟ་བུའི་འཚོ་བའི་ནང་དོན་ཡོད་པའི་སྒྲུང་ཞིག་ལ་ཟེར་བ་ཡིན་ཞིང་དེ་བྱུང་གི་སྒྲུང་ནི་གནད་དོན་གཅིག་གམ་མི་སྣའི་བྱ་འགུལ་གཅིག་གཙོ་བོའི་ནང་དོན་དུ་བྱས་ཤིང་ཆ་ཚང་བའི་དམངས་ཁྲོད་སྒྲུང་དེ་ལས་བྱུང་བའི་དམངས་སྒྲུང་ཞིག་ལ་ཟེར་བ་ཡིན།

(2) ད་བར་རྒྱ་མི་རིགས་ཀྱི་དམངས་ཁྲོད་རྩོམ་རིག་མཁས་པ་རྣམས་ལའང་གཅིག་མཐུན་གྱི་དབྱེ་ཐབས་དང་དབྱེ་བ་ཞིག་གྲུབ་མེད་སྟོད། འོན་ཀྱང་རྒྱལ་ནང་མཁས་པ་མང་ཆེ་བས་དམངས་སྒྲུང་གི་དབྱེ་བ་ནང་དོན་ནས་འཇོག་པར་གཙིགས་ཆེ་བར་བྱེད་ལ་རྣམ་པ་ཁོ་ནར་བརྟེན་ནས་དབྱེ་བ་བྱེད་པ་ནི་ཚན་རིག་དང་ཅུང་ཟད་མཐུན་དཀའ་བར་གསུངས་པས་གཤམ་དུ་རྒྱལ་ནང་མཁས་པས་དམངས་སྒྲུང་ལ་དབྱེ་བ་ཇི་ལྟར་བྱས་པ་བཀོད་ན་རྒྱའི་མཁས་པ་ཀུང་ཅིང་འོན་གྱིས《དམངས་ཁྲོད་རྩོམ་རིག་རགས་བཤད》《民间文学概论》ནང་དུ་གཙོ་བོར་དམངས་སྒྲུང་གི་ནང་དོན་གྱི་ཁྱད་ཆོས་ལ་བརྟེན་ནས་འཆར་

སྣང་སྒྲུང་幻想故事 འཚོ་བའི་སྒྲུང་生活故事 དམངས་ཁྲོད་བསྟུས་བརྗོད་སྒྲུང་民间寓言 དམངས་ཁྲོད་དགོད་སྒྲུང་民间笑话 བཅས་རིགས་ཆེན་པོ་བཞིར་ཕྱེས་པ་དང་ཨུ་ཡིང་ཨན་གྱིས《དམངས་ཁྲོད་རྩོམ་རིག་རགས་བཤད་》《民间文学概论》ནང་དུ་འཆར་སྣང་ཤུགས་ཆེར་ལྡན་པའི་དམངས་སྒྲུང་དང་འཆར་སྣང་ཅུང་བའམ་མེད་པའི་དམངས་སྒྲུང་ཞེས་དབྱེ་བ་ཆེན་པོ་གཉིས་སུ་ཕྱེས་ལ་འཆར་སྣང་ཤུགས་ཆེར་ལྡན་པའི་དམངས་སྒྲུང་ལའང་ནང་གསེས་རྫུ་འཕྲུལ་གྱི་སྒྲུང་魔法故事 སྲོག་ཆགས་ཀྱི་སྒྲུང་动物故事 འཆར་སྣང་གི་བསྟུས་བརྗོད་སྒྲུང་བཅས་གསུམ་དང་འཆར་སྣང་ཅུང་བའམ་མེད་པའི་དམངས་སྒྲུང་ལ་ནང་གསེས་འཚོ་བའི་སྒྲུང་生活故事 དགོད་བྲོའི་སྒྲུང་笑话 འཆར་སྣང་ཅུང་བའི་བསྟུས་བརྗོད་སྒྲུང་བཅས་དབྱེ་བ་གསུམ་ཕྱེས་པ་དེ་བཞིན་ཐའོ་ཧྲིས་ཕན་གྱིས་དམངས་སྒྲུང་ལ་སྲོག་ཆགས་སྒྲུང་རྫུ་འཕྲུལ་སྒྲུང་འཚོ་བའི་སྒྲུང་སྒྲུང་གྲུང་ཅན་གྱི་མི་སྣའི་སྒྲུང་དང་དགོད་སྒྲུང་བཅས་དབྱེ་བ་བཞིར་ཕྱེས་པ་དང་བོད་ཀྱི་དམངས་ཁྲོད་རྩོམ་རིག་ལ་ཞིབ་འཇུག་གནང་མཁན་ལྷོ་མཐུན་དུང་འཛིན་ཏའོ་ཡིས་བརྩམས་པའི《བོད་ཀྱི་དམངས་ཁྲོད་རྩོམ་རིག》《西藏民间文学》ནང་དུ་བོད་ཀྱི་དམངས་སྒྲུང་ལ་གྲུལ་རིམ་འཐབ་རྩོད་སྐོར་གྱི་སྒྲུང་། ཨ་ཁུ་སྟོན་པའི་སྒྲུང་། གཉེན་སྒྲིག་རང་མོས་བརྩོན་པའི་སྒྲུང་། གདམས་ངག་བསླབ་བྱའི་ནང་དོན་ཅན་གྱི་སྒྲུང་བཅས་དབྱེ་བ་བཞིར་ཕྱེས་སོ། །

དེ་ཡང་བོད་ཀྱི་གཏམ་དཔེར་མཁས་པས་གསུངས་ན་ཅི་ཡང་བདེན་ཞེས་པ་ལྟར་མཁས་པ་སོ་སོས་མི་འདྲ་བ་རེ་དབྱེ་བ་ལ་བདེན་པ་རེ་ཡོད་ནའང་འདིར་ཀྱང་ཅིང་འོན་གྱི་དགོངས་བཞེད་རྩ་བར་བྱས་ནས་དབྱེ་བ་ཁག་བརྗོད་པར་བྱའོ། །

གཅིག འཆར་སྣང་གླུ།

འཆར་སྣང་གི་གླུ་དང་རྫུ་འཕྲུལ་གྱི་གླུ་བྱིས་གླུ་བཅས་དམངས་ཁྲོད་རྩོམ་རིག་གི་ཁྲོད་དུ་དོན་གཅིག་པར་བཤད་ལ་དེ་ནི་འཆར་སྣང་རང་བཞིན་ཅུང་ཟད་ཤུགས་ཆེ་བར་ལྡན་པའི་དམངས་ཁྲོད་ངག་ཐོག་གླུ་དེ་རིགས་ལ་ཟེར་བ་ཡིན།

ཆེས་གདོད་མར་བྱུང་བའི་འཆར་སྣང་གི་གླུ་ལས་གདོད་མའི་སྤྱི་ཚོགས་ཀྱི་མི་རྣམས་ཀྱི་འཚོ་བ་དང་བློ་གདུང་མཚོན་ལ་གྲལ་རིམ་ཡོད་པའི་སྤྱི་ཚོགས་སུ་བྱུང་བའི་འཆར་སྣང་གི་གླུ་གི་ནང་དོན་ཕལ་ཆེ་བ་དོན་དངོས་ཀྱི་འཚོ་བ་མཚོན་པར་ངེས་མོད་འོན་ཀུང་འཆར་སྣང་གི་གླུ་ནང་དོན་དངོས་ལས་བརྒལ་བའི་འཆར་སྣང་གི་ཐབས་ལམ་མམ་ཡ་མཚན་ངོ་མཚར་གྱི་བྱུང་རིམ་དང་མི་སྣ་བྱ་དངོས་གསར་བསྐྲུན་གྱིས་ངལ་རྩོལ་པའི་ཕྱུགས་བསམ་དང་རེ་འདོད་དག་སྐྱོང་བར་བྱས་པས་དོན་དངོས་འཚོ་བ་ཇི་བཞིན་བཀོད་པའི་ཚད་ལས་ཡོངས་སུ་འདས་ཤིང་སྲིད་ན་དཀོན་པའི་མི་སྣ་དང་བྱ་དངོས་ལ་བརྟེན་ནས་མི་ལམ་ལྟ་བུའི་འཚོ་བ་བསྐྲུན་པ་ནི་སྔ་ཕྱི་བར་གསུམ་གྱི་འཆར་སྣང་གི་གླུ་ཀུན་ལ་མཐོང་ཆོས་སུ་ཡོད་པ་ཞིག་གོ། །འཆར་སྣང་གི་གླུ་དེ་ལའང་ནང་དོན་ཐད་ནས་སྒྲོག་ཆགས་ཀྱིས་དྲིན་ལན་འཇལ་བའི་གླུ། ནོར་བུས་བདེ་སྐྱིད་སྟེར་བའི་གླུ། བྱིས་པ་ཡ་མཚན་ཅན་གྱི་གླུ། རིགས་མི་མཐུན་གཉེན་སྒྲིག་པའི་གླུ་ལ་སོགས་པ་དབྱེ་བ་ལས།

1. སྒྲོག་ཆགས་ཀྱིས་དྲིན་ལན་འཇལ་བའི་གླུ།

སྒྲོག་ཆགས་ཀྱིས་དྲིན་ལན་འཇལ་བའི་གླུ་ནི་མི་རིགས་མང་པོའི་ཁྲོད་དུ་དར་ཁྱབ་ཆེ་བའི་གླུ་ཞིག་ཡིན། གླུ་དེ་ནི་སྒྲོག་ཆགས་ཚོས་མིས་རང་ལ་ཕན་པ་བྱས་པར་རང་ནུས་ཅི་ཡོད་ཀྱིས་དྲིན་འཇལ་བའི་ནང་དོན་གཙོར་བཀོད་ཀྱི

དམངས་སྒྲུང་འཆར་སྒོ་འཆར་ཡན་གྱིས་བརྒྱན་པ་ཞིག་ལ་ཟེར།

སྲོག་ཆགས་ཀྱིས་དྲིན་འཇལ་བའི་སྒྲུང་ནང་སྲོག་ཆགས་དེ་ཚོའི་གནས་བབ་ནི་མི་ལས་གལ་ཆེ་བ་ཞིག་ཡིན་ཞིང་གསར་རྩོམ་པས་སྲོག་ཆགས་དེ་ཚོར་མིའི་བསམ་ཡུལ་ལས་འདས་པའི་འཇོན་ཐང་དང་ཡ་མཚན་གྱི་སྟོབས་ཤུགས་མིས་ཀྱང་བསྒྲུབ་པར་དཀའ་བའི་བྱ་བ་སྒྲུབ་པའི་ནུས་པ་ལྡན་པར་བརྗོད་ལ་ནང་དོན་ཐད་དྲིན་ཆེ་ལ་ཉམ་ཆུང་བའི་མིར་ཤེ་གསོན་གྱི་ཉེན་ཁ་དང་གཞན་གྱི་བརྙས་བཅོས་བྱུང་སྐབས་སྲོག་ཆགས་ཀྱིས་ཉེན་ཁ་སེལ་ཞིང་དགྲ་དང་གདུག་རྩུབ་ལས་རྒྱལ་བར་བྱས་པ་དང་ཁོང་ཚོས་ཉམ་ཆུང་གི་མི་རྣམས་ལ་དེ་འདྲའི་ཕན་པ་བྱས་པའང་མི་རྣམས་ཀྱིས་ཁོང་ཚོར་བྱམས་སྐྱོང་དང་ཕན་བཏགས་པ་ལ་དྲིན་ལན་འཇལ་ཕྱིར་ཡིན་པ་བསྟན་ཡོད། དཔེར་ན་བོད་ཀྱི་དམངས་སྒྲུང་《ཙི་ཙིའི་དམག་འཁྲུག》ཅེས་པར་དེ་སྔ་རྒྱལ་པོ་ཞིག་ཡོད་པ་དེར་གཡོག་པོ་ཞིག་ཡོད། རྗེས་སུ་རྒྱལ་པོས་གཡོག་པོ་གསར་པ་ཞིག་བཙལ་ནས་རྒྱལ་པོའི་འཁྲིས་སུ་ཉར། གཡོག་པོ་རྙིང་པ་དེ་ཕྱིར་དོན་སྒྲུབ་པར་བཏང་ངོ་། གཡོག་པོ་དེ་སོང་སོང་བས་གང་མཚམས་ནས་ཙི་ཙི་ཞིག་ཐུག་པ་དེས་ཁྱོད་རང་རྒྱལ་པོའི་གཡོག་པོ་རྙིང་པ་དེ་ཡིན་པས་ཟེར་བྱུང་བ་ལ་ཡིན་བྱས་པས། འོ་ན་སྐྱ་མཆིན་ཉིན་ཞིག་ང་རྒྱལ་པོའི་སར་བཅར་གྱི་ཡིན་པས་ཁྱེད་རང་གིས་སྣན་གསེང་ཞུས་ཤོག་ཨ་ཟེར་བས་ཁོས་ཡོང་ཟེར་ཁས་བླངས་སོ། །

ཉི་མ་ཞིག་སྒོའི་ཕྱི་ནས་ཨུ་ལའོ། ཨུ་ལའོ་ཟེར་སྐད་བཏང་བྱུང་བ་དེར་གཡོག་པོ་གསར་པ་དེས་ལྟ་བར་སོང་བས་སྒོ་འགྲམ་ན་ཙི་ཙི་ཞིག་ལས་གང་ཡང་མེད། ཡར་སོང་ནས་སྒོ་འགྲམ་ན་ཙི་ཙི་ཞིག་གིས་སྐད་གཏོང་བ་ལས་གཞན་གང་ཡང་མི་འདུག་བྱས་པས་གཡོག་པོ་རྙིང་པ་དེའི་སེམས་ལ་སྔར་གྱི་ཙི་ཙི་དེ་ལྟང་ངེར་དྲན་ཏེ་ཁ་སྟོན་ང་དོན་སྒྲུབ་པར་འགྲོ་སྐབས་ཙི་ཙི་ཞིག་གིས་དོན་ཞིག་མངགས་བྱུང་བས་ཁོ་ཡར་ཁྲིད་ཤོག་ཅེས་ལབ། ཙི་ཙི་ཡར་ཡོང་སྟེ་གདན་ཁྲིའི་

སྙང་དུ་བསྣད་ཕོར་པ་ལ་སྟར་ཁོག་ཅིག་བརྟོན་ཏེ་ཇ་ཕོར་པ་གསུམ་བཏུངས་སྙམ་ཅིག་ཁ་བཤགས་ཕྱེད་ཁ་ཞིག་ལ་ཐ་མ་ཁའི་གང་ཟེ་བྱས་དེའི་ནང་རྡུ་རྫི་ཐོག་གང་བླུགས་དེ་ལ་འཛག་མས་ཡུ་བ་བྱས་ཏེ་ཐ་མ་སྙམ་ཅིག་གསུམ་འཐེན་ནས་རྒྱལ་པོ་རིན་པོ་ཆེ། ཐུགས་རྗེས་གཟིགས། ལ་ཕ་གིའི་རྒྱབ་ན་ང་ཚོ་ཅི་ཅི་སྟོང་ཕྲག་གཅིག་ཡོད་པ་ལ་མུ་གེ་བྱུང་སྟེ་ཟ་རྒྱུ་མེད་པས་ལྟོགས་ཤི་ཐེབས་གྲབས་བྱེད་པས་རྒྱལ་པོའི་བང་མཛོད་ནས་འབྲུ་ཁལ་སྟོང་ཕྲག་གཅིག་གཡར་པོ་གནང་རོགས། དུས་སང་སྟོན་ཁ་ཤར་བ་དང་སྐྱིན་ཚབ་འབུལ་ཆོག་པ་མཁྱེན་ཟེར་བས་རྒྱལ་པོས་ག་དུས་ཡོང་ངམ་ཞེས་དྲིས་པར་ལྷ་དོ་དགོང་རང་ཡོང་གི་ཡིན་པས་རྒྱལ་པོས་ཁྲི་ཞུམ་བུ་ཚང་མ་བཅུག སྒོ་སྒེའུ་ཁུང་ཚང་མ་གདང་སྟེ་བཞག་རོགས་གནང་ཞེས་བཤད་ནས་ལོག་ཕྱིན། ནུབ་མོ་དེར་རྒྱལ་པོས་སྒོ་དང་སྒོ་རྒྱུགས་ཕྱེར་ནས་འབྲུ་ཁང་སྒོ་འགྲམ་དུ་སྒུག་བསྡད་ཀྱང་ཅི་ཅི་ཡོང་མཁན་གཅིག་ཀྱང་མ་བྱུང་། སང་ཞོགས་འབྲུ་ཁང་ནང་བལྟ་བར་འགྲོ་སྐབས་ཁང་པའི་ནང་འབྲུ་བླུགས་ཤུལ་ཙམ་ཡང་མེད་པས་རྒྱལ་པོ་དང་བཙུན་མོ་རྒྱག་རེས་ཤོར་གྲབས་བྱས།

ཕྱི་ལོ་ཅི་ཅིར་གྲོ་མའི་ལོ་ལེགས་བྱུང་ནས་གྲོ་མ་སྤྱུ་མེད་པ་ཡུ་བ་མེད་པ་འོད་ཧྲིལ་ཧྲིལ་མང་པོ་བསགས་རྗེས་ཉིན་ཞིག་ཅི་ཅི་དེས་གཡོག་པོ་གཉིས་ཁྲིད་དེ་རྒྱལ་པོའི་དྲུང་དུ་བཅར་ཨུ་ལའོ། ཨུ་ལའོ། བྱས་པས་སུ་རས་ལྟོས་ཤོག་ཟེར་གཡོག་པོས་ཅི་ཅི་རེད་བྱས་པས་ཡར་སྐད་བཏང་། ཅི་ཅི་ཡར་ཡོང་ནས་ཇ་སྟར་ཁོག་གསུམ་བཏུང་ཐ་མ་སྙམ་ཅི་གསུམ་འཐེན་ཏེ་རྒྱལ་པོ་རིན་པོ་ཆེ། ན་ཉིང་ང་ཚོར་བུ་ལོན་བཏང་བ་དེས་ང་ཚོ་ཅི་ཅི་སྟོང་ཕྲག་གཅིག་གི་མུ་གེ་གསོས་སོང་བས་དོ་དགོང་ལམ་སེང་སྐྱིན་པ་འབུལ་བར་བཅར་གྱི་ཡིན། རྒྱལ་པོས་སྒོ་སྒེའུ་ཁུང་ཚང་མ་ཕྱེ་རོགས་གནང་། ཁྲི་ཞུམ་བུ་ཚང་མ་བཅུག་རོགས་རྗེས་ལ་རྒྱལ་པོ་རིན་པོ་ཆེར་དཀའ་ངལ་གང་ཐུག་ནའི་ང་ཚོར་གསུང་རོགས་ང་ཚོས་རོགས་རམ་ཞུས་ཆོག་ཟེར་ནས་ལོག་ཕྱིན། རྒྱལ་པོས་སྒོ་དང་སྒོ་རྒྱུགས་ཕྱེར་ནས་འབྲུ་ཁང་གི་སྒོ་

འགྲམ་དུ་སྒྲུག་བསྡད་ནའང་ཙི་ཙི་ཡོང་མཁན་མ་བྱུང་བས་ཙི་ཙིས་རྫུན་བཤད་ཀྱི་འདུག་ཟེར་ནས་ལོག་ཕྱིན། སང་ཞོགས་འབྲུ་ཁང་ནང་ལྷ་དུས་འབྲུ་ཁང་གྲོ་མས་ཁེངས་ནས་སྣ་ཡང་འཛེབ་ཀྱི་མེད་པས་རྒྱལ་པོས་ད་བསྐྱལ་འདུག་གཱ་ཟེར།

ཡུལ་དེའི་ཆུ་ཕར་བརྒལ་ན་རྫོང་སྟོབས་ཆེན་ཞིག་ཡོད་པ་དེས་རྫོང་ཕ་གིས་ཟླ་ཉིན་ཙི་ཙིར་བུ་ལོན་བཏང་སྟེ་ད་ལོ་ཙི་ཙིས་གྲོ་མ་མང་པོ་བསྐྱལ་ཡོད་པས་དེ་དག་དམག་བརྒྱབ་སྟེ་འཕྲོག་དགོས་ཟེར་ནས་རྟ་དམག་རྐང་དམག་གི་མདུང་སྒྲོགས་ཀྱི་མཚོན་ཆ་རྣམས་གྲབས་བྱས། ཙི་ཙིའི་སྦྱིན་བདག་དེ་ལ་ནི་མི་སེར་ལྔ་བཅུ་ཙམ་ལས་མེད་པས་ཙུ་ཐུག་སྟེ་གཡོག་པོ་རྙིང་པ་དེ་ཁྲིད་ནས་ཙི་ཙིའི་ལུང་པར་སོང་། ཁོ་གཉིས་ཙི་ཙིའི་ལུང་པར་སླེབས་སྐབས་ཙི་ཙིའི་དཔོན་པོ་དེ་ཙི་ཁྲོང་གི་ཁ་ནས་ཁོ་གཉིས་ལ་བལྟས་ནས་བསྡད་ཡོད་ཅིང་ཁོ་གཉིས་འགྲམ་དུ་སླེབས་མཚམས་ལ་ནང་དུ་འཛུལ། དེར་གཡོག་པོས་ད་དཔེ་བསགས་སོང་ཙི་ཙི་གཅིག་ལས་མེད་པ་དེ་ནི་ནང་དུ་འཛུལ་སོང་ཟེར་མཚམས་ལ་ག་ས་གང་ནས་ཙི་ཙི་གྲངས་ལས་འདས་པ་ཐོན་ཡོང་ནས་རྒྱལ་པོ་བཏུམས་ཏེ་རྒྱལ་པོ་ཁྱེད་ལ་སྡུག་པ་ག་རེ་བྱུང་ང་ཚོར་གསུངས་དང་། ང་ཚོས་ཕྲུག་རོགས་ཞུས་ཆོག་ཟེར་བར་རྒྱལ་པོས་ན་ནིང་ཁྱེད་ཚོས་གྲོ་མ་བསྐྱལ་སྐབས་ཆུ་ཕར་ཕྱོགས་ཀྱི་རྫོང་གིས་དམག་བརྒྱབ་རྩིས་བྱེད་ང་དམག་བརྒྱབ་པར་མི་སེར་ལྔ་བཅུ་ཙམ་ལས་མེད། ང་རས་ནི་དམག་འཛོན་གྱི་མེད་བྱས་པས་ཙི་ཙིས་དེ་འདྲ་ཡིན་ན་རྒྱལ་པོ་རིན་པོ་ཆེ་རང་ཕར་ལོག་ཕེབས་ནས་མི་སེར་རྣམས་སྐྱལ་ཏེ་ཐང་བུའི་ཨོག་རིལ་རྒྱ་ཅི་ཡང་མེད་པ་སྟོང་ཕྲག་གཅིག་གཙང་པོའི་ཁར་སྤྲུངས་བཞག་རོགས་བྱས་པས་རྒྱལ་པོས་མི་སེར་དེ་རྣམས་ཁྲིད་དེ་ཨོག་རིལ་སྟོང་ཕྲག་གཅིག་གཙང་པོའི་ཁར་སྤྲུངས་བཞག་སོ།

ཉུབ་མོ་དེར་ཙི་ཙིས་ཨོག་རིལ་རེ་གཙང་པོའི་ནང་གཡུག་དེའི་སྟེང་ཙི་ཙི་རེ་མཚོངས་ཏེ་ཆུ་ཕ་རོལ་དུ་ཕྱིན་ནས་རྒྱལ་པོ་ངན་པའི་དམག་གི་རྟའི་ཡོབ་ཐག་དེ་

ཚོ་ཟས། ཧ་མི་སེམས་ཅན་གྱི་ཨ་ཅོག་བཀོག མེ་སྒྲོགས་ཀྱི་ རྫས་ནང་བྱེ་མ་བླུགས་མེ་སྒྲོགས་ཀྱི་ཁ་ཕར་སློག གོས་རྣམས་རྩབ་ཧྲལ་དུ་བཟོས་པ་སོགས་དམག་ལ་གྲ་སྒྲིག་བྱས་པ་རྣམས་ཚང་མ་མེད་པར་བཟོས་པས་རྒྱལ་པོ་ཁོ་རང་ཡུལ་དུ་ལོག་དགོས་བྱུང་དྲིན་ཆེ་བའི་རྒྱལ་པོ་དེ་དམག་གི་ཉེན་ཁ་ལས་ཐར་རོ། ཞེས་པའི་སྒྲུང་འདིར་མི་དང་ཙི་ཙིའི་བར་དངོས་པོ་གཡར་རེས་དང་ཙི་ཙིས་ཇ་འཐུང་ཐ་མ་ཁ་འཐེན། མི་དང་གཏམ་གླེང་བ་སོགས་འཆར་སྣ་འཆར་ཡན་ཕུན་སུམ་ཚོགས་ཤིང་ལྷག་པར་ཙི་ཙིས་རྒྱལ་པོ་ངན་པ་ཕམ་པར་བྱས་པའི་བརྒྱུད་རིམ་ཡོངས་སུ་རྫོགས་པ་འཆར་སྣ་འཆར་ཡན་ཉིད་དུ་ངེས་པ། ནང་དོན་ཐད་ཙི་ཙིས་རང་གི་ཨུ་གེ་སེལ་བའི་དྲིན་ཅན་རྒྱལ་པོའི་དྲིན་ལན་འཇལ་བ་བརྗོད་པས《ཙི་ཙིའི་དམག་འཁྲུག》ཅེས་པའི་བོད་སྒྲུང་འདི་ནི་སྲོག་ཆགས་ཀྱིས་དྲིན་འཇལ་བའི་སྒྲུང་གི་དཔེ་མཚོན་ཞིག་ཡིན་ཞེས་བཤད་ཆོག

དེ་བཞིན་དུ་ང་ཚོ་བོད་རིགས་ཀྱིས་ཤིན་ཏུ་དགའ་པོ་བྱེད་པའི《མི་རོ་རྩེ་སྒྲུང་》ནང་འཁོད་པའི《དྲིན་ལན་འཇལ་བ》ཞེས་པའི་སྒྲུང་ནང་ཤིན་ཏུ་དབུལ་བའི་ཞིང་པའི་བུས་རང་གི་རྒྱ་ནོར་ཕྲན་བུ་ཡོད་པ་དེས་བྱི་སྤྲུག་དང་སྤྱིལ་སྤྲུག་དོམ་སྤྲུག་གསུམ་གྱི་སྲོག་བསྐྱབས་སྐབས་རྗེས་སུ་ཁོ་རང་ལ་དཀའ་ངལ་ཆེན་པོ་འདྲ་མིན་སྣ་ཚོགས་འཕྲད་སྐབས་སྲོག་ཆགས་དེ་དག་གིས་ནུས་ཤུགས་ཡོད་ཚད་ཀྱིས་དཀའ་ངལ་སེལ་རོགས་བྱས་པ་དང་མཐར་དབུལ་ཞིང་ཕོངས་པའི་ཞིང་པའི་བུ་དེ་རྒྱལ་པོའི་ལོངས་སྤྱོད་ལས་ལྷག་པར་གྱུར་པ་བརྗོད་པ་དང་སོག་པོའི་སྒྲུང《སྤྲིན་སྔོན་ཧ་པོ》ཞེས་པར་གཞོན་ནུ་ཧུའུ་མདའ་རེས་རང་ཉིད་ཉོགས་བཟོད་སྙམ་བཟོད་ཀྱིས་ཧེའུ་སྤྲིན་སྔོན་གསོས་པ་དང་རྗེས་སུ་གཞོན་ནུ་ཧུའུ་མདའ་རེས་དང་ལུག་ཛི་ཧྲན་ཏན་གཉིས་ཀྱི་ལྷད་མེད་བརྩེ་དུང་དང་སྐྱིད་པའི་འཚོ་བར་རྒྱལ་པོས་གནོད་པ་ཐེངས་མང་བྱས་པ་རྣམས་སྤྲིན་སྔོན་ཧ་པོའི་རོགས་རམ་ལ་བརྟེན་ནས་སེལ་ཞིང་མཐར་ཁོ་གཉིས་བདེ་བའི་འཚོ་བར་རོལ་རྒྱུ་བྱུང་བ

བརྗོད་པ་དེ་གཉིས་གོང་བཀོད་དང་འདྲ་བར་སྲོག་ཆགས་ཀྱི་དྲིན་ལན་འཇལ་བའི་ནང་དོན་ཅན་ནོ། །

མདོར་ན། སྲོག་ཆགས་ཀྱིས་དྲིན་ལན་འཇལ་བའི་སྒྲུང་ལ་ཁྱད་ཆོས་འདི་འདྲ་འགའ་ཡོད་པ་སྟེ། གཅིག སྒྲུང་ནང་དུ་མི་གཤིས་ཀྱིས་ཕྱུག་པའི་སྲོག་ཆགས་གང་རུང་ཞིག་ཡོད་ཅིང་གནད་དོན་འཕེལ་རྒྱས་དང་སྦྲགས་ནས་སྲོག་ཆགས་དེ་དང་དེ་རྣམས་ཀྱི་ཁྱད་གཤིས་དང་ནུས་པ་སོགས་བཀོད་འབྲི་བྱས་ཡོད། དཔེར་ན《ཙི་ཙིའི་དམག་འཁྲུག》ནང་གི་ཙི་ཙི་དང《སྤྲིན་སྔོན་རྟ་པོའི》ནང་གི་སྤྲིན་སྔོན་རྟ་པོ་ལྟ་བུ་སྤྱིར་བཏང་གི་ཙི་ཙི་དང་རྟ་ཡི་ཁྱད་ཆོས་ལས་འདས་ཏེ་མིའི་སྤྱི་ཚོགས་ཀྱི་འདུ་ཤེས་དང་མིའི་སྤྱི་ཚོགས་ཀྱི་སྒྲིག་སྲོལ་ཡོད་པ་ཞིག་ཏུ་བཀོད་ཡོད་ལ་སྲོག་ཆགས་དེ་གཉིས་ལ་ཁྱད་གཤིས་དང་ནུས་པ་གང་ལྡན་པའང་ཐོག་མ་ཉིད་ནས་ཁ་གསལ་དུ་ཙོ་སྒྲོད་མེད་པར་མིའི་འགལ་བ་དང་མིའི་འཐབ་རྩོད་ཀྱི་འཕེལ་རྒྱས་དང་སྦྲགས་ནས་ཙི་ཙིས་དམག་ཕམ་པར་བྱེད་ནུས་པ་དང་སྤྲིན་སྔོན་རྟ་པོས་ནམ་མཁར་འཕུར་ཐུབ་ལ་བདུད་བཏུལ་ཐུབ་པ་སོགས་རིམ་བཞིན་བཀོད་འབྲི་བྱས་ཡོད། གཉིས། སྲོག་ཆགས་དང་འབྲེལ་བ་བྱུང་བའི་མི་དེ་སེམས་བཟང་དང་ཉམ་ཆུང་ཞིག་ཡིན་པའི་ཁྱད་ཆོས་ཡོད་དེ་སེམས་བཟང་བ་ལ་བརྟེན་ནས་སྲོག་ཆགས་ལ་རོགས་བྱས་པ་དང་ཉམ་ཆུང་བ་ལ་བརྟེན་ནས་གཞན་གྱིས་གནོད་འཚེ་དང་བརྙས་བཅོས་བྱས་ཤིང་དེ་གཉིས་ཀྱི་གཅིག་མཐུན་རང་བཞིན་ལས་སྲོག་ཆགས་ཀྱིས་དྲིན་ལན་འཇལ་བའི་ནང་དོན་འབུར་དུ་ཐོན་པ་ཡིན། གསུམ། སྒྲུང་ནང་མཐའ་མའི་བདེ་བའི་བདག་པོ་དེ་ཉམ་ཆུང་ངམ་དབུལ་ཕོངས་སེམས་བཟང་ཅན་དེ་ཡིན་པ་གཅིག་མཐུན་ཡིན་པས་རྩོམ་པ་པོའི་དགའ་སྡང་ཞེན་ཆགས་རྗེན་པར་མཚོན་ལ་ཀུན་སྤྱོད་སློབ་གསོའི་ནུས་པའང་གལ་ཆེན་ལྡན་པའོ། སྒྲུང་དེའི་སྤྱིར་བཏང་གི་གྲུབ་ཆའམ་སྒྲིག་གཞི་འདི་ལྟར།

ཀ དབུལ་ཕོངས་སམ་སེམས་བཟང་ཅན་གྱི་མི་དེ་དང་སྲོག་ཆགས་ཕན་ཚུན་

འཕྲད་པ།

ཁ དེའི་ཚེ་སྒྲིག་ཆགས་དེར་དཀའ་ངལ་ཆེན་པོ་ལྡན་ཡོད་པ།

(1) གཞན་གྱིས་སྒྲིག་འཕྲོག་པའི་དཀའ་ངལ།

(2) ནད་ཀྱི་དཀའ་ངལ།

(3) ལྟོགས་སྐོམ་གྱི་དཀའ་ངལ།

(4) དེ་མིན།

ག མིས་རང་འགྲུལ་ལམ་སྒྲིག་ཆགས་ཀྱི་རེ་འདོད་ལྟར་རོགས་བྱས་པ།

(1) སྒྲིག་བསྐྱབས་པ།

(2) ལྟོགས་སྐོམ་སེལ་བ།

(3) དེ་མིན།

ང མི་དེར་དཀའ་ངལ་ཆེན་པོ་འཕྲད་པ།

(1) དམག་བྱུང་བ།

(2) དཔོན་པོ་ངན་པས་བསྒྲུབ་པར་དཀའ་བའི་ལས་བྱེད་དུ་བཙུག་པ།

(3) ལུས་ཁམས་ལ་ན་ཚ་བྱུང་བ།

(4) དེ་མིན།

ཅ སྒྲིག་ཆགས་ཀྱིས་ཤེས་ནས་དཀའ་ངལ་སེལ་རོགས་བྱས་པ།

(1) དམག་རོགས་བྱས་པ།

(2) དཔོན་ངན་བསད་པ།

(3) བསྒྲུབ་དཀའི་བྱ་བ་བསྒྲུབས་པ།

(4) དེ་མིན།

ཆ མཐར་མི་ཉིད་བདེ་ཞིང་སྐྱིད་པར་རོལ་བ།

སྒྲིག་ཆགས་ཀྱིས་མིའི་དཀའ་ངལ་སེལ་རོགས་བྱས་པའི་སྐོར་ལ་འཆར་སྒོ་འཆར་ཡན་གྱི་རང་བཞིན་ཆེས་ཤུགས་ཆེར་ལྡན་པ་སྒྲུང་དེ་རིགས་ཀྱི་ཐུན་མོང་གི་ཁྱད་ཆོས་སུ་མངོན་ནོ། །

2. ནོར་བུས་བདེ་སྐྱིད་སྟེར་བའི་སྒྲུང་།

ནོར་བུས་བདེ་སྐྱིད་སྟེར་བའི་སྒྲུང་དེ་རིགས་ནི་གཙོ་བོར་ཡ་མཚན་གྱི་ནོར་བུ་དེར་བརྟེན་ནས་ངལ་རྩོལ་པ་རྣམས་དགྲ་དང་གདུག་རྩུབ་ལས་རྒྱལ་བ་དང་རང་ལ་གང་དགོས་ཀྱི་རྒྱུ་ནོར་ལོངས་སྤྱོད་བྱུང་བར་བརྗོད་པའི་དམངས་སྒྲུང་དག་ལ་ཟེར་བ་ཡིན། སྒྲུང་རིགས་འདི་འཛམ་གླིང་རང་བཞིན་ལྡན་པའི་སྒྲུང་རིགས་ཤིག་ཡིན་ཞིང་སྒྲུང་ནང་གི་ནོར་བུར་རང་འཐག་དང་། དྲིལ་བུ། སྦྲུ་གུ། ལྡེ་མིག དཀར་ཡོལ། སྣམ་ཆུང་ལ་སོགས་མང་ལ་ནུས་པའང་འདྲ་མིན་སྣ་ཚོགས་པ་ཡིན་མོད། འོན་ཀྱང་དེ་དག་ལ་ཐུན་མོང་གི་ཁྱད་ཆོས་ཤིག་ཡོད་པ་ནི་ཉམ་ཆུང་དང་སེམས་བཟང་ངལ་རྩོལ་པ་དང་ཚོག་ཤེས་ཅན་གྱིས་བདག་གིར་བྱེད་ཚེ་གཞི་ནས་ནོར་བུས་ནུས་པ་ཐོན་ཅིང་། གལ་ཏེ་བཤུ་གཞོག་པ་དང་། ལེ་ལོ་ཅན་གདུག་རྩུབ་ཅན་དང་། ཚོག་མི་ཤེས་པ་དག་གིས་བདག་གིར་བྱེད་ཚེ་ནུས་པ་ཡལ་བའམ་ལྡོག་པའི་ནུས་པ་ཐོན་པ་འདིས་ནོར་བུ་དེ་དག་ནི་ངལ་རྩོལ་མི་དམངས་ཀྱི་ཕྱུགས་བསམ་དང་རེ་འདོད་བཟང་པོ་མངོན་འགྱུར་ཆེད་འཆར་སྣང་དང་རྟོག་བཟོ་བྱས་པ་ཞིག་ཡིན། དཔེར་ན། ཁྲའོ་ཤན་རིགས་ཀྱི་དམངས་སྒྲུང་《འཕྲུལ་གྱི་རང་འཐག》ཅེས་པར་གནའ་སྔ་མོ་གཅེན་གཅུང་གཉིས་ཡོད་པ་གཅེན་པོ་ནི་རྒྱུ་ཟམ་ཤིན་ཏུ་ཆེ་བས་ཕ་མེས་ཀྱིས་བཞག་པའི་རྒྱུ་ནོར་ཡོངས་རྫོགས་རང་གཅིག་པུས་བདག་གིར་བྱས། གཅུང་པོ་ནི་གཅེན་པོ་ལས་ལྡོག་སྟེ་སེམས་བཟང་བ་དང་གཞན་ལ་དགའ་ངལ་ཡོད་ཚེ་རོགས་བྱེད་རྒྱུར་དགའ་བ་ཞིག་གོ། འོན་ཀྱང་གཅུང་པོ་འཚོ་བ་ཤིན་ཏུ་སྐྱོ་བས་ལྟོ་ཐོར་པ་གང་ལ་བཟའ་ཐངས་དུ་མ་བྱེད་དགོས་པ་ཡིན།

ལོ་གསར་སླེབས་ཉེར་ཡོད་པའི་སྐབས་གཅུང་པོའི་ཁྱིམ་དུ་འབྲས་རྡོག་གཅིག་ཙམ་ཡང་མེད་པས་གཅེན་པོའི་འཁྲིས་སུ་བཟའ་ཟླ་མངགས་ཏེ་འབྲས་ཕྲན་ཙམ་གཡར་པོ་ཞུས་པར་ལག་སྟོང་དུ་ལོག་རྒྱུ་ལས་མ་བྱུང་གཅུང་པོ་རང་

ཉིད་གཡར་བར་ཕྱིན་པས་འབྲས་གཡར་རྒྱུ་ཕར་བཞག་གཤེ་གཤེ་ཚད་མེད་པ་ཞིག་བཏང་། གཅུང་པོ་དེ་སེམས་ཤིན་ཏུ་སྐྱོ་བའི་ངང་ལོག་ཡོང་བའི་ལམ་བར་སེམས་བཟང་བའི་ཁྱིམ་མཚེས་ཤིག་འཕྲད་ནས་འབྲས་ཕྲན་བུ་གཡར་ནོ། །སླར་ལམ་དུ་ཆས་ནས་ཡོང་བའི་སྐབས་རྐན་པོ་ཕྲག་པར་རང་འཐག་འཁྱིར་བ་ཞིག་དང་འཕྲད་པས་རྐན་པོས་གཅུང་པོ་དེར་རྐན་པོ་ང་རའི་བཟའ་ཟླ་ནད་ཀྱིས་མནར་ཞིང་ཉིན་འགའ་བཟའ་བཏུང་གཏན་ནས་མེད་པས་ཁྱེད་རང་གི་འབྲས་དེ་ངར་གཡར་རོགས་ཞུས་པ་ལྟར་གཅུང་པོས་རྐན་པོའི་སྐྱིད་སྡུག་ལ་སྙིང་རྗེ་སྐྱེས་ནས་འབྲས་ཕྲན་ཙམ་བྱུང་བ་དེ་རྐན་པོར་སྤྲད། རྐན་པོ་དེ་དགའ་ཐག་ཆོད་ཅིང་རིན་དུ་སྤྲོད་བྱེད་དངོས་པོ་གཞན་མེད་པས་རང་འཐག་དེ་གཅུང་པོ་དེར་ཐུགས་རྗེའི་ཚུལ་དུ་སྤྲད་དོ། །

གཅུང་པོ་དེ་ནང་དུ་སླེབས་རྗེས་ལམ་བར་གྱི་གནས་ཚུལ་དེ་བཟའ་ཟླར་བཤད་པས་བཟའ་ཟླས་རྣམ་འགྱུར་ངན་པ་བསྟན་རྒྱུ་ཕར་བཞག་དེ་ལྟར་བྱས་པ་ཤིན་ཏུ་ལེགས་ཞེས་བསྟོད་བསྔགས་བྱས། དེ་ནས་ཁོང་ཚོས་ཧྲོགས་ངན་གསོ་ཆེད་སྲན་མ་ཕྲན་བུ་ཡོད་པ་དེ་རང་འཐག་དེར་བཏགས་བཟའ་ཟླས་རང་འཐག་འཐག་གིན་འཐག་གིན་སྲན་མ་དེ་དག་འབྲས་ལ་འགྱུར་ན་དགའ་བ་ལྷ་ཟེར་གཅིག་ལབ་བརྒྱབ་པས་དངོས་གནས་རང་འཐག་ལས་འབྲས་མང་པོ་བྱུང་། ཡང་ཤ་ཚལ་ཕྲན་བུ་ཐོན་ན་སྙམ་ཀུར་སྙེར་ཆོག་པས་ཤི་ནའང་འགྱོད་པ་མེད་ཟེར་བས་ཤ་ཚལ་མང་དུ་བྱུང་ངོ་། །

གཅུང་པོར་རང་འཐག་དེ་ཡོད་པས་གྲོང་ཚོའི་དབུལ་པོ་རྣམས་ལ་ཉིན་ལྟར་ཤ་ཚལ་སོགས་མང་དག་སྦྱིན་པ་གཅེན་པོས་ཤེས་ནས་གཅུང་པོའི་རང་འཐག་དེ་རང་ལ་བྱུང་འདོད་ཀྱིས་གཅུང་པོའི་སར་ཕྱིན་ནས་ཐབས་མཁས་ཀྱིས་རང་འཐག་དེ་གཡར། གཅེན་པོར་རང་འཐག་དེ་བྱུང་བས་ཉིན་འགའ་ཕྱི་ལ་ཡང་མ་ཐོན་པར་རང་འཐག་དེ་ལས་བྱུང་བའི་ཤ་ཚལ་དང་ཨ་རག་གིས་བག་

མེད་འཚོ་བར་རོལ་བ་མ་ཟད་གསེར་དངུལ་ཟངས་ལྕགས་སོགས་རིན་པོ་ཆེས་སྟེང་ཤོད་མེད་པ་གཏམས། རང་འཐག་སྐྱོད་དུས་ཉེ་བར་སླེབས་སྐབས་ཁོ་ལ་རང་འཐག་བདག་གིར་བྱ་འདོད་སྐྱེས་ནས་གྲུ་ཆེན་པོ་ཞིག་གི་ནང་དུ་རིན་པོ་ཆེ་རྣམས་བླུགས་ཏེ་གླིང་ཕྲན་གཞན་ཞིག་ཏུ་བྲོས་སོ། ། དེར་ཁོས་ཨ་རག་དང་ཤ་ཚལ་སོགས་ཡུན་རིང་ལོངས་སྤྱོད་བྱས་པས་ཞེ་ལོག་སྐྱེ་ཚ་ཁུ་ཟ་འདོད་ཤར། རང་འཐག་ལ་རྩྭ་དགོས་པར་ལབ་ཅིང་རྩྭ་འཐོན་པའི་སྐབས་ཁོ་ར་བཟི་ནས་གཉིད་དུ་ཤོར་བས་རང་འཐག་ལས་རྩྭ་ཚད་མེད་འཐོན་ཏེ་གྲུ་མནན་ཁོ་རང་ཤི་རང་འཐག་ཀྱང་རྒྱ་མཚོའི་ནང་ལྷུང་ངོ་། །འོན་ཀྱང་རང་འཐག་དེ་རྒྱ་མཚོའི་ནང་ད་དུང་འཁོར་བཞིན་ཡོད་པས་རྒྱ་མཚོའི་ཆུ་ད་ལྟའང་ཚྭ་ཁུ་ཡིན་ནོ། ཞེས་སྒྲུང་ནང་འཁྲུལ་གྱི་རང་འཐག་དེས་སེམས་བཟང་ལ་དབུལ་ཞིང་ཕོངས་པའི་གཅུང་པོ་ནང་མིར་བཅས་པ་ལ་བདེ་སྐྱིད་ཀྱི་འཚོ་བ་བསྐྲུན་པ་དང་རྒྱུ་རྫམ་ཆེ་བའི་གཅེན་པོར་མཇུག་འབྲས་ངན་པ་ཐོབ་པ་བརྗོད་ཅིང་རང་འཐག་ལས་འབྲས་དང་ཤ་ཚལ་གསེར་དངུལ་ཟངས་ལྕགས་ཅི་འདོད་བྱུང་བ་དེ་འདྲའི་འཆར་ཡན་དག་ནི་རྩོམ་ཡིག་དེས་མི་སེམས་རབ་ཏུ་འཕྲོག་པའི་ཆ་ཤས་དེ་ཡིན་ཞིང་ངལ་རྩོལ་པས་རང་འཐག་དེར་བརྟེན་ནས་དོན་དངོས་འཚོ་བའི་ནང་དབུལ་ཕོངས་ལ་ཡོང་ཐབས་བྲལ་བའི་འཚོ་བ་དེ་མངོན་འགྱུར་བྱས་ཡོད།

དེ་དང་འདྲ་བར་བོད་ཀྱི་དམངས་སྒྲུང་《རྡོའི་སེང་གེ་ཁ་གདངས་པ་》ཞེས་པར་ཐར་རི་ཆེན་པོ་ཞིག་གི་ཅ་ན་ཁྱིམ་ཚང་ཕྱུག་པོ་ཞིག་དང་དབུལ་པོ་ཞིག་ཡོད་ལ་དབུལ་པོའི་ཕས་རིར་ཤིང་འཐུ་སྐབས་ཉིན་རེ་བཞིན་རྡོའི་སེང་གེ་ཞིག་ཡོད་པ་དེར་ཟན་གྱི་ལྷག་མ་རྣམས་ཀྱིས་མཆོད་པས་མཐར་ཉིན་ཞིག་རྡོའི་སེང་གེ་དེས་མིའི་སྐད་སྨྲ་ཞིང་དབུལ་པོ་དེར་གསེར་མང་པོ་བྱིན། ཕྱུག་པོས་གནས་ཚུལ་དེ་ཤེས་རྗེས་དབུལ་པོའི་ཆས་སུ་བྱས་ནས་ཟས་ལྷག་མ་རྣམས་ཀྱིས་རྡོའི་སེང་གེ་མཆོད་མཐར་རྡོའི་སེང་གེས་གསེར་སྟེར་རྒྱུའི་ཁས་ལེན་ནས་གསེར་སྟེར་ནའང་

ཕྱུག་པོའི་འདོད་ཛམ་ཀྱིས་སེང་གེའི་བསླབ་བྱ་དང་འགལ་བས་ཕྱུག་པོ་དེ་ལྷོ་ལམ་དུ་བཏང་བ་ཡིན་ནོ། ཞེས་གོང་བཀོད་དང་མཚུངས་པར་ཚིག་ཤེས་ཅན་དང་འདོད་ཛམ་ཅན་གྱི་མི་སྣ་གཉིས་པོའི་མཐའ་མར་ཐོབ་པའི་ལས་དབང་ནི་ཡོངས་སུ་མི་འདྲ་བ་དང་ཇོའི་སེང་གེའི་ཁ་ལས་གསེར་བྱུང་བ་དང་མིའི་སྐད་སློ་བ་དང་དབུལ་ཕོངས་ལ་བདེ་སྐྱིད་བསྐྱུན་པ་བཅས་ནི་ཡིད་དུ་འོངས་པའི་འཆར་ཡན་ཞིག་གོ། །

ནོར་བུས་བདེ་སྐྱིད་སྟེར་བའི་སྒྲུང་འདི་ཡང་ཁྱབ་ཆེ་ལ་གྲངས་མང་བ་ཞིག་སྟེ་མོང་གོལ་རིགས་ལ་《ལྷའི་ལྡེ་མིག་》ཡའོ་རིགས་ལ་《ལྷ་སྒྲུག་》མནའ་ཤིའི་རིགས་ལ་《དགོས་འདོད་དཀར་ཡོལ་》ཡི་རིགས་ལ་《འཕྲུལ་གྱི་ཕྲག་རྒྱུགས་》ཐོད་རིགས་ལ་《གསེར་གྱི་ཐུར་མ་》 《སོ་ནམ་པ་དང་རྒྱལ་པོ་གཏུམ་པོ་》སོགས་མང་བས་ཤེས་སོ། །

མདོར་ན། ནོར་བུས་བདེ་སྐྱིད་སྟེར་བའི་སྒྲུང་དེ་རིགས་ཀྱིས་ནོར་བུ་དང་ནོར་བུའི་ཁྱད་ནུས་རྣམས་དོན་དངོས་འཚོ་བའི་ནང་དུ་བྱུང་ཐབས་མེད་པ་ཞིག་ཡིན་ནའང་ངལ་རྩོལ་མི་དམངས་ཀྱི་དབུལ་ཞིང་ཕོངས་པའི་འཚོ་བ་དང་བཙན་པོ་དང་ཕྱུག་པོའི་བཤུ་གཞོག་གི་དོན་དངོས་ལས་སྐྱེས་པའི་འཆར་སྣང་འཆར་ཡན་ཞིག་ཡིན་སྟབས་དོན་དངོས་ཀྱི་འཚོ་བ་མཚོན་པ་ལ་མཚོག་གྱུར་གྱི་ནུས་པ་ཞིག་ལྡན་ནོ། །

ནོར་བུས་བདེ་སྐྱིད་སྟེར་བའི་སྒྲུང་དེ་རིགས་ཀྱི་སྤྱིར་བཏང་གྲུབ་ཆའམ་སྒྲིག་གཞི།

ཀ སྟབས་བདེའི་ངང་ནས་མི་སྣ་ངོ་སྤྲོད་བྱེད་པ།

(1)དཔོན་གཡོག

(2)གཅེན་གཅུང་།

(3)ཁྱིམ་མཚེས།

(4)གྲོགས་ཕན་ཚུན།

(5)དེ་མིན།

དེ་ལས་གཅིག་ནི་ཐམ་འདོད་ཅན་ནམ་གདུག་རྩུབ་ཅན་ཏེ་ཕྱོག་ཕྱོགས་དང་གཅིག་ནི་དབུལ་ཞིང་ཕོངས་ལ་ཆོག་ཤེས་ཅན་ཏེ་དྲང་ཕྱོགས་ཡིན།

ཁ　ནོར་བུ་དེ་རིགས་སེམས་བཟང་ཅན་ནམ་དབུལ་ཕོངས་དེར་བྱུང་བ།

(1)གཞན་གྱིས་སྐྱེར་བ།

(2)རྙེད་པ།

(3)རིན་དུ་སྒྲས་པ།

(4)དེ་མིན།

ག　དབུལ་ཕོངས་ལ་ནོར་བུ་བྱུང་བས་བདེ་སྐྱིད་ཀྱི་འཚོ་བ་བྱུང་བ།

ང　ཐམ་འདོད་ཅན་དེས་ནོར་བུ་དབང་བ།

(1)དབང་ཤེད་ཀྱིས་འཕྲོག་པ།

(2)ཐབས་ཀྱིས་འཕྲོག་པ།

(3)དེ་མིན།

ཅ　དེ་ལས་འབྲས་ངན་བྱུང་བ།

(1)ནོར་བུའི་ནུས་པ་ཡལ་བ།

(2)ཕྱོག་པའི་ནུས་པ་ཐོན་པ།

(3)དེ་མིན།

གོང་བཀོད་གྲུབ་ཆ་དག་ལས་དབུལ་ཕོངས་ལ་ནོར་བུ་བྱུང་ཚུལ་དང་ནོར་བུས་བདེ་སྐྱིད་བསྐྲུན་ཚུལ་འདོད་ཐམ་ཅན་ལ་འབྲས་ངན་བྱུང་ཚུལ་བཅས་ལ་འཆར་སྒོ་འཆར་ཡན་གྱི་ཁྱད་ཆོས་ཤུགས་ཆེར་ལྡན་པ་ཡིན་ནོ།།

3. བྱིས་པ་ཡ་མཚན་ཅན་གྱི་སྒྲུང་།

བྱིས་པ་ཡ་མཚན་ཅན་གྱི་སྒྲུང་ཞེས་པ་ནི་བྱིས་པ་ཡ་མཚན་ཅན་དེས་བསམ་ཡུལ་ལས་འདས་པའི་བྱ་བ་བསྒྲུབས་པ་ལས་བདེ་སྐྱིད་ཕུན་ཚོགས་ཀྱི་འབྲས་བུ་

ཐབ་པར་བརྗོད་པའི་དམངས་ཁྲོད་ཀྱི་ངག་ཐོག་སྒྲུང་ཞིག་ཡིན།

སྒྲུང་སྣ་འདི་འཛམ་གླིང་དམངས་རྩོམ་ནང་རྟག་ཏུ་མཐོང་རྒྱུ་ཡོད་པ་ཞིག་ཡིན་ལ་དེ་ཚོའི་བརྩམ་བྱ་སྤྱིར་བཏང་འདི་ལྟ་བུ་སྟེ། ཀན་ཀོན་བཟའ་ཚོ་གཉིས་སམ་ཡང་ན་བུ་མེད་ཀྱི་བཟའ་ཚོ་གཉིས་ལ་འཚོ་བའི་བརྒྱབ་རྟེན་དང་འཚོ་བའི་སྒྲོ་སྣང་སོགས་གང་ཡང་མེད་པས་རང་ལ་སྒྲོ་བ་སྐྱེར་བའི་བུ་ཕྲུག་ཅིག་བྱུང་འདོད་ཀྱི་བསམ་པ་ཤུགས་ཆེར་སྐྱེས་ཏེ་ལྷ་ཀླུ་གཞི་བདག་སོགས་ལ་གསོལ་བ་བཏབ་པས་ལོ་ཀན་སོ་མེད་ཀྱི་དུས་སུ་བུ་ཕྲུག་ཡ་མཚན་ཅན་འགའ་རེ་སྤྲུལ་པའི་གཟུགས་འགའ་རེ་གཟུགས་མཐེ་བོང་ཙམ་འགའ་རེ་སྲོག་ཆགས་འཇིགས་སྣང་ཅན་གྱི་གཟུགས་འཛིན་པ་ཞིག་ཡ་མཚན་གྱི་སྐྱེས་ཐབས་ལས་བྱུང་བས་ཀན་ཀོན་གཉིས་ཀྱིས་དེར་སྣང་ཆུང་ཞིང་སྣང་སྤངས་ཏེ་ནུས་པ་ཅི་ཡོད་ཀྱིས་བདག་སྐྱོང་བྱས་མཐར་བུ་ཡ་མཚན་ཅན་དེས་བསམ་ཡུལ་ལས་འདས་པའི་དོན་བསྒྲུབས་ནས་ཀན་ཀོན་དང་བཅས་སྐྱིད་པའི་འཚོ་བར་རོལ་རྒྱུ་བྱུང་བ་བརྗོད་པ་ཞིག་ཡིན། དཔེར་ན། བོད་ཀྱི་དམངས་སྒྲུང་《སྤྲེལ་པ་དང་སྲས་མོ་》ཞེས་པར་རྫར་རྒྱལ་པོ་ཞིག་ལ་སྐྱེས་གཟུགས་མཛེས་པའི་སྲས་མོ་ཆེ་འབྲིང་ཆུང་གསུམ་ཡོད། རྒྱལ་པོས་དེ་གསུམ་རང་གི་ཞོར་བུར་བཅོས་ནས་བསམ་ཐོག་འོང་བའི་མག་པ་བསྒུ་བར་འདོད་དེ་ཕྱོགས་བཞི་མཚམས་བརྒྱད་ནས་རྒྱལ་སྲས་མང་པོས་བསླངས་ཏུང་སྐྱེར་མ་ནུས་སོ། །

རྒྱལ་པོའི་ཕོ་བྲང་ནང་ཆུ་ལེན་པའི་གཡོག་མོ་བགྲེས་མོ་ཞིག་དང་ཁྱོ་བོ་ཁྲལ་པ་གཉིས་ཚོ་གང་ཁྲལ་པ་བྱས་ཀྱང་དབུལ་ཞིང་སྡུག་པས་རྒྱུན་པར་ཁ་ཆད་དང་ལྟོ་ཆད་བྱུང་ནས་རྩམ་པ་ཡང་ཟ་རྒྱུ་མ་བྱུང་།

ལོ་དེར་ཀན་མོའི་ཕུས་མོར་སྐྲང་འབུར་ཞིག་བྱུང་སྟེ་ཉིན་རེ་བཞིན་ཆེར་སོང་། མཐར་ཀན་མོའི་ཕུས་མོའི་སྐྲང་འབུར་གས་ནས་དེ་ལས་སྤྲེལ་པ་ཞིག་བྱུང་། ཀན་ཀོན་གཉིས་ཀྱིས་སྤྲེལ་པ་བྱམས་པས་སྐྱོང་ཞིང་གསོས་སོ། བུ་སྤྲེལ་

པ་ཆེར་ཕོངས་ཏེ་ཨ་མ་རྒྱལ་པོའི་སྲས་མོ་མནའ་མར་སློང་དུ་བཏང་བ་ལ་རྒྱལ་པོས་མ་སྟེར། བུ་སྤྲུལ་པ་རང་ཕྱིན་ནས་སློང་བས་རྒྱལ་པོས་ང་རང་གི་བུ་མོ་མེ་ཏོག་འདྲ་བ་དེ་ལྟས་ངན་སྦི་བ་འདྲ་བ་ཁྱོད་ལ་ཆུང་མར་སྟེར་རམ་ཁྱོད་ཕར་སོང་ཞིག་གལ་ཏེ་མི་འགྲོ་ན་སྟག་ཁྲི་གཟིག་ཁྲི་ཐད་ནས་ཕྱུར་མེད་བྱེད་དུ་འཇུག་ཟེར། དེ་ལ་སྤྲུལ་པས་བུ་མོ་མནའ་མར་མི་སྟེར་ན་དགོད་པ་ཡིན་ཞེས་དགོད་པས་ས་གཞི་གཡོས་ཕོ་བྲང་གི་ཁང་པ་ཡོམ་ཡོམ་བྱས་པས་རྒྱལ་པོ་འཇིགས་ཤིང་སྐྲངས་ནས་སྒེའུ་ཁུང་ནས་མགོ་ཕྱིར་བུད་དེ་ཁྱོད་མ་དགོད་དང་ང་སོང་ནས་བུ་མོ་ཚོ་ལ་སུས་ཁྱོད་ཀྱི་ཆུང་མ་བྱེད་འདོད་པ་འདྲི་ཟེར་ནས་ནང་དུ་སོང་སྟེ་བུ་མོ་ཆེ་བར་དྲིས་པས་བུ་མོ་ཆེ་བ་ན་རེ། ཨ་ཕ་ལགས། ཁྱེད་ང་ལ་ཐུགས་མི་དགྱེས་པ་ཡིན་ནམ་དེ་མིན་ན་ང་རང་ཆུ་ལེན་ཀན་མོའི་བུ་ལ་ཆུང་མར་སྟེར་དོན་ཅི་ཁོ་ཡང་ཆུང་ཞིང་བཙོག་པའི་སྤྲུལ་པ་ཞིག་མིན་ན་ཡང་ཚོག་པ་ལ་ཨང་ང་རང་ཤི་ཡང་འགྲོ་མི་འདོད་ཟེར།

རྒྱལ་པོ་དེ་སླར་འོངས་ནས་སྤྲུལ་པ་ལ། ངའི་བུ་མོ་སྤྲུལ་པ་ཁྱོད་ལ་ཆུང་མར་སྟེར་བ་ལ་ང་རང་མི་འཐད་པ་མིན་ཀྱིས་བུ་མོ་རང་ཉིད་མི་འཐད་པར་འདུག་ཁྱོད་ཆུང་ཞིང་བཙོག་པ་ལ་ཐན་བཤད་རྒྱག་ཟེར་བ་ལ། སྤྲུལ་པ་ན་རེ། འོ། ཁྱོད་ཀྱིས་བུ་མོ་ད་དུང་ང་ལ་ཆུང་མར་སྟེར་མི་འདོད་ན་ང་ངུ་བ་ཡིན་ཟེར་བར་རྒྱལ་པོ་ན་རེ་ཁྱོད་ངུ་འདོད་ན་ངུ་ཚོག་ཟེར་བ་ལ་སྤྲུལ་པ་ཆུང་ཆུང་གིས་ཁ་ཆེན་པོ་གདངས་ནས་ཧུ་ཧུ་ཧུ་ཞེས་ངུས་པས་མིག་ཆུ་དྲག་ཆར་ལྟར་བབས་ཏེ་རྒྱལ་པོའི་ཕོ་བྲང་ཉེ་འཁོར་ཀུན་ལ་ཆུ་འཁྱིལ་ནས་ཛེ་མང་ཛེ་མང་ལ་སོང་། བལྟས་བལྟས་རིག་རིག་ལ་ཕོ་བྲང་ཆུས་སྣུབ་ལ་ཁད་བྱས་ཤིང་ཆུ་ད་དུང་སྦུབ་པ་མཐོང་བས་རྒྱལ་པོ་དེ་ཧ་ཅང་སྐྲག་ནས་ཁྱོད་མ་ངུ་དང་ང་སླར་འགྲོ་ལ་སུས་ཁྱོད་ཀྱི་ཆུང་མ་བྱེད་འདོད་པ་འདྲི་ཞེས་སྐད་ཆེན་པོ་བརྒྱབ་སྟེ། ཡང་ནང་ལ་སོང་ནས་བུ་མོ་འབྲིང་བར་དྲིས་པས་གཡོག་མོའི་བུའི་ཆུང་མར་མི་འགྲོ་ཟེར་བས་རྒྱལ་

པོས་སླར་བརྒྱུགས་ནས་སྤྲུལ་པ་ལ་བུ་མོ་འཁྱིད་བས་ཀྱང་ཁྱོད་ཀྱི་ཆུང་མ་བྱེད་མི་འདོད་ཟེར་བ་ལ་སྤྲུལ་པས་སྟེར་མི་འདོད་ན་ང་མཚོང་ལྡིང་བྱེད་པ་ཡིན་ཟེར་བར། རྒྱལ་པོས་མཚོངས་ལྡིང་བྱེད་འདོད་ན་གང་དགར་གྱིས་ཞེས་པས་སྤྲུལ་པ་དེས་མཚོང་ལྡིང་བྱས་པས་ཕོ་བྲང་གི་ཁང་པ་ཐམས་ཅད་སྟེང་འོག་བསྒྱུར་བ་ལྟར་ཡོམ་ཡོམ་བྱས་པས་རྒྱལ་པོས་སྔར་ལྟར་ཁྱོད་དེ་ལྟར་མ་བྱེད་ངས་སོང་ནས་དྲིས་ཟེར་ཏེ་བུ་མོ་ཆུང་བར་དྲིས་པས་བུ་མོ་ཆུང་བས་ཁོ་ལ་མཐུ་རྩལ་ཆེན་པོ་དེ་འདྲ་ཡོད་ན་གཡོག་མོའི་བུ་ཡིན་ཡང་སྐྱོན་མེད། ཕ་མ་སྐྱོབ་ཕྱིར་སྤྲུལ་པའི་ཆུང་མ་བྱས་ཀྱང་ཆོག་ཅེས་སྤྲུལ་པའི་མནའ་མར་སོང་།

དེ་ནས་སྤྲུལ་པ་མ་བུ་བཟའ་ཚོ་ཞག་གཅིག་འདས་ནས་སྔོ་མོ་བལྟས་ཚེ་ཁོ་ཚོ་འདུག་སའི་ཁང་པ་དེ་ནི་ཁང་བརྩེགས་རྒྱ་ཆེན་པོ་ཞིག་ཏུ་གྱུར་ཡོད། དེ་ནས་བཟུང་ཁོང་ཚོ་ཤིན་ཏུ་སྐྱིད་པའི་འཚོ་བར་རོལ་རྒྱུ་བྱུང་བ་ལ་སྲུས་མོ་ཆེ་བ་གཉིས་ཕྲག་དོག་ལངས་ནས་གཅུང་མོ་བསད་གཅེན་མོས་གཅུང་མོར་བརྫུས་སྤྲུལ་པ་དང་མཉམ་དུ་དུས་འགའ་འཚོ་བ་བསྐྱལ་མཐར་སྤྲུལ་པས་དོན་རྣམས་རྟོགས་ནས་སྲུས་མོ་ཆེ་བ་གཉིས་བསྒྲད། སླར་འཚོ་བའི་རང་གི་བཟའ་ཟླ་དང་བཅས་བདེ་བའི་འཚོ་བར་རོལ་ལོ། །ཞེས་སྒྲུང་འདིའི་ནང་བཟའ་ཚོ་གཉིས་ལོ་ན་ཀས་པའི་སྐབས་གཞི་ནས་རྣམ་པ་ཡ་མཚན་དང་སྐྱེས་ཚུལ་ཡ་མཚན་ནུས་པ་ཡ་མཚན་ཅན་གྱི་བུ་ཕྲུག་ཅིག་བྱུང་བ་དང་དེས་བསམ་ཡུལ་ལས་འདས་པའི་དོན་བྱས་ནས་མཐར་ཀན་ཀོན་དང་བཅས་པ་སྐྱིད་པའི་འཚོ་བར་རོལ་རྒྱུ་བྱུང་བ་བརྗོད་པ་གང་ཞིག་སྒྲུང་རྩིལ་པོར་ཡིད་སེམས་འགུག་པའི་བྱུང་རིམ་དང་འཆར་སྒོ་འཆར་ཡན་གྱི་གཟུགས་བརྙན་དང་བརྗོད་དོན་ཕུན་སུམ་ཚོགས་པས་བྱིས་པ་ཡ་མཚན་ཅན་གྱི་སྒྲུང་ནང《སྤྲུལ་པ་དང་སྲུས་མོ》ཞེས་པ་འདི་དཔེ་མཚོན་གྱི་ཁྱད་ཆོས་ཡོད་པ་ཞིག་ཡིན། དེ་བཞིན་ཏ་ཞོར་རིགས་ཀྱི་དམངས་སྒྲུང《མཐེ་བོང་བྱིས་པ》ཡི་ནང་ཐེར་ཀན་ཀོན་བཟའ་ཚོ་གཉིས་ཡོད་པ་སྐྲ་ནག་ནས་སྐྲ་དཀར་བར་སྨྲུ་གུ་

གཅིག་ཀྱང་མ་བྱུང་བས་སེམས་སྡུག་ཆེ་ལ་ཕྲུ་གུ་ཞིག་རེ་འདོད་ཆེན་པོ་བྱེད་ཀྱི་ཡོད།

ཉིན་ཞིག རྒན་པོ་ཞིང་ལས་བྱེད་པར་ཕྱིན་པ་དང་རྒན་མོས་ཁྲིམ་དུ་སྔོ་བཟོ་བའི་ཚེ་རྒན་མོའི་མཐེ་བོང་གྲིས་བཏུབ་པས་མཐེ་བོང་དེ་སྒོ་སྟེང་དུ་བཀལ། དུས་གང་མཚམས་སོང་བས་མཐེ་བོང་དེ་ཕྲུ་གུ་རིག་པ་སྦྱང་པོ་གང་བསླབ་གང་ཤེས་ཤིག་ཏུ་ཆགས་སོ། །

ཡུལ་དེར་འགྱུར་པ་ཅན་ཞིག་ཡོད་པ་དེས་ཕྲུ་གུ་གཏེ་པོ་དེ་འཇོན་ཐང་ཤིན་ཏུ་ཆེན་པོ་ཡོད་པ་གོ་ཐོས་བྱུང་ནས་མཐོང་ཆུང་ཆེན་པོས་གཏེ་པོ་དེར་ངར་ཕག་པ་ཆེན་པོ་ཞིག་ཡོད། ཁྱོད་རས་དོ་དགོང་དེ་འཁྱེར་ནས་ངས་མ་ཚོར་བ་བྱ་ཐུབ་ན་ཕག་པ་དེ་ཁྱོད་རང་ལ་བདག་པ་བྱེད་བཤད་པས་གཏེ་པོས་ཕག་པའི་ཨམ་ཅོག་ནང་འཛུལ་ནས་ཕག་པ་དེ་ནང་དུ་འཁྲིད་ཡང་ཉིན་གཉིས་པར་འགྱུར་ཆེན་དེས་ངར་རྟ་ལེགས་པོ་ཞིག་ཡོད་པ། ཁྱོད་རས་དེར་བཞོན་ཐུབ་ན་རྟ་དེ་ཁྱོད་རང་ལ་བདག་པ་བྱེད་བཤད་པས་གཏེ་པོས་རྟའི་སྲབ་འཐག་ནང་འཛུལ་ནས་མདུད་པ་བཀྲོལ་རྟར་བཞོན་ནས་ནང་དུ་ལོག ཡང་ཉིན་གསུམ་པར་འགྱུར་ཆེས་དེས་ངར་མུ་ཏིག་ཞིག་ཡོད་པ་དེ་ནོ་དགོང་ངའི་ལག་ནང་དུ་ཉར་གྱི་ཡིན་པས། ཁྱོད་རས་འཁྱེར་ཐུབ་ན་ཁྱོད་རང་ལ་བདག་པ་བྱེད་ཅེས་བཤད། འགྱུར་ཆེན་གྱིས་དེའི་དགོང་མོ་གང་མུ་ཏིག་ལག་ཏུ་ཉར་ནས་བསྡད་ཀྱང་གཏེ་པོ་ཡོང་མཁན་མེད། ཁོ་གཉིད་ཐོ་ནས་བཟའ་ཟླར་མུ་ཏིག་དེ་སྤྲས་རྩིས་ཀྱིས་ལག་སྤྲོད་བྱེད་པའི་བར་གཏེ་པོས་མུ་ཏིག་དེ་འཁྱེར། དེ་ལྟར་གཏེ་པོས་འགྱུར་ཅན་དེ་ཕམ་པར་བྱས་པས་དེ་ནས་གཏེ་པོར་བརྙས་བཅོས་བྱེད་མཁན་མེད་པས་སྐྱིད་པར་བྱུང་ངོ་ཞེས་པ་གོང་བཀོད་དང་འདྲ་ཞིང་གཞན་ཡང་ཏ་ཐོར་རིགས་ལ《གསེར་འོད་ཅན་གྱི་བྱིས་པ་》ཡའོ་རིགས་ལ《སྤྲུལ་པའི་གཉེན་སྒྲིག་》ཀླུ་རན་སེ་ལ《ཀྲན་མའི་བྱིས་པ་》འཇར་པན་ལ《ཐའོ་ཐད་ལང་》འཇར་མན་ལ《མཐེ་

ཐོང་གི་སྒྲུང་》སོགས་མང་དུ་ཡོད།

སྒྲུང་སྣ་འདིར་ཁྱད་ཆོས་འདི་འདྲ་ཞིག་ཡོད་པ་སྟེ་ཡ་མཚན་གྱི་བྱིས་པ་བྱུང་ཡུལ་སྤྱིར་བཏང་ནས་འཚོ་བ་སྐྱོ་བའི་ཐན་གོན་བཟའ་ཚོ་གཉིས་ཡིན་པ་བྱིས་པའི་སྐྱེས་ཚུལ་དང་ལུས་གཟུགས་ནུས་པ་བཅས་ཆེས་ཡ་མཚན་པ། བྱིས་པའི་ཕྱི་གཟུགས་ཉམས་ཞན་པས་གཞན་གྱིས་བརྙས་བཅོས་དང་མཐོང་ཆུང་བྱས་པ་དེ་ལས་བསམ་འདས་ཀྱི་ནུས་པ་བཏོན་ཞིང་དགྲ་ལས་རྒྱལ་བས་བརྩམ་བྱ་དེར་གང་མཛེས་གང་ཉེས་དང་གང་ལེགས་གང་སྡུག་གི་མཛེས་དཔྱོད་ལྟ་བ་མངོན་གསལ་དང་སྤྲོ་སྣང་རིང་ལུགས་ཀྱི་བསམ་བློའི་ལྟ་བ་ཤུགས་ཆེར་ལྡན་པའོ། །

བྱིས་པ་ཡ་མཚན་ཅན་གྱི་སྒྲུང་དེའི་སྤྱིར་བཏང་གྲུབ་ཆའམ་སྒྲིག་གཞི་གཤམ་གསལ།

ཀ ཡ་མཚན་གྱི་བྱིས་པ་དེ་དབུལ་ཕོངས་ཐན་གོན་གཉིས་ལ་བྱུང་བ།

(1) སྐྱང་འབུར་གས་པ་ལས་བྱུང་བ།

(2) ལག་པའི་མཐེ་བོང་ལས་བྱུང་བ།

(3) དངོས་རིགས་གཞན་ལས་བྱུང་བ།

(4) དེ་མིན།

ཁ དེར་གཞན་གྱིས་དམའ་འབེབས་དང་བརྙས་བཅོས་སོགས་བྱས་པས་དེའི་ནུས་པ་ཅི་ཡོད་འདོན་ཐུབ་པ།

ག གཞན་ཕམ་པར་བྱས་ནས་བདེ་བའི་འཚོ་བ་སྐྱིལ་རྒྱུ་བྱུང་བ།

གྲུབ་ཆ་དེ་དག་ལས་གཉིས་པ་དེ་བྱུང་རིམ་སྔ་ཕྱིའི་རྩ་བརྒྱུད་ལྟ་བུར་ཆགས་ཤིང་བྱུང་རིམ་སྔ་ཕྱི་སྒྲེལ་ཐུབ་པ་མ་ཟད། གྲུབ་ཆ་གཞན་དང་བསྟུར་ན་འཆར་སྒོ་འཆར་ཡན་གྱི་ཁྱད་ཆོས་མངོན་གསལ་དོད་ལ་ཕུན་སུམ་ཚོགས་པ་ཡོད་པ་ཡིན་ནོ། །

4. རིགས་མི་མཐུན་གཉེན་སྒྲིག་གི་སྒྲུང་།

སྒྲུང་འདིའི་མིང་གཞན་ལ་གཟུགས་འགྱུར་གྱི་སྒྲུང་ཡང་ཟེར་བ་ཡིན། དེ་ནི་སྲོག་ཆགས་ཁྱི་སོགས་མི་མ་ཡིན་པའི་སེམས་ཅན་གང་རུང་ཞིག་གནད་དོན་འགར་བརྟེན་ནས་འགྲོ་བ་མི(བུའམ་བུད་མེད་)དང་བརྩེ་དུང་ལྷོད་མེད་ཆགས་ཤིང་མིའི་བློ་གྲོས་ཀྱིས་དེའི་རང་གཟུགས་དངོས་ཇི་ཡིན་གསལ་བར་བྱས་མཐར་ཕན་ཚུན་བཟའ་ཚོར་གྱུར་བར་བརྗོད་པའི་བརྩེ་དུང་འཚོ་བའི་དམངས་ཁྲོད་ཀྱི་ངག་རྒོལ་སྒྲུང་ཞིག་ལ་ཟེར་བ་ཡིན།

སྒྲུང་དེ་རིགས་ཀྱི་ནང་དུ་མི་མ་ཡིན་སྲོག་ལྡན་གྱི་ཕྱི་གཟུགས་འདྲ་མིན་སྣ་ཚོགས་པས་དམངས་རྩོམ་རིག་གཞུང་ཁྲོད《ཉ་ཡི་སྲུས་མོའི་རིགས་》《ཀླུའི་སྲས་མོའི་རིགས་》《མེ་ཏོག་ལྷ་མོའི་རིགས་》《ངང་དཀར་ལྷ་མོའི་རིགས་》《དུང་དཀར་ལྷ་མོའི་རིགས་》ལ་སོགས་པའི་རིགས་ཀྱི་དབྱེ་བ་བྱུས་ཡོད།

རིགས་དབྱེ་དེ་ལས་ང་ཚོས་ཤེས་གསལ་སྒྲུང་ནང་གི་མི་མ་ཡིན་གྱི་རིགས་གཞན་དེ་ཕལ་ཆེ་བའི་ཆ་ནས་བུད་མེད་ཡིན་པ་དང་། བརྩམ་བྱ་དེ་དང་དེའི་ནང་དེ་རྣམས་འཛོན་ཐང་ཆེ་ལ་ལས་ལ་བརྩོན་པ་སེམས་བརྒྱུད་དཀར་ལ་བློ་ཆེ་བ། རང་གི་དྲི་མ་མེད་པའི་བརྩེ་དུང་དང་ལྷག་བསམ་གྱིས་དབུལ་ཞིང་ཕོངས་པའི་ཕོ་རྐྱེང་(མོ་རྐྱེང་)དག་ལ་འཚོ་བའི་སྤྲོ་སྣང་སྤྲིན་པ་བཅས་ཀྱི་ཁྱད་ཆོས་ཡོད་པ་འབབ་ཞིག་ཡིན། བརྩམ་བྱ་དེ་དག་གིས་དོན་དམ་དུ་དོན་དངོས་ཀྱི་སྤྱི་ཚོགས་ནང་དབུལ་ཞིང་ཕོངས་པའི་ངལ་རྩོལ་པར་ལུགས་མཐུན་གྱི་གཉེན་སྒྲིག་བྱེད་དབང་ཐལ་བ་དང་། ལུགས་མཐུན་གྱི་ཁྱིམ་གཞི་འཛུགས་པར་དཀའ་ངལ་ཤིན་ཏུ་ཆེ་བ་དེ་གསལ་བར་མཚོན་པ་དང་ཆབས་ཅིག་ཁོང་ཚོས་ལྷོད་མེད་བརྩེ་དུང་དང་ལུགས་མཐུན་གཉེན་སྒྲིག་ལ་རེ་སྨོན་ཤུགས་ཆེ་བྱེད་པ་དེ་ཡང་གསལ་བར་མཚོན་པ་ཡིན།

ཀོ་བདེར་དམིགས་ནས་འདིར་བོད་ཀྱི་དམངས་སྒྲུང་《བུ་དབུལ་པོ་དང་

ཀླུའི་སྲས་མོ་》ཞེས་པ་སྐབས་བདེར་བཀོད་ན།

ངང་པོའི་ཅ་ན། མི་དབུལ་པོ། ཡུལ་གྲུ་ཀུན་དུ་སྤྲང་འཁྱམ་བྱེད་པ་ཞིག་ཡོད། ཉིན་ཞིག་ལམ་ལ་འགྲོ་བཞིན་པའི་སྐབས་བྱ་འོལ་པ་ཞིག་གིས་སྦྲུལ་ཞིག་བཟུང་ནས་ཁོའི་མགོ་ཐོག་ཏུ་ལྡིང་འཁོར་བྱེད་པ་མཐོང་། ཁོས་ཕྱིང་ཞྭ་རྒྱལ་པོ་དེ་ཕུད་ནས་གནམ་ལ་འཕངས་པས་འོལ་པས་སྦྲུལ་དེ་མར་འཕངས། སྦྲུལ་དེ་ཤི་མེད་པས། ཁོས་ཞྭའི་ནང་བཅུག་ནས་ཡོང་། ཅུང་ཙམ་སོང་བ་དང་སྐྱ་མི་དཀར་ནག་གཉིས་ཀྱིས་ཁོའི་རྗེས་བསྙེགས་ནས་བྱུང་། རྗེས་ཆོད་པ་དང་ཁོར་ཁོང་ཚོའི་རྒྱལ་བུ་ཨེ་མཐོང་དྲིས་པར་ཁོས་རྒྱལ་བུ་མཐོང་མ་བྱུང་། འོལ་པའི་ཁ་ནས་སྦྲུལ་ཞིག་བསྐྱབས་བྱས་པས་དེ་གཉིས་ན་རེ། སྦྲུལ་ཕྲུག་དེ་ང་ཚོའི་ཀླུའི་རྒྱལ་པོའི་སྲས་རེད། ཁྱོད་ཀྱིས་བསྐྱབས་པས་ངེས་པར་ཁྱོད་ལ་འོ་བརྒྱལ་ཞུ་ཞེས་པར་མི་དབུལ་པོ་ན་རེ་ཁྱོད་ཚོའི་རྒྱལ་བུ་ཡིན་ན་ཁྱོད་ལ་ཕུལ་ཆོག་འོ་བརྒྱལ་ཞུ་མི་དགོས་ཞེས་སྦྲུལ་ཕྲུག་དེ་ཕུལ་བ་དང་དེ་གཉིས་ན་རེ་འོ་བརྒྱལ་ངེས་པར་ཞུ་དགོས། སང་ཉིན་སྔ་མོར་ཁྱོད་མཚོ་ཕ་གིའི་འགྲམ་ལ་ཤོག་དང་ཀླུའི་རྒྱལ་པོས་ཁྱོད་ལ་གསོལ་རས་གནང་ཡོང་ཟེར་ལོག

མི་དབུལ་པོས་གནས་ཚུལ་དག་ཁྲིམ་མཆོས་ཀན་མོར་བཤད་པས་ཀན་མོ་ན་རེ་སང་ཉིན་མར་སོང་ལ། ཀླུའི་རྒྱལ་པོས་ཁྱོད་ལ་ཅི་དགོས་དྲིས་ན། གཞན་ཅི་ཡང་མི་དགོས་སྒོ་ཁའི་ཁྱི་གུ་ཁྲ་བོ་དང་ཡོས་ཐོ་རྩེ་ནག་དེ་གཉིས་སློང་ཞེས་བསླབས། ཕྱི་ཉིན་དབུལ་པོས་ཀན་མོས་བསླབས་པ་ལྟར་བྱས་དེ་གཉིས་ཁྲིར་ནས་འོང་པ་དང་། ཕོ་བ་ལྟོགས། ཐང་ཆད། ཚིག་པ་བཟོས་ནས་ཡོ་ཐོ་ཁྱི་གུ་ལ་བརྒྱབ་པས་ཁྱི་གུ་དེ་ཟུག་བཞིན་ལོག་ཤིག་ལ་བརྒྱུགས་སོང་། ཡུད་ཙམ་གྱིས་ཁོའི་མདུན་དུ་འོ་ཇ་དང་ཤ་མར་རྩམ་ཐུད་སོགས་ཡིད་ལ་གང་བསམ་ལྟར་བྱུང་། ཁོས་བསམ་ལོང་མེད་པར་འདོད་པ་ཚིམ་པ་ཞིག་བཟོས་ནས་གཉིད་སོང་། གཉིད་སད་ནས་བལྟས་པ་ན་རང་ཉིད་ཐར་གྱི་ས་སྟོང་དེ་ན་མེད་པར་ཁང་

བཟང་ཡིད་དུ་འོང་བ་ཞིག་ན་ཉལ་འདུག ཁང་པའི་ར་བའི་ནང་ལ་བལྟས་ཚེ་ནང་ལ་ཧ་ནོར་ལུག་གསུམ་གྱིས་བཀང་འདུག དེ་ནས་ཁོས་ཕྱུགས་ཁྱུ་དེད་ནས་རི་ལ་ལུག་འཚོ་བར་སོང་། ཕྱི་དྲོ་ཕྱུགས་ཁྱུ་དེད་ནས་སླར་ལོག་ཚེ་བཟའ་བཏུང་ཞིམ་མངར་ཅན་བཤམས་ནས་འདུག་པ་ལ་ད་དུང་བཟའ་བཏུང་བཤམས་མཁན་གྱི་མི་མཐོང་རྒྱུ་མ་བྱུང་། ཉིན་གཉིས་པར་སྔར་དང་འདྲ་བ་བྱུང་བ་ལ་ཁོ་ཡ་མཚན་ནས་ཉིན་གསུམ་པར་ལུག་འཚོ་བར་འགྲོ་ཁུལ་གྱིས་སྐེའུ་ཁུང་ནས་བལྟས་པས་ཁྱི་གུ་ཁྲ་བོ་དེས་ས་ལ་འགྲེ་ལྡོག་ཅིག་བརྒྱབ་ནས་དེ་མ་ཐག་བུ་མོ་མཛེས་མ་ཞིག་ཏུ་གྱུར། ཁྱི་གུའི་པགས་པ་གཡུགས་ནས་བཟའ་བཏུང་སྒྲུར་བ་མཐོང་། དེ་སྐབས་ཁོ་གློ་བུར་དུ་ནང་ལ་བརྒྱུགས་སོང་ནས་ཁྱི་གུའི་པགས་པ་དེ་མེའི་ནང་ལ་བསྲེགས་དེ་ནས་ཚོ་ཤག་བྱས་ཏེ་བདེ་བའི་འགྲོ་བཙམས་སོ། །

ཉིན་ཞིག་ཡུལ་དེའི་རྒྱལ་པོ་ཧ་འཁོར་དང་བཅས་རི་དྭགས་རྔོན་པར་སོང་བ་ལམ་དུ་ཆར་ཤོད་དང་ཐུག་ནས་ཆར་ཡོལ་བྱེད་དུ་འོང་། ཁོ་སོས་རྒྱལ་པོར་ཇ་འདྲེན་སྐབས་རྒྱལ་པོས་དེ་ལྷ་བུའི་བུ་མོ་མཛེས་མ་མེ་ཏོག་པདྨ་གསར་དུ་ཁ་ཕྱེ་པ་ལྟ་བུ་མཐོང་བས་སེམས་ཤོར་ཏེ་ཁོར་བསྒྲུབ་དཀའི་དོན་ཆེན་མང་པོ་བཏོན་ནས་མ་བསྒྲུབ་ན་ཆུང་མ་དེ་རྒྱལ་པོར་དག་པའི་རྒྱན་བཞག འོན་ཀྱང་ཆུང་མས་རང་གི་ཁྱོ་བོའི་དཀའ་ངལ་རེ་རེ་ནས་སེལ་རྟོགས་བྱས་པ་མ་ཟད། རྒྱལ་པོ་གཏུམ་སྤྱོད་ཅན་དེ་ལྷ་པའི་ལམ་དུ་བཏང་བས་མཐར་ཁོ་གཉིས་བདེ་བར་འཚོ་བའོ། །

ཞེས་པར། བུ་དབུལ་པོས་སྤྲུལ་ལམ་ཀླུའི་རྒྱལ་བུ་སྐྱོབས་པའི་གནད་དོན་དེར་བརྟེན་ནས་ཁྱི་གུ་ཁྲ་བོ་དེ་བྱུང་བ་དང་བུ་དབུལ་པོའི་བློ་གྲོས་ཀྱིས་ཁྱི་གུ་ཁྲ་བོ་དེ་དོན་དུ་གང་ཡིན་གསལ་ལ་དེ་ལས་ཚོ་ཤག་གི་བདེ་སྐྱིད་འཚོ་བར་རོལ་རྒྱུ་བྱུང་བ་བརྗོད་ཡོད།

ཏུན་ཧོང་གཏེར་ཡིག་ནང་《རྨ་བྱའི་བུ་མོའི་སྒྲུང་》ཞེས་ཡོད་པ་དེ་བརྗོད་བྱ་དང་ནང་དོན་དང་སྒྲུ་རྩལ་ཁྱད་ཆོས་གོང་བཀོད་དང་མཚུངས་པས་བོད་ཀྱི་

དམངས་ཁྲོད་རྩོམ་རིག་ལ་ཞིབ་པར་བརྟག་ན་རིགས་མི་མཐུན་གཉེན་སྒྲིག་གི་སྒྲུང་འདི་ཧ་ཅང་སྔ་མོ་ནས་དར་བ་ཞིག་ཡིན་པར་རྟོགས་ལ་མི་རིགས་གཞན་དཔེར་ན། ཁྲིའུ་ཤན་རིགས་ལ《གསེར་ཉའི་སྲས་མོ》ཧོ་ཀྲེ་རིགས་ལ《ངང་དཀར་ལྷ་མོའི་ཨོད་སྤྲོལ》སོག་རིགས་ལ《སྟག་གི་སྲས་མོ》སོགས་ཡོད་པས་སྒྲུང་སྣ་འདི་རང་ཅག་ཙམ་དུ་མ་ཟད་མི་རིགས་གཞན་ལའང་མང་དུ་སྣང་བས་འདི་ནི་ཁྱབ་ཆེ་བ་འཛམ་གླིང་རང་བཞིན་ལྡན་པ་ཞིག་ཡིན་པར་བརྗོད་ཆོག

སྒྲུང་འདིའི་སྤྱིར་བཏང་གི་གྲུབ་ཆའམ་སྒྲིག་གཞི་གཤམ་གསལ།

ཀམི་སྣ་ཛོ་སྦྲོད་དང་བཅས་སྒྲུང་འགོ་བཙུགས་པ།

ཁ　མི་སྣ་དེ་ར་མི་མ་ཡིན་གྱི་སྲོག་ཆགས་དེ་བྱུང་བ།

(1)གཞན་ལས་སློང་བ།

(2)ལས་ས་སོགས་ནས་རྙེད་པ།

(3)དེ་མིན།

ག　སྐྱེས་བུ་དེ་གཞན་དུ་འགྲོ་བའི་སྐབས་བཟའ་བཏུང་ཕུན་ཚོགས་གྲབས་གསོམ་བྱས་ཡོད་པ།

ང　དེའི་རྒྱུ་མཚན་གང་ཡིན་འཚོལ་བས་ཤེས་པ།

ཅ　དེ་གཉིས་བཟའ་ཚོར་གྱུར་ཞིང་བདེ་སྐྱིད་བྱུང་བ།

ཆ　དེ་གཞན་གྱིས་ཤེས་ནས་དཀའ་ངལ་ཐུག་པ།

(1)ཁ་འཕྲལ་བ།

(2)ཚུང་མ་འཕྲོག་པ།

(3)དེ་མིན།

ཇ　དཀའ་ངལ་རྣམས་ཁྱི་ལུས་ཅན་ལ་སོགས་དེས་སེལ་ཞིང་མཐར་བདེ་བར་རོལ་བ།

དེ་དག་ལས་བཟའ་བཏུང་གྲབས་གསོམ་བྱས་པ་དང་དཀའ་ངལ་སེལ་བའི་

གྲུབ་ཆ་གཉིས་ལ་འཆར་སྒོ་འཆར་ཡན་གྱི་ཁྱད་ཆོས་དམིགས་བསལ་ལྡན་པའོ།

5. འཆར་སྣང་སྒྲུང་གི་ཁྱད་ཆོས།

འཆར་སྣང་སྒྲུང་གི་ཁྱད་ཆོས་གཙོ་བོ་ནི་འཆར་སྒོ་འཆར་ཡན་ཤུགས་ཆེར་ལྡན་པ་དེ་ཡིན། དེ་ཡང་མི་སྣའི་ཐད། གཟུགས་བརྙན་འཇིགས་སྣང་ཅན་གྱི་གདོན་འདྲེ་ཡོད་ལ། མཐུ་ནུས་བསམ་འདས་ཀྱི་བགྲེས་སོང་ཡང་ཡོད་སྤྲུལ་པའི་ཕྲུ་གུ་དང་སྤྲུལ་གྱི་མག་པ་ཡོད་ལ་ཀླུའི་རྒྱལ་བུ་ཀླུའི་སྲས་མོ་མེ་ཏོག་ལྷ་མོ་ཡང་ཡོད་པ་ཡིན། མི་སྣ་དེ་དང་དེ་དག་དོན་དངོས་འཚོ་བའི་ཁྲོད་སྣང་དུ་མི་སྲིད་པ་འཆར་སྒོ་འཆར་ཡན་ལས་བྱུང་བ་བཞིན་བྱ་དངོས་ཐད་གང་དགོས་སྐྱེར་བའི་ནོར་བུ། རང་འཐག སྤྲུ་གུ། དཔག་བསམ་ཤིང་ཡོད་ལ། ནམ་མཁར་འཕུར་བའི་ལྷམ་དང་ཆུར་འགྲོ་བའི་རས་ཀྱང་ཡོད་པ་ཡིན། བརྗོད་དོན་གྱི་བྱུང་རིམ་ཐད། ཁྱི་ལུས་ཕུད་ནས་མཛེས་མར་གྱུར་ཅིང་དབུལ་ཕོངས་ཀྱི་བུ་དང་གཉེན་བྱས་པ། སྒོང་ལས་གསེར་བྱུང་ནས་མིར་བདེ་བ་བསྐྲུན་པ། དཀའ་སྡུག་གིས་བསད་པའི་མནའ་མ་བྱར་གྱུར་པ་སྤྲུལ་ཕྲུག་གིས་སྟོབས་ལྡན་རྒྱལ་པོ་བཏུལ་བ་སོགས་འཆར་སྒོ་འཆར་ཡན་གྱིས་ཕྱུག་པ་མདོར་ན་སྒྲུང་ནང་གི་མི་སྣ་དང་བྱ་དངོས་བརྗོད་དོན་གྱི་བྱུང་རིམ་བཅས་ཚང་མར་སྤྱིར་རང་བྱུང་ལས་འདས་པའི་ངོ་བོ་དང་ཁྱད་ནུས་ཤིག་ཡོད་པ་ཡིན།

གང་ས་གང་ལ་འཆར་ཡན་གྱི་བརྒྱན་པའི་སྒྲུང་སྣ་འདིའི་གཙོ་བོའི་མི་སྣའི་བཀོད་འབྲིའི་ཐད་རྩ་བའི་ཆ་ནས་རིགས་ངེས་ཅན་ཡིན་ཞིང་སྒྲུང་ནང་གི་མི་སྣའི་མིང་འདོགས་ཐད་ངེས་བཟུང་གང་ཡང་མེད་པར་མི་རིགས་དེར་དར་བའི་སྤྱི་མཚོན་གྱི་མིང་དཔེར་ན། རྒྱལ་པོ། ཞིང་པ། འབྲོག་པ། བུ་བུ་མོ། གཞོན་ནུ་ལྷ་བུ་ཁྱབ་ཆེ་དག་དང་དུས་ཚོད་ཀྱི་ཐད་ལའང་དེ་དང་འདྲ་བར་ངེས་བཟུང་གང་ཡང་མེད་པར་དང་པོའི་ཅ་ན་ཟེར་བའམ་གནའ་བོའི་དུས་སུ་སྔོན་གྱི་དུས

གནའ་སྔ་མོ་ལྷ་བུ་ཟེར་བ་ཡིན། དེ་བཞིན་དུ་གནས་དང་ཡུལ་གྱི་ཐད་ཡུལ་ཞིག་ན་ཟེར་བའམ་ཡང་ན་ལུང་པ་ཞིག་ན་ཟེར་བ་ཙམ་ལས་ལུང་པ་འདི་དང་ཡུལ་འདི་ཞེས་ངེས་པ་བྱས་པ་ཤིན་ཏུ་ཉེད་དཀའ་བ་ཡིན། འོན་ཀྱང་དམངས་སྒྲུང་གཞན་དང་བསྡུར་ན་འཆར་སྣང་སྒྲུང་གི་མགོ་མཇུག་གི་གྲུབ་ཆ་ཅུང་ཆ་ཚང་བ་སྟེ་སྒྲུང་དེ་རིགས་ཀྱི་ནང་དུ་རྒྱུས་བཤད་བྱས་པའི་མི་སྣའི་འགུལ་སྐྱོད་དང་བྱ་བའི་འཕེལ་རིམ་བཅས་ཚང་མར་མགོ་ཡོད་མཇུག་ཡོད་ལས་དུམ་བུ་དང་སྐབས་འཇུག་ལྷ་བུ་ཆ་ཚང་མ་ཡིན་པའི་རང་བཞིན་སྣང་དཀའ་བས་གནད་དོན་གང་འདྲ་ཞིག་ཡིན་རུང་དེ་ཇི་ལྟར་བྱུང་བ་དང་དེ་ཇི་ལྟར་འཕེལ་རྒྱས་བྱུང་བ་ཇི་ལྟར་འགྱུར་ལྡོག་བྱུང་བ་ཇི་ལྟར་མཇུག་བསྡུ་བ་བཅས་རྩོམ་གྱི་བྱུང་རིམ་གྲུབ་ཆར་ཆེས་གཙིགས་ཆེའི་ཞིབ་འབྲི་བྱས་པ་སོགས་ཀྱི་སྒྲུ་རྩལ་གྱི་ཁྱད་ཆོས་ཡོད་པའོ། །

གཉིས། འཚོ་བའི་སྒྲུང་།

འཚོ་བའི་སྒྲུང་ནི་དོན་དངོས་ཀྱི་རང་བཞིན་ཅུང་ཟད་ཤུགས་ཆེ་བར་ལྡན་པའི་དམངས་ཁྲོད་ཀྱི་ངག་ཐོག་སྒྲུང་ཞིག་ལ་ཟེར་བས་སྒྲུང་དེ་རིགས་ལ་འཆར་སྣང་གི་རང་བཞིན་གཏན་ནས་མེད་པའམ་ཆེས་ཉུང་བ་དང་སྒྲུང་ནང་གི་མི་སྣ་དང་ཁོར་ཡུག་བྱ་དངོས་གནད་དོན་གྱི་འགལ་ཟླ་བཅས་རྒྱུན་གཏན་གྱི་འཚོ་བ་དངོས་རྒྱུ་ཆར་བྱས་ནས་གསར་བསྐྲུན་བྱས་སྟབས་བརྗོད་དོན་ཐད་ཕྱིར་འཚོ་བ་དངོས་ཀྱི་འགྲོས་དང་མཐུན་ཆེ་བ་ཡིན།

སྒྲུ་རྩལ་གྱི་ཐབས་ལམ་ལ་བརྟེན་ནས་དོན་དངོས་འཚོ་བའི་རྣམ་པ་སྣ་ཚོགས་ཕྱོགས་བསྡུས་དང་དཔེ་མཚོན་ཅན་དུ་བྱས་པས་འཚོ་བའི་སྒྲུང་ལ་གཅིག་ནས་ཡ་མཚན་གྱི་གཟུགས་བརྙན་མཐོང་རྒྱུ་མེད་ལ། གཉིས་ནས་བསམ་ཡུལ་ལས་འདས་པའི་བརྗོད་དོན་གྱི་བྱུང་རིམ་མེད་མདོར་ན་སྒྲུང་ནང་གི་མི་སྣ་དེ་དག་ང་ཚོས་རྒྱུན་དུ་མཐོང་རྒྱུ་ཡོད་པའི་འཚོ་བའི་ཁྲོད་ཀྱི་བུ་དང་བུ་མོ་རྒན་གོན་

དང་གཞོན་ཅིས་དེ་དག་ཡིན་ལ་འཆར་སྣང་དང་སྟོང་བསམ་ལ་བརྟེན་ནས་དོན་དངོས་འཚོ་བའི་ངོ་བོ་དང་དོན་དངོས་འཚོ་བའི་འགལ་ཟླ་གསལ་མཚོན་བྱས་པ་མིན་པར་འཚོ་བ་དངོས་ཀྱི་འགལ་ཟླ་འདྲ་མིན་ཕྱོགས་བསྡུས་དང་འཚོ་བའི་གནད་ཚིགས་ཅན་གྱིས་བརྩམ་བྱ་ཧྲིལ་པོའི་བརྗོད་དོན་གང་ཡིན་གྲུབ་པར་བྱས་པ་ཡིན་ནོ།

འཚོ་བའི་སྒྲུང་གི་ནང་དོན་ཕྱོགས་མང་བ་དང་གྲངས་ཚད་འབོར་ཆེན་ཡོད་པ་ལྷག་པར་སྒྲུང་སྣ་དང་སྒྲུང་སྣ་བར་དབྱེ་དཀའ་བའི་འདྲ་མཐུན་གྱི་ཁྱད་ཆོས་མང་བས་གྲངས་ངེས་ཀྱི་དབྱེ་བ་ཞིག་འབྱེད་དཀའ་ལ་འདིར་སྒྲུང་གི་ནང་དོན་གཙོ་བོར་བྱས་ནས་དབོན་གཡོག་བར་གྱི་འཐབ་རྩོད་སོགས་གྲལ་རིམ་དང་གྲལ་རིམ་བར་གྱི་འགལ་ཟླ་མཚོན་པའི་སྒྲུང་། གཞོན་ནུ་ཕོ་མོའི་བརྩེ་དུང་མཚོན་པའི་སྒྲུང་། ཁྱིམ་ཚང་གི་འཚོ་བ་མཚོན་པའི་སྒྲུང་། ཐོན་སྐྱེད་ངལ་རྩོལ་གྱི་ཤེས་བྱ་ཉམས་མྱོང་བཤད་པའི་སྒྲུང་བཅས་དབྱེ་བ་རགས་པ་ཙམ་བརྗོད་པར་བྱའོ། །

1. གྲལ་རིམ་གྱི་འགལ་རྩོད་བརྗོད་པའི་སྒྲུང་།

མིའི་རིགས་ལ་གྲལ་རིམ་གྱི་དབྱེ་བ་བྱུང་རྗེས་གདོད་མའི་འདྲ་མཉམ་གྱི་འཚོ་བ་དང་སྤྱི་ཚོགས་ཀྱི་འབྲེལ་བ་བཅས་ལ་འགྱུར་ལྡོག་བྱུང་སྟེ། དབང་སྒྱུར་པས་ངལ་རྩོལ་པའི་རྒྱལ་ཁྲག་གི་འབྲས་བུར་ལོངས་སྤྱོད་ཅིང་དབང་སྒྱུར་སྒྲོང་མཁན་གྱི་ངལ་རྩོལ་པ་རྣམས་རྟག་ཏུ་ཉམ་ཐག་གི་འཚོ་བ་ལས་ཐར་ཐབས་བྲལ་བས་གྲལ་རིམ་དང་གྲལ་རིམ་དབར་གྱི་འགལ་ཟླ་ཤིན་ཏུ་རྣོ་ངར་ཅན་དུ་འཕེལ། གྲལ་རིམ་གྱི་འགལ་ཟླ་དང་འཐབ་རྩོད་ཀྱི་སྒྲུང་འདི་རང་ཉིད་ཀྱི་ངལ་རྩོལ་འབྲས་བུ་ལོངས་སུ་སྤྱོད་དབང་མེད་པར་རྟག་ཏུ་གཞའ་གནོན་བཀྲུ་གཞོག་སྤྱོང་དགོས་པའི་གདུག་རྩུབ་ཀྱི་སྤྱི་ཚོགས་ཀྱི་ཐོན་དངོས་ཁྱད་པར་བ་ཞིག་ཡིན་ཞིང་ལོ་རྒྱུས་ཀྱི་ཆུ་རྒྱུན་རིང་མོའི་ནང་ངལ་རྩོལ་པས་རང་གི་བློ་གྲོས་ལས་བྱུང་བའི་རྩོམ་རིག

འདིར་བརྟེན་ནས་དབང་སྒྱུར་གྲལ་རིམ་གྱི་ནག་ཉེས་ཐེར་འདོན་དང་རང་གི་ཁེ་དབང་སྲུང་སྐྱོབ་བྱས་ཡོད།

དེས་ན་སྒྲུང་འདི་ནི་གཙོ་བོར་དཔོན་གཡོག་བར་ལྷ་བུ་གྲལ་རིམ་དང་གྲལ་རིམ་དབར་གྱི་འགལ་ཟླ་དང་འཐབ་རྩོད་བརྗོད་པའི་སྒྲུང་ཞིག་ཡིན་ལ་སྒྲུང་དེ་རིགས་ཀྱི་ནང་དུ་གདུག་རྩུབ་དང་གླེན་ལྐུག་གི་ས་བདག་སྤྱིན་བདག་རྒྱལ་པོ་སོགས་དབང་བསྒྱུར་གྲལ་རིམ་དང་བབ་ཆགས་དང་སེམས་བཟང་བློ་གྲོས་ཅན་གྱི་ཞིང་པ་དང་གླ་པ། གཡོག་པོ་ལ་སོགས་པ་ངལ་རྩོལ་པའི་དབར་གྱི་རྫོ་ངར་ཆེ་བའི་གྲལ་རིམ་འཐབ་རྩོད་རྣམས་ཞིབ་ཕྲིས་ཀྱིས་གཉའ་གནོན་ལ་ངོ་རྒོལ་དང་ཐེར་འདོན་མཐའ་གཅིག་ཏུ་བྱས་ཡོད། དཔེར་ན། ཡོའོ་རིགས་ཀྱི་དམངས་སྒྲུང《རྒྱན་རིང་གླ་པ་དང་འགྱུར་བདག་གན་རྒྱ་འཛུགས་པ》ཞེས་པར་ཐུར་གླ་པ་ཞིག་ཡོད་པ་དེས་འབད་འབད་ཧུར་ཧུར་གྱིས་ས་བདག་ལ་ལོ་གཅིག་གཡོག་བྱས་ནའང་གཡོག་གླ་སྐར་མ་གཅིག་ཀྱང་ལག་ཏུ་མ་བྱུང་། དེར་བརྟེན་གླ་པ་དེས་ཐབས་ཤེས་ཤིག་བཏང་ནས་ས་བདག་དེར་ཁ་གཏད་བཅག་དགོས་བསམ།

ཕྱི་ལོ་ཞིང་འདེབས་ཀྱི་དུས་སུ་སླེབས་ནའང་འགྱུར་བདག་དེས་གླ་པ་ལས་ཀ་བྱེད་པར་ཡོང་བ་མ་མཐོང་བས་སེམས་འཚབ་སྟེ་གླ་པ་སྐད་བཏང་སྟེ་ཁོར་ཁྱོད་ད་དུང་ཞིང་འདེབས་ལས་ཀར་མི་ཡོང་བ་ཅི་ཡིན། ཞེས་དྲིས་པ་ལ་གླ་པ་དེས་ཞིང་འདེབས་པ་ལས་སླ་པོ་རེད། ཡིན་ནའི་ད་ལོའི་གཡོག་གླ་དེ་སྔོན་ལ་དགོས་པ་མ་ཟད་གན་རྒྱ་ཞིག་ཀྱང་འཛུག་ཐེར་བཤད་པས་འགྱུར་བདག་གི་བསམ་པར་གླ་པ་ཁོ་ལས་ཀ་གང་ཡང་འཛོན་པ་ཞིག་ཡིན་པས་གན་རྒྱ་བཞག་ན་ཁོ་ཉར་ཐུབ་བསམ་ནས་གླ་པའི་རེ་བ་ཁས་ལེན་བྱས་སོ། །

གླ་པར་གཡོག་གླ་ཐོབ་རྗེས་ཁོ་དང་ནོར་བདག་བར་ཕྱི་ལས་དེ་ལོ་གཅིག་རིང་ཉིན་གསུམ་མི་བྱེད་ནང་ལས་འདི་ལས་ལས་ རྣ་གསུམ་མི་བྱེད་གཅིག་ཡོང་གཅིག་ཕྱིན་མི་བྱེད་གཅིག་སྟེང་གཅིག་འོག་མི་བྱེད་གཅིག་མདུན་གཅིག་རྒྱབ་དེ་

མི་བྱེད་ཅེས་གན་རྒྱ་བཞག   འབྱོར་བདག་གི་བསམ་པར་དེ་དག་མི་བྱེད་ནའང་སྐྱོན་ཆེར་མེད་སྙམ་ནས་ཁས་ལེན་བྱས་སོ། །

གན་རྒྱ་བཞག་པའི་རྗེས་ཀྱི་ཉིན་དང་པོར་གླ་པ་ལས་ཀ་བྱེད་པར་ཡོང་བས་ནོར་བདག་གིས་དེང་ཚར་པ་བབས་ཀྱི་འདུག་པས་ཁྱོད་ཞིང་ནང་དུ་ཞིང་སར་ཤལ་རྒྱག་ཁོད་སྙོམ་བྱེད་དགོས་ཟེར་བར་གླ་པས་ང་ཚོ་གན་རྒྱ་ཁ་གསལ་བཞག་ཡོད་པར་ཕྱི་ལས་དེ་ལོ་གཅིག་རིང་ཉིན་གསུམ་མི་བྱེད་པར་འཁོད་པས་དེང་ཚར་ཉི་ལ་ང་ལས་མི་བྱེད་ལབ་པས་འབྱོར་བདག་སྨྲ་བ་མེད་པར་ལུས།

ཡང་ཉིན་ གཉིས་ པར་ ནམ་ མཁའ་ སྤྲིན་ གྱིས་ བཏུམས་ ཡོད་ པས་ འབྱོར་བདག་གིས་གླ་པ་དེར་ས་སློག་པར་འགྲོ་དགོས་བཤད་པ་ལ་གླ་པས་སྔར་ལྟར་དེ་རིང་སྤྲིབ་ཉི་ཡིན་པས་ང་མི་འགྲོ་ལབ་པས་འབྱོར་བདག་བྱ་ཐབས་བྲལ།

ཡང་ཉིན་ གསུམ་ པར་ ནམ་ མཁའ་ དྭངས་ ཤིང་ ཉི་ མ་ ཡག་ པས་ འབྱོར་བདག་གིས་ཁྱོད་ཤིང་འཐུ་བར་རྒྱུགས་ལབ་པར་གླ་པས་སྔར་ལྟར་དེ་རིང་དྭངས་ཉི་ཡིན་ པས་ ང་ མི་ འགྲོ་ ཞེས་ བཤད་ པས་ འབྱོར་ བདག་ ཁོང་ ཁྲོ་ ལངས་ ནའང་བཟོད་སྒོམ་ གྱིས་ ཁོ་ ནང་ ལས་ བྱེད་ དུ་ འཇུག་ དགོས་ སྙམ་ ནས་ གླ་ པ་ ཆུ་ ལེན་ དུ་བཏང་བར་གླ་པས་ང་གཉིས་བར་གན་རྒྱ་ཁ་གསལ་བཞག་ཡོད། ངས་ནང་ལས་ནས་གཅིག་ སྔོན་ གཅིག་ རྗེས་ མི་ བྱེད་ པ་ འཁོད་ པས་ ཆུ་ ལེན་ གཅིག་ སྔོན་ གཅིག་རྗེས་ཡིན་པས་ང་མི་བྱེད་ཟེར། ཡང་འབྱོར་བདག་གིས་ཁོ་འབྲས་ལྷྭགས་བཤུས་པར་བཏང་བས་ཁོས་སྔར་ལྟར་གཅིག་སྟེང་གཅིག་འོག་གི་ལས་མི་བྱེད་པར་ལབ་པས་ འབྱོར་ བདག་ ཁོང་ ཁྲོ་ ལངས་ ནའང་ ཐབས་ ཟད་ སྐར་ ཁོ་ རང་ འཐག་འཐགས་པར་བཏང་བར་ཁོས་སྔར་ལྟར་གཅིག་ཕྱིན་གཅིག་ཡོང་གི་ལས་འདི་མི་བྱེད་ཅེས་སྔར་ལྟར་གན་རྒྱར་འཁོད་ཚུལ་བཤད་པས་འབྱོར་བདག་བཟོད་སྒོམ་མ་ཐུབ་པར་ཁོ་སྒོ་ནས་བཏོན་ནོ། །

གླ་པ་ཐག་རིང་དུ་སླེབས་པ་དང་འབྱོར་བདག་གིས་གཞི་ནས་གླ་པས་ལོ་

གཅིག་གི་ གླུ་ཆ་ཚང་མ་འཁྱེར་བ་དྲན་གསོས། མགྱོགས་མྱུར་རྗེས་དེད་དེ་གཡོག་གླུ་……གཡོག་གླུ་……ཞེས་འབོད་པར་གླུ་པ་དེས་སྐྱེལ་མི་དགོས་ངས་འཁྱེར་བའི་གླུ་འདི་འདས་ལོའི་ཡིན་པས་ཁྱེད་རང་ནང་ལ་ལོག་ཅིག་ཅེས་ལབ་པས་འཁོར་བདག་དེ་དབུགས་རིང་གཏོང་རྒྱུ་ལས་ཐབས་གཞན་གང་ཡང་མེད་པར་ལུས་སོ། །ཞེས་སྐབས་དེའི་གྲལ་རིམ་དང་གྲལ་རིམ་དབར་གྱི་ལྷེ་བའི་འགལ་ཟླ་དཔལ་འཁོར་ཐད་ཀྱི་བཤུ་གཞོག་དང་ངལ་རྩོལ་པས་བཤུ་གཞོག་པར་འཐབ་རྩོད་དང་རང་གི་ངལ་རྩོལ་གྱི་འབྲས་བུ་བརྩོན་ལེན་བྱས་པ་ཕྱོགས་བསྡུས་དང་རྗེན་པར་མཚོན་པར་བྱས་ཡོད། དེ་བཞིན་ཡུ་གུར་རིགས་ཀྱི《འཁོར་བདག་དང་གཡོག་པོ》རྒྱ་རིགས་ཀྱི《ནམ་ཕྱེད་བྱ་སྐད》བོད་ཀྱི《དྲན་གསལ》《ཕྲུག་པོས་རྐུ་བྱས་པ》《རྒྱལ་པོ་དང་ཐྲན་གཡོག》ལ་སོགས་མང་དུ་སྣང་བ་རྣམས་གོང་བཀོད་དང་འདྲ་ཞིང་སྒྲུང་དེ་ཚོར་ཕྱིར་མི་སྣ་ཉུང་ལ་མི་སྣ་སོ་སོའི་རང་གཤིས་མངོན་གསལ་དོད་པ་དཔེར་ན《འཁོར་བདག་དང་རྒྱུན་རིང་གླུ་པ་གན་རྒྱ་འཛོག་པ》ཞེས་པར་འཁོར་བདག་དང་རྒྱུན་རིང་གླུ་པ《དྲན་གསལ》ཞེས་པར་རྒྱལ་པོ་དྲན་གསལ་དང་འབངས་དྲན་གསལ་བཅས་མི་སྣ་རེ་གཉིས་ཙམ་ཡིན་ལ་འཁོར་བདག་དང་རྒྱལ་པོ་དྲན་གསལ་གཉིས་ནི་གཡོ་དང་ལས་རྫམ་གདུག་རྩུབ་ཆེ་ལ་གླེན་ལྐུག་མིག་རྒྱང་ཐུང་བ་དང་གླུ་པ་དང་འབངས་དྲན་གསལ་གཉིས་ནི་དབང་དང་འབྱོར་པ་ཆུང་ཡང་བློ་གྲོས་ཐབས་ལ་མཁས་པ་ལྷག་པར་དུ་སྒྲུང་གི་ནང་གྲལ་རིམ་བར་གྱི་འཐབ་རྩོད་དེ་དངངས་སྐྲག་དང་གུ་དོག་གི་ཁྲོད་དུ་བྱས་པ་མིན་པར་ཤིན་ཏུ་བག་ཕྱོད་དང་སྤྲོ་སྣང་གི་ཁྲོད་དུ་རིམ་པ་རིམ་པར་འཐབ་རྩོད་ཀྱི་ཉོ་ངར་དང་འཐབ་རྩོད་ཀྱི་མཐའ་མའི་འབྲས་བུ་བརྗོད་པར་བྱས་ལ་གྲལ་རིམ་དང་གྲལ་རིམ་དབར་གྱི་འཐབ་རྩོད་དེ་སྒྲུང་དམིགས་བསལ་འགའ་རེ་ཕུད་ཕྱིར་བཏང་མང་ཆེ་བ་དྲག་འཐབ་དང་བློ་འཐབ་གཉིས་ལས་བློ་འཐབ་ལ་བརྟེན་པ་དང་ངལ་རྩོལ་པས་རང་གི་བློ་གྲོས་དང་དབང་བསྒྱུར་པའི་གླེན་ལྐུག

གཉིས་ལེགས་པར་བེད་སྤྱད་ནས་ཁ་གཏད་ཀྱི་གྲལ་རིམ་ཕམ་པར་བྱས་པ་དང་རང་གི་ངལ་རྩོལ་གྱི་འབྲས་བུ་བརྩོན་ལེན་བྱས་པ་བཅས་ནི་སྒྲུང་དེ་རིགས་ཀྱི་སྙིང་རྩལ་དང་ནང་དོན་གྱི་ཁྱད་ཆོས་མངོན་གསལ་དོད་པོས་ཤིག་ཡིན་ནོ། །

2. ཕོ་མོའི་བརྩེ་དུང་གི་སྒྲུང་།

འདས་པའི་སྤྱི་ཚོགས་ནང་གཉེན་སྒྲིག་རང་མོས་ལ་བཀག་རྒྱ་ཆེ་ཞིང་ལྷག་པར་ཁྲིམ་ཚང་གི་གནས་བབ་དང་རིགས་རུས་མཐོ་དམན་གྱི་ལྟ་བའི་མཁར་རྫོང་བཙན་ལ་སྲ་བ་རྒྱ་ཁྱབ་ཏུ་གནས་པས་ན་གཞོན་ཕོ་མོའི་བར་ལྷད་མེད་ཀྱི་བརྩེ་དུང་ཞིག་ཆགས་ནའང་བཀག་རྒྱ་དེ་དག་གིས་མཐར་སྐྱོ་གདུང་གི་འཁྲབ་ཚན་ཙམ་ལས་འདོད་དོན་ཤིན་ཏུ་སྒྲུབ་དཀའ་བར་བྱེད་ཀྱི་ཡོད། དེ་ལྟ་ནའང་ལྷད་མེད་བརྩེ་དུང་དང་གཉེན་སྒྲིག་རང་མོས་ལ་འདུན་པ་ཤུགས་ཆེར་བྱེད་པའི་གནམ་འོག་ཕོ་མོ་དུ་མའི་དཔའ་སྟོབས་མ་ཉམས་པར་ཁོང་ཚོས་སྤྱི་ཚོགས་ཀྱི་བཀག་རྒྱ་དང་ལྟ་བ་རྙིང་པར་རང་གི་བྱ་སྤྱོད་ཀྱི་ཐོག་ནས་འཐབ་རྩོད་མཐའ་གཅིག་ཏུ་བྱས་ཤིང་ཐ་ན་གཉེན་སྒྲིག་རང་མོས་ཀྱི་ཆེད་རང་གི་གཅེས་པའི་སྲོག་ཀྱང་བློས་བཏང་བྱས་ཡོད།

བརྩེ་དུང་དང་གཉེན་སྒྲིག་གི་འཚོ་བའི་དོན་དངོས་དེ་དག་ལ་བརྟེན་ནས་ངལ་རྩོལ་པས་དམངས་རྩོམ་གྱི་ཁྲོད་དུ་ཕོ་མོའི་བརྩེ་དུང་མཚོན་པའི་སྒྲུང་གི་རྣམ་པ་འདི་གསར་རྩོམ་བྱས་པ་ཡིན་ཞིང་དེ་ནི་གཞོན་ནུ་ཕོ་མོའི་བར་གྱི་བརྩེ་དུང་དང་གཉེན་སྒྲིག་དེ་བཞིན་བཀག་རྒྱ་འདྲ་མིན་ལ་འཐབ་རྩོད་ཀྱིས་གཉེན་སྒྲིག་རང་མོས་བརྩོན་ལེན་བྱས་པ་བརྗོད་པའི་དམངས་ཁྲོད་ཀྱི་ངག་ཐོག་སྒྲུང་ཞིག་ཡིན། དེས་ན་སྒྲུང་དེ་རིགས་ནང་གཅིག་ནས་དྭངས་གཙང་ལྷད་མེད་ཀྱི་བརྩེ་དུང་དང་རང་མོས་གཉེན་སྒྲིག་ལ་བསྟོད་བསྔགས་དང་ཡིད་སྨོན་ཤུགས་ཆེ་དང་གཉིས་ནས་བཙན་སྒྲིག་དང་བཀག་རྒྱ་འདྲ་མིན་ལ་དགག་པ་ཐེར་འདོན་བྱས་ཡོད།

བརྩེ་དུང་གི་གླུ་འདི་དག་དམངས་ཁྲོད་རྩོམ་རིག་གི་ཁྲོད་དུ་གྲངས་ཚད་ཅུང་མང་བ་ཞིག་ཡིན་ནའང་བརྗོད་དོན་ཐད་ནས་གཉེན་སྒྲིག་རང་མོས་ཆེད་བཀག་རྒྱ་འདྲ་མིན་ལ་འཐབ་རྩོད་བྱས་པ་དང་། ལྷད་མེད་བརྩེ་དུང་ལས་བདེ་སྐྱིད་བཟའ་ཚོར་གྱུར་པ་བཤད་པ་གཉིས་ལ་བསྡུ་ན་འགྲིག་གོ། །དཔེར་ན། རང་ཅག་བོད་ཀྱི་དམངས་གླུ《ཇ་དང་ཚྭའི་གླུ》ཞེས་པར་ཐར་ཤར་སྐྱེ་པའི་དཔོན་མོར་བུ་མོ་མིང་མེད་མཚོ་ཟེར་བ་ཞིག་ཡོད་ལ་ནུབ་སྐྱེའི་དཔོན་མོར་བུ་འོད་སྟོན་པ་ཟེར་བ་ཞིག་ཡོད། ཁོང་གཉིས་ཕྲུག་འཚོ་བའི་སྐབས་རྟག་པར་འཕྲད་ཅིང་མཉམ་ཟ་མཉམ་གནས་བྱས་པས་ཕན་ཚུན་ཐལ་དགའ་བའི་བརྩེ་དུང་ཆགས། འོན་ཀྱང་སྐྱེ་པ་གཉིས་བར་ཐར་ནས་འཁོན་འཛིན་ཡོད་པས་ཁོང་གཉིས་ཀྱི་བརྩེ་དུང་རྒྱུན་རིང་གསང་དགོས་བྱུང་།

དུས་མི་རིང་བར་ཤར་སྐྱེ་པའི་དཔོན་མོས་རང་གི་བུ་མོ་དང་རང་གི་དགྲ་བོའི་བུ་དགའ་པོ་བྱེད་པ་ཤེས་ནས་རང་གི་བུ་བཏང་སྟེ་འོད་སྟོན་པ་མདའ་བསྣུན་ནས་བསད་དོ། །

བུ་མོ་མིང་མེད་མཚོས་གནས་ཚུལ་དེ་ཤེས་རྗེས་ཨ་མའི་བཀར་མ་ཉན་པར་འོད་སྟོན་པའི་གཤིན་སྟོན་སྐབས་ཤོར་ཕྱིན་ནས་འོད་སྟོན་པའི་སྐུ་ཕུང་བསྲེགས་མེའི་ནང་མཆོངས། འོན་ཀྱང་གདུག་རྩུབ་ཆེ་བའི་ཨ་མས་ཁོང་གཉིས་ཀྱི་སྐུ་ཐལ་སོ་སོར་བྱས་ནས་གཙང་པོའི་གཡས་གཡོན་དུ་སྦས་སོ། དེ་ལྟ་ནའང་ལྷགས་རླུང་གིས་སྐུ་ཐལ་མཉམ་དུ་འདྲེས་བྱུང་བ་ལ་གདུག་རྩུབ་ཆེ་བའི་ཨ་མས་སླར་སོ་སོར་འཕྲལ། དེ་ལྟར་ཐེངས་མང་འཕྲལ་མཐར་བུ་འོད་སྟོན་པ་ཚྭར་གྱུར་པ་དང་བུ་མོ་མིང་མེད་མཚོ་ཇ་ལ་གྱུར་ནས་རྟག་ཏུ་འཕྲད་པས་གདུག་རྩུབ་ཆེ་བའི་ཨ་མ་དེ་ཐབས་མེད་པར་གྱུར་རོ་ཞེས་འོད་སྟོན་པ་དང་མིང་མེད་མཚོ་གཉིས་ནི་སྲོལ་རྒྱུན་གྱི་ལྟ་བ་ངན་པ་དང་བཀག་རྒྱའི་སད་སེར་གྱིས་བཙོམ་པའི་མཚར་སྡུག་གི་མེ་ཏོག་ཆ་གཅིག་ཡིན་ལ་དེ་གཉིས་ཀྱི་གཉེན་སྒྲིག་རང་མོས་ཆེད་ཡོངས་རྫོགས་བློས་

བཏང་གིས་ལུགས་མཐུན་མ་ཡིན་པའི་བཀག་རྒྱར་འཐབ་རྩོད་མཐའ་གཅིག་ཏུ་བྱས་ཤིང་དེ་ལས་གཞོན་ནུ་ཕོ་མོ་གྲངས་འདས་ཀྱིས་གཉེན་སྒྲིག་རང་མོས་ལ་རེ་འདོད་དང་རང་མོས་གཉེན་སྒྲིག་རྩེ་གཅིག་ཏུ་བརྩོན་ལེན་བྱེད་པའི་བསམ་བློ་དང་སྙིང་སྟོབས་མཚོན་ཡོད།

གཞན་ཡང་། མི་རོ་རྩེ་སྒྲུང་གི་ནང་གི《བུ་མོ་གསེར་སྒྲོན》《ཁ་མི་གྲགས་པའི་བུ་མོ》ལ་སོགས་པའི་དམངས་སྒྲུང་དག་ནི་གཞོན་ནུ་ཕོ་མོ་ཕན་ཚུན་ངལ་རྩོལ་གྱི་ཁྲོད་དུ་བརྩེ་དུང་ཆགས་པ་དང་བརྩེ་དུང་ལ་བརྟེན་ནས་སྐྱིད་པའི་བཟའ་ཚང་གྲུབ་པ་བརྗོད་པ་ཙམ་ལས་བརྩེ་དུང་དང་གཉེན་སྒྲིག་ཆེད་སྲོལ་རྒྱུན་གྱི་བཀག་རྒྱ་འདྲ་མིན་དང་འཐབ་རྩོད་བྱས་པའི་རྗོད་ངར་གྱི་བརྗོད་དོན་མེད་པས་སྤྱིར་བཏང་གི་བརྩེ་དུང་སྐོར་གྱི་སྒྲུང་ཡིན་ནོ།།

བརྩེ་དུང་གི་སྒྲུང་འདི་དག་ཕོ་མོ་ཕན་ཚུན་གྱི་བརྩེ་དུང་ཁོ་ན་ཙམ་མཚོན་པར་དམིགས་པ་མ་ཡིན་པར་དེ་ལས་ཆེས་གལ་ཆེའི་སྤྱི་ཚོགས་ཀྱི་གནད་དོན་མང་པོ་ཞིག་མཚོན་གྱི་ཡོད། དོན་དངོས་འཚོ་བའི་ནང་གཞོན་ནུ་ཕོ་མོའི་རང་མོས་གཉེན་སྒྲིག་ལ་རྒྱལ་ཁ་ཐོབ་དཀའ་བ་དེས་བརྩེ་དུང་གི་སྒྲུང་མང་པོ་ཞིག་ལ་དོན་དངོས་དང་ཕུགས་བསམ་མཉམ་དུ་གནས་ཤིང་ལྷག་པར་དུ་སྐྱོ་གདུང་གི་ནང་དོན་ཅན་གྱི་སྒྲུང་མང་པོ་ཞིག་གི་རྩོམ་མཚུག་སྒྱུར་འཆར་ཡན་གྱི་ཐབས་ལས་བསྒྱུ་བ་སྟེ་དཔེར་ན་ཨ་མའི་བུ་ངན་འོག་རང་དབང་ཤོར་བའི་འོད་སྟོན་པ་དང་མིང་མེད་མཚོ་སྣ་དང་ཟར་སྒྱུར་ནས་རྟག་ཏུ་འཕྲད་པར་བྱེད་པ་དང་ཡང་སྒྲུང་འགའ་ཤས་ནང་གཞོན་ནུ་ཕོ་མོ་གཉིས་བྱེ་མ་ལེབ་ཟུང་ལ་སྒྱུར་ནས་རྟག་ཏུ་འཕྲད་པ་དང་ཡང་ན་ཡུལ་གང་ལ་ཡོད་པའི་རྗེ་ཆེན་གཉིས་ལ་སྒྱུར་ནས་རྟག་ཏུ་ཕན་ཚུན་མཐོང་ཐུབ་པ་སོགས་འཆར་ཡན་གྱི་ཐོག་ནས་བརྩེ་དུང་གིས་བཅིངས་པའི་གཞོན་ནུ་ཕོ་མོའི་མཐར་ཐུག་གི་རེ་འདོད་སྐོང་བར་བྱས་ཡོད། དེས་གཉེན་སྒྲིག་རང་མོས་ཀྱི་ཆེད་ལྷ་ངན་སྲོལ་ངན་ལ་འཐབ་རྩོད་བྱེད་ཐོད་པའི་གཞོན་ནུ་རྣམས

ལ་ཡང་དག་པའི་གདེང་འཛོག་དང་ལྷག་པར་དུ་གཉེན་སྒྲིག་རང་མོས་འདི་ཞེན་ཏུ་མི་ཆོས་དང་འཚམས་པའི་ལུགས་མཐུན་ཞིག་ཡིན་པར་ཁས་ལེན་བྱས་པའི་དམངས་རྩོམ་གསར་རྩོམ་པ་ངལ་རྩོལ་མི་དམངས་ཀྱི་ཡར་ཐོན་གྱི་བསམ་བློའི་ལྟ་བ་རྗེན་པར་མཚོན་ཡོད།

3. ཁྱིམ་ཚང་འཚོ་བའི་སྐོར་གྱི་གླུང་།

གླུང་དེ་རིགས་ནི་ཁྱིམ་ཚང་གི་རྒྱུན་གཏན་འཚོ་བ་རྒྱུ་ཆར་བྱས་ནས་ཁྱིམ་ཚང་གཅིག་ནང་གི་ཕ་མ་དང་བུ་ཕྲུག བུ་ཕྲུག་དང་བུ་ཕྲུག་ཨ་མ་དང་མནའ་མ་སོགས་མི་སྣ་ཕན་ཚུན་དབར་གྱི་མི་ཆོས་ཀྱི་འགལ་འབྲེལ་མཚོན་པའི་དམངས་ཁྲོད་ཀྱི་ངག་ཐོག་གླུང་ཞིག་ལ་ཟེར་བ་ཡིན། གླུང་སྣ་འདིའི་ནང་ཁྱིམ་ཚང་འཚོ་བའི་འགལ་འབྲེལ་སྣ་མང་ཕྱོགས་བསྡུས་དང་གཟུགས་བརྙན་ཅན་དུ་བྱས་ཡོད་པ་མ་ཟད་བདེན་རྫུན་ལེགས་ཉེས་ཀྱི་བརྡར་ཤ་ཡང་མཐིལ་ཕྱིན་པར་བཅད་པ་དཔེར་ན་རྒྱ་རིགས་ཀྱི་དམངས་གླུང《རྫོ་ཧྲུག་རས་ཕད་གང་》ཞེས་པར་སྔར་ཕ་རྒན་ཞིག་ལ་བུ་མང་ཡོད། འོན་ཀྱང་བུ་ཕྲུག་སུས་ཀྱང་ལོ་ན་བགྲེས་པའི་རང་གི་ཕ་དེ་གསོ་འདོད་མི་བྱེད་དོ། དེར་བརྟེན་ཕ་རྒན་དེས་རས་ཕད་ཆུང་ཆུང་ཞིག་ནང་རྫོ་ཧྲུག་གང་བླུགས་ནས་གསེར་ཡིན་ཁུལ་གྱིས་སྒམ་འོག་ཏུ་བཅུག་ནས་སུ་ཡང་དེར་ལག་པ་འཆང་བར་མི་འཇུག་གོ། བུ་དང་མནའ་མ་བཅས་པས་གསེར་ཡིན་པར་བསམ་ཏེ་དུས་དེ་ནས་བཟུང་བགྲེས་པོར་ཁ་དཀར་ཞོ་དཀར་གྱིས་ཞབས་ཞུ་ལེགས་པར་བྱས། མི་རིང་བར་ཕ་རྒན་ནད་ཀྱིས་མནར་ནད་གཞི་ལྗི་བར་གྱུར་ནས་ཤི་ལ་ཉེ་བའི་ཚེ་ཕ་རྒན་གྱིས་ཁ་ལས་ཕྲུ་གུ་གསུམ་པོ་དེ་རྫོ་ཧྲུག་རས་ཕད་གང་ལས་སྐྱོ་བ་འདུག་ཅེས་བཤད་ནས་ཚེ་ལས་འདས་སོ། །ཞེས་པ་ཕ་བུའི་བར་གྱི་འབྲེལ་བ་ཡོད་ཚད་རྒྱུ་ནོར་གྱིས་ཐག་གཅོད་པའི་མ་རབས་ཀྱི་མི་ཆོས་ལ་དགག་པ་དང་བུ་ཕྲུག་གིས་ཕ་མར་བཀུར་སྟི་ཞབས་ཞུ་མི་བྱེད་པའི་སྐྱུག་བྲོའི་སྤྱོད་པར་འཕྱ་སྨོད་ཀྱིས་གནམ་འོག་བུ་ཕྲུག་ཚང་མས་རང་གི་ཕ་མར་བཀུར་སྟི

ཞབས་ཞུ་ངེས་པར་བྱེད་དགོས་པའི་སློབ་གསོ་བྱས་ཡོད། ཡང་ཧོ་ཀྲེ་རིགས་ཀྱི་དམངས་གླུང་《ཟླ་བའི་གླུང་》ཞེས་པར་ཐར་ཁྲོ་ཤུག་ན་གཞོན་ཤེན་ཧྲུ་འཆམ་པ་གཉིས་ཡོད། འོན་ཏེ་ཁྲོ་བོའི་ཨ་མས་རང་གི་བུའི་མནའ་མ་མིག་ནང་གི་གྲ་མ་ལྟར་རྩིས་ཤིང་བུ་ཕྱིར་དོན་བྱེད་པར་ག་དུས་ཕྱིན་ཀྱང་ཨ་མས་མནའ་མ་དེར་སྡུག་པོ་འདྲ་མིན་སྣ་ཚོགས་གཏོང་གི་ཡོད།

མནའ་མ་དེ་ཉིན་ལྟར་རིར་ཤིང་འཐུ་བར་འགྲོ་དགོས་པ་མ་ཟད་ནང་དུ་སླེབས་རྗེས་ཨ་མས་མནའ་མ་དེར་ཉ་བསྔོན་པ་རྒྱ་མ་བཅུ་སྐམ་ནས་ཉ་སྐམ་པོ་རྒྱ་མ་བཅུ་ཐོན་པར་བཙུག་པ་དང་། ཉ་བསྔོན་པ་རྒྱ་མ་བརྒྱ་ལས་ཉ་སྐམ་པོ་རྒྱ་མ་བརྒྱ་ཐོན་དུ་བཙུག་པ་སོགས་སྒྲུབ་དཀའ་བའི་ལས་དུ་མས་སྡུག་བཏང་ཞིང་མཚམས་རེ་ལྷོ་གྲོད་པ་ཁེངས་པའང་སྐྱེར་གྱི་མེད། འོན་ཀྱང་མནའ་མས་སྡུག་སྔོམ་རླུང་མནན་གྱིས་བརྟད་པ་ལས་ཨ་མར་མི་དགའ་བ་གང་ཡང་མ་བྱས། ཉིན་ཞིག་གི་དགོང་དྲོ་མནའ་མ་དེ་ཆུ་ལེན་པར་ཕྱིན་པས། ཆུ་ངོས་ལས་རང་གི་ངོ་རིས་ནག་ལ་སྐམ་པ་དེ་མཐོང་སྐབས་སེམས་སྐྱོ་ནས་ངུས། དུས་འགའ་སོང་རྗེས་ཟླ་བ་ཤར་བྱུང་བ་ལ་མོས་ཟླ་བར་ཟླ་བ་ཁྱེད་ཀྱིས་ང་སྐྱོབས་དང་ཞེས་ངུ་འབོད་བྱས། དེ་ནས་ཆུ་ངོས་སུ་རས་ལྐེབ་དང་འདྲ་བའི་དངོས་པོ་ཞིག་བྱུང་བ་དེར་མནའ་མ་དེས་བཞོན་ནས་ཟླ་བའི་ནང་དུ་ཕྱིན་ནོ་ཞེས་པའི་གླུང་འདི་ནི་ཨ་མ་དང་མནའ་མ་བར་གྱི་འབྲེལ་བ་དང་། མནའ་མའི་སྤྱི་ཚོགས་ཀྱི་གནས་བབ་ཇི་ཡིན་མཚོན་པ་ཞིག་ཡིན་ལ་དེ་དང་འདྲ་བའི་གླུང་མང་པོར་འཆར་ཡན་གྱི་ཐབས་ཤེས་ལ་བརྟེན་ནས་རྩོམ་མཇུག་གམ་ཉམ་ཆུང་གི་མི་སྣའི་མཐའ་མའི་ལས་དབང་བདེ་བར་ཕྱོགས་པ་བརྗོད་པས་ངལ་རྩོལ་མི་དམངས་ཀྱིས་ཉམ་ཆུང་ལ་སྙིང་རྗེ་དང་། ཡང་བའི་འཚོ་བའི་ནང་ནས་བདེ་སྐྱིད་ལ་རེ་འབོད། ཉམ་ཐག་ལ་དུང་སེམས་བཅངས་པའི་བསམ་བློ་མཚོན་ཐུབ། དེ་བཞིན་འཛང་རིགས་ཀྱི་《གཅེན་གཅུང་གཉིས་ཀྱི་གླུང་》བོད་རིགས་ཀྱི་《གཅེན་པོ་དང་གཅུང་པོ་》ལྟ་

གུར་རིགས་ཀྱི་《གཅེན་གཅུང་གཉིས་》ལ་སོགས་པ་ནི་རྒྱུན་གཏན་འཚོ་བའི་ནང་གཅེན་གཅུང་བར་ལྷགས་པའི་མི་ཆོས་ཀྱི་འགལ་འབྲེལ་མཚོན་པའི་དམངས་སྒྲུང་ཡིན་པ་དང་བོད་རིགས་ཀྱི་《བུ་མོ་གསུམ་གྱི་ལས་འབྲས་》རྒྱ་རིགས་ཀྱི་《གཅེན་མོ་དང་གཅུང་མོ་》སོགས་ནི་གཅེན་མོ་གཅུང་མོ་བར་གྱི་འབྲེལ་བ་ཇི་ལྟར་ཡིན་མིན་མཚོན་པའི་དམངས་སྒྲུང་ཡིན་གཞན་ཡང་ཁྱོ་ཤུག་བར་གྱི་འབྲེལ་བ་དང་། ཕ་གཡར་མ་གཡར་དང་བུ་ཕྲུག་བར་གྱི་འབྲེལ་བ་མཚོན་པ་སོགས་མང་ངོ་། །

ཁྱིམ་ཚང་གི་འཚོ་བའི་སྐོར་གྱི་སྒྲུང་འདིར་ཁྱིམ་ཚང་གཅིག་གམ་ཁྱིམ་ཚང་གཅིག་གི་མི་སྣ་གཉིས་གསུམ་བར་གྱི་མི་ཆོས་གནད་དོན་སྙིང་པོར་བྱས་ནའང་ཁྱིམ་ཚང་ནི་སྤྱི་ཚོགས་ཀྱི་རྩ་བའི་སྒྲིག་འཛུགས་ཤིག་ཡིན་པས་སྒྲུང་དེ་དག་ལས་སྐབས་དེ་དང་དེའི་སྤྱི་ཚོགས་ཀྱི་འབྲེལ་བ་དང་མི་ཆོས་ཀྱི་གནས་སྟངས། ཁྱིམ་མི་བར་གྱི་འབྲེལ་བ་བཅས་ཇི་བཞིན་མཚོན་ཐུབ་པས་སྤྱི་ཚོགས་སམ་མི་རིགས་གཅིག་གི་མི་ཆོས་ལྟ་བ་དང་ཀུན་སྤྱོད་བྱུང་ཚད་ཀྱི་འགྱུར་ལྡོག་དང་འཕེལ་རྒྱས་བཅས་ལ་ཞིབ་འཇུག་བྱེད་པར་ཕན་ཐོགས་ངེས་ཅན་ལྡན་པ་སྨོས་མེད་དོ། །

4. ཐོན་སྐྱེད་ངལ་རྩོལ་གྱི་ཤེས་བྱ་དང་ཉམས་མྱོང་བཤད་པའི་སྒྲུང་།

དེ་ནི་སྒྲུ་རྩལ་གྱི་ཐབས་ལམ་ལ་བརྟེན་ནས་ཐོན་སྐྱེད་ངལ་རྩོལ་གྱི་ཤེས་བྱ་ཉམས་མྱོང་ཕྱོགས་བསྡུས་དང་། ངལ་རྩོལ་གྱི་དགེ་ཕན་གང་ཡོད་བཤད་པའི་དམངས་ཁྲོད་ཀྱི་ངག་ཐོག་སྒྲུང་ཞིག་ཡིན།

སྒྲུང་དེ་རིགས་གཙོ་བོར་ཐོན་སྐྱེད་ཀྱི་ཤེས་བྱ་ཉམས་མྱོང་ཕྱོགས་བསྡོམས་དང་། བརྒྱུད་བསྒྲགས། ངལ་རྩོལ་བྱེད་དང་མི་བྱེད་པའི་དགེ་སྐྱོན་གྱི་ཁྱད་པར་བརྗོད་པར་དམིགས་པ་ཞིག་ཡིན་པས་དམངས་སྒྲུང་གཞན་དང་བསྡུར་ན་སློབ་གསོ་དང་བེད་སྤྱོད་རང་བཞིན་དེ་བས་ཤུགས་ཆེན་ལྡན་པ་གང་ཞིག་བརྩམ་བྱ་ཕྲིལ་པོའི་བརྗོད་དོན་དང་དམིགས་ཡུལ་གྱིས་སྒྲུང་ནང་ཐོན་སྐྱེད་ཀྱི་བརྒྱུད་

རིམ་དང་ངལ་རྩོལ་གྱི་བརྒྱུད་རིམ་སུག་བྲིའི་ཐད་དོན་དངོས་དང་ཞིབ་ཕྲ་ཆེན་པོ་ཡིན་པའི་ཁྱད་ཆོས་མངོན་གསལ་ཡོད།

འོན་ཀྱང་སྐབས་ནང་ཐད་ཀར་ཐོན་སྐྱེད་ངལ་རྩོལ་གྱི་ཉམས་མྱོང་དང་ཤེས་བྱ། དེ་བཞིན་ངལ་རྩོལ་གྱི་ཕན་ཡོན་འདི་དང་འདི་ཞེས་ཚིག་སྐམ་པོ་མེད་ཀྱི་བརྗོད་པ་མིན་པར་ཞིང་པ་དང་བཟོ་པ་སོགས་ཚབ་མཚོན་གྱི་ངལ་རྩོལ་པའི་གཟུགས་བརྙན་བཀོད་འཕྲི་བྱས་ནས་དེར་ཐོབ་པའི་ཐོན་སྐྱེད་ཀྱི་ཉམས་མྱོང་དང་ཤེས་བྱ་སོགས་སྐབས་ཀྱི་རྣམ་པར་བཀོད་དེ་མི་རབས་རྗེས་མ་རྣམས་ལ་བརྒྱུད་སྤྲོད་བྱས་པ་ཡིན།

སྐབས་འདིར་གཅིག་ནས་ཐོན་སྐྱེད་ངལ་རྩོལ་གྱི་ཤེས་བྱ་ཉམས་མྱོང་བཤད་པ་དང་། གཉིས་ནས་སྲིད་ལུགས་གམ་ངལ་རྩོལ་ལ་མི་སྤྲོ་བའི་སྐྱོན་བརྗོད་པའི་ནང་དོན་ཕྱོགས་ཆེ་བ་གཉིས་ཡོད་པས《དགུན་གྲོར་ཡུར་མ་ཡུར་བས་ཤིང་རིལ་དུམ་བུར་བཅག》ཅེས་པར་སྔར་ཞང་པོ་ཞིག་ཡོད་པ་དེས་གྲོའི་སོན་ཆ་སྲུས་དག་པ་རས་ཕད་གང་ཚ་བོར་གཡར་ནས་ད་ལོ་ཞིང་ནང་བཏབ་ལ་ཕྱི་ལོ་ཞིང་ལ་ཡུར་མ་ལེགས་པོ་ཡུར་དགུན་གྲོ་བསྡུ་བའི་སྐབས་ངར་སྐྱིན་ཚབ་སྤྲོད་པར་སྔོག་ཅེས་ལབ་བོ། ། ལོ་གཉིས་པ་དེར་ཚ་བོས་གྲོའི་སྨུ་གུ་ཏ་ཙང་ཡག་པོ་སྐྱེས་ཡོད་པར་གཟིགས་ནས་ཞིང་ལ་ཡུར་མ་ཡུར་མེད། དགུན་གྲོ་བསྡུ་བའི་ཚེ་ཐེར་ག་གང་ཞང་པོའི་སར་སྐྱིན་ཚབ་འཇལ་བར་ཕྱིན། ཐེར་ག་ཞང་པོའི་སྔོ་ཆེན་འཛུལ་གྲབས་ཡོད་པའི་སྐབས་ཞང་པོས་ཤིང་རིལ་ལག་ངར་ཙམ་ཞིག་ཐེར་གེའི་འཁོར་ལོའི་འོག་ཏུ་བཙུག་ནས་བལྟས་པས་ཤིང་རིལ་སྟེང་འཁོར་ཤུལ་ཙམ་ལས་མེད། དེར་ཞང་པོ་ཁྲོ་ལངས་ནས་ཚ་བོར་གྲོ་དང་བཅས་པའི་ཐེར་ག་ཕར་འཁྲིད་དུ་བཙུག ཡང་ལོ་གསུམ་པར་ཚ་བོས་ཞིང་ལ་ཡུར་མ་ཐེངས་གཅིག་ལས་མ་ཡུར། དགུན་གྲོ་བསྡུས་རྗེས་སྔར་ལྟར་ཞང་པོའི་སྐྱིན་ཚབ་འཇལ་བར་ཡོང་། ཞང་པོས་སྔོན་བཞིན་ཤིང་རིལ་གཅིག་ཐེར་གེའི་འཁོར་ལོའི་འོག་བཙུག་པས་ཤིང་རིལ་

ཉག་ཙམ་ལས་གཞན་མི་འདུག་པས་ཞང་པོས་ཁོ་ཐེར་ག་དང་བཅས་སྣར་སློག་ལོ་བཞི་པར་ཚ་བོས་ཞིང་ལ་ཡུར་མ་ཐེངས་གཉིས་ཙམ་བྱས་ཤིང་རྣ་ཡན་བཀོག་དཀྲུན་གྱི་བསྡུས་རྗེས་སྔར་ལྟར་ཞང་པོར་སྐྱིན་ཚབ་འཇལ་བར་ཡོང་། ཞང་པོས་སྔར་བཞིན་ཤིང་རིལ་ཐེར་གའི་འཁོར་འོག་ཏུ་བཙུག་པས་ཐེར་གའི་ཟླིད་ཀྱིས་ཤིང་རིལ་དུམ་བུ་གཉིས་སུ་བཏང་བ་ལ་ཞང་པོ་དགའ་ཚོར་ཆེན་པོ་བྱུང་ནས་ཚ་བོར་ལོ་ལྟར་ཞིང་ལ་ཡུར་མ་ཐེངས་གཉིས་ཙམ་བྱས་ན་རང་བཞིན་གྱིས་སྟོན་ལེགས་བྱུང་བ་ཡིན། མི་རྟུར་ན་ཞིང་གིས་རྒྱང་མི་སྟེར་ཞེས་བཤད་དོ། །

སྒྲུང་དེ་ལ་སོགས་པ་ནི་ཐོན་སྐྱེད་ངལ་རྩོལ་གྱི་ཤེས་བྱ་ཉམས་མྱོང་བརྗོད་པ་ཞིག་ཡིན་ལ་སྒྲུང་འདིའི་ནང་ཞང་པོས་ཚ་བོར་ཞིང་ལ་ཡུར་མ་ཡུར་ན་ཕན་ཡོན་གང་དང་གང་ཡོད་པ་ཐད་ཀར་མ་བཤད་པར་ཏ་ཙང་ཐབས་མཁས་ཀྱིས་གོ་རྟོགས་ཐུབ་པར་བྱས་ཤིང་གསར་རྩོམ་པས་ཞིང་ལ་ངེས་པར་ཡུར་མ་ཡུར་དགོས་པའི་ཤེས་བྱ་ཉམས་མྱོང་དེ་སྒྲུང་གི་ཐབས་ལམ་ལ་བརྟེན་ནས་གསལ་བར་བཤད་པས་དེར་ཚིག་སྐམ་པོའི་ཤེས་བྱ་ངོ་སྤྲོད་ཀྱི་ཚད་ལས་འདས་པའི་བྲོ་བ་ཞིག་དང་རྗེས་རབས་རྣམས་ལ་སླན་ལ་འཇེབས་པའི་བརྗོད་དོན་གྱི་ཁྲོད་དུ་ཡང་དག་པའི་ཤེས་བྱ་དང་གཏིང་ཟབ་པའི་སློབ་གསོ་ཞིག་ཐོབ་ཐུབ་པའི་དགེ་མཚན་ཆེན་པོ་ཡོད། ཡང་དམངས་སྒྲུང་《གྲོགས་པོ་བཞི་》ཞེས་པ་སྔར་གྲོགས་པོ་བཞི་ཡོད་པ་གཅིག་ལས་གཅིག་སྐྱིད་ལུག་ཆེ་བས་ཉིན་ལྟར་འཁྲུམ་ཤིང་གནས་པ་ལ་ཕ་མ་རྣམས་ཀྱང་ཐབས་ཟད།

ཉིན་ཞིག་ཁོ་ཚོ་བཞི་ཁ་མཐུན་ནས་ནགས་ཁྲོད་དུ་རྩེད་མོར་ཕྱིན། རྩེད་མོར་རོལ་ནས་དུས་གང་མཚམས་སོང་རྗེས་ཁོ་ཚོ་བཞི་གྲོད་པ་ལྟོགས་ནས་ངལ་གསོ་བྱས། སྐབས་ལེགས་པ་ཞིག་ལ་ཁོང་བཞིའི་ནང་གི་གྲོགས་པོ་གཅིག་གིས་འོ་མ་ཐྲན་ཙམ་འཁྱེར་ཡོད། འོན་ཀྱང་མི་བཞི་ཀར་བགོས་ན་མི་འདང་བས་ཁོང་ཚོས་གྲོས་བྱས་ནས་རྒྱུ་འགྲམ་ནས་རྒྱུ་ཐྲན་ཙམ་ལེན་པར་མཐུན། རྒྱུ་ལེན་པར་

སྲུ་འགྲོ་མིན་ཐད་ལོ་ཆེ་བས་ཆུང་བར་འགན་སྤྲད་ཆུང་བས་ཆེ་བར་འགན་སྤྲད། དེ་ལྟར་རྩོད་པ་བྱས་ནས་དུས་འགའ་སོང་མཐར། ལོ་འཕྲིང་བ་དེས་ད་ནས་བཟུང་སྲུས་སྐད་ཆ་སྡོན་ལ་ཧོར་བ་དེ་ཆུ་ལེན་པར་འགྲོ་དགོས་ཞེས་ཐག་བཅད་པ་ལྟར་ཁ་མཐུན་ནོ། །

དེ་ནས་གྲོགས་པོ་བཞི་པོས་ངག་བརྟམས་མིག་བཙུམས་སྲུས་སྐད་ཆ་སྡོན་ལ་ཧོར་རམ་སྙམ་པའི་སྐབས་དེར་རྫོན་པ་ཞིག་ཡོང་ནས་ཁོང་ཚོར་འཚམས་འདྲི་བྱས་ཀྱང་སྲུས་ཀྱང་ལན་མི་བྱེད་པར་འདུག་པས་རྫོན་པ་ཡ་མཚན་ཆེན་པོ་སྐྱེས། གཡས་ལྟ་གཡོན་ལྟ་བྱས་པས་འོ་མ་ཀྲིན་ཁོག་གང་འདུག་པ་དེ་མཐོང་སྟེ་འོ་མ་དེ་གཙང་མར་བཏུང་ངོ་། །གྲོགས་པོ་བཞིས་གནས་ཚུལ་དེ་དག་མཐོང་ནའང་སྲུས་ཀྱང་སྐད་ཆ་མི་འདོན་པར་འདུག རྫོན་པ་ཕྱིན་པའི་རྗེས་ལ་ཤ་ཁྲི་ཞིག་འོངས་ནས་འོ་སྣོད་དེ་གཙང་མར་བཏག དེས་མི་ཚད་གྲོགས་གཅིག་གི་ངོ་གདོང་ཡང་བཏག་པས་ཁོ་སྙོམ་མ་ཐུབ་པར་ཁྱི་དེར་ཕར་རྒྱུགས་ཕར་རྒྱུགས་ཞེས་ལབ་པས་གྲོགས་པོ་གཞན་གསུམ་པོས་ཁོར་ཁྱེད་རང་སྐད་ཆ་སྡོན་ལ་ཧོར་བས་ད་ཁྱོད་མགྱོགས་མྱུར་ཆུ་ལེན་པར་སོང་ཞེས་བཤད་པར་ཁོས་འོ་མ་ཚང་མ་རྫོན་པས་བཏུང་ཚར་བས་ད་ཆུ་བླངས་ནས་ཅི་བྱེད་ཅེས་ལན་བྱས་སོ།ཞེས་པ་སྲིད་ལུགས་པར་འཕྲུ་སྨོད་དང་ངལ་རྩོལ་ལ་གཡོལ་བའི་ཉེས་དམིགས་བརྗོད་པའི་དམངས་སྒྲུང་ཡིན་ཞིང་དེའི་ནང་ངལ་རྩོལ་ལ་མི་དགའ་བ་དང་སྲིད་ལུགས་ཅན་ལ་འཁོན་ཚིག་བསྒྲགས་ནས་གལ་ཏེ་ངལ་རྩོལ་མི་བྱེད་ན་གང་ཡང་ཐོབ་ཐབས་བྲལ་བའི་བསླབ་བྱ་གསལ་པོར་བསྟན་པ་དང་སྒྲགས་སྲིད་ལུགས་པའི་མཐའ་འབྲས་ཏྟ་ཅང་ཡང་བར་བྱས་ནས་ངལ་རྩོལ་གྱི་ནུས་ཆེན་སྙིང་པོ་བསྟན་ཡོད། གཞན་ཡང་དམངས་ཁྲོད་དུ《ཞལ་ཆེམས་རྣ་གསུམ་》 《སྲིད་ལུགས་པ་གཉིས་》 《ཏུན་མ་ནང་ལ་འཛུལ་བ་》 《སྲིད་ལུགས་ཅན་གྱི་ཤིང་བཟོ་བ་》སོགས་དེའི་སྐོར་གྱི་སྒྲུང་མང་ངོ་། །

གོང་བཀོད་ཀྱི་དབྱེ་བ་དེ་དག་ལས་དམངས་ཁྲོད་ཀྱི་འཚོ་བའི་སྒྲུང་ནི་དོན་དངོས་རང་བཞིན་ཤུགས་ཆེར་ལྡན་པ་ཞིག་ཡིན་པ་རྟོགས་ཐུབ་ཅིང་སྔོས་སུ་མི་སྣ་སྒྲུབ་བཞེངས་ཐད་ཆེད་མངགས་མི་སྣའི་གཟུགས་བརྙན་དང་སེམས་ཁམས། གཏམ་གླེང་སོགས་ཕྱོགས་མང་གི་བཀོད་འགྲི་མེད་པར་ཏ་ཙང་སྟབས་བདེའི་ཐོག་ནས་སྒྲུབ་བཞེངས་བྱས་ཤིང་མི་སྣ་དེ་རིགས་རྒྱུན་གཏན་འཚོ་བའི་ནང་འཚོ་དང་འཚོ་བཞིན་པའི་གཞོན་བྱིས་རྒན་གསུམ་གྱི་ཁྱད་ཆོས་ལས་མ་འདས་པས་གསོན་ཉམས་ལྡན་ལ་དཔེ་མཚོན་རང་བཞིན་ཡོད་པ་དང་། སྒྲུང་གི་བྱུང་རིམ་ཡང་རྙོག་འཛིང་ཆེ་བ་དང་སྣེ་མང་ཅན་མ་ཡིན་པར་ཁ་གསལ་ནུས་ལྡན་རེ་གཉིས་ཙམ་ཡིན་ལ་དམངས་རྩོམ་གསར་རྩོམ་པ་རྒྱ་ཆེའི་ངལ་རྩོལ་མི་དམངས་ཀྱིས་རང་གི་དུང་སེམས་དང་རེ་འདོད་གསལ་མཚོན་ཆེད་འཚོ་བའི་སྒྲུང་གི་གསར་རྩོམ་ཐབས་ཤེས་ཐོག་ལ་དངོས་ཡོད་རིང་ལུགས་ཙམ་མ་ཟད་འོས་འཚམས་ཀྱི་འཆར་ཡན་རིང་ལུགས་ཀྱི་གསར་རྩོམ་ཐབས་ཤེས་ཟུང་འབྲེལ་བྱས་པ་དཔེར་ན《ཇ་དང་ཚྭའི་སྒྲུང་》ནང་གཞོན་ནུ་ཕོ་མོ་གཉིས་ཚ་དང་ཇར་གྱུར་ནས་རྟག་ཏུ་འཕྲད་པར་བཤད་པ་དང་《ཟླ་བའི་སྒྲུང་》ནང་མཐར་ཕྱུག་སྒོམ་མ་བཟོད་པའི་མནའ་མ་དེ་ཟླ་བའི་ནང་དུ་ཕྱིན་ནས་འཛོན་ཐང་ཆེ་བའི་མནའ་མ་ཞིག་ཏུ་ཆགས་པར་བཤད་པ་སོགས་འཆར་ཡན་གྱི་ཐབས་ཤེས་ལ་བརྟེན་ནས་རྩོམ་མཇུག་བསྡུས་པ་དང་འཆར་ཡན་གྱི་ཐབས་ཤེས་ལ་བརྟེན་ནས་མི་སྣའི་མཐར་ཕྱུག་གི་ལས་དབང་བཟང་བརྟེགས་དང་ཕྱུགས་བསམ་ཅན་དུ་བྱས་པ་གྲངས་ལས་འདས་ཤིང་དེས་བརྩམས་བྱ་རྩོལ་པོའི་ལངས་ཕྱོགས་ཡར་ཐོན་ཡིན་པའི་ཁྱད་ཆོས་ལེགས་པར་མཚོན་ཡོད།

རང་ཅག་བོད་ཀྱི་དམངས་ཁྲོད་འཚོ་བའི་སྒྲུང་ལ་གོང་བཀོད་ཁྱད་ཆོས་དེ་དག་ཡོད་པ་ཙམ་མ་ཟད་དམིགས་བསལ་གཞན་ཞིག་ནི་བོད་ཀྱི་དམངས་སྒྲུང་ངམ་འཚོ་བའི་སྒྲུང་ནང་མི་སྣའི་བར་གྱི་གཏམ་གླེང་ཕལ་ཆེ་བ་བཅད་པའི་རྣམ་

པར་སྤྱོད་ཅིང་སྒྲུང་མཁན་གྱིས་སྒྲུང་དེ་དང་དེ་བཤད་པའི་སྐབས་ལའང་མི་སྣའི་གནམ་གླིང་བཅད་པར་བྱས་པ་རྣམས་གཞས་གླུའི་རྣམ་པར་བྱས་ནས་བཤད་པ་དང་སྒྲུང་གི་མི་སྣའང་གནམ་གླིང་རྒྱ་ཆེར་བཀོད་པའི་ཐོག་ནས་སྒྲུབ་བཞེངས་བྱས་པའི་ཁྱད་ཆོས་ཡོད་དོ།

གསུམ། དམངས་ཁྲོད་ཀྱི་བསྟུས་བརྗོད་ཀྱི་སྒྲུང་།

1. དམངས་ཁྲོད་ཀྱི་བསྟུས་བརྗོད་སྒྲུང་གི་དོན་དང་བྱུང་འཕེལ།

དམངས་ཁྲོད་ཀྱི་བསྟུས་བརྗོད་སྒྲུང་ནི་དམངས་ཁྲོད་རྩོམ་རིག་ཁྲོད་ཆེས་དམིགས་བསལ་ཅན་གྱི་འབོལ་རྩོམ་རྣམ་པ་ཞིག་ཡིན་ལ། ད་ལྟ་དང་སྔོན་བྱོན་མཁས་པ་མང་པོས་མཚན་ཉིད་དང་། ཆབ་སྲིད། ཆོས་ལུགས་བཅས་ཀྱི་རྙོག་འཛིང་ཆེ་ལ་གཏིང་ཟབ་པའི་གནད་དོན་དང་གནས་ལུགས་མང་པོ་དམངས་ཁྲོད་བསྟུས་བརྗོད་སྒྲུང་ལ་བརྟེན་ནས་གསལ་བཤད་བྱས་པ་མ་ཟད་རྒྱུན་གཏན་འཚོ་བའི་ཁྲོད་དུའང་མེས་པོ་རྒན་རབས་དུ་མས་རྗེས་རབས་ལ་ཀུན་སྤྱོད་དང་མི་ཚེའི་གནས་ལུགས་མང་པོ་དམངས་ཁྲོད་ཀྱི་བསྟུས་བརྗོད་སྒྲུང་ལ་བརྟེན་ནས་ཤེས་རྟོགས་དང་ངོ་སྤྲོད་བྱེད་ཀྱི་ཡོད། དེས་ན་མི་དམངས་ཀྱི་ཤེས་རབ་དང་ཉམས་མྱོང་གི་ཉིང་ཁུར་གྲུབ་པའི་དམངས་ཁྲོད་ཀྱི་བསྟུས་བརྗོད་སྒྲུང་ལ་རྩོམ་རིག་གི་རིན་ཐང་ཙམ་མ་ཟད་སྤྱི་ཚོགས་ཀྱི་ཕན་ནུས་ཀྱང་ཏ་ཙང་ཆེན་པོ་ལྡན་པར་རྟོགས་ཐུབ། འོ་ན་གང་འདྲ་ཞིག་ལ་དམངས་ཁྲོད་བསྟུས་བརྗོད་སྒྲུང་ཞེས་ཟེར་རམ་ཞེ་ན་འཇར་མན་གྱི་མཁས་པ་ལེ་ཤིན་གྱིས་གལ་ཏེ་ང་ཚོས་རྒྱུ་ཁྱབ་རང་བཞིན་ལྡན་པའི་ཀུན་སྤྱོད་ཀྱི་བདེན་པའི་གནས་ལུགས་ཤིག་དམིགས་བསལ་གྱི་གནད་དོན་གང་རུང་སྟེང་དུ་བསྟུས་ནས་སྒྲུང་ཞིག་བློས་བསླངས་གསར་རྩོམ་བྱས་ཤིང་སྒྲུང་འདི་ལས་རྒྱུ་ཁྱབ་རང་བཞིན་ལྡན་པའི་བདེན་པའམ་གནས་

ལུགས་དེ་མི་རྣམས་ཀྱིས་དེ་མ་ཉིད་དུ་རྟོགས་ཐུབ་པ་དེ་འདྲའི་སྒྲུང་ཞིག་ལ་བསྟུས་བརྗོད་སྒྲུང་ཟེར་བ་ཡིན་ཞེས་གསུངས་པ་ལྟར་དེ་ནི་བརྗོད་འདོད་དེ་དངོས་པོ་གཞན་གྱི་ནང་དུ་བསྟུས་པའི་སྒྱུ་རྩལ་གྱི་ཐབས་ལམ་ལ་བརྟེན་ནས་གཏིང་ཟབ་པའི་གནས་ལུགས་སམ་ཆོས་ཉིད་ངེས་ཅན་ཞིག་མཚོན་པར་བྱས་པ་གང་ཞིག་བསླབ་འདོམས་ཀྱི་སྙིང་དོན་དང་ཤེས་བྱའི་རིན་ཐང་ངེས་ཅན་ལྡན་པའི་དམངས་ཁྲོད་ཀྱི་སྒྲུང་ཞིག་ལ་ཟེར་བ་ཡིན། སྒྲུང་དེ་རིགས་ཀྱི་སྒྱུ་རྩལ་གྱི་གཟུགས་བརྙན་ལ་སྨྲ་ཤེས་དོན་གོ་བའི་མི་དང་དུད་འགྲོ་ལ་སོགས་པའི་སྲོག་ལྡན་སྣ་ཚོགས་དང་གཞན་ཡང་རྩི་ཤིང་དང་རང་བྱུང་དངོས་རིགས་སོགས་མང་མོད་འོན་ཀྱང་དེ་དག་ལས་ཕྱི་རོལ་ཡུལ་གྱི་ཆོས་ཉིད་དང་འཚོ་བ་དང་མི་ཚེའི་གནས་ལུགས་གང་རུང་ཞིག་གོ་བར་བྱས་པ་དམིགས་ཡུལ་དང་སྙིང་པོར་གསོན་པས་བསྟུས་བརྗོད་སྒྲུང་གང་ཞིག་ཡིན་རུང་དེའི་ཤུགས་དོན་ནམ་བསྟན་དོན་དེ་སྒྲུང་དེ་རིགས་ཀྱིས་མི་རྣམས་ལ་བསྟན་པའི་དོན་གྱི་སྙིང་པོའི་སྙིང་པོ་ཡིན་ནོ། །

རྩོམ་རིག་སྤྱི་དང་བྱེ་བྲག་ཚང་མ་དུས་ཀྱི་ཆ་རྐྱེན་དང་སྤྱི་ཚོགས་ཀྱི་ཆ་རྐྱེན་ངེས་ཅན་འོག་བྱུང་བ་ཡིན་སྐབས་དམངས་ཁྲོད་བསྟུས་བརྗོད་སྒྲུང་གི་བྱུང་འཕེལ་ཡང་ཆོས་ཉིད་དེ་ལས་བརྒལ་ཐབས་བྲལ། དམངས་ཁྲོད་རྩོམ་རིག་ལ་ཞིབ་འཇུག་གནང་མཁན་དུས་རབས་རིམ་བྱུང་གི་མཁས་པ་ཚོས་དམངས་རྩོམ་ནང་གི་ཆེས་གདོད་མའི་བསྟུས་བརྗོད་སྒྲུང་དག་ནི་སྲོག་ཆགས་སྒྲུང་གི་རྨང་གཞིའི་ཐོག་བྱུང་བར་གསུངས་པ་སྔེ་གདོད་མའི་དུས་མིའི་རིགས་ཀྱི་འཚོ་སྐྱོད་ཐམས་ཅད་རང་བྱུང་ཁམས་ཆེན་མོར་བརྟེན་པས་མི་དང་རང་བྱུང་ཁམས་ཀྱི་སྲོག་ཆགས་དབར་ཤིན་ཏུ་ཟབ་པའི་འབྲེལ་བ་ཆགས་ཤིང་མིའི་རིགས་ཀྱིས་སྲོག་ཆགས་དེ་ཚོའི་ལུས་གཟུགས་ཀྱི་ཁྱད་ཆོས་དང་། གཤིས་ཀ འབྲེལ་བ་ལ་སོགས་ཁོང་དུ་ཆུད་རྗེས་དེ་ལ་དེ་འཚམ་གྱི་བཤད་པ་རེ་དང་གཏམ་རེ་སྤེལ་བས་སྲོག་ཆགས་སྒྲུང་དར། རྗེས་སུ་མི་རྣམས་ཀྱི་ཐོན་སྐྱེད་ཆུ་ཚད་གོང་འཕེལ་ཕྱིན་པ

དང་ཆབས་ཅིག་མི་དང་སྲོག་ཆགས་བར་གྱི་གདོད་མའི་མཉམ་གནས་ཀྱི་འབྲེལ་བ་དེ་རིམ་བཞིན་ཉམས་ནས་སྲོག་ཆགས་ཀྱི་སྒྲུང་ནང་སྲོག་ཆགས་ཀྱི་ལུས་གཟུགས་ཁྱད་ཆོས་དང་སྤྱོད་པའི་ཁྱད་ཆོས་སོགས་བརྗོད་པའི་སྒྲུང་གི་གཙོ་དོན་ནམ་སྙིང་པོར་བྱེད་པ་འགྱུར་ལྡོག་བྱུང་ནས་སྲོག་ཆགས་ཀྱི་གཤིས་ལུགས་དང་བྱ་སྤྱོད་ལས་སྤྱི་ཚོགས་དང་མི་ཆོས་ཀྱི་གནད་དོན་གཙོ་བོར་མཚོན་པ་དང་སྲོག་ཆགས་གཡར་ནས་དོན་དངོས་འཚོ་བའི་ཆོས་ཉིད་དང་བསམ་བློ་ཀུན་སྤྱོད་ཀྱི་གནས་ལུགས་བརྗོད་པར་བྱས་པས་རྩོམ་རིག་གི་བྱེ་བྲག་བསྒྲུས་བརྗོད་སྒྲུང་འདི་རིམ་བཞིན་དར་བ་ཡིན། མིའི་རིགས་ཀྱིས་ཕྱི་རོལ་དངོས་པོའི་ཆོས་ཉིད་ཀྱི་ཤེས་ཚད་དང་མི་ཆོས་དང་སྤྱི་ཚོགས་ཀྱི་གནས་ལུགས་ཁོང་དུ་ཆུད་ཚད་ཟུར་བས་ཇེ་མང་དང་ཟུར་བས་གཏིང་ཟབ་ཏུ་ཕྱིན་པ་དེས་སྲོག་ཆགས་ཁོ་ནར་བརྟེན་ནས་མི་ཆོས་སོགས་ཀྱི་གནས་ལུགས་གསལ་བཤད་བྱེད་པའི་ཐབས་ལམ་དེར་དཀའ་ངལ་གཡོལ་ཐབས་བྲལ་བ་འཕྲད་ཅིང་། དེ་ལས་མི་རྣམས་ལ་རང་བྱུང་ཁམས་ཀྱི་དངོས་རིགས་གཞན་དཔེར་ན། རྩི་ཤིང་དང་ཆུ་མེ་སོགས་ཀྱི་ཁྱད་གཤིས་བེད་སྤྱོད་ནས་གནས་ལུགས་གསལ་བཤད་བྱེད་པའི་ཐབས་ལམ་རྙེད་པས་དམངས་ཁྲོད་བསྒྲུས་བརྗོད་སྒྲུང་གི་སྒྱུ་རྩལ་གཟུགས་བརྙན་སྣ་མང་དུ་ཕྱིན་པ་དང་ལྷན་དུ་གོམ་གང་གི་འཕེལ་རྒྱས་ཀྱིས་ད་ལྟའི་བསྟན་དོན་ཟབ་ལ་སྒྱུ་རྩལ་ཁྱད་ཆོས་ཕུན་ཚོགས་ལྡན་པ་འདི་བྱུང་བ་ཡིན་ནོ། །

2. བསྒྲུས་བརྗོད་སྒྲུང་གི་དབྱེ་བ།

དམངས་ཁྲོད་བསྒྲུས་བརྗོད་སྒྲུང་གི་དབྱེ་བར་མི་སྣ་དང་དུས། བསྟན་དོན་བཅས་ཀྱི་ཐད་ནས་སྲོག་ཆགས་སྐོར་གྱི་བསྒྲུས་བརྗོད་སྒྲུང་། མི་སྣའི་བསྒྲུས་བརྗོད་སྒྲུང་། རྩི་ཤིང་གི་བསྒྲུས་བརྗོད་སྒྲུང་དང་། གནའ་དེང་ཉེ་གསུམ་གྱི་བསྒྲུས་བརྗོད་སྒྲུང་། ཀུན་སྤྱོད་སྐོར་གྱི་བསྒྲུས་བརྗོད་སྒྲུང་ཕྱི་རོལ་དངོས་པོའི་ཆོས་ཉིད་སྐོར་གྱི་བསྒྲུས་བརྗོད་སྒྲུང་ལ་སོགས་པ་འབྱེད་ཆོག་མོད། འོན་ཀྱང་

བསྒྱུས་བརྗོད་སྒྲུང་གང་འདྲ་ཞིག་བཤད་སྲོལ་འཆད་ཉན་བྱས་ཀྱང་དེའི་མི་སྣ་དང་དུས་ཀྱི་ཁྱད་པར་ངོས་འཛིན་ཤེས་རྟོགས་ཐུབ་པ་ཙམ་གྱིས་བསྒྱུས་བརྗོད་སྒྲུང་དེའི་སྙིང་དོན་ཇི་ཡིན་ཤེས་རྟོགས་ཐུབ་པར་ཤིན་ཏུ་བརྗོད་དཀའ་བ་དང་ལྷག་པར་བསྒྱུས་བརྗོད་སྒྲུང་ཞིག་མཐིལ་ཕྱིན་པ་རྟོགས་དང་མ་རྟོགས་ཀྱི་ཚད་གཞི་ནི་བསྒྱུས་བརྗོད་སྒྲུང་དེའི་བསྟན་དོན་གང་ཡིན་རྟོགས་དང་མ་རྟོགས་ལ་ངེས་པས་བསྟན་དོན་ནི་མི་སྣ་དང་དུས་ལས་དེ་བས་གལ་ཆེ་བ་ཞིག་ཏུ་གྱུར། རྒྱུ་མཚན་དེས་འདིར་བསྒྱུས་བརྗོད་སྒྲུང་གི་བསྟན་དོན་གཙོར་བཟུང་གིས་ཀུན་སྤྱོད་ཀྱི་བསྒྱུས་བརྗོད་སྒྲུང་། འཚོ་བའི་གནས་ལུགས་དང་ཕྱི་རོལ་ཆོས་ཉིད་བརྗོད་པའི་བསྒྱུས་བརྗོད་སྒྲུང་བཅས་དབྱེ་བ་ཆེ་བ་གཉིས་སུ་བྱས་ནས་བཤད་དོ།

(1) ཀུན་སྤྱོད་ཀྱི་བསྒྱུས་བརྗོད་སྒྲུང་།

དེ་ནི་བསམ་བློ་ཀུན་སྤྱོད་ཀྱི་ཁྱབ་ཁོངས་སུ་གཏོགས་པའི་གནས་ལུགས་གསལ་བཤད་བྱེད་པའི་བསྒྱུས་བརྗོད་སྒྲུང་སྟེ། མི་འམ་སྲོག་ཆགས་ཀྱི་རང་གཤིས་དང་དེ་ཚོའི་བར་ལྷགས་པའི་གནད་དོན་གང་རུང་བརྗོད་ནས་མིའི་འཚོ་བའི་ཁྲོད་ཀྱི་དགེ་དང་མི་དགེ་བླང་བྱ་དང་དོར་བྱ་གང་ཡིན་ཀུན་སྤྱོད་ཀྱི་གནས་ལུགས་ངེས་ཅན་ཞིག་གོ་བར་བྱེད་པའི་དམངས་ཁྲོད་ཀྱི་སྒྲུང་ཞིག་ལ་ཟེར་བ་ཡིན།

རང་བྱུང་ཁམས་སུ་འཚོ་སྡོད་བྱེད་པའི་སྲོག་ཆགས་དུ་མའི་རང་གཤིས་དང་བྱ་སྤྱོད་མང་པོ་མིའི་རིགས་ཀྱི་བྱ་ལུགས་སྤྱོད་གསུམ་དང་གཅིག་འདྲ་ལྟ་བུར་གྱུར་པ་དེས་གསར་རྩོམ་པས་ཀུན་སྤྱོད་སྐོར་གྱི་བསྒྱུས་བརྗོད་སྒྲུང་ནང་། སྟག་སྲིལ། ཝ་ལ་སོགས་པའི་སྲོག་ཆགས་ཀྱི་གཟུགས་བརྙན་སྣ་ཚོགས་བེད་སྤྱོད་བྱས་ཤིང་མི་ཆོས་ཀྱི་གནས་ལུགས་མང་པོ་ཞིག་སྲོག་ཆགས་ཀྱི་བྱ་སྤྱོད་དང་གཤིས་ལུགས་རྒྱས་བཤད་ཀྱིས་མཚོན་པར་བྱས་ཡོད། འོན་ཏེ་བསྒྱུས་བརྗོད་སྒྲུང་ནང་སྲོག་ཆགས་དེ་དང་དེ་དོན་དངོས་གང་ཡིན་ཇི་མ་ཇི་བཞིན་བཀོད་འབྲི་བྱས་པ་མིན་པར་བསྒྱུས་བརྗོད་སྒྲུང་དེ་དག་གསར་རྩོམ་བྱེད་སྐབས་དམངས་ཁྲོད་ངལ་

རྩོལ་བ་ཆོས་བསྟུས་བརྗོད་སྒྲུང་ནང་གི་སྲོག་ཆགས་རྣམས་ལ་མིའི་རང་གཤིས་ཀྱིས་ཕྱུག་པར་བྱས་ཡོད་ཅིང་སྲོག་ཆགས་གང་དང་གང་ཡིན་ཀྱང་འཚོ་བའི་ཁྲོད་ཀྱི་མིའི་རང་གཤིས་མི་འདྲ་བའི་ཚབ་གཟུགས་ལྟ་བུར་བྱས་པས་བསྟུས་བརྗོད་སྒྲུང་གི་བསྟན་དོན་གོ་ཤེས་ཐུབ་པར་མཐུན་རྐྱེན་འོས་འཚམས་བསྐྲུན་པ་མ་ཟད་བསྟུས་བརྗོད་སྒྲུང་གི་རྩ་བའི་ཁྱད་ཆོས་དྲང་དོན་ངེས་དོན་གཉིས་ལྡན་གྱི་ཆ་དེ་ལེགས་པར་མངོན་ཐུབ་པར་བྱས་སོ། །

ཀུན་སྤྱོད་ལ་གཙོས་ཆེན་དང་རྩོམ་རིག་གི་རྒྱུ་ཚད་ངེས་ཅན་ལ་སླེབས་པའི་མི་རིགས་གང་དང་གང་ཡིན་ནའང་ཀུན་སྤྱོད་སྐོར་གྱི་བསྟུས་བརྗོད་སྒྲུང་ཕུན་སུམ་ཚོགས་པོ་ཡོད་པ་ནི་ང་ཚོས་མི་རིགས་དེའི་རིག་གནས་ལ་རྒྱུས་མངའ་ཕྲན་ཙམ་བྱས་ན་རྟོགས་ཐུབ་པ་ཡིན། སྔོས་སུ་རང་ཅག་བོད་འདིར《ས་སྐྱ་ལེགས་བཤད》《ཆུ་ཤིང་བསྟན་བཅོས》《དགེ་ལྡན་ལེགས་བཤད》བཅས་ལེགས་བཤད་ཆེན་པོ་གསུམ་ནང་ཤིན་ཏུ་སྙན་ལ་འཇེབས་པ་སྒྱུ་རྩལ་གྱི་རིན་ཐང་མཐོ་བའི་ཀུན་སྤྱོད་ཀྱི་བསྟུས་བརྗོད་སྒྲུང་མང་པོ་ཞིག་ཡོད་ཐོག་བོད་ཀྱི་དམངས་ཁྲོད་ལ་ད་དུང་འཚོལ་བསྡུ་མ་ཐུབ་པའི་ཀུན་སྤྱོད་ཀྱི་བསྟུས་བརྗོད་སྒྲུང་ནམ་མཁའི་སྐར་ཚོགས་དང་འདྲ་བ་གནས་ཡོད།

ཀུན་སྤྱོད་སྐོར་གྱི་བསྟུས་བརྗོད་སྒྲུང་དག་ལས་གཅིག་ནས་དགེ་མི་དགེའི་ཀུན་སྤྱོད་ཀྱི་ཁྱད་པར་གང་རུང་བརྗོད་པ་དང་གཉིས་ནས་དགེ་བླངས་སྤྲོན་དོར་གྱི་བསླབ་འདོམས་ཀྱང་བྱས་པ་དཔེར་ན《སེང་གེ་དང་རི་བོང》ཞེས་པར“ཐར་ཡུལ་ཞིག་ཏུ་སེང་གེ་ཞིག་དང་རི་བོང་ཞིག་མཉམ་དུ་གནས་པ་ན་སེང་གེ་རང་བཞིན་གྱིས་ང་རྒྱལ་ཆེ་བ། རི་བོང་སྟོབས་ཆུང་བས་དེ་ལ་སེང་གེས་ལན་གྲངས་མེད་དུ་བརྙས་ཤིང་གཙེས་པ་ན་མཐར་དེ་ཡིད་བསུན་ཅིང་འཁྲུགས་ཏེ་བསམ་ནས་སྨྲས་པ། སྐྱེ་བདག་ལ་ཇོ་བོ་སྐྱོན་པ་ལྟར་བཟོད་ན་ཇོ་བོ་ཉིད་ལ་ཇོ་བོ་རང་ཉིད་ཅིག་འདྲ་བའི་སེམས་ཅན་ཞིག་གིས་འདི་སྐད་དུ་ང་དང་སྟོབས་འགྲན་ནུས་

པར་གྱུར་ན་སྟོབས་འགྲན། དེ་ལྟར་མ་ཡིན་ན་ངའི་ཐན་ཡིན་ནོ་གླེང་བ་གཅིག་མཆིས་སོ། ཞེས་སྨྲས་པས་སེང་གེ་ང་རྒྱལ་ཤིན་ཏུ་ཆེ་བས་ད་ལྟ་དེ་གང་ན་ཡོད་དེ་བཞིན་དུ་སྟོབས་འགྲན་པར་བྱའོ། ཞེས་པ་དང་རི་བོང་གིས་ཁྲིད་ནས་སོང་སྟེ་ཁྲོན་པ་ཤིན་ཏུ་གཏིང་རིང་བ་ཞིག་བསྟན་ནས་ཕ་གིའི་ནང་ན་གདའོ་ཞེས་བསྟན་ཏེ། དེའི་ཁར་སེང་གེ་སོང་བ་ན་གཟུགས་བརྙན་ལ་དགྲ་བོར་བསམ་སྟེ་དྲིས་པ་ན་ཁོ་འང་དྲིས་པར་སྣང་ངོ་། ཁོས་འཁྲབ་པ་ན་གཟུགས་བརྙན་དེའང་འཁྲབ་ཀྱིན་འདུག དེས་མཆེ་བ་གཙིགས་པ་ན་ཁོའང་མཆེ་བ་གཙིགས་པར་གདའ་འོ། དེ་དག་ལ་སོགས་ལུས་ཀྱི་རྣམ་འགྱུར་སྣ་ཚོགས་བསྟན་པས་དེའང་བྱེད་ཅིང་འདུག་པས། སེང་གེ་ང་རྒྱལ་གྱིས་དེའི་སྟེང་དུ་མཆོངས་པས་ཤི་འོ། ཞེས་པའི་བསྡུས་བརྗོད་ཀྱི་སྒྲུང་འདིའི་ནང་དུ་སྲོག་ཆགས་སེང་གེ་དང་རི་བོང་བར་གྱི་བྱུང་བ་བརྗོད་ནས་བསྟན་དོན་ལ་མི་སུ་དང་སུ་ཡིན་ནའང་ཉམས་ཆུང་ལ་བརྙས་བཅོས་དང་ཁེངས་པའི་ང་རྒྱལ་བྱས་ན་མཐར་ཕམ་ཉེས་སུ་འགྲོ་རྒྱུ་ལས་མ་འདས་པའི་གནས་དེ་བཤད་ཡོད་ལ་མི་རྣམས་ཀྱིས་ངེས་པར་དུ་གཞན་ལ་མཐོང་ཆུང་དང་རང་གི་ང་རྒྱལ་སྤང་དགོས་པའི་སློབ་སྟོན་ཡང་བྱས་ཡོད། དེ་དང་འདྲ་བར་ད་དུང་《རུས་སྦལ་ས་ལ་ལྷུང་བ་》 《འུག་པ་དང་བྱ་རོག་》 《མཐུན་པ་སྤུན་བཞི་》 《དྲིན་ལན་ལོག་འཇལ་》 《སྐྱུ་ཞབས་ཏུང་ཀོ་》ལ་སོགས་པ་དག་ཀུན་སྤྱོད་སྐོར་གྱི་བསྡུས་བརྗོད་སྒྲུང་ཡིན་ཞིང་སྒྲུང་དེ་དག་ལས་རྒན་བཀུར་གཞོན་གཅེས་དང་། བཀའ་དྲིན་རྗེས་དྲན་སོགས་ཡ་རབས་མ་རབས་ཀྱི་སྤྱོད་པའི་ཁྱད་པར་དང་དགེ་སྡིག་བླང་དོར་གྱི་གནས་ལུགས་རྒྱ་ཆེ་གཏིང་ཟབ་ཀྱིས་བསྟན་ཡོད།

ཀུན་སྤྱོད་ཀྱི་བསྡུས་བརྗོད་སྒྲུང་གི་བརྗོད་སྙིང་དངོས་ནི་ཀུན་སྤྱོད་ཀྱི་གནས་ལུགས་ཡིན་ཞིང་བརྗོད་སྙིང་དེར་དོན་དངོས་རང་བཞིན་ཤུགས་ཆེར་ལྡན་ལ་བརྗོད་སྙིང་དེ་གསར་རྩོམ་པས་ཏ་ཅང་སྙིང་བསྡུས་ཀྱི་བརྗོད་བྱེད་དང་གསོན་ཉམས་ལྡན་པའི་གཟུགས་བརྙན་གསར་བསྐྲུན་གྱིས་གསལ་བར་བྱས་པས

ཀུན་སྤྱོད་ཀྱི་བརྩམས་བརྗོད་གླུང་ནི་སྤྱོད་རྒྱ་ཆེ་ལ་ངེས་བདེ་སྣན་འཛེབས་ཤིག་ཡིན།

(2) འཚོ་བ་དང་ཕྱི་རོལ་དངོས་པོའི་ཆོས་ཉིད་བརྗོད་པའི་བརྩམས་བརྗོད་ཀྱི་གླུང་།

འཚོ་བའི་གནས་ལུགས་དང་ཕྱི་རོལ་དངོས་པོའི་ཆོས་ཉིད་དག་ང་ཚོས་མཚན་ཉིད་རིག་པ་དང་དེ་མིན་གྱི་ཐབས་ལམ་འདྲ་མིན་བེད་སྤྱད་ནས་གསལ་བཤད་བྱེད་ཐུབ་ནའང་གླུང་ངམ་བརྩམས་བརྗོད་ཀྱི་གླུང་གི་ཐོག་ནས་སྤྱི་ཚོགས་འཚོ་བའི་གཏིང་ཟབ་པའི་གནས་ལུགས་དང་ཕྱི་རོལ་དངོས་པོའི་ཆོས་ཉིད་དངོས་ཇི་ཡིན་གསལ་བཤད་བྱས་ན་དེ་བས་མི་སེམས་འགུལ་ཐུབ་པ་དང་གཟུགས་སྣང་གི་རང་བཞིན་ཤུགས་ཆེ་བ་ཡོད་པ་ཚང་མས་ཤེས་གསལ་རེད། དེས་ན་ཆབ་སྲིད་མཁས་པ་དང་། མཚན་ཉིད་རིག་པ་མཁས་པ། ཆོས་ལུགས་མཁས་པ་ལ་སོགས་པ་རྣམས་ཀྱིས་དངོས་པོའི་ཆོས་ཉིད་གསལ་བཤད་བྱེད་སྐབས་བརྩམས་བརྗོད་ཀྱི་གླུང་རྒྱ་ཆེར་བེད་སྤྱོད་བྱེད་པ་ཡིན་ལ་འཇིག་རྟེན་རྒན་པོ་རྣམས་ཀྱིས་ཀྱང་ཐབས་ཤེས་དེར་བརྟེན་ནས་གཏིང་ཟབ་པའི་འཚོ་བའི་ཆོས་ཉིད་མང་དག་གསལ་བཤད་བྱེད་ཀྱི་ཡོད།

སྐབས་བབས་འཚོ་བ་དང་དངོས་པོའི་ཆོས་ཉིད་བརྗོད་པའི་བརྩམས་བརྗོད་གླུང་འདིའི་གོ་དོན་གང་ཞེ་ན་དེ་ནི་སྤྱི་ཚོགས་འཚོ་བའི་ནང་གི་ཚན་རིག་རང་བཞིན་དང་། གཏན་ཚིགས་རང་བཞིན། དེ་བཞིན་ཕྱི་རོལ་དངོས་པོའི་གནས་ལུགས་སམ་ཆོས་ཉིད་བཅས་བསྟན་དོན་དུ་བྱས་པའི་དམངས་ཁྲོད་ཀྱི་གླུང་ཞིག་ལ་ཟེར་བ་ཡིན། དེས་ན་གླུང་འདི་མཚན་ཉིད་མཁས་པའི་གཏམ་སློང་དང་མི་འདྲ་ལ་ཚན་རིག་མཁས་པའི་རྒྱས་བཤད་དང་མི་འདྲ་བར་གསོན་ཉམས་ལྡན་པའི་གཟུགས་བརྙན་ཡོད་ལ་ཡིད་དུ་འོང་བའི་བྱུང་རིམ་ཡོད་པ་ཞིག་སྟེ་དཔེར་ན《རི་བོང་ཅལ་འདྲོག》ཅེས་པ་སྔར་ཆུ་འགྲམ་ཞིག་ན་རི་བོང་ཞིག་ཡོད། དེ་དང་ཉེ་བའི་སར་ཤིང་གི་ཡལ་ག་ཞིག་ཆུ་ལ་ལྷུང་བས་ཅོ་སྒྲག་སྟེ་གྲགས། རྫོགས་པ་དག་

གིས་ཅི་ཞེས་ཟེར་བ་ལ་ཁོས་ཅལ་བྱུང་ངོ་སྨྲས་པས་དེ་ཐམས་ཅད་ཁྲོས། མཐར་སེང་གེ་དང་འཕྲད་པས་དེས་དྲིས། ཅལ་བྱུང་ངོ་ཞེས་ལན་བཏབ་པས་ཅུང་ཟད་ཅིག་ཁྲོས་པ་དང་དེ་ན་རེ་སྤྱོད་དང་ཅེས་ཧེ་ཅལ་རང་ཅི་ལ་ཟེར་རི་བོང་གིས་དེ་བསྟན་དུ་ཡོད་དེ་ཐམས་ཅད་སྤྲར་གྱི་ཤུལ་དུ་སོང་བ་དང་ཆུའི་ནང་ཤིང་བུའི་ཚལ་པ་ཞིག་འདུག་པ་མཐོང་བས། ཁོ་ན་རེ་འདི་ལགས་སོ། །ཞེས་པའི་བསྡུས་བརྗོད་ཀྱི་སྒྲུང་འདི་ལས་བྱ་བ་གང་དང་གང་བྱེད་ནའང་སྔོན་ལ་བརྟག་དཔྱད་ཞིབ་འཇུག་ལེགས་པར་བྱེད་དགོས་པའི་གནས་ལུགས་བསྟན་ཅིང་བརྟག་དཔྱད་གང་ཡང་མེད་པར་གཞན་རྗེས་འབྲངས་པ་ནི་བླུན་པོའི་སྤྱོད་ཚུལ་ཡིན་པས་ཚང་མས་བྱ་བ་གང་བྱེད་ནའང་བརྟགས་ཤིང་དཔྱད་ནས་འཇུག་དགོས་པའི་སློབ་སྟོན་བྱས་ལ་བརྟགས་ཤིང་དཔྱད་པའི་དོན་དེའང་གསོན་ཉམས་ལྡན་པའི་གཟུག་བརྙན་རི་བོང་། སྟག སེང་གེ་ལ་སོགས་དང་ཡིད་དུ་འོང་བའི་བརྗོད་དོན་གྱི་བྱུང་རིམ་ཅལ་གྱི་སྒྲ་ཐོས་པ་དང་ཁྲོས་པ་སྣར་བཏག་པའི་གློས་བསླངས་ངོ་མཚར་དེ་ལྟ་བུར་བརྟེན་ནས་མཚོན་ཡོད། གཞན་ཡང་《ཁྲིན་པའི་གཏིང་གི་ཐལ་པ》ལྟ་བུའི་བསྡུས་བརྗོད་ཀྱི་སྒྲུང་ལས་རང་ཉིད་ཀྱི་ལྟ་རྒྱ་མཐོང་རྒྱ་ཙམ་ཚད་མར་བཟུང་ནས་གཞན་ལ་ཚད་འཛིན་བྱས་ན་མི་འགྲིག་པའི་གནས་ལུགས་བསྟན་པ་དང་《སྤྱི་ཀུ་འཛིན་ནས་ལོང་ཐབས་བྱས་པ》ལྟ་བུའི་བསྡུས་བརྗོད་ཀྱི་སྒྲུང་ལས་ཕྱི་རོལ་ཡུལ་གྱི་ཆོས་ཉིད་དང་འགལ་ནས་བྱ་བ་སྒྲུབ་པ་ནི་བླུན་པོ་དང་གླུགས་པའི་རྟགས་ཡིན་པས་བྱ་བ་གང་བྱེད་ནའང་ཕྱི་རོལ་གྱི་ཆོས་ཉིད་དང་མཐུན་དགོས་པའི་གནས་ལུགས་བསྟན་པ། མདོར་ན་སྔོན་དུ་བཤད་པའི་བསྡུས་བརྗོད་སྒྲུང་དེ་ཚོ་ཚང་མ་ཕྱི་རོལ་དངོས་པོའི་ཆོས་ཉིད་དམ་ཡང་ན་སྤྱི་ཚོགས་འཚོ་བའི་ཁྲོད་ཀྱི་གནས་ལུགས་གང་རུང་རེ་བསྟན་དོན་དུ་བྱས་པ་ཤ་སྟག་ཡིན་པས་རྩོམ་ཡིག་གི་བསམ་བློའི་ནང་དོན་ཡང་བསྟན་དོན་གང་ཡིན་དེ་ལས་རྟོགས་དགོས་པས་ང་ཚོས་བསྡུས་བརྗོད་ཀྱི་སྒྲུང་དེ་རིགས་འཆད་ཉན་བྱེད་པའི་

ཚེ་དེའི་ཚིག་ཟིན་གྱི་དོན་ཙམ་དུ་མ་བསམ་པར་བསྟན་དོན་གང་ཡོད་ཤེས་དགོས་རྒྱུ་ནི་ཧ་ཅང་གལ་ཆེ་བའི་གནས་སོ། །

དམངས་ཁྲོད་བསྟུས་བརྗོད་སྒྲུང་མང་པོ་ཞིག་གི་གཟུགས་བསྟན་སྨྲ་སྤྲེལ་སྒྲུང་ཆེན་ལ་སོགས་ཡིན་པ་དང་ཚིག་ཟིན་གྱི་བརྗོད་བྱ་སྨྲ་སྤྲེལ་སྒྲུང་ཆེན་ལ་སོགས་ཕྱོགས་ཆགས་གང་རུང་གི་གཤིས་ལུགས་དང་དེ་ཚོའི་འཚོ་བ་བརྗོད་པ་ཡིན་པས་ང་ཚོས་ཕྱོགས་ཆགས་ཀྱི་སྒྲུང་དང་དབྱེ་བ་ཇི་ལྟར་འབྱེད་དགོས་ཞེ་ན་དམངས་ཁྲོད་བསྟུས་བརྗོད་ཀྱི་སྒྲུང་ནི་ཕྱོགས་ཆགས་དེ་དང་དེ་དག་གི་གཤིས་ལུགས་དང་འགྱུལ་སྤྱོད། འཚོ་བ་བེད་སྤྱད་ནས་བསྟན་དོན་ངེས་ཅན་ཏེ་ཀུན་སྤྱོད་དམ་སྤྱི་ཚོགས་འཚོ་བ་དངོས་པོའི་ཆོས་ཉིད་ཅིག་མཚོན་པར་བྱས་པ་གང་ཞིག་སློབ་གསོ་སློབ་སྟོན་གྱི་སྙིང་དོན་མངོན་གསལ་ཡོད་པ་ཞིག་ཡིན་ལ་ཕྱོགས་ཆགས་སྒྲུང་ནི་ཕྱོགས་ཆགས་ཀྱི་ལུས་གཟུགས་ཀྱི་ཁྱད་ཆོས་དང་འགྱུལ་སྤྱོད་རང་ག་བ་ཙམ་བརྗོད་པ་ལས་བསྟན་དོན་དམིགས་བཀར་གཞན་ཞིག་མེད་ལ་སློབ་གསོ་སློབ་སྟོན་གྱི་སྙིང་དོན་ཡང་མི་ལྡན་པ་ཡིན་ནོ། །

གོང་བཀོད་དབྱེ་བ་དག་ལས་དམངས་ཁྲོད་བསྟུས་བརྗོད་སྒྲུང་གི་ནང་དོན་ལ་ངལ་རྩོལ་མི་དམངས་ཀྱི་ཀུན་སྤྱོད་ལྟ་བ་མཚོན་པ་དང་དོན་དངོས་འཚོ་བའི་ཤེས་བྱ་ཉམས་མྱོང་ཕྱོགས་བསྡོམས་ཕྱི་རོལ་བྱ་དངོས་ལ་ངོས་འཛིན་ཇི་ལྟར་བྱེད་པའི་ཐབས་དང་ལྟ་བ་མཚོན་པ་བཅས་ཕྱོགས་ཆེ་བ་གསུམ་ཡོད་པར་རྟོགས་ཤིང་ནང་དོན་དེ་རྣམས་ཀུང་གསར་རྩོམ་པས་དམིགས་བསལ་གྱི་ཐབས་ཤེས་ལ་བརྟེན་ནས་མཚོན་པར་བྱས་པས་དམངས་ཁྲོད་བསྟུས་བརྗོད་ཀྱི་སྒྲུང་ལ་ལུས་ཐུང་སྣབས་བདེ་ལ་སོགས་པའི་རང་གི་སྒྲུ་རྩལ་གྱི་ཁྱད་ཆོས་གྲུབ་ཡོད།

དེ་ཡང་དམངས་ཁྲོད་བསྟུས་བརྗོད་སྒྲུང་ནང་བྱ་དངོས་ཀྱི་ངོ་བོ་དང་ཆོས་ཉིད་བཅས་ཆེས་མངོན་སུམ་དུ་མཚོན་པར་དམིགས་བསལ་གྱི་ནུས་པ་ཡོད་པའི་དོན་དངོས་འཚོ་བའི་བྱ་དངོས་ཁེར་རྐྱང་གཅིག་བརྒྱུད་ནས་མི་སྣའི་གཟུགས

བརྟན་བཀོད་འབྲི་བྱས་ཤིང་སྒྲུང་ནང་གི་མི་སྣའི་གཤིས་ཀའང་རྩ་བའི་ཆ་ནས་བྱུང་རིམ་རྟོག་འཛིང་ཆེ་བ་དང་སྣེ་མང་བ་དེ་བཞིན་མི་སྣ་རང་གི་འགྱུལ་སྐྱོད་སྣ་ཚོགས་པ་བཅས་ལས་མཚོན་པ་མིན་པར་མི་སྣའི་གཏམ་གླེང་གཅིག་དང་འགྱུལ་སྐྱོད་ཕྱོགས་གཅིག་ལས་མཚོན་པར་བྱས་པས་སྐབས་བདེ་མངོན་གསལ་ཡིན་ལ་གནད་དོན་རྒྱས་བཤད་ཐད་དེ་བས་ཁ་གསལ་མདོར་བསྡུས་ཀྱི་ཁྱད་ཆོས་ཡོད་པ་ཡིན།

བཞི། དམངས་ཁྲོད་ཀྱི་དགོད་སྒྲུང་།

1. དམངས་ཁྲོད་དགོད་སྒྲུང་གི་གོ་དོན།

དམངས་ཁྲོད་རྩོམ་རིག་གི་ཁྲོད་དུ་ལུས་ཚད་ཐུང་ཞིང་སྐབས་བདེ་ལ་དབང་མེད་དུ་བཞད་གད་སློང་བར་བྱེད་པའི་སྒྲུང་གི་རྣམ་པ་ཞིག་ཡོད་པར་རིག་གཞུང་ནང་དམངས་ཁྲོད་ཀྱི་དགོད་བྲོའི་སྒྲུང་ངམ་དགོད་སློང་སྒྲུང་ཞེས་པའི་ཐ་སྙད་བཏགས་པ་ཡིན།

མི་རིགས་ཁག་གི་དམངས་ཁྲོད་རྩོམ་རིག་ལ་ཞིབ་འཇུག་བྱས་ན་དམངས་ཁྲོད་དགོད་སྒྲུང་མང་པོ་ཞིག་མི་རིགས་དེའི་སྒྲུང་གྲུང་ཅན་གྱི་མི་སྣའི་སྒྲུང་དང་འབྲེལ་འབྲེལ་སུ་ཡོད་པས་སྒྲུང་གྲུང་ཅན་གྱི་མི་སྣ་དེ་མི་རིགས་དེ་དང་དེའི་དགོད་སྒྲུང་གི་ལྟེ་བའི་མི་སྣར་གྱུར་པ་གང་ཞིག་སྒྲུང་ཏྲིལ་པོར་རྫོད་ཚིག་སྙིང་བསྡུས་དང་བརྗོད་དོན་བཞད་གད་སློང་པའི་ཁྱད་ཆོས་ཡོད་པར་རྟོགས་པས་ང་ཚོས་དམངས་ཁྲོད་དགོད་སྒྲུང་གི་གོ་དོན་ལ་ལུས་ཚད་ཐུང་ཞིང་སྐབས་བདེ་ལ་ཡ་མཚན་པའི་མི་སྣ་དང་བྱ་དངོས་ལས་བྱུང་བའི་དགོད་བྲོའི་བརྗོད་དོན་གྱིས་བཞད་གད་དབང་མེད་དུ་སློང་པར་བྱེད་པའི་དམངས་ཁྲོད་ཀྱི་ངག་ཐོག་སྒྲུང་ཞེས་བཤད་ན་འགྲིག་གོ། །

2. དགོད་སྒྲུང་གི་དབྱེ་བ།

དམངས་ཁྲོད་དགོད་སྒྲུང་གིས་ཉན་པ་པོར་ངེས་པར་བཞད་གད་སློང་དགོས་ནའང་དེ་དགོད་སྒྲུང་ཡོངས་རྫོགས་ཀྱི་མཐར་ཐུག་དམིགས་ཡུལ་ལ་ངོས་བཟུང་ན་ནོར་འཁྲུལ་ཆེན་པོ་ཡིན། དེ་ཡང་དགོད་སྒྲུང་མང་དག་ཅིག་ལ་ཆབ་སྲིད་ཀྱི་མཚན་རྟགས་མངོན་གསལ་དོད་པ་སྟེ། སྐུ་དྲག་དང་དཔོན་རིགས་ས་བདག་ལ་སོགས་ངལ་རྩོལ་པའི་གྲལ་རིམ་གྱི་དགྲ་ཟླར་ཟུར་ཟ་འཕྱ་སྨོད་བྱེད་པའི་ནང་དོན་ཤུགས་ཆེ་མངོན་གསལ་ལྡན་པ་འདིས་དགོད་སྒྲུང་མང་པོ་ཞིག་བཞད་གད་སྤྲོ་ཆེད་ཙམ་མ་ཡིན་པར་སྐབས་དེ་དང་དེའི་གྲལ་རིམ་འཐབ་རྩོད་ཀྱི་མཚོན་ཆ་དམིགས་བསལ་ཅན་ཞིག་ཏུ་གྱུར་ལ་ཡང་འགའ་རེ་ནི་མང་ཚོགས་ཀྱི་སྐྱོན་ཆ་དང་ལྷུན་སྐྱོངས་ལ་ཟུར་ཟ་སྐྱོན་བརྗོད་བྱེད་པའི་ནང་དོན་ཅན་ཡིན་པས་དགོད་སྒྲུང་དེ་དང་དེ་ནི་མང་ཚོགས་ཀྱི་སྐྱོན་དང་ནོར་འཁྲུལ་ཐེར་འདོན་གྱིས་དེ་དག་ཡོ་བསྲང་དང་བསླབ་འདོམས་ལ་དམིགས་པ་ཞིག་ཡིན། མདོར་ན། དགོད་སྒྲུང་ལ་དམིགས་པ་ངེས་ཅན་དང་ནང་དོན་རྒྱ་ཡངས་པས་དབྱེ་བ་མི་འདྲ་མང་དུ་སྲིད་པ་སྨོས་མེད་ལ་འདིར་དགོད་སྒྲུང་གི་བྱེད་ནུས་དང་རྩ་བའི་བརྗོད་དོན་གྱི་ཐོག་ནས་ཟུར་ཟའི་དགོད་སྒྲུང་དང་སྤྱིར་བཏང་གི་དགོད་སྒྲུང་གཉིས་སུ་དབྱེ་ནས་བཤད་པར་བྱའོ།

(1) ཟུར་ཟའི་དགོད་སྒྲུང་།

དེ་ནི་མི་དམངས་ཀྱི་དགྲ་ཟླར་གྱུར་པའི་དཔོན་ངན་གྱི་གཡོ་སྒྱུ་ཅན་དང་སྤྱི་ཚོགས་ཀྱི་རྣམ་པ་རྙུག་བྲོ་བ། ངལ་རྩོལ་པ་རང་གི་སྐྱོན་དང་ལྷུན་རྟགས་བཅས་ལ་ཟུར་ཟ་འཕྱ་སྨོད་བྱས་པའི་དམངས་ཁྲོད་ཀྱི་དགོད་སྒྲུང་ཞིག་ཡིན།

དགོད་སྒྲུང་འདིའི་ནང་གཅིག་ནས་དབང་བསྒྱུར་གྲལ་རིམ་གྱི་གདོང་རིས་ངོ་མ་གང་ཡིན་རྣག་ཐོག་གཙག་འཁེལ་གྱིས་ཐེར་འདོན་བྱས་པ་དཔེར་ན་བོད་སྒྲུང་《མར་གྱི་དུལ་བ》ཞེས་པ་གནའ་སྔ་མོ་གཙང་གི་ཡུལ་ཞིག་ན་ཞི་དུལ་དགོན་

ཟེར་བ་ཞིག་ཡོད། དེའི་ནང་དགེ་སློག་བཙུན་ཆུང་ཞིག་དང་དགེ་བཤེས་བགྲེས་པོ་གཅིག་ཡོད། ཉིན་ཞིག་བཙུན་ཆུང་དེས་དཀྱུང་ཚོགས་གྲོལ་རྗེས་རྒན་བགྲེས་པོ་དེར་རྒན་རིན་པོ་ཆེ་དང་ངེད་གཉིས་ཉིན་ལྟར་གསོལ་བ་མཆོད་རྗེས་རྒན་ལགས་ཀྱི་ཕྱག་ཟུང་ནི་འཇམ་ཤ་དོད་ཅིང་སྨུམ་ལ་བཞིས་དཀར་ཡང་གཙང་མ་གཙང་རྐྱང་དུ་ཡོད་མོད་ཀྱི་བདག་གི་ལག་པ་དང་ཕོར་པ་གཉིས་ཀ་སྨུགས་རལ་གྱིས་ཁེངས་ཀྱི་འདུག་པས་དེའི་རྒྱུ་མཚན་གང་ལགས་ཞེས་ཞུས། དགེ་རྒན་བགྲེས་པོ་དེས་ཊ་ར་བྱིལ་བྱིལ་བྱེད་བཞིན་དུ་དགེ་སློག་དེར་ང་ཚོས་ཀྱིས་དུལ་ཞིང་སྦྱིབ་པ་དག་པའི་རྒྱུ་མཚན་གྱིས་དེ་ལྟར་ཆགས་པ་ཡིན། ཁྱོད་ད་ལྟ་ཚོས་ཀྱི་མ་དུལ་བའི་རྐྱེན་གྱིས་སྒྲིབ་པ་མ་དག་པས་རྣགས་དེ་ལྟར་བྱུང་བ་ཡིན། དེས་ན་ཁྱོད་ཀྱིས་ང་བཞིན་དུ་དཀའ་བ་སྤྱོད་ཅིག་ཅེས་ཟེར།

དེའི་ཕྱི་ཉིན་གྱི་དཀྱུང་ཚོགས་རན་གྲབས་ཡོད་པའི་སྐབས་དགེ་སློག་དེའི་བསམ་པར་དཀྱུང་ཚོགས་ཀྱི་སྐབས་རྒན་ལགས་ལ་དཀའ་བ་སྤྱོད་སྟངས་ཐུན་མོང་མ་ཡིན་པ་ཞིག་ཡོད་ངེས་རེད། རྒན་ལགས་ཀྱི་ཉམས་ལེན་གནང་ཡས་ཀྱི་ཆོས་ནི་གསང་སྔགས་ཡིན་པས་དེ་སླ་པོ་གསུངས་དཀའ་བས་ངས་དོན་ལ་གཞིག་པ་བྱ་དགོས་སྙམ། ཉིན་དཀྱུང་གི་གསོལ་ཚོགས་རན་པ་དང་དགེ་སློག་དེས་རྒན་བགྲེས་པོར་གསོལ་བ་ཕུལ། དེ་རྗེས་ཐབ་ཚང་ནང་དུ་འགྲོ་ཁྲལ་གྱིས་སྒོ་ཡོལ་བསྒུབ་ནས་བལྟས་པས་རྒན་བགྲེས་པོས་དགེ་སློག་མེད་པའི་སྐབས་དང་བསྟུན་ནས་མར་གཞོང་ནང་ནས་མར་ཆེ་ཐག་ཚོད་ཅིག་བརྒྱབ་ནས་གསོལ་བ་གཡོས་བཞིན་དུ་བཟས། དེ་ཉིན་དགེ་སློག་གིས་རྣམ་ཀུན་བཞིན་སྐྱ་ཐུགས་བཟས་ནས་བསྡད།

དེའི་ཉིན་གསུམ་པར་དཀྱུང་ཚོགས་རན་གྲབས་ཡོད་སྐབས་དགེ་སློག་དེས་ཐུ་ས་ནས་མར་རྡོག་པོ་ཆེ་ཐག་ཚོད་ཅིག་སྐོག་ཏུ་གྲ་སྒྲིག་བྱས་ནས་བཞག ཉིན་དཀྱུང་གི་གསོལ་ཚོགས་རན་པ་དང་དགེ་རྒན་ལ་གསོལ་བ་ཕུལ་རྗེས་གསོལ་ཐབ་

ཏུ་ཕྱིན་ནས་རང་གི་ཕོར་པའི་ནང་མར་དེ་བརྒྱབ་ནས་དགེ་རྒན་གྱི་འཁྲིས་སུ་བསྡད་ཅིང་ཐུགས་དེ་བཟས། དེ་ཉིན་བཙུན་ཆུང་གི་ལག་པ་དང་ཕོར་པ་ཡང་རྒན་བགྲེས་པོ་དང་འདྲ་བ་བྱུང་བས་དགེ་ཕྲུག་དེས་རྒན་ལགས་གཟིགས་དང་། དེ་རིང་ང་ཡང་ཆོས་ཀྱི་དུལ་ཏེ་སྒྲིབ་པ་དག་འདུག་ཅེས་སྨྲས་པས་དགེ་རྒན་བགྲེས་པོ་དེས་དགེ་ཕྲུག་གི་ལག་པར་དྲི་བསྣམས་ཙམ་བྱས་ནས་འོ་དུལ་འདུག་མར་གྱིས་དུལ་འདུག་ཅེས་བཤད་དོ། །ཞེས་པར་བཞད་གད་སྨིན་ཐུབ་པའི་ཁྲིད་ཆོས་ལྡན་པ་ཙམ་མ་ཟད་བླ་རྫུན་གྲྭ་རྫུན་གྱི་གཡོ་འཁྲམ་ལ་འཕྱ་སྨོད་ཟུར་ཟ་བྱས་པ་དང་དེ་བཞིན་ཨ་ཧྥན་ཐེའི་སྒྲུང་《དམྱལ་ཡུལ་གྱི་གསེར་ཁྲི་》ཞེས་པར་རྒྱལ་པོས་ཨ་ཧྥན་ཐེའི་ལང་ཤེ་བའི་རྗེས་ངའི་རྣམ་ཤེས་ལྷ་ཡུལ་ལ་སྐྱེས་སམ། དམྱལ་ཁམས་ལ་སྐྱེས་ཞེས་དྲིས་པར། ཨ་ཧྥན་ཐེས་སྡིག་པ་མེད་པའི་མི་རྣམས་ཤི་རྗེས་ལྷ་ཡུལ་ལ་སྐྱེ་བ་ཡིན། རྒྱལ་པོ་ཁྱེད་རང་དྲང་པོ་ཞུ་ན་ལྷ་ཡུལ་ལ་སྐྱེས་དགོས་ངེས་རེད། ཡིན་ནའི་ཁྱེད་རང་གིས་ཉེས་མེད་དུ་བསད་པའི་མི་རྣམས་ཀྱིས་ལྷ་ཡུལ་ཡོངས་སུ་ཁེངས་འདུག་པས་ཁྱེད་རང་ཤོང་པ་མི་འདུག ཡིན་ན་ཡང་རྒྱལ་པོ་ཁྱེད་རང་སེམས་ཐུག་མ་གནང་། དམྱལ་ཁམས་ལ་གསེར་ཁྲི་བཞེངས་ནས་ཁྱེད་རང་བཞུགས་ན་ཟེ་བཤད་དོ། །ཞེས་པའི་དགོད་སྒྲུང་ནང་ཐད་ཀར་རྒྱལ་པོས་ཉེས་པ་འདི་དང་འདི་བྱས་ཤིང་ངེས་པར་དམྱལ་ཡུལ་དུ་སྐྱེས་པར་མ་བཤད་ནའང་ལྷ་ཡུལ་མིས་ཁེངས་པའི་དོན་དེ་བཤད་ནས་རྒྱལ་པོ་དེ་གདུག་རྩུབ་ཇི་འདྲ་ཞིག་ཡིན་མིན་བཞད་གད་ཁྲོད་དུ་ཐེར་འདོན་དང་། དམྱལ་ཡུལ་ལ་གསེར་ཁྲི་བཞེངས་པར་སྐུལ་ནས་རྒྱལ་པོའི་བྱ་ངན་སྤྱོད་ངན་ལ་ཟུར་ཟ་དགག་རྒྱག་བྱས་ཡོད་པ་ཡིན། གཞན་ཡང་བོད་ཀྱི་སྒྲུང་《ར་སྤྲ་བསྐྱལ་ཏེ་གསེར་ལེན་པ་》《རྒྱལ་པོ་མི་ལོང་ལ་ལྟ་བ་》སོགས་དང་གཞན་མི་རིགས་ཀྱི་《ལོ་རྟགས་སྒྲུང་》《རྟུལ་ཆུ་གང་དུ་ཕྱིན་པ་རེད་དམ་》ལ་སོགས་པའི་དགོད་སྒྲུང་མང་དུ་ཡོད་པ་དེ་རྣམས་བཞད་གད་ཁྲོད་ལས་དབང་བསྒྱུར་གྲལ་རིམ་ལ་སྨུན་འཛིན་ཟུར་ཟ་བྱས་

པ་ཤ་སྟག་ཡིན།

གཉིས་ནས་ཟླུར་ཟའི་དགོད་གླུང་ནང་མི་དམངས་རང་ཉིད་ཀྱི་བློན་རྩོངས་དང་རྫེས་ལུས་བསམ་སྤྱོད་ལ་ཟླུར་ཟ་བྱས་ནས་ཁོང་ཚོའི་སྐྱོན་དང་ནོར་འཁྲུལ་རྣམས་ཡོ་བསྲང་དང་ཡང་དག་པའི་སློབ་གསོ་བྱས་པའང་མང་དུ་ཡོད་པ་དཔེར་ན《བོང་བུའི་ཨོང་རྟེའུ》ཞེས་པ་གནའ་སྔ་མོ་སྤྲང་པོ་ཕ་བུ་གཉིས་ཡོད། ཁོང་གཉིས་ཉིན་ལྟར་སྟོ་སློང་ཏེ་ཚམ་པ་མང་པོ་རག་གི་ཡོད། ཉིན་ཞིག་སྟོ་སློང་ནས་ཡོང་བའི་ལམ་བར་ལ་ཁོང་གཉིས་ལ་ཞིག་གི་སྟེང་དུ་ངལ་གསོ་བྱས། ཕ་ཡིས་ང་གཉིས་ལ་ད་དུང་ཚམ་པ་དེ་ལས་མང་བ་ཞིག་རག་ན་ཐིག་པར་དགའ་བས་སློང་མོ་བྱས་པའི་ཚམ་པས་བོང་བུ་ཁྲོད་མ་ཞིག་ནོས་ཏེ་དེ་ལ་ཚམ་པ་བཀལ་ན་དགའ་ཞེས་སླས་པ་ལ་བུས་ངེད་གཉིས་ཀྱི་བོང་བུར་ཨོང་རྟེའུ་སྐྱེས་སམ་ཞེས་དྲིས། ཕས་སྐྱེས་ཀྱི་རེད་ཏན་ཏན་སྐྱེས་ཀྱི་རེད་ཟེར་བུས་ཁྲོད་མར་ཚམ་པ་བཀལ་ན་ཨོང་རྟེའུ་ང་རང་བཞོན་གྱི་ཡིན་ཟེར་བས་ཕས་ཨོང་རྟེའུ་བཞོན་ན་སྙིད་ཚིགས་བུད་ཀྱི་རེད་ཅེས་བཤད་པར་བུས་ཨོང་རྟེའུ་ང་རང་བཞོན་གྱི་ཡིན་ཞེས་ཞུ་ཚུགས་མཐར་སྐྱིལ་བྱས་པས་ཕ་དེ་ཁོང་ཁྲོ་ཟ་ཐག་ཆོད་ནས་ཕྲུ་གུ་དེའི་མགོ་ལ་མུར་འཛོགས་ཞིག་གཞུས་པས་དེ་མུར་ཕྲུག་གུ་དེ་ཤི་བ་རེད་ཅེས་པར་ངལ་རྩོལ་པའི་གཞོང་པ་སྟོང་པར་གཞོང་བཤད་ཀྱི་བསམ་བློའི་གཏོང་ཕྱོགས་ལ་ཟླུར་ཟ་སྐྱོན་བརྗོད་བྱས་པ་དེ་བཞིན་དུ《ལྟེ་བ་མིའི་ལྟེ་བ་རེད་》《ཁྲིམ་མཚོས་ཀྱི་གླེང་མོལ་》《འགྲུལ་པ་དང་གནས་མོ་》《བོང་བུར་བཞོན་ནས་བོང་བུ་འཚོལ་བ་》རྒྱ་མི་རིགས་ཀྱི《ཉི་མ་རིང་བའི་མི་》《བགྲེས་སོང་བཅུ་དང་ཨ་རག་ཁོག་ཉེར་བཅུ་》ཡུ་གུར་རིགས་ཀྱི《སྟུམ་བླུགས་པ་》ལ་སོགས་པའི་དགོད་གླུང་དེ་དང་དེ་རྣམས་ལས་ངལ་རྩོལ་པའི་མི་ཤེས་ཤེས་ཁུལ་དང་ལྐུགས་པ་ཡུ་ཚུགས་སྒྲིད་ངན་ལུགས་ངན་གྱི་བསམ་སྤྱོད་ལ་ཟླུར་ཟ་སྐྱོན་བརྗོད་དང་སྤང་བླང་གི་སློབ་གསོ་བྱས་ཡོད།

ཟུར་ཟའི་དགོད་སྒྲུང་འདི་དགོད་སྒྲུང་གཞན་དང་བསྡུར་ན་ཅུང་ཟད་དམིགས་བསལ་ཏེ་འདིའི་ནང་དགོད་སློང་བ་དང་བཞད་གད་སྤྲིན་པའི་སྒྱུ་རྩལ་ཐབས་ཤེས་བེད་སྤྱད་ནས་གཙོ་བོར་དབང་བསྒྱུར་གྲལ་རིམ་གྱི་བྱ་ངན་སྤྱོད་ངན་ཐེར་འདོན་དང་ངལ་རྩོལ་པའི་བློན་སྟོངས་དང་རྗེས་ལུས་བསམ་སྤྱོད་ལ་སྐྱོན་བརྗོད་སློབ་གསོ་བྱས་པ་ཡིན་པས་ཆབ་སྲིད་དང་སློབ་གསོའི་དམིགས་ཡུལ་ངེས་ཅན་ལྡན་ལ་བརྗོད་བྱ་ཟབ་པའི་ཁྱད་ཆོས་ཡོད་པ་ཡིན།

(2)སྲིར་བཏང་གི་དགོད་སྒྲུང་།

སྤྱིར་བཏང་གི་དགོད་སྒྲུང་ཟེར་བ་ནི་ཟུར་ཟ་དང་སློབ་གསོའི་ངོ་བོའམ་བསམ་བློའི་ནང་དོན་ཆེས་མངོན་གསལ་གང་ཡང་མེད་པར་མི་རྣམས་ལ་དགོད་སློང་དང་རོལ་རྩེད་བཞད་གད་ཙམ་སྤྲིན་པར་བྱེད་པའི་དམངས་ཁྲོད་ཀྱི་དགོད་སྒྲུང་ཞིག་ལ་ཟེར་བ་ཡིན། དེས་ན་དམངས་རྩོམ་གྱི་རོལ་རྩེད་དམ་རྩེད་དགའི་རིན་ཐང་གླེང་སྐབས་མཁས་པ་མང་པོས་སྤྱིར་བཏང་གི་དགོད་སྒྲུང་འདི་དཔེ་མཚོན་ལེགས་ཤོས་ཤིག་ལ་འཛོག་པ་ཡིན་ཞིང་དོན་དམ་དུའང་དམངས་རྩོམ་གྱིའི་ནང་སྤྱིར་བཏང་གི་དགོད་སྒྲུང་འདིར་གཏིང་ཟབ་པའི་བརྗོད་བྱ་མེད་ལ་ཆབ་སྲིད་དང་སློབ་གསོ་ཤེས་བྱ་སོགས་ཀྱི་དམིགས་ཡུལ་ཡང་ཁ་གསལ་གང་ཡང་མེད་པ་དགོད་སྒྲུང་འདིའི་དམིགས་ཡུལ་ལམ་ཁྱད་ཆོས་གཙོ་བོ་ནི་ཉན་པ་པོར་དགོད་སློང་ངམ་བཞད་གད་སྤྲིན་རྒྱུ་དེ་ཙམ་ཡིན། དཔེར་ན《ཏ་བོང་སྲུན་མཆེད་ལོས་ཡིན》ཞེས་པར་ཉིན་ཞིག་ཨ་ཁུ་སྟོན་པ་ལམ་དུ་འགྲོ་བའི་སྐབས་གྲོང་པའི་ཨ་མ་འགའ་ཤས་ཀྱིས་ཨ་ཁུར་ཏ་དང་བོང་བུ་སྲུན་མཆེད་རེད་པས་ཞེས་དྲིས་པས་ཨ་ཁུས་ཡུད་ཙམ་བསམ་བློ་གཏོང་ཁུལ་གྱིས་རྟ་བོང་སྲུན་མཆེད་ལོས་ཡིན། ཏ་བོང་སྲུན་མཆེད་མིན་ན་བོང་བུས་རྟག་པར་གཅེན་པོ་རྟ། གཅེན་པོ་རྟ་ཞེས་སྐད་ག་ལ་གཏོང་ཞེས་ལན་བཏབ་བོ། ཞེས་པར་བསམ་བློའི་ནང་དོན་ཆེས་མངོན་གསལ་གང་ཡང་མེད་པ་གང་ཞིག་བཞད་གད་སློང་རྒྱུ་དེ་གསར་རྩོམ་

ཀྱི་དམིགས་ཡུལ་ཉག་ཅིག་ཏུ་གྱུར་པ་བཞིན་ཨ་ཁྲུན་ཐེའི་སྒྲུང་ནང་མི་གཅིག་གིས་ཨ་ཁྲུན་ཐེར་གླ་བ་གསར་པ་ཤར་ཚེ་གླ་བ་རྙིང་པ་ག་པར་འགྲོ་འམ་དྲིས་པར་ཨ་ཁྲུན་ཐེས་གོ་ཐལ་གྱིས་གླ་བ་རྙིང་པ་ཞིབ་ཞིབ་བཟོས་ནས་སྐར་མར་བསྒྱུར་པ་རེད་ཅེས་ལན་བཏབ་ཡང་ཁོས་གླ་བ་ཡག་གམ་ཉི་མ་ཡག་དྲིས་པར་ཨ་ཁྲུན་ཐེས་གླ་བ་ཡོས་ཡག ཉི་མ་སྐབས་རེ་ཡོད་ལ་སྐབས་རེ་མེད། གནམ་འཐིབས་ཚེ་ཉི་མ་མེད་ཡིན་ནའི་ཚང་མས་མིག་གིས་མཐོང་ཐུབ། འོན་ཏེ་གླ་བ་མ་ཤར་ན་ལམ་ལ་ཇི་ལྟར་འགྲོ་ཞེས་ལན་བཏབ། ཡང་ཁོས་ངས་ཙི་ཙི་གསོན་པ་ཞིག་ཁྱུར་མིད་བཏང་ན་གང་འདྲ་བྱེད་དྲིས་པར་ཨ་ཁྲུན་ཐེས་དེ་སླ་པོ་རེད། ཁྱེད་ཀྱིས་ཡང་བསྐྱར་ཞིམ་བུ་གསོན་པ་ཞིག་ཁྱུར་མིད་བཏང་དང་ཞེས་ལན་བཏབ་བོ། ལྟ་བུ་བཞད་གད་སྒྲིན་ཆེད་ཁོ་ནར་དམིགས་པ་ལྟ་མ་ཉིད་དུ་རྟོགས་ལ་གཞན་ཡང་ཨ་ཁུ་སྟོན་པའི་སྒྲུང་། ཉི་ཆོས་བཟང་པོའི་སྒྲུང་། པ་ལྷ་ཀན་ཚང་གི་སྒྲུང་སོགས་མི་རིགས་སོ་སོའི་སྤྱང་གྲུང་ཅན་གྱི་མི་སྣར་འབྲེལ་བའི་སྤྱིར་བཏང་གི་དགོད་སྒྲུང་ནི་གྲངས་ལས་འདས་པ་ཞིག་གོ།

སྤྱིར་བཏང་གི་དགོད་སྒྲུང་ནི་མི་སྣ་སྒྲུབ་བཞེངས་བྱ་རྒྱུ་དང་བྱུང་རིམ་བཀོད་འབྲི་བྱ་རྒྱུ་ལྟེ་བ་དང་གཙིགས་སུ་བྱས་པ་ཞིག་མིན་སྟབས་སྒྲུང་མང་ཆེ་བར་བྱུང་རིམ་དམིགས་བསལ་གང་ཡང་མེད་ལ་མི་སྣའི་བར་གྱི་གཏམ་གླེང་གིས་བཞད་གད་སྒྲིན་པའི་རྒྱུ་བྱས་པ་དང་གཏམ་གླེང་ནས་བརྩམ་བྱ་ཧྲིལ་པོ་རྫོགས་པར་བྱས་པས་བརྗོད་པ་བསྡུས་ལ་རྩོམ་ལུས་ཐུང་བའི་ཁྱད་ཆོས་ཡོད་པ་ཡིན།

སྤྱིར་མང་ཚོགས་ཀྱིས་གསར་རྩོམ་བྱས་པའི་རྩོམ་རིག་གི་བསམ་བློའི་ནང་དོན་བདེ་ཐང་ཡིན་ན་ཡང་། དམངས་ཁྲོད་ཀྱི་སྤྱིར་བཏང་དགོད་སྒྲུང་ནང་པོ་མོའི་འབྲེལ་བ་དམར་རྗེན་དུ་བཤད་པ་དང་། འཆལ་སྤྱོད་ཀྱི་བརྗོད་དོན་དམར་རྗེན་དུ་བྱས་པ་ཡང་འབོར་ཆེན་ཡོད་པས། ང་ཚོས་སློབ་སྦྱོང་བྱེད་པའི་བརྒྱུད་རིམ་ནང་དམིགས་ཡུལ་ཡང་དག་དང་བསམ་བློ་དྭང་པོར་བཞག་ནས་དགེ་སྐྱོན་

ལེགས་ཉེས་ཀྱི་དབྱེ་འབྱེད་དགོས་པ་ནི་གལ་ཤིན་ཏུ་ཆེ་བ་ཡིན།

མདོར་ན། དགོད་བྲོའི་གླུ་གཞས་འདྲ་ཞིག་ཡིན་རུང་སྤྱི་ཚོགས་ཀྱི་འཚོ་བ་དང་འབྲེལ་བ་དམ་ཟབ་ཏུ་གནས་ཡོད་ལ་དེས་སྤྱི་ཚོགས་ངེས་ཅན་དང་དུས་སྐབས་ངེས་ཅན་ནང་ལྷགས་པའི་གནད་དོན་སྐྱུག་བྲོ་བ་མང་པོར་བྲུར་ཟ་དང་འཕྱ་སྨོད་དགག་རྒྱག་བཅས་བྱེད་ཐུབ་ལ་མི་དམངས་ཀྱི་རོལ་རྩེད་ཀྱི་འཚོ་བ་ཕུན་སུམ་ཚོགས་སུ་ཡང་བཏང་བས་དགོད་གླུང་གི་བསམ་བློའི་ནང་དོན་ཐད་གྲལ་རིམ་གྱི་དགའ་སྡང་མངོན་གསལ་དོད་པ་དང་བསླབ་འདོམས་རོལ་རྩེད་ཀྱི་རང་བཞིན་ཤུགས་ཆེ་བའི་ཁྱད་ཆོས་ལྡན་པ་དང་གཉིས་ནས་སྒྱུ་རྩལ་ཐད་བྱུང་རིམ་བསྡུས་ལ་བརྗོད་པ་སྟབས་བདེ་བ་ལྷག་པར་དུ་བྱ་དངོས་ཀྱི་འཕོ་འགྱུར་ལས་ཆེས་གལ་ཆེ་བ་ཞིག་སྟེང་ཤུགས་ཆེའི་སྒྲོ་བཏགས་སམ་ཡང་ན་མི་སྣ་བར་གྱི་ཁ་བརྗོད་ཤུགས་ཆེའི་གཏམ་གླེང་དང་གཅིག་ལབ་སྤེལ་ནས་བཞད་གད་འབྱིན་པ་དང་དེ་བཞིན་མི་རྣམས་ཀྱི་དོ་གལ་གང་ཆེའི་ཐད་དུ་བཞད་གད་འབྱིན་པའི་བརྗོད་དོན་བཀོད་ནས་གླུ་མཇུག་བསྡུས་པའི་ཁྱད་ཆོས་ལྡན་པས་ཉན་པ་པོར་བཞད་གད་ཙམ་མ་ཟད་བསམ་ཡུལ་ལས་འདས་པའི་སྒྱུ་རྩལ་གྱི་སྤྲོ་སྣང་ཞིག་ཀྱང་སྟེར་ཐུབ་ཀྱི་ཡོད།

གསུམ་པ། དམངས་གླུའི་ཁྱད་ཆོས།

མིའི་རིགས་ཀྱི་བློ་གྲོས་ལས་བྱུང་བའི་དམངས་གླུ་འདི་མུ་མེད་ཀྱི་རྒྱ་མཚོ་ཞིག་དང་འདྲ་བར་གྲངས་ཀྱི་མཐའ་དང་ནང་དོན་གྱི་རྒྱ་འདི་ཙམ་ཞེས་སྨྲས་ཀྱང་ཚད་འཛིན་དཀའ་བ་ཞིག་ཡིན། མི་རིགས་སོ་སོའི་དམངས་རྩོམ་ནང་དམངས་གླུ་གིས་ཆེས་གལ་ཆེ་བའི་གནས་བབ་ཟིན་ཞིང་། གསོན་ཉམས་ལྡན་ལ་ཕུན་སུམ་ཚོགས་པའི་སྒྱུ་རྩལ་གཟུགས་བརྙན་དང་ངོ་མཚར་རྨད་དུ་བྱུང་བའི་གླུ་གི་

བྱུང་རིམ་དག་གིས་སྐྱེ་བོའི་ཡིད་དབང་མེད་དུ་འཕྲོག་པ་མ་ཟད། ངལ་རྩོལ་མི་དམངས་ཀྱི་རིག་གནས་འཚོ་བ་གྲ་རྒྱས་སུ་འགྲོ་བར་དེ་བས་གལ་ཆེའི་ཕན་ནུས་ཐོན་ཡོད།

དམངས་སྒྲུང་སྤྱི་ལ་བལྟས་ན། དེར་ནང་དོན་ཁྱབ་ཁོངས་ཡངས་པ་དང་བེད་སྤྱོད་དང་སློབ་གསོ། རྩེད་དགའི་རིན་ཐང་ཆེ་བའི་ཁྱད་ཆོས་ལྡན་པ་མ་ཟད། གསར་རྩོམ་དང་ཁྱབ་སྤེལ་གྱི་བརྒྱུད་རིམ་ནང་རང་ལ་ཐུན་མོང་མ་ཡིན་པའི་སྒྱུ་རྩལ་ཁྱད་ཆོས་ཀྱང་མི་ཉུང་བ་གྲུབ་ཡོད་པ་ཡིན།

དང་པོ། དམངས་སྒྲུང་ནི་རྩོམ་རིག་གི་ཡ་གྱལ་ཞིག་ཡིན་ལ་རྩོམ་རིག་གསར་རྩོམ་གྱི་ཐབས་ཤེས་ཀྱི་ངོས་ནས་བལྟས་ན་དམངས་སྒྲུང་གི་གསར་རྩོམ་ཐབས་ཤེས་ཐད་སྒྲུང་གི་བརྗོད་དོན་དང་དགོས་པར་གཞིག་ནས་འཆར་ཡན་རིང་ལུགས་ཀྱི་གསར་རྩོམ་ཐབས་ཤེས་དང་དོན་དངོས་རིང་ལུགས་ཀྱི་གསར་རྩོམ་ཐབས་ཤེས་གཉིས་འོས་འཚམས་ཀྱི་ཟུང་འབྲེལ་དང་མཉམ་གནས་ཐུབ་པ་བྱས་ཡོད། དཔེར་ན། གོང་བརྗོད་འཆར་སྣང་སྒྲུང་ངམ་བྱིས་སྒྲུང་ནི་འཆར་ཡན་གྱི་རང་བཞིན་ཤུགས་ཆེར་ལྡན་པ་ཞིག་དང་གཙོ་བོར་འཆར་ཡན་གྱི་གསར་རྩོམ་ཐབས་ཤེས་ལ་བརྟེན་པ་ཞིག་ཡིན་ནའང་། སྒྲུང་གིས་མཚོན་པར་བྱ་བ་ནི་མིའི་སྤྱི་ཚོགས་ཁྲོད་ཀྱི་འགལ་ཟླ་དང་འཐབ་རྩོད་དེ་རྣམས་ཡིན་པས་གསར་རྩོམ་གྱི་ཕྱོགས་མང་པོའི་ཐོག་དོན་དངོས་རིང་ལུགས་ཀྱི་ཉམས་འགྱུར་མངོན་གསལ་ཡོད་པ་དང་དེ་བཞིན་འཚོ་བའི་སྒྲུང་ལ་སོགས་པ་ནི་གཙོ་བོར་དོན་དངོས་ཀྱི་རྨང་གཞི་དང་དོན་དངོས་རིང་ལུགས་ཀྱི་གསར་རྩོམ་ཐབས་ཤེས་ལ་བརྟེན་པ་ཞིག་ཡིན་ནའང་། མནའ་མ་ཟླ་བའི་ནང་དུ་ཕྱིན་པ་དང་། བརྩེ་སེམས་ཀྱིས་བཅིངས་པའི་གཞོན་ནུ་ཟ་དང་ཚར་གསུར་པ་སོགས་འོས་འཚམས་ཀྱི་འཆར་ཡན་དང་འཆར་ཡན་རིང་ལུགས་ཀྱི་གསར་རྩོམ་ཐབས་ཤེས་ཟུང་འབྲེལ་བྱས་ཡོད་པ་རྟོགས་སླ་ལ། མདོར་ན། དམངས་སྒྲུང་གི་གསར་རྩོམ་ཐབས་ཤེས་དེ་རྒྱུང་པ

གཅིག་ལ་མ་ངེས་པར་བྱིས་སྒྲུང་སོགས་འཆར་ཡན་ལ་གཙོ་བོར་བརྟེན་པ་རྣམས་ལའང་དོན་དངོས་རིང་ལུགས་གཏན་མེད་མ་ཡིན་ལ་འཚོ་བའི་སྒྲུང་སོགས་དོན་དངོས་ལ་གཙོ་བོར་བརྟེན་པ་དག་ལའང་འཆར་ཡན་གྱིས་མ་སྟོང་བར་དམངས་སྒྲུང་ནང་གསར་རྩོམ་ཐབས་ཤེས་གཉིས་ཀ་གལ་ཆེན་དང་ལེགས་ཤིང་འཚམས་པའི་ཟུང་འབྲེལ་བྱས་ཡོད།

གཉིས་པ། དམངས་སྒྲུང་གི་མི་སྣ་དང་བྱུང་རིམ་ཐད་ཁོ་རང་ལ་དམིགས་བསལ་གྱི་མཚོན་ཐབས་ཤིག་ཡོད་པ་སྟེ། སྙིར་རྩོམ་མང་པོའི་ཁྲོད་མི་སྣ་སྒྲུབ་བཞེངས་བྱེད་སྐབས་མི་སྣའི་གཏམ་གླེང་དང་། གཟུགས་བརྙན་ཆེད་འབྲི། སེམས་ཁམས་ཞིབ་འབྲི་སོགས་བེད་སྤྱོད་མོད། དམངས་སྒྲུང་གི་མི་སྣར་གཟུགས་བརྙན་ཆེད་འབྲི་སོགས་སྤྱོགས་མང་གི་སྒྲུབ་བཞེངས་ཐབས་ཤེས་མེད་པར་རྩོམ་པ་པོའི་ངག་ཐོག་གི་གསལ་བཤད་དམ། མི་སྣའི་གཏམ་གླེང་ཙམ་གྱིས་མི་སྣ་སྒྲུབ་བཞེངས་རྫོགས་པར་བྱས་ལ། དམིགས་བསལ་གྱི་སྒྲུང་འགའ་རེ་ཕུད་སྤྱིར་བཏང་དམངས་སྒྲུང་མང་ཆེ་བའི་མི་སྣར་ངེས་གཏན་གྱི་མིང་བཏགས་གང་ཡང་མེད་པར་སྤྱི་མཚོན་གྱི་མིང་དཔེར་ན། ཞིང་པ། འབྲོག་པ། རྒྱལ་པོ། གཡོག་པོ། ཕྱུག་པོ། དབུལ་པོ། གཅེན་པོ། གཅུང་པོ་ལྟ་བུར་ངེས་པ་དང་། སྒྲུང་གི་བྱུང་རིམ་ནི་སྤྱིར་ཆ་ཚང་བ་མགོ་ཡོད་མཇུག་ཡོད་དང་གནད་དོན་ཁེར་རྐྱང་དང་འགལ་ཟླ་ཁེར་རྐྱང་ལ་བརྟེན་པས་བྱུང་རིམ་ཕྱོགས་གཅིག་ལ་རྟོག་འཛིང་ཆུང་བ་ཞིག་ཡིན།

གསུམ་པ། དམངས་སྒྲུང་གི་སྒྲིག་གཞི་ནི་དེ་བས་དམིགས་བསལ་ཅན་ཏེ་སྒྲུང་གང་ཞིག་ཡིན་ཡང་དེའི་སྒྲུང་མགོར་དང་པོའི་ཚེ་ན་ཡུལ་གནའ་ས་མོ་ཡུལ་ཞིག་ན། སྔོན་ཡུལ་ཞིག་ན་གཅེན་གཅུང་གཉིས་ཡོད། སྔར་རྒྱལ་པོ་ཞིག་ལ་སྔར་མི་དབུལ་པོ་ཞིག་ཡོད་ལྟ་བུར་བྱས་པས་སྒྲུང་མགོར་སྒྲིག་གཞི་ངེས་གཏན་དང་། སྒྲུང་གི་བྱུང་རིམ་ཡང་སྤྱིར་རིམ་གསུམ་ཅན་གྱི་རྒྱས་བཤད་ཐབས་ཤེས་

བེད་སྤྱོད་ནས་བཀོད་འབྲི་དང་འཕེལ་རྒྱས་བྱས་པ་སྟེ་དཔེར་ན་《སྤྲེལ་པ་དང་སྲིན་མོ་》ཞེས་པའི་སྒྲུང་ནང་སྤྲེལ་པས་མནའ་མ་སློང་དོན་དེའི་ཐོག་དགའ་བ་དང་ངུ་བ། མཚོངས་པ་བཅས་བྱ་བ་གསུམ་རྒྱས་བཤད་བྱས་ནས་བྱུང་རིམ་བཀོད་འབྲི་དང་འཕེལ་རྒྱས་བཏང་ཡོད་ལ་《བུ་དབུལ་པོ་དང་ཀླུའི་སྲས་མོ་》ཞེས་པའི་སྒྲུང་ནང་རྒྱལ་པོས་བུ་དབུལ་པོར་སྒྲུབ་དཀའ་བའི་ལས་སྣ་འགའ་བྱེད་དུ་བཅུག་པ་དང་བུ་དབུལ་པོས་རང་གི་བཟའ་ཟླའི་རོགས་རམ་འོག་དེ་རྣམས་རིམ་བཞིན་བསྒྲུབས་པར་བཤད་ནས་བྱུང་རིམ་བཀོད་འབྲི་དང་འཕེལ་རྒྱས། དེ་བཞིན་《ཇ་དང་ཆང་གི་སྒྲུང་》ནང་ཨ་མས་བུ་དང་བུ་མོའི་སྐྱ་ཐལ་སོ་སོར་ཐེངས་གསུམ་བྱས་པ་《རྒྱལ་པོ་སྣང་སྲིད་བློ་གྲོས་》ནང་རྒྱལ་པོས་ལྷ་ཡུལ། ཀླུ་ཡུལ། བདུད་ཡུལ་གསུམ་དུ་ཕྱིན་ནས་བྱ་བ་བསྒྲུབས་པའི་དོན་བརྗོད་ནང་བྱུང་རིམ་བཀོད་འབྲི་དང་འཕེལ་རྒྱས་བྱས་པ། མདོར་ན། དམངས་སྒྲུང་གི་བྱུང་རིམ་ལའང་རིམ་གསུམ་ཅན་གྱི་སྒྲིག་གཞི་དམིགས་བསལ་ཞིག་གྲུབ་ཡོད་པ་ཡིན། སྔོས་སུ་བོད་ཀྱི་དམངས་སྒྲུང་མང་ཆེ་བར་མི་སྣའི་གཏམ་གླེང་ཕལ་ཆེ་བ་གཞན་མ་གླུའི་རྣམ་པ་བེད་སྤྱོད་པའི་ཁྱད་ཆོས་ཡོད་པ་སྟེ། དཔེར་ན་《ཇ་དང་ཆའི་སྒྲུང་》ནང་འོད་སྟོན་པ་དང་གཞོན་ནུ་མ་གཉིས་ཀྱི་བསམ་བློ་བརྗེ་བའི་གཏམ་དང་སྙིང་སྡུག་བརྗོད་པའི་གཏམ་ཚང་མ་ཐབས་ཤེས་དེ་ལ་བྱས་པ་དང་། གཞན་ཡང་《རྒྱལ་པོ་སྣང་སྲིད་བློ་གྲོས་》 《སྒྲུང་སྤྲུག་ལ་ཆའི་ཐོད་མགོ་》 《བདུད་མོ་སྲུན་བདུན་》ལ་སོགས་སྒྲུང་དེ་དག་གི་མི་སྣའི་གཏམ་གླེང་མང་ཆེ་བ་གཞས་མ་གླུའི་རྣམ་པར་བྱས་ཡོད་པ་ཡིན་ནོ། །

རྩོམ་ཡིག་གི་ནང་དུ་རྩོམ་པ་པོས་སྒྱུ་རྩལ་གྱི་ཐབས་ཤེས་གང་བེད་སྤྱོད་ནའང་དེ་དགོས་པ་ཞིག་དང་དམིགས་ཡུལ་ཞིག་སྒྲུབ་ཆེད་ཡིན་པས་མི་སྣར་ཕྱོགས་མང་གི་སྒྲུབ་བཞེངས་མེད་པ་དང་བྱུང་རིམ་རྙོག་འཛིང་ཆུང་བ། བརྩམ་བྱར་ངེས་གཏན་གྱི་སྒྲིག་གཞི་ལྡན་པ་སོགས་དམངས་སྒྲུང་གི་སྒྱུ་རྩལ་ཁྱད་ཆོས་དེ་

རྣམས་གཙོ་བོར་དམངས་གླུང་ངེས་བདེ་བརྗོད་བདེ་དང་བག་ཆགས་ཟབ་ཏུ་ཡོང་བར་དམིགས་ནས་བྱུང་བ་ཡིན།

བསམ་གཞིག་འདྲི་གཞི།

1. དམངས་གླུང་གི་གོ་དོན་གང་ཡིན།
2. དམངས་གླུང་ལ་དབྱེ་ཐབས་གྲགས་ཆེ་བ་གང་འདུག
3. 《སྤལ་པ་དང་སྦྲུས་མོ་》ཞེས་པར་སྒྱུ་རྩལ་གྱི་ཁྱད་ཡོན་ཇི་ལྟར་དབྱེ་ཞིབ་རགས་ཙམ་བྱ་དགོས།
4. སྲོག་ཆགས་གླུང་དང་སྲོག་ཆགས་སྐོར་གྱི་བསྟུས་བརྗོད་གླུང་ལ་ཁྱད་པར་གང་འདུག

ས་བཅད་བཞི་པ། དམངས་ཁྲོད་ཀྱི་གླུ་གཞས།

དང་པོ། དམངས་ཁྲོད་གླུ་གཞས་ཀྱི་གོ་དོན་སྐོར།

དམངས་གཞས་ནི་རྩོམ་རིག་སྒྱུ་རྩལ་གྱི་ཁྲོད་དུ་བྱུང་ཆེས་སྔ་བའི་སྐད་ཆའི་སྒྱུ་རྩལ་ཞིག་ཡིན། དེ་ཡང་དམངས་གཞས་འཕེལ་རྒྱས་ཀྱི་ལོ་རྒྱུས་ལ་བལྟས་ན་མི་རིགས་སུ་འདྲ་ཞིག་ཡིན་ནའང་དེའི་དམངས་གཞས་ཀྱི་ཐོག་མ་ནི་མི་རིགས་དེའི་ཞེས་པོ་རྣམས་ལ་གོ་བརྡ་སྤྲོད་བྱེད་ཀྱི་སྟབས་བདེའི་སྐད་ཆ་བྱུང་རྗེས་ཁོ་ཚོས་ངལ་རྩོལ་གྱི་བརྒྱུད་རིམ་ནང་རིམ་བཞིན་གསར་གཏོད་བྱས་པར་མངོན་ལ། སྐབས་དེའི་དམངས་གཞས་ནི་སྤྱི་ཚོགས་ཀྱི་འཚོ་བའི་ཚད་བཀག་དང་མི་རྣམས་ལ་རང་རྟོགས་ཀྱི་སྒྱུ་རྩལ་གསར་རྩོམ་གྱི་བློ་སེམས་མེད་རྐྱེན་ངལ་རྩོལ་གྱི་འགྲོས་དང་ཅི་མཐུན་དང་ངལ་རྩོལ་གྱི་རོགས་ཟླ་ཅི་ཐུབ་ཀྱི་ཚད་ཙམ་དུ་ཟད། ཐོན་སྐྱེད་ངལ་རྩོལ་དེ་བས་སྔ་མང་ཕུན་སུམ་ཚོགས་པོ་དང་མིའི་རིགས་ཀྱི་སྤྱི་ཚོགས་ལ་གྲལ་རིམ་གྱི་དབྱེ་བ་བཅས་ཐོན་པ་ནས་བཟུང་དམངས་གཞས་ཀྱི་ནང་དོན་ཁྱབ་ཁོངས་དེ་བས་རྒྱ་ཆེ་དང་རྣམ་པ་དེ་བས་ཕུན་ཚོགས་གསར་རྩོམ་གྱི་ཐབས་ཤེས་དང་སྒྱུ་རྩལ་གྱི་རིན་ཐང་དེ་བས་གོང་མཐོར་ཕྱིན་པས་རྩོམ་རིག་སྒྱུ་རྩལ་ཁྲོད་རང་ཉིད་རང་སྐྱ་ཐུབ་པའི་སྒྱུ་རྩལ་གྱི་རྣམ་པ་ཞིག་ལ་གྱུར་པ་ཡིན།

དེ་ལྟ་བུའི་སྒྱུ་རྩལ་རྣམ་པ་དེར་མི་རིགས་སོ་སོ་དང་ས་གནས་སོ་སོར་མིང་འདོགས་མི་འདྲ་བ་རེ་ཡོད་འདུག་ནའང་ཚང་མར་ཐུན་མོང་གི་ཁྱད་ཆོས་ཤིག་ཡོད་པས་དམངས་གཞས་ཀྱི་གོ་དོན་ལ་ངལ་རྩོལ་མི་དམངས་ཀྱིས་ངག་ཐོག་ནས་གསར་རྩོམ་བྱས་པའི་ལུས་ཚད་ཐུང་ལ་སྙིལ་སྦྱོར་ངེས་ཅན་ལྡན་པའི་ཚིགས་

བཅད་རྩོམ་རིག་གང་ཞིག་གཞས་གདངས་སུ་ལེན་ཚོག་པ་ཞིག་ཡིན། ཅེས་བཞག་ན་འགྲིག་པར་སེམས།

དམངས་གཞས་ནི་མི་རིགས་ཁག་གི་རྩོམ་རིག་ནང་གྲངས་ཚད་མང་ཤོས་དང་རྣམ་པ་ཕུན་སུམ་ཚོགས་ཤོས་ཀྱི་རྩོམ་རིག་གི་རྣམ་པ་ཞིག་ཡིན་ཅིང་། ལོ་རྒྱུས་ཀྱི་རྒྱུ་རྒྱུན་རིང་པོ་འདིའི་ནང་དེས་ཐོན་སྐྱེད་ངལ་རྩོལ་གྱི་ཉམས་མྱོང་ཕྱོགས་བསྡོམས་དང་རྗེས་རབས་ལ་སློབ་གསོ། ངལ་རྩོལ་གྱི་རོགས་ཟླ། རོལ་རྩེད་ཀྱི་འཕེལ་རྒྱས་བཅས་ལ་དཔག་དཀའ་བའི་ནུས་པ་བཞག་པ་མ་ཟད། གྲལ་རིམ་ཡོད་པའི་སྤྱི་ཚོགས་ནང་དུ་རྒྱ་ཆེའི་ངལ་རྩོལ་མི་དམངས་ཀྱིས་རྙོ་ངར་ཅན་གྱི་མཚོན་ཆ་དེ་བེད་སྤྱད་ནས་དབང་བསྒྱུར་གྲལ་རིམ་ལ་འཐབ་རྩོད། ལུགས་ངན་སྲོལ་ངན་ཐེར་འདོན་བྱས་དང་བྱེད་བཞིན་ཡོད་ལ། ལྷག་པར་དུ་དེས་མི་རིགས་དེ་དང་དེའི་དུས་སྐབས་སོ་སོའི་སྤྱི་ཚོགས་ཀྱི་འཚོ་བ་དང་མི་རིགས་དེའི་སེམས་ཁམས། གཤིས་སྤྱོད་ཀྱི་ཁྱད་ཆོས་སོགས་མེ་ལོང་གི་ནང་དུ་གཟུགས་བཞིན་མཚོན་པར་བྱེད་པས་མི་རབས་ནས་མི་རབས་བརྒྱུད་པའི་མི་རིགས་ཁག་གི་དམངས་གཞས་ལ་རྩོམ་རིག་གི་རིན་ཐང་ཙམ་མ་ཟད་ཕྱོགས་གང་ཅིའི་ཐད་ནས་ཞིབ་འཇུག་གི་རིན་ཐང་ཆེས་ཆེར་ལྡན་པ་ནི་སྨོས་མེད་ལགས།

གཉིས་པ། དམངས་གཞས་ཀྱི་དབྱེ་བའི་སྐོར།

དམངས་གཞས་ཀྱང་རྩོམ་རིག་གི་རྣམ་པ་གཞན་དང་འདྲ་བར་ངལ་རྩོལ་ལས་བྱུང་ཞིང་སྤྱི་ཚོགས་ཀྱི་འཚོ་བའི་འཕེལ་རྒྱས་དང་སྦྲགས་ནས་སྣ་མང་ཕུན་ཚོགས་སུ་གྱུར་པ་ཡིན།

མིའི་རིགས་གདོད་མའི་སྤྱི་ཚོགས་ནས་གྲལ་རིམ་ཡོད་པའི་སྤྱི་ཚོགས་སུ་འཕེལ་རྒྱས་བྱུང་བ་འདིས་དམངས་གཞས་ཀྱི་ནང་དོན་ཁྱབ་ཁོངས་དེ་བས་རྒྱ་

ཆེར་ཕྱིན་ལ་མིའི་ཤེས་རིག་གི་ཆུ་ཚད་དེ་རིམ་བཞིན་འཕེལ་བས་དམངས་གཞས་གསར་རྩོམ་གྱི་ཐབས་ཤེས་དང་དམངས་གཞས་ཀྱི་རིགས་དང་རྣམ་པ་སོགས་ལ་གསར་སྤེལ་ཊེ་སྐྱེད་བྱུང་ཡོད། དེ་ཙམ་དུ་མ་ཟད་མི་རིགས་ཀྱི་ཁྱད་པར་མང་བ་དང་མི་རིགས་གཅིག་ལའང་ས་གནས་དང་ཡུལ་སྡེའི་ཁྱད་པར་ཆེ་བས་དམངས་གཞས་ཀྱི་དབྱེ་བ་འདི་མཐའ་གཅིག་ཏུ་གྲངས་ངེས་དང་རིགས་ངེས་ཤིག་བྱུང་དཀའ་བ་ཡིན། འོན་ཀྱང་དམངས་གཞས་ལ་ཞིབ་འཇུག་གནང་མཁན་འཛམ་གླིང་ཐོག་གི་མཁས་དབང་མང་ཆེ་བས་ནང་དོན་གྱི་ཐད་ནས་དེའི་དབྱེ་བ་བྱས་པས་འདིར་དེ་གཞིར་བཟུང་ནས་གཤམ་གྱི་དབྱེ་བ་དག་བྱས་པ་ཡིན།

གཅིག ལས་གཞས།

ལས་གཞས་སམ་ངལ་རྩོལ་གྱི་གཞས་ནི་ངལ་རྩོལ་པས་ངལ་རྩོལ་གྱི་བརྒྱུད་རིམ་ནང་གཏོང་ལེན་བྱེད་ཅིང་ངལ་རྩོལ་གྱི་ཉམས་མྱོང་དང་ངལ་རྩོལ་གྱི་ཁྱད་ཆོས། ངལ་རྩོལ་དང་འབྲེལ་བའི་སེམས་ཚོར་བཅས་ནང་དོན་དུ་བྱས་པའི་དམངས་གཞས་ཀྱི་རིགས་ཤིག་ཡིན།

ལས་གཞས་ནི་མིའི་རིགས་ཀྱི་མེས་པོ་རྣམས་ལ་ངལ་རྩོལ་བྱུང་བ་དང་ལྷག་པར་མཉམ་སྡེབ་ཀྱི་ངལ་རྩོལ་འཚོ་བ་བྱུང་བ་ནས་དར་བ་ཞིག་ཡིན་པས་དམངས་གཞས་ནང་བྱུང་སྔ་ཤོས་སུ་གྲགས། ཆེས་གདོད་མའི་ལས་གཞས་ནི་མེས་པོ་རྣམས་ཀྱིས་ངལ་རྩོལ་བྱེད་པའི་བརྒྱུད་རིམ་ནང་ལས་ཀའི་དལ་སྐྱོད་ཀྱིས་འགྲོས་པ་གཅིག་མཐུན་དང་ངལ་རྩོལ་གྱི་ནུས་ཤུགས་གཅིག་སྒྲིལ་ཡོང་ཆེད་གང་ལ་དེ་འཚམ་གྱི་གཞས་གདངས་རེ་གསར་གཏོད་བྱས་པ་དེ་དག་ཡིན་ལ། ཡོ་རྒྱུས་ཀྱི་ཐབས་རྒྱུན་རིང་མོའི་ནང་མིའི་རིགས་ལ་ཉ་ལས། ཞིང་ལས། འབྲོག་ལས། ཤིང་བཟོ་ལ་སོགས་པའི་ལས་ཀའི་རྣམ་གྲངས་མང་དག་གསར་དུ་ཐོན་པ་དང་སྒྱུ་རྩལ་ཤེས་རྟོགས་ཀྱི་ཆུ་ཚད་ཀྱང་སྔར་བས་མཐོ་རུ་ཕྱིན་པ་དེས་གདོད་མའི་སྐབས་

བདེའི་ལས་གཞས་དེ་ཚོར་ནང་དོན་དང་རྣམ་པའི་ཕྱོགས་གང་ཐད་ནས་གསར་སྟོན་དང་འཕེལ་རྒྱས་བྱུང་བ་སྟེ་ད་ལྟའི་ལས་གཞས་ཕལ་ཆེ་བ་ངལ་རྩོལ་གྱི་འགྲོས་པ་གཅིག་མཐུན་དང་ནུས་ཤུགས་གཅིག་སྒྲིལ་ཐུབ་ཆེད་ཀྱི་ཚད་ལས་འདས་ཏེ་ངལ་རྩོལ་གྱི་བརྒྱུད་རིམ་དང་ངལ་རྩོལ་གྱི་ཁྱད་ཆོས། ཉམས་མྱོང་དང་བསླབ་བྱ། ངལ་རྩོལ་པའི་བསམ་བློའི་འདུ་ཤེས་ལ་སོགས་པ་ཕྱོགས་མང་མཚོན་པ་དང་། འབྲོག་གཞས། བཙས་གཞས། ཨར་གཞས་ལ་སོགས་རྣམ་དབྱེ་ཕུན་སུམ་ཚོགས་པ་ཞིག་ཏུ་གྱུར་ཡོད།

ངལ་རྩོལ་པ་མི་རབས་དུ་མས་ལས་གཞས་རྣམ་མང་དེ་འདྲ་ཞིག་བརྒྱུད་འཛིན་དང་གསར་སྤེལ་བྱས་པ་ཡང་ལས་གཞས་ལ་ལས་ཀྱི་ངལ་བ་སེལ་བ་དང་ལས་ཀྱི་སྟངས་སྟབས་གཅིག་མཐུན། ལས་ལ་སྤྲོ་བ་འཕེལ་བ། ལས་ཤོགས་ཆེ་བ་བཅས་ཀྱི་ཕན་ནུས་ངེས་ཅན་ལྡན་པ་དང་ཐད་ཀར་འབྲེལ་བ་ཡོད་པ་སྟེ་རང་ཅག་བོད་ཀྱི་ལས་གཞས་ནང་།

ཁ་དེ་ཁ་རོག་མ་སྡོད། །
སྐྱིན་པའི་གཞས་ཤིག་ཐོངས་དང་། །
ཕར་བལྟས་མིག་ལ་མཛེས་པ། །
ཚུ་བལྟས་ལས་ཤོགས་ཆེ་བ། །
ཁ་དེ་ཁ་རོག་མ་སྡོད། །
སྐྱིན་པའི་གླུ་ཞིག་ཐོངས་དང་། །
སྐྱིན་པའི་གླུ་ཞིག་བཏང་ན། །
ལས་ལ་དཀའ་བ་མི་འདུག །
གླུ་ཆུང་ལས་ཀའི་ལས་རོགས། །
ཨོམ་གདངས་ལག་པའི་བདེ་རོགས། །
ཕར་བལྟས་མིག་ལ་མཛེས་པ། །

རྒྱལ་བསྒྲས་ལས་ཤོགས་ཆེ་བ། །

ལ་སོགས་པ་ངལ་རྩོལ་པ་རང་ཉིད་ཀྱིས་རྟག་ཏུ་ངལ་རྩོལ་གྱི་ཁྲོད་གཏོང་ལེན་བྱེད་པ་བརྗོད་ཀྱིས་མི་ལང་བ་དེ་དག་གིས་དེའི་ཕན་ནུས་ཕྱོགས་བསྡུས་སུ་མཚོན་ལ། ངལ་རྩོལ་དང་སྦྲགས་ནས་གཏོང་ལེན་བྱེད་པའི་ལས་གཞས་འདིའི་གཞས་ཚིག་དང་གཞས་གདངས་ལ་ཡང་བསམ་གཞིག་ཞིབ་པར་བྱེད་ཚེ་འགའ་རེ་གཞས་ཚིག་བསྡུས་ལ་དབྱངས་འགྲོས་ཀྱི་ཚོར་སྣང་ཏ་ཙང་ཤུགས་ཆེ་བ་དང་འགའ་རེ་གཞས་ཚིག་སྙན་ལ་ནང་དོན་ཕུན་སུམ་ཚོགས་པ། གཞས་ཀྱི་འགྱུར་ཁུག་ཡིད་དུ་འོང་བ་དེ་འདྲ་ཞིག་ཡིན། དེ་འདྲའི་རིགས་འདི་གཉིས་ཀྱང་ལས་ཀའི་ངོ་བོ་དང་ཁྱད་ཆོས། ལས་ཀའི་གནས་སྐབས་ཀྱིས་ཐག་བཅད་པས་འདིར་བོད་མི་རིགས་ཀྱི་ལས་གཞས་ཁག་གི་ཁྱད་ཆོས་དང་འབྲེལ་ནས་ལས་ལ་བཀོད་འདོམས་བྱེད་པའི་ལས་གཞས་ཀྱི་རིགས། གྲངས་ངེས་པར་བྱེད་པའི་ལས་གཞས་ཀྱི་རིགས། ལས་ཀྱི་ཁྱད་ཆོས་དང་བྱ་རིམ་མཚོན་པའི་ལས་གཞས་ཀྱི་རིགས། ངལ་རྩོལ་པའི་སེམས་ཁམས་མཚོན་པའི་ལས་གཞས་ཀྱི་རིགས། ལོ་རྒྱུས་དང་གཏམ་རྒྱུད་སོགས་ནང་དོན་དུ་བྱས་པའི་ལས་གཞས་ཀྱི་རིགས་བཅས་དབྱེ་བའི་རྣམ་གྲངས་དག་བྱས་སོ།

ལས་ལ་བཀོད་འདོམས་བྱེད་པའི་ལས་གཞས་ནི་སྤྱིར་མཉམ་སྡེབ་ངལ་རྩོལ་གྱི་གནས་སྐབས་གང་ཞིག་ལས་ཀ་སྒྱུར་ལ་བྲེལ་ཆེ་བ། ནུས་ཤུགས་ངེས་པར་གཅིག་སྒྲིལ་དང་། འགྲོས་པ་ངེས་པར་གཅིག་མཐུན་དགོས་པའི་ཚེ་གཏོང་ལེན་བྱེད་པ་ཞིག་ཡིན།

ལས་ཀའི་ངོ་བོ་དང་ཁྱད་ཆོས་ཀྱིས་ལས་གཞས་དེའི་རིགས་ངེས་པར་དུ་ལས་ཀའི་འགྲོས་དང་ཤིན་ཏུ་གཅིག་མཐུན་ཡིན་དགོས་ལ་ངལ་རྩོལ་པའི་བློ་རྩེ་ཡོངས་སུ་ལས་ལ་གཏད་དགོས་པས་གཞས་ཚིག་ཆ་ལ་སྙན་ལ་འཇེབས་པ་དང་གཞས་གདངས་ཀྱི་འགྱུར་ཁུག་ཡིད་དུ་འོང་བ་ཞིག་མིན་པར་གཞས་ཚིག་ཕལ་ཆེ་

བ་ལས་སྐྱལ་ཚིག་གིས་གྲུབ་པ་དང་། གདང་མཚམས་ཀྱང་སྒྱུར་ལ་ཐུང་བས་གྲུབ་པ་སྟེ་དཔེར་ན། ང་ཚོ་བོད་རིགས་ངལ་རྩོལ་པས་དངོས་པོ་ཤིན་ཏུ་ལྕི་བ་ཞིག་མཉམ་དུ་དབོར་འདོགས་བྱེད་པའི་ཚེ་ཤུགས་ཅིག་རྒྱབས་ཤོག ཨཱ་ཡཱ་ཧྭས་ཟེ། གོམ་སྒྲ་སྒྲིག་ཤོག ཨཱ་ཡཱ་ཧྭས་ཟེ། ཞེས་ལས་གླུར་གཏོང་ལེན་བྱེད་པ་དེ་དག་ཡིན་ལ་ལས་གཞས་དེའི་རིགས་སྤྱིར་སྐྱེ་བོ་གཅིག་གིས་ཤུགས་ཅིག་སྒྲུབ་ཤོག་ལྷ་བྲུ་ལ་གཞས་སྟེ་འཁྲིད་ལ་ཨཱ་ཡཱ་ཧྭས་ཟེ། ཞེས་ཐུན་མོང་གིས་འབོད་གཏོང་བྱེད་པས་སྙེར་སྤྱི་སྤྱེལ་མའི་གཞས་གཏོང་ཐབས་ཤེས་ཐེད་སྤྱོད་པ་དང་རང་མི་རིགས་དང་གཞན་མི་རིགས་ཀྱི་ལས་གཞས་ལ་མཉོ་བསམ་བྱས་ན། ལས་གཞས་དེ་རིགས། དབྱངས་མཚམས་གསལ་ལ། ཚིག་ཉུང་ཞིང་བསྡུས་པ། གཙོ་ཆེར་ངལ་རྩོལ་གྱི་སྟངས་སྟབས་དང་གཅིག་མཐུན་ཡོང་ཆེད་ཁོ་ནར་དམིགས་པས་རྩོམ་རིག་དང་སྒྱུ་རྩལ་གྱི་རིན་ཐང་ཆེར་མི་ལྡན་པ་དང་ལྷག་པར་གཞས་ཚིག་མང་ཆེ་བ་ལས་སྐྱལ་གྱི་འབོད་སྒྲ་དང་བསྐུལ་བརྡས་གྲུབ་པ་དེས་ལས་ལ་བཀོད་འདོམས་བྱེད་པའི་ལས་གཞས་ནི་ཆེས་གདོད་མའི་ལས་གཞས་ཤིག་དང་ལས་གཞས་རྣམ་པ་སྣ་ཚོགས་པ་དེ་དག་གི་ཆེས་གདོད་མའི་རྩང་གཞི་དེ་ཡིན་པ་རང་ཤུགས་སུ་རྟོགས་ཐུབ།

གྲངས་ངེས་པར་བྱེད་པའི་ལས་གཞས། དེ་ནི་ལས་ཀྱི་བྱེད་ལུགས་གཅིག་ལ་བསྐྱར་བཟློས་ཤུགས་ཆེ་བ། ལས་ཀྱི་འབྲས་བུ་སྨིན་དང་མ་སྨིན་གྲངས་ལ་བརྟེན་ནས་ཚོད་དཔག་དང་ཐག་གཅོད་བྱེད་པའི་ལས་ཀའི་གནས་སྐབས་སུ་གཏོང་ལེན་བྱེད་པ་གང་ཞིག་གཞས་ཚིག་གི་ལྟེ་བ་གྲངས་ལས་གྲུབ་པའི་ལས་གཞས་ཀྱི་རིགས་དེར་ཟེར་བ་ཡིན།

མི་རིགས་སོ་སོ་དང་། ས་གནས་སོ་སོར་འདིའི་སྐོར་གྱི་ལས་གཞས་མང་དག་ཡོད་པ་སྨོས་མེད་ཐོག་འདིར་གཙང་ཁུལ་གྱི《འོ་མ་དཀྲོགས་པའི་གཞས་》ཞེས་པ་དཔེར་དྲངས་ནས་ཙུང་ཟད་བཀོད་ན་འདི་ལྟར།

གཅིག གཉིས། གསུམ། བཞི། ལྔ། དྲུག བདུན། བརྒྱད། དགུ།

བཅུ་ལ་ཐམ་པ་བཅུ་གཅིག་དང་བཅུ་ལ་གཉིས།

བཅུ་གསུམ་སོང་ངོ་བཅུ་བཞི་དང་བཅོ་ལ་ལྔ།

བཅུ་དྲུག་བཅུ་བདུན་བཅོ་བརྒྱད་བཅུ་དགུ།

ཉི་ཤུ་ཐམ་པ་ཙ་གཅིག་དང་ཙ་ལ་གཉིས།

ཉི་ཤུ་ཙ་གསུམ་ཙ་བཞི་དང་ཙ་ལ་ལྔ།

ཙ་དྲུག་ཙ་བདུན་ཙ་བརྒྱད་ཙ་དགུ།

སུམ་ཅུ་ཐམ་པ་སོ་གཅིག་དང་སོ་ལ་གཉིས།

སུམ་ཅུ་སོ་གསུམ་སོ་བཞི་དང་སོ་ལ་ལྔ།

སོ་དྲུག་སོ་བདུན་………།

ལྷ་བུ་ཆེས་དཔེ་མཚོན་གྱི་རང་བཞིན་ལྡན་པ་ཞིག་སྟེ་གཞས་ཚིག་གྲངས་ལས་བྱུས་པ་མཐོང་མ་ཉིད་དུ་རྟོགས་ཐུབ་པ་དང་མཇུག་བསྡུར་རང་དབང་ཆེ་བ་ནི་སྐབས་རེ་གྲངས་ལྔ་བརྒྱ་ཙམ་ནས་མར་ཐོན་པས་གཞས་མཇུག་ཀྱང་དེ་ནས་འགྲིག་པ་དང་སྐབས་རེ་གྲངས་གསུམ་སྟོང་ཉིས་སྟོང་བར་མར་མི་ཐོན་པས་གཞས་ཀྱང་དེ་བར་མཇུག་མི་རྫོགས་པ། འོ་མ་དཀྲོག་པའི་ལས་དེའི་གནས་སྐབས་ཁོ་ནར་གཏོང་ལེན་བྱེད་པ་ལས་ཡར་པོ་དང་ཞིང་བཟོ་སོགས་ཀྱི་གནས་སྐབས་སུ་གཏོང་ལེན་མི་བྱེད་པས་གཏན་འཕེལ་རང་བཞིན་དང་ལྡན་པ་བཅས་འཚོ་བའི་ཉམས་མྱོང་ཕྲན་ཙམ་ཡོད་ན་ཤེས་ཐུབ། དེ་བཞིན་དབུས་ཁུལ་གྱི《མགོ་ཚང་འཚག་སྐབས་ཀྱི་གཞས》ཀྱང་དེ་དང་འདྲ་བས་དུམ་བུ་འགའ་བཀོད་ན།

ཏས་གསུམ་སྒྲོགས་ལས་ཏས་གཉིས་མར་ལ།

ཏས་གཅིག་བགྲངས་པས་ཏས་གཉིས་སླེབས་བྱུང་།

ཏས་གཉིས་བགྲངས་པས་ཏས་གསུམ་སླེབས་བྱུང་།

ཏས་གསུམ་བགྲངས་པས་ཏས་བཞི་སླེབས་བྱུང་།

ནས་བཞི་བགྲངས་པས་ནས་ལྔ་སླེབས་བྱུང་།
ནས་ལྔ་བགྲངས་པས་ནས་དྲུག་སླེབས་བྱུང་།
ནས་བདུན་བགྲངས་པས་ནས་བརྒྱད་སླེབས་བྱུང་།
ནས་བརྒྱད་བགྲངས་པས་ནས་དགུ་སླེབས་བྱུང་།
ནས་དགུ་ཐོག་ནས་བཅུ་ལ་ཡར་འཕོག
བཅུ་གཅིག་གཅིག་རང་བཅུ་གཉིས་གཉིས་རེད།
བཅུ་གསུམ་གསུམ་རེད་བཅུ་བཞི་བཞི་རེད།
བཅུ་ལྔ་ལྔ་རེད་བཅུ་དྲུག་དྲུག་རེད།
བཅུ་བདུན་བདུན་རེད་བཅོ་བརྒྱད་བརྒྱད་རེད།
བཅོ་དགུ་དགུ་རེད་ཉི་ཤུ་བཞེངས་སོང་།
ཉི་ཤུའི་ཐོག་ནས་ཉི་མ་ཤར་སོང་།
ད་ལྟ་ཉི་མ་ཤར་ཙམ་རེད་ལ།
གླིང་བཞི་གཞི་ནས་སྐོར་རྒྱུ་རེད་ལ།
ཆུ་མིག་ཕར་ནས་གདོན་རྒྱུ་རེད་ལ།
མེ་ཏོག་བཞད་ཁ་བྱེ་(འབྱེད་)རྒྱུ་རེད་ལ།
མཆོད་གསོལ་གཞི་ནས་འགྲིམ་རྒྱུ་རེད་ལ།
ཟླ་གཅིག་གཅིག་རེད་ཟླ་གཉིས་གཉིས་རེད།

ལྟ་བུ་གཞས་ཚིག་གི་བར་བར་ན་ལས་ཀྱི་འཕེལ་རིམ་མཚོན་ཆེད་དང་ལས་ལ་དྭངས་བ་སྐྱེར་ཆེད་ཀྱི་ཚིགས་བཅད་འགའ་ཡོད་པ་མ་གཏོགས་གཞས་ཚིག་གི་གྲུབ་ཆ་གཙོ་བོ་གྲངས་ལས་བྱུས་པ་སྔོན་བཀོད་ལ་བལྟས་པས་ཤེས་ཐུབ། མདོར་ན། འདིར་ལས་ཀྱི་ངལ་བ་སེལ་བ་དང་། ལས་ཀྱི་སྟངས་སྟབས་གཅིག་མཐུན་ལས་དང་སྦྲགས་ནས་གཏོང་ལེན་བྱེད་པའི་ལས་གཞས་ཀྱི་རྩ་བའི་ཁྱད་ཆོས་ལྡན་པ་ཙམ་མ་ཟད། དམིགས་བསལ་གྱི་ཁྱད་ཆོས་འགའ་ཡོད་པ་སྟེ་གཅིག་ནས

གཞས་ཚིག་གི་གྲུབ་ཆ་གཙོ་བོ་གྲངས་ལས་གྲུབ་པ་དང་གཞས་ཀྱི་རྫོགས་མཚམས་སམ་མཇུག་བསྡུར་རང་དབང་ཆེ་བ། གཉིས་ནས་ལས་ཀྱི་འཕེལ་རྒྱས་དང་འབྲས་བུར་ཚོད་དཔག་ངེས་ཅན་ཐུབ་པ། ལས་རིགས་མི་འདྲ་བ་སོ་སོར་གང་ལ་དེ་འཚམ་གྱི་གཞས་དེ་གཏོང་ལེན་བྱེད་པ་ལས་འོ་མ་དཀྲོག་སྐབས《མགོ་ཚང་འཚག་སྐབས་ཀྱི་གཞས་》དང་མགོ་ཚང་འཚག་སྐབས《འོ་མ་དཀྲོག་པའི་གཞས་》བཏང་ན་མི་འགྲིག་པས་ཅུང་ཟད་གཏན་འཁེལ་གྱི་རང་བཞིན་ཡོད་པའོ།

ལས་ཀྱི་ཁྱད་ཆོས་དང་བྱ་རིམ་མཚོན་པའི་ལས་གཞས། ལས་རིགས་གང་དང་གང་ཡིན་ནའང་། སོ་སོར་གཞན་དང་མི་འདྲ་བའི་ནང་དོན་རེ་དང་བྱེད་སྟངས་རེ་ཡོད་ལ་ནང་དོན་དང་བྱེད་སྟངས་དེ་ར་གཞིག་ནས་བྱ་རིམ་ལའང་མི་འདྲ་བ་རེ་ཡོད། དེ་ཉི་ལས་གཞས་འདི་དར་གནས་ཐུབ་པའི་རྩ་གཞི་ཡིན་ལ། ལས་གཞས་འདི་ཕུན་སུམ་ཚོགས་པོ་ཡོང་བའི་རྩ་བའི་ཆ་རྐྱེན་ཡང་ཡིན།

ལས་རིགས་ཀྱི་ངོ་བོ་དང་ཁྱད་ཆོས། ལས་ཀྱི་བྱ་རིམ། བྱ་ལུགས། བྱ་སྟངས་སོགས་ཅུང་ཟད་མི་འདྲ་བས་གཞས་གཏོང་ལེན་བྱེད་སྐབས་ཀྱི་གཞས་གདངས་ལའང་མི་འདྲ་བ་དུ་མ་ཡོད་སྲིད་ནའང་གཞས་ཚིག་གི་དོན་ལ་ལས་ཀྱི་བྱ་ལུགས་བྱ་སྟངས་སོགས་གཙོ་བོར་བྱས་པས་ལས་གཞས་ཀྱི་རིགས་འདིར་ལས་ཀྱི་ཁྱད་ཆོས་དང་བྱ་རིམ་མཚོན་པའི་ལས་གཞས་ཞེས་བརྗོད་དོ།

གཡག་ཀུ་རོག་པོ་བཞིན་གྱིས། །
ཏར་སྐྱིལ་ཏུར་སྐྱིལ་མ་གནང་། །
ཁྱུང་དཀར་མཛོ་ཕོ་བཞིན་གྱིས། །
ཕྲ་ཧྲོ་དགོང་ལ་སྐྱིལ་རོག །
སྨུག་མ་བལ་ཁྲིམ་གྲུ་བཞི། །
ནག་པོའི་ས་ལ་ཟུག་ཅིང་། །

ལས་རོགས་འཚབ་འཚུབ་མ་གནང་། །

ཆ་ཆ་ཆ་ལ་ཕེབས་ཤོག །

ལྷ་བུའི་ལས་གཞས་དངོས་དང་ཟུང་འབྲེལ་གྱིས་བརྗོད་ན། ལས་གཞས་དེའི་རིགས་ཀྱི་གཞས་ཚིག་རྣམས་ཚིག་འབྲུ་བདུན་གྱིས་ཚིག་རྐང་གཅིག་དང་ཚིག་རྐང་བཞི་ལས་བརྗོད་དོན་ཆ་ཚང་རེ་རྫོགས་པ་གཙོ་ཆེ་ལ། གཞས་གདངས་ནི་ལས་རིགས་དང་བསྟུན་ནས་སྐབས་རེ་དལ་ལ་སྐབས་རེ་ཙུང་ཟད་དལ་བ་གཞས་ཀྱི་ནང་དོན་ཁག་ངལ་རྩོལ་པ་མི་རབས་དུ་མས་ལས་ཀྱི་བྱ་བ་དངོས་ནང་བསྡིགས་བཅད་བརྡར་གསུམ་བྱས་པ་ལས་ཐོབ་པའི་ལས་ཀྱི་ཁྱད་ཆོས་དང་བྱ་སྟངས་སོགས་བརྗོད་པ་མངོན་ཆེ་བས་ངལ་རྩོལ་གྱི་ཤེས་བྱ་དང་ཉམས་མྱོང་ཕྱོགས་བསྡོམས་དང་ངོ་སྤྲོད་ཐུབ་པར་ནུས་པ་དང་རིན་ཐང་ཆེན་པོ་ཡོད། ལས་རིགས་མི་འདྲ་བ་སོ་སོའི་དབང་དུ་བྱས་ནའང་དཔེར་ན།

《སྤྱག་གཞས་》སྤྱག་མ་གང་འགྲོའི་ས་ལ། །

སྤྱག་ཐག་གློད་རོགས་གནང་དང་། །

སྤྱག་ཐག་དམན་ཆུང་བུ་མོས། །

གློས་སུ་གཏོང་གི་མ་རེད། །

《རྨོད་གཞས་》གཡག་གུ་རོག་པོ་བཞིན་གྱིས། །

ཧར་སྐྱིལ་ཧུར་སྐྱིལ་མ་གནང་། །

ཁྱུང་དཀར་མཛོ་ཕོ་བཞིན་གྱིས། །

ཐུ་ཧྲོ་དགོང་ལ་སྐྱིལ་ཤོག །

《བཅས་གཞས་》གཡས་པ་གཡས་ནས་ཁྱིག་ཤོག །

གཡོན་པ་གཡོན་ནས་ཁྱིག་ཤོག །

གཡས་གཡོན་གཉིས་ནས་བཀུག་ན། །

ལྷམ་ལས་གདུང་མ་ཡང་བ། །

《རྒྱ་དཔྱུག་བརྟུང་སྐབས་ཀྱི་གཞས་》

སྟེང་གི་ནམ་མཁའ་སྟོང་པ། །
གཟིང་སེ་གཟིངས་ལ་ཁྱིག་ཤོག །
འོག་གི་ས་བརྒྱངས་རྗེ་བརྒྱངས། །
ནན་སེ་ནན་ལ་གཞུས་ཤོག །

ལྷ་བུ་གྲངས་ལས་འདས་པ་ཡོད་མོད། མདོར་ན། དེའི་གསར་རྩོམ་ནི་སྤྱིར་དོན་དངོས་རིང་ལུགས་ཀྱི་གསར་རྩོམ་ཐབས་ཤེས་རྒྱང་གཞིར་བྱས་པ་ཞིག་ཡིན་པས་གཞས་ཚིག་ལ་འཆར་ཡན་དང་། འཆར་ཡན་ཅན་གྱི་ཕྱུགས་རེ། འཆར་ཡན་ཅན་གྱི་རྟོག་བཟོ་མེད་ལ། ལས་ཀའི་ཁྲིད་ཆོས་དང་བྱ་ལུགས་བྱ་སྟངས་སོགས་རང་བཞིན་བརྗོད་པའམ་ངལ་རྩོལ་པ་རང་གིས་འཚོ་བའི་ནང་མཐོང་ཐོས་ཐུབ་པའི་བྱ་དངོས་རྣམས་དཔེར་བཀོད་ནས་མཚོན་པར་བྱེད་པ་འདིས་ལས་གཞས་འདིར་ངལ་རྩོལ་གྱི་ཁྲིད་ཆོས་དང་བྱ་རིམ་སོགས་ཇི་མ་ཇི་བཞིན་མཚོན་ཐུབ་པའི་ཁྲིད་ཆོས་ཡོད་པ་མ་ཟད། ས་གནས་དང་མི་རིགས་རང་བཞིན་ཤུགས་ཆེ་བ། ངལ་རྩོལ་འཚོ་བའི་ཤེས་བྱ་ཉམས་མྱོང་ཕུན་སུམ་ཚོགས་པ། ངལ་རྩོལ་གྱི་བརྒྱུད་རིམ་ནང་མཉམ་གཞས་རྒྱང་གཞས་གང་དུ་གཏོང་ལེན་བྱེད་ནའང་འགྲིག་ཅིང་གཏོང་སླ་བའི་ཁྲིད་ཆོས་ཀྱང་ཡོད་དོ།

ངལ་རྩོལ་པའི་སེམས་ཁམས་མཚོན་པའི་ལས་གཞས། མིའི་རིགས་གདོད་མའི་སྤྱི་ཚོགས་ནས་ཛ་བོ་དང་རྣམ་པ་མི་འདྲ་བའི་སྤྱི་ཚོགས་འགའ་བརྒྱུད་པའི་ནང་ཐོན་སྐྱེད་ངལ་རྩོལ་གྱི་རྒྱུ་ཆ་སྒེར་ལ་དབང་བ་དང་ཐུན་མོང་ལ་དབང་བ། ངལ་རྩོལ་གྱི་འབྲས་བུ་ངལ་རྩོལ་པ་རང་ལ་ལོངས་སུ་སྤྱོད་རྒྱུ་ཡོད་པ་དང་མེད་པ། ཐོན་སྐྱེད་ངལ་རྩོལ་གྱི་རྒྱུ་ཆར་ལེགས་ཉེས་ཀྱི་ཁྱད་པར་ཆེ་བའི་ལོ་རྒྱུས་ངོར་དུ་མེད་པ་ཞིག་བྱུང་ཡོད།

ལོ་རྒྱུས་ཀྱི་ལམ་རིང་དེའི་ནང་ངལ་རྩོལ་པ་དང་ངལ་རྩོལ་གྱི་རྒྱུ་ཆའི་བར་

གྱི་འབྲེལ་བ་དང་ངལ་རྩོལ་པ་དང་ངལ་རྩོལ་གྱི་འབྲས་བུའི་བར་གྱི་འབྲེལ་བ་གཅིག་མཚུངས་སུ་གནས་པ་ཞིག་མིན་ལ། ངལ་རྩོལ་གྱི་དམིགས་ཡུལ་ཡང་གཅིག་མཚུངས་མ་ཡིན་པས་སྤྱི་ཚོགས་མི་འདྲ་བ་སོ་སོའི་ནང་གི་ངལ་རྩོལ་པས་ངལ་རྩོལ་ལ་འཛིན་པའི་ལྟ་བ་དང་ཁོང་ཚོར་ངལ་རྩོལ་ལས་ཐོབ་པའི་བདེ་སྡུག་བཅས་ལ་གནམ་ས་ལྟ་བུའི་ཁྱད་པར་བྱུང་བ་ཡིན། དེ་དག་ངལ་རྩོལ་པས་རང་ཉིད་ཀྱི་སྒྱུ་རྩལ་གྱི་ཐབས་ཤེས་དང་མཛེས་ཆོས་ལྟ་བ་དང་མཐུན་པར་མཚོན་པར་བྱས་ཡོད་ལ་ལྷག་པར་དུ་ངལ་རྩོལ་གྱི་ཁྲོད་དུ་གཞས་ཀྱི་ཐབས་ལ་བརྟེན་ནས་མཚོན་པར་བྱས་པས་ལས་གཞས་ཀྱི་རིགས་འདི་དར་འཕེལ་བྱུང་བ་ཡིན།

ལས་གཞས་འདིའི་ནང་དོན་ལ་ངལ་རྩོལ་པས་སྐབས་དེ་དང་ལས་རིགས་དེ་བྱེད་སྐབས་ཀྱི་སེམས་ཁམས་སྣ་ཚོགས་བརྗོད་ཡོད་པ་མ་ཟད་མཚོན་ཐབས་ཀྱང་དྲང་པོར་བརྗོད་པ་དང་དཔེ་དོན་གྱི་སྒོ་ནས་བརྗོད་པ། ཅུད་ཀྱི་སྒོ་ནས་བརྗོད་པ་སོགས་འདྲ་མིན་དུ་མ་ཡོད་པས་སྤྱོན་ལ་ངལ་རྩོལ་པའི་སེམས་ཁམས་མཚོན་པའི་ལས་གཞས་ཀྱི་དོན་གང་ཡིན་བསམ་ན། དེ་ནི་ངལ་རྩོལ་པར་ངལ་རྩོལ་བྱེད་པའི་བརྒྱུད་རིམ་ནང་སྐྱོང་ཚོར་བྱུང་བའི་བདེ་བ་དང་སྡུག་བསྔལ། ངལ་རྩོལ་ལས་ཐད་ཀར་ཐོབ་པའི་འཆར་སྒོ། ངལ་རྩོལ་ལ་འཛིན་པའི་ལྟ་བ་སོགས་སེམས་ཁམས་ཀྱི་ཁྱད་པར་སྣ་ཚོགས་པ་གཞས་ཀྱི་ནང་དོན་དུ་བྱས་ནས་གཏོང་བའི་ལས་གཞས་རིགས་དེར་ཟེར་བ་ཡིན།

དེ་ཡང་།

མི་ཚེ་ཨར་པོ་རྒྱུགས་ཡོད། །
ཟས་ལ་ཁྲི་སྟོ་ཕག་སྟོ། །
གཟིམ་ཆུང་ཤར་གྱི་ཛོ་ལགས། །
ཟས་ལ་རྒྱ་ཟས་བོད་ཟས། །
རི་སྐྱུང་གནམ་ལས་ཆེ་བ། །

རྒྱ་ནོར་རི་གླུང་ཁེངས་འདུག །
དཔོན་པོ་སྐུ་དབང་བཙན་པས། །
ལྷོ་བར་ཐེལ་ཚེ་བརྒྱབ་འདུག །
ཉེ་མོ་དཀྲིག་ན་ང་རེད། །
འོ་མ་བཙོས་ཀྱང་ང་རེད། །
ནམ་ལ་ཞལ་རྒྱུ་མེད་པ། །
ང་དང་ཉོ་བཞུ་གཉིས་པོ། །
ཟླ་བ་བརྒྱད་པ་ཤར་སོང་། །
ཨོ་ལོར་ཞལ་རྒྱུ་མི་འདུག །
སྤོད་པའི་སྤོད་ཕྲུག་ཤར་དུས། །
ཡོང་ཤོག་ཁྱེར་ཤོག་ཟེར་གྱིས།

ལྟ་བུ་ཤིན་ཏུ་བབས་ཆགས་ཀྱི་བརྗོད་ཚིག་དང་ཆེས་ཁ་གསལ་གྱི་མཚོན་ཐབས་ལ་བརྟེན་ནས་ངལ་རྩོལ་པའི་སེམས་ཁོངས་ཀྱི་སྐྱོ་སྣང་དང་སྡུག་བསྔལ་རྣམས་ཇི་བཞིན་དུ་མངོན་པར་བྱུས་ཡོད་ལ།

ཡང་།

ད་ལོ་ལོ་ཆུང་ཡག་ག །
ནས་ཕུང་རི་ལས་མཐོ་བ། །
ནས་ཕུང་སྙིང་དུ་དར་ཚུག །
བཙུགས་སུ་ཚོག་པ་ཡོད་དོ། །
སྟོན་ཟླ་བརྒྱད་པ་ཤར་སོང་། །
བརྟབ་པའི་ལོ་ཏོག་སྨིན་སོང་། །
འདིར་ཡོད་སྐྱེ་བོ་ཐམས་ཅད། །
སྟོན་འཐས་བསྡུ་བར་བྲེལ་ཤོག །

ད་ཟོ་བཏབ་པའི་དཀྱིལ་ནས། །
ནས་ལས་ཡག་པ་མི་འདུག །
དཀར་པོ་ནས་ཀྱི་བང་མཛོད། །
ཤར་ཕྱོགས་རི་ལས་མཐོ་བ། །

ལྷ་བུར་ངལ་རྩོལ་ལས་ཐོབ་པའི་འབྲས་བུས་དགའ་སྤྲོ་དང་བློ་བདེ་སེམས་བདེ་སྤྱང་བ་ལེགས་པར་བརྗོད་ཡོད་ཅིང་ཡང་།

ལས་མོ་འདི་ལ་ཞེད་ནས། །
ལྷ་ཆོས་ཞུས་པ་མིན་ནོ། །
བར་མདོ་འཇིགས་སྐྲག་ཆེ་ནས། །
ལྷ་ཆོས་ཞུས་པ་ཡིན་ནོ། །
ཆུང་དུས་ལས་ལ་མ་སྦྱངས། །
མང་པོའི་དཀྱིལ་ལ་ངོ་ཚ། །
ད་དུང་ལས་ལ་མ་སྦྱངས། །
ཤར་ཤར་འཛོམས་དུས་ངོ་ཚ། །
བཙའ་མ་ཐ་བའི་སྐབས་ལ། །
སྤྱང་གི་འབྲོག་མོ་སྐྱིད་པ། །
བཙས་མ་བཙས་ཐག་ཆོད་ན། །
འབྲོག་མོ་སྐྱིད་རྒྱུ་མི་འདུག །
པད་ཁ་སྨུམ་ལ་གཏོང་བར། །
དཀའ་ལས་འདི་འདྲ་ཡོད་ན། །
སྨུམ་གྱི་ཕྱེ་མར་ཟ་མཁན། །
ལས་དང་ལ་ཡོག་རྒྱབ་ཤོག །

ལྷ་བུའི་ནང་ངལ་རྩོལ་ལས་ཐད་ཀར་སྤྱང་བའི་འཆར་སྣ་རྣམས་རྗེན་པར་མཚོན་

པ་དེ་བཞིན་དུ།

དེ་རིང་ལས་ལ་གཡོལ་ན། །
སང་གི་ལས་ལ་མི་ཕན། །
བདག་ཅག་དེ་རིང་མི་ཚད། །
སང་ཡང་ཡོང་དགོས་ཡོད་དོ། །
ལས་ཤིག་བྱེད་ན་བྱེད་དགོས། །
ལས་ཡུས་བཤད་ནས་གང་ཡོང་། །

ལྷ་བུའི་ནང་ངལ་རྩོལ་པས་བྱེད་དང་བྱེད་བཞིན་པའི་ལས་རིགས་ལ་འཛིན་པའི་ལྷ་བ་གསལ་མཚོན་བྱས་ཡོད།

མདོར་ན། ལས་གཞས་རིགས་འདིའི་གྲངས་དང་ནང་དོན་གཞལ་དཀའ་བ་ཞིག་ཡིན་ལ། གོང་བཀོད་ཀྱི་དཔེ་དེ་དག་ལས་ངལ་རྩོལ་པའི་སེམས་ཁམས་མཚོན་པའི་ལས་གཞས་ལ་གཅིག་ནས་གཞས་ཚིག་རིང་ཐུང་སྣ་ཚོགས་པ་ཞིག་ཡོད་ནའང་ཚིག་འབྲུ་དྲུག་ཅན་གྱི་ཚིག་ཀང་བཞིས་སྐབས་དོན་རེ་རྫོགས་པ་གཙོ་ཆེ་བ་དང་བརྗོད་ཚིག་བབ་ཆགས་ལ་རྣོག་ཁྲོལ་བ་འོས་འཚམས་ཀྱི་དཔེ་སོགས་སྦྱར་ནས་དོན་མཚོན་པར་བྱས་པ་དང་། གཉིས་ནས་གཞས་ཚིག་དག་གདངས་མི་འདྲ་བ་གང་དུ་ལེན་ནའང་རུང་ལ་ལས་རིགས་ཀྱི་བཀག་རྒྱ་ཆུང་བ་དཔེར་ན་ཐོ་རེངས་བྱ་ཕོའི་བྱ་སྐད། །སྔན་པ་རང་དུ་གང་ཟེར། །ཕོ་རང་ཉལ་ནས་བསྡད་དེ། །མི་ལ་ལོངས་ཤོག་ཟེར་གྱིས། །ཆུང་དུས་ལས་ལ་མ་སྦྱངས། །མང་པོའི་དཀྱིལ་དུ་འཁྱོད་བྱུང་། །ཉི་མ་ལས་གྲྭ་མ་ཞོག །མཚན་མོའི་གཉིད་ཐེབས་བཅག་བྱུང་། །ལྷ་བུ་ཨར་ལས་དང་། ཞིང་ལས། འབྲོག་ལས་གང་གི་གནས་སྐབས་སུ་ལེན་ནའང་ཚིག་པ་བཅས་ཀྱི་ཁྱད་ཆོས་ལྡན་པ་རྟོགས་གལ་ཆེའོ།

ལོ་རྒྱུས་དང་གཏམ་རྒྱུད་སོགས་ནང་དོན་དུ་བྱས་པའི་ལས་གཞས། མི་རིགས་ཀྱི་དཔའ་བོ་དང་དོན་ཆེན་གྱི་ལོ་རྒྱུས་ངོ་མཚར་གྱི་གཏམ་རྒྱུད་བཅས་ནི་

མི་རིགས་དེའི་འཚོ་བ་དང་ཡོངས་སུ་མཉམ་གནས་ཡིན་ཞིང་། དེས་མི་རིགས་དེའི་སྙིང་སྟོབས་དང་སྤྲོབས་སེམས་འཕེལ་ལ་དགོས་ངེས་ཀྱི་སྒྲོ་སྣང་དང་དྲན་གསོ་ཡང་སྟེར་གྱི་ཡོད།

རྩོམ་རིག་གསར་རྩོམ་གྱི་ངོས་ནས་བཤད་ན་དེ་དག་ནི་རྫོགས་མཐའ་མེད་པའི་རྒྱུ་ཆ་དང་རྩོམ་རིག་གི་སྨྱུ་གུ་འབྱུང་བའི་གཞི་ཁྱད་པར་ཅན་ཞིག་ཡིན་པས་རྒྱ་ཆེའི་ངལ་རྩོལ་པས་ངལ་རྩོལ་གྱི་ཁྲོད་དུ་ལས་ཀའི་ཁྱད་ཆོས་དང་སོ་སོའི་སེམས་ཁམས་མཚོན་པའི་ཚད་ལས་འདས་ཏེ་ལོ་རྒྱུས་སོགས་ནང་དོན་དུ་བྱས་པའི་ལས་གཞས་འདི་གསར་རྩོམ་དང་རྒྱུན་སྤེལ་བྱས་པ་ཡིན། དེ་ཡང་འདིར་གཞས་ཀྱི་ནང་དོན་དེ་ངལ་རྩོལ་དེ་དང་ཐད་ཀར་འབྲེལ་བ་ཡོད་ནའང་འདྲ་མེད་ནའང་འདྲ་སྟོན་ཅིག་གི་དཔའ་བོ་དང་སྟོན་སོང་གི་དོན་ཆེན། གཏམ་རྒྱུད་ཀྱི་མི་སྣ་སོགས་རྒྱུ་ཆར་བྱས་ཏེ་གསར་རྩོམ་བྱས་པའི་ལས་གཞས་ཀྱི་རིགས་དེར་ལོ་རྒྱུས་དང་གཏམ་རྒྱུད་སོགས་ནང་དོན་དུ་བྱས་པའི་ལས་གཞས་ཞེས་མིང་བཏགས་པ་ཡིན།

དཔེར་ན།

ཡུལ་དེ་གླིང་དཀར་སྟོད་ལ། །
སྟག་ཤར་གེ་སར་རྒྱལ་པོ། །
གེ་སར་རྒྱལ་པོའི་ཞལ་ནས། །
སྟག་ཤར་ཡར་ཤོག་གསུང་གིས། །
སྟག་ཤར་ཡར་ཡར་ཡོང་བར། །
དགྲ་བོ་བཏུལ་ཤོག་གསུང་གིས། །
དགྲ་བོ་བཏུལ་བར་འགྲོ་བར། །
མདའ་གྲི་མདུང་གསུམ་དགོས་ཀྱིས། །
ཡུལ་དེ་གླིང་དཀར་སྨད་ལ། །

དམན་ལ་སེང་ལྷམ་འབྲུག་མོ། །
སེང་ལྷམ་འབྲུག་མོའི་ཞལ་ནས། །
དམན་ཆུང་ཡར་ཤོག་གསུང་གིས། །
དམན་ཆུང་ཡར་ཡར་ཡོང་བར། །
གཉེན་མགོ་སྐྱོང་ཤོག་གསུང་གིས། །
གཉེན་མགོ་སྐྱོང་ལ་འགྲོ་བར། །
ཆང་དང་ཇ་ཕྲ་དགོས་ཀྱིས། །
རྒྱལ་རྩེ་གནས་སྙིང་གཞུང་ལ། །
ལྷུད་མོ་བལྟ་བར་ཕྱིན་པས། །
བདག་ལ་དབང་ཆེན་དཔོན་པོས། །
བཀྲ་ཤིས་མདའ་དར་བཙུགས་བྱུང་། །
ཚུར་ལ་བཙུགས་པའི་མདའ་དར། །
ཕར་ལ་བཞེས་རྫོགས་གནང་དང་། །
བདག་ལ་ཡབ་ཡུམ་གཉིས་ཀྱིས། །
བཀའ་བཀྲོན་གནང་གི་འདུག་གོ། །
བཙས་མ་ཉག་ཉག་འབུར་འབུར། །
ཨ་ཅེ་སྣང་སའི་གོ་རེད། །
སྣང་ས་ཨ་ནི་གཉེན་མོའི། །
ལས་གྲལ་ཤོག་དགོས་ཡོད་དོ། །

ལྷ་བྲུ་ལས་གཞས་འདི་དག་ལ་ངལ་རྩོལ་པས་ལོ་རྒྱུས་དང་གཏམ་རྒྱུད་མི་སྣར་འཛིན་པའི་ལྷ་བ་དང་གདེང་འཛོག་ངེས་ཅན་ལྡན་པ་མ་ཟད། ལོ་རྒྱུས་ཀྱི་ཤེས་བྱ་སྤྲུག་པ་དང་དམིགས་བསལ་འགའ་རེ་ཕུད་ལས་རིགས་དང་ཁོར་ཡུག་གི་བཀག་རྒྱ་མེད་ལ་ལས་འགྲོས་དང་མཐུན་པའི་གཞས་གདངས་དུ་མའི་ནང་ལེན་

ཚོག་པའི་ཁྱད་ཆོས་ཡོད་པ་《ཨར་གཞས་པོ་ཏ་ལར་བསྟོད་པ་》《རྒྱ་བཟའི་ཐགས་བཤད་》སོགས་ལ་ཞིབ་པར་བལྟས་ན་ཤེས་ཐུབ།

མདོར་ན་སྐབས་བདེའི་བཀོད་འདོམས་ཀྱི་རྣམ་པ་ནས་རིམ་བཞིན་སེམས་ཁམས་དང་ལོ་རྒྱུས། གཏམ་རྒྱུད་སོགས་ལ་འབྲེལ་བ་བྱུས་པ་འདིས་ལས་གཞས་ཀྱི་འཕེལ་རྒྱས་རགས་ཙམ་ཤེས་ཐུབ་ལ། ལས་རིགས་དང་མཐུན་པར་གཞས་ཀྱི་རྣམ་པ་དང་། ནང་དོན་གཞས་གདངས་རེ་ཡོད་པ་འདིས་ལས་གཞས་ནི་སྤྱི་ཚོགས་ཀྱི་ངལ་རྩོལ་བྱེད་སྒོའི་ལས་བྱུང་བ་དང་སྤྱི་ཚོགས་ངལ་རྩོལ་གྱི་འཚོ་བའི་འཕེལ་རྒྱས་དང་སྦྲགས་ནས་འཕེལ་རྒྱས་བྱུང་བའི་བདེན་པ་བཟློག་ཏུ་མེད་པ་དེ་གསལ་ཐུབ།

ལས་གཞས་སྤྱི་ལ་བསམ་ན། དབྱངས་འགྲོས་རང་བཞིན་ཤུགས་ཆེ་བ་ནི་ཁྱད་ཆོས་གཙོ་བོ་ཞིག་ཡིན། ནང་དོན་དང་རྣམ་པ་མི་འདྲ་བའི་ལས་གཞས་གང་ཞིག་ཡིན་རུང་དེར་ངེས་པར་དུ་ལས་ཀའི་འགྲོས་དང་མཐུན་པའི་དབྱངས་འགྲོས་ཤིག་དགོས་པ་སྟེ་ལས་ཀ་བྲེལ་ལ་ནུས་ཤུགས་ཆེར་འདོན་སྐབས་གཞས་དེ་ཡང་གདངས་ཐུང་ཞིང་མྱུར་བ་ཞིག་དང་ལས་ཀ་ཅུང་ཟད་དལ་ལ་ལས་རྒྱུན་རིང་བར་གཞས་དེ་ཡང་ཅུང་དལ་ལ་འགྱུར་ཁུག་དང་ལྡན་པ་ཞིག་ཡིན་ནོ། །

གཉིས། མཇད་སྒོའི་གཞས།

མིའི་རིགས་ཀྱིས་རང་བྱུང་ལ་བསྒྱུར་བཀོད་དང་སྤྱི་ཚོགས་འཕེལ་རྒྱས་གཏོང་བ་དང་མཉམ་དུ་སོ་སོའི་བསམ་བློ་འདུ་ཤེས་དང་འཚམས་པའི་བྱེད་སྒོ་དུ་མ་གསར་བསྐྲུན་བྱས་ཡོད་ཅིང་བྱེད་སྒོ་དེ་དག་ལས་མང་ཆེ་བ་ཞིག་ནང་དོན་དང་རྣམ་པ་དེ་དང་དེ་ལ་འཚམས་པའི་གཞས་དང་སྦྲགས་ནས་གྲུབ་པར་བྱེད་པའམ་གཞས་ཀྱིས་བྱེད་སྒོ་འམ་ཚོག་དེའི་འཕེལ་རིམ། སྙིང་དོན་དམིགས་ཡུལ་མཚོན་པར་བྱེད་པས་མིའི་རིགས་ལ་མཇད་སྒོའི་གཞས་ཀྱི་སྒྲུ་རྩལ་དེ་བྱུང་བ་ཡིན།

མིའི་རིགས་ལ་གྲོགས་ཡོངས་ནས་འཕེལ་རྒྱས་ངེས་ཅན་དང་ལྷག་པར་དུ་སྒྱུ་རྩལ་གསར་རྩོམ་གྱི་ནུས་པ་ཐུན་བུ་དར་པའི་རྗེས་གཞི་ནས་དར་འཕེལ་བྱུང་བའི་མཛད་སྒོའི་གཞས་ནི། དམངས་ཁྲོད་ཀྱི་འཚོ་བའི་ནང་གི་གཉེན་སྒྲིག་དང་ཁང་གསོལ་སོགས་ཀྱི་མཛད་སྒོ་དང་ཚོ་ག་འདྲ་མིན་གྱི་གནས་སྐབས་སུ་གཏོང་ལེན་བྱེད་པའི་གཞས་ཀྱི་རིགས་དེར་ཟེར་བ་ཡིན།

རང་རེའི་མི་རིགས་དང་མི་རིགས་གཞན་གྱི་མཛད་སྒོའི་གཞས་ཁག་ལ་བལྟས་ན། དེ་ནི་གཞས་ཀྱི་སྤྱི་ཕྱིའི་གོ་རིམ་དང་ནང་དོན་རྣམ་པ་བཅས་ཅུང་ཟད་གཏན་འཁེལ་ཡིན་ལ་བྱེད་སྒོ་འམ་མཛད་སྒོ་དེ་དང་དེ་ལ་ངེས་པར་བསྟུན་དགོས་པ་ཞིག་དང་བརྗོད་དོན་ཐད་ལ་ཕལ་ཆེ་བ་མི་རྣམས་ཀྱིས་འཚོ་བར་འཛིན་པའི་རེ་བ། བདེ་སྐྱིད་ཀྱི་ཤིས་སྨོན། བྱེད་སྒོའི་རིམ་པ་དང་ནང་དོན་བཅས་ལྡེ་བར་བྱས་པ་ཞིག་ཡིན་པས་གཤམ་དུ་གཉེན་སྒྲིག་མཛད་སྒོའི་གཞས་དང་དམངས་ཁྲོད་དུས་ཆེན་དང་སྟོན་མོའི་གཞས། ཆང་གཞས་བཅས་ཁག་གསུམ་དུ་ཕྱེ་ནས་གླེང་བར་བྱའོ། །

གཉེན་སྒྲིག་མཛད་སྒོའི་གཞས། གཉེན་སྒྲིག་གི་རྟེན་འབྲེལ་མཛད་སྒོའི་སྐབས་གཏོང་ལེན་བྱེད་པའི་གཞས་དེ་ནི་མཛད་སྒོའི་གཞས་ནང་ཕྱུས་ཚད་དང་གྲངས་ཚད་གང་ཐད་ནས་གཟེངས་སུ་ཐོན་པ་ཞིག་ཡིན། རྒྱའི་མི་རིགས་དང་སོག་པོའི་མི་རིགས་དེ་བཞིན་གྲངས་ཉུང་མི་རིགས་གཞན་གྱི་མི་དམངས་ཁྲོད་དུ《མནའ་མར་འགྲོ་བའི་གཞས》《མནའ་མའི་སྐྱོ་གཞས》《བསུ་མིར་བཏང་བའི་གཞས》སོགས་གཉེན་སྒྲིག་མཛད་སྒོའི་གཞས་མང་དུ་ཡོད་ལ། སྔོས་སུ་བོད་མི་རིགས་འདིར་བོད་རྒྱལ་སྲོང་བཙན་སྒམ་པོར་རྒྱ་བཟའ་ལྷ་གཅིག་བཙུན་མོར་བཞེས་པའི་སྐབས་རྟེན་འབྲེལ་མཛད་སྒོའི་གཞས་སྒྱུ་རྩལ་དང་ནང་དོན་གཉིས་ཀའི་ཆུ་ཚད་ངེས་ཅན་སླེབས་པ་གཏོང་ལེན་བྱས་ཡོད་པ་འདྲིས་བོད་ཀྱི་གཉེན་སྒྲིག་མཛད་སྒོའི་གཞས་ནི་ལོ་རྒྱུས་ཧ་ཅང་རིང་པོ་ལྡན་པ་ཞིག་དང་།

གྲོང་ཁྱེར་གྲོང་བརྡལ་ཙམ་དུ་མ་ཟད་མི་གྲངས་དང་ཁྱིམ་དུད་ཤིན་ཏུ་ཉུང་བའི་གྲོང་ཚུང་དུའང་གོ་ཐོས་བྱེད་རྒྱུ་ཡོད་པས་ཏ་ཙང་ཁྱབ་ཆེའི་རང་བཞིན་ལྡན་པ་ཞིག་ཡིན། མི་རིགས་ཀྱི་ཁྱད་པར་མ་བྱས་པར་གཉེན་སྒྲིག་མཛད་སྒོའི་གཞས་སྤྱིར་དཔྱད་ན། གཞས་རང་ལའང་རྗེན་འབྲེལ་མཛད་སྒོའི་འཕེལ་རིམ་དང་བསྟུན་ནས་སྔ་གཙོང་ཕྱི་གཙོང་གི་གོ་རིམ་ཡོད་པ་ནི།

ནམ་མཁའ་ཁ་ཞེང་ཆེ་ལ། །
སྤྲིན་པ་སྤྲིན་ཚས་ལེགས་པ། །
ཧྲོ་འཛམ་ཉི་མ་ཤེབས་པ། །
རྒྱ་མོའི་དར་ལས་འཛམ་པ། །

ཉ་བུ་བསུ་ཆང་གི་གཞས་དེ་ནས། །

ཆས་སོ་ཡོང་བ་ཡིན་ནོ། །
ཆས་སོ་ཡོང་བ་ཡིན་ནོ། །
ཉ་ས་བསྟན་པའི་ཕྱོགས་ནས། །
ཆས་སོ་ཡོང་བ་ཡིན་ནོ། །
བོད་ཀྱི་བློན་པོ་མགར་བ་སྟོང་བཙན་ཡིན། །
ཟླ་བ་དང་པོའི་ཚེས་བཅོ་ལྔ་ཉིན་རྒྱ་བཟའ་བོད་ལ་གནང་རྒྱུའི་ཞལ་བཞེས་ཡོད། །
ང་ནི་བུ་མོ་རྒྱ་བཟའ་བསུ་བར་ཡོང་། །

ཉ་བུ་སྒོ་འགྲམ་གྱི་གཞས་དང་།

མཆོད་པ་ཡར་མཆོད་ཡར་ལ་མཆོད། །
ཡར་མཆོད་བརྗེ་ལྡན་བླ་མས་མཆོད། །
བརྗེ་ལྡན་བླ་མས་མ་མཆོད་ན། །
ཕྱི་མའི་ཡར་འདྲེན་སུ་ཡིས་གནང་། །

ལྷ་བུ་སྒོ་འགྲམ་དུ་བསུ་ཚང་ཞུ་མིའི་གཞས།

གསེར་ཟངས་གསེར་གྱི་ཟམ་པའི་སྟེང་ནས། །
ང་ཚོའི་བརྩེ་ལྡན་བླ་མ་ཕེབས་ཀྱི་འདུག །
ཕྱག་བུམ་སྨུག་སྒྲོན་ཡོད་པའི་མི་ཕོ་ཚོ། །
ང་ཚོའི་མགོ་འདྲེན་དཔོན་པོའི་ཆིབས་ཁ་ཞུ། །

ལྷ་བུ་བསུ་མིས་བཏང་བའི་གཞས་དེ་རྣམས་ལྷ་བུར་སྤྲ་མ་སྤྲ་མར་གཏོང་དགོས་པ་ལ་སོགས་ཞིབ་ཏུ་བརྗོད་པའི་ངལ་བ་མ་བྱས་ལ། གཞན་ཡང་གཏོང་སའི་གནས་དང་གཏོང་ཡུལ་གྱི་ཁྱད་པར་གསལ་བ་ཡི་བག་མ་མག་པ་སྐྱེལ་མཁན་ཕྱིར་ལོག་བྱེད་སྐབས་ཡབ་ལ།

ཕ་རྒྱུད་ལྷ་ཤིང་ཤུག་པ་རེད། །
ལྷ་ཤིང་ཤུག་པའི་ཀ་བ་བཙུགས། །
ཀ་བ་འགྱུར་པའི་དོགས་ཀྱིས། །
ཕྱོགས་བཞི་གཉེན་ཀ་བསྟངས་ཡོད། །

ལྷ་བུ་ཡུལ་ཡབ་ལ་འཚམས་པ་དང་།

དབྱར་དུས་ཆར་པའི་དཀྱིལ་དུ། །
ཨ་མ་ཕེབས་དགོས་མ་རེད། །
དགུན་དུས་ཁྲུང་བུའི་དཀྱིལ་དུ། །
ཨ་མ་ཕེབས་དགོས་མ་རེད། །
ནམ་ཞག་འཁོར་བའི་རྒྱུན་དུ། །
བང་བའི་གཙོ་འཛིན་གནང་དང་། །

ལྷ་བུ་ཡུམ་ཆེན་ལ་གཏོང་ལ།

མ་མོས་ལུ་གུ་ཁྲིད་ཁྲིད། །
ཁྲིད་ཚོས་ཁྲིད་དགོས་ཡོད་དོ། །

ངང་པས་ངང་ཕྲུག་ཁྲིད་ཁྲིད། །
ཁྱོད་ཚོས་ཁྲིད་དགོས་ཡོད་དོ། །

ལྷ་བུ་དགའ་ཉེ་འཁོར་ལ་གཏོང་བའི་གཞས་དེ་དག་གིས་རགས་ཙམ་མཚོན་ཐུབ།

མདོར་ན། ནང་དོན་ཐད་གཉེན་སྒྲིག་མཛད་སྒོའི་དགའ་སྤྲོ་དང་ལོངས་སྤྱོད་མནའ་མ། མག་པ་སྟེར་བསུའི་དགོས་པ། ཕ་མ་སྤུན་མཆེད་ཉེ་དུ་བཅས་པ་སོ་སོར་བཙོལ་བའི་རེ་བ་ལ་སོགས་པ་ཕུན་སུམ་ཚོགས་ལ། མཚོན་ཐབས་ཀྱང་མང་བ་ལྷག་པར་དུ་མི་དམངས་ཀྱིས་འཚོ་བ་དངོས་ནང་རྒྱུན་དུ་འདྲིས་ཆེ་བའི་བྱ་དངོས་དཔེར་བཀོད་པས་གོ་བདེ་ཙམ་མ་ཟད་འཚོ་བའི་ངོ་བཙུད་ཆེ་བའི་ཁྱད་ཆོས་ཡོད་དོ། །

དམངས་ཁྲོད་དུས་ཆེན་དང་སྟོན་མོའི་གཞས། ཟབ་རྒྱས་ཀྱི་ཆོས་ལུགས་ཚོ་ག་དང་། འོང་སྐོར་དུས་ཆེན། ཁང་གསོལ། བུ་སྟོན། སྐྱིད་འདེབས་འགོ་འཛུགས་སྟོན་མོ་ལ་སོགས་པ་ནི་དམངས་ཁྲོད་དུ་དར་ཁྱབ་ཆེ་ལ་ཤུགས་རྐྱེན་ངེས་ཅན་ལྡན་པའི་གོམས་སྲོལ་ཞིག་ཏུ་གྱུར་ཡོད། གོམས་སྲོལ་དེ་དག་དང་ཁ་མ་བྲལ་བར་གནས་པ་ནི་བཀྲ་ཤིས་རྟེན་འབྲེལ་ཞུ་བ་དང་། བསྟོད་པ་བྱེད་པ། སྐྱབས་རེ་བཙོལ་བའི་ནང་དོན་ཅན་གྱི་གཞས་དང་ཞབས་བྲོ་ཡིན། དོན་དུ་དམངས་ཁྲོད་དུས་ཆེན་དང་སྟོན་མོའི་གཞས་ཞེས་པའང་ཆོས་ལུགས་ཚོ་ག་དང་སྐྱིད་འདེབས་འགོ་འཛུགས་ཀྱི་སྟོན་མོའི་གནས་སྐབས་ལ་སོགས་པར་དམངས་ཁྲོད་དུ་གཏོང་ལེན་བྱེད་པའི་གཞས་ཀྱི་རིགས་དེ་དག་ལ་ཟེར་བ་ཡིན་ཞིང་ལྷ་རིགས་ཀྱི་《རི་དྭགས་རྫོན་པའི་གཞས་》དང་ཕྱུ་ལང་རིགས་ཀྱི་《སྐྱིད་འདེབས་འགོ་འཛུགས་སྟོན་མོའི་གཞས་》དེ་དག་ལ་བལྟས་ན་དེ་ནི་གདོད་མའི་དུས་མི་རྣམས་ཀྱིས་རི་དྭགས་རྫོན་པའམ་ཞིང་ཁ་འདེབས་པ་གང་ཡིན་ནའང་སྔོན་རྗེས་སུ་གེགས་བར་ཆད་མི་ཡོང་བའམ་ཆོས་ལུགས་ཀྱི་བསམ་བློའི་འདུ་ཤེས་ཞུགས་པའི་ཚོ་ག་རེ་བྱེད་ལ་ཚོ་གའི་བརྒྱུད་རིམ་དེ་ནང་དོན་དེ་ལྡན་གྱི་གཞས་དང་

ཞབས་བྲོ་མཚོན་པར་བྱས་པས་གཞས་ཀྱི་རིགས་འདི་དར་བ་ཡིན།

ལོ་རྒྱུས་འཕེལ་རྒྱས་ནང་སྲོལ་རྒྱུན་དེ་དག་ལས་མང་པོ་ཞིག་མ་ཉམས་པར་རྒྱུན་འཛིན་བྱས་ཡོད་ལ་ཕྱིས་བྱུང་གི་དམངས་ཁྲོད་དུས་ཆེན་གཞན་གྱི་ཐོག་ལའང་འཕེལ་རྒྱས་བྱུང་ཡོད། ང་ཚོས་རྩོམ་རིག་འཕེལ་རྒྱས་ཀྱི་ལོ་རྒྱུས་ཐད་ནས་བརྗོད་ན། གདོད་མའི་དུས་ཆེན་དང་སྔོན་མོའི་གཞས་ནི་དེ་ཙམ་གྱི་སྐྱིད་དགའི་རང་བཞིན་དང་རྩོམ་རིག་རང་བཞིན་ལྡན་པ་ཞིག་མིན་པར་ཆེས་ནན་ཏན་དང་རྒྱུ་དངོས་ཐོབ་རེ་དང་ལྷ་སྲུང་ཞུ་འབུལ་གྱི་བརྗོད་པ་གཙོ་བཟུང་ཞིག་ཡིན་ལ་དེ་ལས་རིམ་བཞིན་སྐྱིད་དགའ་དང་རྩོམ་རིག་གི་ཁྱད་ཆོས་མཐོ་ཙམ་ལྡན་པའི་ད་ལྟའི་རྣམ་པ་དེའི་ཐད་འཕེལ་རྒྱས་བྱུང་བ་ཡིན།

དཔེར་ན། འབྲི་གུང་ཤེས་སྨོན་ཞབས་བྲོ་འབྲི་གུང་བླ་མའི་ཁྲི་འདོན་སྐབས་ཀྱི་ཞབས་གཞས།

བཀྲ་ཤིས་དགེ་མཚན་བྲོ་བ། །
གནས་མཆོག་གཡུ་ཡི་ཕོ་བྲང་། །
གནས་བཟང་གཏེར་སྒྲོམ་བྲག་དཀར། །
སློབ་དཔོན་པདྨའི་སྒྲུབ་གནས། །
འབྲི་མཐིལ་བྱང་ཆུབ་གླིང་མཆོག །
བྱ་རྒོད་ཕུང་རི་གཉིས་པ། །
སྐྱོབ་པ་འཇིག་རྟེན་མགོན་པོ། །
འཕགས་པ་ཀླུ་སྒྲུབ་སྤྲུལ་པ། །
འབྲི་མཐིལ་ཡང་སྣར་ཆོས་གྲྭ། །
གཞུ་ཡི་ཀུན་དགའ་ར་བ། །
སྐྱབས་གནས་རྣམས་ཀྱི་བཞུགས་གནས། །
སྡེ་བཞི་རབ་གནས་ཕོ་བྲང་། །

ཤར་རི་གླང་ཆེན་འགྱིང་འདྲ། །

ལྷོ་རི་སེང་གེ་འགྱིང་འདྲ། །

ནུབ་རི་ཆོས་རྫས་བཤམས་འདྲ། །

བྱང་རི་ཡོལ་བ་འཁྱིན་འདྲ། །

ཞོ་རོང་གཙང་ཆབ་སྔོན་མོ། །

གཡུ་འབྲུག་ས་ལ་ཉལ་འདྲ། །

རྩེ་ཤིང་ལོ་འདབ་རྒྱས་པའི། །

དགེ་མཚན་ཕུན་སུམ་ཚོགས་སོ། །

ལྷ་བུ་གཞས་འཁྲོས་པ་ཙམ་གྱིས་མི་རྣམས་ཀྱི་མིག་ལམ་དུ་མཛེས་ཤིང་ལྷ་ན་སྡུག་པའི་འབྲི་གུང་གི་ཡུལ་ལྗོངས་ཕྲ་ལྷམ་མེར་ཤར་ལ་དཔེ་དོན་གྱི་སྦྱོར་ཚུལ་འཚམས་ཤིང་རན་པ་རྩོམ་གྱི་བཀོད་པ་ལེགས་པ། གདོད་མའི་དུས་ཆེན་གྱི་གཞས་དང་བསྡུར་ན་རྩོམ་རིག་རིན་ཐང་ཐད་གནམ་སའི་ཁྱད་པར་ཡོད་པ་དེ་བཞིན《བཅོ་ལྔ་མཆོད་པའི་གཞས》《ལྷ་སའི་ཉེ་འདབས་ཀྱི་འོང་སྐོར་གཞས》སོགས་མང་བས་རེ་རེ་ནས་མ་བརྗོད་དོ། །

ཆང་གཞས། ཆང་འཐུང་སྐབས་གཞས་གཏོང་བའི་གོམས་སྲོལ་ནི་མི་རིགས་མང་པོར་ཐོར་ནས་དར་ལ་དར་ལྷའང་གནས་པ་ཞིག་ཡིན། དམིགས་བསལ་གྱི་མི་རིགས་འགའ་ཕུད་མཛད་སྐོའི་གཞས་ཀྱི་བྱེ་བྲག་ཆང་གཞས་ནི་གཉེན་སྒྲིག་མཛད་སྒོས་གསོས་དགའ་ཉེ་ཕྲུན་མཆེད་མཉམ་འཛོམས་དང་སྤྲོ་གསེང་གི་དགའ་སྤྲོའི་ཆང་འཐུང་སྐབས་གཏོང་ལེན་བྱེད་པ་ཞིག་ཡིན། དེས་བཞུགས་གྲལ་ལ་སྤྲོ་སྣང་དང་རྩེ་དགའ་སྤྲིན་པ་མ་ཟད་སློབ་གསོ་དང་བསྟོད་པའི་ནུས་པ་ཡང་ཐོན་པས་དམངས་ཁྲོད་དུ་སྐྱེ་བོ་ཀུན་གཞོན་ཆང་མས་དགའ་པོ་བྱེད་ལ་ཁོང་ཆོས་དོན་དངོས་འཚོ་བའི་ཁྲོད་ནང་དོན་ཕུན་སུམ་ཇེ་ཚོགས་དང་སྒྱུ་རྩལ་ཇེ་ལེགས་སུ་བཏང་བས་དམངས་རྩོམ་ནང་ཆེས་ཁྱད་ཆོས་ཡོད་པ་ཞིག་ཏུ་གྱུར།

གློས་སུ་བོད་ཀྱི་ཆང་གཞས་ནི་གྲངས་འབོར་དང་ནང་དོན་སྒྱུ་རྩལ་བཅས་གང་ཐད་ནས་མི་རིགས་གཞན་སུས་ཀྱང་འགྲན་མི་ཐུབ་པའི་མཐོ་ཚད་ཅིག་ཏུ་སླེབས་ཡོད་པས་འདིར་ཆང་གཞས་སྤྱི་དང་བོད་ཀྱི་ཆང་གཞས་ཐུང་འབྲེལ་གྱིས་དེའི་ཁྱད་ཆོས་འགའ་གླེང་བར་འདོད།

གཅིག ཆང་གཞས་ཀྱི་ནང་དོན་ནི།

གྲལ་སྟོད་ཡར་ལ་གཟིགས་དང་། །
བསོད་ནམས་བསགས་པའི་མི་རེད། །
སྐྱེས་པའི་དབུ་ལོ་ནག་པོ། །
དཀར་པོའི་དུང་ལ་སྒྱུར་བཞག །
ང་ཚོ་གྲོགས་པོ་གྲོགས་མཆེད། །
ལྷ་ཤིང་ཤུག་པ་འདྲ་བ། །
དབྱར་ཁ་སྔོ་ཡང་མ་སྔོ། །
དགུན་ཁ་སྐྱ་ཡང་མ་སྐྱ། །

ལྷ་བུ་བགྲེས་སོང་སྐུ་ཚེ་བརྟན་ལ་གྲོགས་པོ་གྲོགས་མཆེད་འཆམ་ཞིང་ཕྱི་ཐག་རིང་བ་དང་།

ཁང་པ་ཁང་གྲལ་འགྲིག་ལ། །
དར་སྟོག་ཚོན་སྣ་འཛོམས་པ། །
དེ་ཡི་ནང་དུ་བཞུགས་མཁན། །
ཡབ་ཆེན་མཁྱེན་པའི་སྟོང་པོ། །
རི་མགོ་གངས་ལས་དཀར་བ། །
རི་གཤམ་ཆུ་ལས་རིང་བ། །
འཕྲིད་ལ་རྒྱུགས་པའི་སྨུག་པ། །
ཉམས་བཟང་གཞན་ལས་དོད་པ། །

ལྷ་བྲུ་ཡབ་ཡུམ་སྐུ་བསོད་ཡོན་ཏན་ཆེ་ལ་བྲུ་ཕྲུག་གཤིས་སྤྱོད་བཟང་བ། གནས་

ཁང་ཕྱི་ནས་བལྟས་ན། །
རྒྱ་ཡི་ཕོ་བྲང་འདྲ་བ། །
གནས་ཁང་ནང་ནས་བལྟས་ན། །
ནོར་རྫས་གཞན་ལས་འཛོམས་པ། །
སྙིང་ཕྱོགས་ལྷ་ནས་ཕེབས་པའི། །
མགྲོན་པོ་སྲུན་མའི་མེ་ཏོག །
ཁྱོད་རང་ཕེབས་པ་ཡག་བྱུང་། །
བཞུགས་གྲལ་འོད་ཀྱིས་ཁེངས་སོང་། །

ལྷ་བྲུ་ཁྱིམ་ཚང་འབྱོར་པ་ཆེ་ལ་མགྲོན་པོ་སློ་ཁ་དཀར་བ་ལ་སོགས་པར་བསྟོད་སྔོན་གྱི་བསམ་པ་དང་གཞན་ཡང་རྒྱན་བཀུར་གཞོན་གཅེས། ལས་རྟུར་གྲོགས་མཐུན་གྱི་ཁ་ཏ་བསླབ་བྱ་བཞུགས་གྲལ་གྱི་སྒྲོ་སྣང་དང་ཞིམ་མངར་གྱི་མཆོད་ཆང་ལ་གཏན་དུ་རོལ་འདོད་ཀྱི་བསམ་པ་མཚོན་པ་སོགས་ནང་དོན་རྒྱ་ཆེ་ལ་ཕ་མ་སྲུན་མཆེད་གྲོགས་པོ་གྲོགས་མཆེད་དགེ་རྒན་སློབ་མ་བཅས་ཕན་ཚུན་བཀྲ་ཤིས་སྨོན་འདུན་དང་སྐྱིད་པའི་འཚོ་བར་བསྟོད་པ་བརྗོད་པ་ནི་ཆང་གཞས་ཀྱི་ནང་དོན་གཙོ་ཆེ་ཤོས་ཤིག་ཡིན་ནོ། །

གཉིས། སྒྱུ་རྩལ་ཐད་ནང་དོན་ལ་གཞིགས་ནས་ཚིག་རྐང་མང་ཉུང་ཅི་རིགས་ཡོད་ནའང་ཚིག་རྐང་རེར་ཚིག་འབྲུ་དྲུག་ཅན་དང་ཚིག་རྐང་བཞིས་སྐབས་དོན་རེ་རྫོགས་པར་བྱས་པ་གཙོ་ཆེ་བ་དང་ཚིག་དང་གདངས་གང་གི་ཆ་ལའང་ཡིད་སྨུག་པ་དང་བློ་བཅིངས་པ་ཞིག་མ་ཡིན་པར་ཤིན་ཏུ་བག་ཡངས་དང་སྒྲོ་སྣང་སྤྲིན་པའི་ཁྱད་ཆོས་ཡོད་ལ་དེ་ལས་གཞས་གཏོང་ཡུལ་ལ་བསྟོད་པ་དང་ཡིད་སྨོན་བྱེད་པའི་གཞས་ཚིག་རྣམས་དཔེ་དོན་ཟུང་འབྲེལ་ལམ་དཔེའི་དངོས་པོ་རྐྱང་པའི་ངོ་བོ་དང་ཁྱད་ཆོས་བཀོད་པའི་ཐབས་ལམ་སླེང་པོར་འཛིན་པ་སྟེ་

དཔེར་ན།

གནམ་དེ་སྔོན་མོའི་དཀྱིལ་ལ། །
ཟླ་བ་རྒྱང་བཀྲག་ཆེ་བ། །
བཞུགས་ཁྲལ་སྒོར་མོའི་དཀྱིལ་ལ། །
དཔོན་བཟང་མངའ་ཐང་ཆེ་བ། །
ང་ཚོའི་ལུང་པའི་ཕུ་ལ། །
སྲིད་པའི་གངས་རི་ཆགས་བཞག །
མགོ་འཕངས་གངས་ལས་མཐོ་བ། །
གནང་སོ་ཚོག་པ་ཡོད་དོ། །

ལྷ་བུ་དང་ཆང་འཐུང་བཞུགས་ཁྲལ་གྱི་སྒྲོ་སྣང་དང་ལོངས་སྤྱོད་ཆང་གི་ཡོན་ཏན་དང་རང་གི་སྨྲང་ཚོར་མཚོན་པའི་གཞས་ཚིག་རྣམས་ལ་འོས་འཚམས་ཀྱི་དཔེ་སྦྱར་པ་ཙམ་མ་ཟད་ཤུད་སྒྲོགས་ཆེས་ཆེར་ལྡན་པ་སྟེ།

སྒོ་དེ་ཐེམ་པ་ཡན་ཆད། །
དཀར་མོ་ནས་ཀྱི་བང་མཛོད། །
འབྲུངས་ས་ལོ་གསུམ་བརྒྱབ་ཀྱང་། །
བང་མཛོད་རྫོགས་ས་མ་རེད། །
དཀར་མོ་ནས་ལས་བཙོས་པའི། །
ཞིམ་པོའི་ཨ་རག་བདུད་རྩི། །
ང་རང་བཟི་བས་མ་ཚད། །
ནམ་མཁའི་བྱ་ཡང་བཟི་སོང་།

ལྷ་བུ་མང་དུ་ཡོད་དོ། །མདོར་ན་ཆང་གཞས་ནི་བཙོ་དུང་གིས་ཕྱུག་ལ་དཔེ་དང་ཡུན་གྱིས་བརྗོད་བྱེད་མཛེས་པར་བྱས་པའི་སྒྲུ་རྩལ་གྱི་ཁྱད་ཆོས་ལྡན་པ་ཞིག་ཡིན།

གསུམ། ད་ལྟའི་ཆར་ཆང་གཞས་ལ་རྒྱུས་མངའ་ཆུང་བ་རྣམས་ཀྱིས་གང་

དྲན་དུ་གཏོང་བའི་སྟོལ་ཞིག་འདུག་ནའང་ང་ཚོས་གཞས་ཀྱི་ནང་དོན་དང་ཁྱད་ཆོས་ལ་ལེགས་པར་བསམ་ན་རང་གར་གཏོང་བ་ཞིག་གཏན་ནས་མ་ཡིན་པར་དེ་ནི་གཏོང་ཡུལ་དང་གཞས་ཀྱི་ནང་དོན། གཏོང་མཁན་དང་གཏོང་ཡུལ་བར་གྱི་འབྲེལ་བ་བཅས་ལ་ལྟོས་ནས་གང་ཐུབ་ཀྱིས་འོས་འཚམས་ཤིག་དགོས་པ་ཡིན། དེ་ཡང་དཔེར་ན་གཏོང་ཡུལ་འགྲོག་པར།

གཡས་རི་རྩ་སྔ་འཛོམས་པ། །
གཡོན་རི་ཆུ་སྔ་འཛོམས་པ། །
རྩ་སྔ་ཆུ་སྔ་འཛོམས་པས། །
འབྲོག་དཔོན་གནས་ཐོས་བདེ་བ། །
འབྲོག་དཔོན་ཆེན་མོའི་ལུས་ལ། །
ནོར་བུ་མི་འདུག་མ་གསུངས། །
གཡག་ཀུ་རྫིད་པའི་ཞོལ་ཞོལ། །
ནོར་བུ་མིན་ན་གང་ཡིན། །

ལྷ་བུའི་ཡུལ་གྱི་ཁྱད་ཆོས་དང་མཐུན་པའི་གཞས་ལེན་པ་དང་དེ་བཞིན་གཏོང་ཡུལ་ཕ་ལ་གཏོང་མཁན་བུ་ཕྲུག་གིས།

ཕོ་བརྒྱ་ཆང་གི་བདག་པོ། །
མོ་བརྒྱ་ཇ་ཡི་བདག་པོ། །
བདག་གི་ཡབ་ཆེན་པླ་ལགས། །
མི་བཟང་བརྒྱ་ཡི་གྲལ་འགོ། །

ལྷ་བུ་གཏོང་མཁན་གཏོང་ཡུལ་གྱི་འབྲེལ་བ་མི་འདྲ་བར་བཏང་ན་སྐབ་ལ་དོན་ཆེ་བས་ཆང་གཞས་ལ་དངོས་སུ་གཏོང་ལེན་བྱེད་སྐབས་ཡུལ་དུས་ལ་བལྟོན་དགོས་པའི་ཁྱད་ཆོས་ཡོད་དོ། མདོར་ན། མཛད་སྒོའི་གཞས་ནི་མཛད་སྒོའི་ནང་དོན་དང་ཁྱད་ཆོས་ལ་བརྟེན་ནས་གསར་རྩོམ་བྱས་པ་ཞིག་ཡིན་པས་ཡུལ་

ངེས་ཀྱི་ཁྱུས་ཆོས་དང་འགྱུར་བ་ཆུང་བའི་ཁྱད་ཆོས་ཡོད་པ་མ་ཟད། དམངས་སྲོལ་ཞིབ་འཇུག་སོགས་ལ་རྒྱུ་ཆའི་རིན་ཐང་ཡང་ཆེན་པོ་ཡོད་དོ། །

གསུམ། མཛའ་གཞས།

མཛའ་གཞས་ནི་ཕོ་མོའི་མཛའ་བཙུག་གི་འཚོ་བ་བརྗོད་གཞིར་བྱས་པའི་དམངས་ཁྲོད་ཀྱི་སྙན་རྩོམ་གཞས་གདངས་སུ་ལེན་རྒྱུང་བ་ཞིག་ལ་ཟེར་བ་ཡིན། དེ་ནི་ལོ་རྒྱུས་ཀྱི་དུས་སྐབས་སོ་སོ་དང་མི་རིགས་སོ་སོའི་ཕོ་མོའི་མཛའ་བཙུག་འཚོ་བ་དང་བརྩེ་དུང་གི་རིན་ཐང་། གཉེན་སྒྲིག་ལྟ་བ་བཅས་མཚོན་པའི་མེ་ལོང་ལྟ་བུ་ཞིག་ཡིན་པར་བཤད་ཆོག དམངས་གཞས་ནང་བསམ་བློ་དང་སྒྱུ་རྩལ་རང་བཞིན་མཐོ་ཙམ་སླེབས་པའི་མཛའ་གཞས་འདིའི་ནང་དོན་གཙོ་བོ་ནི་ལྷད་མེད་ཀྱི་བརྩེ་དུང་ལ་བསྟོད་བསྔགས་དང་བདེ་ཐང་གི་བརྩེ་དུང་གི་འཚོ་བར་རེ་སྨོན་བྱེད་པ་ཡིན་ཞིང་། མི་རིགས་མང་པོར་གཞོན་ནུ་ཕན་ཚུན་མཛའ་གཞས་གཏོང་ལེན་བྱེད་པའི་གོམས་སྲོལ་ཡོད་ལ། མཛའ་གཞས་ཀྱིས་ཕོ་མོའི་བར་གྱི་བརྩེ་དུང་དང་འདོད་སེམས་བརྗེ་རེས། སྤྱི་ཚོགས་ཀྱི་མུན་ནག་དང་གདུག་རྩུབ། རང་གི་དགའ་སྐྱིད་དང་ཞུགས་འདུན་བཅས་མཚོན་ཐུབ་པས་རྩོམ་རིག་གི་རྣམ་པ་འདི་དར་ཁྱབ་ཆེ་ལ་སྤྱི་ཚོགས་ཀྱི་རིན་ཐང་ཤུགས་ཆེར་ལྡན་པ་ཞིག་ཏུ་གྱུར།

ལོ་རྒྱུས་ཀྱི་དུས་ཡུན་རིང་པོའི་ནང་གསར་གཏོད་དང་རྒྱུན་འཛིན་བྱས་པའི་མཛའ་གཞས་ཀྱི་གྲངས་ཚད་དང་ནང་དོན་སྒྱུ་རྩལ་གྱི་ཁྱད་ཆོས་ནི་ཚོར་ཆུད་དཀའ་བ་ཞིག་ཡིན་སྐབས་དེའི་དབྱེ་ཐབས་ཀྱང་མཐའ་གཅིག་ཏུ་ངེས་པ་ཞིག་མིན་པར་འགའ་ཞིག་གིས་མི་རིགས་གཞིར་འཛིན་པ་དང་འགའ་ཞིག་གིས་ས་གནས་གཞིར་འཛིན་པ། འགའ་ཞིག་གིས་སྒྱུ་རྩལ་གྱི་ཁྱད་ཆོས་གཞིར་འཛིན་པ། འགའ་ཞིག་གིས་ནང་དོན་གཞིར་འཛིན་པ་སོགས་མང་ཡང་ནང་དོན་གྱི་ཁྱད་

ཆོས་ལས་དབྱེ་བ་བྱས་ན་ཁྱབ་ཆེ་བ་དང་རིགས་འགྲེའི་ལེགས་ཆ་ཆེ་བར་ལྡན་པས་འདིར་ཡང་མཛའ་གཞས་སོ་སོའི་ནང་དོན་གྱི་ཁྱད་ཆོས་ལ་གཞིགས་ནས་གཤམ་གསལ་སྐབས་བདེའི་དབྱེ་བ་ཁག་བྱས་པ་ཡིན།

ཕན་ཚུན་དགའ་བརྩེ་མཚོན་པའི་མཛའ་གཞས། གཞས་ཚིག་ནང་ཕ་རོལ་པོའི་རྣམ་པ་དང་འཛོན་ཐང་གཤིས་སྤྱོད་བཅས་ལ་ཤིན་ཏུ་ཡིད་སྨོན་དང་བསྟོད་བསྔགས་ཀྱིས་ཕོ་མོ་ཕན་ཚུན་གྱི་དགའ་བ་མངོན་པར་བྱས་པ་ཞིག་སྟེ་དཔེར་ན།

འཁྱོངས་རྒྱས་ལོ་མའི་ལོ་ཆུ། །
བཙོས་པའི་ཆང་ལས་ཞིམ་པ། །
ང་ཡི་ཆུང་འདྲིས་བྱམས་པ། །
ལྷ་ཡུལ་སྲས་ལས་མཚར་བ། །
དབྱར་དགུན་འགྱུར་བ་མེད་པ། །
ལྷ་ཤིང་ཤུག་པ་ཡིན་འདུག །
དེ་ལ་ཁྱིའུ་ཆུང་འཛོལ་མོའི། །
གནས་ས་གཡར་དགོས་བསམ་བྱུང་། །
གནམ་ལ་སྐར་མ་མཛེས་པ། །
ས་ལ་མེ་ཏོག་མཛེས་པ། །
ས་དང་གནམ་གྱི་བར་དུ། །
བདག་གི་ཆུང་འདྲིས་མཛེས་པ། །
ཁྱོད་ཞལ་བཅོ་ལྔའི་ཟླ་བ། །
སྤྱན་མིག་ཐོ་རེངས་སྐར་ཆེན། །
སྐྲ་གཟུགས་རྩ་རིའི་སྤྲུག་མ། །
ཐུགས་སེམས་གངས་ལས་དཀར་བ། །

ལྷ་བྲུ་ གཞས་ འདིར་ ཕ་ རོལ་ པོའི་ སྐྱེས་ གཟུགས་ དང་ གཤིས་ སྤྱོད་ གང་ བརྗོད་ ནའང་འཛིག་ རྟེན་ ན་ མཛེས་ པའི་ མཆོག་ དང་ ལེགས་ པའི་ ཚད་ དུ་ གྲགས་ པའི་ དངོས་པོ་དཔེར་བཀོད་ནས་མཚོན་པར་བྱས་པས་རང་གི་དགའ་བ་ཤུགས་ཆེ་ལ་དྲག་པ་དང་གཞན་གྱི་བརྩེ་བ་དང་དགའ་བའི་བསམ་པ་ཐོབ་འདོད་ཀྱི་འདུན་པ་མངོན་གསལ་དོད་པོས་མཚོན་པའི་ཁྱད་ཆོས་ཡོད་ལ་དོན་དངོས་འཚོ་བའི་ནང་གཞས་འདི་རིགས་གཞོན་ནུ་ཕོ་མོ་ཕན་ཚུན་གྱི་བརྩེ་དུང་གི་འབྲེལ་བའི་ཐག་པ་ལྷ་བྲུ་དང་གཞས་དེ་ལྷ་བྲུར་བརྟེན་ནས་གནམ་འོག་གི་གཞོན་སྐྱེས་གྲངས་ལས་འདས་པ་མི་ཚེའི་ལམ་བུ་མཉམ་དུ་སྐྱེལ་ཐུབ་པ་བྱུང་ཡོད་དོ། །

གཏན་གྲོགས་ཇི་འདྲ་ཞིག་ལ་བཙོལ་མིན་སྐོར་གྱི་མཛའ་གཞས། དེ་ནི་གཏན་གྲོགས་ཀྱི་སྐྱེ་བོ་དེ་གང་འདྲ་ཞིག་དགོས་པ་དང་སྐྱེ་བོ་གང་འདྲ་ཞིག་ལ་གཏན་གྲོགས་བཙོལ་ན་འཚམས་ཤིང་ལེགས་པ་ཡིན་མིན་བརྗོད་པའི་མཛའ་གཞས་ཀྱི་རིགས་དེ་དག་ཡིན། དཔེར་ན།

ལྷམ་ཡུ་སྙིང་པ་ཡིན་ཡང་། །
རྗོག་པ་ཡོད་ན་ཆོག་གོ། །
ཚུང་འདྲིས་མཚར་པོ་མེད་ཀྱང་། །
བརྩེ་དུང་ཡོད་ན་ཆོག་གོ། །
ཚུ་མོ་ཆེ་ལ་མ་བལྟས། །
ཆུ་གཞུག་རིང་བར་བལྟས་ཡོད། །
ཞྭང་མ་ཆེ་ལ་མ་བལྟས། །
ཞྭང་ཚུགས་ཡོད་པར་བལྟས་ཡོད། །
སེམས་དཀར་བློ་དང་མཐུན་པའི། །
ཡིད་འོང་ཁྲིད་རང་མེད་ན། །
རང་ལུས་དར་གྱིས་བརྒྱུམས་ཀྱང་། །

དགའ་བ་ཡིད་ལ་མི་འདུག །
ལང་ཚོ་དར་བའི་རྗོན་པ། །
ས་ཞིང་འདེབས་ལས་མཁས་པ། །
ཨ་དར་ཕྲུགས་གཡིང་མ་གནང་། །
བུ་མོས་སྒྲུག་ནས་བསྡད་ཡོད། །
སེམས་པ་མཐུན་པ་ཞིག་དང་། །
མཉམ་དུ་འགྲོ་རྒྱུ་བྱུང་ན། །
ལྷམ་ལ་རྗོག་པ་མེད་པར། །
འགྲོ་དགོས་བྱུང་ཡང་དྲག་པ། །

ལྷ་བུའི་མཛའ་གཞས་དེ་དག་ཡིན།

གོང་བཀོད་མཛའ་གཞས་དེ་དག་ལས་གདན་གྲོགས་བཅོལ་ཡུལ་ནི་ནོར་གྱིས་ཕྱུག་པ་དང་དབང་ཆེ་བ་ཞིག་མ་ཡིན་པར་བཙེ་དུང་ལྡན་ལ་ཕུ་ཐག་རིང་བ་ཕན་ཚུན་བློ་མཐུན་ལ་སེམས་དཀར་བ་ཞིག་ཡིན་དགོས་པ་དང་། བཙེ་དུང་གིས་བཅིངས་ན་ནོར་གྱིས་དབུལ་ནའང་མི་ཚེ་མཐར་འཁྱོལ་ཐུབ་ལ་བདེ་ཞིང་སྐྱིད་པ་ཡིན་པ་ནན་གྱིས་བརྗོད་པས་ངལ་རྩོལ་པའི་བབ་ཆགས་དང་སྐྱོན་བྲལ་གྱི་གཉེན་སྒྲིག་ལྟ་བ་མཚོན་ཐུབ་པ་མ་ཟད། ཁོང་ཚོས་རང་གི་གདན་གྲོགས་དང་འཚོ་བར་བཅོལ་བའི་རེ་བ་དང་བདེ་སྡུག་གི་ལྟ་བ་ཡང་གསལ་པོར་མཚོན་པར་བྱས་པའོ།

སྐྱེས་བུ་གང་ཞིག་བཟང་བ་དང་གང་ཞིག་ངན་པ། གང་ཡིད་དུ་འོང་བ་དང་གང་ཡིད་དུ་མི་འོང་བའི་ཐད་མི་རིགས་སོ་སོར་ལྟ་སྟངས་རེ་ཡོད་ལ་དུས་སྐབས་སོ་སོར་ཡང་ཚད་གཞི་མི་འདྲ་བ་རེ་ཡོད། དོན་དངོས་ཀྱི་འཚོ་བའི་ནང་མི་རིགས་སོ་སོས་གདན་གྲོགས་བཅོལ་ཡུལ་གྱི་སྐྱེས་བུར་ཚད་མི་འདྲ་བ་རེ་འཛུག་པ་དེ་ནི་མི་རིགས་དེའི་གཉེན་སྒྲིག་ལྟ་བ་དང་མཛེས་ཆོས་ལྟ་བ་དང་མཐུན་པ་

ཞིག་ཡིན་པ་མ་ཟད་མཛའ་གཞས་འདིའི་ནང་དོན་གྱི་སྤྱི་ཚོང་མར་ཁྱབ་པས་མི་རིགས་རང་བཞིན་དང་དུས་སྐབས་རང་བཞིན་ཤུགས་ཆེར་ལྡན་པ་ནི་མཛའ་གཞས་འདིའི་ཁྱད་ཆོས་གལ་ཆེ་ཤོས་ཤིག་ཡིན་ནོ། །

བརྩེ་དུང་ལ་འགྱུར་བ་མི་གཏོང་བ་བརྗོད་པའི་མཛའ་གཞས། དེ་ནི་འགོག་རྐྱེན་དང་བར་ཆད་ཅི་བྱུང་ནའང་ཕན་ཚུན་གྱི་བརྩེ་དུང་རྟག་བརྟན་འགྱུར་མེད་ཀྱིས་མཐའ་སྐྱོལ་བྱེད་པར་བརྗོད་པའི་མཛའ་གཞས་ཀྱི་རིགས་དེ་དག་ཡིན། དཔེར་ན།

ཆུ་མོ་ཡོད་ན་རྒྱུགས་ཤོག །
ཐ་སྐྱོང་ཡོད་ན་འཁྲུག་ཤོག །
ང་དང་ཆུ་ཤིང་འོམ་བུ། །
བཅད་ཀྱང་ཚོད་ཀྱི་མ་རེད། །
རི་རྩེ་མེ་ཏོག་ཤར་བ། །
གངས་དང་འཁྱགས་པས་བཀག་བཞག །
ལྷུང་དང་བུ་ཡུག་འཚུབ་ཀྱང་། །
མེ་ཏོག་འདབ་མ་མི་ཉམས། །
ས་སྟེང་རི་མོ་སྲུབ་པར། །
ལས་སུ་སླ་པོ་ཡིན་འགྲོ། །
སེམས་མཐུན་མཛའ་སེམས་རི་མོ། །
སྲུབ་ཀྱང་ཟུབ་ཐབས་མི་འདུག །
རི་འགོ་ཁ་བས་བཀག་ཀྱང་། །
རི་གཤམ་བསྐོར་ནས་ཡོང་ཚོག །
རི་གཤམ་ཆུ་མོས་བཀག་ཀྱང་། །
ཀོ་གྲུ་བཏང་ནས་ཡོང་ཚོག །

ལྷ་བུ་དཔེ་དོན་འདྲ་ཆགས་ལ་བརྗོད་ཚིག་རྗོ་ངར་ཆེ་བ། འཁོན་འཛིན་དང་འཐབ་རྩོད་ཀྱི་སྙིང་སྟོབས་ཆེར་ལྡན་པའི་མཛའ་གཞས་འདི་ནི་ཁྱིམ་ཚང་དང་སྤྱི་ཚོགས་ཀྱི་བཀག་རྒྱས་གཉེན་སྒྲིག་ལམ་སྟོང་དཀའ་བའི་གནམ་འོག་ཕོ་མོའི་འཁོན་འཛིན་གྱི་འབོད་སྒྲ་དང་འཐབ་རྩོད་ཀྱི་དམ་བཅའ་ཡིན་ཞིང་དེ་ལས་གེགས་བར་ཅི་བྱུང་ཡང་བརྩེ་དུང་ལ་འགྱུར་བ་མི་གཏོང་བའི་ངལ་རྩོལ་པའི་སྙིང་སྟོབས་དང་ལྷག་བསམ་དེ་མཐོང་ཐུབ།

ཕན་ཚུན་དྲན་སླུ། རང་གི་འཚོ་བའི་ཆེད་དང་ཡང་ན་སྤྱི་ཚོགས་ཀྱིས་རྐྱེན་པས་བཟའ་ཟླ་དགའ་རོགས་གནས་སྐབས་ཁ་བྲལ་གྱི་འཚོ་བ་སྐྱེལ་དགོས་བྱུང་བའི་དོན་དངོས་དེ་ལ་བརྟེན་ནས་ངལ་རྩོལ་པས་བཟའ་ཟླ་དགའ་རོགས་ཁ་བྲལ་བའི་སྐྱོ་སྣང་དང་མཉམ་འཛོམ་གྱི་རེ་སྨྲུག དྲན་པའི་སེམས་པ་བཅས་མཚོན་པའི་མཛའ་གཞས་མང་པོ་གསར་རྩོམ་བྱུས་ཡོད་དཔེར་ན།

བུ་མོ་ཡིད་འཕྲོག་ལྷ་མོ། །
ཐུགས་སེམས་སྐྱོ་བ་མ་གནང་། །
བུ་ཆུང་ཚོས་རྒྱལ་ནོར་བཟང་། །
མཇལ་བའི་དུས་ཤིག་ཤར་ཡོང་། །
བྱམས་པ་སང་ཞོགས་འགྲོ་ཁར། །
རྟ་དགོང་སྙིང་གཏམ་མ་གསུངས། །
བྱམས་པའི་དབུ་སྐྲས་འོག་ལ། །
མིག་ཆུས་གཡས་བསྐོར་རྒྱག་གིས། །
ཁྱོད་ནས་ལ་མོའི་རྒྱབ་ཏུ། །
རྔ་ངན་མ་འདྲིས་གནང་དང་། །
ང་ནི་ལ་མོའི་ཚུར་རྒྱབ། །
ཆུ་ངན་མ་འདྲིས་ཞུས་ཆོག །

ལྷ་བུའི་གཞས་འདི་དག་ནང་ཕན་ཚུན་བྲལ་དཀའ་བའི་བརྩེ་དུང་དང་བྲལ་ལ་ཉེ་བའི་དུས་ཀྱི་སེམས་ཀྱི་སྐྱོ་སྣང་རྣམས།

བྱམས་པའི་དབུ་ཐུས་འོག་ལ། །
མིག་ཆུས་གཡས་བསྐོར་རྒྱག་གིས། །

ལ་སོགས་པའི་བརྗོད་ཐབས་ཁ་གསལ་འདི་འདྲས་མཚོན་པར་བྱས་ཡོད་པ་དང་ལྷག་པར་དུ།

ཐུགས་སེམས་སྐྱོ་བ་མ་གནང་། །
རྟ་ངན་མ་འདྲེས་གནང་དང་། །
ཆུ་ངན་མ་འདྲེས་ཞུས་ཆོག །

ལྷ་བུའི་ཁ་ཏ་བསླབ་བྱ་དང་སེམས་གསོའི་བརྗོད་པས་ཕན་ཚུན་གྱི་བརྩེ་དུང་ཇི་ཡོད་མཐོར་ བཏེགས་ བྱས་ སྐབས་ བྲལ་ ཁའི་ སྐྱོ་ སྣང་ བརྗོད་ པའི་ གཞས་ འདི་ རིགས་ནི་སེམས་གསོ་དང་བསླབ་འདོམས་ཀྱི་བརྗོད་ཚིག་སྙིང་པོར་བྱས་ནས་སྐྱོ་སྣང་དང་བརྩེ་དུང་དེ་བས་ཤུགས་དྲག་ཏུ་མཚོན་པ་ཞིག་ཡིན།

ལ་མོའི་བརྒྱབ་ཀྱི་ཆུང་འདྲིས། །
ཡང་ཡང་ཡིད་ལ་འཁོར་དུས། །
ཐུགས་ཁུར་མར་ཁུ་ཐུགས་ནའི། །
ཁྲོ་བ་ཡོང་ས་མ་རེད། །
དབྱར་ཁ་ཐང་ལ་འགྲོ་དུས། །
ཐང་རྒྱན་བཞད་ཁ་ཕྱེ་བཞག །
བཞད་ཁ་ཕྱེ་བ་མཐོང་དུས། །
མཛེས་པའི་བྱམས་པ་དྲན་བྱུང་། །
སེར་བྱ་ཡིན་ན་སྐམ་བྱུང་། །
ངང་པ་ཡིན་ན་སྐམ་བྱུང་། །

ཆུང་འདྲིས་གར་ཡོད་ས་ལ། །
འཕྱུར་རྒྱུ་བྱུང་ན་བསམ་བྱུང་། །

ལྷ་བུའི་གཞས་འདི་དག་ནི་བཟའ་ཟླ་དགའ་རོགས་བར་གྱི་དྲན་གླུ་ཡིན་ཞིང་གཞས་དེ་དག་ལས་བཟའ་ཟླ་དགའ་རོགས་ཕན་ཚུན་ཤིན་ཏུ་དྲན་པའི་བློ་དང་དེ་མར་མཉམ་འཛོམ་ཡོང་རེའི་སེམས་དེ་རྫེན་པར་མཚོན་ཡོད་ཅིང་།

ཆུང་འདྲིས་གར་ཡོད་ས་ལ། །
འཕྱུར་རྒྱུ་བྱུང་ན་བསམ་བྱུང་། །

ལྷ་བུ་ཡ་མཚན་གྱི་འཆར་སྒོ་དང་ཐུགས་ཁུར་མར་ཁུ་བྱུགས་ནའི། ཐོ་བ་ཡོང་ས་མ་རེད་ལྷ་བུ་བསྟུར་བའི་ཐབས་ཤེས་དང་བཞད་ཁ་ཕྱེ་བ་མཐོང་དུས། མཛེས་པའི་བྱམས་པ་དྲན་བྱུང་། ལྷ་བུ་འདྲ་བའི་དངོས་པོས་དྲན་སྐུལ་སོགས་ཀྱི་ཐབས་ཤེས་ནི་མཛའ་གཞས་འདི་དག་གི་གསར་རྩོམ་ནང་རྒྱ་ཁྱབ་ཏུ་བེད་སྤྱོད་པ་ཞིག་ལགས།

སྡུག་བསྔལ་བརྗོད་པའི་མཛའ་གཞས། སྤྱི་ཚོགས་དང་ཁྲིམ་ཚང་སྲོལ་རྒྱུན་གྱི་ལྷ་བ་ལ་སོགས་པའི་འགོག་རྐྱེན་གྱིས་བརྩེ་དུང་ཐབ་རེ་དང་རང་བློར་ཡོད་པའི་བཟའ་ཟླ་དགའ་རོགས་རེ་འདོད་བྱེད་པའི་གཞོན་ནུ་མང་པོའི་བརྩེ་དུང་གི་རང་དབང་ཤོར་བས་ཁོང་ཚོར་བཟོད་སྙམ་ཐལ་བའི་སྡུག་བསྔལ་བྱུང་ལ་རྒྱ་ཆེའི་ངལ་རྩོལ་པས་བརྩེ་དུང་ལ་བར་ཆད་དང་ལམ་སྣང་མ་བྱུང་བའི་སེམས་སྡུག་དག་གསར་རྩོམ་གྱི་རྒྱུ་ཆར་བྱས་ནས་མཛའ་གཞས་འདི་བསྒྲུན་པ་ཡིན་ཞིང་དེ་ནི་བརྩེ་དུང་ལས་བྱུང་བའི་སྡུག་བསྔལ་བརྗོད་བྱར་བྱས་པ་ཞིག་གོ། དཔེར་ན།

ཆུ་ལ་ཆར་པའི་སྐྱོ་རོགས། །
ཐག་ལ་འུག་པའི་སྐྱོ་རོགས། །
ལས་ཟད་བུ་མོ་ང་ལ། །

སྐྱོ་རོགས་མེད་པར་ལུས་སོང་། །
ཉི་མ་ཨེ་དྲོ་བསམ་ནས། །
རྒྱལ་སྒོ་ཤར་ལ་གཏད་ཡོད། །
རྒྱལ་སྒོ་ཤར་གྱི་ཉི་མ། །
སྔོན་མོའི་ཆུ་ལས་གྲང་བ། །
པན་པོ་ལྷང་ལོ་ཅན་ལ། །
མ་རྒྱས་ལོ་ཏོག་བཏབ་ཡོད། །
ལོ་ཏོག་སྨིན་རྒྱུ་མེད་པར། །
ལོ་མས་སེམས་གཙོང་བཟློས་སོང་། །

ལྷ་བུའི་མཛའ་གཞས་དེ་དག་གི་ནང་དུ་རང་གི་བརྩེ་དུང་འགྲུས་མེད་དུ་གྱུར་པའམ་རང་ལ་གཞན་གྱི་བརྩེ་དུང་མ་ཐོབ་པའི་སེམས་སྡུག་བརྗོད་ཡོད་པ་དང་ཡང་དཔེར་ན།

སེར་བྱ་ངང་པའི་བརྩེ་དུང་། །
ང་གཉིས་གཉིས་ལ་ཡོད་ཀྱང་། །
ས་གཞི་པདྨའི་སྟེང་ལ། །
གཉེབ་པའི་དབང་ཆ་མི་འདུག །
མཛེས་པའི་སྐལ་བཟང་མེ་ཏོག །
མཐོང་འདོད་སེམས་ལ་ཡོད་ཀྱང་། །
དཔོན་པོ་བཀའ་དབང་བཙན་པས། །
མ་བཞག་ཀ་མེད་ཐུག་ཐུང་། །
རི་དེ་ཤར་རིའི་རྩེ་ལ། །
ཤ་བ་འཁོར་འདོད་འདུག་ཀྱང་། །
ལས་ངན་ཨ་ཁུ་རྗོན་པས། །

ཤ་ཁྲི་རྫེས་ལ་བཏང་བྱུང་། །
ཆུང་འདྲིས་བྱམས་པ་ལྷ་རེད། །
བྱམས་པའི་ཡབ་ཡུམ་བདུད་རེད། །
ང་ལ་བདུད་ཀྱི་བར་ཆད། །
གཏོང་བ་གནང་ནས་གང་ཡོང་། །

ལྷ་བུའི་ མཛའ་ གཞས་ དེ་ དག་ ནང་ སྤྱི་ ཚོགས་ དང་ ཕ་ མའི་ བཙན་ དབང་ གིས་ གཞོན་ནུའི་ བར་ གྱི་ བརྩེ་ དུང་ གི་ རང་ དབང་ འཕྲོག་ པའི་ སྡུག་ བསྔལ་ བསྟན་ ཡོད། དེ་དང་འདྲ་བར།

བུ་མོར་ཆུང་འདྲིས་བསྐོས་སོང་། །
ཡོ་རྒན་དྲུག་ཅུ་བསྐོས་སོང་། །
ལྟུང་གླིང་གྲུ་བཞི་ཨ་ཞེས། །
ཕྱུག་འཁར་གཡར་པོ་གནང་དང་། །

ལྷ་བུས་འདོད་མེད་ཀྱི་གཉེན་སྒྲིག་ལས་བྱུང་བའི་སྡུག་བསྔལ་བརྗོད་ཡོད། གོང་བཀོད་བརྩེ་ དུང་ ལ་ འགྱུར་ བ་ མི་ བཏང་ བའི་ མཛའ་ གཞས་ དང་ འདི་ གཉིས་ སྤྱི་ ཚོགས་ཀྱི་རྒྱབ་ལྗོངས་འདྲ་བའི་ནང་བྱུང་བའི་རྩོམ་ རིག་ཡིན་ པ་ མཚུངས་ནའང་ དེ་གཉིས་ལ་ཁྱད་པར་ངེས་ཅན་ཡོད་དེ་གཅིག་ལ་བར་ཆད་དང་འགོག་རྐྱེན་གང་ བྱུང་ནའང་དེ་ལས་རྒྱལ་འདོད་དང་མགོ་མི་སྒྲུར་བའི་སྙིང་སྟོབས་ཞིག་མཐོང་རྒྱུ་ ཡོད་ལ་ཅིག་ཤོས་དེ་ནི་ཡིད་ཐང་ཆད་པ་དང་བློ་ཁྲམ་པའི་བསམ་བློ་ཡོད་པ་དེ་ ཡིན།

མདོར་ན། མཛའ་གཞས་ནང་གཙོ་བོར་ལྷད་མེད་བརྩེ་དུང་ལ་སྨོས་པ་ དང་བཟའ་མི་དགའ་རོགས་ཀྱི་བརྩེ་དུང་རྟག་བརྟན། གཉེན་སྒྲིག་ལ་རང་ དབང་ཐོབ་རེ་བཅས་བརྗོད་པས་བབ་ཆགས་དང་སྐྱོན་བྲལ་གྱི་བསམ་བློ་ལྡན་ལ།

མཐོ་བ་དགུང་སྔོའི་སྟེང་ཆར། །

དམའ་བ་ས་གཞིའི་མེ་ཏོག །
ང་གཉིས་མཐོ་དམའ་མཾར་ཀྱང་། །
ལས་འཕྲོ་མཐུན་པའི་རྒྱུང་འདྲིས། །

ལྷ་བུ་འདྲ་ཆགས་ཀྱི་དཔེ་དང་།

མཚོ་དེ་འོ་མ་མཚོ་ལ། །
མཚོ་མཇལ་ཞུ་རྒྱུ་བྱུང་ན། །
གོས་ཆེན་འབྲུག་མའི་ཆ་ག །
ཨ་ལས་ཟེར་ཡང་དྲག་པ། །

ལྷ་བུ་ དོན་ གཞན་ ལ་ བསམ་ པའི་ བསྟུས་ བརྗོད། བློ་ ལ་ ཡོད་ པའི་ གཡུ་ དེ། བདག་པོ་ སྤྲོད་ རྒྱུ་ བྱུང་ ན། གཟི་ བྱུར་ ཕྲ་ རྒྱན་ མེད་ཀྱང་། སྙིང་ གི་ ཚིལ་ ལུས་ གཏུམ་ཚོག ལྷ་ བུའི་ ཚུད་ སྦྲག་ བཅས་ ནི་ མཇའ་ གཞས་ནང་ རྒྱུན་ དུ་ མཐོང་ རྒྱུ་ ཡོད་ པའི་ སྒྱུ་ རྩལ་ མཚོན་ ཐབས་ ཡིན་ ཞིང་ འདོད་ པའི་ དོན་ བརྗོད་ པ་ ལ་ ཚོགས་ པར་སྤྱོད་ མི་ རུང་ བའི་ བརྗོད་ ཚིག་ གིས་ མ་ འདྲེས་ པ་ ནི་ ཆེས་ རྒྱུད་ དུ་ བྱུང་ བའི་ ཁྱད་ཆོས་ལགས་སོ།

བཞི། དུས་བསྟུན་ཆབ་སྲིད་ཀྱི་གཞས།

དུས་བསྟུན་ཆབ་སྲིད་ཀྱི་གཞས་ནི་ངལ་རྩོལ་མི་དམངས་ཀྱིས་ཆབ་སྲིད་ཀྱི་འཕོ་འགྱུར་དང་ཆབ་སྲིད་ཀྱི་གནས་བབ་སོ་སོར་བསྟུན་ནས་གསར་རྩོམ་བྱས་པའི་དམངས་ཁྲོད་ཀྱི་གཞས་ཤིག་ཡིན། དེ་ནི་དུས་སྐབས་སོ་སོའི་ཆབ་སྲིད་ཀྱི་རྣམ་པ་དང་བསྟུན་ནས་བྱུང་བ་ཞིག་ཡིན་སྟབས་དོན་དངོས་རང་བཞིན་དང་གསར་འགྱུར་རང་བཞིན་ཤུགས་ཆེན་ལྡན་ཞིང་དེས་གཅིག་ནས་ངལ་རྩོལ་པས་ཆབ་སྲིད་ཀྱི་དོན་ཆེན་དང་ཆབ་སྲིད་ཀྱི་མི་སྣ་དེ་བཞིན་ཆབ་སྲིད་ཀྱི་རྣམ་པ་བཅས་ལ་འཛིན་པའི་རང་གི་ལྟ་བ་དང་རྣམ་འགྱུར་ཕྱོགས་རེ་བཅས་གསལ་

བསྒྲགས་ཐུབ་པ་དང་གཉིས་ནས་དབང་བསྒྱུར་པའི་གདུག་རྩུབ་དང་ཤྙོག་གཡོ་ཆབ་སྲིད་ཐད་ཀྱི་མུན་ནག་སྲིད་གཞུང་གི་རྣལ་སྲུངས་དག་ཐེར་འདོན་ཐུབ་པར་ཕན་ནུས་རྒྱ་ཆེན་ཐོན་ཡོད།

གྲལ་རིམ་མི་འདྲ་བ་གཉིས་བར་གྱི་ཆབ་སྲིད་ཐད་ཀྱི་གཉའ་གནོན་དང་དཔལ་འབྱོར་ཐད་ཀྱི་བཤུ་གཞོག་ལས་བྱུང་བའི་དུས་བསྟུན་ཆབ་སྲིད་ཀྱི་གཞས་འདི་ནི་གྲལ་རིམ་སྤྱི་ཚོགས་ཀྱི་ཐོན་དངོས་ཁྲད་པར་བ་ཞིག་དང་གྲལ་རིམ་ཡོད་པའི་སྤྱི་ཚོགས་ནང་གཞི་ནས་གསར་རྩོམ་དང་འཚོ་གནས་ཐུབ་པ་ཞིག་ཡིན་པས་དེ་ནི་ཐུན་གཡོག་ལམ་ལུགས་སྤྱི་ཚོགས་སྐབས་མིའི་རིགས་ལ་གསར་དུ་དར་བ་ཞིག་ཡིན་ཞིང་ལོ་རྒྱུས་རིང་བའི་རྩོམ་རིག་འདིར་ང་ཚོས་སྤྱབས་བདེར་བྱས་ན་གཤམ་གསལ་རིགས་གཉིས་ལ་དབྱེ་ན་འགྲིག

ཟུར་ཟ་ཐེར་འདོན་གྱི་དུས་བསྟུན་སྲིད་གཞས། དེ་ནི་དབང་བསྒྱུར་པ་ནང་ཁུལ་ཆབ་སྲིད་ཀྱི་ཁེ་དབང་འཕྲོག་རེས་ཀྱི་ཤྙོག་གཡོ་དང་ལོག་སྤྱོད། སྲིད་གཞུང་གི་ནག་ཉེས། ཕྱིའི་བཙན་འཛུལ་བཅས་ལ་ཟུར་ཟ་ཐེར་འདོན་དང་དགག་རྒྱག་ངོ་རྒོལ་བྱེད་པའི་ནང་དོན་ཅན་གྱི་གཞས་ཏེ་དཔེར་ན།

སྨྲོམ་མདའ་གསེར་ཁྲིམ་དགོན་ནས། །
གསེར་གྱི་མདའ་ཞིག་འཕངས་པས། །
ར་སྒྲེང་སྤྲེལ་མའི་གསེབ་ལ། །
ཨོབ་སྒྲ་རྒྱབ་ནས་འཛུལ་སོང་། །
གླང་གི་རྣ་ཅོ་བཅད་དེ། །
ཟུར་ལ་དར་ཚོག་བཙུགས་སོང་། །
ཉེས་སྟོང་ལྷ་བརྒྱ་བྱུང་ན། །
ཕྲུ་གུར་ཞབས་པད་ཡོང་གིས། །
ནམ་ཕྱེད་ཇ་གོག་རྡུང་བ། །

སྔོ་སྲིད་རྙིང་པའི་ལུགས་སྲོལ། །
ཀུན་མས་ཉི་མའི་དགུང་ལ། །
གཟབ་མཆོར་སྤྲས་ནས་ཡོང་གིས། །
ཕྱི་གླིང་ཕྱི་གླིང་སྟུག་པ། །
ནང་གླིང་ནང་གླིང་སྟུག་པ། །
ཕྱི་གླིང་ནང་གླིང་བར་ལ། །
དེ་ལས་བཙོལ་གླིང་སྟུག་པ། །

ལྷ་བུའི་གཞས་ནང་དབང་བསྒྱུར་གྲལ་རིམ་ནང་ཁུལ་གྱི་འགལ་ཟླ་དང་ཆབ་སྲིད་ཁེ་དབང་འཁྲུག་རེས་ཀྱི་འཐབ་རྩོད། དེ་བཞིན་སྐབས་དེའི་སྲིད་དབང་གི་རྒྱལ་སྲུངས་དང་ནུས་མེད་བཅས་ཡ་ང་སྙིང་རྗེ་མེད་པའི་སྒོ་ནས་ཐེར་འདོན་དང་དེ་འདྲའི་སྨུག་ཐྲོ་བའི་སྲིད་དབང་གི་ནག་ཉེས་ལ་ཁོང་ཁྲོ་དགག་རྒྱག་བྱས་ཡོད་ཅིང་ཡང་།

རྒྱལ་རྩེ་ལྷ་ཡག་ཞོལ་དུ། །
ཕྱི་གླིང་སེར་བྱས་ཁེངས་སོང་། །
དེ་འདྲའི་སྐྱོ་སྣང་མཐོང་དུས། །
བསགས་པའི་ནོར་གྱིས་གང་ཡོང་། །
འཇམ་པོའི་བལ་ལས་བཟོས་པའི། །
ཕུར་རྗོ་ཚུ་མིག་དགུ་སྒྲིལ། །
ཚུ་མིག་གཞུང་ནས་བརྒྱབ་པས། །
དབྱིན་ཇིའི་སྣ་ལ་ཐེབས་སོང་། །

ལྷ་བུའི་གཞས་ནི་རང་གི་མི་རིགས་ཀྱི་ལ་རྒྱལ་དང་བདག་དབང་བཙོམ་པར་བྱེད་པའི་བཙན་རྒྱལ་རིང་ལུགས་ཀྱི་རྣམ་སེམས་དང་ནག་ཉེས་ཐེར་འདོན་བཙན་རྒྱལ་པར་ངོ་རྒོལ་མཐའ་གཅིག་ཏུ་བྱེད་པའི་ངལ་རྩོལ་པའི་སྙིང་སྟོབས་དང་རྒྱལ་

གཅེས་ཀྱི་བསམ་བློ་མཚོན་པ་ཞིག་ཡིན། ཟླུར་ཟ་ཐེར་འདོན་གྱི་དུས་བསྟུན་ཆབ་སྲིད་ཀྱི་གཞས་འདིས་གཅིག་ནས་དུས་སྐབས་དེ་དང་དེའི་དབང་བསྒྱུར་པ་དང་སྲིད་དབང་གི་རྡུལ་སྲུངས་ཐེར་འདོན་དང་། གཉིས་ནས་ངལ་རྩོལ་མི་དམངས་ཀྱི་ཆབ་སྲིད་ཀོ་རྟོགས་མཐོར་འདེགས། སྲིད་དབང་ངན་པར་ངོ་རྒོལ་བྱེད་པའི་བསམ་བློ་རྒྱ་བསྐྱེད་ཐུབ་སྟབས་དེའི་གསར་རྩོམ་དང་ཁྱབ་ཁྱོན་གང་སར་ཆབ་སྲིད་ཀྱི་བཀག་རྒྱ་ཆེན་པོ་ཡོད་པ་ཡིན།

ཡིད་སྨོན་བསྟོད་བསྔགས་ཀྱི་དུས་བསྟུན་ཆབ་སྲིད་ཀྱི་གཞས། དེ་ནི་མི་རིགས་ཀྱི་འཕེལ་རྒྱས་ལ་ཕན་ནུས་ཐོན་པའི་ཆབ་སྲིད་ཀྱི་དོན་ཆེན་དང་མི་དམངས་ཀྱི་དཔལ་འབྱོར་དང་ཁེ་དབང་ལ་སྲུང་སྐྱོབ་བྱེད་པའི་ཆབ་སྲིད་ཀྱི་རྣམ་པ་བཟང་པོ། ལྷབས་ཆེན་གྱི་ཆབ་སྲིད་མི་སྣའི་མཛད་སྒྲུབ་སོགས་ལ་ཡིད་སྨོན་དང་བསྟོད་བསྔགས་བྱེད་པའི་གཞས་ཀྱི་རིགས་ཤིག་ཡིན། དཔེར་ན།

སྤྲིན་ནག་ཕྱོགས་བཞིར་གཏོར་ནས། །
ཉངས་གསལ་ཉི་མ་ཤར་སོང་། །
ཟིང་འཁྲུག་སྙིང་འཛུགས་བཏང་ནས། །
དམངས་གཙོའི་བཅོས་བསྒྱུར་ཚུགས་སོང་། །
དཔྱིད་ཀྱི་དཔལ་ཡོན་ཤར་འདུག །
མེ་ཏོག་འཛུམ་མདངས་རྒྱས་སོང་། །
དམངས་གཙོའི་བཅོས་བསྒྱུར་བྱས་ནས། །
མི་དམངས་བདེ་ལ་འཁོད་སོང་། །
བོད་ལ་བཅིངས་འགྲོལ་ཐོབ་ནས། །
སྐྱིད་ཚུར་ཟམ་ཆེན་བཙུགས་སོང་། །
བཤད་ཟླུར་ཨ་མ་རྒྱུགས་པའི། །
ཁ་ལ་ཀུ་རུ་བརྒྱབ་སོང་། །

ལྷ་བུ་མང་ཚོགས་ཀྱི་ཁེ་ཕན་སྐྱོང་ཐུབ་པའི་དུས་བབས་བཟང་པོར་སེམས་གཏིང་ནས་བསྟོད་བསྔགས་བྱས་ཡོད་པ་དང་གཞན་ཡང་མེས་རྒྱལ་གསེར་གྱི་རི་ལ། མི་དམངས་ཐང་དཀར་རྒོད་པོ། ཐང་དཀར་རྒོད་པོའི་གློ་གཏད། གསེར་གྱི་རི་ལ་བཙལ་ཡོད། ལྷ་བུར་ཡང་དག་གི་སྲིད་དབང་ལ་ཡིད་ཆེས་དང་རྒྱབ་སྐྱོར་བྱེད་པའི་ངལ་རྩོལ་མི་དམངས་ཀྱི་བསམ་བློ་དེ་མཚོན་པར་བྱས་ཡོད།

རང་རྒྱལ་གྱི་དུས་བསྟུན་ཚབ་སྲིད་ཀྱི་གནས་འདི་བཅིངས་འགྲོལ་མ་ཐོབ་སྔོན་དུ་བྱུང་བའི་སྲོལ་རྒྱུན་གནས་དང་བཅིངས་འགྲོལ་ཐོབ་རྗེས་བྱུང་བའི་གནས་གསར་གཉིས་ལས་གྲུབ་པ་ཞིག་ཡིན་ཞིང་སྤྱིར་ལུས་ཚད་ཐུང་ལ་བརྗོད་ཚིག་སྟབས་བདེ་དང་སྙིང་བསྡུས་ཅན་གྱི་ཁྱད་ཆོས་ལྡན་པ་གཅིག་མཚུངས་སོད། འོན་ཀྱང་དེ་ལས་སྲོལ་རྒྱུན་གནས་ནི་ཁ་གཏད་གྲལ་རིམ་གྱི་བྱ་ངན་སྤྱོད་ངན་ལ་ཟུར་ཟ་དང་དབང་བསྒྱུར་པའི་གདུག་རྩུབ་ཐེར་འདོན་བྱེད་པ་སྙིང་པོར་འཛིན་པས་དེར་མི་དམངས་ཀྱི་ཁོང་ཁྲོ་དང་ཡིད་མ་རངས་པའི་བསམ་བློ་མངོན་གསལ་དོད་པོ་ལྡན་པ་དང་གནས་གསར་ནི་མི་དམངས་ལ་བཅིངས་འགྲོལ་ཐོབ་པ་དང་མི་དམངས་རྒྱལ་ཁབ་ཀྱི་བདག་པོར་གྱུར་པའི་རྣམ་པ་བཟང་པོ་དེ་འདྲའི་འོག་གསར་རྩོམ་བྱས་པ་ཞིག་ཡིན་པས་དེའི་རྩ་བའི་བརྗོད་དོན་ནི་ཏང་དང་རྒྱལ་ཁབ་ལ་བསྟོད་བསྔགས་དང་བདེ་སྐྱིད་འཚོ་བར་དགའ་བསུ་བྱེད་པ་དེ་ཡིན་ནོ།

ལྔ། ཁྱིམ་གནས།

ཁྱིམ་གནས་ནི་ལོ་ཆུང་ཁྱིམ་པའི་ལོ་ཚོད་དང་སེམས་ཁམས། བློ་རིག ཡིད་ཀྱི་དང་བ་བཅས་དང་འཚམས་པར་གསར་རྩོམ་བྱས་པའི་དམངས་ཁྲོད་ཀྱི་ཁྱིམ་པའི་གླུ་གཞས་ཤིག་ཡིན།

མི་སུ་དང་སུ་ཡིན་ནའང་རང་གི་ལོ་ཚོད་དེར་དབང་བའི་བསམ་བློའི་རྒྱགས་ཕྱེ་ཞིག་ཡོད་དགོས་ཤིང་བསམ་བློའི་རྒྱགས་ཕྱེ་དེར་བརྟེན་ནས་འཚོ་བའི་

སྒྲོ་སྐྱང་དང་འཚོ་བའི་སྙིང་པོ་འཚོལ་གྱི་ཡོད་པས་བྱིས་པའི་ངོས་ནས་བཤད་ན་བྱིས་གཞས་ནི་ཁོང་ཚོའི་བསམ་པའི་རྒྱུགས་ཟློ་ལེགས་ཤོས་ཤིག་ཡིན། ད་ལྟ་བྱིས་གཞས་ལ་སྐྱང་མེད་མཐོང་ཆུང་བྱེད་པའི་སྲོལ་ཞིག་དར་ཡོད་པ་འདི་ནི་གཅིག་ནས་བྱིས་གཞས་ཀྱི་དགོས་ངེས་རང་བཞིན་ལ་ཡང་དག་པའི་ལྟ་བ་མེད་པ་དང་གཉིས་ནས་དེའི་ཕན་ནུས་ལ་བསམ་གཞིག་མ་བྱས་པའི་རྐྱེན་གྱིས་ཡིན། བྱིས་གཞས་ཞེས་པ་དོན་དུ་བྱིས་པ་རང་གིས་ཡོངས་སུ་གསར་རྩོམ་བྱས་པ་ཞིག་མ་ཡིན་པར་འཚོ་བའི་ཉམས་མྱོང་ཕུན་སུམ་ཚོགས་ལ་དགེ་སྡིག་བླང་དོར་ཤེས་པའི་ངལ་རྩོལ་པ་རྣམ་གྲས་ཀྱིས་ཐུན་མོང་དུ་གསར་རྩོམ་བྱས་པ་ཞིག་ཡིན་སྐབས་དོན་དངོས་འཚོ་བའི་ཁྲོད་དུ་ལོ་ཆུང་བྱིས་པའི་བློ་རིག་རྒྱ་བསྐྱེད་དང་སྐབས་བདེའི་འཚོ་བའི་ཉམས་མྱོང་ཤེས་རྟོགས། དགེ་སྡིག་བླང་དོར་དབྱེ་འབྱེད། རོལ་རྩེད་འཚོ་བ་ཕུན་སུམ་ཚོགས་པ་བཅས་ལ་ཕན་ཐོགས་ཆེན་པོ་ཡོད་ཅིང་ལྷག་པར་དུ་བོད་ཀྱི་གཏམ་དཔེར། མི་ཞིག་བྱུང་ན་ཆུང་ནས་བྱུང་། །རྟ་ཞིག་བྱུང་ན་རྟེའུ་ནས་བྱུང་། །ཞེས་པ་ལྟར་བྱིས་པའི་དུས་སྐབས་ནི་མི་ཞིག་གི་འཇིག་རྟེན་ལྟ་བ་དང་མི་ཚེའི་ལྟ་བ་གྲུབ་པའི་གལ་ཆེའི་གནས་སྐབས་ཤིག་ཡིན་པས་སྨིན་བྲལ་གྱི་བསམ་བློའི་ཁྱད་ཆོས་ལྡན་པའི་བྱིས་གཞས་ཀྱིས་ཁོང་ཚོར་བག་ཆགས་ཇི་ཙམ་འཇུག་པ་ནི་དེ་བས་བརྗོད་མི་དགོས་པ་ཡིན།

བྱིས་གཞས་གསར་རྩོམ་བྱེད་པའི་ཚེ་སྐབས་འགར་བྱིས་པའི་རོལ་རྩེད་ལ་གཙོ་བོར་དམིགས་པས་རོལ་རྩེད་ཀྱི་བྱིས་གཞས་བྱུང་བ་དང་སྐབས་འགར་རོལ་རྩེད་ཀྱི་ནང་དུ་སློབ་གསོ་དང་ཤེས་བྱའི་ཁྱད་ཆོས་ཐོན་པར་གཙོ་བོར་དམིགས་པས་བསླབ་བྱའི་བྱིས་གཞས་བྱུང་བས་གཤམ་དུ་དེ་གཉིས་རགས་བསྡུས་ཀྱི་བརྗོད་པར་བྱའོ། །

རོལ་རྩེད་ཀྱི་བྱིས་གཞས། དེ་ནི་གཞས་ཀྱི་བསམ་བློའི་རང་བཞིན་དང་ནང་དོན་ལ་དེ་ཙམ་གྱི་གཙིགས་ཆེར་མི་འཛིན་པར་བྱིས་པའི་རོལ་རྩེད་ལ་རོགས་

ཟླ་དང་རྩེད་མོའི་སྤྲོ་བ་འཕེལ་བར་བྱེད་པའི་རོལ་རྩེད་རང་བཞིན་ཅན་ཞིག་ཡིན། དེ་ལ་ཡང་བྱིས་པའི་རྩེད་མོའི་ཁྱད་ཆོས་ལ་བསྟུན་ནས་བྱིས་པའི་མཉམ་གཞས་དང་རྐྱང་གཞས། དྲི་བ་དྲིས་ལན་གྱི་གཞས་སོགས་རྣམ་པ་མང་པོ་ཡོད་པ་དཔེར་ན།

སྤྲོ་བོ་རྗེའུ་ཀོང་། ནང་ལ་འཛུལ་དུས། རྐྱང་དཀར་གཅིག་བྱུས།

སྤྲོ་བོ་རྗེའུ་ཀོང་། ནང་ལ་འཛུལ་དུས། རྐྱང་དཀར་གཉིས་བྱུས།……ལྷ་བུའི་གཞས་ནི་གཙང་ཁུལ་དུ་བྱིས་པ་གསུམ་བཞི་མཉམ་དུ་རྐྱང་དཀར་བརྒྱབ་པ་ཞེས་པའི་རྩེད་མོ་བྱེད་པའི་སྐབས་མཉམ་དུ་གཏོང་ལེན་བྱེད་ཅིང་གཞས་དེས་བྱིས་པ་ཚོའི་བློ་རྩེ་རྩེད་མོ་དེར་གཅིག་ཏུ་གནས་ཐུབ་པར་མ་ཟད་གྲངས་རྩིས་ཀྱི་ནུས་པ་ཐོན་པ་དང་རྐྱང་དཀར་ཇི་ཙམ་བརྒྱབ་ཐུབ་ན་གཞས་དེ་དེ་ཙམ་བཏང་ན་འགྲིག་པས་རང་དབང་ཆེ་བ་གྲངས་ཙམ་ལས་གཞན་གྱི་ཚིག་ལྷུག་སྒྱུར་ཁོ་ན་ཡིན་པས་ངེས་བདེ་བ་ཞིག་དང་གཞན་ཡང་འགྲོག་མོ་ཐག་གཅོད་ཕྱུག་ཕེབས་གནང་བྱུང་། ག་ནས་ཕེབས་པ། དཔལ་ལྷུན་གཞུང་ནས། ག་རེ་གནང་ཀ། གླ་རྩི་ཉོས་ཀ། ལྷ་བུ་དང་ད་དུང་། སྙིང་ལ་བྱ་ཕོ་ཚ་ལུ་ཡོད་དམ། འོག་ལ་གཡང་དཀར་མ་མོ་ཡོད་དམ། སྙིང་ལ་བྱ་ཕོ་ཚ་ལུ་ཡོད་དོ། འོག་ཏུ་གཡང་དཀར་མ་མོ་ཡོད་དོ། རྒྱབ་ནས་རྒྱབ་འཐག་འཐེན་མཁན་ཡོད་དམ། མདུན་ནས་སྣ་ལོང་དཀྱིལ་མཁན་ཡོད་དམ། རྒྱབ་ནས་རྒྱབ་ཐག་འཐེན་མཁན་མེད་དོ། མདུན་ནས་སྣ་ལོང་དཀྱིལ་མཁན་ཡོད་དོ། །སོགས་ནི་རོལ་རྩེད་ཀྱི་སྐབས་བྱིས་པ་རྣམས་ཕྱོགས་གཉིས་སུ་བྱས་ནས་གཅིག་གིས་དྲི་བའི་ཚིག་རྣམས་གཞས་སུ་བླངས་ནས་གཏོང་བར་བྱེད་ལ་ཅིག་ཤོས་ཀྱིས་དྲིས་ལན་གྱི་ཚིག་རྣམས་གཞས་སུ་བླངས་ནས་གཏོང་བའི་དྲི་བ་དྲིས་ལན་གྱི་གཞས་ཡིན་པ་དང་གཞས་དེའི་ནང་དུ་མི་མིང་གནས་མིང་དངོས་པོའི་མིང་ལ་སོགས་པ་དྲིས་ལན་དུ་བྱས་པ་ཤིན་ཏུ་མང་བ་ཡིན།

རོལ་རྩེད་ཀྱི་བྱིས་གཞས་ནི་རྩེད་མོ་དང་སྦྲགས་ནས་གཏོང་ལེན་བྱེད་པ་དང་གཞས་ཚིག་ཁ་གསལ་ལ་ངེས་བདེ་བ། གཅོད་མཚམས་རང་དབང་ཆེ་བ། རྩེད་མོའི་ཁྱད་ཆོས་ཤུགས་ཆེར་ལྡན་པ་ཞིག་ཡིན་སྟབས་བྱིས་པ་རྣམས་ཀྱི་ལྷག་པར་དགའ་པོ་བྱེད་དོ།

བསླབ་བྱའི་བྱིས་གཞས། དེ་ནི་བྱིས་པ་རྣམས་ལ་གཞས་གཏོང་ལེན་གྱི་ཁྲོད་བསམ་བློ་ཀུན་སྤྱོད་ཀྱི་སློབ་གསོ་ཡོང་བར་དམིགས་པ་ཞིག་སྟེ་དེས་ཁོང་ཚོའི་གཤིས་སྤྱོད་གང་སར་སློབ་གསོ་དང་མཛུབ་སྟོན། འཚོ་བའི་ཤེས་བྱ་ཕུན་སུམ་ཚོགས་སུ་འགྲོ་བར་ཕན་ནུས་ཆེན་པོ་ཐོན་ཐུབ། ད་ཡོད་ཀྱི་བྱིས་གཞས་ལ་བལྟས་ན་དེའི་ནང་དོན་ལ་མི་བཟང་ལས་བཟང་ལ་བསྟོད་བསྔགས། དཀའ་སྤྱད་འབད་བརྩོན་དང་གཞན་ཕན་རོགས་རམ་གྱི་དགེ་མཚན། སྤྱོད་ལུགས་གཤིས་ངན་ལ་འཕྱ་སྨོད། སྐབས་བདེའི་འཚོ་བའི་ཤེས་བྱ་སོགས་བརྗོད་པ་མང་ཞིང་གོང་བཀོད་རོལ་རྩེད་བྱིས་གཞས་དང་བསྡུར་ན་བསམ་བློ་དང་ནང་དོན་ཐད་ལ་གཟབ་ནན་དང་དོ་སྣང་ངེས་ཅན་བྱས་ཡོད། དཔེར་ན་བོད་མི་རིགས་ཀྱི་གོམས་གཤིས་ནང་བཞུགས་གྲལ་དང་མི་མང་ཚོགས་པའི་ཁྲོད་དུ་སྣང་མེད་ཀྱིས་རྐུབ་དྲི་བཏང་ན་ཏ་ཅང་གི་མ་རབས་དང་ངོ་ཚ་དགོས་པའི་སྐྱེས་བུ་ཐ་ཤལ་ཞིག་ལ་ངོས་འཛིན་པས་བྱིས་གཞས་རྐུབ་དྲི་སུས་བཏང་མ་བཏང་དྲི་ངན་ལ་འཁོར། བུ་ཆན་ཅན་གྱི་ཨ་ཁུ་སྟོན་པ་སིའུ་ལིའུ་ཁྲུག ཅེས་པ་ཆུང་བྱིས་པ་རྣམས་ཀྱིས་གཏོང་ལེན་བྱས་པས་ཡ་རབས་དང་འཚོ་བའི་གོམས་གཤིས་རང་བཞིན་ངང་གིས་ཤེས་པ་ལྷ་བུའོ། །

མི་རིགས་སོ་སོའི་ཀུན་སྤྱོད་ལྟ་བ་དང་མཛེས་དཔྱོད་ལྟ་བ་དེ་བཞིན་སྐད་ཡིག་དང་འཚོ་བའི་གོམས་གཤིས་མི་འདྲ་བའི་རྐྱེན་གྱིས་བྱིས་གཞས་ལ་ནང་དོན་དང་སྒྱུ་རྩལ་འདྲ་མིན་སྣ་ཚོགས་ཡོད་མོད། འོན་ཏེ་ཚང་མར་ཐུན་མོང་གི་ཁྱད་ཆོས་འགའ་ཡོད་པ་སྟེ་བྱིས་གཞས་གང་དང་གང་ཡིན་ནའི་དེའི་བསམ་བློའི་ནང་

དོན་ཤིན་ཏུ་གཏིང་ཟབ་པ་དང་གོ་དཀའ་བ་ཞིག་མ་ཡིན་པར་ཕྱིས་པའི་བློ་དང་འཚམས་པར་གནས་པ་དང་གཉིས་ནས་རྩོམ་ལུས་རིང་ཐུང་འཚམས་ལ་བརྗོད་ཚིག་ཁ་གསལ་གོ་བདེ་གསུམ་ནས་མཚོན་ཐབས་ཐད་ངེས་པར་ཕྱིས་པའི་དང་བ་འདྲེན་ནུས་པ་དང་གཏོང་ལེན་སླ་བ་ཞིག་གོ།

གསུམ་པ། དམངས་གཞས་ཀྱི་ཁྱད་ཆོས།

ལོ་རྒྱུས་ཧ་ཅང་རིང་བའི་རྩོམ་རིག་གི་རྣམ་པ་འདི་ནི་དམངས་རྩོམ་དང་རྩོམ་པ་པོའི་རྩོམ་རིག་སྤྱིའི་ཁུངས་དང་གཞི་ལྟ་བུ་ཡིན་ཞིང་དེ་ལས་བྱུང་བའི་ནང་དོན་དང་གསར་རྩོམ་གྱི་ཐབས་ཤེས་སྒྱུ་རྩལ་མཚོན་ཐབས་བཅས་ཀྱིས་ཕྱིས་བྱུང་རྩོམ་རིག་མང་པོར་ཕན་པ་རྒྱ་ཆེར་བསྐྱུན་ཡོད།

དམངས་གཞས་དང་དམངས་གཞས་འཕེལ་རྒྱས་ཀྱི་ལོ་རྒྱུས་ལ་བལྟས་ན་བརྗོད་དོན་རྒྱ་ཆེ་བའི་དམངས་གཞས་འདི་ནི་ངལ་རྩོལ་མི་དམངས་ཀྱི་བློ་གྲོས་ལས་བྱུང་བ་ཞིག་ཡིན་པ་དང་དེར་ངལ་རྩོལ་ལ་དགའ་ཞེན་དང་ཀུན་བཀུར་གཞོན་གཅེས། བརྩེ་དུང་ལ་ལྷག་བསམ། དབང་བསྒྱུར་ལ་ངོ་རྒོལ་བྱེད་པའི་ཡར་ཐོན་དང་སྨྱོན་བྲལ་གྱི་བསམ་བློའི་ཁྱད་ཆོས་ལྡན་པ་མ་ཟད་སྒྱུ་རྩལ་ཐད་རང་ལ་འཚམས་པའི་ཁྱད་ཆོས་འགའ་ཡོད་པ་སྟེ།

གཅིག རྩོམ་ལུས་ཀྱི་ཁྱད་ཆོས། དམངས་གཞས་ཀྱི་རྩོམ་ལུས་སྤྱིར་ཚིགས་བཅད་ཁོ་ནར་ངེས་མེད་འོན་ཏེ། ཚིག་རྐང་མང་ཉུང་དང་ཚིག་ཁྲིམ་མང་ཉུང་གཅིག་མཚུངས་ཤིག་མ་ཡིན་པར་ནང་དོན་དང་ས་གནས་སོ་སོའི་དམངས་གཞས་གསར་རྩོམ་གྱི་ཁྱད་པར་ལས་འགའ་རེ་དཔེར་ན།

མཛོ་དང་མཛོ་མོ་སྤྲེལ་ནས། །
ཞུར་སྒྲ་འདི་འདྲ་ཡོད་ན། །

མཛོ་ལ་ཡ་ཞིག་བྱུང་ན། །

ས་གཞི་ཨུར་སྒྲས་ཁེངས་པ། །

ཞྭ་བྲུ་ཚིག་རྐང་བཞིའི་ནང་གཞས་ཀྱི་ནང་དོན་ཧྲིལ་པོ་རྫོགས་པར་བྱས་པ་དང་འགའ་རེ་ཚིག་རྐང་ལྔ་དྲུག་བདུན་ལ་སོགས་པའི་ནང་གཞས་ཀྱི་ནང་དོན་ཧྲིལ་པོ་རྫོགས་པར་བྱས་པས་ཚིག་རྐང་མང་ཉུང་སྣ་ཚོགས་པ་དང་དེ་བཞིན་ཚིག་ཁྲིམ་ཐད་རྒྱུན་དུ་མཐོང་ཆེ་བའི་ཚིག་ཁྲིམ་དྲུག་ཅན་ཕུད།

རི་བྲུར་མཐོ་ན་དགའ་ལེ་རེད། །

རི་བྲུར་དམའ་ན་དགའ་ལེ་མིན། །

ཆུ་མགོ་དྭངས་བ་དགའ་ལེ་རེད། །

གླུ་བདུད་མང་ན་དགའ་ལེ་མིན། །

ཞྭ་བྲུ་བདུན་ཅན་དང་།

རི་མཐོན་པོ་གཅིག་དང་མཐོན་པོ་གཉིས། །

རི་མཐོན་པོ་པད་མ་ཡང་སྙིང་རེད། །

རི་དེ་ལ་དུག་རྩ་མ་སྐྱེས་ཤིག །

བྱ་རི་དྭགས་ཐམས་ཅད་དེ་ལ་འཁོར། །

ཞྭ་བྲུ་བརྒྱད་ཅན་གཞན་ཡང་དགུ་དང་བཅུ་ལ་སོགས་པ་མང་ཉུང་མི་གཅིག་པ་དུ་མ་ཡོད་ཅིང་ཚིགས་བཅད་གཅིག་གི་ཚིག་རྐང་སོ་སོའི་ཚིག་ཁྲིམ་ལའང་མང་ཉུང་སྣ་ཚོགས་ཡོད་པས་དམངས་གཞས་ཀྱི་རྩོམ་ལུས་ནི་འགྱུར་བ་དང་གསོན་ཤུགས་ལྡན་པ་ཞིག་གོ།

གཉིས། གཞས་གདངས་དང་འབྲེལ་བའི་གཅོད་མཚམས་ཀྱི་ཁྱད་ཆོས།

གཞས་ཚིག་གང་འདྲ་ཞིག་ཡིན་ནའང་དོན་དངོས་གཞས་གདངས་དང་སྦྱོར་སྐབས་ཚིག་གི་གཅོད་མཚམས་ལ་མི་འདྲ་བ་མང་བས་འདིར་རྒྱུན་མཐོང་འགའ་དཔེར་བརྗོད་ན་ཚིག་ཁྲིམ་དྲུག་ཅན་གྱི་གཞས་ཚིག་དཔེར་ན།

བུ་མོས་བཀུགས་པའི་མཆོད་ཆང་། །
སྒྲུང་སྐྱིའི་ཉིང་ཁུ་མིན་ཡང་། །
ཐུགས་སེམས་མཆོན་པའི་མཆོད་ཆང་། །
གསུམ་སྒྲོན་མཉེས་དག་གནང་དང་།

ཞྭ་བུ་× × × × × × ཚིག་ཁྲིམ་གཉིས་རེར་གཅོད་མཚམས་རེ་འཇོག་པ་དང་ཚིག་ཁྲིམ་བདུན་ཅན་གྱི་གཞས་ཚིག་ཁ་དེ་ཀོང་ཀོང་ལབ་དོང་འདུ། ས་དེ་རོང་རོང་ལབ་བཤད་འདུ། དེ་འདྲའི་ཨ་ཅེའི་སྐྱུང་ཤས་ལ། ལབ་དོང་ལབ་ཤད་བཅམ་ནས་ཡོང་། ཞྭ་བུ་× × × × × × × ཐོན་གྱི་ཚིག་ཁྲིམ་དྲུག་གཉིས་རེར་བཅད་ཅིང་མཐའ་མ་རྐྱང་པར་བྱས་པ་དང་ཚིག་ཁྲིམ་བརྒྱད་ཅན་གྱི་གཞས་ཚིག་མཚོ་ཐོན་མོ་ཡོན་ཆབ་འཁྲིགས་འདྲ་གདའ། བྱ་ངང་པ་མི་འབབ་ཡ་མཚན་རེད། རི་མཐོ་མཐོ་རྐེད་པ་ཉག་ཉག་རེད། བྱ་འབབ་འདོད་གཤོག་པ་ཐེབ་ཐེབ་རེད། ཞྭ་བུ་× × × × × × × × ཐོན་མ་དང་མཐའ་མ་སོ་སོར་བཅད་པ་དང་གཞན་རྣམས་གཉིས་རེར་བཅད་པ། ཚིག་རྐང་དགུ་ཅན་གྱི་གཞས་ཚིག་ལུང་པ་ཆེ་ས་གཅིག་ནས་ཆུང་ས་གཉིས། དུང་གི་ཏ་ཕོ་བཞོན་ནས་ཡོང་བ་ཡིན། དུང་གི་ཏ་ཕོ་བསམ་ནས་བཞོན་པ་མིན། འགྲོས་དང་གོམ་པ་བསམ་ནས་བཞོན་པ་ཡིན། ཞྭ་བུ་× × × × × × × × × སྔ་མ་རྣམས་གཉིས་རེར་བཅད་པ་དང་མཐའ་མ་རྐྱང་པར་བྱས་པ་ལྷག་པར་དུ་འགྲོག་པའི་གཞས་ནང་ཚིགས་བཅད་གཅིག་ལ་ཚིག་ཁྲིམ་བདུན་ཅན་དང་བརྒྱད་ཅན་འདྲེས་མར་ཡོད་པ་མང་བས་དེ་རྣམས་ཀྱི་བཅད་མཚམས་ནི་× × × × × × × × × × × × × × × འདི་ཞྭ་བུ་ཡིན། གཅོད་མཚམས་ཀྱི་ཁྱད་ཆོས་དེ་དག་ལ་གཞིག་ནས་མི་རིགས་དང་ས་གནས་སོ་སོའི་དམངས་གཞས་གསར་རྩོམ་གཏོང་ལེན་གྱི་ཆོས་ཉིད་རགས་ཙམ་ཤེས་ཐུབ་པོ།

གསུམ་པ་སྨྲ་རྩལ་མཚོན་ཐབས་ཀྱི་ཁྱད་ཆོས། དམངས་གཞས་ནི་དོན་དངོས་རིང་ལུགས་ཀྱི་གསར་རྩོམ་གྱི་ཐབས་ཤེས་གཙོ་བོར་བྱས་པ་ཞིག་ཡིན་ལ་དེར་བསམ་བློའི་རང་བཞིན་ཤུགས་ཆེར་ལྡན་པ་མ་ཟད་སྨྲ་རྩལ་མཚོན་ཐབས་ཀྱང་ཕུན་སུམ་ཚོགས་པོ་ཡོད། ཚད་འདས་ཀྱི་འུད་སྒྲོག་ནི་དམངས་གཞས་ནང་རྟག་ཏུ་མཐོང་རྒྱུ་ཡོད་པའི་སྨྲ་རྩལ་གྱི་མཚོན་ཐབས་ཤིག་ཡིན། མཚོན་ཐབས་དེས་དོན་དངོས་ལ་ཚད་མཐོའི་ཕྱོགས་བསྡུས་ཐུབ་པ་དཔེར་ན།

ལས་ལ་ཨར་པོ་བརྒྱུགས་ནས། །
རྐོ་ལ་སྐམ་སོབ་བཟས་ཡོད། །
སྐམ་སོབ་བཟས་པའི་ལུས་པོ། །
བྱ་ཕོའི་སྒྲོ་ལས་ཡང་བ། །
ཉི་མ་གནམ་ལ་ཤར་ཚད། །
དཔོན་པོའི་འུ་ལག་རྒྱུག་དགོས། །
རྐོ་རྒོས་གནམ་ནས་བབས་ཀྱང་། །
པང་ག་བཟེད་ཡོང་མི་འདུག །

ལྟ་བུའི་ནང་དུ་དམངས་གཞས་གསར་རྩོམ་པ་ངལ་རྩོལ་མི་དམངས་ཀྱིས་ཚད་ལས་འདས་པའི་འུད་སྒྲོག་གི་མཚོན་ཐབས་བེད་སྤྱད་ནས་རང་གི་བདེ་སྡུག་གི་འཚོ་བ་དང་སྤྱི་ཚོགས་ཀྱི་ངོ་བོ་འབུར་ཐོན་དང་ཚད་མཐོའི་ཕྱོགས་བསྡུས་བྱས་པ་དང་དེ་བཞིན་འདྲ་ཆགས་ཀྱི་དཔེ་དང་མངོན་གསལ་དོད་པའི་གཟུགས་བརྙན་བཀོད་པའི་མཚོན་ཐབས་ཀྱིས་རང་གི་བསམ་བློའི་བརྩེ་དུང་དང་ཕ་རོལ་གྱི་ཁྱད་གཤིས་རྗེན་པར་མངོན་པར་བྱས་པ་དཔེར་ན།

བྱམས་པ་དང་པོ་ཐུག་དུས། །
ཡར་ངོའི་ཟླ་དང་འདྲ་བྱུང་། །
ཐུག་ནས་ཡུན་རིང་སོང་དུས། །

མར་ཛོའི་གླུ་བཞིན་ཉམས་སོང་། །

ལྷ་བུའི་གཞས་ནང་འདྲ་ཆགས་ལ་མངོན་གསལ་དོད་པའི་དཔེ་གཟུགས་ཡར་ཛོའི་གླུ་དང་མར་ཛོའི་གླུ་ཞེས་པ་བཀོད་ནས་ཆོས་དེའི་ཁྱད་གཤིས་འབུར་མངོན་བྱས་ཡོད་ ཅིང་ དམངས་ གཞས་ ཀྱི་ རྗོད་ ཚིག་ ནི་ དེ་ བས་ བབ་ ཆགས་ དང་ སྙིང་བསྡུས་ཁ་གསལ་ཞིག་ཡིན་པ་སྟེ་དཔེར་ན།

ཨ་ཁུ་བཙིངས་འགྲོལ་དམག་མིས། །

ང་ཚོའི་ནང་ལ་ཕེབས་དུས། །

ཨ་མར་རོགས་རམ་གནང་སྟེ། །

ཆུ་ལེན་གད་བདར་གནང་གིས། །

དང་པོ་ནང་ནས་ཐོན་དུས། །

གང་ཡང་བསམ་པ་མ་བྱུང་། །

ལ་མོ་གཅིག་བརྒྱབ་གཉིས་བརྒྱབ། །

དྲིན་ཆེན་ཕ་མ་དྲན་བྱུང་། །

ལྷ་བུའི་གཞས་ཀྱི་ནང་རྒྱན་ལ་ཆེར་དམིགས་ཀྱི་བརྗོད་ཚིག་དང་མངོན་བརྗོད་སོགས་ཀྱི་ཕུང་པོ་ཞིག་མེད་པར་རྒྱུན་གཏན་འཚོ་བའི་སྐད་ཆའི་སྙིང་པོ་བསྡུས་ནས་དམངས་ལ་གཅེས་པའི་བཅིངས་འགྲོལ་དམག་གི་གཟུགས་བརྙན་གསོན་ཉམས་ལྡན་པ་དང་ཕ་མ་དང་ཐག་རིང་དུ་འགྲོ་བའི་བུ་ཕྲུག་གི་བསམ་བློའི་ཁྱད་པར་འདྲ་མིན་ལེགས་པར་བཀོད་འཕྲི་ཐུབ་ཡོད།

མདོར་ན་དམངས་གཞས་ནི་རྒྱ་ཆེ་བའི་ངལ་རྩོལ་མི་དམངས་ཀྱི་འཚོ་བ་དང་བསམ་བློ་སྒྱུ་རྩལ་གྱི་དང་བ་བཅས་ལས་བྱུང་བ་དང་དེ་དག་གི་ཕྱོགས་བསྡུས་ཀྱི་ཕུང་པོ་ཞིག་ཡིན་པས་དེའི་ཁྱད་ཆོས་ཡོངས་སུ་རྫོགས་པ་བརྗོད་དཀའ་བ་ལགས་སོ།

བསམ་གཞིག་འདྲི་བཞི།

1. དམངས་གཞས་ཀྱི་གོ་དོན་གང་ཡིན།
2. ཆང་གཞས་ལ་ཁྱད་ཆོས་གང་འདུག།
3. དུས་བསྟུན་སྲིད་གཞས་ལ་ནུས་པ་ཅི་ཡོད།
4. དམངས་གཞས་ལ་ཁྱད་ཆོས་གཙོ་ཆེ་བ་གང་དང་གང་ཡོད།

ས་བཅད་ལྔ་པ། དམངས་ཁྲོད་གཏམ་དཔེ།

དང་པོ། དམངས་ཁྲོད་གཏམ་དཔེའི་གོ་དོན་སྐོར།

གཏམ་དཔེ་ནི་རྒྱ་ཆེ་བའི་ངལ་རྩོལ་མི་དམངས་ཀྱིས་རྒྱུན་རིང་བའི་ཐོན་སྐྱེད་ངལ་རྩོལ་དང་རང་བྱུང་འཐབ་རྩོད། འཚོ་བའི་འཕོ་འགྱུར་ནང་གསར་རྩོམ་བྱས་པའི་སྐབས་བདེ་ལ་སྙིང་བསྡུས་ཀྱི་རྩོམ་རིག་གི་རྣམ་པ་ཞིག་ཡིན།

སྤྱིར་དམངས་ཁྲོད་ཀྱི་གཏམ་དཔེ་ཕལ་ཆེ་བ་བརྗོད་དུམ་རེ་གཉིས་ལས་གྲུབ་པས་རྩོམ་ལུས་ཐད་ཤིན་ཏུ་ཐུང་བ་ཡིན་ནའང་དེས་ཀུན་སྤྱོད་ཐད་ཀྱི་བླང་དོར་དང་འཚོ་བ་དང་ཐོན་སྐྱེད་ཐད་ཀྱི་ཉམས་མྱོང་། ཕྱི་རོལ་དངོས་པོའི་ཆོས་ཉིད་ལ་སོགས་པར་གནས་ལ་ཐིག་པའི་ཞིབ་དཔྱད་དང་སྒྲུ་རྩལ་གྱི་ཚད་མཐོའི་ཐུགས་བསྡུས་བྱས་པ་མ་ཟད་རྒྱུན་གཏན་འཚོ་བའི་ཁྲོད་དུ་མི་རྣམས་ཀྱི་བརྗོད་འདོད་གང་ཡིན་ཁ་གསལ་དང་ནུས་ཅན་ནན་ངེས་ཐུབ་པར་དམིགས་བསལ་གྱི་ནུས་པ་ཐོན་པས་གཏམ་དཔེ་ནི་དམངས་ཁྲོད་རྩོམ་རིག་ནང་བསམ་བློའི་ནང་དོན་གཏིང་ཟབ་དང་གཏམ་གླེང་མཛེས་པར་བྱེད་པའི་ཁྱད་ཆོས་ཤུགས་ཆེར་ལྡན་པ་ཞིག་ཡིན།

མི་རིགས་མང་པོས་གཏམ་གྱི་ཉིང་ཁུ་དང་མཆོག་ཏུ་འཛིན་པའི་རྩོམ་རིག་འདིའི་འཕེལ་རྒྱས་ཀྱི་ལོ་རྒྱུས་ནི་ཏ་ཅང་རིང་བ་སྟེ་རྒྱ་རིགས་ཀྱི་དམངས་ཁྲོད་རྩོམ་རིག་ཞིབ་འཇུག་པ་ཚོས་རྒྱའི་གཏམ་དཔེར་མ་མཐར་ལོ་ངོ་སུམ་སྟོང་གི་ལོ་རྒྱུས་ཡོད་པ་དང་སྤྱི་ཚོགས་འཕེལ་རྒྱས་དང་སྤྲུགས་སྤར་མེད་གསར་རྩོམ་དང་སྙིགས་དོར་གྱིས་འཕེལ་རྒྱས་ཕྱིན་པར་བཤད་ཅིང་སྔོས་སུ་རང་ཅག་བོད་ཀྱི་

གཏམ་དཔེར་དཔྱད་ན་དེ་ནི་ཆེས་གནའ་བོའི་དུས་སུ་བྱུང་བར་གོར་མ་ཆག དེ་ཡང་ཡིག་ཐོག་ཙུང་འཁོད་ཐུ་བར་མངོན་པའི་ཏུན་ཧོང་ཡིག་རྙིང་ཁྲོད་ཀྱི་སུམ་པའི་གཏམ་དཔེར་རྗེ་སྐམ་པོ་ཡང་ནི་མི་ལས་ལེན་ནོ། མགྲོགས་བཙུ་རུ་ཡང་བརྒྱལ་(བསྐྱལ་)མ་ལྷགས་ཀྱིས་བགྱིའོ། དཔའ་བའི་རྒྱ་གང་ནི་ཤེས་ཀྱིས་མིས་འཇིགས་ལ། འཇངས་པའི་དྲན་སྐྱུར་ནི་ཤེས་པས་སྐྱེ་འདྲིས་སོ། འཇངས་འཇམ་ཆེ་གྱིས་བཀོལ་ན་ནི་ཕ་གོལ་དང་མཚུངས། ངན་གཏུམ་བསྐྲགས་ན་ནི་བྱམས་དྲིན་ཆེན་ཡང་དགྲར་གྱུར་རོ། ལྷ་བུ་མི་ཆོས་མཆོན་པ་དང་། ཚིག་བཏད་ལེགས་ན་ནི་སྲིད་ཀྱི་ཡུ་བ་ལ། ཁ་སླས་ཉེས་ནི་བདུད་ཀྱི་སྐོ་མོའོ། མ་འཛངས་བུ་འཛངས་ན་ནི་གསེར་ལ་གཡུ་སྤྲ་ལ། མ་ངན་བུ་ངན་ན་ནི་ཁང་རུལ་དུ་ལུད་ཕྱུངས་པ་དང་འདྲའོ། ཕ་བས་བུ་འཛངས་ནི་ཕྱང་ལ་སྐྱེ་ཐར་བ་བཞིན་ལ། ཕ་བས་བུ་ངན་ན་ནི་མཚལ་རྒྱུས་དེད་པ་དང་འདྲའོ། ལྷ་བུ་ཁྲིམ་སྐྱོང་སྐོར་མིས་ཕྱུག་པོ་ལ་ནི་དབང་པོ་ནོར་དད་ཙན་གྱིས་ཕུང་ལ། མི་འཛངས་པ་ནི་ངན་པ་ཕྲག་དོག་ཅན་གྱིས་བརྣག་འོ། མི་མ་འདྲིས་ན་ནི་རྐོད་ཀྱང་དགྲའི་ཚུལ་ལ། ཡུལ་མ་འདྲིས་ན་ནི་ཉིན་ཡང་མཚན་དང་མཚུངས་སོ། འབྲོག་ལྟོག་སྤྲ་གུ་ནི་ནམ་ལངས་སུ་དགའ་ལ། སྲིན་བྱ་འུག་པ་མུན་སྲོས་སུ་སྨོན་འོ། ལྷ་བུ་སྦྱི་ཚོགས་ཀྱི་སྣང་ཚུལ་མཚོན་པའི་གཏམ་དཔེ་ཚན་པ་སུམ་ཅུ་ལྷག་ཙམ་དང་ཕུ་བོས་ནུ་བོར་གདམས་པའི་མདོ་ཡི་ནང་ཡ་རབས་ནི་དྲིན་གྱིས་བཀོལད་མ་རབས་ནི་ནན་ཐུར་གྱིས་བཀོལད། འཛངས་པ་གཅིག་ཡོད་ན་ངན་པ་བརྒྱའི་སྲིད་ཟིན་ནོ། ཆེ་བ་ནི་བདུད་དང་ཉེའོ། ཕྱུག་པོ་ནི་དགྲ་དང་ཉེའོ། རྒྱང་མ་སྤྱུག་གུ་ནི་བཙལ་དུ་རྙེད་ཀྱི། བུ་ངན་པ་ནི་བཟེར་མེད་དོ། །ལྷ་བུ་མང་དུ་ཡོད་པ་དེ་བཞིན་དུ་བོད་ཀྱི་སློན་པོ་མགར་ཁྲི་འབྲིང་བཙན་བྲོད་དང་རྒྱ་འི་སློན་པོ་འོང་ཀེར་ཞང་ཤེ་གཉིས་ཁ་དོར་གྱིས་འགྲུའ་བའི་ཚིག་ཞེས་པའི་ནང་གླད་པ་ཚད་བླངས་སྟེ་ཞྭར་དྲུབས། རྐང་པ་ལ་ཚད་བླངས་སྟེ་ལྷམ་དུ་དྲུབས། མགྲིམ་བྲ་མོར་ཤོང་ན། སྟ་

ཆེད་པོར་ཞུགས་ཀྱང་། ཕྱིའུ་མང་མང་ཁྲ་ཚིག་གི་ཉོད་པའ། ཉེ་འུ་མང་མང་ཡང་སྲམ་ཚིག་གི་ཉོད་པ། ཐང་ཤིང་ལོ་བརྒྱར་སྐྱིད་པ་ཡང་། སྔ་རེ་གཅིག་གི་དགྲ་འོ། རྩ་མང་པོ་ལ་ཟྲོར་བ་གཅིག་གིས་གཅོད་པ། གཡག་ཆེན་པོ་ལ་མདའ་ཕྲ་མོས་འཕངས། སྒོ་ང་ཆུང་ངུ་རི་ཆེན་པོའི་ལྗིད་ཀྱིས་མནན། ཁྱི་རི་ཀ་ན་འབའར་བ་ཆུ་ལུང་པ་ན་འབབ་པས་གསད་དུ་ཕྱི་སླེབ་ལྟ་བུ་གཏམ་དཔེ་ཚན་པ་དུ་མ་དང་བཙན་པོ་སློན་མཚན་དང་སློན་ཀོལ་མཆེད་གཉིས་ཀྱིས་མྱུང་ཚེ་དང་དབའས་དབྱི་ཚབ་དང་དབའས་ཁྱེས་སྣང་དང་། དབའས་ཕུ་ཚབ་དང་། མནོན་འདྲོན་པོ་དང་ཆོས་པོང་ནག་སེང་དྲུག་བྲོ་རྩལ་པའི་ཚིག་ནང་རྗེ་བདེན་ཀྱིས་བཀོལ་ཧོ་སྣ་བདེན་ཀྱིས་བསྣད་དོ། ཞེས་བྱུང་བ་ལྟ་བུ་ཡིག་ཐོག་ཏུ་འཁོད་པ་དང་ཆེད་མངགས་ཕྱོགས་བསྒྲིག་བྱས་པ་དེ་ཁོ་ནར་ཡང་ལོ་ངོ་སྟོང་ཕྲག་གི་ལོ་རྒྱུས་ཡོད་པས་ང་ཚོས་བོད་ཀྱི་གཏམ་དཔེའི་ལོ་རྒྱུས་དེ་ཡང་མི་རིགས་གཞན་གྱི་གཏམ་དཔེའི་ལོ་རྒྱུས་ཀྱི་རིང་ཚད་དང་ཡོངས་སུ་མཚུངས་པའམ་དེ་ལས་ལྷགས་པའི་མཐོ་ཚད་ཅིག་ཏུ་བཞག་ཆོག

བོད་ཀྱི་གནའ་རབས་ཀྱི་གཏམ་དཔེའི་རྒྱུ་རྒྱུན་དེའི་ཐོག་རྗེས་ཀྱི་དུས་རབས་ནང་བོད་འདིར་མཁས་པའི་མཆོག་གྱུར་ས་པཎ་གྱིས་གཙོས་རྩོམ་པ་པོ་གྲགས་ཅན་དུ་མ་ཞིག་ཐོན་ཞིང་ཁོང་རྣམ་པས་རང་གི་ཕྱག་རྩོམ་དཔེར་ན《ས་སྐྱ་ལེགས་བཤད་》《དགེ་ལྡན་ལེགས་བཤད་》《ཆུ་ཤིང་བསྟན་བཅོས་》《བྱ་སྤྲེལ་གཏམ་རྒྱུད་》《རྫ་ཅིག་གཏམ་རྒྱུད་》ལ་སོགས་པའི་ནང་དམངས་ཁྲོད་ཀྱི་གཏམ་དཔེ་རྒྱ་ཁྱབ་ཏུ་བེད་སྤྱོད་དང་བཅོས་སྒྲིག ལྷག་པར་དུ་ཕྱི་ཚོགས་འཚོ་བའི་ཁྲོད་ཆོས་ལུགས་མི་སྣས་གཏམ་དཔེ་ལ་བརྟེན་ནས་ཆོས་ཀྱི་དོན་ཟབ་མོ་གོ་བར་བྱས་པ་དང་བསམ་བློ་མཁས་པས་གཏམ་དཔེ་ལ་བརྟེན་ནས་རང་གི་ལྟ་བ་ངོ་སྤྲོད། འཇིག་རྟེན་རྒན་པོས་གཏམ་དཔེར་བརྟེན་ནས་འཇིག་རྟེན་གྱི་སྐྱོང་ལུགས། མང་ཚོགས་བར་གྱི་ཀྲོད་དང་རྩོད་གཞི་གཏམ་དཔེར་བརྟེན་ནས་ཐག

གཙོད་མདོར་ན་གཏམ་དཔེ་ནི་བོད་མི་རིགས་ཀྱི་འཚོ་བ་དང་ཁ་བྲལ་དུ་མི་རུང་བར་གྱུར་པ་དེས་བོད་ཀྱི་གཏམ་དཔེའི་འཕེལ་རྒྱས་ལ་གསོན་ཤུགས་གསར་པ་ཞིག་སྟེར་བས་ད་ལྟའི་དུས་འདིར་དོན་རེར་དཔེ་རེ་ཟེར་བའི་ཚད་དུ་སླེབས་པ་ཡིན་ནོ། །

ལོ་རྒྱུས་ཡུན་རིང་པའི་རྩོམ་རིག་འདིའི་ངོ་བོའམ་གོ་དོན་ཐད་སྙིང་བསྡུས་ཀྱི་བརྗོད་པར་བརྟེན་ནས་གྲལ་རིམ་འཐབ་རྩོད་དང་ཐོན་སྐྱེད་འཐབ་རྩོད་དེ་བཞིན་སྤྱི་ཚོགས་ཀྱི་འཚོ་བའི་ཉམས་མྱོང་ཕྱོགས་བསྡོམ་བྱས་པའི་སྐད་ཆའི་སྒྱུ་རྩལ་མཆོག་ཏུ་གྱུར་པ་ཞིག་ཡིན། ཟེར་བ་དང་མི་རྣམས་ཀྱི་དོན་དངོས་ཉམས་མྱོང་གི་འབྲས་བུ་དག་ཆེས་སྙན་པའི་བརྗོད་པར་བརྟེན་ནས་མཚོན་ཞིང་རྒྱུན་གཏན་འཚོ་བའི་གཏམ་གླེང་ནང་བེད་སྤྱད་ལ་མི་རྣམས་ཀྱི་བྱ་འགུལ་དང་སྨྲ་བརྗོད་ལ་ཚད་བཀག་བྱེད་པ་ཞིག་ཟེར་བ་དོན་རེར་དཔེ་རེ་དཔེ་དོན་གཅུ་ཁ་སྒྲུར། ཞེས་པ་སོགས་ཀྱིས་རྩོམ་རིག་རྣམ་པ་འདི་ནི་མི་རྣམས་ཀྱི་བརྗོད་འདོད་ཀྱི་དོན་གང་ཡིན་གཏམ་དང་དེ་མཚོན་པའམ་གོ་བར་བྱེད་པ་ཞིག་ལ་དཔེར་གསུངས་པས་གཏམ་དཔེ་ནི་རྗོད་འདོད་ཀྱི་དོན་མཚོན་པར་བྱེད་པའི་དཔེའི་བརྗོད་པ་ཞིག་ལ་ངོས་འཛིན་པ་མང་ལ་དེ་དག་ཐམས་ཅད་ཀྱིས་གཏམ་དཔེ་ནི་སྐད་ཆའི་སྒྱུ་རྩལ་རྐྱང་དུ་བྱུང་བ་ཞིག་དང་སྤྱི་ཚོགས་ཀྱི་འཚོ་བ་དངོས་ལ་ཕྱོགས་བསྡོམས་བྱས་པའི་སྙིང་པོ་བརྗོད་བྱར་བྱས་པ་ཞིག་ཡིན་པར་བསྟན་པ་མཚུངས་པས་ང་ཚོས་གཏམ་དཔེའི་གོ་དོན་ལ་སྟབས་བདེ་ལ་སྙིང་བསྡུས་ཀྱི་བརྗོད་པར་བརྟེན་ནས་སྤྱི་ཚོགས་ཀྱི་འཚོ་བ་དང་ཕྱི་རོལ་དངོས་པོའི་ཡང་དག་གི་ཆོས་ཉིད་དང་བདེན་པ་སྟོན་པའི་དམངས་ཁྲོད་ཀྱི་སྙན་རྩོམ་ཐུང་གྲས་ཚན་རིག་དང་གཏན་ཚིགས་རང་བཞིན་ཤུགས་ཆེར་ལྡན་པ་ཞིག་ཡིན། ཞེས་འཛོག་ན་འགྲིག་པ་སྟེ་ཊཱ་བས་ཆེན་གྱི་སློབ་དཔོན་ལེ་ཉིན་གྱིས་གཏམ་དཔེས་ཆེས་མཐོའི་གནས་འཁེལ་གྱིས་བྱ་དངོས་ཀྱི་རྙོག་འཛིང་ཆེ་བའི་ངོ་བོ་དེ་སྟོན་པར་བྱེད་ཀྱི་ཡོད་ཅེས་

གསུངས་པས་སོ། །

གཉིས་པ། དམངས་ཁྲོད་གཏམ་དཔེའི་དབྱེ་བ།

དམངས་ཁྲོད་དུ་ས་ཁྱབ་རྗེ་ཁྱབ་ཏུ་གནས་པའི་རྩོམ་རིག་གི་རྣམ་པ་འདི་ནི་སྐབས་བདེ་དང་ལུས་ཐུང་ཞིག་ཡིན་ནའང་ནང་དོན་ཏ་ཅང་རྒྱ་ཆེ་བ་དང་གསར་རྩོམ་གྱི་རྒྱུ་ཆ་ཡངས་པ། སྒྱུ་རྩལ་མཚོན་ཐབས་དང་དེ་བཞིན་གནས་དུས་ཀྱི་ཁྱད་པར་མང་བ་བཅས་ཀྱིས་དེར་མཐའ་གཅིག་ཏུ་ངེས་པའི་དབྱེ་བ་བྱ་ཐབས་བྲལ་ལ་འདིར་ང་ཚོས་གཏམ་དཔེའི་བརྗོད་དོན་ཆ་ཞིར་བཟུང་ནས། མི་ཆོས་སྐོར་གྱི་གཏམ་དཔེ། འཚོ་བའི་སྐོར་གྱི་གཏམ་དཔེ། སྤྱི་ཚོགས་ཀྱི་སྣང་ཚུལ་མཚོན་པའི་གཏམ་དཔེ། རང་བྱུང་གི་སྣང་ཚུལ་མཚོན་པའི་གཏམ་དཔེ། ཐོན་སྐྱེད་སྐོར་གྱི་གཏམ་དཔེ་བཅས་དབྱེ་བ་ལྔར་ཕྱེ་ནས་བརྗོད་དོ།

གཅིག མི་ཆོས་སྐོར་གྱི་གཏམ་དཔེ།

དེ་ནི་ཀུན་སྤྱོད་དང་བདེན་རྫུན་ལྷ་བ་སོགས་མི་རྣམས་ཀྱི་བསམ་བློ་འདུ་ཤེས་ལ་དམིགས་ནས་མི་ཆོས་ཀྱི་གནས་སྟོན་ལ་བསླབ་འདོམས་རང་བཞིན་ངེས་ཅན་ལྡན་པའི་དམངས་ཁྲོད་ཀྱི་གཏམ་དཔེ་དག་ལ་ཟེར་བ་ཡིན།

མི་ཆོས་སྐོར་གྱི་གཏམ་དཔེ་འདི་ནི་དམངས་ཁྲོད་ཀྱི་གཏམ་དཔེའི་ནང་གྲངས་ཚད་མང་ཤོས་ཤིག་ཡིན་ཞིང་དེས་མི་ཆོས་ཀྱི་རྩ་བའི་གནས་ལུགས་མང་པོར་ཚད་མཐོའི་ཕྱོགས་བསྡུས་བྱས་ཡོད་པ་དཔེར་ན་ས་འབུར་སྣང་ལ་ཆུ་མི་འཁྱིལ། །ཁེངས་དྲེགས་ཅན་ལ་ཡོན་ཏན་མི་འཛགས། །ལྷ་བུ་ལྡོག་ཕྱོགས་ནས་སྐྱེས་བུ་གང་འདྲ་ཞིག་ལ་ཤེས་བྱ་ཡོན་ཏན་མི་བྱུང་བ་བསྟན་ཅིང་དེ་ལས་ཤེས་བྱ་ཡོན་ཏན་ཐོབ་པར་ངེས་པར་དུ་ཁེངས་དྲེགས་སྤྲང་དགོས་པའི་མི་ཆོས་ཀྱི་རྩ་

བའི་གནས་ལུགས་དེ་གཏམ་རྙོག་དང་རྒྱུས་བཤད་མེད་པར་ཚིག་རྐང་གཉིས་ནང་བསྟན་པ་དང་།

གཏམ་འདོད་ཅན་ལ་ཡོན་ཏན་མེད། །
སེམས་ཆུང་ཅན་ལ་ཡོན་ཏན་ཡོད། །
རི་མཐོ་ན་ཁ་བ་དབྱར་ཡང་འབབ། །
ས་དམའ་ན་ལྗང་པ་དགུན་ཡང་སྐྱེ། །
མེད་པ་གང་ཡིན་གཏམ་འདོད་ཆེ། །
སྙེ་མ་སྟོང་པ་མགོ་འཕྱངས་མཐོ།

ལྷ་བུ་དགག་སྒྲུབ་ཀྱིས་ཡོན་ཏན་ལྡན་དང་མི་ལྡན་པའི་ཁྱད་པར་དང་ཡོན་ཏན་ལྡན་པར་ཐོག་མར་སེམས་ཆུང་ཁེངས་སྐྱུངས་དགོས་པའི་གནས་དམ་པ་དེ་གནས་འཁེལ་གྱིས་བསྟན་པ།

ང་རྒྱལ་ཕྲག་དོག་ཆེ་བ་དེས། །
རང་དོན་མི་འགྲུབ་གཞན་སེམས་སྒྲིབ། །
ཀུན་དཀྲུག་གྱོད་ཀྱི་གཞི་མ། །
སྐྱུག་རྫུན་ཚག་སྒྲོའི་འབྱུང་རྩ། །

ལྷ་བུས་ང་རྒྱལ་ཕྲག་དོག་ཕྲ་མ་རྫུན་ལ་སོགས་པའི་ལུས་ངག་ཡིད་གསུམ་གྱི་ཉེས་པ་རྣམས་ཆེས་བསྡུས་ལ་སྙན་པའི་གཏམ་གྱི་ནང་ཁ་གསལ་དང་གནས་འཁེལ་གྱིས་བརྗོད་ཅིང་མི་རྣམས་ལ་བླང་དོར་གྱི་གནས་གོ་བར་བྱས་པ་དང་།

རང་སྐལ་རྗེ་ཡིན་ཀྱང་མུར། །
གཞན་སྐལ་གསེར་ཡིན་ཀྱང་སྤྲོད། །
རང་གི་སེམས་ལ་ལྷད་མེད་ན། །
ཆོས་རྒྱལ་ལ་ཡང་སྒྲག་མི་དགོས། །

ལྷ་བུར་གཞན་རྒྱུར་ཏམ་སེམས་མེད་པ་དང་ལྷད་མེད་དྲང་པོའི་སེམས་ལ་ཕན་

ཡོན་གཞལ་དཀའ་བ་ཡོད་པའི་གནས་ལུགས་བསྟན་ཅིང་མདོར་ན་གོང་བཀོད་དེ་དག་ལས་སེམས་ཆུང་བྱས་དང་མ་བྱས་དང་དྲང་བདེན་བྱས་དང་མ་བྱས་ཀྱི་ཁྱད་པར་ལས་བྱུང་བའི་འབྲས་བུའི་ཁྱད་པར་དག་ཤིན་ཏུ་སླན་ལ་བསྟུས་པའི་གཏམ་གྱིས་བསྟན་ཡོད། ཡང་།

ཁྲིལ་དང་ཟོ་ཚ་བོར་ནས་གསོན་པ་ལས། །
བག་ཡོད་རྩུལ་ལྡན་ངང་དུ་ཤི་བ་དཀའ། །
གདོང་པར་ཁྲག་མེད་པའི་གཉེན་ལས། །
ཟོ་ཚ་ཁྲིལ་ཡོད་པའི་དགྲ་དཀའ། །

ལྷ་བུ་སྤྱོད་པའི་ཁྱད་པར་གཉིས་ཕན་ཚུན་བསྡུར་བའི་ཐོག་ནས་འཚོ་ན་ཧི་ལྷར་འཚོ་དང་དགྲ་གཉེན་གང་ལ་བྱེད་ཀྱི་གནས་དེ་བསྟན་པ་དང་།

མི་ཡུལ་ལ་སློ་དཀར་ན། །
དམྱལ་བའི་འཕྲང་ལ་ཞེད་དགོས་མེད། །
ཕར་བླ་མ་དཀོན་མཆོག་བྱས་ན། །
ཚུར་ལ་དོན་དང་བྱ་བ་སྒྲུབ། །

ལྷ་བུར་གཞན་ཕན་རྩུལ་ལྡན་གྱི་སྤྱོད་པ་ལས་རང་ལ་ཕན་པ་སྟེར་བའི་གནས་དེ་གོ་བར་བྱས་པ་དང་།

ཡ་རབས་མ་རབས་སྤྱོད་པའི་ཁྱད། །
སྤྱོད་པ་ཉམས་ན་གྲགས་པ་ཉམས། །
རྒྱུ་ལ་མི་ལྷ་མི་ལ་ལྟོས། །
ཁ་ལ་མི་ལྟ་སྤྱོད་པར་ལྟོས། །
ཡ་རབས་རྒྱུན་དུ་ཁིག་པ་ཡངས། །
མ་རབས་རྒྱུན་དུ་ཁིག་པ་གནག །

ལྷ་བུར་མིའི་ཡག་ཉེས་ཀྱི་ཁྱད་པར་སོགས་གང་ལ་བྱེད་དགོས་མིན་བསྟུས་ལ་

གནས་འཁེལ་གྱི་གཏམ་ཐུང་དེ་དག་གིས་བསྟན་ཡོད། གཞན་ཡང་།

འོ་ཐག་ཆད་ནས་ཨ་མ་བཟེད། །
ཛ་ལན་རྒྱུ་འཛལ་བསམ་ཤེས་མེད་པའི་ཕོ་གསར་ལ། །
སེམས་བཟང་བསླབ་བྱ་ངན་ལ་གོ། །

ལྷ་བུར་བཀའ་དྲིན་ལ་བསམ་ཤེས་མི་ཐུབ་པའི་ཉེས་པ་བརྗོད་ནས་ཛ་ལན་རྒྱུ་ཡིན་ཀྱང་སྣ་ཧྲུ་མ་གཏོང་བར་བཀའ་དྲིན་ལ་ངེས་པར་བསམ་ཤེས་ཡོད་པར་བྱ་དགོས་པར་བསྟན་པ་དང་།

མང་པོ་གཅིག་ཏུ་བློ་མཐུན་ན། །
ཉམ་ཆུང་ཡིན་ཡང་དོན་ཆེན་སྒྲུབ། །
སྐྱིད་གངས་དཀར་ཆུ་ལ་མཉམ་འཐུང་དང་། །
སྡུག་ཀོ་ལོང་ཆུ་ལ་མཉམ་འཐུང་། །
 སྔོན་མོའི་ཆུ་ལ་འཐུང་རེས་དང་། །
དམར་པོའི་ཤ་ལ་ཟ་རེས། །

ལྷ་བུས་ཕན་ཚུན་མཐུན་སྒྲིལ་བྱེད་དགོས་པ་དང་མཐུན་སྒྲིལ་ལས་བྱུང་བའི་སྟོབས་ཤུགས་ནི་ཚད་འཛལ་དཀའ་བ་ཡིན་པ་བསྟན་པ་མདོར་ན་གོང་བཀོད་མི་ཆོས་སྐོར་གྱི་གཏམ་དཔེ་དག་ལས་མི་ཆོས་ཀྱི་ཁྱད་པར་སོ་སོའི་འབྲས་བུ་གང་ཡིན་པ་གནས་འཁེལ་ཕྱོགས་བསྡུས་ཀྱིས་བསྟན་ནས་བྱ་བ་བཟང་པོ་དང་ཤེས་བྱ་ཡོན་ཏན་ལ་བརྩོན་སེམས་གཞན་ཕན་གྱི་བསམ་བློ་བཅས་ངེས་པར་སྐྱོང་དགོས་པའི་སློབ་སྟོན་བྱས་ཡོད།

མི་ཆོས་སྐོར་གྱི་གཏམ་དཔེ་ནི་རྒྱུན་གཏན་འཚོ་བའི་ནང་སྤྱོད་གོ་ཤིན་ཏུ་ཆེ་བ་ཞིག་ཡིན་ཅིང་དེས་ལོ་རྒྱུས་ཀྱིས་དུས་ཡུན་རིང་པོའི་ནང་དུ་མི་རིགས་དེ་དང་དེའི་འཚོ་བའི་ཕྱོགས་གང་སར་བཀག་རྒྱ་དང་བྱ་སྤྱོད་ལ་བཟང་ངན་གྱི་དབྱེ་འབྱེད་ཀྱི་ནུས་པ་ཐོན་ཡོད་པས་དམངས་ཁྲོད་ཀྱི་ཁྲིམས་སྲོལ་ལྟ་བུ་ཞིག་ཏུ་གྱུར་

ཡོད་ཅིང་ལྷག་པར་དུ་མི་རིགས་གཅིག་གི་མི་ཚེའི་ལྟ་བ་དང་ཀུན་སྤྱོད་ཀྱི་ལྟ་བ་གང་འདྲ་ཞིག་ཏུ་ཁ་ཕྱོགས་མིན་ལ་དེ་བས་མཚུབ་འཁྲིད་ཀྱི་ནུས་པ་ལྡབས་ཆེན་ཐོན་པས་དམངས་རྩོམ་འདིར་རྩོམ་རིག་གི་རིན་ཐང་ཙམ་མ་ཟད་མི་རིགས་གཅིག་གི་བསམ་བློའི་འདུ་ཤེས་སམ། མཛེས་ཉེས། བདེན་རྫུན་སོགས་ཀུན་སྤྱོད་ཀྱི་ཁྲད་པར་གང་འདྲ་ཡིན་མིན་ཞིབ་འཇུག་བྱེད་པའི་རྒྱུ་ཆའི་རིན་ཐང་ཡང་ཤིན་ཏུ་ཆེན་པོ་ཡོད།

གཉིས། འཚོ་བའི་སྐོར་གྱི་གཏམ་དཔེ།

དེ་ནི་ཁྱིམ་སྐྱོང་ལ་སོགས་པའི་འཚོ་བའི་ཤེས་བྱ་དང་ཉམས་མྱོང་སྙིང་བསྡུས་ཀྱི་བརྗོད་པར་བརྟེན་ནས་མཚོན་པར་བྱས་པའི་དམངས་ཁྲོད་ཀྱི་གཏམ་དཔེ་དག་ལ་ཟེར་བ་ཡིན། འདི་ནི་རྒྱུན་གཏན་འཚོ་བ་དང་ཐད་ཀར་འབྲེལ་བ་ཡོད་པ་དང་རྒྱུན་གཏན་འཚོ་བར་ནན་ཏན་གྱིས་བསམ་གཞིག་བྱས་པའི་འབྲས་བུ་ཞིག་ཡིན་པས་འཚོ་བའི་ཆོས་ཉིད་དང་གནས་ལུགས་ཀྱི་བརྡར་ཤ་ཆོད་པའི་ཕྱོགས་བསྡོམས་ཤིག་ཡིན་ཞེས་བརྗོད་ནུས་ལ་འདིས་དོན་དངོས་འཚོ་བའི་ནང་དུ་ཟས་གོས་སྡོད་གསུམ། ཁྱིམ་སྐྱོང་འཕྲོད་བསྟེན་སོགས་ཐབས་ཇི་ལྟ་བུར་བརྟེན་ནས་ཉམས་སུ་ལེན་དགོས་མིན་གྱི་ཉམས་མྱོང་དང་ཤེས་བྱ་དག་བདེན་པའི་གཏན་ཚིགས་ཀྱིས་མི་རྣམས་ཀྱི་བརྒྱུད་དུ་འཛུགས་པར་བྱེད་ཀྱི་ཡོད། དེས་ན་འཚོ་བའི་སྐོར་གྱི་གཏམ་དཔེ་འདི་ནི་གཏམ་དང་བརྗོད་པ་མཛེས་པར་བྱེད་པ་ཙམ་ཞིག་མ་ཡིན་པར་འཚོ་བའི་ཉམས་མྱོང་དང་ཤེས་བྱ་སྟོན་པའི་སློབ་གཞི་མཆོག་ཏུ་གྱུར་པ་ཞིག་ཡིན། དེ་ཡང་དཔེར་ན།

ལ་འཕྲང་ཆུ་ལ་བལྟས་ནས་འགྲོ་ཆོད་དང་། །
ཟམ་པའི་ཐོན་ལ་བལྟས་ནས་ཟ་ཆོད། །
ཐོ་ཐ་མའི་ལྟོ་དེ་གཡག་ཉུའི་རྩ་ནས་ཟ། །

ཕོ་རབ་ཀྱི་སྐྱོ་དེ་གཡག་རུའི་རྩེ་ནས་ཟ། །
ཟ་མཁས་འབྲུང་མཁས་བྱས་ན། །
ཟ་འབྲུང་རྒྱུན་མི་ཆད། །
གོས་ལ་གྱོན་མཁས་བྱས་ན། །
གོན་རྒྱུ་རྒྱུན་མི་ཆད། །
ལྷམ་ཆུང་ཧ་ཕོ་ཡིན་ཟེ་ཆེ་ན་དགའ། །
མགོ་ཞྭ་གཉའ་གནོན་ཡིན་ཟེ་ཆུང་ན་དགའ། །
གནམ་གང་ལ་རྒྱས་དྲགས་ན། །
ཚོས་པ་གཅིག་ལ་ཆད་ཡོང་། །

ལྷ་བུ་ཟས་གོས་བཟོད་བྱར་བྱས་པའི་གཏམ་དཔེ་དེ་དག་གིས་ཟས་དང་གོས་བེད་སྤྱོད་ཇི་ལྟར་བྱ་དགོས་མིན་དང་ཇི་ལྟར་བྱས་ན་འོས་ཤིང་འཚམས་པ་ཡིན་པའི་འཚོ་བའི་རྒྱང་གཞིའི་ཤེས་བྱ་དང་གནས་ལུགས་དེ་ཤིན་ཏུ་འདྲ་ཆགས་ཀྱི་དཔེ་དོན་དང་ཆེས་མཛའི་ཕྱོགས་བསྡུས་ཀྱིས་བསྟན་པ་དང་།

མཛོ་བ་ནམ་མཁའི་བྱ་ལ་བྱ་རོགས་དགོས། །
དམའ་བ་ས་གཞིའི་འབུ་ལ་འབུ་རོགས་དགོས། །
འཛིག་རྟེན་མི་ལ་ཚེ་རོགས་དགོས། །
ཚེ་རོགས་མེད་ན་སྟོང་སྟོང་རེད། །

ལྷ་བུས་འཛིག་རྟེན་པར་ངེས་པར་བཟའ་ཚོ་གཏན་གྲོགས་དགོས་པའི་འཚོ་བའི་ཚོས་ཉིད་བསྟན་ལ།

ཕོ་སེམས་མོ་ལ་ཤོར་བ་དེ། །
སྤང་ལ་ཕུར་པ་བརྒྱབ་པ་འདྲ། །
མོ་སེམས་ཕོ་ལ་ཤོར་བ་དེ། །
གྱང་ལ་སྲུན་མ་གཏོར་བ་འདྲ། །

ཁ་འཛུམ་ངོ་འཛུམ་པགས་པའི་འཛིན་ཕྱོགས་རེད། །
དངོས་འབྲེལ་དགའ་མིན་སེམས་ཀྱི་གཏིང་ན་ཡོད། །
འཁོར་འདོད་ན་ཤ་བ་རི་ནས་འཁོར། །
ཐལ་འདོད་ན་མལ་སའི་ནང་ནས་ཐལ། །
མགོ་མ་ཚོས་སྐྱད་པ་མ་ལྷག་ཨང་། །
ལས་ཡོད་ལེའི་ཆུང་འདྲིས་མ་བཀག་ཨང་། །

ཤྭ་བུས་བརྩེ་དུང་དང་གཉེན་སྒྲིག་གི་གནས་ལུགས་བསྟན་པ།

གཡག་ གདང་ མགོས་ གདང་ ཚོད་ མ་ ཟིན་ ན། ། གདང་ གཞུག་
ཁེད་ པ་ འཁྱིག་ ལེ་ རེད། ཕས་ རྒྱུ་ གསོག མས་ ཁྲིམ་ འཛིན། །
ནང་བཀྲ་མ་ཤེས་ན། ཕྱི་དོན་མི་བསྒྲུབ། །

ཤྭ་བུ་ཁྲིམ་ གཞི་ སྐྱོང་ བའི་ གནས་ དམ་ པ་ རྣམས་ ཆེས་ བསྐུས་ ལ་ སྙན་ པའི་ བརྗོད་ པས་བསྟན་པ།

འབྱུང་བའི་འགྱུར་བ་ཚོད་དཔག་དཀའ། །
མི་ལ་བདེ་སྡུག་རྟོགས་པ་དཀའ། །
དཔྱིད་ཉི་རིང་པོ་གྲང་གསུམ་དྲོ་གསུམ། །
མི་ཚེ་རིང་པོ་སྐྱིད་གསུམ་སྡུག་གསུམ། །

ཤྭ་བུས་འཚོ་བ་ནི་རྟག་པ་འགྱུར་མེད་མ་ཡིན་པར་བདེ་སྡུག་སྤེལ་མར་བྱུང་བའི་གནས་ལུགས་བསྟན་པ།

མི་ལ་རེ་མི་དགོས་པ་དང་། །
ལ་ལ་རྒྱག་མི་དགོས་པ་མེད། །
མི་དེ་ལ་རེ་མི་དགོས་པ་དང་། །
ལམ་དེ་ལ་འགྲོ་མི་དགོས་པ་མེད། །

ཤྭ་བུས་སྤྱི་ཚོགས་ནང་རང་ཐུབ་ཀྱི་མི་ཞིག་འཚོ་ཐབས་བྲལ་བའི་གནས་དེ་བརྗོད་

ནས་མི་རྣམས་ལ་མི་དང་མི་བར་གྱི་འབྲེལ་བ་སྣ་ཚོགས་སྲུང་དགོས་པའི་སློབ་སྟོན་དང་ཁསམ་ངན་ཕྱི་ཐག་ཐུང་ལ་གྲོགས་མ་བྱེད། །

ཞི་སྡང་ཁ་འཇམ་ཅན་ལ་རང་ཟློན་གྱིས། །

ཚོད་མེད་པོ་ལ་གྲོས་མ་འདྲི། །

ཁ་མང་པོ་ལ་གཏམ་མ་སྨོད། །

ལྷ་བུས་མི་གང་ཞིག་འབྲེལ་བ་བྱེད་པའི་ཡུལ་ཡིན་པ་དང་ཐབས་གང་འདྲར་བརྟེན་ནས་འབྲེལ་བ་སྐྱོང་དགོས་པའི་གནས་བསྟན་པ།

ལུས་གཙང་སྒྲ་བྱས་ན་གཟུགས་ཁམས་བདེ། །

ཤ་ཞིམ་པོ་དགོས་ན་བཙོས་ནས་བཟོ། །

སྨན་དུ་དགོས་ན་འཁྱུགས་ནས་བཟོ། །

དུག་ཏུ་དགོས་ན་བསྲེགས་ནས་བཟོ། །

ཟ་ཨེ་ལོ་མི་ལོ་སྣ་ལ་སྟོམས། །

ལྷ་བུས་འཚོ་བའི་ནང་གི་འཕྲོད་བསྟེན་དང་བདེ་སྲུང་གི་དགོས་པ་དང་ཕན་ཡོན་བསྟན་ཡོད། མདོར་ན་འཚོ་བ་ལ་འདི་ཙམ་ཞེས་ཚད་བྱར་མེད་པས་འཚོ་བའི་གནས་ལུགས་དང་ཤེས་བྱར་ཡང་ཚད་འཛིན་ཏུ་མེད་ལ་དེས་འཚོ་བའི་སྐོར་གྱི་གཏམ་དཔེའི་བསྟན་དོན་ལའང་ཚད་བཀག་བྱ་ཐབས་བྲལ། འདིར་བཀོད་དཔེ་མཚོན་དག་ལ་བལྟས་ན་འཚོ་བའི་གཏམ་དཔེར་འཚོ་བའི་རྨང་གཞིའི་ཤེས་བྱ་ཡིན་ལ་མི་རྣམས་ཀྱིས་འཚོ་བའི་ཁྲོད་དུ་ནན་ཏན་དང་དོ་གལ་བྱེད་དགའ་བའི་གནད་དོན་དག་བརྗོད་བྱའི་གཙོ་བོར་བྱས་པ་དང་དེ་ཡང་བརྗོད་པ་བསྡུས་ལ་སྐྱན་པ་ཙམ་མ་ཟད། བདེན་རྫུན་བཟར་ཤ་གཅོད་པའི་གཏན་ཚིགས་དང་དངོས་གཙོ་སྒྲ་བའི་བསམ་བློའི་འོད་མདངས་འཕྲོ་བ་བཅས་ཀྱི་མཐོ་ཚད་ཅིག་ཏུ་སླེབས་ཡོད་དོ། །

གསུམ། སྒྲི་ཚིགས་ཀྱི་སྣང་ཚུལ་མཚོན་པའི་གཏམ་དཔེ།

དེ་ནི་དཔོན་དང་འབངས་བར་གྱི་འབྲེལ་བ་དང་གྲལ་རིམ་མི་འདྲ་བ་དང་དབུལ་ཕྱུག་མི་འདྲ་བའི་དབར་ཆབ་སྲིད་དང་དཔལ་འབྱོར་གྱི་ཁེ་དབང་འདྲ་མཉམ་ཡིན་མིན་སོགས་ཐུ་དར་དང་གསར་དར་གྱི་སྤྱི་ཚོགས་ཀྱི་སྣང་ཚུལ་སྣ་ཚོགས་བར་གྲུབ་པའི་འབྲེལ་བ་སྙིང་བསྡུས་ཀྱི་བརྗོད་པར་བརྟེན་ནས་མཚོན་པའི་དམངས་ཁྲོད་ཀྱི་གཏམ་དཔེ་ཆབ་སྲིད་ཀྱི་ངོ་བོ་ངེས་ཅན་ལྡན་པ་ཞིག་ཡིན།

གཏམ་དཔེ་འདི་རིགས་ནི་དོན་དངོས་སྤྱི་ཚོགས་ཀྱི་སྣང་ཚུལ་ལ་བརྟེན་ནས་བྱུང་བ་ཞིག་དང་སྤྱི་ཚོགས་འཚོ་བའི་ཕྱོགས་མང་ལ་དམིགས་པ་ཞིག་ཡིན་སྐབས་སྤྱི་ཚོགས་འཚོ་བའི་འཕེལ་ཕྱོགས་དང་གནས་སྟངས་ལ་ལྟ་རྟོགས་དང་ངོས་འཛིན་གྱི་ནུས་པ་ཐོན་ཡོད་པ་མ་ཟད། གྲལ་རིམ་བར་གྱི་བཙན་དབང་དང་ལུགས་མཐུན་མ་ཡིན་པའི་སྤྱི་ཚོགས་ཀྱི་སྣང་ཚུལ་ཐེར་འདོན་དང་བཀག་འགོག་ཐུབ་པར་ཕན་ནུས་དེ་བས་ཆེ་བ་ཐོན་ཡོད།

གཏམ་དཔེ་འདིས་སྤྱི་ཚོགས་ཀྱི་སྣང་ཚུལ་སྣ་མང་ལ་ལྟ་རྟོགས་ཐུབ་ཡོད་པ་སྟེ་དཔེར་ན།

སྤྱི་ལ་ཡོད་ན་སྒེར་ལ་ཡོད། །
རང་དོན་རྩ་ཡི་གྲིབ་མ་འདྲ། །
སྤྱི་དོན་མཐོན་པོའི་གནམ་དང་འདྲ། །
ཕོར་པ་ཆག་ན་སྒེར་ཆག་དང་། །
ཟ་རུ་ཆག་ན་སྤྱི་ཆག་ཡིན། །
ཤིང་གཅིག་གིས་ཁང་པ་མི་གྲུབ། །
མཛུབ་གཅིག་གིས་གནམ་མི་ཁེབས། །
ལུང་པ་ཆུས་འཁྱེར་ན། །
རྫོ་ལེབ་སྐམ་པོར་སྡོད་ཐབས་མེད། །

རྒྱ་མཚོ་སྐམ་ན་སྦལ་པ་ལས་ཀྱིས་ཤི། །

ལྷ་བུ་ཐུན་མོང་དང་སྙིར་གྱི་འབྲེལ་བ་བརྗོད་སྙིང་དུ་བྱས་ཤིང་དེ་དག་ལས་སྙིར་སྤྱི་གཉིས་གཅིག་ལ་གཅིག་བརྟེན་དང་སྙིར་གྱི་བདེ་སྡུག་མཐར་ཐུག་ན་ཐུན་མོང་གི་བདེ་སྡུག་ལ་རག་ལས་པའི་སྤྱི་ཚོགས་ཀྱི་ཆོས་ཉིད་དེ་གསལ་བར་བཤད་པ་དང་།

གདུང་མ་ཀ་བས་མ་བརྟེགས་ན། །
རྒྱལ་པོའི་ཕོ་བྲང་ག་ནས་ཕྱུང་། །
མཆོད་རྟེན་མཐོན་པོ་གང་ཡིན་ཡང་། །
དམའ་པོའི་ས་ནས་བཞེངས་པ་ཡིན། །
ཀ་ར་མེད་ན་གུར་མི་ཕུབ། །
འབངས་དང་བྲལ་ན་དོན་མི་གྲུབ། །
རྒྱལ་པོ་ཆགས་པར་འབངས་དང་། །
བྱ་ཆགས་པར་ཤིང་དགོས། །

ལྷ་བུས་དཔོན་བཙན་དཔའ་རྐོད་སུ་ཡིན་ཡང་མང་ཚོགས་དང་ཁ་བྲལ་ནས་གནས་ཐབས་མེད་པ་དང་མང་ཚོགས་དང་ཁ་བྲལ་ལམ་གཅིག་མཐུན་མ་བྱུང་ཚེ།

སེང་གེ་གངས་ལ་གནས་ན་སེང་གེ་ཡིན། །
སེང་གེ་གངས་དང་བྲལ་ན་སྒོ་ཁྱི་ཡིན། །

ཟེར་བ་ལས་མ་འདས་པ་བསྟན་ཞིང་དེ་བཞིན།

ཁྲམ་པ་དཔོན་གྱིས་བཤད་ན། །
དྲང་པོ་སུས་བྱེད། །
ཆུ་མགོ་ནས་རྙོག་ན། །
ཆུ་གཞུག་ལོས་རྙོག །
ཆུ་ཁ་མགོ་ནས་བརྙོགས་ན། །

ཆ་མཐུག་མི་དྭངས། །

ལྷ་བྲུས་དཔོན་དང་སྲིད་སྐྱོང་བས་ཚུལ་མིན་བྱ་སྤྱོད་འཛིན་ན་སྤྱི་ཚོགས་ཧྲིལ་པོར་འཁྲུག་ཟིང་བྱུང་བའི་དོན་དེ་བརྗོད་ནས་དཔོན་དང་སྲིད་སྐྱོང་པར་ངེས་པར་དུ་ཚུལ་ལྡན་དྲང་བདེན་གྱི་སྤྱོད་ཚུལ་ཡོད་དགོས་པའི་གལ་ཆེའི་རང་བཞིན་འབྲུར་ཐོན་བྱས་ཡོད།

ཁྲུང་ཁྲུང་གནམ་ལ་འཕུར་བར་ལམ་སྟེ་དང་། །
འབྲི་གཡག་ལམ་དུ་འགྲོ་བར་སྣ་པ། །

ལྷ་བྲུས་མང་ཚོགས་ལ་ངེས་པར་དུ་འགོ་འཁྲིད་ཡོད་དགོས་པ་དང་འགོ་འཁྲིད་དྲང་ན་ གཞན་ རྣམས་ ཤུགས་ ཀྱིས་ དྲང་ པོའི་ ལམ་ དུ་ འགྲོ་ བའི་ གནས་ ལུགས་བརྗོད་ནས་དཔོན་ནམ་འགོ་འཁྲིད་ཀྱི་གལ་ཆེའི་རང་བཞིན་མཚོན་པར་བྱས་པ་སོགས་གོང་འོག་འབྲེལ་བའི་སྐོར་གྱི་གཏམ་དཔེ་ཤིན་ཏུ་མང་ངོ་།

སྤྲང་པོའི་ཐོག་ལ་ཁྲི་ངན་བཙན། །
ཉམ་ཆུང་ཐོག་ལ་མི་ངན་སྙང་། །
སོ་མེད་ཟས་དང་ཁྲལ། །
ནོར་མེད་གཉེན་དང་ཁྲལ། །
རྒྱུ་མེད་ན་སྤྲང་པོའི་མཐོང་། །
སྙིང་རྗེ་མེད་ན་ཀླུ་ཀློའི་མཐོང་། །
ཏ་ཆུང་ལ་བཞོན་བདེ། །
མི་ཆུང་ལ་སྐུལ་བདེ། །
དབུལ་པོར་རྒྱུ་བྱུང་ན། །
ཕྱུག་པོར་གཉིད་མི་ཁུག །
གཡག་དབུ་ཡུ་ སྔོད་ས་གདང་མཐུག །
མི་ཉམ་ཆུང་སྔོད་ས་སྐོ་བརྒྱབ། །

ལྷ་བྲུ་དྲག་ཞན་དབྱུལ་ཕྱུག་ཁྱད་པར་གྱིས་ཉམ་ཆུང་ལ་བརྙས་བཅོས་མཐོང་ཆུང་བྱེད་པའི་སྤྱི་ཚོགས་ཀྱི་སྣང་ཚུལ་གསལ་མཚོན་དང་དེ་བཞིན་ལུགས་མིན་ཚུལ་མིན་གྱི་སྤྱི་ཚོགས་ཀྱི་སྣང་ཚུལ་ངན་པ་མཚོན་པའི་གཏམ་དཔེ་ནི་དེ་བས་རྫོ་ངར་ཆེ་བ་ཞིག་དང་གྲངས་འབོར་མང་བ་དཔེར་ན།

དཔོན་པོས་ཁང་པ་བསྲེགས་ཆོག་པར། །
མི་སེར་གྱིས་བཞུ་མར་སྤར་མི་ཆོག་པ། །
ཤུགས་ཆེན་གྱི་གྲི་ལ་རྡོ་མི་དགོས། །
དཔོན་ཆེན་གྱི་གཏམ་ལ་བདེན་མི་དགོས། །
བླ་མས་སྔོ་ང་བཞེས་པར་སྡིག་པ་མེད་པར། །
སྲུང་པོས་བྱ་ཤ་ཟ་བར་སྡིག་པ། །
བླ་མས་ར་བསད་ཆོག་ཀྱང་། །
ཉེ་གནས་ཀྱིས་རྒྱ་མ་བརྒྱངས་མི་ཆོག་པ། །

ལྷ་བུས་དབང་བསྒྱུར་གྲལ་རིམ་གྱིས་རང་སྣང་གང་དྲན་གྱིས་མང་ཚོགས་ལ་བཙན་པོའི་དབང་གནོན་ཇི་ལྟར་བྱ་བ་བསྟན་ལ།

སྟག་བོང་བུས་བརྒྱབ། །
ཆག་ཏ་ཡིས་བཟས། །
ཙི་ཙི་མང་པོའི་གསོག་འཇོག་དེ། །
གླང་པོ་ཆེ་ཡི་ཁ་གང་རེད། །
དཔོན་མངའ་ཐང་ཆེ་ན། །
གཡོག་སྡུག་ཐང་ཆད། །

ལྷ་བུས་མང་ཚོགས་ཀྱི་ངལ་རྩོལ་ལས་བྱུང་བའི་འབྲས་བུ་ཡོངས་རྫོགས་དབང་བསྒྱུར་པས་ལོངས་སུ་སྤྱོད་པ་དང་མི་དམངས་ལ་དཀའ་ངལ་བརྒྱབ་པའི་དབང་ཆ་ལས་འབྲས་བུ་སྤྱོད་པའི་དབང་ཆ་མེད་པའི་ལུགས་མཐུན་མ་ཡིན་པའི་སྤྱི་

ཚོགས་ཀྱི་སྣང་ཚུལ་དེ་གསལ་པོས་བཤད་ཡོད།

མི་དྲང་པོར་དཔོན་པོ་དང་། །
ཤིང་དྲང་པོ་རྒྱ་མ་བྱེད། །
རི་རབ་རྒྱ་མཚོ་དཔོན་ཆེན་གསུམ། །
གཡོ་འགྱུལ་མེད་པར་བརྟན་ན་དགའ། །
གཞན་ཁྲིམས་ཀྱིས་གནོན་པ་ལ། །
རང་ཁྲིམས་བཙན་དགོས། །

ལྷ་བུས་ནི་སྐྱེས་བུ་གང་ཞིག་འགོ་འཁྲིད་ལ་འོས་པ་དང་འགོ་འཁྲིད་ཀྱི་སྐྱེས་བུ་ཞིག་ལ་མ་མཐར་ཚ་རྐྱེན་གང་འཛོམས་དགོས་པ་བསྟན་ལ།

ཀུན་པོར་དཔའ་དར་མི་གཡོག །
དགྲ་ལ་ཇ་ཆང་མི་འདྲེན། །
ངན་པ་གསོས་ན་བཟང་པོ་རྡུང་པ་འདྲ། །
ཀུན་པོ་གསོས་ན་ཆོས་པ་གསོད་དང་འདྲ། །
ངན་པ་ཚར་མ་བཅད་ན། །
བཟང་པོ་སྐྱོབ་མི་འཕེལ། །
ཉེས་ཅན་རྒྱ་ཡན་དུ་མ་སོང་བ་དང་། །
ཉེས་མེད་ཉེས་ཁྲུངས་སུ་མ་ཚུད་པ། །

ལྷ་བུ་ཁྲིམས་ཀྱིས་ཚར་གཅོད་དགོས་པ་གང་དང་ཁྲིམས་ཀྱིས་སྲུང་དགོས་པ་གང་ཡིན་ཅི་མ་ལོག་པ་བྱུང་ན་སྤྱི་ཚོགས་ལ་ཕན་པ་ཆེ་བ་དང་དེ་ལས་ལྡོག་སྟེ་འདྲེ་ཤར་སྒོར་བཞག་ནས་གཏོར་མ་ནུབ་ལ་བསྐྱོལ་ན་ངན་པ་ཁ་སྐྲོལ་ནས་བཟང་པོའི་གཉའ་བཙག་པའི་སྲོལ་ཞིག་སྤྱི་ཚོགས་ཐོག་དར་རྒྱུ་བརྗོད་མེད་ཡིན་པ་བསྟན་ནས་སྲིད་སྐྱོང་གི་མ་མཐའི་གནས་ལུགས་ལ་ཚད་མཐོའི་ཕྱོགས་བསྡུས་བྱས་ཡོད། མདོར་ན་སྤྱི་ཚོགས་ཀྱི་སྣང་ཚུལ་མཚོན་པའི་གཏམ་དཔེ་ནི་ཕྱར་སོང་སྤྱི་ཚོགས་ཀྱི་

བྱུང་བར་ཕྱི་བལྟས་དང་དུ་ལྟའི་སྤྱི་ཚོགས་ཀྱི་སྣང་ཚུལ་ལ་དབྱེ་ཞིབ་བྱས་པའི་འབྲས་བུ་རྣམས་མཚོག་ཏུ་གྱུར་པའི་སྐད་ཆའི་སྒྱུ་རྩལ་གྱི་ཐབས་ལམ་ལ་བརྟེན་ནས་མི་རྣམས་ལ་བརྒྱུད་སྤྲོད་བྱས་པ་ཞིག་ཡིན་སྟབས་ནང་དོན་ཐད་བདེན་པའི་ཁྱད་ཆོས་དང་ཚན་རིག་རང་བཞིན་ཤུགས་ཆེ་བ་གང་ཞིག་འདྲ་མིན་སྣ་ཚོགས་པའི་སྤྱི་ཚོགས་ཀྱི་སྣང་ཚུལ་ཕྱོགས་བསྡོམས་དང་རང་གི་སྨྲ་བརྗོད་མཛོས་ལ་ནུས་ལྡན་དུ་བྱེད་པར་དེ་བས་རིན་ཐང་ཆེ་བ་ཡོད་དོ། །

བཞི། རང་བྱུང་གི་སྣང་ཚུལ་གསལ་བའི་གདམ་དཔེ།

མིའི་རིགས་བྱུང་བ་ནས་ད་བར་སྐར་ཆ་གཅིག་ཀྱང་བྲལ་མེད་ཀྱིས་རང་བྱུང་ཁམས་ཆེ་མོའི་པང་དུ་འཚོ་ཡོད། འོན་ཀྱང་རང་བྱུང་ཁམས་ཆེན་མོའི་གནས་ལུགས་དང་ཆོས་ཉིད་མཐིལ་ཕྱིན་པར་མ་རྟོགས་པས་མི་རྣམས་ལ་རང་བྱུང་གི་སྣང་ཚུལ་འདྲ་མིན་གྱིས་འཇིགས་པ་སྐྱེར་བ་དང་ཁོང་ཚོའི་འཚོ་བ་དང་འགྲོ་སྐྱོད་ཚང་མར་གནོད་འཚེ་དཔག་མེད་བཟོ་ཡི་ཡོད། དེས་ན་རྒྱུན་རིང་གི་འཐབ་རྩོད་ཀྱི་ཁྲོད་དུ་མི་རྣམས་ཀྱིས་རང་བྱུང་གི་སྣང་ཚུལ་འདྲ་མིན་དེ་དག་ཇི་ལྟར་བྱུང་བ་ཤེས་རྟོགས་དང་ལྷག་པར་དུ་བསྒྱུར་ཐྲོས་རང་བཞིན་ཤུགས་ཆེན་ལྡན་པའི་རང་བྱུང་གི་སྣང་ཚུལ་དེ་དག་གི་འབྲས་བུ་གཅིག་མཚུངས་ཡིན་མིན་ཕྱོགས་བསྡོམས་མ་བྱེད་ཐབས་མེད་དུ་གྱུར། རང་བྱུང་གི་སྣང་ཚུལ་གསལ་བའི་གདམ་དཔེ་ནི་མིའི་རིགས་ཀྱིས་བསྒྱུར་ཐྲོས་རང་བཞིན་ཤུགས་ཆེ་བའི་རང་བྱུང་གི་སྣང་ཚུལ་དེ་དག་གི་འབྲས་བུར་བརྟགས་ཤིང་དཔྱད་པ་དང་དེ་དག་གི་ཆོས་ཉིད་ཇི་ལྟར་ཡིན་མིན་འཚོལ་ཞིབ་དང་ཕྱོགས་བསྡོམས་བྱེད་པའི་ནང་དར་འཕེལ་དང་ཕུན་ཚོགས་སུ་ཕྱིན་པ་ཡིན་པས་དེའི་དོན་ནི། རང་བྱུང་ཁམས་ཀྱི་དངོས་པོའི་འཕེལ་རྒྱས་ཀྱི་ཁ་ཕྱོགས་དང་འགྱུར་ལྡོག་གི་ཆོས་ཉིད་སྒྱུ་རྩལ་ལ་བརྟེན་ནས་ཕྱོགས་བསྡོམས་བྱས་པའི་དམངས་ཁྲིད་ཀྱི་གདམ་དཔེ་ཞེས་པ་ཡིན།

གོ་དོན་དེ་ལས་རང་བྱུང་གི་སྣང་ཚུལ་གསལ་བའི་གཏམ་དཔེར་སླན་ལ་བསྟུས་པའི་རྗོད་བྱེད་ཡོད་པ་ཙམ་མ་ཟད་ཤིན་ཏུ་ཡངས་པའི་བརྗོད་བྱ་ལྡན་པའང་མངོན་ཐུབ། དཔེར་ན།

ཤིང་སྒང་མ་སྐྱེ་ན་ས་ལ་ཉལ། །
ཤིང་དཀར་སྐྱེ་ན་དགུང་ལ་ཐུག །
དབྱར་སྔོ་ཡང་མ་སྔོ་ལྷ་ཤིང་ཤུག་པ། །
དགུན་སྐྱ་ཡང་མ་སྐྱ་ལྷ་ཤིང་ཤུག་པ། །
ཤིང་ནན་ལྷགས་པ་མཐུག ཤིང་ནན་རྩ་བ་མང་། །ལྷ་བུས་རྩི་

ཤིང་གི་སྐྱེ་ཚུལ་དང་ཁྱད་གཤིས་བརྗོད་བྱར་བྱས་ཤིང་རྩི་ཤིང་སོ་སོའི་ཕྱི་རོལ་གྱི་ཚོས་ཉིད་གང་ཡིན་ཕྱོགས་བསྡོམས་བྱས་པ་དང་དུས་བཞི་དང་གནམ་གཤིས་ཀྱི་འགྱུར་བ་ནི་མི་རྣམས་ཀྱི་ཞིང་འབྲོག་ཐོན་སྐྱེད་དང་ཐར་ཀར་འབྲེལ་བ་ཆགས་སྐབས་དེ་དག་ལ་བརྟག་པའི་གཏམ་དཔེ་དཔེར་ན།

དབྱར་ཉི་མ་རིང་མཚན་མོ་ཐུང་། །
དགུན་ཉི་མ་ཐུང་མཚན་མོ་རིང་། །
སྟོན་ཀ་དགོང་མོ་ཐུང་། །
དཔྱིད་ཀ་ཞོགས་པ་ཐུང་། །
དབྱར་ཟླ་འདི་གབ་ནས་ཡོང་། །
དགུན་ཟླ་འདི་མཆོངས་ནས་ཡོང་། །

ལྷ་བུས་དབྱར་དགུན་སྟོན་དཔྱིད་སོ་སོའི་ཉིན་མཚན་གྱི་རིང་ཐུང་ཁྱད་པར་སོགས་བརྗོད་པ་དང་།

དབྱར་གནམ་གཤིས་རྡོ་ཞིང་གྲང་ལ་འབབ། །
དགུན་གནམ་གཤིས་གྲང་ཞིང་རྡོ་ལ་འབབ། །
སྟོན་གྱི་ཁ་བ་རྡོ་ནས་འབབ། །

དེ་ནས་གྱང་དུ་གྱང་དུ་འགྲོ། །

དཔྱིད་ཀྱི་ཁ་བ་གྱང་ནས་བབས། །

དེ་ནས་རྡོ་རུ་རྡོ་རུ་འགྲོ། །

དགུ་རུལ་དཔྱིད་འཁྲུགས། །

དབྱར་སྐམ་སྟོན་ཐོད། །

ཆོས་གཅིག་ཁ་བ་གསེར་ལས་དཀོན། །

བབས་རང་བབས་ན་རི་ལས་མཐོ། །

ལྷ་བུས་ཁ་བ་དང་ཆར་པ་དུས་སོ་སོའི་རྡོ་གྱང་གང་གི་གནས་སྐབས་སུ་བབས་པ་དང་དུས་ཚིགས་གང་ཞིག་ལ་རྡོ་གྱང་གང་དང་སྐམ་ཐོད་གང་བྱུང་ན་དུས་ཚིགས་གཞན་ལ་གནམ་གཤིས་ཇི་འདྲ་བྱུང་བ་རྒྱུན་རིང་བརྟགས་པའི་སྙིང་པོ་བརྗོད་བྱར་བྱས་པ་དང་།

སྐྱ་སྤྲིན་བྱང་ལ་རྒྱུགས་ན། །

བྱང་གི་ལྷས་ར་གྲུ་བཞི་ཆུས་ཁེངས། །

བྱང་སྤྲིན་སྐྱ་ལ་རྒྱུགས་ན། །

སྐྱ་ཡི་ཅན་དན་སྔོང་པོ་མེས་འཚིག །

སྤྲིན་པ་བྱ་རོ་ཙམ་གྱིས། །

ནམ་མཁའི་སད་ཁོག །

དགོང་སྤྲིན་དམར་རྒྱུགས་ན། །

ལས་མི་རྣམས་སོ་ལས་གྲ་སྒྲིག །

ཐོགས་སྤྲིན་དམར་རྒྱུགས་ན། །

རྫི་བོ་ཤག་སེ་བཤར་དགོས། །

ཐོགས་འཇའ་ཆུ་ཡིན། །

དགོང་འཇའ་མེ་ཡིན། །

འཇའ་སྤང་ལ་བྲུག་ན་ཆར། །

ལྷ་བུས་ སྤྲིན་ དང་ འཇའི་ ཁྱད་ པར་ ལ་ བརྟག་ ནས་ གནམ་ གཤིས་ ཀྱི་ འགྱུར་ བ་ བརྗོད་པ་སོགས་མང་ལ་མདོར་ན་རང་བྱུང་གི་སྣང་ཚུལ་གསལ་བའི་གཏམ་དཔེ་ནི་མིའི་རིགས་ཀྱིས་རང་བྱུང་ལ་འཐབ་རྩོད་དང་རང་བྱུང་ཁམས་ཀྱི་ཆོས་ཉིད་ལ་རྒྱུན་རིང་དཔྱད་ཞིབ་བྱས་པའི་དོན་དངོས་ལས་བྱུང་བ་ཞིག་ཡིན་སྟབས་ཚན་རིག་གི་ཚོད་བགམ་ཐེག་པ་དང་ཚན་རིག་གི་གནས་ལུགས་ངེས་ཅན་ལྡན་པ་ཞིག་ཡིན།

༥། ཐོན་སྐྱེད་སྐོར་གྱི་གཏམ་དཔེ།

དེ་ནི་ངལ་རྩོལ་གྱི་བྱ་བ་དངོས་ལས་ཐོབ་པའི་ཉམས་མྱོང་ལ་བརྟེན་ནས་སོ་ནམ་འབྲོག་ལས་སོགས་ཐོན་སྐྱེད་ཀྱི་ཤེས་བྱ་དང་ཆོས་ཉིད་གནས་འཁེལ་ཕྱོགས་བསྡུས་ཀྱིས་ མཚོན་ པར་ བྱས་ པའི་ དམངས་ ཁྲོད་ ཀྱི་ གཏམ་ དཔེ་ ཞིག་ ཡིན། གཏམ་དཔེ་འདིས་ཞིང་འབྲོག་ནགས་ལ་སོགས་པ་ཕན་ཚུན་གྱི་འབྲེལ་བ་དང་སོ་སོའི་གལ་ཆེའི་ རང་ བཞིན། ཐོན་སྐྱེད་ཀྱི་ཁྱབ་ཁོངས་སོ་སོའི་ཆོས་ཉིད། དེ་ཚོར་ མཁོ་ བའི་ ཤེས་ བྱ་ བཅས་ སྟབས་ བདེ་ དང་ ངེས་ བདེའི་ ཐོག་ ཏུ་ ཕྱོགས་ བསྡོམས་ཁྱབ་སྤེལ་བྱས་པས་ལས་རིགས་སོ་སོར་མཇུབ་སྟོན་དང་དཔྱད་གཞིའི་ནུས་པ་ཐོན་པ་མ་ཟད་སྔ་རབས་ལ་ཐོབ་པའི་ཐོན་སྐྱེད་ཤེས་བྱ་ཁག་ཕྱི་རབས་ལ་རྒྱུད་སྤྲོད་ཐུབ་པར་ཕན་ནུས་དེ་བས་ཆེ་བ་ཐོན་ཐུབ།

ཐོན་སྐྱེད་སྐོར་གྱི་གཏམ་དཔེའི་བརྗོད་བྱ་ནི་རྒྱ་ཆེ་བ་སྟེ་དཔེར་ན།

འབྲས་བུ་ལག་འཇོར་དགོས་ན། །
སོ་ནམ་སྔ་འདེབས་བྱེད་དགོས། །
གཏམ་སྙན་གྲགས་དགོས་ན། །
སོ་ནམ་ཕྱི་འདེབས་བྱེད་དགོས། །
འདེབས་ནི་གསེར་དང་འདྲ། །

ས་ནི་དངུལ་དང་འདྲ། །
དུས་ཚིགས་ཤོར་ན་འཚོལ་མི་ཐུབ། །
ཞིང་ནི་ རྟོད་གཤེར་ལྡན་ཚེ་སྐྱོ། །
དེ་ནི་འབྲས་བུ་སྨིན་པའི་རྒྱུ། །

ལྷ་བུ་ས་ཞིང་སྐྱོ་འདེབས་སྐབས་ངེས་པར་དུ་དུས་ཚིགས་ལ་དམ་འཛིན་དགོས་པ་དང་དུས་ཚིགས་ཤོར་ན་སོ་ནམ་ལ་འབྲས་བུ་མི་ཐོབ་པའི་ཞིང་ལས་ཀྱི་རྒྱང་གཞི་དང་ཆེས་རྒྱུན་མཁོའི་ཤེས་བྱ་དེ་སྙིང་བསྡུས་ཀྱི་བརྗོད་པས་བསྟན་པ་དང་།

ལོ་བཟང་པོའི་ལོ་ཏོག་འབྱུང་འདོད་ན། །
ལས་དང་པོ་རིན་ཆེན་ལུད་ལ་བརྟེན། །
ཞིང་ཆུང་ཆུ་ལུད་འཛོམས་ན། །
ཞིང་ས་བྲེ་མས་ཉན། །
དཔྱིད་ལུད་ཕུང་མགོ་དཀར་མ་བྱུང་ན། །
སྟོན་ནས་ཕུང་མགོ་དཀར་ག་ནས་ཡོང་། །
དཔྱིད་ཀའི་ལུད་ལ་དྲི་ངན་མེད་ན། །
སྟོན་ཀའི་ནས་ལ་དྲི་བཟང་མེད། །

ལྷ་བུས་ སྟོན་ ཐོག་ དང་ ལུད་ བར་ གྱི་ འབྲེལ་ བ་ ཕྱོགས་ བསྡོམས་ ཀྱིས་ སྟོན་ ཐོག་འབྱུང་བར་ལུད་ཀྱི་གསོག་འཇོག་དང་ལུད་ཀྱི་ཕྱུས་ཚད་ལ་དམ་འཛིན་ངེས་པར་དུ་དགོས་པ་བསྟན་པ།

དཔྱིད་དུ་དགོས་པའི་ལས་མ་བྱས་ན། །
སྟོན་བཀད་དགོས་པའི་ཟས་ག་ལ་ཐོབ། །
དཔྱིད་ཐལ་འཚུབ་མ་བྱས་ན། །
སྟོན་འབྲུ་ཕུང་རི་རབ་ག་ནས་ཡོང་། །

ལྷ་བུ་ཆུ་ཞིང་དུས་ཀྱི་ཆ་རྐྱེན་འཛོམས་ནའང་ལས་ལ་བརྟེན་པ་བྲལ་ན་རྩ་བའི་རྩ་

བ་དེ་བརྟགས་པས་བདེ་སྐྱིད་ཀྱི་འབྱུང་རྩ་ལས་ལ་འབད་བརྩོན་དགོས་པར་ཡང་དག་པའི་ཕྱོགས་བསྒོམས་དེ་བཞིན།

དབྱར་ཆར་ཆུ་བཟང་བ་དུས་ཀྱི་གཏེར། །
རྩྭ་རྩི་ཐོག་བཟང་བ་ཕྱུགས་ཀྱི་གཏེར། །
དགུན་མལ་འཁྱགས་ན་འབྲི་གཡག་ཤ་ཤོར། །

ལྷ་བུ་ཕྱུགས་རིགས་གསོ་སྐྱོང་ཇི་ལྟར་བྱེད་པའི་འབྲོག་ལས་ཀྱི་ཤེས་བྱར་ཕྱོགས་བསྒོམས་བྱས་པ་སྟེ་མདོར་ན་ཐོན་སྐྱེད་སྐོར་གྱི་གཏམ་དཔེ་གྲངས་ལས་འདས་པ་ཡོད་ལ་དེ་དག་ཚང་མ་དོན་དངོས་ནང་ཐེངས་མང་དཔྱད་བསྡུར་བྱས་པ་ལས་ཐོབ་པའི་འབྲས་བུ་དང་ཐེངས་མང་གི་དཔྱད་བསྡུར་ཐེག་པ་ཞིག་ཡིན་སྟབས་ས་གནས་དེ་དང་ཁོར་ཡུག་དེའི་ནང་ཞིང་འབྲོག་ལས་ཀྱི་ཐོན་སྐྱེད་ལ་ཚན་རིག་རང་བཞིན་ལྡན་པའི་མཇུབ་སྟོན་བྱེད་ཐུབ་པ་དང་བེད་སྤྱོད་ཀྱི་རིན་ཐང་ཡོད་པ་ཞིག་ཡིན།

དམངས་ཁྲོད་གཏམ་དཔེའི་བསྟན་དོན་ནི་རྒྱ་ཆེ་བ་ཞིག་ཡིན་ལ་དེས་འཚོ་བ་དང་ཐོན་སྐྱེད་ཀྱི་ཤེས་བྱ་དང་ཉམས་མྱོང་རྒྱུད་སྤྲོད་ཐུབ་པ་མ་ཟད་དོན་དངོས་ལག་ལེན་གྱི་ནང་དུ་མི་རྣམས་ལ་རང་བྱུང་འཐབ་རྩོད་དང་སྤྱི་ཚོགས་འཐབ་རྩོད་ལ་དགོས་ངེས་ཀྱི་སྤོབས་པ་དང་སེམས་ཤུགས་སྤྲིན་བཞིན་ཡོད། འོན་ཀྱང་གསར་རྩོམ་པའི་བསམ་བློའི་འདུ་ཤེས་དང་རིག་གནས་ཀྱི་ཤུགས་རྐྱེན། ཤེས་རྟོགས་བཅས་ཀྱིས་དམངས་ཁྲོད་གཏམ་དཔེའི་ནང་དུ་ཕྱི་རོལ་ཡུལ་གྱི་ཆོས་ཉིད་དང་ཕྱི་རོལ་དངོས་པོའི་ངོ་བོ་ལ་ཡང་དག་པའི་ཕྱོགས་བསྒོམས་མ་ཐུབ་པ་དང་ལྷག་པར་དུ་ཆོས་ལུགས་མོས་དད་ལ་སོགས་པ་རྗེས་ལུས་ཀྱི་བསམ་བློའི་ལྟ་བ་དང་སེམས་གཙོའི་ལྟ་བ་མ་ཉུང་བ་ཡོད་པས་ངེས་པར་དུ་དངོས་ཐོག་བདེན་འཚོལ་དང་སྐྱིགས་དོར་བཅུད་ལེན་གྱི་བསམ་བློའི་མཇུབ་ཁྲིད་ལ་བརྟེན་ནས་སྤྱི་ཚོགས་འཕེལ་རྒྱས་དང་འཚམས་པར་གླང་དོར་དང་བེད་སྤྱོད་བྱ་རྒྱུ་ནི་ཤིན་ཏུ་

གལ་ཆེ་བའི་གནས་ཞིག་ཡིན།

གསུམ་པ། དམངས་ཁྲོད་གཏམ་དཔེའི་སྒྱུ་རྩལ་གྱི་ཁྱད་ཆོས།

རྩོམ་རིག་ཚང་མ་སྐད་ཆའི་སྒྱུ་རྩལ་ཡིན་པ་དང་སྐད་ཆའི་སྒྱུ་རྩལ་ལ་བརྟེན་ནས་དོན་དངོས་འཚོ་བ་བཀོད་འབྲི་དང་གསལ་མཚོན་བྱས་པར་མཚུངས་པ་ཡིན། འོན་ཀྱང་རྩོམ་ལུས་མི་འདྲ་བ་སོ་སོར་ཞིབ་ཏུ་དཔྱད་ན་བརྗོད་ཚིག་བེད་སྤྱོད་དང་གསར་རྩོམ་གྱི་ཐབས་ཤེས། གཟུགས་བརྙན་སྒྲུབ་བཞེངས་བཅས་ལ་སོ་སོར་དམིགས་བསལ་གྱི་སྒྱུ་རྩལ་གྱི་ཁྱད་ཆོས་རེ་ཡོད་ཅིང་དེ་ར་བརྟེན་ནས་རྩོམ་ལུས་སོ་སོ་རྒྱུན་འཛིན་འཕེལ་རྒྱས་དང་མ་ཉམས་གོང་འཕེལ་བྱུང་བ་ཡིན།

དམངས་ཁྲོད་ཀྱི་གཏམ་དཔེ་ནི་སྙིང་བསྡུས་དང་ཕྱོགས་བསྡུས་ཀྱི་ཁྱད་ཆོས་ཤུགས་ཆེར་ལྡན་པའི་རྩོམ་ལུས་ཤིག་ཡིན་ཞིང་རྒྱུན་རིང་གི་འཕེལ་རྒྱས་ལོ་རྒྱུས་ནང་དེར་བརྗོད་ཚིག་སྙིང་བསྡུས་ལ་སོགས་པའི་ཐུན་མོང་མ་ཡིན་པའི་སྒྱུ་རྩལ་ཁྱད་ཆོས་འགའ་ཤས་ཡོད།

ཐོག་མར་དམངས་ཁྲོད་ཀྱི་གཏམ་དཔེའི་བརྗོད་ཚིག་ཕལ་ཆེ་བ་སྙིང་བསྡུས་གནས་འཁེལ་ཡིན་པ། དེ་ལྟར་བརྗོད་དོན་ནི་དམིགས་བསལ་གྱི་གཏམ་དཔེ་འགའ་ཤུད་དམངས་ཁྲོད་གཏམ་དཔེ་ཤས་ཆེ་བ་བརྗོད་དུམ་རེ་གཉིས་ལས་གྲུབ་པ་དང་བརྗོད་དུམ་རེ་གཉིས་ལ་བརྟེན་ནས་བྱ་དངོས་རྣམས་གཟུགས་སྣང་ཅན་དུ་འགྱུར་ཐོན་དང་འཚོ་བའི་ཆོས་ཉིད་དང་བདེན་པ་ཐོན་སྐྱེད་ཀྱི་ཤེས་བྱ་དང་ཉམས་མྱོང་གཏིང་ཟབ་ཞིག་གསལ་མཚོན་ཕྱོགས་བསྡུས་བྱས་པས་ཡིན།

དཔེར་ན། གཏམ་བྱ་སྒྲོ་རླུང་འཕྱིར་ལྟ་བུ། ཡིག་འབྲུ་ལྔ་དང་བརྗོད་དུམ་གཅིག་ནང་གཏམ་ལེགས་ཉིས་ཅི་ཡིན་ནའང་དེ་མར་རང་བཞིན་གྱིས་ཁྱབ་འགྲོ་བའི་གནས་ལུགས་དེ་བྱ་སྒྲོ་རླུང་འཕྱིར་ཞེས་པའི་སྙིང་བསྡུས་ཀྱི་བརྗོད་ཚིག་དེར་

བརྟེན་ནས་ཁ་གསལ་གནས་འཁེལ་གྱིས་ཕྱོགས་བསྡུས་དང་གསལ་མཚོན་བྱས་ཡོད་ཅིང་གཟུགས་མེད་ཀྱི་གཏམ་ལ་བྱ་སྒྲོ་རླུང་འཕྱིར་ཞེས་པ་རམ་འདེགས་སུ་དྲངས་པས་ བསྟན་ དོན་ ཁ་ གསལ་ ཕྱོགས་ བསྡུས་ ཙམ་ མ་ ཟད་ སྒྱུ་ རྩལ་ ཐད་ གཟུགས་ སྣང་ རང་ བཞིན་ ལྡན་ པ་ ཞིག་ དང་ དེ་ བཞིན། དྲང་ པོས་ གཞུང་ བསྲངས་ན། སྔོ་ངས་རྟ་འཁྱོག ལྷ་བུར་བརྗོད་དུམ་སྐབས་བདེ་གཉིས་ཀྱི་ནང་ཤིན་ཏུ་བཙན་པའི་གཏན་ཚིགས་དང་གསོན་ཉམས་ལྡན་པའི་གཟུགས་བསྟན་གཉིས་ཚད་ མཐོའི་ ཕྱོགས་ བསྡུས་ དང་ དེ་ ལས་ དྲང་ བདེན་ བྱ་ དང་ མི་ བྱའི་ ཁྱད་ པར་དང་དྲང་བདེན་གྱི་རིན་ཐང་དང་ནུས་པ་བཅས་མ་ལུས་ཡོངས་སུ་རྫོགས་པར་བསྟན་ཡོད།

མདོར་ན། བརྗོད་ དུམ་ རེ་ གཉིས་ ལ་ བརྟེན་ ནས་ རྒྱ་ ཆེ་ གཏིང་ ཟབ་ ཀྱི་ བསམ་བློའི་ ནང་ དོན་ མངོན་ པར་ ངེས་ པར་ དུ་ ཚད་ མཐོའི་ ཕྱོགས་ བསྡུས་ དང་ གནས་འཁེལ་ ནུས་ ལྡན་ གྱི་ བརྗོད་ ཚིག་ ཡོད་ དགོས་ ལ་ དམངས་ ཁྲོད་ ཀྱི་ གཏམ་ དཔེས་རྩོམ་ལུས་ཆེས་ཐུང་བའི་ནང་སྤྱི་ཚོགས་ཀྱི་འཚོ་བ་དང་དངོས་པོའི་ཆོས་ ཉིད་ བཅས་ ཚད་ མཐོའི་ ཕྱོགས་ བསྡུས་ བྱས་ པས་ དེའི་ བརྗོད་ ཚིག་ སྙིང་ བསྡུས་ གནས་འཁེལ་ཡིན་པ་བརྗོད་ག་ལ་དགོས།

གཉིས་ནས་དམངས་ཁྲོད་གཏམ་དཔེའི་བསྟན་དོན་ཁ་གསལ་དང་སྒྱུ་རྩལ་བཅུད་ལྡན་ཡོང་ཆེད་གསར་རྩོམ་གྱི་སྐབས་སུ་དཔེ་དང་བསྒྱུར་ཐབས་སོགས་ཀྱི་གསར་རྩོམ་གྱི་ཐབས་ཤེས་འདྲ་མིན་བེད་སྤྱོད་ཡོད། དཔེ་དྲངས་པའམ་དཔེར་བརྟེན་ནས་བསྟན་དོན་ མཚོན་ པ་ ནི་ དམངས་ ཁྲོད་ ཀྱི་ གཏམ་ དཔེ་ གསར་ རྩོམ་ བྱེད་སྐབས་རྒྱ་ཁྱབ་ཏུ་བེད་སྤྱོད་པའི་ཐབས་ཤེས་ཤིག་ཡིན། དེ་ཡང་།

སེམས་དཀར་དུང་དང་འདྲ། །
ཡིད་དྲང་མདའ་དང་འདྲ། །
ཁ་འཇམ་ཚེམས་ཕྲེང་དུང་དང་འདྲ། །

གཉིང་རྩུབ་ནག་པོ་དུག་དང་འདྲ། །
ཞ་བུ་ཚིག་རྐང་གཅིག་ནང་དཔེ་དོན་ཟུང་དུ་བཀོད་པ་དང་།
མི་ཚེ་རིང་པོ་སྐྱིད་གསུམ་སྡུག་གསུམ། །
དཔྱིད་ཉི་རིང་པོ་གྲང་གསུམ་དྲོ་གསུམ། །
མི་རྒྱུ་ལ་མི་དགའ་བ་མེད། །
ཕྱི་ཕྲག་ལ་མི་དགའ་བ་མེད། །
ཚིག་རྩ་བ་ཅན་ལ་ཉན་རྒྱུ་ཡོད། །
བ་ནུ་མ་ཅན་ལ་འཛོ་རྒྱུ་ཡོད། །
ཞ་བུ་དོན་སྔོན་དང་དཔེའི་དངོས་པོ་རྗེས་སུ་བཀོད་པ།
རྡོ་ཆུང་ཡང་ལྕགས་པས་མི་འཆྱིར། །
མི་ཆུང་ཡང་བློ་རིག་མི་ཆུང་། །
རྟ་ལ་སྐྱ་རེངས་སྔོ་རེངས། །
མི་ལ་སྐྱིད་རེས་སྡུག་རེས། །
སྤྱང་ཀིས་ཤ་ཟ་བ་དང་། །
རྐུན་པོས་མནའ་ཟ་བ་རེད། །
ཞ་བུ་དཔེ་སྔོན་དང་དོན་རྗེས་སུ་བཀོད་པ།
རི་མཐོན་ཁ་བ་དབྱར་ཡང་འབབ། །
ས་དམའ་ན་ལྡོང་པ་དགུན་ཡང་སྐྱེ། །
ཐང་བུས་གསེར་སྣ་མི་འགྲིག །
ཨབ་རའི་དཔོན་པོ་རྫ་རས་བྱས། །
དགྲ་དྲིད་མོང་སླེབས་དུས་ཁྲོས་མཉམ་རེད། །
ཞ་བུ་ དཔེའི་ དངོས་ པོ་ རྐྱང་ པར་ བཀོད་ པ་ སོགས་ སྣ་ ཚོགས་ ཤིང་ དམངས་ ཁྲོད་
གནམ་དཔེ་གསར་ ཚོམ་ གྱི་ སྐབས་ སུ་ འོས་ འཚམས་ ཀྱི་ དཔེ་ བཀོད་ པས་ གནམ་

དཔེའི་གཟུགས་བརྙན་རང་བཞིན་འབུར་ཐོན་དང་ཕུན་སུམ་ཚོགས་པའི་ཤེས་བྱ་ཉམས་མྱོང་ལ་ཚད་མཐོའི་ཕྱོགས་བསྡུས། བརྗོད་འདོད་ཀྱི་དོན་ཁ་གསལ་ནུས་ལྡན་ཐུབ་པར་དམིགས་བསལ་ཁྱད་ནུས་ཤིག་ཐོན་ཡོད།

བྱ་དངོས་ཕན་ཚུན་དབར་གྱི་འདྲ་དང་མི་འདྲའི་ངོ་བོ་དང་ཁྱད་ཆོས་བསྡུར་བ་བྱས་པའི་ཐོག་ནས་བདེན་རྫུན་ལེགས་ཉེས་ཀྱི་ཁྱད་པར་ལ་ཕྱོགས་བསྒོམས་བྱས་པ་ནི་དམངས་ཁྲོད་གཏམ་དཔེ་གསར་རྩོམ་སྐབས་བེད་སྤྱོད་པའི་ཐབས་ཤེས་གཞན་ཞིག་ཡིན་ཅིང་དེས་མི་རྣམས་ལ་བརྗིད་དགའ་བའི་བག་ཆགས་ཤིག་འཛོག་པ་མ་ཟད་གནས་ལུགས་གསལ་བཤད་དང་བདེན་དོན་རང་སྤྲོད་ཐད་ལ་གནད་ལ་ཐེག་པ་དང་གཏིང་ཐོན་པའི་ནུས་པ་ཐོན་ཡོད། དཔེར་ན།

ཞེད་ནས་ཤི་བ་ལས་ཉེས་ནས་ཤི་བ་དཀའ། །
སྐྱིད་དུས་འཆམ་པ་འཆམ་པ་མིན། །
སྡུག་དུས་འཆམ་པ་འཆམ་པ་ཡིན། །
ཁ་ལུས་པོ་སྐྱིད་པ་སྐྱིད་པ་མིན། །
ནང་སེམས་པ་སྐྱིད་པ་སྐྱིད་པ་ཡིན། །

ལྟ་བུ་འདྲ་བའི་དངོས་པོ་ཕན་ཚུན་བསྡུར་བ་བྱས་ནས་སོ་སོའི་ཁྱད་ཆོས་དང་ཆོས་ཉིད་བསྟན་པ་དང་དེ་བཞིན་དམངས་ཁྲོད་གཏམ་དཔེ་འགའ་ཞིག་གསར་རྩོམ་སྐབས་དཔེ་དང་རྒྱན་ལ་སོགས་པ་ཅི་ཡང་འདྲེས་མེད་པ།

དོན་ཆེན་བསྒྲུབ་པར་ངང་རིང་། །
ངན་པ་ཁ་སྒྲིལ་ནས་བཟང་པོའི་གཉའ་བཅག །

ལྟ་བུ་བབ་ཆགས་ཀྱི་བརྗོད་པར་བརྟེན་ནས་བྱ་དངོས་ཀྱི་ཆོས་ཉིད་དང་ཁྱད་ཆོས་གསལ་མཚོན་བྱས་པ་ཡིན་ཞིང་གསར་རྩོམ་གྱི་ཐབས་ཤེས་འདི་ལས་བྱུང་བའི་དམངས་ཁྲོད་གཏམ་དཔེ་དག་ལ་ཆེས་ཐད་ཀ་དང་ཆེས་ཁ་གསལ་གྱི་སྒྲ་རྩལ་ཁྱད་

ཆོས་ཤིག་ཡོད་པ་ཡིན།

གསུམ་ནས་དམངས་ཁྲོད་ཀྱི་གཏམ་དཔེར་མི་རིགས་དང་ས་གནས་ཀྱི་ཁྱད་ཆོས་མངོན་གསལ་དོད་པོ་ལྡན་པ་སྟེ་གཏམ་དཔེ་ནི་མི་རིགས་སོ་སོའི་བསམ་བློའི་འདུ་ཤེས་དང་རིག་གནས་ལ་གཞིག་སྟེ་སྤྱི་ཚོགས་ཀྱི་འཚོ་བའི་གནས་ལུགས་དང་བྱ་དངོས་ཀྱི་ཆོས་ཉིད་ལ་ངོས་འཛིན་ཕྱོགས་བསྡོམས་བྱས་པ་ཞིག་ཡིན་སྐབས་རྩོམ་གྱི་རྒྱུ་ཆ་བདམས་སྒྲིག་དང་མཚོན་ཐབས་བཅས་ལ་མི་རིགས་ཁྱད་ཆོས་མངོན་གསལ་ལྡན་པ་སྟེ་སོག་པོ་ལ་སོགས་པ་ཕྱོགས་ལས་ཐོན་སྐྱེད་གཙོ་བོར་བྱས་པའི་མི་རིགས་དག་གི་དམངས་ཁྲོད་གཏམ་དཔེར་རྟ་ལུག་ཁྱི་ལ་སོགས་པའི་དུད་འགྲོའི་གཤིས་ཀ་དང་ཁྱད་ཆོས་གསར་རྩོམ་གྱི་རྩ་བའི་རྒྱུ་ཆར་ལེན་པ་མང་བ་དང་རང་ཅག་བོད་ཀྱི་གཏམ་དཔེར་གཞན་གྱི་གཏམ་དཔེའི་ནང་མཐོང་དཀའ་བའི་གངས་རི་དང་རི་ཆེན་འབྲུག་རྔམ་ལ་སོགས་པ་རང་བྱུང་དངོས་རིགས་དང་མར་ཙམ་པ། ཇ་ལ་སོགས་པའི་འཚོ་བའི་ཡོ་བྱད་བླ་མ་ཉེ་གནས་ལ་སོགས་པའི་སྤྱི་ཚོགས་ཀྱི་གནས་བབས་མི་འདྲ་བའི་མི་སྣ་བཅས་ཀྱི་ངོ་བོ་དང་ཁྱད་ཆོས་གསར་རྩོམ་གྱི་རྒྱུ་ཆར་བྱས་པ་མང་བས་རྩ་བའི་རྒྱུ་ཆ་ལའང་མི་རིགས་ཀྱི་ཁྱད་པར་ཤུགས་ཆེ་བ་དང་ལྷག་པར་དུ་གཏམ་དཔེའི་བསམ་བློའི་སྙིང་དོན་མཚུངས་པའམ་རིགས་འདྲ་ཡིན་ནའང་མི་རིགས་སོ་སོའི་གཏམ་དཔེའི་ནང་དུ་འདུ་ཤེས་མཚོན་ཐབས་མི་འདྲ་བ་སྟེ་དཔེར་ན།

མི་ཡུལ་ལ་རྒྱལ་པོ་བྱེད་པ་ལས། །
རང་ཡུལ་ལ་སྤྱག་པོ་སྐྱང་བ་དགའ། །

ཞེས་པའི་ཡུ་གུར་རིགས་ཀྱི་གཏམ་དཔེ་འདི་དང་ཞི་པོ་རིགས་ཀྱི།

ཐག་རིང་ལ་གསེར་འཚོལ་བ་ལས། །
རང་ཡུལ་དུ་ལུད་གསོག་པ་དགའ། །

བོད་རིགས་ཀྱི།

གཞན་ཡུལ་གྱི་ཇ་ལས། །
རང་ཡུལ་གྱི་ཆུ་ཞིམ། །

ཞེས་པ་དེ་དག་ཚང་མས་རང་ཡུལ་ལ་ཞེན་ཆགས་ཆེ་བའི་བསམ་བློ་མཚོན་པ་གཅིག་མཚུངས་ཡིན་ནའང་རྒྱུ་དབང་ཐམས་སོགས་མི་རིགས་སོ་སོའི་འདུ་ཤེས་ཀྱི་ནང་དུ་གཙོགས་ཆེན་དུ་འཛིན་པའི་དངོས་རིགས་མི་འདྲ་བར་བརྟེན་ནས་མཚོན་པ་སོགས་གཏམ་དཔེའི་རྒྱུ་ཆ་དང་དེ་ལས་མངོན་པའི་འདུ་ཤེས་ཚང་མར་མི་རིགས་སོ་སོའི་ཁྱད་ཆོས་མངོན་གསལ་དོད་པོར་ཡོད་དོ། །

བསམ་གཞིག་འདྲི་གཞི།

1. གཏམ་དཔེའི་གོ་དོན་གང་ཡིན།
2. མི་ཆོས་སྐོར་གྱི་གཏམ་དཔེར་རིན་ཐང་གང་ལྡན།
3. གཏམ་དཔེའི་ཁྱད་ཆོས་རགས་ཙམ་གླེང་དགོས།

ས་བཅད་དྲུག་པ། དམངས་ཁྲོད་གབ་ཚིག

དང་པོ། དམངས་ཁྲོད་གབ་ཚིག་གི་གོ་དོན་དང་བྱུང་འཕེལ།

དམངས་ཁྲོད་གབ་ཚིག་ནི་དམངས་ཁྲོད་རྩོམ་རིག་ནང་རྣམ་པ་དམིགས་བསལ་ཅན་གྱི་སྙན་རྩོམ་ཞིག་ཡིན། མིའི་རིགས་ཀྱིས་སྙན་རྩོམ་འདི་འདྲ་ཞིག་གསར་རྩོམ་བྱས་པས་རྣན་གཞོན་བྱིས་གསུམ་གྱི་ཤེས་རབ་དང་སྤྱང་གྲུང་གསར་སྐྲུན་གོང་འཕེལ་ལ་ཕན་ནུས་རླབས་ཆེན་ཐོན་ཡོད།

དམངས་ཁྲོད་གབ་ཚིག་ཅེས་པ་དོན་དུ་དམངས་ཁྲོད་ངལ་རྩོལ་པས་གསར་རྩོམ་བྱས་པའི་སྙན་རྩོམ་གང་ཞིག་གབ་བྱའི་དོན་གང་ཡང་རུང་བ་ཞིག་གབ་བྱེད་ཚིག་སྦྱོར་གཞན་ཞིག་གིས་གབ་པར་བྱས་པའི་སྐད་ཆའི་སྒྱུ་རྩལ་ཞིག་ཡིན། དེས་ན་གབ་ཚིག་གང་ཞིག་ཡིན་ནའང་གབ་བྱ་དང་གབ་བྱེད་ཕྱོགས་གཉིས་ལས་གྲུབ་པ་ཡིན་ཞིང་གབ་བྱེད་ནང་བྱ་དངོས་དང་བྱ་དངོས་བར་གྱི་ཆེས་ཐུན་མོང་མ་ཡིན་པའི་ཁྱད་ཆོས་དང་ངོ་བོ་ལ་ཐད་ཀའི་བཀོད་འབྲི་མེད་པར་ཆེས་སྤྲས་པའི་ཚིག་སྦྱོར་གྱིས་མཚོན་ཞིང་དེ་ལ་བརྟེན་ནས་གབ་བྱའི་དོན་གང་ཡིན་རྟོགས་ཐུབ་པ་བྱེད་པས་གྲུབ་ཆའི་ཐད་དམངས་ཁྲོད་རྩོམ་རིག་གཞན་དང་མི་འདྲ་བའི་ཁྱད་ཆོས་ཡོད་པ་དང་གབ་ཚིག་ཆ་ཚང་གཅིག་གི་ངོས་ནས་བཤད་ན་གབ་བྱེད་གང་ཡིན་གནད་དོན་གྱི་དྲི་གཞི་དང་གབ་བྱ་གང་ཡིན་གནད་དོན་གྱི་དྲིས་ལན་ལྟ་བུར་ཆགས་པས་དམངས་ཁྲོད་དུ་རིག་པ་བརྟར་བའི་ཐབས་དམ་པར་འཛིན་གྱི་ཡོད།

མིའི་རིགས་ཀྱི་རིག་པའི་རྩོལ་རྩེད་ལས་བྱུང་བའི་དམངས་ཁྲོད་གབ་ཚིག

ནི་མི་རྣམས་ལ་སྤྱི་ཚོགས་ཀྱི་འཚོ་བ་ངེས་ཅན་ཡོད་པ་དང་ཤེས་རབ་ཀྱི་ཆུ་ཚད་ཀྱང་མི་དམན་ཙམ་སླེབས་པའི་གདོད་མའི་སྤྱི་ཚོགས་ཀྱི་དུས་སྨད་དུ་བྱུང་བར་མངོན་ཞིང་སྔོན་སུ་བོད་མི་རིགས་ཀྱི་དམངས་ཁྲོད་གབ་ཚིག་བྱུང་འཕེལ་ལ་བལྟས་ནས་བོད་ཀྱི་དེབ་ཐེར་མང་པོར་སྤུར་བོད་ཀྱི་རྒྱལ་རབས་བརྒྱད་པ་སྤུ་དེ་གུང་རྒྱལ་གྱི་དུས་སུ་སྒྲུང་དང་ལྡེའུ་སོགས་དར་སོ་ཆེན་པོ་བྱུང་བར་བཤད་ཅིང་ལྡེའུ་ནི་གབ་ཚིག་གི་བརྡ་སྙིང་ཡིན་པ་ཡོངས་གྲགས་ཡིན་པས་བོད་མི་རིགས་ཀྱི་གབ་ཚིག་རྩོམ་རིག་ཀྱང་ལོ་ངོ་སྟོང་ཕྲག་འགའི་གོང་ནས་ཚད་གཞི་ངེས་ཅན་དུ་སླེབས་པ་རྟོགས་ཐུབ། ད་ལྟའི་ཆར་མིག་ལམ་དུ་སྟོན་རྒྱུ་ཡོད་པའི་གནའ་བོའི་གབ་ཚིག་ནི་ཆོས་རྒྱལ་སྲོང་བཙན་སྒམ་པོས་ལྷ་ས་གཙུག་ལག་ཁང་བཞེངས་སྐབས་གདུང་མའི་ལྡེབས་སུ་བྲིས་པའི་དྲང་པོ་ཐེམ་རིས་ལྔ་བ་ཆེ། ཅི་ཡིན་ཞེས་དྲིས་པར་འདེགས་བྱེད་ཀྱི་སྲུང་དང་སྲུང་རྫེ་བཅས་རི་མོར་བྲིས་པ་དང་པོར་མགོ་མགོ་ཅན་སྐྱེད་ཅིང་རྒྱུགས། ཅི་ཡིན་དྲིས་ཞེས་པའི་ལན་དུ་མཆོད་རྟེན་ཞིག་རི་མོར་བྲིས་པ་ནག་པོ་ཁ་གདངས་གདངས་མིག་ཚུམས། དམར་པོ་སྨྱུ་མེད་བཙུག་ཅིང་སྐྱུང་། ཅི་ཡིན་དྲིས་པའི་ལན་དུ་མགར་བ་ཞིག་གིས་ལྕགས་དམར་པོ་སྐམ་པས་བཟུང་སྟེ་ཐབ་ཀྱི་ནང་ནས་འདོན་བཞིན་པ་རི་མོར་བྲིས་ཡོད་པར་གསུངས་པ་དག་དང་《སྲིད་པ་ཆགས་སྐྱུའི》ནང་དང་པོ་སྲིད་པ་ཆགས་དུས་སུ། གོས་གཅིག་གིས་རྒྱལ་ཁམས་ཁེབས་པ་རེད། གོས་དེ་ཡི་མིང་ལ་ཅི་ཞིག་ཟེར། དང་པོ་སྲིད་པ་ཆགས་དུས་སུ། ཟས་གཅིག་གིས་འགྲོ་ཀུན་གསོས་པ་རེད། ཟས་དེ་ཡི་མིང་ལ་ཅི་ཞིག་ཟེར། ཞེས་དྲིས་པའི་ལན་དུ་དང་པོ་སྲིད་པ་ཆགས་དུས་སུ། གོས་གཅིག་གིས་རྒྱལ་ཁམས་ཁེབས་པ་དེ། དགུང་འཛམ་གླིང་ཉི་མ་སེར་པོ་རེད། དང་པོ་སྲིད་པ་ཆགས་དུས་སུ། ཟས་གཅིག་གིས་འགྲོ་ཀུན་སོས་པ་དེ། ཟས་ཞིམ་པོ་སྤྲང་དཀར་རྩམ་པ་རེད་ཅེས་པ་དེ་དག་ཡིན། གོང་བཀོད་གབ་ཚིག་དག་གི་སྒྲ་རྩལ་དང་ནང་དོན་གང་ལ་བལྟས་ནའང་གདོད་མའི་གབ་ཚིག་ལ་

འཕེལ་རྒྱས་ངེས་ཅན་བྱུང་བའི་རྗེས་སུ་དར་བའམ་གདོད་མའི་གླུ་ཚིག་རྒྱང་གཞིར་བྱས་ནས་གསར་རྩོམ་བྱས་པར་མངོན་པས་བོད་ཀྱི་དམངས་གྲོད་གླུ་ཚིག་གི་ཐོག་མ་ཡིན་མི་སྲིད་ལ་གཞན་ཡང་བཙན་པོའི་སྐབས་བོད་ཀྱི་ཆོས་སྲིད་ནང་གླུ་ཚིག་རྒྱ་ཁྱབ་ཏུ་བེད་སྤྱད་པས་བོད་ཀྱི་གླུ་ཚིག་གི་རྩོམ་རིག་དེ་རྒྱལ་རབས་དགུ་པ་སྨུ་དེ་གུང་རྒྱལ་སྐབས་དར་སྤྲོལ་ཆེ་བ་ཙམ་ལས་དོན་དུ་མི་རིགས་གཞན་དང་འདྲ་བར་བོད་ཀྱི་གདོད་མའི་སྤྱི་ཚོགས་ཀྱི་དུས་སྐད་དུ་དར་བ་ཡིན་པར་བརྗོད་ནུས།

ལོ་ཆེན་ཤོང་སྟོན་རྡོ་རྗེ་རྒྱལ་མཚན་གྱིས་དཔལ་ས་སྐྱའི་གཙུག་ལག་ཁང་དུ《སྙན་ངག་མེ་ལོང་》བོད་བསྒྱུར་གནང་བ་དེས་བོད་ཀྱི་དམངས་གྲོད་གླུ་ཚིག་གི་སྒྲུ་རྩལ་ཐད་ཤུགས་རྐྱེན་དང་གསོན་ཤུགས་གསར་པ་ཁ་སྣོན་ཐེབ་པ་དང་དེ་རྗེས་དགེ་བའི་བཤེས་གཉེན་དཔྱི་ས་བློ་གྲོས་རྒྱ་མཚོ་མཆོག་ནས་བོད་མི་རིགས་ཀྱི་ཁྱད་ཆོས་དང་མཐུན་པའི་གླུ་ཚིག་གི་འགྲོ་ལམ་གསར་པ་ཞིག་གམ་བོད་ཀྱི་དམངས་གྲོད་གླུ་ཚིག་རྒྱུ་ཆར་ལེན་ནས་སྒྲུ་རྩལ་གྱི་ཉམས་མཚར་རིམ་པ་གཅིག་གོང་དུ་བཏེགས་པས་བོད་ཀྱི་དམངས་གྲོད་གླུ་ཚིག་གོམ་གང་མདུན་སྤྲོས་ཀྱི་འཕེལ་རྒྱས་སུ་ཕྱིན་པ་དང་། ལྷག་པར་དུ་བོད་སྤྱི་ཚོགས་ཀྱི་འཚོ་བ་ཐུར་ལས་གྲ་རྒྱས་དང་ཐོན་དངོས་ཐུར་ལས་རྗེ་མང་དུ་སོང་བས་དམངས་གྲོད་གླུ་ཚིག་གི་ནང་དོན་གནམ་མཐའ་དང་མཚུངས་པར་གྱུར་པ་དཔེར་ན།

རི་སྲུལ་མོ་ཡག་གི་གོང་བ་ན། །
བྱ་དང་པ་སེར་པོ་བྲུར་འགྲོ་བྱེད། །

ཅི་ཁེད།

ལན། ཞྭ་མོ་གྱོན་པའི་བཙུན་པ།

ཙན་དན་ཤིང་གི་ལོ་མའི་ཐོག །
སངས་རྒྱས་སྟོང་སྐུ་གྲུབ་པའི་གནས། །

ཅི་ཁེད།

ལན། སྐུ་འབུམ་དགོན།

ལྷ་བུ་ཆོས་ཀྱི་བྱ་དངོས་གབ་བྱར་བྱས་པ་དང་།

སྨད་ན་སྤྱང་མོས་ཁ་གདངས་ན། །

སྟོད་ནས་ཕྱུག་པོའི་ལུག་འཛྭག་གི །

ཅི་ཁེད།

ལན། སྐྲ་རིངས་ཤར་བ།

དཀྱིལ་འཁོར་བར་སྣང་ཁམས་ན་ཡོད། །

ལྷ་བཟོ་དཀྱིལ་འཁོར་དབུས་ན་བཞུགས། །

ཅི་ཁེད།

ལན། འབུ་སྡོམ།

ལྷ་བུ་གབ་བྱར་རང་བྱུང་གི་སྣང་ཚུལ་དང་རང་བྱུང་གི་སྲོག་ཆགས་བྱས་པ་རྐང་གཅིག་ལག་གཉིས་ཤིང་གི་སྡེར་མོ་ཅན། ཅི་ཁེད། ལན་རྔའི་སྒྲོག མི་བརྒྱ་ལ་སྐེད་རགས་གཅིག ཅི་ཁེད། ལན་ཕྱུགས་མ། ཐང་དཀར་པོ་ལུག་ནག་པོ་ལུག་རྫི་གླ་བ། ཅི་ཁེད། ལན་དཔེ་ཆ་འདོན་པ། ནགས་འདབས་ཀྱི་གླ་བོ་ཁེར་ཉལ། ཅི་ཁེད། ལན་ཐ་བ་ལྷ་བུ། གབ་བྱར་འཚོ་བའི་ཡོ་བྱད་དང་མིའི་དབང་པོ་བྱ་སྤྱོད་བྱས་པ་སོགས་ནང་དོན་རྒྱ་ཡངས་པ་བློར་གསོང་དགའ་བའི་ཚད་དུ་སླེབས་ཡོད།

བོད་ཀྱི་དམངས་ཁྲོད་གབ་ཚིག་གི་ནང་དོན་དང་སྒྲུ་རྩལ་ལ་འཕོ་འགྱུར་དེ་ལྷ་བུ་བྱུང་བ་བཞིན་རྩོམ་རིག་འདིའི་མིང་འདོགས་ལའང་འཕེལ་རིམ་ཞིག་ཆགས་ཡོད་པ་སྔེ་གནའ་དུས་སུ་དངོས་པོའི་རྟགས་དང་མཚན་མ་དེ་བཞིན་བརྗོ་པ་བཅས་ལ་བརྟེན་ནས་གསང་བའི་དོན་རྟོགས་པར་བྱེད་པའི་ཐབས་འཕྲུལ་ཞིག་ལ་ལྡེའུ་ཞེས་མིང་འདོགས་པར་མངོན་ཏེ་ཏུན་ཧོང་ཡིག་རྙིང་ནང་རྣང་ཚུང་

མཆིད་ཕྱག་གྱིས་པ་ལས་བཙན་པོ་དྲལ་ལ་བཀའ་ལན་ཡི་གེར་གསོལ་བ་ནི་ཆང་མ་མཆིས་སོ། ། བཙན་པོའི་ཕྱག་ཏུ་འདི་ཕྲལ་ཅིག་ཆེས་ཞུ་གཡག་ཞུ་གཅིག་ཕྱག་རྒྱས་བཏབ་ནས་བསྐུར་རོ། གྲིམ་བཙན་རྨང་ཆུང་སྣར་བཙན་པོ་སྤྱན་སྔར་མཆིས་ནས་བཙན་མོས་བཀའ་ལན་ཡི་གེར་གསོལ་བ་ནི་ཆང་མ་མཆིས་མགུར་བླངས་པའི་ཚིག་འདི་ཞེས་མཆི། ཕྱག་རྒྱས་བཏབ་སྐེ་སྐུར་བ་འདི་ལགས་ཤེས་གསོལ་བ་ལས་ཞུ་ཕྱག་རྒྱ་ཕྱ་སྐེ་གཟིགས་ན། གཡུ་རྙིང་བཟང་པོ་སུམ་ཅུ་ཙམ་ཞིག་བྱུང་སྟེ། བཙན་པོ་དགོངས་དགོངས་ནས་ཡུ་བྱུས་ཡིག་མྱི་རྒྱ་ལ་རྐོལ་ཕོད་ན་ནི་གཡུ་ཐོགས་ཤིག་རྐོལ་མ་ཕོད་ན་ནི་བུད་མེད་དང་མཚུངས་ཞུ་གྱོན་ཅིག་ཟེར་བ་ལྟ་ཞེས་བཀའ་སྩལ་ནས་རྗེ་བློན་བློད་བློད་དེ་ཡིག་མྱི་ཅུའི་སྲིད་བརླག་གོ་ཞེས་པ་དང་། 《རྒྱལ་རབས་གསལ་བའི་མེ་ལོང་》ནང་དེར་བློན་པོས་ལུས་གུད་པ་སོས། ལྷ་གསོལ་བར་འགྲོ་བའི་གྲབས་བྱེད་གྱིན་ཡོད་དུས་བོད་བློན་རྣམས་ཀྱིས་ཇུས་མའི་སྤྲང་པོ་ཞིག་བཏང་བྱུང་ངོ་། །དེར་བློན་པོས་ལོག་པའི་སྐད་བྱུས་ཏེ་ཐག་རིང་གི་ར་ཕོ་རྒྱ་བོ་ལ་ངོ་ཤེས་མི་བྱའོ། །ཁ་རོག་སྡོད་ལ་ཀུ་ཅོ་ཐོང་། ནག་མོ་ལྕགས་མཁར་ཐུག་ནས་ཡོད། ལུང་པ་ཕུ་བརྟུག་མདའ་བརྟུགས་སུ། ཐུ་རུ་ཅོ་བྲགས་ཁོང་ལ་ཞོག དར་དཀར་དྲིལ་ལ་དར་ནག་བསྒྲིད། ཟླ་བས་ཉི་མའི་ཟ་རུ་སླེབས། ཟེར་ནས་དེར་སྤྲང་པོ་དེ་ལོག་གོ། སྤྲང་པོ་དེས་ཁོང་རྣམས་ལ་བཤད་པས་མ་གོ་བར་རྒྱལ་མོ་ཀོང་ཇོས་གོ་ནས་འདི་སྐད་ཟེར་ཏེ་བློན་པོ་དེས་རྒྱ་ནག་ཏུ་ངན་ཆེན་པོ་བྱེད་ཀྱི་ཡོད་པ་འདུག ཐག་རིང་གི་ར་བོ་རྒྱ་བོ་ལ་ངོ་ཤེས་མ་བྱེད་ཟེར་བ་ནི་ཁོང་རང་རྒྱ་བོ་སླ་ར་ཅན་ལ་ལབ་མ་ཤོད་བྱ་བ་ཡིན། ད་ལན་ཁ་རོག་སྡོད་ལ་བོད་བློན་རྣམས་ལ་ཤོད་བྱ་བ་ཡིན། ནག་མོ་ལྕགས་མཐུར་ཐུག་ནས་ཡོད་ཟེར་བ་དེ་ས་བོན་ཡོས་སུ་བརྫོས་ནས་འདེབས་བཙུག་བྱ་བ་ཡིན། ལུང་པ་ཕུ་རྟུག་མདའ་བརྟུགས་སུ་ཐུ་ར་ཅོ་བྲགས་ཁོང་ལ་ཞོག་བྱ་བ་དེ་དོང་པར་མདའ་མང་པོ་ཆུག་བྱ་བ་ཡིན། དར་དཀར་དྲིལ་ལ་དར་ནག་བསྒྲིད་བྱ་བ་དེ་

ཉིན་མོ་བསྡད་ལ་མཚན་མོ་འོང་ཟེར་བ་ཡིན། ཟླ་བས་ཉི་མའི་རྩར་སླེབ་ཟེར་བ་དེ་ངས་ཁྱོད་རྣམས་ཀྱི་རྩར་མགྱོགས་པར་སླེབས་བྱ་བ་ཡིན་ཟེར་རོ། ཞེས་བྱུང་བ་འདི་གཉིས་ལ་བརྟག་ན་སྐབས་དེ་དུས་ཀྱི་ལྡེའུ་ཡིན་ལ་སྔོན་དུ་བཀོད་པ་དངོས་པོའི་རྟགས་དང་མཚན་མར་བརྟེན་པའི་ལྡེའུ་དང་ཕྱི་མར་བཀོད་པ་རྫོད་ཚིག་ལ་བརྟེན་པའི་ལྡེའུ་ཡིན། དེ་ལས་སྔ་མ་ནི་རྩོམ་རིག་གི་རྩ་བའི་ཁྱད་ཆོས་གཅིག་ཀྱང་མེད་པས་གབ་ཚིག་དང་ཡོངས་སུ་ཐ་དད་གྱུར་ཞིང་ལྡེའུ་ཅེ་བྲག་རྫོད་ཚིག་ལ་བརྟེན་པ་དེ་རིམ་བཞིན་འཕེལ་རྒྱས་ཕྱིན་པ་ད་ལྟའི་གབ་ཚིག་ཅེས་པ་དང་དོན་མཚུངས་པ་ཡིན། ལོ་རྒྱུས་ཀྱི་འཕེལ་རིམ་རིང་མོའི་ནང་ལྡེའུ་ཞེས་པར་ཁེད་དང་ཁ་མཚར་སོགས་ཀྱི་བརྡ་གསར་པ་འགའ་ཐོན་ཞིང་། ལྷག་པར་དུ་བོད་ལ་ཡི་གེ་དར་བ་དང་། ཡང་སྔོས《སྣན་ངག་མེ་ལོང་》བོད་བསྒྱུར་བྱུང་རྗེས་གབ་ཚིག་ཅེས་པའི་ཡིག་ཐོག་གི་བརྡ་གསར་པ་འདི་བྱུང་བ་རྣམས་མདོར་ན་དོན་གཅིག་མཚུངས་ཏེ་ཚེ་ཏན་ཞབས་དྲུང་མཆོག་ནས《སྙན་ངག་མེ་ལོང་གིས་སྤྱི་དོན་སྡེབ་ལེགས་རིག་པའི་འཆར་སྒོ》ལས་གནའ་དུས་བོད་རྒྱལ་སྲོང་བཙན་སྒམ་པོའི་ཡན་ཆད་དུ་བོད་ལ་ཡི་གེ་མེད་པའི་རིང་ལ་རྒྱལ་སྲིད་བོན་སྒྲུང་གསུམ་གྱི་བསྐྱངས་ཞེས་པའི་ནང་ཚན་ལྡེའུ་ནི་ཁེད་ཀྱི་བརྡ་རྙིང་ཡིན་ཞེས་དང་།། མཁས་དབང་དུང་དཀར་བློ་བཟང་འཕྲིན་ལས་མཆོག་ནས་གཞན་ཡང་སྔ་རབས་ལྡེའུ་དང་། ཡུལ་འགར་ཁེད་ཅེས་གྲགས་པ་ཡི། གངས་ལྗོངས་རིག་རྩལ་ལས་འོངས་པའི། ཛ་མཚར་གབ་ཚིག་རྣམ་གྲངས་མང་ཞེས་གསུངས་པ་དོན་འདིའི་ཕྱོགས་བསྡོམས་ཀྱི་ཚིག་གོ།

གཉིས་པ། དམངས་ཁྲོད་གབ་ཚིག་གི་དབྱེ་བ།

དམངས་ཁྲོད་གབ་ཚིག་ནི་ལོ་རྒྱུས་ཀྱི་དུས་རིམ་མི་འདྲ་བའི་ནང་གྲུབ་པ་

དང་མི་རིགས་གཅིག་གི་སྒེར་དབང་མ་ཡིན་པར་མི་རིགས་དུ་མར་ཡོད་པ་གསར་རྩོམ་ཐབས་ཤེས་དང་མཚོན་ཐབས་སོགས་སྒྱུ་རྩལ་ཐད་ཁྱད་ཆོས་དུ་མ་ལྡན་པའི་རྩོམ་རིག་ཅིག་ཡིན་པ་མ་ཟད། གབ་ཅིའི་དོན་ཡང་གཅིག་ཏུ་མ་ངེས་པར་མིའི་འཚོ་བའི་ཡོ་བྱད་དང་། མིའི་བྱ་བྱེད་འགུལ་སྐྱོད། རང་བྱུང་དང་རང་བྱུང་མ་ཡིན་པའི་དངོས་རིགས་རང་བྱུང་གི་སྣང་ཚུལ་སོགས་འཇིག་རྟེན་ན་སྲིད་པ་དང་མི་སྲིད་པ་ཐམས་ཅད་ཏུང་བའི་རྩོམ་རིག་ཅིག་ཡིན་སྐབས་དེའི་དབྱེ་བའི་གཞི་འཛིན་དུས་དང་མི་རིགས་སྒྱུ་རྩལ་ནང་དོན་གང་ལ་བྱས་ནའང་ཆོག་པ་ཡིན། འདིར་རིགས་འགྲེ་སླ་བའི་ཆེད་དུ་གབ་དོན་ཆ་ནས་དངོས་རིགས་སྐོར་གྱི་དམངས་ཁྲོད་གབ་ཚིག བྱ་བྱེད་འགུལ་སྐྱོད་སྐོར་གྱི་དམངས་ཁྲོད་གབ་ཚིག རང་བྱུང་སྣང་ཚུལ་སྐོར་གྱི་དམངས་ཁྲོད་གབ་ཚིག་བཅས་དབྱེ་བ་ཆེན་པོ་གསུམ་ལ་བྱས་ནས་བརྗོད་དོ། །

གཅིག དངོས་རིགས་སྐོར་གྱི་དམངས་ཁྲོད་གབ་ཚིག

དེ་ནི་མིའི་ལུས་ཀྱི་དབང་པོ་དང་སྤྱི་ཚོགས་དང་ཐོན་སྐྱེད་ཀྱི་འཚོ་བའི་ཡོ་བྱད་དགོན་པ་དང་མཁར། སྲོག་ཆགས། རྩི་ཤིང་། རི་ཆུ་ལ་སོགས་པ་དངོས་པོ་གབ་བྱར་བྱས་པའི་དམངས་ཁྲོད་ཀྱི་གབ་ཚིག་ཅིག་ཡིན། དཔེར་ན།

རྩ་བ་ལྷ་ལ་རྩེ་མོ་ལྷ། །
རྩེ་མོ་རེལ་ལྷན་པ་རེ། །〔མཛུབ་མོ་〕
སྤྲངས་གཞོང་གཅིག་གི་སྟེང་ལ། །
ཤིང་སྡོང་བཀོག་པའི་ཞུལ་ཡོད་པ། །〔ལྟེ་བ་〕
ཐག་ཁྲང་ནང་དུ་དཀར་ཡོལ་གྲལ་སྒྲིགས། །〔སོ་〕
བཀག་ན་ཐེ་བོང་གང་། །
བཏང་ན་ལུང་པ་གང་། །〔མིག་〕

ཁང་ཆུང་གཉིས་ལ་ཀ་བ་གཅིག །〔སྣ་〕

ཉ་བྲུ་མིའི་དབང་པོ་ཡན་ལག་གབ་བྱར་བྱས་ལ་དེའི་ནང་གབ་བྱ་དངོས་པོའི་གཙོ་བོའི་གྲུབ་ཆའི་ཁྱད་ཆོས་དང་བྱེད་ལས་ལ་སོགས་པ་དཔེ་འམ་དངོས་པོ་གཞན་ལ་འབྲེལ་བ་བྱས་ནས་བརྗོད་པ་གང་ཞིག་གབ་བྱའི་དངོས་པོའི་ངོ་བོ་དང་ཁྱད་ཆོས་ལ་ཐད་ཀའི་བཀོད་འབྲི་མེད་པར་གབ་བྱེད་ཀྱི་བརྗོད་ཚིག་ལས་གབ་དོན་རྟོགས་ཐུབ་པར་བྱས་ལ། ཡང་།

ཁ་མིག་མེད་པའི་གྲུ་བཞི་གླིང་བཞི་མ། །
ལག་པས་རེག་ན་སྐད་ཆ་བཤད་མཁན་མ། །〔ཀླུང་འཕྲིན་〕
སྒང་ལ་ལྷ་མོ་འཁྲབ། །
འོག་ལ་ཞབས་བྲོ་འཁྲབ། །〔འཐག་ཁྲི་〕
ར་ཁམ་པ་ལྷུགས་ཀྱི་མཆུ་ཧོ་ཅན། །〔སྦུད་པ་〕
བ་དམར་པོ་ཞིག་གིས་ཆུ་རྫིང་གང་འཐུང་མཁན། །〔སྣུམ་ཞུ་〕
སྐྱེས་གཟུགས་དྲང་པའི་དཔའ་བོ་ཞིག །
ཀླད་པའི་གཙུག་ན་ཁ་ཞིག་ཡོད། །〔མདའ་མོ་〕
རྒན་པོའི་སྨ་ར་བཟུང་ན་ལོ་གྲངས་བཤད། །〔རྒྱ་མ་〕
ཟླ་མ་བརྒྱ་དང་བརྒྱད། །
ཚང་མ་རྒྱུ་མ་གཅིག །〔ཕྲེང་བ་〕
སྟེང་ནས་སེར་བ་བཏང་། །
བར་ན་གངས་བཏང་། །
འོག་ནས་ཤ་འོད་རྒྱུག་པ། །〔ཆུ་འཁོར་〕
རྐང་ལག་ཡོད་ཀྱང་འགྲོ་མི་ཐུབ། །
རྐུབ་རྟུས་ཡོད་ཀྱང་སྡོད་མི་ཐུབ། །〔སླེལ་པོ་〕
པ་ཀོ་ཞྭ་ཅན། །

བྲ་ཕྱིང་ཞྭ་ཅན། །

བྲུས་ཕ་རྟུངས། །

ཕས་ཤུར་སྒྲ་སྒྲོགས། །〔ཇ་〕

ལྷ་བྲུ་གབ་བྱར་ཐོན་སྐྱེད་འཚོ་བའི་ཡོ་བྱད་བྱས་པའི་གབ་ཚིག་དང་།

ཞབས་རའི་ཞབས། །

གསུང་འབྲི་མོའི་གསུངས། །

ཞལ་འཁོར་ལོའི་ཞལ། །〔ཕག་པ་〕

སྦྲུ་རྟུ་དམར་པོ་གཙུག་ལ་གྲོན། །

སྐད་གསང་སྒྲོག་ན་ཡུལ་ལུང་འཁྲུག །〔བྱ་ཕོ་〕

ཕར་ཚུར་གཉིས་ཀྱི་རི་དེ་ཤིང་གི་རི། །

ནང་གི་གེ་སར་རྒྱལ་པོ་མར་གྱི་རི། །〔སྟར་ཁ་〕

རྒྱལ་བ་དམར་པོའི་ནང་། །

ཏམ་ཀ་དཀར་པོ་བརྒྱ་བླུགས་པ། །〔སྲུར་པན་〕

ལྷ་བྲུ་གབ་བྱར་སྲོག་ཆགས་དང་སྐྱེ་དངོས་རྩི་ཤིང་བྱས་པའི་གབ་ཚིག་ཡིན་ལ།

དང་པོ་མཛོའི་རྣ་ཅོ་འདྲ་བ། །

བར་དུ་དཀྱིལ་འཁོར་གྱི་ཐིག་འདྲ་བ། །

མཐའ་མར་རྒྱན་མ་འཛུལ་སའི་ཤུལ་འདྲ་བ། །〔ཟླ་བ་〕

གཞན་བཀྲུས་ན་དག །

རང་བཀྲུས་ན་བཙོག་པར་ཕྱིན། །〔ཆུ་〕

སྔོར་མོ་གསེར་གྱི་རང་གཟུགས་ཅན། །

རྐང་ལག་མེད་ཀྱང་འགྲོ་ལ་མཁས། །〔ཉི་མ་〕

ལྷ་བྲུ་རང་བྱུང་གི་དངོས་པོ་གབ་བྱར་བྱས་པ་སོགས་གོང་བཀོད་གབ་ཚིག་དག་

ནང་གབ་བྱ་རྟོགས་ཚེ་གབ་བྱེད་ཁ་གསལ་བ་དང་གབ་བྱེད་ལ་བསམ་ནས་གབ་

བྱ་རྟོགས་ཐུབ་པའི་གབ་བྱ་གབ་བྱེད་ཀྱི་འབྲེལ་བ་ཤིན་ཏུ་རན་ཞིང་འཚམས་པར་ཐག་གཅོད་བྱས་ཡོད་པ་མ་ཟད་གབ་བྱའི་དོན་གང་ཡིན་ཡོངས་རྫོགས་གཟུགས་ཅན་གྱི་དངོས་པོ་ཡིན་པའི་ཐུན་མོང་བའི་ཁྱད་ཆོས་དེར་བརྟེན་ནས་དངོས་རིགས་སྐོར་གྱི་གབ་ཚིག་ཅེས་རིགས་ཀྱི་དབྱེ་བ་གཅིག་ཏུ་བཞག་པ་ཡིན།

གཉིས། བྱ་བྱེད་འགུལ་སྐྱོད་སྐོར་གྱི་དམངས་ཁྲོད་གབ་ཚིག

དེ་ནི་མི་དང་དུད་འགྲོ་གང་རུང་གི་བྱ་བྱེད་འགུལ་སྐྱོད་གབ་བྱར་བྱས་པའི་དམངས་ཁྲོད་ཀྱི་གབ་ཚིག་ཅིག་སྟེ་གབ་ཚིག་གཞན་དང་བསྡུར་ན་གབ་བྱེད་ལ་བྱ་ཚིག་གི་ཁྱད་པར་སྣ་ཚོགས་ཐེབས་པའི་ཁྱད་ཆོས་མངོན་གསལ་དོད་པོ་ལྡན་པ་དཔེར་ན།

སྐྲ་ཀ་ཕྲ་མོ་ཁྲུང་ལ་འཛུལ། །
ཟ་སྦྲོ་ལེབ་མོས་ཁྲུང་ཁ་བཅད། །〔མིག་བཙུམ་པ་〕
སྟེང་ལྷ་ཡུལ་ནས་འཁོར་ལོ་བསྐོར། །
བར་མི་ཡུལ་ནས་བྲང་ཁོག་བརྡུང་། །
འོག་ཀླུ་ཡུལ་ནས་བྲོ་འཁྲབ་པ། །〔ཐག་འཐག་པ་〕
དཀར་པོ་ཡར་ཕྱིན། །
ནག་པོ་མར་སོང་། །〔ལུག་གིས་རིལ་མ་བཏང་བ་〕
ཞིང་སློག་ས་ནས་བྱ་ཞིག་ཡོང་། །
གཙང་པོའི་ཆུ་ལ་རྡུབ་གཅིག་བྱས། །
འཕྱིང་དཀར་སྟེང་དུ་རྗེས་ཤིག་བཞག །
〔ལྕགས་སྨྱུག་གིས་ཡི་གེ་བྲིས་པ་〕
འགྲོ་གིན་འགྲོ་གིན་བག་ལེབ་བཟོས་པ། །〔ལྦི་བ་བཏང་བ་〕
ཕར་རི་ནས་ཟྭ་ཞིག་ཚུར་རི་ནས་ཟྭ་ཞིག །

ཨུ་རྒྱན་པདྨ་ཧྲས་བརྡབས། །〔ཡོས་བསྟོ་བ་〕

ལ་སོགས་པའི་དཔེ་དག་གིས་མཚོན་ཐུབ།

གབ་ཚིག་འདིའི་གབ་བྱ་དང་གབ་བྱེད་གང་ལ་བལྟས་ནའང་བྱ་ཚིག་དང་ཁ་མ་ཐལ་བ་ཞིག་ཡིན་པས་དམངས་ཁྲོད་ཀྱི་གབ་ཚིག་ནང་འགྲུལ་རྣམ་རང་བཞིན་མངོན་གསལ་དོད་པོས་སམ་འགྲུལ་རྣམ་རང་བཞིན་ནི་གབ་ཚིག་འདིའི་ཁྱད་ཆོས་ཆེ་ཤོས་ཤིག་ཡིན།

གསུམ། རང་བྱུང་སྣང་ཚུལ་སྐོར་གྱི་དམངས་ཁྲོད་གབ་ཚིག

དེ་ནི་རང་བྱུང་དངོས་པོའི་འཕེལ་འགྲིབ་དང་འགྱུར་ལྡོག་ལ་སོགས་པ་གབ་བྱར་བྱས་པའི་དམངས་ཁྲོད་ཀྱི་གབ་ཚིག་ཅིག་སྟེ། དེའི་ནང་རང་བྱུང་གི་དངོས་པོ་དེ་ཉིད་གབ་བྱར་བྱས་པ་མ་ཡིན་པར་དེ་ལ་ལྡན་པའི་འཕེལ་འགྲིབ་དང་འགྱུར་ལྡོག་ལ་སོགས་པའི་ཁྱད་ཆོས་ཤིག་གབ་བྱར་བྱས་པའི་ཁྱད་ཆོས་ཡོད། དཔེར་ན།

སྨད་ནས་ཛ་མོང་དཀར་པོས་ཁ་གདངས་ན། །
སྟོད་ནས་ཨུ་རྒྱན་པད་མའི་ལུག་ཁྱུ་འཛོག །

〔སྐྱ་རེངས་ཤར་བ་〕

འཛིགས་པའི་སེམས་ཅན་ལྕེ་དམར་ཅན། །
ཡོང་ཚེ་ས་གཞི་སྐད་ཀྱི་ཁེངས། །〔གློག་དམར་བརྒྱབ་པ་〕
ལྷ་ཡི་འཐག་མཁན་སྒྲུ་འཕྲུལ་མ། །
པང་གདན་དཀྱུང་གི་དཀྱིལ་ལ་བཏགས། །
མཐོང་ལེ་ཡིན་ཧེ་ཟིན་ལེ་མིན། །

〔ནམ་མཁར་འཇའ་ཟུག་པ་〕

ལྷ་བྲུ་རང་བྱུང་གི་སྣང་ཚུལ་ནི་ཟླ་སྐར་གསུམ་གྱི་འཕེལ་འགྲིབ། ཁ་ཆར་སྨུག་

པའི་འབབ་སྟངས་འཁྱུགས་རོམ་ཟིལ་པའི་ཁྱད་གཤིས་ལ་སོགས་པ་གབ་བྱར་བྱས་པ་ཤ་སྟག་གོ། །

དབྱེ་བའི་རྣམ་གྲངས་དེ་རྣམས་ནི་རྒྱུན་དུ་མཐོང་ཆེ་བའི་དབང་དུ་བྱས་ལ་གཞན་སྤྱི་ཚོགས་འཕེལ་རྒྱས་དང་མིའི་རིགས་ཀྱི་བློ་རིག་ཇེ་རྒྱས་དང་སྦྲགས་ནས་དམངས་ཁྲོད་དུ་ད་དུང་གབ་ཚིག་གསར་པ་གྲངས་ལས་འདས་པ་ཐོན་སྲིད་པས་དབྱེ་བ་འདི་ཙམ་ཞེས་ཚད་བཀག་དཀའ་བ་ཡིན།

གསུམ་པ། དམངས་ཁྲོད་གབ་ཚིག་གི་ཁྱད་ཆོས།

སྙན་ངག་མེ་ལོང་ལས།

རྩེད་མོའི་མདུན་སར་བཞད་གད་དང་། །
དེ་ཤེས་ཚོགས་སུ་གསང་སྨྲ་དང་། །
ཕ་རོལ་ཀུན་ཏུ་རྨོངས་བྱེད་ལ། །
གབ་ཚིག་དག་ནི་ཉེར་མཁོ་ལྡན། །

ཞེས་གསུངས་པ་ལྟར་གབ་ཚིག་ལ་རྩེད་མོའི་བྱ་བ་རྩོམ་པའི་མདུན་སར་བཞད་གད་དང་། སྐྱེ་བོ་ཚོགས་པའི་དབུས་སུ་བརྗོད་འདོད་ལ་གསང་བ། གཞན་བླུན་པོའི་མགོ་རྨོངས་པར་བྱེད་པ་དང་། དེ་ལ་འཇུག་པ་རྣམས་ཀྱི་བློ་རིག་འབྱེད་པར་བྱེད་པའི་ཁྱད་ཆོས་ལྡན་པ་ཙམ་མ་ཟད་ལོ་རྒྱུས་འཕེལ་རྒྱས་ཀྱི་ནང་དུ་རང་ལ་སྒྱུ་རྩལ་གྱི་ཁྱད་ཆོས་ཀྱང་ངེས་ཅན་ཞིག་གྲུབ་ཡོད།

ཐོག་མར་དམངས་ཁྲོད་ཀྱི་གབ་ཚིག་ལ་ལུས་རྣ་ཚོགས་པ་ཡོད་པའོ། སྤྱིར་དམངས་ཁྲོད་གབ་ཚིག་ནི་སྙན་རྩོམ་གྱི་ཁོངས་སུ་གཏོགས་པ་ཞིག་ཡིན་པས་ལུས་ལ་རྐང་པ་བཅད་པ་ཁོ་ན་ཙམ་དུ་ངེས་མེད། འོན་ཀྱང་གསར་རྩོམ་པས་གབ་བྱའི་ཁྱད་པར་ལ་བསྟུན་ནས་གབ་བྱེད་བཅད་པའི་ལུས་ལ་ཚིག་རྐང་གཅིག་ཅན།

གཉིས་ཅན། དུ་མ་ཅན་སྣ་ཚོགས་སྤྱད་པ་དང་ཚིག་རྐང་གཉིས་ཡན་ལས་གྲུབ་པའི་གབ་ཚིག་དག་ལའང་ཚིག་བར་དོ་མཉམ་པ་དང་དོ་མི་མཉམ་པ་སྣ་ཚོགས་སུ་བྱས་པ་དཔེར་ན།

ཕྱིན་ཕྱིན་སླེབས་རྒྱུ་མེད་པ། །〔དར་ཕྱོག་〕

ཆུ་ཁ་ནས་འཐུང་སྡེ་ཁ་ནས་སྐྱུག །〔སྦྱི་གུ་〕

ལྟ་བུ་གབ་བྱེད་ཚིག་རྐང་གཅིག་ཅན་གྱི་གབ་ཚིག་དང་།

སྐྱེས་གཟུགས་དྲང་བའི་དཔའ་བོ་ཞིག །

གླད་པའི་གཙུག་ན་ཁ་ཞིག་ཡོད། །〔མདའ་མོ་〕

ཆུ་མིག་དྭངས་གསལ་དབང་པོ་ཡིན། །

རང་དོན་མ་མཐོང་གཞན་དོན་མཐོང་། །〔མིག་〕

ལྟ་བུ་ཚིག་རྐང་གཉིས་ཅན།

ཕྱི་མགར་བས་བརྡུངས་འདྲ། །

ནང་རྒྱ་མཚོ་འཁྱིལ་དྲ། །

ཁ་ཉི་མ་ཤར་འདྲ། །〔མཆོད་མེ་〕

ལྟ་བུ་ཚིག་རྐང་མང་ཉུང་ཅི་རིགས་སུ་བྱས་པའི་གབ་ཚིག་དང་།

སྟོང་པོ་ཆེན་པོ་གནམ་ལ་འཕུར། །

གྲི་ཡིས་མི་ཆོད་ཀླུང་གིས་ཆོད། །〔དུ་བ་〕

ཕྱུགས་ཀྱི་སྣེའུ་ཁྲང་ནང་ནས། །

ལུག་གི་མགོ་ཐོན་ཙམ་བྱས། །

རའི་མགོ་ཡང་ཐོན་ཙམ་བྱས། །〔ཁབ་ལ་སྐུད་པ་རྒྱུད་པ་〕

ལྟ་བུ་གབ་བྱེད་ཚིག་བར་དོ་མཉམ་པའི་གབ་ཚིག་དང་།

ས་སྟེང་ལ་ཛ་བཞག །

ཛ་སྟེང་ལ་ཤིང་། །

ཤིང་སྡོང་ལ་ཤ་ལག་པ་གཅིག་བཞག་པ། །〔སྨུན་འཁེལ་བ་〕

ཐང་དཀར་དཀར། །

ལུག་ནག་ནག །

ལུག་རྫིས་ལུག་ངོ་ཚོད་ནས་བོད། །〔ཡི་གེ་ཀློག་པ་〕

ལྷ་བུ་གབ་བྱེད་ཚིག་བར་དོ་མ་མཉམ་སོགས་དམངས་ཁྲོད་གབ་ཚིག་གི་ལུས་གཅིག་ཏུ་མ་ངེས་པར་སྣ་ཚོགས་ལ་དེས་དམངས་ཁྲོད་གབ་ཚིག་གསར་དུ་རྩོམ་སྐབས་རྩོམ་ལུས་ཀྱི་འདེམས་སྒྲུག་དང་བེད་སྤྱོད་ཀྱི་ཐད་ལ་ཤིན་ཏུ་གུ་ཡངས་དང་རང་དབང་ཆེ་བའི་དགེ་མཚན་བསྟན་ཡོད།

གཉིས་ནས་དམངས་ཁྲོད་གབ་ཚིག་ལ་མཚོན་ཐབས་སྣ་ཚོགས་ཡོད་པའོ། གབ་ཚིག་གི་མཚོན་ཐབས་ཞེས་པ་དོན་དུ་གབ་བྱེད་ཀྱིས་གབ་བྱ་ཇི་ལྟར་མཚོན་པའི་ཐབས་ཤེས་དེ་ལ་ཟེར་ཞིང་། རྩོམ་པ་པོའི་གབ་ཚིག་སྐན་རྩོམ་གྱི་ཐད་ལ་ལོ་ངོ་སྟོང་ཕྲག་སྟོན་ནས་རྒྱ་གར་གྱི་སྙན་ངག་པ་ཆེན་པོ་སློབ་དཔོན་དབྱུག་པ་ཅན་གྱིས《སྙན་ངག་མེ་ལོང་》ནང་དུ་ཀུན་ཚོགས་སྦྱ་བྱེད་རིམ་པ་བྲལ། རབ་བཙོམ་མཐུན་གཟུགས་རྩུབ་མོ་དང་། གྲངས་དང་རབ་བརྟགས་མིང་དུ་འདུས། བསྒྲིབས་དང་མཐུན་སྒྲ་རྫོངས་པ་དང་། ཡོངས་འཁྲུག་གཅིག་བསྒྲིབས་གཉིས་ཀ་བསྒྲིབས། ཡོངས་སུ་འདྲེས་དང་བཅུ་དྲུག་གོ། ཞེས་མཚོན་ཐབས་གལ་ཆེ་བ་བཅུ་དྲུག་ཕྱོགས་བསྡོམས་དང་རྒྱས་བཤད་མཛད་ཡོད།

དམངས་ཁྲོད་གབ་ཚིག་གི་མཚོན་ཐབས་ཐད་ལ་དེ་ལྟ་བུའི་ཕྱོགས་བསྡོམས་མཛད་མཁན་ཞིག་བྱུང་མེད་ནའང་གཙོ་ཆེའི་མཚོན་ཐབས་འགའ་དུས་རབས་རིམ་བྱུང་གི་དམངས་ཁྲོད་གབ་ཚིག་ནང་རྟག་ཏུ་མཐོང་རྒྱུ་ཡོད་པ་ཡིན།

གབ་བྱེད་བརྗོད་ཚིག་གཞན་ལ་བརྟེན་ནས་གབ་བྱའི་དངོས་པོའི་གཟུགས་དབྱིབས་དང་ངོ་བོ་བྱེད་ནུས་བཅས་ལ་གཟུགས་སྣང་ཅན་གྱི་བཀོད་འབྲི་བྱས་པ་དེ་དམངས་ཁྲོད་གབ་ཚིག་གི་མཚོན་ཐབས་གལ་ཆེ་བ་གཅིག་ཡིན། དེ་ལ་ཡང་

དཔེ་ལས་མཚོན་པ་དཔེར་ན།

 སྔོན་པོ་གཡུ་ཡི་རལ་པ་ཅན། །

ལྷས་ངན་ཙི་ཙིའི་གཞུ་གུ་ཅན། །

དམར་པོ་བྱུ་རུའི་ཐོད་པ་ཅན། །

དཀར་པོ་དུང་གི་ཁོག་པ་ཅན། །〔ལ་ཕྱུག་〕

གྲུ་བཞི་ལྷུ་བཞི་སྒོ་འདྲ་འདྲ། །

རི་མོ་ཡག་པ་སྟག་འདྲ་འདྲ། །〔ཐང་ག་〕

ལྟ་བུ་གབ་བྱའི་དངོས་པོའི་དབྱིབས་དང་ཁ་དོག་ལ་སོགས་པའི་ཁྱད་ཆོས་རྣམས་དཔེའི་དངོས་པོར་བརྟེན་ནས་གསོན་ཉམས་དང་གཟུགས་སྣང་ཅན་དུ་བྱས་པ་དང་།

འགྲམ་གཅིག་ཅན་གྱི་མཛོ་སྔོན་པོས། །

ཕུ་མདའ་ཡོངས་ཀྱི་རྩྭ་རྣམས་བཟས། །

〔ཐོར་བས་ཞིང་བཟ་བ་〕

ཕོ་རྒོད་པོ་ཀོ་བའི་རྣ་ལུང་ཅན། །〔ལྕགས་ཕུར་〕

ཕར་སྐྱོགས་ནས་སོང་། །

ཚུར་རྒྱུགས་ནས་འོང་། །〔ཐོར་བ་〕

ཕ་ཀོ་ཞྭ་ཅན། །

བུ་འཕྲེང་ཞྭ་ཅན། །

བུས་ཕ་བརྡུངས། །

ཕས་འུར་སྒྲ་སྒྲོགས། །〔རྫ་〕

ལྟ་བུ་གབ་བྱ་ཕེམ་པོའི་ཁྱད་ཆོས་རྣམས་སེམས་ལྡན་གྱི་དངོས་པོའི་དབང་དུ་བྱས་ནས་མཚོན་པས་རབ་རྟོག་གི་མཚོན་ཐབས་དང་གཞན་ཡང་དེར་གཟུགས་རྒྱན་དང་འདྲ་ཀྱིས་མཚོན་པ་བསྒྱུར་བས་མཚོན་པ་སོགས་མང་དུ་ཡོད།

གབ་བྱའི་དངོས་པོ་གང་ཡིན་ཤིན་ཏུ་སྦས་ནའང་གབ་ཚིག་ནང་གབ་བྱའི་དངོས་པོ་དེ་རང་གི་ཁྱད་ཆོས་སྣ་ཚོགས་བརྗོད་ནས་གབ་བྱ་གོ་བར་བྱས་པ་ནི་གབ་ཚིག་གི་མཚོན་ཐབས་གལ་ཆེ་གཉིས་པ་དེ་ཡིན། དཔེར་ན།

སྡོང་པོ་གཅིག་ལ་ཁྲུང་བརྒྱད། །〔གླིང་བུ་〕

ཨ་ཡག་ཨ་ཡག་ལུང་མེད་པ། །〔སྒོ་ང་〕

ལྟ་བུ་གབ་ཚིག་ལ་དཔེ་དང་ཨུད་རྒྱན་ལ་སོགས་པ་གང་ཡང་མེད་པར་གབ་བྱའི་དངོས་པོ་ཉིད་ཀྱི་ཁྱད་ཆོས་དྲང་པོར་བརྗོད་ནས་མཚོན་པར་བྱས་པས་རང་བཞིན་བརྗོད་པའི་མཚོན་ཐབས་ཞེས་པར་གྲུབ།

གབ་ཚིག་གི་རྗོད་ཚིག་ནང་གབ་བྱའི་དངོས་པོ་དེའི་ཁྱད་ཆོས་སམ་ཚིག་ལས་འགལ་བ་ཅན་དུ་སྟོན་ནས་གབ་བྱ་གོ་བར་ཚིག་པ་དེ་ནི་དམངས་ཁྲོད་གབ་ཚིག་གི་མཚོན་ཐབས་གལ་ཆེ་གསུམ་པ་དེ་ཡིན། དཔེར་ན།

རྐང་ལག་ཡོད་ཀྱང་འགྲོ་མི་ཤེས། །

རྒྱབ་རྟུས་ཡོད་ཀྱང་སྡོད་མི་ཐུབ། །〔སློལ་པོ་〕

རི་དྭགས་མིན་ཡང་རི་དང་ཉེ། །

གཅན་གཟན་མིན་ཡང་མི་ལ་རྨུགས། །〔ཟ་པོ་〕

ཁ་མིག་མེད་ཀྱང་ཏུ་མཁན་མ། །

རྐང་ལག་མེད་ཀྱང་ཐང་སྒྱུག་མ། །〔རླུང་བུ་〕

ལྟ་བུ། གབ་ཚིག་འདིར་དངོས་པོའི་གཟུགས་དབྱིབས་དང་ངོ་བོ་སོགས་ཞིབ་ཕྲའི་བཀོད་འབྲི་མེད་ནའང་སྒྱུ་རྩལ་ལ་བརྟེན་ནས་མངོན་གསལ་དང་མངོན་གསལ་མ་ཡིན་པའི་དངོས་པོའི་འགལ་བའི་ཆ་དེ་འབུར་ཐོན་བྱས་པས་དེ་བས་ཡ་མཚན་དང་། སྐོས་སུ་ཀ་ཙང་ཐབས་མཁས་ཀྱིས་གབ་བྱའི་དངོས་པོ་ཉིད་ལ་དོན་དམ་དུ་འགལ་བ་དེ་འདྲ་མི་སྲིད་ནའང་སྲིད་པ་ལྟར་དུ་བཙོས་པས་གབ་བྱའི་དངོས་པོ་རྙོགས་ཆེ་ཡ་མཚན་དང་དགོད་བྲོ་འཕེལ་བའི་ཉམས་འགྱུར་ལྡན་

ལ་གབ་བྱ་གབ་བྱེད་འབྲེལ་ཆགས་པའི་ཁྱད་ཆོས་ཡོད།

གོང་བཀོད་རྩ་བའི་མཚོན་ཐབས་དེ་རྣམས་གབ་ཚིག་གསར་རྩོམ་སྐབས་ངེས་པར་སོ་སོར་སྤྱོད་དགོས་པ་མ་ཡིན་པར་གསར་རྩོམ་པའི་དགོས་པར་བསྟུན་ནས་འདྲེས་འདྲེས་སུ་སྤྱོད་ཆོག་པ་དང་། གཞན་ཡང་གབ་བྱ་དངོས་པོ་གཅིག་གབ་བྱེད་དུ་མ་དང་མཚོན་ཐབས་དུ་མས་མཚོན་ཆོག་པ་ཡིན།

མདོར་བསྡུས་ན། དམངས་ཁྲོད་གབ་ཚིག་ནི་མིའི་རིགས་ཀྱི་བློ་བསྐྱེད་ལ་དམིགས་པའི་སྣན་རྩོམ་ཞིག་ཡིན་ཞིང་དེ་འཚོ་བ་དང་ཐོན་དངོས་ཤེས་རིག་བཅས་མི་འདྲ་བའི་དུས་སྐབས་ངེས་ཅན་དང་མི་རིགས་ཀྱི་ཁྱད་པར་ངེས་ཅན་ཞིག་གི་ཐོག་ཏུ་གྲུབ་པས་དུས་སྐབས་དང་མི་རིགས་ཀྱི་རང་བཞིན་གཟུགས་དང་གྲིབ་མ་བཞིན་ལྷན་གཅིག་ལྡན་ལ། རྒྱུན་འཛིན་གསར་གཏོད་ཀྱི་འཕེལ་རྒྱས་ནང་སླུའི་གབ་ཚིག་དྲི་བ་དྲིས་ལན་གྱི་གབ་ཚིག བྱིར་བཏང་གི་གབ་ཚིག་སོགས་རྣམ་པ་ཕུན་སུམ་ཚོགས་དང་རང་བྱུང་གི་དངོས་པོ་གབ་བྱར་བྱས་པ། མིའི་དབང་པོ་ཡན་ལག་གབ་བྱར་བྱས་པ་མི་བཟོས་ཐོན་དངོས་གསར་པ་གབ་བྱར་བྱས་པ་སོགས་ནང་དོན་རིམ་བཞིན་རྒྱ་ཆེ་འབྱུས་ཚང་དུ་འགྲོ་བ་ཞིག་ཡིན།

བསམ་གཞིག་འདྲི་གཞི།

1. གབ་ཚིག་ཅེས་པའི་དོན་གང་།
2. གབ་ཚིག་ལ་བརྗོད་དོན་སྒོ་ནས་དབྱེ་བ་ཇི་ཙམ་འབྱེད་ན་ལེགས།
3. གབ་ཚིག་གི་ཁྱད་ཆོས་གང་།

ས་བཅད་བདུན་པ། དམངས་ཁྲོད་སྙན་རྩོམ་རིང་མོ།

དམངས་ཁྲོད་སྙན་རྩོམ་རིང་མོ་ནི་ངལ་རྩོལ་མི་དམངས་ཀྱིས་ངག་ཐོག་ནས་གསར་རྩོམ་བྱས་པའི་སྙན་རྩོམ་གང་ཞིག་ལུས་ཚད་རིང་ལ་སྒྲུང་གི་བྲོ་བཅུད་ཆེར་ལྡན་པའི་དམངས་རྩོམ་ཞིག་ལ་ཟེར་བ་ཡིན།

ཕྱིར་དམངས་ཁྲོད་སྙན་རྩོམ་རིང་མོ་གང་ཞིག་ཡིན་རུང་དེའི་ནང་དོན་ལ་ངལ་རྩོལ་མི་དམངས་ཀྱི་འཚོ་བ་དང་ལོ་རྒྱུས། དཔའ་བོའི་མཛད་རྗེས། དེ་བཞིན་མི་རིགས་ཀྱི་གོམས་སྲོལ་གཤིས་ལུགས་སོགས་ཡོད་པས་དམངས་རྩོམ་གཞན་དང་བསྡུར་ན་ནང་དོན་ཕྱོགས་མང་རྒྱ་ཆེ་དང་ལུས་ཚད་རིང་བ་ཞིག་ཡིན་ལ་དེར་ད་བར་དམངས་ཁྲོད་རྩོམ་རིག་ལ་ཞིབ་འཇུག་གནང་མཁན་ཚོས་དོན་བརྗོད་སྙན་རྩོམ་རིང་མོ་དང་ལོ་རྒྱུས་སྙན་རྩོམ་རིང་མོ་གཉིས་སུ་དབྱེ་བ་མཛད།

དང་པོ། ལོ་རྒྱུས་སྙན་རྩོམ་རིང་མོ།

གཅིག ལོ་རྒྱུས་སྙན་རྩོམ་རིང་མོའི་ངོ་བོ་དང་བྱུང་འཕེལ།

ལོ་རྒྱུས་སྙན་རྩོམ་རིང་མོ་ནི་སྙན་ངག་བཅད་པའི་ལམ་ལ་གཙོར་བརྟེན་གྱིས་ཕྱི་སྣོད་ཀྱི་འཇིག་རྟེན་དང་ནང་བཅུད་ཀྱི་མི་ཇི་ལྟར་ཆགས་ཚུལ་དང་དེ་བཞིན་མི་རིགས་ཀྱི་འཕོ་འགྱུར་དང་མི་རིགས་ཀྱི་དམག་འཐབ་མི་རིགས་ཀྱི་དཔའ་བོའི་མཛད་རྗེས་སོགས་དོན་ཆེན་རྒྱས་བརྗོད་བྱས་པའི་དམངས་ཁྲོད་ཀྱི་སྙན་རྩོམ་རིང་གྲས་ཤིག་ལ་ཟེར་ཞིང་དེ་ལས་མི་རིགས་ཤིག་གི་འཕེལ་རྒྱས་ཀྱི་ལོ་རྒྱུས་དང་ཆབ་སྲིད་དཔལ་འབྱོར་རིག་གནས་དམག་དོན། ཡུལ་སྲོལ་གོམས་

གཞིས་སོགས་རྒྱ་ཆེར་མཆོན་པས་དམངས་རྩོམ་ཁྲོད་མི་རིགས་ཀྱི་ཤེས་བྱ་ཀུན་གསལ་བའི་ཀུན་གསལ་མེ་ལོང་ཞེས་པའི་སྙན་པ་བརྗོད་པ་ཡིན།

མར་ཁེ་སིས་སྐྱུ་རྩལ་རང་ངོས་ཀྱི་ཁྱབ་ཁོངས་ནང་གལ་ཆེའི་སྙིང་དོན་ལྡན་པའི་སྐྱུ་རྩལ་གྱི་རྣམ་པ་འགའ་སྐྱུ་རྩལ་གྱི་ཚད་དམའ་བའི་འཕེལ་རྒྱས་དུས་སྐབས་ལ་གཞི་ནས་བྱུང་སྲིད་པ་ཡིན། ཞེས་ལོ་རྒྱུས་སྙན་རྩོམ་དར་འཕེལ་གྱི་ལོ་རྒྱུས་ཆ་རྐྱེན་གླེང་བའི་སྐབས་གསུངས་པ་འདིས་ལོ་རྒྱུས་སྙན་རྩོམ་ནི་མིའི་རིགས་ཀྱི་སྤྱི་ཚོགས་ཀྱི་ཕྲ་དུས་དང་མིའི་རིགས་ཀྱི་སྐྱུ་རྩལ་གྱི་ཆུ་ཚད་དམའ་བའི་དུས་སྐབས་སུ་བྱུང་བའི་རྩོམ་རིག་གི་སྣང་ཚུལ་ཞིག་ཡིན་པར་བསྟན་པ་བཞིན་ལོ་རྒྱུས་སྙན་རྩོམ་གྱི་ནང་དོན་ལ་ཚོ་པ་དང་ཚོ་པ་བར་གྱི་དམག་འཐབ་དང་མི་རིགས་ཀྱི་འདུག་གནས་ཀྱི་འཕོ་འགྱུར། དཔའ་བོའམ་སྡེ་དཔོན་གྱི་མཛད་རྗེས་བརྗོད་པ་དང་དེ་བཞིན་དམག་དང་སྲིད་ཀྱི་དོན་ཆེན་གང་གི་སྐབས་ལའང་སྔོན་དུ་གདོད་མའི་ཆོས་ལུགས་ཀྱི་ཚོ་ག་འདྲ་མིན་བྱེད་པའི་སྲོལ་མངོན་གསལ་དུ་ཡོད་པ་མ་ཟད་མི་སྣ་ལ་གྲལ་རིམ་གྱི་དབྱེ་བ་ཆེས་བཙན་པ་གང་ཡང་མེད་པར་རྒྱལ་པོ་དང་བཙུན་མོ་སུ་ཡིན་ཡང་ཞིང་འབྲོག་གི་ངལ་རྩོལ་པ་གཞན་དང་འདྲ་བ་འདིས་ལོ་རྒྱུས་སྙན་རྩོམ་གྱིས་མཚོན་པའི་སྤྱི་ཚོགས་ཀྱི་འཚོ་བ་ནི་གདོད་མའི་སྤྱི་ཚོགས་ཀྱི་དུས་མཇུག་དང་ཐབ་གཡོག་སྤྱི་ཚོགས་ཀྱི་དུས་འགོའི་མིའི་རིགས་ཀྱི་འཚོ་བ་ཞིག་ཡིན་པས་ལོ་རྒྱུས་སྙན་རྩོམ་ནི་གདོད་མའི་སྤྱི་ཚོགས་ཀྱི་དུས་མཇུག་དང་ཐབ་གཡོག་སྤྱི་ཚོགས་ཀྱི་དུས་འགོའི་དུས་མཚམས་ལ་དར་ཞིང་དམངས་ཁྲོད་ཀྱི་སྒྲུང་པ་དང་སྐྱུ་རྩལ་པས་ཤུལ་འཛིན་ཁྱབ་སྤེལ་གྱིས་ད་བར་གནས་པ་ཞིག་ཡིན།

གཉིས། ལོ་རྒྱུས་སྙན་རྩོམ་གྱི་དབྱེ་བ།

འཛམ་གླིང་མི་རིགས་མང་པོར་རང་གི་མེས་པོས་གསར་རྩོམ་བྱས་པའི་ལོ་རྒྱུས་སྙན་རྩོམ་ཡོད་ཅིང་ང་ཚོས་ལོ་རྒྱུས་སྙན་རྩོམ་དེ་དག་ལ་ཕྱོགས་ཡོངས་ནས

ཞིབ་འཇུག་དང་བསྡུར་བ་བྱས་ན་རྩོམ་གཞི་ཕྱོགས་ཆེན་པོ་གཉིས་སམ་ནང་དོན་ཕྱོགས་ཆེ་བ་གཉིས་སུ་སྣང་བས་དེའི་རྩ་བའི་དབྱེ་བར་སྲིད་པ་ཆགས་ཚུལ་གྱི་ལོ་རྒྱུས་སྙན་རྩོམ་དང་དཔལ་བོའི་ལོ་རྒྱུས་སྙན་རྩོམ་གཉིས་སུ་བྱས་པ་ཡིན།

1. སྲིད་པ་ཆགས་ཚུལ་གྱི་ལོ་རྒྱུས་སྙན་རྩོམ།

སྲིད་པ་ཆགས་ཚུལ་གྱི་སྙན་རྩོམ་འདི་ལོ་རྒྱུས་སྙན་རྩོམ་ཡིན་མིན་ལ་མཁས་པ་རྣམས་ཀྱི་དགོངས་པ་གཅིག་མཐུན་མེད་ཅིང་ལོ་རྒྱུས་སྙན་རྩོམ་མ་ཡིན་པར་འདོད་པའི་མཁས་པ་རྣམས་ཀྱིས་སྙན་རྩོམ་འདིའི་བརྗོད་བྱ་རྒྱུ་མཚན་དུ་བྱས་ནས་སྙན་རྩོམ་འདིའི་ནང་གདོད་མའི་མིས་རང་གི་བློ་འདོད་གཞིར་བྱས་ནས་ཕྱི་སྣོད་ཀྱི་འཇིག་རྟེན་དང་ནང་བཅུད་ཀྱི་སེམས་ཅན་ཇི་ལྟར་ཆགས་ཚུལ་དང་བྱུང་ཚུལ་ལ་འགྲེལ་པ་དང་གསལ་བཤད་བྱས་པས་གོང་བརྗོད་དམངས་ཁྲོད་ལྷ་སྒྲུང་གི་ནང་གསེས་སུ་གཏོགས་པར་གསུངས། འོན་ཀྱང་ཀུན་གྱིས་ཤེས་གསལ་ལྟར་རྩོམ་གྱི་དབྱེ་བ་འདི་ནང་དོན་དང་རྣམ་པ་གསར་རྩོམ་གྱི་ཐབས་ཤེས་བཅས་ཕྱོགས་མང་ལས་བྱེད་ཆོག་ལ་ལྷག་པར་དུ་ཕན་ཚུན་འདྲ་མཚུངས་དང་གཞི་མཐུན་གྱི་ཁྱད་ཆོས་མང་དུ་སྲིད་པས་རྩོམ་ལ་མཐའ་གཅིག་ཏུ་ངེས་པའི་དབྱེ་བ་སུས་ཀྱང་འབྱེད་དཀའ་བ་ཡིན། དེས་ན་སྲིད་པ་ཆགས་ཚུལ་སྙན་རྩོམ་གྱི་ནང་དོན་དང་བསམ་བློའི་རྨང་གཞི་ལྷ་སྒྲུང་ལས་ལོགས་སུ་མེད་ནའང་སྲིད་པ་ཇི་ལྟར་ཆགས་པའི་ལོ་རྒྱུས་འཆོལ་ཞིབ་དང་མིའི་རིགས་ཀྱི་འཇིག་རྟེན་ཤེས་རྟོགས་ཀྱི་ལོ་རྒྱུས་སྒོས་སུ་རྩོམ་ལུས་སྙན་ངག་བཅད་པ་ཡིན་པ་འདིས་ཕྱོགས་གཞན་ནས་ལོ་རྒྱུས་སྙན་རྩོམ་ཡིན་ཞེས་བརྗོད་ན་མི་འོས་པ་ཅི་ཡང་མེད་དོ།

སྲིད་པ་ཆགས་ཚུལ་གྱི་ལོ་རྒྱུས་སྙན་རྩོམ་ནི་མིའི་རིགས་ཀྱིས་སྲིད་པ་འདི་གང་ལས་བྱུང་དང་ཇི་ལྟར་ཆགས་པར་རང་འདོད་བཞིན་འགྲེལ་པ་བྱས་པའི་དམངས་ཁྲོད་ཀྱི་སྙན་རྩོམ་རིང་གྲས་ཤིག་ལ་ཟེར་ཞིང་། འདི་ནི་དཔའ་བོའི་སྙན་རྩོམ་ལས་ཅུང་ཟད་བྱུང་སྔ་བ་ཞིག་ཡིན་ལ་ནང་དོན་ཐད་སྤྱིར་གནའ་བོའི་

མི་རྣམས་ཀྱིས་ཕྱི་སྣོད་ཀྱི་ཉི་ཟླ་སྐར་གསུམ་དང་ས་གནམ་སྐྱེ་དངོས་ཇི་ལྟར་བྱུང་བ་དང་ཆགས་པ་ནང་བཅུད་ཀྱི་མི་དང་དུད་འགྲོ་དེ་བཞིན་མིའི་སྤྱི་ཚོགས་ཀྱི་འཚོ་བ་བཅས་ཆགས་བྱུང་ཇི་ལྟར་ཡིན་པ་འགྲེལ་པ་གསལ་བཤད་བྱས་པ་གཙོ་བོར་བརྗོད་པ་ཞིག་སྟེ་དཔེར་ན་རང་ཅག་བོད་ཀྱི་《སྲིད་པ་ཆགས་གླུ》དང་《སྲིད་པས་བ་ཆུང་བཤའ་བ》གཉིས་པོའི་ནང་ཆེ་བ་གནམ་དང་ས་ཇི་ལྟར་ཆགས་པ་བརྗོད་ཡོད་པ་མ་ཟད་ཆུང་བ་འབྲུ་སྣ་དང་ཁྱིམ་བྱའི་ལུས་པོའི་ཡན་ལག་ཁག་ཀྱང་ཇི་ལྟར་བྱུང་བ་དང་ཆགས་པ་བརྗོད་ཡོད་པ་བཞིན་པའི་རིགས་(白族)ཀྱི་《སྲིད་པའི་ཆགས་རབས》དང་དབྱི་རིགས་ཀྱི་《མེའི་རིགས་ཀྱི་གནའ་གླུ》འཇང་རིགས་ཀྱི་《སྲིད་པ་ཆགས་རབས》ལ་སོགས་པར་གླུའི་རྣམ་པ་དང་ཐབས་ཤེས་བེད་སྤྱད་ནས་གནམ་ས་ཉི་ཟླ་སོགས་ཕྱི་སྣོད་ཀྱི་འཇིག་རྟེན་དང་ནང་བཅུད་ཀྱི་མི་དང་དུད་འགྲོ་ཇི་ལྟར་ཆགས་ཚུལ་བརྗོད་ཡོད།

མི་རིགས་ཁག་གི་ད་ཡོད་ཀྱི་སྲིད་པ་ཆགས་ཚུལ་གྱི་ལོ་རྒྱུས་སྔན་རྩོམ་ལ་དཔྱད་ན་འགའ་ཞིག་ཏུ་གནམ་དང་ས་མི་བཅས་ཕྱི་ནང་གི་དངོས་རིགས་དེ་གསུམ་ཙམ་གྱི་བྱུང་ཚུལ་དང་ཆགས་ཚུལ་བརྗོད་ཡོད་པ་དང་། ལ་ལར་དེ་གསུམ་གྱི་ཆགས་བྱུང་བརྗོད་པའི་ཚོད་ལས་འདས་ཏེ་རི་ཀླུང་ནགས་དང་སྔོ་ཕྱུགས་དུད་འགྲོ་ཁག་གི་བྱུང་ཚུལ་ཡང་ཞིབ་པར་བརྗོད་ཡོད་པས་ནང་དོན་ཐད་རྒྱ་ཆེ་ཆུང་གི་ཁྱད་པར་ཆེ་ཞིང་འགྲེལ་བཤད་ཀྱི་རགས་ཞིབ་ལའང་ཁྱད་པར་མངོན་གསལ་དོད་པོ་ཡོད་མོད་འོན་ཏེ་སྲིད་པ་ཆགས་ཚུལ་ལོ་རྒྱུས་སྔན་རྩོམ་དག་མིའི་རིགས་ཀྱི་ཤེས་རིག་ཆུ་ཚད་འདྲ་མཚུངས་དང་ཐོན་སྐྱེད་ཀྱི་ནུས་པ་འདྲ་མཚུངས་སུ་བྱུང་བའི་རྩོམ་རིག་དམིགས་བསལ་ཞིག་ཡིན་པས་དེ་དག་ལ་ཐུན་མོང་གི་ཁྱད་ཆོས་འགའ་ཡོད་པ་ཡིན།

(1) སྲིད་པ་ཆགས་ཚུལ་གྱི་ལོ་རྒྱུས་སྔན་རྩོམ་དག་ནི་མི་རིགས་དེ་དང་དེའི་ཆེས་ཐོག་མའི་སྤྱི་ཚོགས་འཚོ་བ་དང་གཅིག་ཏུ་སྦྲེལ་ཞིང་དེ་ལས་མི་རིགས

དེའི་སེམས་པོ་ཆེའི་འཇིག་རྟེན་ལྟ་བ་དང་འཇིག་རྟེན་ལ་ངོས་འཛིན་ཇི་ལྟར་བྱེད་པའི་ཐབས་དང་བློ་རིག་ཕྱོགས་བསྡུས་དང་གཟུགས་བརྙན་ཅན་དུ་མཚོན་པ་ཡིན།

(2) སྲིད་པ་ཆགས་ཚུལ་གྱི་ལོ་རྒྱུས་སྙན་རྩོམ་ནི་ཕྱི་ནང་དངོས་རིགས་ཀྱི་འབྱུང་ཁུངས་ལ་ཡང་དག་པའི་ཤེས་རྟོགས་མ་ཐུབ་པའི་མིའི་རིགས་ཀྱི་བྱིས་དུས་སུ་བྱུང་བའི་རྩོམ་རིག་ཁྱད་པར་བ་ཞིག་ཡིན་སྐབས་དངོས་པོའི་ཁུངས་དང་བྱུང་ཚུལ་ཇི་ཡིན་དེ་འཆར་སྣ་འཆར་ཡན་ལ་བརྟེན་ནས་གསལ་བཤད་བྱས་ཡོད། དཔེར་ན་《སྲིད་པ་ཆགས་གླུ》ཡི་ནང་དུ་ས་གནམ་གཉིས་བྱ་ཁྱུང་གིས་འབྱེད་པར་བཤད་པ་དང་《སྲིད་པས་བ་ཆུང་བཤའ་བ》ཞེས་པའི་ནང་བ་མགོ་ལས་ཐོད་འབུར་འབུར་བ་ཇ་ལས་ནགས་ཐ་ན་ལྷུང་གའི་མཆུ་མདོག་དེའང་བ་ཁྲག་བཀུས་པ་ལས་བྱུང་བར་བཤད་པ་བཞིན《མིའུ་རིགས་ཀྱི་གནའ་གཏམ》ནང་མི་ཡི་ཐོག་མ་ཤིང་ལས་བྱུང་བར་བཤད་པ་དང《སྲིད་པའི་ཆགས་རབས》ནང་སྔོ་ང་ལས་མི་བྱུང་བར་བཤད་པ་ལྟ་བུ། མདོར་ན་སྲིད་པ་ཆགས་ཚུལ་གྱི་ལོ་རྒྱུས་སྙན་རྩོམ་ལ་བབ་ཆགས་ཀྱི་བརྗོད་པ་དང་སྙན་འཇེབས་ཀྱི་འགྱུར་ཁུག་ཡོད་པ་མ་ཟད། འཆར་སྣ་འཆར་ཡན་ལས་བྱུང་བའི་བརྗོད་བྱ་དང་། མིའི་རིགས་ཀྱི་བྱིས་དུས་ཀྱི་བསམ་བློའི་ཁྱད་ཆོས་མངོན་གསལ་དོད་པོ་ཡོད་པ་ཡིན།

2. **དཔའ་བོའི་ལོ་རྒྱུས་སྙན་རྩོམ།**

དཔའ་བོའི་ལོ་རྒྱུས་སྙན་རྩོམ་ཞེས་པ་ནི་སྔོན་དུས་ཀྱི་མི་རིགས་དཔའ་བོའི་འཕྲུངས་འདས་དང་མཛད་པ་བྱས་རྗེས་བརྗོད་གཞི་གཙོ་བོར་བྱས་པའི་དམངས་ཁྲོད་ཀྱི་ལོ་རྒྱུས་སྙན་རྩོམ་ཞིག་ལ་ཟེར་ཞིང་དམངས་ཁྲོད་སྙན་རྩོམ་ནང་ནང་དོན་ཕུན་སུམ་ཚོགས་ཤོས་དང་རིང་ཤོས་ཤིག་ཡིན།

འཛམ་གླིང་དམངས་རྩོམ་ནང་གྲགས་པ་ཆེ་བའི་《གླིང་གེ་སར་རྒྱལ་པོའི་སྒྲུང》དང《དབྱི་ལིས་ཡ་ཐཱ》 《མ་ནཱ་སི》སོགས་དཔའ་བོའི་ལོ་རྒྱུས་སྙན་རྩོམ་

དེ་ཚོའི་ནང་ཚད་གཞི་ངེས་ཅན་ལ་སླེབས་པའི་སྤྱི་ཚོགས་ཀྱི་འཚོ་བ་དང་རྒྱལ་ཁབ་ཀྱི་ཐོག་མའི་གྲུབ་གཟུགས་དེ་བཞིན་ཞིང་འབྲོག་ལས་སོགས་ཐོན་སྐྱེད་ངལ་རྩོལ་སྣ་མང་བཅས་མངོན་གསལ་དུ་མཐོང་ཐུབ་པ་འདིས་དཔའ་བོའི་ལོ་རྒྱུས་སྣན་རྩོམ་འདི་སྲིད་པ་ཆགས་ཚུལ་གྱི་ལོ་རྒྱུས་སྣན་རྩོམ་ལས་ཅུང་ཟད་ཕྱི་བར་དར་བའི་སྙོམ་ཚིག་ཐོབ་ཅིང་དེ་ཡང་ཨེན་ཀི་སིས་དཔའ་བོའི་དུས་རབས་སུ་གསུངས་པའི་སྐབས་ཏེ་ཧུས་བརྒྱུད་ལམ་ལུགས་ཐོར་ལ་ཉེ་ཞིང་རྒྱལ་ཁབ་ཀྱི་སྨྱུ་གུ་འབྱུང་པ་དང་། གྲལ་རིམ་གྱི་ཁྱད་པར་ཐོག་མའི་མི་མངོན་པའི་རྣམ་པར་ཡོད་པའི་དུས་མཚམས་དེར་ང་ཅག་མེས་པོ་ཚོར་གཞི་ནས་དཔའ་བོའི་ལོ་རྒྱུས་སྣན་རྩོམ་གསར་རྩོམ་གྱི་བྱ་བ་བྱུང་བ་ཡིན། འོན་ཀྱང་ང་ཚོས《གླིང་གེ་སར་རྒྱལ་པོའི་སྒྲུང་》ལ་སོགས་པའི་གྲགས་ཅན་གྱི་དཔའ་བོའི་ལོ་རྒྱུས་སྣན་རྩོམ་དེ་དག་གི་འཕེལ་རྒྱས་ལོ་རྒྱུས་ལ་བལྟས་ན་མི་རིགས་ཀྱི་དཔའ་བོའི་དུས་རབས་དེར་ཡོངས་སུ་ཆ་ཚང་བར་གྲུབ་པ་དང་གསར་རྩོམ་གྱི་རྒྱུན་རྫོགས་པ་མིན་པར་མི་རིགས་དང་རྒྱལ་ཁབ་གྲུབ་པའི་རྗེས་ཀྱི་དུས་ཡུན་ར་ཅང་རིང་པོའི་ནང་ད་དུང་གསར་རྩོམ་གྱི་བྱ་བ་མུ་མཐུད་གནས་ཡོད་ཅེས་བརྗོད་ཆོག

དཔའ་བོའི་ལོ་རྒྱུས་སྣན་རྩོམ་འདི་དཔའ་བོའི་འབྲུངས་འདས་མཛད་པ་ སྒང་གཞིའི་རྩ་རིམ་ལ་འཛིན་ནས་གསར་རྩོམ་བྱས་པ་ཞིག་ཡིན་ནའང་བརྩམས་ཆོས་རྩོལ་པོའི་བརྗོད་བྱའི་ནང་དོན་དཔའ་བོ་སྐོར་གྱི་བྱུང་བ་བརྗོད་པའི་ཚད་ལས་བརྒལ་ཏེ་ར་ཅང་རྒྱ་ཆེ་དང་ཕུན་སུམ་ཚོགས་པ་སྟེ།

(1) ཚོ་པའི་བར་དང་མི་རིགས་བར་གྱི་གཡུལ་འགྱེད་དེ་དཔའ་བོའི་ལོ་རྒྱུས་སྣན་རྩོམ་གྱི་བརྗོད་བྱའི་དོན་ར་ཅང་གལ་ཆེན་ཞིག་ལ་གྱུར་ཡོད།

དཔའ་བོའི་ལོ་རྒྱུས་སྣན་རྩོམ་ནི་གདོད་མའི་སྤྱི་ཚོགས་ཀྱི་དུས་མཇུག་དང་ཐབ་གཡོག་སྤྱི་ཚོགས་ཀྱི་དུས་འགོར་དར་བའི་རྩོམ་རིག་ཞིག་ཡིན་ཞིང་སྐབས་དེ་དུས་མིའི་རིགས་ལ་ཞིང་འབྲོག་ལས་ཀྱི་ཐོན་སྐྱེད་ངེས་ཅན་གྲུབ་པ་མ་ཟད་ཐོན་

དངོས་མང་ཙུང་ལས་གྲལ་རིམ་གྱི་ཐོག་མའི་དབྱེ་བ་ཐོན་པ་དང་ལྷག་པར་དུ་ཚོ་པ་དང་ཚོ་པ་སྡེ་པ་དང་སྡེ་པ་བར་ཐོན་དངོས་སྲུང་སྐྱོབ་དང་ཐོན་དངོས་བཅན་འཕྲོག་གི་དྲག་པོའི་གཡུལ་འཐབ་ནར་མར་བྱུང་བ་ཡིན།

དཔའ་བོའི་ལོ་རྒྱུས་སྙན་རྩོམ་ནང་སྐབས་དེ་དུས་ཀྱི་ཚོ་པ་བར་གྱི་གཡུལ་འགྱེད་དག་བྱུང་བའི་རྒྱུ་རྐྱེན་དང་གཡུལ་འགྱེད་ཀྱི་བརྒྱུད་རིམ་འབྲས་བུ་བཅས་ཞིབ་ཅིང་ཕྲ་བར་བཀོད་འབྲི་བྱས་ཡོད་པ་སྟེ་དཔེར་ན་《གླིང་གེ་སར་རྒྱལ་པོའི་སྒྲུང་》ལས་《ཧོར་གླིང་གཡུལ་འགྱེད་》 《མོན་གླིང་གཡུལ་འགྱེད་》 《ཁ་ཆེ་གཡུལ་འགྱེད་》 《བལ་གླིང་གཡུལ་འགྱེད་》 《འཇང་གླིང་གཡུལ་འགྱེད་》 《ཞང་ཞུང་གཡུལ་འགྱེད་》 《འ་ཞ་གཡུལ་འགྱེད་》 《འབྲུ་ཤ་གཡུལ་འགྱེད་》བཅས་ནི་གླིང་སྒྲུང་གི་གལ་ཆེའི་གྲུབ་ཆ་ཡིན་ཞིང་དེ་དག་ནང་གླིང་དང་ཚོ་པ་གཞན་ནམ་མི་རིགས་གཞན་བར་བྱུང་བའི་དྲག་པོའི་གཡུལ་འགྱེད་ཁག་བརྗོད་གཞིར་བྱས་ཡོད། དེ་བཞིན་ཁོར་ཁེ་ཙི་རིགས་ཀྱི་《མ་ནཱ་སི་》དང་སོག་རིགས་ཀྱི་《གེ་སར་སྒྲུང་》ཤེ་ལའི་《དབྱི་ལིས་ཡ་ཐཱ》ལ་སོགས་པ་ཚང་མར་ཚོ་པ་དང་ཚོ་པ་པར་གྱི་གཡུལ་འགྱེད་དང་མི་རིགས་དང་མི་རིགས་བར་གྱི་གཡུལ་འགྱེད་རྣམས་གལ་ཆེའི་བརྗོད་གཞིར་བྱས་པས་དཔའ་བོའི་ལོ་རྒྱུས་སྙན་རྩོམ་ནི་མི་རིགས་ཁག་གི་ཨེས་པོའི་རང་སྲུང་གཡུལ་འགྱེད་ཀྱི་ལོ་རྒྱུས་ཟིན་ཐོ་ཁྱད་པར་བ་ཞིག་ཡིན།

(2) དཔའ་བོའི་འཁྲུངས་རབས་དང་གཉེན་སྒྲིག་སྐོར་འདི་དཔའ་བོའི་ལོ་རྒྱུས་སྙན་རྩོམ་གྱི་གལ་ཆེའི་བརྗོད་དོན་ཕྱོགས་གཉིས་པ་ཡིན།

གླིང་གེ་སར་རྒྱལ་པོའི་སྒྲུང་ནང་དུ་གེ་སར་རྒྱལ་པོ་འདི་ཉིད་ཡབ་ཡུམ་སུ་དང་ས་གནས་གང་དུ་དགོས་པ་གང་གི་ཆེད་དུ་སྐུ་འཁྲུངས་པ་དང་སྐུ་འཁྲུངས་པའི་ཕྱི་རྗེས་སུ་བར་ཆད་འགོག་རྐྱེན་གང་དང་གང་འཕྲད་པ་སོགས་རྒྱ་ཆེར་བཀོད་པའི་སྒྲུང་སྣ་《འཁྲུངས་སྐོར་》ཞེས་པ་འདི་ཆེད་མངགས་དཔའ་བོའི་

འཁྲུངས་རབས་བརྗོད་གཞིར་བྱས་པ་ཡིན་ཞིང་སྒྲུང་སྣ་འདིའི་ནང་གི་སེར་རྒྱལ་པོ་འདི་ཉིད་མཐར་དགྲ་འདུལ་གཉེན་སྐྱོང་གི་དཔའ་བོ་དང་ཉམ་ཐག་གི་མགོན་སྐྱབས་འགྲན་ཟླ་བྲལ་བ་ཞིག་ཏུ་གྱུར་བའི་རྒྱང་གཞིའི་ཆ་རྐྱེན་སྐྱ་འཁྲུངས་པའི་ལྟ་རྗེས་ཀྱི་ངོ་མཚར་བའི་ལྟས་དང་མཚན་མ་དང་བསམ་ཡུལ་ལས་འདས་པའི་ནུས་པ་སྟོན་སུ་འཁྲུངས་མ་ཉིད་ནས་གཞན་གྱི་དབང་ཤེད་ཀྱིས་མནར་བའི་འཚོ་བ་བཅས་ཞིབ་འབྲི་རྒྱས་བརྗོད་བྱས་པ་བཞིན《མ་ནཱ་སི་》ཞེས་པའི་སྙན་རྩོམ་ནང་དུའང་དཔའ་བོ་མ་ནཱ་སི་སྐྱ་འཁྲུངས་པ་དང་སྐྱ་འཁྲུངས་པའི་ལྟ་རྗེས་ཀྱི་གནས་ཚུལ་རྣམས་གསལ་ཆེན་དང་ཐོག་མ་ཉིད་དུ་བརྗོད་ཡོད།

དཔའ་བོའི་འཁྲུངས་ཚུལ་དང་སྨྲིལ་བའི་བརྗོད་གཞི་གཞན་ཞིག་ནི་དཔའ་བོའི་གཉེན་སྒྲིག་སྐོར་འདི་ཡིན་ལ་དེ་ནི་དཔའ་བོའི་ལོ་རྒྱུས་སྙན་རྩོམ་མང་ཆེ་བར་མཐོང་རྒྱུ་ཡོད་པ་ཞིག་ཡིན། གེ་སར་སྒྲུང་《རྟ་རྒྱུགས་རྒྱལ་འཛོག》ནང་གི་སེར་རྒྱལ་པོ་དང་འབྲུག་མོ་གཉིས་གཉེན་ཇི་ལྟར་བྱུང་བ་བརྗོད་པ་མ་ཟད《ཧོར་གླིང་གཡུལ་འགྱེད་》ནང་གི་སེར་རྒྱལ་པོས་ཐབས་བརྒྱ་ཇུས་སྟོང་གིས་འབྲུག་མོ་སྐྱབས་པ་དང་འབྲུག་མོར་འཛིན་པའི་བཟའ་ཚོའི་འདུ་ཤེས་ཀྱིས་དགྲ་ལས་རྒྱལ་བའི་ཐབས་དང་བློ་གྲོས་རྙེད་པ་མདོར་ན་གླིང་སྒྲུང་གི་ཐོག་མཐའ་བར་གསུམ་ཚང་མར་གེ་སེར་རྒྱལ་པོ་དང་འབྲུག་མོ་བར་གྱི་བརྩེ་དུང་འཚོ་བ་དང་བཟའ་ཚོའི་འདུ་ཤེས་སྐོར་གྱི་ནང་དོན་མང་དུ་མཐོང་རྒྱུ་ཡོད།

(3) དཔའ་བོའི་དགྲ་འདུལ་གཉེན་སྐྱོང་གི་མཛད་པ་རྣམས་དཔའ་བོའི་ལོ་རྒྱུས་སྙན་རྩོམ་གྱི་བརྗོད་བྱའི་དོན་གཙོ་ཆེ་ཤོས་དེ་ཡིན།

གེ་སར་སྒྲུང་ལས《བདུད་འདུལ་》《མོན་འདུལ་》《ཁ་ཆེ་གཡུལ་འགྱེད་》《ཞང་ཞུང་གཡུལ་འགྱེད་》《སྟག་གཟིག་ནོར་རྫོང་》ལ་སོགས་པའི་སྒྲུང་སྣ་གསལ་ཆེན་ཚང་མར་གེ་སེར་རྒྱལ་པོས་གླིང་གི་མི་སེར་དང་མགོ་ནག་མིའི་བདེ་སྐྱིད་ཆེད་འཛིགས་རུང་གི་བདུད་དང་དྲག་པོའི་བཙན་འཛུལ་པ།

སྟོབས་ཤུགས་ཆེ་བའི་མཐའ་བཞིའི་དགྲ་སོགས་དང་ཤེ་གསོན་གྱི་གཡུལ་འཐབ་བྱས་ནས་གླིང་གི་ཞི་བདེར་གནོད་པའི་དགྲ་ངན་རྣམས་རེ་རེ་ནས་ཚར་བཅད་པ་དང་གླིང་གི་མངའ་ཁོངས་རྒྱ་བསྐྱེད། མགོ་ནག་མིར་བདེ་བ་བསྐྲུན་པ་བཅས་གེ་སར་རྒྱལ་པོའི་མི་ཚེའི་དུས་སྐབས་སོ་སོའི་མཛད་པ་དག་ཏ་ཙང་གལ་ཆེའི་མཐོ་ཚད་ཅིག་ལ་བཞག་ནས་ཀློག་པ་པོ་རྣམས་ཀྱི་མིག་ལམ་དུ་ལྷམ་མེར་གསལ་བར་བརྗོད་ཡོད་ལ་ཁོར་ཁེ་ཅིའི་《མ་ནཱ་སི་》ནང་དུའང་དཔའ་བོ་མ་ནཱ་སིས་ཕྱོགས་བཞིའི་དཔའ་བོ་སྤུན་དུ་བཀུག་ནས་རང་རིགས་ལ་འཁོན་པའི་མཐའ་བཞིའི་དགྲ་བོ་རེ་རེ་ནས་ཕམ་པར་བྱས་ཤིང་ཁོར་ཁེ་ཅིའི་རིགས་ལ་ཕྲར་མེད་ཀྱི་ཞི་བདེ་བསྐྲུན་པའི་མཛད་པ་རྣམས་དོན་གྱི་ལྟེ་བར་འཛིན་ནས་བརྗོད་ཡོད།

དཔའ་བོའི་ལོ་རྒྱུས་སྙན་རྩོམ་གྱི་བསྟོད་ཡུལ་དང་པོ་ནི་དཔའ་བོའི་མི་སྣ་དེ་ཡིན་ཞེས་གསུངས་པ་འདིས་འགྲན་ཟླ་བྲལ་བའི་དཔའ་བོའི་མི་སྣར་ཚང་དགོས་ངེས་ཀྱི་དགྲ་འདུལ་གཉེན་སྐྱོང་གི་མཛད་པ་རྒྱས་བརྗོད་ལ་དེ་བས་ནན་ཏན་གལ་ཆེ་བྱེད་རྒྱུ་ནི་སྙན་རྩོམ་འདིའི་གསར་རྩོམ་གྱི་ཆོས་ཉིད་ལྟ་བུར་ཆགས་ཤིང་བསྟོད་ཡུལ་གྱི་ཁྱད་ཆོས་ཀྱིས་བདུད་དང་འཐབ་ནས་མགོ་ནག་མིར་བདེ་བ་བསྐྲུན་པ་དང་། རིགས་གཞན་གྱི་བཙན་འཛུལ་འགོག་ནས་རང་རིགས་སྲུང་བ་རིགས་བཙོམ་རྒྱུ་འཕྲོག་གི་དགྲ་ཤ་ལེན་ནས་རང་གཞིས་བསྐྱེད་པ་སོགས་མཛད་པ་རྣམས་དཔའ་བོའི་ལོ་རྒྱུས་སྙན་རྩོམ་གྱི་བརྗོད་གཞིའི་ལྟེ་བར་གྱུར་པ་ལགས།

དཔའ་བོའི་ལོ་རྒྱུས་སྙན་རྩོམ་ནི་སྤྱི་ཚོགས་འཕེལ་རྒྱས་ཀྱི་དུས་མཚམས་མི་འདྲ་འགའ་བརྒྱུད་ནས་གསར་རྩོམ་ཁྱབ་སྤེལ་བྱུང་བ་ཞིག་ཡིན་སྟབས་བརྗོད་བྱའི་ནང་དོན་ལ་དུས་མཚམས་སོ་སོའི་འཚོ་བའི་ཤན་ཞུགས་མང་ཞིང་ལྷག་པར་དུ་མི་རིགས་སོ་སོའི་དཔའ་བོའི་ལོ་རྒྱུས་སྙན་རྩོམ་གྱིས་མཚོན་པའི་འཚོ་བ་དང་དེའི་བརྗོད་གཞིའི་ཁྱབ་ཁོངས་ཆེ་ཆུང་གཅིག་མཚུངས་མ་ཡིན་པས་ང་ཚོས་སློབ་སྦྱོང་དང་ཞིབ་འཇུག་བྱེད་པའི་སྐབས་དོན་དངོས་གཙོ་བཟུང་གིས་སྙན་རྩོམ་དེ་

དང་དེའི་བརྗོད་བྱའི་ནང་དོན་གཏན་འཁེལ་དང་གསལ་བཤད་བྱེད་རྒྱུ་ནི་ཏ་ཅང་གལ་ཆེ།

མདོར་ན་དཔའ་བོའི་ལོ་རྒྱུས་སྐད་རྩོམ་སོ་སོའི་ཞིབ་བྲིའི་ནང་དོན་དང་ཞིབ་བྲིའི་འཚོ་བ་གསལ་མཚོན་ཐད་ཁྱད་པར་ཡོད་ནའང་། དཔའ་བོའི་འགྲུངས་རབས་མཛད་པ་བརྗོད་པ་དང་མི་རིགས་ཀྱི་འཕེལ་རྒྱས་ལོ་རྒྱུས་མཚོན་པ་ནི་དཔའ་བོའི་ལོ་རྒྱུས་སྐད་རྩོམ་ཡོངས་ཀྱི་ཐུན་མོང་གི་ཁྱད་ཆོས་ཡིན་ནོ།

དཔའ་བོའི་ལོ་རྒྱུས་སྐད་རྩོམ་གྱི་ནང་དོན་དེ་ལྟ་བུའི་རྒྱ་ཆེ་དང་ཕུན་སུམ་ཚོགས་པ་ཡིན་པ་མ་ཟད་ཕྱིའི་རྣམ་པའམ་སྒྲུ་རྩལ་ཐད་ལའང་ཁྱད་ཆོས་དུ་མ་ཡོད་པ་ཡིན།

(1) སྤྱིར་དཔའ་བོའི་ལོ་རྒྱུས་སྐད་རྩོམ་གང་ཞིག་ཡིན་རུང་དཔའ་བོའི་སྐྱེ་འཁྲུངས་ཚུལ་དང་བརྩེ་དུང་དང་གཉེན་སྒྲིག་མཐའ་བཞིའི་དགྲ་བོ་འདུལ་ཚུལ་སོགས་མི་ཚེ་གང་གི་མཛད་པ་བྱས་རྗེས་རྣམས་བརྗོད་གཞིར་བྱས་པ་ཡིན་པས་བརྗོད་བྱའི་ནང་དོན་ཧ་ཅང་རྒྱ་ཆེ་ལ་དེ་རྣམས་རྩོམ་ལུས་སྐབས་བདེ་དང་ཐུང་ངུའི་ནང་མཚོན་ཐབས་བྲལ་བ་ནི་རྩོམ་གྱི་ནང་དོན་དང་འབྲེལ་བས་ཐག་བཅད་པ་ཡིན། དེས་ན་དཔའ་བོའི་ལོ་རྒྱུས་སྐད་རྩོམ་འདིར་རྒྱས་ལ་ཇམ་བརྗིད་ཅན་གྱི་རྩོམ་ལུས་ཀྱི་གྲུབ་ཆ་ཞིག་ཡོད་པ་ཡིན། དཔེར་ན《གླིང་གེ་སར་རྒྱལ་པོའི་སྒྲུང་》ལ་ཆ་བཞག་ན་རྫོང་བྱེད་ཀང་པ་བཅད་པ་ཁོ་ན་ཚིག་ཀང་ཁྲི་བརྒྱ་ཡན་ཡོད་པ་དང་སྒྲུང་སྣ་མི་འདྲ་བ་ཉུང་མཐར་དྲུག་བཅུ་ཡན་ལས་གྲུབ་པ་དང་། ཁོར་ཁེ་ཙི་རིགས་ཀྱི《མ་ནཱ་སི་》ཞེས་པ་འདི་སྒྲུང་སྣ་ཆེ་བ་བརྒྱད་ལས་གྲུབ་ཅིང་ཚིག་ཀང་ཁྲི་ཉི་ཤུ་ལྷག་ཡོད་པ་དེ་བཞིན་སོག་པོའི《གེ་སར་》དང་ཤེ་ལའི《དབྱི་ལི་ཡ་ཐ་》《ཨོ་ཌི་སུས་》ཚང་མར་དམངས་ཁྲོད་སྐད་རྩོམ་གཞན་ལ་མཐོང་དཀའ་བའི་རྩོམ་ལུས་རྒྱས་ལ་ཇམ་བརྗིད་ཅན་ཡོད་པ་དེ་འདྲའོ།

(2) དཔའ་བོའི་ལོ་རྒྱུས་སྐད་རྩོམ་ནང་མི་རིགས་དེའི་སྔ་དུས་ཀྱི་དཔལ་

འཁོར་དང་འཚོ་བའི་ཁྱད་ཆོས། སྲིད་དང་ཆོས་ཀྱི་གནས་སྟངས་དེ་བཞིན་མི་རིགས་ཀྱི་གཡུལ་འཐབ་ཁྲོད་མངའ་ཁོངས་རྒྱ་བསྐྱེད་ཇི་ལྟར་ཕྱིན་པ་དང་སྲིད་དབང་གི་རྨང་གཞི་ཇི་ལྟར་བཙུགས་པ། གཅིག་འགྱུར་དང་ཞི་བདེའི་ལམ་དུ་ཇི་ལྟར་སླེབས་པ་སོགས་ལོ་རྒྱུས་འཕེལ་རྒྱས་བརྒྱུད་རིམ་གལ་ཆེན་རྣམས་ཐོན་སོང་བྱུང་བ་དང་མཐུན་པར་བཀོད་འབྲི་བྱས་ཡོད་པ་མ་ཟད། མི་སྣ་དང་བྱ་དངོས་ཀྱི་བཀོད་འབྲི་སྒྲུབ་བཞེངས་ཐད་ངོ་མཚར་ཕུན་ཚོགས་ཀྱི་འཆར་སྒོ་འཆར་ཡན་རྒྱ་ཆེར་བེད་སྤྱད་ཡོད། དེ་ཡང་མི་སྣའི་ངོས་ནས་བལྟས་ན《གླིང་སྒྲུང་》ནང་གི་སར་རྒྱལ་པོ་ཉིད་ལྷ་ཆེན་ཚངས་པ་དཀར་པོའི་སྲས་དང་། དམྱལ་ཡུལ་དུ་ཕྱིན་ནས་ཨ་མ་དང་བཙུན་མོ་བསྐྱབས་པ། སྲོག་ཆགས་གཞན་དུ་སྤྲུལ་ནས་དགྲ་བཅོམ་པ་སོགས་བསམ་འདས་ཀྱི་འཛོན་ཐང་དང་ནུས་པས་བརྒྱན་ཏེ་ལྷའི་རང་གཤིས་ཅན་དུ་བྱས་པ་དང་བྱ་དངོས་ནས་བལྟས་ན་ཡིད་ཀྱི་བརྟན་པ་འཕྲོག་པའི་ལྷ་ཡུལ་དང་སྲོག་སྐྱོག་མར་འཕྱིན་པའི་དམྱལ་ཡུལ་མིའི་རིགས་ལ་འཚོ་བའི་བདུད་ཀྱི་རྒྱལ་ཁམས་མིའི་བདེ་སྡུག་ལ་སེམས་འཁུར་རོགས་རམ་བྱེད་པའི་འདབ་ཆགས་དང་དུད་འགྲོ། འཕངས་ན་རང་ལོག་ཐུབ་པའི་མདའ་མོ་སོགས་ངོ་མཚར་འཆར་སྒོའི་འབྲས་བུར་འཁྲུངས་པ་མང་ཞིང་དེ་དག་ནི་དཔའ་བོའི་ལོ་རྒྱུས་སྙན་རྩོམ་རྒྱུན་རིང་དུ་གནས་པའི་འཚོ་ཤུགས་དང་ཇི་ཙམ་ཉན་ཡང་ཉན་འདོད་ཀྱི་སྤྲོ་བ་མ་ཆག་པའི་སྒྱུ་རྩལ་གྱི་ཁྱད་ཡོན་མཆོག་ཏུ་གྱུར་པ་དེ་ཡིན།

མདོར་ན་དངོས་ཡོད་རིང་ལུགས་ཀྱི་གསར་རྩོམ་ཐབས་ཤེས་དང་འཆར་ཡན་རིང་ལུགས་ཀྱི་གསར་རྩོམ་ཐབས་ཤེས་གཉིས་ཆེས་མཐོའི་གཅིག་བསྡུས་བྱུང་བ་འདིས་གཅིག་ནས་དཔའ་བོའི་ལོ་རྒྱུས་སྙན་རྩོམ་འདི་ལོ་རྒྱུས་ཀྱི་ཟིན་ཐོ་ལྟ་བུར་མ་གྱུར་བར་སྒྱུ་རྩལ་གྱི་ཁྲོ་བཅུད་ཐུལ་བ་ཞིག་དང་གཉིས་ནས་རྨི་ལམ་གྱི་སྣང་ཚུལ་ལྟ་བུར་མ་གྱུར་བར་དོན་དངོས་འཚོ་བའི་གདོང་རིས་འཆར་ཐུབ་པའི་མཐོ་ཚད་ཅིག་ཏུ་སླེབས་ཐུབ་པ་བྱུང་ངོ་། །

(3) སྤྱིར་དཔའ་བོའི་ལོ་རྒྱུས་སྙན་རྩོམ་མང་ཆེ་བ་འཆད་གྱེར་ཟུང་འབྲེལ་གྱི་ཐབས་ལ་བརྟེན་ནས་གསར་རྩོམ་བྱས་པས་རྩོམ་ལུས་བཅད་ལྷུག་སྤེལ་མ་ཡིན་ཞིང་ལྷུག་པས་སྒྲུང་གི་བྱུང་རིམ་དང་རྒྱབ་ལྗོངས་བཀོད་འཁྲི། གཞུང་དོན་སྟེ་ཕྱི་འབྲེལ་མཐུད་བཅད་པས་མི་སྣའི་གཏམ་གླེང་དང་ཡིད་ཀྱི་འགྱུར་བ། གཞན་སྨོན་གྱི་བསྟོད་པ་སོགས་མཚོན་པར་བྱས་པས་དཔའ་བོའི་ལོ་རྒྱུས་སྙན་རྩོམ་ནང་བཅད་ལྷུག་སོ་སོའི་ཁྱད་ནུས་ཡང་དག་པར་འདོན་སྤེལ་ཐུབ་ཡོད་པ་མ་ཟད། གསོན་ཉམས་ལྡན་ལ་གནད་འཁེལ་ཚིགས་བསྡུས་ཀྱི་བརྗོད་པར་བརྟེན་ནས་མི་སྣ་སྒྲུབ་བཞེངས་དང་གནད་དོན་རྒྱས་བརྗོད་དེ་བཞིན་གཏམ་དཔེ་ལེགས་བཤད། གབ་ཚིག་སོགས་བེད་སྤྱོད་པས་སྙན་རྩོམ་ཧྲིལ་པོའི་རྗོད་བྱེད་སྙིང་བསྡུས་དང་བརྗོད་བྱ་གཏན་ཚིགས་རང་བཞིན་ཅན་དུ་བྱས་ཡོད།

གོང་བཀོད་ཁྱད་ཆོས་དེ་དག་ལས་དཔའ་བོའི་ལོ་རྒྱུས་སྙན་རྩོམ་ནི་གྲུབ་ཆ་བཙན་ལ་བྱུང་རིམ་ངོ་མཚར་བ་མི་སྣ་མང་ལ་མི་སྣ་སོ་སོའི་རང་གཤིས་གསོན་ཉམས་ལྡན་པ། བརྗོད་བྱ་ཡངས་ལ་རྗོད་བྱེད་ཕུན་སུམ་ཚོགས་པའི་རླབས་ཆེན་གྱི་སྙན་རྩོམ་ཞིག་ཡིན་པར་གོ་བ་མ་ཟད། མི་རིགས་ཀྱི་ལོ་རྒྱུས་དང་ཆོས་ལུགས་ཆོས་དད། དམངས་ཁྲོད་ཀྱི་སྲོལ་ལུགས་བཅས་གཅིག་བསྡུས་སུ་མཚོན་པའི་ཤེས་བྱའི་མེ་ལོང་ཁྱད་དུ་འཕགས་པ་ཞིག་ཀྱང་ཡིན་པར་རྟོགས་ཐུབ་བོ། །

གཉིས་པ། དོན་བརྗོད་སྙན་རྩོམ་རིང་མོ།

གཅིག དོན་བརྗོད་སྙན་རྩོམ་རིང་མོའི་ངོ་བོ།

དམངས་ཁྲོད་དོན་བརྗོད་སྙན་རྩོམ་རིང་མོ་ནི་ངལ་རྩོལ་མི་དམངས་ཀྱིས་ངག་ཐོག་ནས་གསར་རྩོམ་དང་ཁྱབ་སྤེལ་བྱས་པ་གང་ཞིག་གྲལ་རིམ་གྱི་འགལ་ཟླ་འཐབ་རྩོད་དང་ཕོ་མོའི་བརྩེ་དུང་གཉེན་སྒྲིག་སོགས་བརྗོད་གཞིར་བྱས་པའི་

དམངས་ཁྲོད་ཀྱི་སྙན་རྩོམ་རིང་གྲས་ཞིག་ལ་ཟེར་བ་ཡིན། དམངས་ཁྲོད་ཀྱི་དོན་བརྗོད་སྙན་རྩོམ་གཞན་དང་བསྡུར་ན་འདི་ནི་ལུས་ཚད་རིང་ལ་ཅུང་ཟད་ཆ་ཚང་བའི་སྒྲུང་གི་བྱུང་རིམ་ཡོད་པ། མི་སྣའི་འགྱུལ་སྐྱོད་དང་གནད་དོན་གྱི་འཕེལ་རིམ་ཡོད་པ་ཞིག་ཡིན་པས་རིག་གཞུང་ཁྲོད་དུ་སྒྲུང་གླུ་དང་སྙན་ངག་སྒྲུང་ཞེས་པར་ཡང་འབོད་ཀྱི་ཡོད།

དམངས་ཁྲོད་དོན་བརྗོད་སྙན་རྩོམ་རིང་མོ་ནི་འཛམ་གླིང་མི་རིགས་མང་པོར་དར་ཞིང་ཁྱབ་པའི་རྩོམ་སྣ་ཞིག་ཡིན། ཀྲུང་ཧྭ་མི་རིགས་ཀྱི་སྙན་རྩོམ་འཕེལ་རྒྱས་ཀྱི་ལོ་རྒྱུས་ནང་ཆེས་སྔ་བའི་ཧྲང་རྒྱལ་རབས་དུས་དམངས་ཁྲོད་དོན་བརྗོད་སྙན་རྩོམ་གྱི་སྨྱུ་གུ་འབུས་པ་དང་ཧན་གྱི་དུས་འཕེལ་རྒྱས་ཆེན་པོ་བྱུང་བར་གསུངས་པ་འདིས་རྩོམ་སྣ་འདིའི་ལོ་རྒྱུས་ཧ་ཅང་རིང་པོ་ཡིན་པར་བསྟན་པ་ལྟར་སྙན་རྩོམ་འདིའི་ནང་གྲལ་རིམ་དང་མི་རིགས་བར་གྱི་གཉའ་གནོན་ལ་འཐབ་རྩོད་དང་མི་དམངས་ཀྱི་ཡ་ངའི་ལས་དབང་བཀས་བཀོད་བརྒྱུད་འཛིན་གྱི་གཉེན་སྒྲིག་ལམ་ལུགས་ལ་སོགས་མཚོན་པས་སྙན་རྩོམ་འདི་ནི་གྲལ་རིམ་ཡོད་པའི་སྤྱི་ཚོགས་སམ་བྲན་གཡོག་སྤྱི་ཚོགས་ཀྱི་དུས་སྐབས་སུ་དར་ཞིང་བཀས་བཀོད་སྤྱི་ཚོགས་ནང་འཚར་ལོངས་འཕེལ་རྒྱས་བྱུང་བ་ཡིན་ནོ།

གཉིས། དོན་བརྗོད་སྙན་རྩོམ་རིང་མོའི་བརྗོད་བྱའི་ནང་དོན།

རྩོམ་རིག་ནི་སྤྱི་ཚོགས་ཀྱི་འཚོ་བ་ལས་བྱུང་བ་དང་། རྩོམ་རིག་གིས་སྤྱི་ཚོགས་ཀྱི་འཚོ་བ་མཚོན་དགོས་པ་ནི་རྩོམ་རིག་དང་སྤྱི་ཚོགས་ཀྱི་འཚོ་བའི་བར་གྲུབ་པའི་འབྲེལ་བ་ཡིན། དམངས་ཁྲོད་དོན་བརྗོད་སྙན་རྩོམ་རིང་མོ་ནི། གདོད་མའི་སྤྱི་ཚོགས་ནས་གྲལ་རིམ་ཡོད་པའི་སྤྱི་ཚོགས་སུ་འཕེལ་རྒྱས་བྱུང་རྗེས་མིའི་རིགས་ཀྱི་སྤྱི་ཚོགས་འཚོ་བ་སྔར་བས་གྲ་རྒྱས་སུ་ཕྱིན་པ་དང་གྲལ་རིམ་དང་གྲལ་རིམ་བར་གྱི་འགལ་ཟླ་དང་འཐབ་རྩོད་ཀྱི་མེ་ལྕེ་འགོག་ཐབས་མེད་པར

དཀྱུང་དུ་འཕྱུར་བའི་དུས་སྐབས་དེའི་ཐོན་དངོས་ཁྱད་པར་བ་ཞིག་ཡིན་སྟབས་གྲལ་རིམ་སྤྱི་ཚོགས་ནང་གི་མི་དམངས་ཀྱི་འཚོ་བ་དང་ཕྱུགས་རེ་དེ་བཞིན་འཚོ་བ་ལས་བྱུང་བའི་དགའ་སྡང་དང་སྐྱོང་ཚོར་བཅས་མཚོན་རྒྱུ་དེ་རྩོམ་སྣ་འདིའི་གསར་རྩོམ་གྱི་དམིགས་ཡུལ་དང་དགོས་པ་འབབ་ཞིག་ཏུ་ངེས་ཡོད།

དོན་བརྗོད་སྙན་རྩོམ་རིང་མོའི་ནང་སྤྱི་ཚོགས་ཀྱི་འཚོ་བའི་ཕྱོགས་མང་ལ་ལྟ་རྟོག་བྱས་ཡོད་པ་མ་ཟད་བྲན་གཡོག་ལམ་ལུགས་དང་བཀས་བཀོད་ལམ་ལུགས་ཀྱིས་མི་སྣེར་དང་སྤྱི་ཚོགས་རྩིལ་པོའི་ལས་དབང་ཧ་ཅང་ཡ་ང་ཉམ་ཐག་བྱས་པར་དེ་བས་ནན་ཏན་གལ་ཆེ་བྱས་ཡོད་པས་ལམ་ལུགས་ངན་པས་བཙིར་བའི་སྐྱེས་བུའི་བདེ་སྡུག་དང་ལམ་ལུགས་ངན་པར་འཁོན་པའི་གྲལ་རིམ་འཐབ་རྩོད་ནི་དོན་བརྗོད་སྙན་རྩོམ་རིང་མོའི་བརྗོད་བྱ་ནང་དོན་གཙོ་བོར་གྱུར་ཡོད།

1. བརྩེ་དུང་གཉེན་སྒྲིག་སྐོར་གྱི་དོན་བརྗོད་སྙན་རྩོམ།

སྙན་རྩོམ་འདི་ནི་ཕོ་མོའི་བརྩེ་དུང་དང་བརྩེ་དུང་གཉེན་སྒྲིག་ཐད་ཀྱི་འགལ་ཟླ་དང་འཐབ་རྩོད། ལུགས་མཐུན་མ་ཡིན་པའི་ལས་དབང་བཅས་མཚོན་པ་ཞིག་ཡིན་པས་ལྷད་མེད་བརྩེ་དུང་ལ་བསྟོད་བསྔགས་དང་རང་དབང་གི་གཉེན་སྒྲིག་བརྩོན་ལེན། ལམ་ལུགས་གོམས་སྲོལ་རྙིང་པའི་བཀག་རྒྱར་ངོ་རྒོལ་བྱས་པ་བཅས་ནི་སྙན་རྩོམ་འདིའི་ནང་རྟག་ཏུ་མཐོང་བའི་བརྗོད་དོན་གལ་ཆེན་ཞིག་ཡིན། དཔེར་ན། ཧའི་རིགས་ཀྱི《ཨ་ཧྲི་མ》《阿诗玛》ཡུ་གུར་རིགས་ཀྱི《ཨད་ལི་བུ་དང་ས་ནུ་མོ》《艾里甫与赛乃姆》ལ་སོགས་ཚང་མ་མི་རིགས་དེ་དང་དེའི་དམངས་ཁྲོད་དུ་དར་ཁྱབ་ཆེ་ཞིང་དེ་དག་ནང་གཉེན་སྒྲིག་གི་ཡ་ངའི་ལས་དབང་བརྗོད་ནས་བཀས་བཀོད་ཀྱི་ལུགས་ངན་ལ་ངོ་རྒོལ་དང་དགག་པ་བྱས་ཡོད། དེ་ཡང《ཨླ་པིང་དང་སངས་བློ》ཞེས་པའི་ནང་ཕྱུག་པོའི་བུ་སངས་བློ་ཚོང་ལ་འགྲོ་བའི་སྐབས་ཁྲིམ་ཚང་སྐོམས་ཆུང་གི་བུ་མོ་ཨླ་པིང་དང་ལྷད་མེད་ཀྱི་བརྩེ་དུང་ཆགས་པས་གཉེན་གྱི་རྒྱ་བྱེད་པར་ནང་དུ་འཁྲིད་ཡོང་

བར་བུའི་ཨ་མས་གཙོས་སྤུན་རྣམས་ཀྱིས་བུ་མོའི་ཁྲིམ་གཞིས་དབུལ་བར་འཛོམས་ནས་གཉེན་ལ་བཀག་འདོམས་བྱས་མཐར་མས་བུ་མོའི་སྙིའི་ནང་དུ་དུག་བླུགས་ནས་བུ་མོ་བཀུམས། སངས་བློ་ཡང་བཙེ་གྲོགས་ཤེ་བའི་སེམས་སྡུག་མ་བཟོད་པར་རང་ཤི་བརྒྱབ་པའི་ཡ་ངའི་ལས་དབང་རྒྱས་བརྗོད་ཀྱིས་ལམ་ལུགས་གོམས་སྲོལ་ངན་པའི་འོག་གཉེན་སྒྲིག་ལ་རང་དབང་གཏན་ནས་མེད་པའི་ནག་ཉེས་ཐེར་འདོན་བྱས་ཡོད་པ་བཞིན《ཨ་ཧྲེ་མ་》ཞེས་པའི་ནང་བཙན་དབང་གི་གཉེན་སྒྲིག་ལ་མཐའ་གཅིག་ཏུ་ངོ་རྒོལ་གྱི་ངར་སྒྲ་སྒྲོག་པའི་ཨ་ཧྲེ་མས་རང་གི་གཉེན་སྒྲིག་ལས་དབང་རང་གིས་ཇི་ལྟར་སྲུང་བའི་འཐབ་རྩོད་རྣམས་བརྗོད་ནས་བཙན་དབང་གི་གཉེན་སྒྲིག་ལམ་ལུགས་ལ་དགག་པ་བྱས་ཡོད།

བོད་ཀྱི་དམངས་རྩོམ་ལས《སྲས་ཉི་མ་གྲགས་པ་དང་དམན་ཤེལ་དཀར་བསྟན་སྒྲོན་》《མགར་བ་མིག་འཕྲུལ་ཐོ་ཡག་》《བློ་གྲོས་ནོར་བཟང་དང་ཚེ་རིང་སྐྱིད་མོ་》ལ་སོགས་པ་ཚང་མ་ཡུལ་དུས་དང་མི་སྣ་ངོ་སྤྲོད་ཡུལ་ལྗོངས་དང་གནད་དོན་བཀོད་འཁྲི་གཞུང་དོན་གོང་འོག་འབྲེལ་བའི་བར་ཚིག་ཙམ་ལྷུག་པར་བྱས་པ་མ་གཏོགས་མི་སྣའི་གཏམ་གླེང་དང་ཡིད་འགྱུར་གྱི་ཁྱད་ཆོས། བསྟོད་པ་དང་འཁོན་ཚིག་བཅས་པ་ཚང་མ་དབྱངས་སུ་གྱེར་ཚིག་པའི་བཅད་པར་བྱས་ཡོད་པ་གང་ཞིག་མི་སྣ་དང་བྱུང་རིམ་བཅས་མི་རིགས་གཞན་གྱིས་དོན་བརྗོད་སྙན་རྩོམ་དུ་ངོས་འཛིན་པའི་རྩོམ་ཡིག་དང་རྩ་བའི་ཆ་ནས་གཅིག་མཚུངས་ཀྱི་ཁྱད་ཆོས་ལྡན་པས་བོད་ཀྱི་དམངས་རྩོམ་གྱི་དོན་དངོས་ལས་ང་ཚོས་གོང་བཀོད་དམངས་རྩོམ་དེ་ལ་སོགས་པ་དག་དོན་བརྗོད་སྙན་རྩོམ་རང་དུ་ངོས་འཛིན་ན་སྐྱོན་ཆེར་མེད་སྙམ་ཡང་ད་དུང་བོད་ཀྱི་དམངས་རྩོམ་ལ་གཏིང་ཟབ་པའི་བློ་གྲོས་མངའ་བ་རྣམས་ཀྱིས་དཔྱད་འཚལ།

མདོར་ན་སྐབས་དེའི་སྤྱི་ཚོགས་ཀྱི་སྒྲིག་སྲོལ་དང་མི་རིགས་ཀྱི་གོམས་གཤིས་ཀྱིས་རང་དབང་གཉེན་སྒྲིག་དོན་གཉེར་བྱེད་པའི་གཞོན་ནུ་རྣམས་ལ་

བརྩེ་དུང་གི་བདེ་བ་ལས་ལྡོག་པའི་ཡ་ངའི་ལས་དབང་མ་འདོད་བཞིན་དུ་ཐོབ་པ་འདིས་བརྩེ་དུང་གཉེན་སྒྲིག་སྐོར་གྱི་དོན་བརྗོད་སྙན་རྩོམ་གི་ལྟེ་བ་བརྩེ་དུང་དང་གཉེན་སྒྲིག་གི་ཡ་ངའི་ལས་དབང་བརྗོད་པར་གནས་ཤིང་ཕོ་མོ་ཕན་ཚུན་བར་གྱི་བརྩེ་དུང་བཀོད་འཐྲི་དང་ཁོང་ཚོའི་དགའ་སྐྱོ་བྲལ་འཛོམས་རྒྱུས་བརྗོད་ཀྱིས་བཀས་བཀོད་གོམས་སྲོལ་ངན་པར་དགག་པ་ཐེར་འདོན་བྱས་པ་ནི་སྙན་རྩོམ་འདིའི་སྙིང་དོན་དང་མི་སེམས་འཕྲོག་པའི་ཆ་དེ་ཡིན།

2. གྲལ་རིམ་འཐབ་རྩོད་སྐོར་གྱི་དོན་བརྗོད་སྙན་རྩོམ།

མི་རིགས་ཁག་གི་ལོ་རྒྱུས་འཕེལ་རྒྱུས་ཀྱི་དུས་མཚམས་ངེས་ཅན་ནང་གྲལ་རིམ་བར་གྱི་གཉའ་གནོན་དང་བཤུ་གཞོག་ལྡོག་ཏུ་མེད་པར་འཕྲད་ཅིང་ངལ་རྩོལ་མི་དམངས་ཀྱིས་དབང་བསྒྱུར་གྲལ་རིམ་གྱི་གདུག་རྩུབ་དང་དབང་བསྒྱུར་གྲལ་རིམ་ལ་ངོ་རྒོལ་ཕོད་པའི་ཞབས་ཆེན་མི་སྣའི་མཛད་པ་བྱས་རྗེས་རྣམས་རང་གི་ཐུན་མོང་མ་ཡིན་པའི་ངག་རྩོམ་འདིའི་ནང་བཀོད་འཐྲི་གསལ་མཆོན་བྱས་ཡོད། དཔེར་ན་མེའི་རིགས་ཀྱི་དམངས་ཁྲོད་སྙན་རྩོམ《ཀྲང་ཤུ་མེར་ལེན་པའི་གླུ》ཞེས་པའི་ནང་མེའི་རིགས་ཀྱི་ལོ་ངོ་བཅུ་དགུར་ཉེ་བའི་འོས་ལངས་ཀྱི་བརྒྱུད་རིམ་ཆ་ཚང་བ་བཀོད་འཐྲི་བྱས་ནས་མི་དམངས་ཀྱི་མགོན་དང་གཉེན་དུ་གྱུར་པའི་དཔའ་བོ་ཀྲང་ཤུ་མེ་དང་ཁོང་གིས་འགོ་ཁྲིད་གནང་བ་ལས་མི་དམངས་ལ་འོས་ལངས་ཀྱི་རྒྱལ་ཁ་ཐེངས་མང་ཐོབ་པར་བསྟོད་བསྔགས་བྱས་ཡོད་པ་དང་། སོག་རིགས་ཀྱི་དམངས་ཁྲོད་སྙན་རྩོམ《དཔའ་བོ་སྒར་ལྷ་མེ་ལེན》ཞེས་པར་ལྷ་འར་ཧན་རྒྱལ་པོས་མི་རིགས་ཀྱི་ཁེ་ཕན་ལ་རྒྱབ་གཏོད་དང་མི་དམངས་ལ་མནར་གཅོད་བྱས་པར་དཔའ་བོ་སྒར་ལྷ་མེ་ལེན་གྱིས་འགོག་རྒོལ་བྱས་པས་ལྷ་འར་ཧན་རྒྱལ་པོས་སྐབས་དེའི་དམག་ཤེད་བཙན་བཟུང་གི་འགོ་པ་ཀྲང་ཙོག་ལིན་དང་ངན་པ་ཁུབ་འབྲེལ་གྱིས་དཔའ་བོ་སྒར་ལྷ་མེ་ལེན་བཙོན་དུ་བཅུག་པ་དང་དོན་དེ་དཔའ་བོའི་བཟའ་ཟླས་ཤེས་རྗེས་ཐབས་བརྒྱ་ཇུས་སྟོང་གིས་སྒར་ལྷ་སྐྱབས་

ཞིང་དྲག་པོའི་འོས་ལངས་ལོ་ངོ་བཞི་ལྔ་བྱས་པའི་མཐར་གཡུལ་འཐབ་དྲག་པོའི་ཁྲོད་དཔའ་བོའི་མི་སྣ་སྐར་ཟླ་དང་བཅས་པའི་འོས་ལངས་པ་རྣམས་གཟི་བརྗིད་དང་སྐུ་གཤེགས་པ་བརྗོད་ནས་སོག་པོ་རིགས་ཀྱིས་མི་རིགས་དང་རྒྱལ་རིམ་གྱི་གཉའ་གནོན་ལ་ངོ་རྒོལ་མཐའ་གཅིག་ཏུ་བྱས་པའི་སྙིང་སྟོབས་ལ་བསྟོད་བསྔགས་བྱས་ཡོད།

རྒྱལ་རིམ་འཐབ་རྩོད་སྐོར་གྱི་དོན་བརྗོད་སྙན་རྩོམ་འདི་དམངས་རྩོམ་གཞན་དང་བསྡུར་ན་གྲངས་ཚད་དེ་ཙམ་མང་པོ་མིན་ཡང་མི་རིགས་ཀྱི་ལོ་རྒྱུས་ཐོག་དབང་བསྒྱུར་རྒྱལ་རིམ་གྱིས་ངལ་རྩོལ་མི་དམངས་ལ་གདུག་རྩུབ་ཀྱི་གཉའ་གནོན་བཤུ་གཞོག་ཇི་ལྟར་བཏང་བ་དང༌། མི་རིགས་ཀྱི་དཔའ་བོ་ཚོས་རང་གི་རྒྱལ་རིམ་དང་མི་རིགས་ཀྱི་ཁེ་ཕན་ཆེད་ཤི་གསོན་གྱི་འཐབ་རྩོད་ཇི་ལྟར་བྱས་པའི་རླབས་ཆེན་གྱི་མཛད་རྗེས་རྣམས་ལ་ཚ་བུ་བརྒྱུད་དུ་མ་བརྗེད་བརྒྱུད་སྤྲོད་ཐུབ་པར་ཏ་ཙང་གལ་ཆེའི་རིན་ཐང་ལྡན་ཡོད།

གསུམ། དོན་བརྗོད་སྙན་རྩོམ་རིང་མོའི་སྒྱུ་རྩལ་གྱི་ཁྱད་ཆོས།

གྲངས་འབོར་མང་ལ་ནང་དོན་ཕུན་སུམ་ཚོགས་པོ་ལྡན་པའི་དམངས་ཁྲོད་དོན་བརྗོད་སྙན་རྩོམ་རིང་མོ་ནི་སྤྱི་ཚོགས་ཀྱི་འཚོ་བའི་ཁོར་ཡུག་མི་འདྲ་བ་དང་རང་བྱུང་གི་ཁོར་ཡུག་མི་འདྲ་བ། ལྷག་པར་དུ་རིག་གནས་ཀྱི་སྲོལ་རྒྱུན་མི་འདྲ་བ་དང་སེམས་ཁམས་མི་འདྲ་བའི་མི་རིགས་སོ་སོས་རང་གི་ཁྱད་ཆོས་དང་མཐུན་པར་གསར་རྩོམ་བྱས་པ་ཞིག་ཡིན་སྟབས་སོ་སོར་ཐུན་མིན་གྱི་ཁྱད་ཆོས་རེ་ཡོད་པ་སྨོས་མེད་ལགས། འོན་ཀྱང་རྩོམ་སྣའི་ཁྱད་པར་གཅིག་ཏུ་ངེས་པ་འདིས་སྙན་རྩོམ་འདིར་རྩོམ་གྱི་སྒྲིག་གཞི་དང་གྲུབ་ཆ་མི་སྣ་སྒྲུབ་བཞེངས་དང་རྗོད་བྱེད་ཚིག་སོགས་སྒྱུ་རྩལ་ཐད་གཅིག་མཐུན་གྱི་ཁྱད་ཆོས་ངེས་ཅན་གྲུབ་ཡོད།

1. དམངས་ཁྲོད་དོན་བརྗོད་སྙན་རྩོམ་རིང་མོའི་ནང་དོན་རྒྱ་ཆེ་བ་དང་

ལུས་ཚད་ཙུང་རིང་བ་ཡིན་ནའང་གསར་རྩོམ་པས་དམངས་རྩོམ་གྱི་ངེས་བདེ་བརྗོད་བདེའི་ཁྱད་ཆོས་གཞིར་བྱས་ཏེ་སྐྲུང་གི་བྱུང་རིམ་ཕྱིར་གཙོ་བོའི་མི་སྣའི་མི་ཚེའི་ལས་དབང་གི་འཕེལ་རིམ་རྒྱང་གཞིའི་རྩ་རིམ་ལ་བཟུང་ནས་བཀོད་འདྲི་བྱས་ཡོད། དཔེར་ན། 《ཨ་ཧྲེ་མ྅》ཞེས་པའི་ནང་ཨ་ཧྲེ་མ་སྐྱེས་པ་ནས་འགོ་བཙུགས་ཏེ་རིམ་བཞིན་ཨ་ཧྲེ་མའི་འཚར་ལོངས་དང་གཉེན་གྱི་གནས་ཚུལ་མཐའ་མའི་ལས་དབང་བཅས་ཁ་གསལ་གྱི་རྩ་བརྒྱུད་དེ་གཞིར་བྱས་ནས་བཀོད་འདྲི་བྱས་ཡོད་པ་དང་《ཨ་པེང་དང་སངས་རྒྱ》ཞེས་པའི་ནང་རྩོམ་གྱི་གཞུང་དངོས་དེ་སངས་རྒྱ་མའི་མངལ་དུ་ཞུགས་པ་ནས་འགོ་བཙུགས་ཏེ་སྐྱེས་པ་དང་ཆེར་ལོངས་པ་ཕ་མེད་པར་གྱུར་པ་ས་ཕྱོགས་གཞན་དུ་ཕྱིན་པ་ཨ་པེང་དང་བརྩེ་དུང་ཆགས་པ། མཐར་བརྩེ་དུང་ཆེད་རང་སྲོག་བཏང་བའི་མི་སྣའི་ལས་དབང་གི་འཕེལ་རིམ་དེ་རྩ་བརྒྱུད་དུ་བྱས་ནས་རྩོམ་ཆ་ཚང་གྲུབ་པར་བྱས་ཡོད་ཅིང་སྙན་རྩོམ་དེ་ཚོའི་སྒྲིག་གཞི་འམ་གྲུབ་ཆའི་ཐད་གཞུང་དོན་དངོས་ཀྱི་སྟོན་དུ་གཙོ་བོའི་མི་སྣར་བསྟོད་པའི་སྒྲུ་ཚིག་གམ་ཡང་ན་སྙན་རྩོམ་དེའི་སྙིང་དོན་དེ་བཞིན་དགོས་པ་དམིགས་ཡུལ་ལ་སོགས་སྐབས་བདེ་སྙིང་བསྡུས་ཀྱི་སྟོན་འགྲོའི་སྒྲུ་ཚིག་བཀོད་པ་དང་སྙན་རྩོམ་འགར་གཞུང་དོན་རྫོགས་པའི་རྗེས་སུ་རེ་སྨོན་བསྙབ་བྱའི་སྒྲུ་ཚིག་བཀོད་པའི་སྒྲིག་གཞི་བེད་སྤྱོད་ཡོད་པས་གཞིས་ལེན་པ་པོ་དང་ཉན་པ་པོ་སོ་སོར་གཞུང་དོན་དངོས་ལ་འཇུག་པར་སེམས་འགུག་དང་སྤྲོ་རྒྱས་ཀྱི་ཕན་ནུས་ཆེར་ཐོན་པ་ཡིན།

2. དམངས་ཁྲོད་ཀྱི་དོན་བརྗོད་སྙན་རྩོམ་རིང་མོའི་ནང་མི་སྣའི་འཚར་ལོངས་དང་སྐྱོང་བ་བདེ་སྡུག་སོགས་ཆེས་གལ་ཆེ་བ་རྣམས་ཀྱི་རྒྱུས་བརྗོད་ཐད་ཉན་པ་པོར་བག་ཆགས་ཟབ་བཞུགས་ཡོང་ཆེད་དོན་འདྲའི་སྒྲུ་ཚིག་ཡང་ཡང་བསྐྱར་བའི་ཐབས་ཤེས་རྒྱ་ཆེར་བེད་སྤྱོད་ཡོད། དཔེར་ན《ཨ་ཧྲེ་མ྅》ཞེས་པའི་ནང་ཨ་ཧྲེ་མའི་འཚར་ལོངས་ཀྱི་གནས་ཚུལ་བརྗོད་སྐབས།

བུ་མོ་ཆུང་ཆུང་ཉིན་འཚར་དགོང་འཚར་ལ། ཟླ་གསུམ་ཕྱིན་རྗེས་འཇུམ་དགོད་ཕྱུང་བར་ནུས།……། ……། བུ་མོ་ཆུང་ཆུང་ཉིན་འཚར་དགོང་འཚར་ལ། ཟླ་ལྔ་ཕྱིན་རྗེས་གོམ་བགྲོད་ཕྱག་རྒྱ་འཛོན་……། ……། ཞེས་དོན་འདྲའི་སྒྲུ་ཚིག་ལན་མང་བསྐྱར་བ་དང་དེ་བཞིན་《སྐར་ཟླ་མེ་ལིན་》ཞེས་པའི་ནང་སྐར་ཟླའི་བཟའ་ཟླས་རང་གི་བུ་མོ་བསད་པའི་སྐབས་ཀྱི་ཡིད་འགྱུར་མཚོན་པའི་གཞས་གླུར་དོན་འདྲའི་ཚིགས་བཅད་བཅུ་ལྷག་བསྐྱར་ཡོད་པ་ལྟ་བུ་ཡིན།

དོན་འདྲའི་སྒྲུ་ཚིག་ལན་མང་བསྐྱར་བ་འདི་ནི་སྣན་རྩོམ་འདིའི་མི་སྣ་བསྒྲུབ་བཞེངས་དང་གནད་དོན་རྒྱས་བརྗོད་ཐད་ཀྱི་ཐབས་ཤེས་དམིགས་བསལ་ཞིག་ཡིན་ལ་དེས་གཞས་གླུ་ལེན་པའི་ཚོ་གོ་རིམ་ལྡན་ལ་བརྒྱུད་སྤྲེལ་བ་དང་ཉན་པའི་ཚོ་མི་སྣ་དང་གནད་དོན་ལ་བག་ཆགས་ཟབ་པ་བཅས་ཀྱི་ཕན་ནུས་ཐོན་པ་ཡིན།

3. དམངས་ཁྲོད་དོན་བརྗོད་སྣན་རྩོམ་རིང་མོའི་ནང་མི་སྣའི་གཤིས་ཀ་དང་བྱ་འགུལ་བཀོད་འབྲི་བྱས་པ་ཡིན་ནའང་འདྲ། ཡང་ན་ཡིད་དུ་འོང་བའི་རང་བྱུང་ཡུལ་བཀོད་དང་འཁྲུག་ཆ་དོད་པའི་སྤྱི་ཚོགས་ཀྱི་འཚོ་བ་བཀོད་འབྲི་བྱས་པ་ཡིན་ནའང་འདྲ། རྗོད་བྱེད་ཚིག་ནི་ཧ་ཅང་སྤྲབས་བདེ་བབ་ཆགས་ཁོ་ན་བེད་སྤྱད་ཡོད། དཔེར་ན《ཨ་པིང་དང་སངས་སློ་》ཞེས་པའི་སྣན་རྩོམ་ནང་འཛིང་མདོ་འང་གི་ན་གཞོན་མ། ཐུར་ལངས་འཕྱུང་ཆུ་ལེན་པར་འགྲོ། ཁྲོན་ཁའི་ཆུ་ཟོམ་ཐུག་སྒྲའི་ཁྲོད། ཆུ་ལེན་བུ་མོ་ཁྲུ་དང་ཁྲུ། ཞེས་ཚིག་རྐང་བཞིའི་ནང་ཧེའི་རིགས་ཀྱི་ཞོགས་པའི་ངལ་རྩོལ་གྱི་རྣམ་པ་ཡིད་དུ་འོང་བ་ཞིག་བཀོད་འབྲི་བྱས་ཡོད་པ་བཞིན《ཨ་ཧྲེ་མ་》དང《སྐར་ཟླ་མེ་ལིན་》ལ་སོགས་པར་ཞིབ་ཏུ་བལྟ་བས་ཤེས་ལ་གོང་བཀོད་ཚིགས་བཅད་དེའི་རྗོད་ཚིག་ལ་མཛེས་རྒྱན་གང་ཡང་མེད་པ་དེས་དམངས་ཁྲོད་དོན་བརྗོད་སྣན་རྩོམ་རིང་མོའི་རྗོད་ཚིག་ནི་གོ་བདེ་གསོན་ཉམས་ལྡན་པ་དང་གསལ་མཚོན་གྱི་ནུས་པས་ཕྱུག་པ་ཞིག་ཡིན་པ

རྫོགས་སོ།། །

བསམ་གཞིག་འདྲི་གཞི།

1. སྙན་རྩོམ་རིང་མོའི་གོ་དོན་གང་ཡིན།
2. ལོ་རྒྱུས་སྙན་རྩོམ་རིང་མོ་དང་དོན་བརྗོད་སྙན་རྩོམ་རིང་མོ་སོ་སོར་ཁྱད་ཆོས་གང་ལྡན་ནམ།

ལེའུ་གསུམ་པ། དམངས་ཁྲོད་རྩོམ་རིག་གི་འཚོལ་བསྡུ་ལེགས་སྒྲིག་སྐོར་བཤད་པ།

དམངས་ཁྲོད་རྩོམ་རིག་ནི་རྩོམ་རིག་བང་མཛོད་ནང་གི་ནོར་བུ་མཆོག་ཏུ་གྱུར་པ་ཞིག་ཡིན་ལ། ནོར་བུ་དེ་རང་ང་ཚོས་རྟག་ཏུ་བདག་གཅེས་མ་བྱས་ཚེ་ཡུན་རིང་མི་དགོས་པར་རིག་མཛོད་འདི་ལས་བརླག་རྒྱུའི་ཉེན་ཁ་ཤིན་ཏུ་ཆེ། བདག་གཅེས་དང་ཕྱི་ནོར་ཟེར་བའང་དོན་དམ་དུ་དམངས་ཁྲོད་དུ་ཡོད་པའི་དམངས་རྩོམ་རྣམས་འཚོལ་བསྡུ་དང་། ལེགས་སྒྲིག ཞིབ་འཇུག ཁྱབ་སྤེལ་བྱེད་རྒྱུ་དེ་ཡིན།

འཚོལ་བསྡུ་ལེགས་སྒྲིག་གི་ལས་དོན་འདི་དམངས་རྩོམ་གྱི་དམིགས་བསལ་གྱི་བརྟག་དཔྱད་ཞིབ་འཇུག་གི་ཐབས་ལམ་ཞིག་ཡིན་པ་མ་ཟད་དམངས་རྩོམ་དང་འབྲེལ་ཡོད་ཀྱི་ལས་དོན་ཚང་མའི་སྔོན་འགྲོ་དང་རྨང་གཞིའང་ཡིན། ད་ལྟ་རྒྱལ་སྤྱིའི་ཐོག་ལས་དོན་དེར་ཏ་ཅང་གལ་ཆེན་བྱེད་ཅིང་གྲུབ་འབྲས་ཀྱང་མི་དམན་པ་ཐོབ་ཡོད་ལ་ལྷག་པར་དུ་རང་རྒྱལ་ལ་དམངས་རྩོམ་བསྡུ་སྒྲིག་གི་ལོ་རྒྱུས་ཏ་ཅང་རིང་པོ་ཡོད་པ་ཡིན། རང་རྒྱལ་མི་དམངས་ཀྱིས་ལོ་ངོ་ཉིས་སྟོང་སུམ་སྟོང་སྔོན་ནས་རང་རྩོགས་ཀྱིས་དམངས་རྩོམ་བསྡུ་སྒྲིག་གི་བྱ་བ་སྤེལ་བ་གནའ་བོའི་དཔེ་ཚོགས་དང་ལོ་རྒྱུས་དེབ་ཐེར་ཁག་ནང་གསལ་ཞིང་སྐད་གྲགས་ཆེ་བའི《སྙན་ངག་གི་མདོ་》《诗经》ཞེས་པ་འདི་ཡང་སྤྱི་ལོའི་སྔོན་གྱི་ལོ་ངོ་ལྔ་བརྒྱའི་གཡས་གཡོན་དུ་རྒྱ་ནག་གི་དམངས་ཁྲོད་གཞས་འཐོར་ཆེན་ལ་སྙིགས་

འདོར་བྱས་པ་ལས་བྱུང་བ་དང་ཏན་རྒྱལ་རབས་སྐབས་ཆེད་མངགས་སྡེ་ཚན་སྒྲིག་བཙུགས་ཀྱིས་དམངས་གཞས་འཚོལ་བསྡུ་ལེགས་སྒྲིག་བྱས་ཡོད། མདོར་ན་གནའ་བོའི་དུས་སྐབས་ནང་ལོ་རྒྱུས་སྨྲ་བ་དང་མཚན་ཉིད་སྨྲ་བ། ས་ཁམས་སྨྲ་བ་སོགས་སོ་སོར་རང་གི་དགོས་མཁོར་གཞིགས་ནས་དམངས་རྩོམ་མང་དག་རང་རྟོགས་དང་རང་རྟོགས་མ་ཡིན་པའི་ཐོག་ནས་བསྡུ་སྒྲིག་བྱས་ཡོད་པ་རྒྱུའི་ལོ་རྒྱུས་དག་ལས་གསལ་བར་མཐོང་ཐུབ།

ལྔ་བཞི་ལས་འགུལ་གྱི་རྗེས་སུ་པེ་ཅིང་སློབ་གྲྭ་ཆེ་མོར་ལིའུ་ཤུན་སོགས་ཀྱིས་དབུ་འཁྲིད་གནང་བའི་《ཡུལ་གཞས་》ཡང་ན་《གླུ་གཏམ་》《歌谣》ཞེས་པའི་དུས་དེབ་དཔར་བསྐྲུན་བྱས་པ་དེས་རྒྱལ་ནང་གི་དམངས་རྩོམ་འཚོལ་བསྡུའི་ལས་དོན་དེ་ཚན་རིག་དང་མཐུན་པའི་ཕྱོགས་སུ་བསྐྱོད་འགོ་ཚུགས་པ་དང་དེ་རྗེས་1927ལོར་ཀྲུང་ཧྲན་སློབ་གྲྭ་ཆེན་མོར་དམངས་སྲོལ་རིག་པའི་ཚོགས་པ་民俗学会 བཙུགས་པ་དང་ཚོགས་པ་དེས་གཙོ་བོ་དམངས་རྩོམ་འཚོལ་བསྡུའི་ལས་དོན་གཉེར་བས་རྗེས་སུ《དམངས་ཁྲོད་རྩོམ་རིག་སྒྱུ་རྩལ་》《民间文艺》《དམངས་སྲོལ་》《民俗》སོགས་ཀྱི་དུས་དེབ་དཔར་བསྐྲུན་རྒྱ་ཆེར་བྱས་ཡོད། བཅིངས་འགྲོལ་ཐོབ་རྗེས་1950ལོར་རང་རྒྱལ་ལ་ཀྲུང་གོའི་དམངས་ཁྲོད་རྩོམ་རིག་སྒྱུ་རྩལ་ཞིབ་འཇུག་ཚོགས་པ་བཙུགས་པས་དམངས་རྩོམ་གྱི་འཚོལ་བསྡུ་ལེགས་སྒྲིག་དེ་སྔར་བས་རྒྱ་ཆེ་ཤུགས་ཆེན་བྱུང་བ་མ་ཟད་རྗེས་སུ《དམངས་ཁྲོད་རྩོམ་རིག་》《民间文学》《དམངས་ཁྲོད་རྩོམ་རིག་ཕྱོགས་བསྡུས་དུས་དེབ་》《民间文学集刊》བཅས་ཆེད་མངགས་དམངས་རྩོམ་དང་དམངས་རྩོམ་ཞིབ་འཇུག་གི་འབྲས་བུ་ནང་དོན་དུ་བྱས་པའི་དུས་དེབ་རིགས་གཉིས་གཉེར་བས་རྒྱལ་ཡོངས་ཁྱོན་གྱི་དམངས་རྩོམ་འཚོལ་བསྡུ་ལེགས་སྒྲིག་གི་ལས་དོན་དེ་གོམ་གང་མདུན་སྤོས་ཀྱིས་འཕྲུས་ཚང་དང་རྒྱ་བསྐྱེད་བྱུང་ཡོད།

1958ལོར་ཕེ་ཅིང་དུ་སྐབས་དང་པོའི་རྒྱལ་ཡོངས་དམངས་ཁྲོད་རྩོམ་རིག་ལས་དོན་པའི་སྐུ་ཚབ་ཚོགས་པའི་ཚོགས་ཆེན་ཚོགས་པའི་ནང་ཐོར་གྱི་ཉམས་མྱོང་ཕྱོགས་བསྡོམས་དང་སླད་མའི་ལས་དོན་གྱི་མཇུབ་སྟོན་གཏན་འབེབས་བྱས་པས་དམངས་རྩོམ་གྱི་འཚོལ་བསྡུ་ཞིབ་འཇུག་དང་དཔར་བསྐྲུན་ཐད་བྱ་འཕྲུར་བ་ལྟ་བུའི་འཕེལ་རྒྱས་བྱུང་།

ལོ་བཅུའི་རིག་གནས་གསར་བརྗེའི་ནང་དམངས་རྩོམ་འཚོལ་བསྡུ་ཞིབ་འཇུག་གི་ལས་དོན་དེར་བར་ཆད་ཚབས་ཆེན་བྱུང་སྟེ་ལས་དོན་དེར་སྦྱོ་བའི་མི་སྣ་དང་ཚོགས་པ་མང་པོ་ཉེས་འོག་ཏུ་ཚུད་པ་དང་རྩ་ཆེའི་དམངས་རྩོམ་གྱི་མ་ཟིན་དུ་མ་གཏོར་བརླག་སོང་བས་འཚོལ་བསྡུ་ཞིབ་འཇུག་དང་དཔར་བསྐྲུན་གྱི་བར་མཚམས་ཆད་པར་གྱུར། 1976ལོའི་ཟླ་བ་10པའི་རྗེས་གཞི་ནས་དམངས་རྩོམ་གྱི་འཚོལ་བསྡུ་ཞིབ་འཇུག་གི་ལས་དོན་དེ་རིམ་བཞིན་སླར་གསོ་བྱུང་བ་དང་། 1979ལོའི་ཟླ་བ་དང་པོར་《དམངས་ཁྲོད་རྩོམ་རིག》དུས་དེབ་བསྐྱར་བསྐྲུན་དང་ཟླ་བ་བཅུ་པར་ཀྲུང་གོའི་དམངས་ཁྲོད་རྩོམ་རིག་སྨྲ་རྩལ་ཞིབ་འཇུག་ཚོགས་པ་བསྐྱར་གསོ་བྱས། 1979ལོའི་ཟླ་བ་11པར་རྒྱལ་ཡོངས་ཀྱི་དམངས་ཁྲོད་རྩོམ་རིག་ལས་དོན་པའི་སྐུ་ཚབ་ཚོགས་འདུ་ཐེངས་གཉིས་པ་ཚོགས་པ་དང་ཚོགས་འདུའི་ནང་མི་རིགས་ཁག་གི་དམངས་རྩོམ་ལས་དོན་གྱི་ལོ་བཅུའི་འཆར་གཞི་གཏན་འཁེལ་བྱུང་བས་དམངས་རྩོམ་གྱི་འཚོལ་བསྡུ་ཞིབ་འཇུག་གི་ལས་དོན་དེ་ད་བར་ཚ་ཚ་ཟུར་ཟུར་ངང་གནས་ཐུབ་པ་བྱུང་།

ང་ཚོ་བོད་འདིར་སྔོན་ཐོན་མཁས་པ་མང་པོས་ཆེད་མངགས་དང་ཆེད་མངགས་མ་ཡིན་པའི་ཐོག་ནས་འཚོལ་བསྡུའི་ལས་དོན་དེ་གནང་ཡོད་པ་ཁོང་རྣམ་པའི་ཕྱག་རྩོམ་ཁྲོད་ནས་ཤེས་ཐུབ། དེ་ཡང་དཔེར་ན། སྲོང་བཙན་སྒམ་པོས་མཛད་པའི་《མ་ཎི་བཀའ་འབུམ》དང་《བཀའ་ཆེམས་ཀ་བཀོལ་མ》ཡི་ནང་བོད་མི་སྤྲེའུ་དང་བྲག་སྲིན་མོ་ལས་མཆེད་པའི་སྔོན་རྒྱུན་མང་དུ་འཁོད་ཡོད་

པ་དེ་ལ་ལོ་ངོ་ཆིག་སྟོང་བཞི་བརྒྱ་ལྷག་གི་ལོ་རྒྱུས་ཡོད་ལ་སྒྲིག་འཛུགས་ཡོད་པའི་ཐོག་ནས་ལས་དོན་དེ་སྤེལ་བ་ནི་གེ་སར་སྒྲུང་གི་ཞིབ་འཇུག་ཚོགས་པ་བཙུགས་པ་ནས་ཡིན་པར་མངོན་ལ་དེ་རྗེས《སྒྲུང་རྒྱན་མེ་ཏོག་》གི་དུས་དེབ་གཉེར་བས་ལས་དོན་དེ་ཙུང་རྒྱ་ཆེར་ཕྱིན་པ་དང་ད་ལྟ་བོད་ཀྱི་དམངས་ཁྲོད་རྩོམ་རིག་ཁག་གསུམ་ཕྱོགས་བསྒྲིག་གཞུང་ལས་ཁང་གིས《དེབ་ཆེན་གསུམ་》གྱི་འཚོལ་བསྡུ་ལེགས་སྒྲིག་གི་ལས་དོན་གཉེར་བཞིན་པ་འདིས་བོད་ཀྱི་དམངས་རྩོམ་འཚོལ་བསྡུ་ལེགས་སྒྲིག་གི་བྱ་གཞག་ སྔར་བས་རྒྱ་བསྐྱེད་འཕྲུས་ཚང་འགྲོ་སྲིད་པ་མ་ཟད་རྩ་ཆེའི་དམངས་རྩོམ་མང་དག་གི་སྲོག་རྒྱུན་འཛིན་པར་ལེགས་སྐྱེས་ཆེན་པོ་འབུལ་བཞིན་པ་ཡིན་ནོ། །

དང་པོ། དམངས་ཁྲོད་རྩོམ་རིག་འཚོལ་བསྡུ་ལེགས་སྒྲིག་བྱེད་པའི་དགོས་པ་དང་དམིགས་ཡུལ།

བྱ་བ་གང་ལ་འཇུག་ནའང་དེའི་དམིགས་ཡུལ་ཅི་ཡིན་གསལ་ཁ་མེད་ཚེ་བྱ་བ་བྱེད་པའི་བརྒྱུད་རིམ་དང་དེའི་འབྲས་བུ་གང་ལའང་ཚད་གཞི་དང་དོ་སྣང་སོགས་གང་ལེགས་ཤིག་བྱུང་དཀའ། དེར་བརྟེན་ང་ཚོས་དམངས་ཁྲོད་རྩོམ་རིག་འཚོལ་བསྡུ་ལེགས་སྒྲིག་བྱེད་པའི་དམིགས་ཡུལ་དང་དགོས་པ་གང་ཡོད་རགས་པའི་ཚུལ་དུ་ཐོག་མར་གླེང་བ་ཡིན།

1. དམངས་ཁྲོད་རྩོམ་རིག་ནི་སྤྱི་ཚོགས་ཀྱི་འཚོ་བ་ལས་བྱུང་ཞིང་སྤྱི་ཚོགས་འཕེལ་རྒྱས་དང་སྒྲིགས་འཕེལ་རྒྱས་ཕྱིན་པ་མ་ཟད་མི་རིགས་ཀྱི་རིག་གནས་སྤྱི་དང་བྱེ་བྲག་གི་ཕྱོགས་བསྡུས་ཤིག་ཀྱང་ཡིན་པས་ང་ཚོས་དམངས་ཁྲོད་རྩོམ་རིག་མང་དག་དང་སྤུས་ལེགས་འཚོལ་བསྡུ་ལེགས་སྒྲིག་ཐུབ་ཚེ་དེས་མི་རིགས་དེ་དང་རྒྱལ་ཁབ་དེའི་ཚན་ཉིད་རིག་པ། དམངས་སྲོལ། ལོ་རྒྱུས།

རྩོམ་རིག་འཕེལ་རྒྱས་ལ་སོགས་པའི་རིག་པ་ཁག་ཞིབ་འཇུག་བྱེད་པར་གདོད་མའི་རྒྱུ་ཆ་མཁོ་འདོན་ཐུབ་པ་དང་སྐད་མར་སྒྱུ་ཚོགས་དང་རྩོམ་རིག་གི་འཕེལ་ཕྱོགས་གང་དུ་ཕྱོགས་མིན་ལ་དཔྱད་གཞི་དང་མཛུབ་སྟོན་གྱི་ཕན་ནུས་ངེས་ཅན་འདོན་ཐུབ།

2. གཅིག་བཤད་གཅིག་ངེས་ཀྱི་ཐབས་ལམ་དེ་དམངས་རྩོམ་གྱི་ཐོག་མའི་རྒྱུད་འཛིན་ཐབས་ཤེས་ཤིག་ཏུ་ཆགས་ནའང་དེར་དུས་དང་ཡུལ་གྱི་ཚད་བཀག་ངེས་ཅན་ལྡན་པས་དམངས་རྩོམ་འབོར་ཆེན་ཞིག་གི་སྲོག་རྒྱུན་ད་ལྟ་ཆད་ཟིན་པ་མ་ཟད་སློབ་གསོ་སློབ་སྟོན་གྱི་ཕན་ནུས་ཀྱང་རྒྱ་ཁྱབ་ཏུ་ཐོན་དཀའ་བར་གྱུར། དམངས་ཁྲོད་རྩོམ་རིག་འཚོལ་བསྡུ་ཐུབ་པའི་རྨང་གཞིའི་ཐོག་བདམས་བཏུས་དང་ལེགས་སྒྲིག་བྱས་ནས་སླར་དམངས་ཁྲོད་དུ་རྒྱ་ཁྱབ་ཏུ་སྤེལ་ཐུབ་ཚེ་དེས་རྩོམ་དེ་དང་དེའི་སྲོག་གི་རྒྱུན་མ་ཉམས་གསོན་པོར་གནས་ཐུབ་པ་བྱུང་བ་མ་ཟད་དམངས་རྩོམ་དེའི་སྒྱུ་ཚོགས་དང་སློབ་གསོའི་རིན་ཐང་སྟར་བས་རྒྱ་ཆེར་འདོན་ཐུབ།

3. དམངས་ཁྲོད་རྩོམ་རིག་འཚོལ་བསྡུ་ལེགས་སྒྲིག་བྱས་པས་མང་ཚོགས་ཀྱི་འཚོ་བ་འབྲུག་ཆ་དོད་དུ་ཕྱིན་ཐུབ་པ་མ་ཟད་རྩོམ་དེ་རང་གི་སྒྱུ་རྩལ་དང་བསམ་བློའི་སྙིང་དོན་ཐད་ལའང་འཚོ་བཅུད་གསར་པ་ཞིག་སྟེར་ཐུབ་པས་མི་རིགས་དེའི་རིག་གནས་ཚུ་ཚད་གོང་མཐོར་འགྲོ་བར་ཕན་ནུས་ངེས་ཅན་ལྡན་ཡོད།

4. མིའི་རིགས་ཀྱི་སྒྱུ་ཚོགས་ཀྱི་འཚོ་བ་དང་ངལ་རྩོལ་བྱ་ཐབས་ལ་འགྱུར་ལྡོག དེ་བཞིན་རིག་གནས་འཚོ་བར་འཕེལ་རྒྱས་ཆེ་བ་བཅས་ཀྱིས་དམངས་རྩོམ་གྱི་རྒྱུད་འཛིན་ཐད་དཀའ་ངལ་ཆེན་པོ་འཕྲད་ཅིང་། འདི་ལྟ་བུའི་དུས་འདིར་ང་ཚོས་འཚོལ་བསྡུ་ལེགས་སྒྲིག་གི་ལས་དོན་གཟབ་ནན་བྱེད་ཐུབ་ཚེ་རྒྱུན་ཆད་ལ་ཉེ་བའི་དམངས་རྩོམ་རྣམས་སྲུང་སྐྱོབ་ཐུབ་པ་དང་དེས་མི་རིགས་ཀྱི་རིག

གནས་སྟངས་སྐྱོབ་བྱ་གཞག་ཐད་ལེགས་སྐྱེས་ཆེན་པོ་འབུལ་ཐུབ། མདོར་ན་དམངས་རྩོམ་འཚོལ་བསྡུ་ལེགས་སྒྲིག་བྱས་ནས་དམངས་རྩོམ་དེ་དང་དེའི་སྲོག་རྒྱུན་འཛིན་སྐྱོང་དང་སྤྱི་ཚོགས་ཀྱི་ཕན་ནུས་འདོན་སྤེལ་མང་ཚོགས་ཀྱི་རིག་གནས་འཚོ་བ་ཕུན་ཚོགས་བྱ་དགོས་པ་ཡིན།

གཉིས་པ། དམངས་རྩོམ་འཚོལ་བསྡུ་ལེགས་སྒྲིག་གི་རྩ་འཛིན་དང་ཐབས་ལམ།

1958ལོར་པེ་ཅིང་དུ་རྒྱལ་ཡོངས་ཀྱི་སྐབས་དང་པོའི་དམངས་ཁྲོད་རྩོམ་རིག་གི་ལས་དོན་མི་སྣའི་སྐུ་ཚབ་ཚོགས་ཆེན་ཚོགས་པའི་ནང་གཅིག་ནས་རྒྱལ་ཁབ་དབུ་བརྙེས་རྗེས་དམངས་རྩོམ་གྱི་ལས་དོན་ཐད་ཐོབ་པའི་ཉམས་མྱོང་ཕྱོགས་བསྡོམས་དང་། གཉིས་ནས་དམངས་ཁྲོད་རྩོམ་རིག་གི་སླད་མའི་ལས་དོན་ཐད། ཕྱོགས་ཡོངས་ནས་འཚོལ་བསྡུ། གཙོ་གནད་ལེགས་སྒྲིག ཤུགས་ཆེའི་ཁྱབ་སྤེལ། ཞིབ་འཇུག་ཤུགས་སྟོན་བཅས་ཡིག་འབྲུ་བཅུ་དྲུག་གི་བྱེད་ཕྱོགས་སྟོན་པ་རྒྱང་གཞིར་བཟུང་ནས་འཚོལ་བསྡུ་ལེགས་སྒྲིག་གི་ལས་དོན་གཉེར་དགོས།

གཅིག བསྡུ་སྒྲིག་གི་ཁྱབ་ཁོངས།

དམངས་ཁྲོད་རྩོམ་རིག་ནི་རྩོམ་སྣ་མང་ལ་རྩོམ་འབོར་ཆེ་བ། ནང་དོན་རྒྱ་ཆེ་ལ་ལོ་རྒྱུས་རིང་བ་ཞིག་ཡིན་སྟབས་བསྡུ་སྒྲིག་གི་ཁྱབ་ཁོངས་ནི་ཤིན་ཏུ་རྒྱ་ཆེ་བ་ཞིག་ཆགས་ཡོད། མདོར་བསྡུས་སུ་བྱས་ན། ས་གནས་དང་མི་རིགས་གང་འདྲ་ཞིག་ཡིན་ནའང་དེའི་གནའ་རབས་དང་ཉེ་རབས་དེང་རབས་བཅས་དུས་གསུམ་དུ་བྱུང་བའི་དམངས་ཁྲོད་རྩོམ་རིག་ལྷ་སྒྲུང་དང་དམངས་སྒྲུང་། གཏམ་

དཔེ། ལེགས་བཤད། དམངས་གཞས། གབ་ཚིག གཏམ་རྒྱུད། མོ་ཚིག་ལ་སོགས་པའི་རྩོམ་སྣ་ཡོད་དོ་ཅོག་དང་། ནང་དོན་ཐད་སྔོན་ཐོན་དང་སྔོན་ཐོན་མ་ཡིན་པ། རྫོངས་དད་དང་ཚན་རིག་དེ་བཞིན་སྐྱུང་གཞི་གཅིག་གི་བཤད་རྒྱུན་འདྲ་མིན་གྱི་འགྱུར་ཡིག་ཚང་མ་དམངས་རྩོམ་བསྡུ་སྒྲིག་གི་ཁྱབ་ཁོངས་དང་དམངས་རྩོམ་བསྡུ་སྒྲིག་པས་ངེས་པར་བསྡུ་སྒྲིག་བྱེད་དགོས་པ་ཡིན།

གཉིས།བསྡུ་སྒྲིག་སྐབས་ནན་སྲུང་དགོས་པའི་རྩ་དོན་དང་ཐབས་ཤེས།

ཕྱོགས་ཡོངས་ནས་བསྡུ་སྒྲིག་བྱེད་དགོས་པ་ནི་དམངས་ཁྲོད་རྩོམ་རིག་བསྡུ་སྒྲིག་གི་རྩ་བའི་རྩ་དོན་དང་པོ་དེ་ཡིན། ཕྱོགས་ཡོངས་ནས་བསྡུ་སྒྲིག་བྱེད་དགོས་ཟེར་བའང་དམངས་ཁྲོད་རྩོམ་རིག་གི་ཁྱད་ཆོས་ལྡན་པའི་རྩོམ་ཡིག་ལེགས་ཉེས་དང་དུས་ཀྱི་ཁྱད་པར་མ་བྱས་པར་ཚང་མ་བསྡུ་སྒྲིག་བྱེད་དགོས་པར་ཟེར་བ་ཡིན། འོན་ཏེ་གནས་སྐབས་ཀྱི་དགོས་མཁོ་དང་ཡང་ན་དུས་ཚོད། ཆ་རྐྱེན་སོགས་མ་འཛོམས་པའི་རྐྱེན་གྱིས་དེ་ལྟར་བྱུང་དཀའ་བའི་ཚེ་ང་ཚོས་གཤམ་གསལ་གྱི་རྩ་དོན་ཁག་གཞིར་བཟུང་གིས་བསྡུ་སྒྲིག་བྱེད་དགོས།

1. སློབ་གསོའི་རང་བཞིན་ནམ་སྤྱི་ཚོགས་ཀྱི་རིན་ཐང་ཤུགས་ཆེན་ལྡན་པའི་དམངས་རྩོམ་རྣམས་སྔོན་ལ་བསྡུ་སྒྲིག་བྱེད་དགོས། དམངས་རྩོམ་ནི་ངལ་རྩོལ་མི་དམངས་ཀྱིས་གསར་རྩོམ་བྱས་པ་ཞིག་ཡིན་ནའང་ཡུལ་དུས་དང་སྤྱི་ཚོགས་ཀྱི་འཚོ་བ། ཆབ་སྲིད་ཀྱི་ཁོར་ཡུག མི་དམངས་རང་ཉིད་ཀྱི་ཤེས་རྟོགས་བཅས་རྣམ་པ་ཐམས་ཅད་དུ་གཅིག་མཐུན་སྲིད་དཀའ་བས་རྩོམ་གྱི་སློབ་གསོའི་རང་བཞིན་ནམ་སྤྱི་ཚོགས་ཀྱི་རིན་ཐང་ཐད་ཁྱད་པར་ཐོན་ལ་དམངས་རྩོམ་བསྡུ་སྒྲིག་དེ་རྩོམ་རིག་དེ་ཙམ་མ་བརྣག་པ་བྱེད་ཆེད་དུ་མ་ཡིན་པར་ཕྱོགས་གང་ཅིའི་ཐད་ཀྱི་ནུས་པ་འདོན་སྤེལ་གང་ལེགས་ཐུབ་པ་ལ་ཡང་དམིགས་པས་ང་ཚོས

དམངས་རྩོམ་གྱི་བརྟུ་སྒྲིག་སྐབས་རྩོམ་གྱི་སྤྱི་ཚོགས་ཀྱི་རིན་ཐང་དང་ཕན་ནུས་ཐད་ནས་སྔོན་རྫེས་ཀྱི་ཁྱད་པར་ངེས་པར་དུ་ཡོད་པ་བྱ་དགོས།

2. གྲགས་ཅན་གྱི་དམངས་རྩོམ་མམ་ཡང་ན་མི་རིགས་ཀྱི་རང་བཞིན་དང་ས་གནས་ཀྱི་ཁྱད་ཆོས་ཆེས་མངོན་གསལ་དོད་པ་རྣམས་སྔོན་ལ་བརྟུ་སྒྲིག་བྱེད་དགོས།

གྲགས་ཅན་གྱི་དམངས་རྩོམ་ནི་ནང་དོན་དང་རྣམ་པ་གང་ཐད་ནས་མི་རིགས་དེའི་དམངས་རྩོམ་གྱི་དཔེ་མཚོན་ཚད་གཞིར་སླེབས་པས་མི་རིགས་ཀྱི་རྩོམ་རིག་ཞིབ་འཇུག་དང་རྩོམ་རིག་གསར་རྩོམ་གྱི་ཆུ་ཚད་གོང་མཐོར་གཏོང་བར་རིན་ཐང་ཆེ་བ་དང་། ས་གནས་དང་མི་རིགས་ཀྱི་ཁྱད་ཆོས་ཤུགས་ཆེན་ལྡན་པའི་དམངས་རྩོམ་དག་ནི་མི་རིགས་ཀྱི་དམངས་སྲོལ་དང་། སེམས་ཁམས། ལོ་རྒྱུས། རིག་གནས་བཅས་ཀྱི་ཞིབ་འཇུག་ལ་མེད་དུ་མི་རུང་བ་ཞིག་ཡིན་པས་སྔོན་དུ་བརྟུ་སྒྲིག་བྱེད་དགོས་པ་ནི་སྨོས་མེད་ཡིན།

3. སྒྲུང་མཁན་དང་གཞས་མཁན་ལོ་ན་མཐོར་སོན་པ་རྣམས་ཀྱི་ངག་ཐོག་ཏུ་ཡོད་པའི་དམངས་རྩོམ་དག་ནི་སྤྱིར་སྒྲུ་རྩལ་དང་ནང་དོན་གང་གི་ཐད་ལའང་རིན་ཐང་ཆེན་པོ་ཡོད་པ་མ་ཟད་སྒྲུང་མཁན་དང་གཞས་མཁན་རང་ངོས་ནས་བལྟས་ན་འང་ལོ་ནའི་དབང་གིས་དེ་ཚོའི་ངག་ཐོག་ཏུ་ཡོད་པའི་རྩོམ་ཕྲུལ་བྱུང་འགའ་ཤས་མགྱོགས་མྱུར་སྒྲུང་མཁན་དང་གཞས་མཁན་མཉམ་དུ་མེད་པར་འགྲོ་ཉེན་ཆེ་བས་འཚོལ་བསྡུའི་སྐབས་ང་ཚོས་ངེས་པར་དུ་སྔོན་ལ་བརྟུ་སྒྲིག་ཐུབ་པ་བྱེད་དགོས།

ཕྱོགས་ཡོངས་ནས་འཚོལ་བསྡུ་བྱེད་དགོས་པའི་རྩ་དོན་འདི་དམངས་རྩོམ་གྱི་ལས་དོན་གཉེར་མཁན་ཚང་མས་ངེས་པར་ནན་སྲུང་བྱེད་དགོས་ནའང་དོན་དངོས་ཀྱི་ལས་ཀའི་ནང་ཡུལ་དུས་དང་ལས་འགན་ཁོར་ཡུག གཙོ་ཐལ་གྱི་དབྱེ་བ་བཅས་ལ་བསྟུན་ནས་འཚོལ་བསྡུ་བྱས་ན་དེ་བས་འཆར་གཞི་ཡོད་པ་དང་སྔོན

རྗེས་མ་འཕྲུལ་བ་ཞིག་ཡོང་ཐུབ།

ལྷད་མེད་ཀྱི་ཟིན་ཐྲིས་བཀོད་རྒྱུ་ནི་དམངས་རྩོམ་བསྡུ་སྒྲིག་སྐབས་ཀྱི་རྩ་དོན་གཉིས་པ་ཡིན། ལྷད་མེད་ཀྱི་ཚད་གཞི་དེ་གང་ལ་འཛོག་ཟེར་ན་དེ་ཡང་ཟིན་ཐྲིས་འགོད་པོས་ངེས་པར་དུ་དམངས་རྩོམ་དེ་རང་ལ་ཡོད་པའི་བསམ་བློའི་ནང་དོན་དང་ལུས་ཀྱི་རྣམ་པ། མི་སྣའི་གཟུགས་བརྙན་དང་གནད་དོན་གྱི་བྱུང་རིམ། སྐད་ཆའི་ཉམས་འགྱུར། ས་གནས་དང་མི་རིགས་ཀྱི་ཁྱད་ཆོས་སོགས་བཅོས་བཟོ་མེད་པར་ཇི་བཞིན་དུ་བཀོད་པ་དེ་ཡིན། ཟིན་ཐོ་བཀོད་པའི་ཚེ་སྔོན་གྱི་དོན་དེ་དག་ལ་དོ་སྣང་མི་བྱེད་པའམ་ཡང་ན་དེའི་གལ་ཆེའི་རང་བཞིན་ལ་སྣང་མེད་དུ་བྱས་ནས་ཟིན་ཐོ་འགོད་པོ་རང་གི་བློ་དང་སྒྱུ་རྩལ་གྱི་ཐབས་ཤེས། སྐད་ཆའི་ཉམས་འགྱུར་བཅས་ལ་བརྟེན་ནས་གང་བྱུང་དུ་བཅོས་བཟོ་བྱས་ན་དམངས་རྩོམ་ཁོ་རང་ལ་ཡོད་པའི་ཁྱད་ཆོས་རྣམས་བརླགས་པར་གྱུར་བས་ཞིབ་འཇུག་རྒྱུན་འཛིན་ཐད་གནོད་སྐྱོན་ངེས་ཅན་ཡོང་ངེས། དེར་བརྟེན་ང་ཚོས་དམངས་རྩོམ་ཟིན་བཀོད་བྱེད་སྐབས་གཤམ་གསལ་གྱི་རྩ་དོན་དག་ལག་ལེན་ཡོད་པ་བྱེད་དགོས།

1. གསུང་མཁན་གྱིས་ཚིགས་བཅད་ནས་བཤད་ན་ཚིགས་བཅད་དང་ཚིག་ལྷུག་ནས་བཤད་ན་ཚིག་ལྷུག་གི་རྣམ་པ་ཁོ་རང་ལ་འཛོག་པ་ལས་ཚིག་ལྷུག་ཚིགས་བཅད་དང་ཚིགས་བཅད་ཚིག་ལྷུག་ལ་བཅོས་ན་མི་འགྲིག་ལ་དེ་བཞིན་དུ་བྱུང་རིམ་དང་། མི་སྣ། རྩོམ་གྱི་སྒྲིག་གཞི་བཅས་ལ་གང་བྱུང་གི་སྔོན་འཕྲི་བཟོ་བཅོས་གཏན་ནས་བྱེད་མི་ཆོག གལ་ཏེ་གནས་ཚུལ་གྱིས་རྐྱེན་པས་རྩོམ་ལུས་རིང་བ་དཔེར་ན་ལོ་རྒྱུས་སྙན་རྩོམ་རིང་མོ་དང་དམངས་སྒྲུང་ལྷ་བུ་ཆ་ཚང་ཟིན་བཀོད་མ་ཐུབ་ཚེ་མ་མཐར་རྩོམ་གྱི་བསམ་བློའི་ནང་དོན་དང་རྩ་བའི་ཉམས་འགྱུར་རྩ་བའི་སྒྲིག་གཞི་མི་མིང་གནས་མིང་ལ་སོགས་བཟོ་བཅོས་མེད་པའི་ཐོག་ནས་ཟིན་བཀོད་བྱེད་དགོས།

2. སྐད་ཆའི་སྒྱུ་རྩལ་གྱི་ཉམས་འགྱུར་ཐད་ངེས་པར་དུ་ས་གནས་དེ་རང་གི་ཁྱད་ཆོས་ཆེས་མངོན་གསལ་དོད་པ་དང་དེ་བཞིན་དམངས་རྩོམ་གྱི་ཐུན་མོང་མ་ཡིན་པའི་བརྗོད་པའི་ཉམས་དང་འགྲོ་ལུགས་དཔེར་ན། བསམ་བློ་དྲུག་གསུམ་བཅོ་བརྒྱད་བཏང་། །ཀན་ཀོན་མགོ་དུང་ལས་དཀར་བ་ཞིག །ལྟ་བུ་བསམ་བློ་ཤིན་ཏུ་མང་པོ་བཏང་དང་ཀན་ཀོན་མགོ་ལ་སྐྲ་ནག་ཉག་མ་གཅིག་ཀྱང་མེད་པ་ཞིག་ལྟ་བུར་བཅོས་ན་དམངས་རྩོམ་གྱི་བརྗོད་པའི་ཁྱད་ཆོས་བརླགས་པར་འགྱུར་བས་བཅོས་ན་མི་འགྲིག་ལ་ད་དུང་ས་གནས་དེ་གར་ཁྱབ་པའི་གཏམ་དཔེ། ལེགས་བཤད། སྒྲུང་མཁན་སོ་སོའི་ཐུན་མོང་མ་ཡིན་པའི་སྐད་ཆའི་བཤད་ལུགས་དུས་སྟོན་གྱི་བརྗོད་པ། རྩོམ་དེ་རང་ལ་སྒྲུང་མཁན་ལ་སོགས་པས་བཞག་པའི་གདེང་འཇོག་གི་གཏམ་སོགས་གང་ཐུབ་ཀྱིས་ཇི་བཞིན་བཀོད་པ་ལས་བཅོས་བཟོ་བྱེད་ན་མི་འགྲིག་གོ

དམངས་རྩོམ་ཟིན་ཐོ་བྱེད་པའི་དོན་དངོས་ཀྱི་ལག་ལེན་ནང་སྒྲ་འཇུག་འཕྲུལ་འཁོར་སོགས་དེང་རབས་ཀྱི་ཡོ་བྱད་མེད་ཚེ་ལྷད་མེད་ཀྱི་ཟིན་བཀོད་ཐུབ་པར་དཀའ་ངལ་ཆེན་པོ་འཕྲད་སྲིད་པས་ཟིན་ཐོ་སྐྱོན་མེད་ཆ་ཚང་ཞིག་ཡོང་བར་གཤམ་གྱི་ཐབས་ཤེས་གཉིས་ངེས་པར་ཤེས་དགོས།

1. བཤད་སར་ཟིན་བཀོད་ཀྱི་ཐབས་ཤེས།

དེ་ནི་སྒྲུང་མཁན་གྱིས་བཤད་ཀྱིན་བཤད་ཀྱིན་ཟིན་བྲིས་འགོད་པའི་ཐབས་ཤེས་ཤིག་ཡིན། ཟིན་བཀོད་ཐབས་ཤེས་འདིའི་ལེགས་ཆ་ནི་ལྷད་མེད་དང་ཡང་དག་གནས་འཁེལ་ཁ་གསལ་བཅས་ཀྱི་ཁྱད་ཆོས་ཡོད། འོན་ཏེ་ཐབས་ཤེས་འདི་བེད་སྤྱོད་བྱེད་པར་ཟིན་བཀོད་པར་ངེས་པར་དུ་གཅིག་ནས་སྒྲུང་མཁན་དང་འདྲིས་འདྲིས་ཆེན་པོ་ཡོད་པ་དང་གཉིས་ནས་ཟིན་ཐོ་མགྱོགས་པོ་འགོད་ཐུབ་པའི་རྒྱུ་ཚད་ལ་སླེབས་པའི་ཆ་རྐྱེན་གལ་ཆེན་གཉིས་ཚང་དགོས། དེ་ལྟར་མ་བྱུང་ཚེ་ཟིན་འགོད་མ་ཐུབ་པ་རྣམས་སྒྲུང་མཁན་ལ་སླར་འདྲི་དཀའ་བ

དང་སྒྲུང་མཁན་གྱི་བློ་ཁར་བར་ཆད་བཅས་ཀྱི་གནས་ཚུལ་བྱུང་སྲིད།

2. ཐེངས་མང་ཟིན་བཀོད་ཀྱི་ཐབས་ཤེས།

དེ་ནི་སྒྲུང་མཁན་གྱིས་ཐེངས་མང་བཤད་དེ་ཟིན་བཀོད་པས་ཐེངས་མང་པོར་ཟིན་བཀོད་བྱེད་པའི་ཐབས་དེ་ཡིན། བརྒྱུད་རིམ་གྱི་དབང་དུ་བྱས་ན་ཐེངས་དང་པོར་ཉན། གཉིས་པར་ཟིན་ཐོ་འགོད། གསུམ་པར་ཟིན་བཀོད་པས་རང་གི་ཟིན་ཐོ་བཀླགས་ནས་སྒྲུང་མཁན་གྱི་བསམ་འཆར་ཉན། བཞི་པར་བསྐྱར་བ་དང་ཁ་སྐོང་གྱིས་ཟིན་བྲིས་ཆ་ཚང་བ་བཀོད་པ་དེ་ལྟར་ཡིན་ལ། གལ་སྲིད་སྒྲུང་མཁན་གྱི་མོས་པ་ཐོབ་ཚེ་ཟིན་བཀོད་ཀྱི་ཐབས་ལམ་འདི་ལེགས་ཆ་ཆེན་པོ་དང་ལྡན་པ་ཞིག་ཡིན།

མདོར་ན། ཟིན་བཀོད་ཀྱི་ཐབས་ཤེས་གང་ཞིག་བེད་སྤྱད་ནའང་ཟིན་ཐོ་དེ་ཡང་དག་དང་སྐྱོན་མེད་ཅིག་བྱུང་བ་བྱེད་དགོས་ལ་གཞན་ཡང་ཟིན་བཀོད་པས་མ་མཐར་སྒྲུང་མཁན་གྱི་མོས་པ་དང་གཤིས་ཀ ལས་བྲེལ་གྱི་གནས་ཚུལ་རགས་ཙམ་ཤེས་དགོས་རྒྱུ་ནི་ཟིན་བཀོད་ཀྱི་བྱ་བ་ཡང་དག་དང་མཐར་ཕྱིན་ཡོང་དང་མི་ཡོང་གི་འགག་རྩ་ཡིན།

དམངས་ཁྲོད་རྩོམ་རིག་ཟིན་བཀོད་ཀྱི་ཐིག་རིས།

<table>
<tr><td>རྩོམ་སྣ་—ལྷ་སྒྲུང་
མི་རིགས་—བོད་རིགས་</td><td rowspan="2">སྒྲུང་མཁན་བཀྲ་ཤིས་ ཚེ་ ལོ་ རིག་
གནས་
བཤད་པའི་དུས་ཚོད་
བཤད་ཡུལ་
ཟིན་བཀོད་དུས་ཚོད་
བཀོད་ཡུལ་</td></tr>
<tr><td>རྩོམ་དངོས་</td></tr>
<tr><td colspan="2">སྒྲུང་མཁན་གྱི་ལོ་རྒྱུས་མདོར་བསྡུས་
བཤད་དུས་ཁོར་ཡུག་གི་གནས་ཚུལ་</td></tr>
<tr><td colspan="2">གདེང་འཇོག་ གི་ གཏམ་ བསྡུ་ སྒྲིག་ པའམ་ ཟིན་ བཀོད་ པའི་ ལོ་ རྒྱུས་ མདོར་ བསྡུས་</td></tr>
</table>

གཟབ་ནན་གྱིས་ལེགས་སྒྲིག་བྱེད་རྒྱུ་ནི་ཙ་དོན་གསུམ་པ་ཡིན། ལེགས་སྒྲིག་ཅེས་པའང་། མང་ཚོགས་ཀྱི་ངག་ཐོག་གསར་རྩོམ་དག་ཕྱོགས་ཡོངས་ནས་འཚོལ་བསྡུ་དང་ ལྷད་ མེད་ ཀྱིས་ ཟིན་ བྲིས་ བྱས་ པ་ རྨང་ གཞིར་ བྱས་ ནས་ འོས་འཚམས་ཀྱི་ལྷུ་སྒྲིག་དང་མཛེས་རྒྱན་སླིགས་དོར་གྱིས་མཐར་ཡིག་ཐོག་ཏུ་ཕབ་པ་དེ་འདྲ་ཞིག་ལ་ཟེར་བ་ཡིན།

དམངས་རྩོམ་ལ་ངེས་པར་དུ་ལེགས་སྒྲིག་བྱེད་དགོས་པའང་གཅིག་ནས་དམངས་རྩོམ་ནི་ངལ་རྩོལ་མི་དམངས་ཀྱིས་གསར་རྩོམ་བྱས་པ་ཞིག་ཡིན་ནའང་

ལོ་རྒྱུས་ཀྱི་འཕེལ་རིམ་ནང་དབང་བསྒྱུར་གྲལ་རིམ་གྱི་བསམ་བློའི་ཤན་ཞུགས་ནས་བསམ་བློའི་ནང་དོན་བདེ་ཐང་མ་ཡིན་པར་གྱུར་པ་དང་སྒྱུ་རྩལ་ཐད་དཔེ་མཚོན་གྱི་ཚད་དུ་མ་སླེབས་པ་སོགས་ཀྱི་ཞན་ཆ་ལྡན་སྲིད་པ་དང་། གཉིས་ནས་དམངས་རྩོམ་དག་མི་དམངས་མང་ཚོགས་ཀྱིས་གསར་རྩོམ་བྱས་པ་ཡིན་ནའང་། དེ་སྒྲུང་མཁན་དང་གཞས་མཁན་སྣེར་གྱི་བཤད་སྲོལ་ལ་བརྟེན་ནས་བརྒྱུད་འཛིན་བྱེད་ཀྱི་ཡོད་པས། སྒྲུང་མཁན་སོགས་སོ་སོའི་དགའ་ཕྱང་མི་འདྲ་བའི་རྐྱེན་གྱིས་འགྱུར་ཡིག་འདྲ་མིན་སྣ་ཚོགས་ཐོན་སྲིད་པས་དམངས་རྩོམ་དེའི་གདོད་མའམ་ཐོག་མའི་རྣམ་པ་གང་ཡིན་མངོན་པ་ལ་ངེས་པར་དུ་ལེགས་སྒྲིག་བྱེད་དགོས་པ་ཡིན། གསུམ་ནས་དམངས་རྩོམ་ནང་བརྗོད་སྒྲོད་གཞུང་དང་མི་མཐུན་པའི་བྱ་བྱེད་ཚིག་ཕྲད་དང་། ཡིག་ཐོག་ཏུ་ཕབ་མི་ཐུབ་པའི་གྲོང་ཚིག་སོགས་མང་དག་ཡོད་པས་ལེགས་སྒྲིག་མ་བྱེད་ཐབས་མེད་ལྟ་བུར་གྱུར་ཡོད། འོན་ཀྱང་ལེགས་སྒྲིག་བྱེད་པའི་བརྒྱུད་རིམ་ནང་ང་ཚོས་ངེས་པར་དུ་དམངས་རྩོམ་གྱི་རྩ་བའི་ཁྱད་ཆོས་ངག་ཐོག་རང་བཞིན་ཇི་བཞིན་གནས་ཐུབ་པ་བྱེད་དགོས་ལ་ལྷག་པར་དུ་དམངས་རྩོམ་དེར་ཡོད་པའི་གདོད་མའི་ཁྱད་ཆོས་རྣམས་ཇི་བཞིན་གནས་ཐུབ་པ་བྱེད་དགོས།

དམངས་རྩོམ་གྱི་གདོད་མའི་ཟིན་ཐྲིས་ནང་རྩོམ་གྱི་བསམ་བློའི་ནང་དོན་བདེ་ཐང་མ་ཡིན་པ་དང་། ཡང་ན་གོང་འོག་འགལ་བར་གྱུར་པ་ཡང་ན་ཆ་མ་ཚང་བ་སོགས་ཆེ་ཆུང་ལ་མ་ལྟོས་པའི་སྐྱོན་འབྱུང་སྲིད་པས་ལེགས་སྒྲིག་གི་བྱ་བ་སྤྱིལ་ལ་ལེགས་སྒྲིག་གི་ཐབས་ལམ་འདི་བརྒྱུད་ནས་མཐར་དམངས་རྩོམ་གྱི་གདོད་མའི་བསམ་བློའི་ནང་དོན་དང་རྣམ་པ་སླར་གསོ་ཐུབ་པ་བྱེད་རྒྱུ་ནི་ལེགས་སྒྲིག་གི་དམིགས་ཡུལ་ཡིན།

མ་ཟིན་གྱི་གནས་ཚུལ་མི་འདྲ་བ་དང་ལེགས་སྒྲིག་པའི་ཆ་རྐྱེན་མི་འདྲ་བར་བསྟུན་ནས་ལེགས་སྒྲིག་གི་བྱ་བ་དངོས་ཀྱི་སྐབས་གཉམ་གསལ་ཐབས་ཤེས་མི་

འདྲ་བ་ཁག་བེད་སྤྱོད་བྱེད་ཆོག

1. ཕྱོགས་གཅིག་གི་ལེགས་སྒྲིག་ཐབས་ཤེས།

ལེགས་སྒྲིག་ཐབས་ཤེས་འདི་ནི་དམངས་རྩོམ་དེའི་གདོད་མའི་ཟིན་བྲིས་གཅིག་གཞིར་བཟུང་བའམ་ཡང་ན་འགྱུར་ཡིག་ཡོད་ནའང་ཚང་མ་མཐུན་ཤས་ཆེ་བ་དེ་ལས་ཅུང་ཆ་ཚང་ཤོས་དང་སྤུས་ཚད་ལེགས་ཤོས་ཀྱི་ཟིན་བྲིས་ཤིག་གཙོར་བཟུང་ནས་ལེགས་སྒྲིག་བྱེད་པའི་ཐབས་ཤེས་ཤིག་ཡིན། ལེགས་སྒྲིག་གི་ཐབས་ཤེས་དེའི་ནང་རྩ་བའི་ཆ་ནས་དགོས་མེད་ཀྱི་ཟློས་སྐྱོན་དང་གོ་མ་བདེའི་ཕལ་སྐད་གྲོང་ཚིག་ལ་འགྲེལ་པ་གསལ་བཤད་བྱས་ན་འགྲིག་ཅིང་ཐོག་མའི་ཟིན་བྲིས་སྤུས་དག་པ་དང་རྩོམ་ཡིག་རང་ངོས་ནས་སྒྲིག་གཞི་ཅུང་བརྟན་པའི་དམངས་གཞས། གཏམ་དཔེ། གབ་ཚིག་སོགས་ཀྱི་ལེགས་སྒྲིག་སྐབས་ཐབས་ཤེས་འདི་ལེགས་པར་མངོན།

2. ཕྱོགས་མང་གི་ལེགས་སྒྲིག་ཐབས་ཤེས།

དེ་ནི་སྒྲུང་ལྷ་བྲུ་གཞི་གཅིག་ཡིན་ནའང་ཁྱབ་འཕེལ་གྱི་བརྒྱུད་རིམ་ནང་སྒྲུང་མཁན་དང་ས་གནས་སོ་སོར་ཁྱད་ཆོས་མི་འདྲ་བའི་འགྱུར་ཡིག་མང་པོ་བྱུང་ལ་ལེགས་སྒྲིག་པས་འགྱུར་ཡིག་ལེགས་པ་ཞིག་གཞིར་བྱས་ནས་འགྱུར་ཡིག་གཞན་གྱི་ལེགས་ཆ་ཁ་སྣོན་གྱིས་མ་རྩོམ་ཆ་ཚང་བ་ཞིག་ཏུ་སྒྲིག་པའི་ལེགས་སྒྲིག་གི་ཐབས་ཤེས་ཤིག་ཡིན།

ཕྱོགས་མང་གི་ལེགས་སྒྲིག་བྱེད་པར། ལེགས་སྒྲིག་པས་ངེས་པར་དུ་འགྱུར་ཡིག་མི་འདྲ་བ་སོ་སོར་ཞིབ་འཇུག་གཏིང་ཟབ་བྱེད་དགོས་པ་མ་ཟད་འགྱུར་ཡིག་ཁག་གི་ཐུན་མོང་ཁྱད་ཆོས་དང་ལེགས་ཆ་ཕྱོགས་བསྡོམས་ཐུབ་པ་དགོས། རྨང་གཞི་དེའི་ཐོག་རྩོམ་ཡིག་དེའི་བསམ་བློའི་ནང་དོན་དང་མི་སྣའི་གཟུགས་བརྙན་རྩོམ་ཡིག་དེའི་རྩ་བའི་བྱུང་རིམ་དང་སྒྲིག་གཞི་གཏན་འཁེལ་གྱིས་ངག་ཐོག་ཏུ་བརྗོད་བདེ་བའི་རྩོམ་ཡིག་ཅིག་ལ་ལེགས་སྒྲིག་ཐུབ་ན་ལེགས་

སྒྲིག་གི་དམིགས་ཡུལ་དང་དགོས་པ་གྲུབ་པ་ཡིན། དམངས་ཁྲོད་རྩོམ་རིག་ནང་ནས་གཏམ་རྒྱུད་དང་ལྷ་སྒྲུང་དམངས་སྒྲུང་སོགས་ལུས་ཚད་ཅུང་ཟད་རིང་བ་དང་བྱུང་རིམ་ཅུང་ཟད་སྣ་མང་བ་དག་ཁྲབ་འཕེལ་གྱི་བརྒྱུད་རིམ་ནང་འགྱུར་ལྡོག་བྱུང་ཆེ་བས་འགྱུར་ཡིག་ཀྱང་མང་ལ་དེ་དག་ལེགས་སྒྲིག་བྱེད་པའི་སྐབས་ཕྱོགས་མང་གི་ལེགས་སྒྲིག་ཐབས་ཤེས་དེ་ལེགས་པ་ཡིན།

གཞན་ཡང་ལེགས་སྒྲིག་པ་སོ་སོའི་དོན་དངོས་ལག་ལེན་ནང་སྙིགས་དོར་བཅུད་ལེན་གྱི་ལེགས་སྒྲིག་ཐབས་ཤེས་སོགས་མང་དུ་ཡོད་སྲིད་ལ་མདོར་ན་ལེགས་སྒྲིག་ནི་དམངས་རྩོམ་དེའི་གདོད་མའི་ཁྱད་ཆོས་དེ་བས་མངོན་གསལ་དང་སླར་གསོ་བྱེད་པ་ཞིག་ཡིན་པས་ལེགས་སྒྲིག་སྐབས་གདོད་མའི་རྩོམ་ཡིག་གི་རྩ་བའི་བྱུང་རིམ་དང་སྒྲིག་གཞིར་འགྱུར་བ་མེད་པ། རྩོམ་ཡིག་གི་རྣམ་པར་འགྱུར་བ་མེད་པ། གདོད་མའི་བསམ་བློའི་ནང་དོན་ལ་འགྱུར་བ་མེད་པ། གདོད་མའི་སྒྲུ་རྩལ་ཁྱད་ཆོས་དང་སྐད་ཆའི་ཉམས་འགྱུར་ལ་འགྱུར་བ་མེད་པ་བཅས་ཀྱི་རྩ་དོན་བཞི་རྒྱུན་འཁྱོངས་ཡོང་བ་བྱེད་དགོས།

དམངས་རྩོམ་ལེགས་སྒྲིག་སྐབས་ཀྱི་ཐིག་རིམ།

རྩོམ་མིང་ རྣམ་པ། ནང་དོན།
ལེགས་སྒྲིག་གི་གཞི་འཛིན་ས་མ་ཟིན་གྱི་གནས་ཚུལ་ མ་ཟིན་ཉར་ཚགས་བྱེད་མཁན་ལས་ཁུངས་དང་ཐབས་ཤེས་ ལེགས་སྒྲིག་མཁན་གྱི་མིང་དང་ལས་ཀའི་གནས་ཚུལ་ གསལ་བཤད་བྱེད་དགོས་པའི་གནད་དོན་

གསུམ་པ། དམངས་རྩོམ་གྱི་ལེགས་སྒྲིག་དང་བཙོས་སྒྲིག་གསར་རྩོམ་སྐོར།

ད་བར་དཔར་བསྐྲུན་བྱས་པའི་དེབ་རིགས་ཁག་ནང་སྙེར་གྱི་གསར་རྩོམ་མང་དག་དམངས་རྩོམ་རང་དུ་བཤད་པ་དང་སྙེར་རྩོམ་གཏན་ནས་མ་ཡིན་པའི་དམངས་རྩོམ་སྙེར་རྩོམ་དུ་བཤད་པ། དམངས་རྩོམ་དང་སྙེར་རྩོམ་ཉ་ཉུང་མཉམ་བསྲེས་བྱས་པའི་ལོག་འཁྲུལ་མི་ཉུང་བ་ཐོན་པ་འདི་ནི་དམངས་རྩོམ་གྱི་ལེགས་སྒྲིག་དང་བཙོས་སྒྲིག་གསར་རྩོམ་བཅས་བར་གྱི་འབྲེལ་བ་ལ་ཡང་དག་པའི་ངོས་འཛིན་མ་བྱུང་བའི་རྐྱེན་གྱིས་ཡིན།

དམངས་ཁྲོད་རྩོམ་རིག་གི་ལས་དོན་བྱེད་མཁན་དང་གསར་རྩོམ་བྱེ་བ་གཉེར་མཁན་ཚང་མར་ལོག་འཁྲུལ་དེ་སེལ་བའི་འོས་འགན་ཡོད་ཅིང་ལོག་འཁྲུལ་དེ་སེལ་བར་ངེས་པར་དུ་སྔོན་ལ་དམངས་རྩོམ་གྱི་ལེགས་སྒྲིག་དང་བཙོས་སྒྲིག་གསར་རྩོམ་བར་གྱི་འབྲེལ་བ་ཅི་ཡིན་གསལ་པོར་རྟོགས་དགོས།

ལེགས་སྒྲིག་བཙོས་སྒྲིག་གསར་རྩོམ་གསུམ་ནི་ངོ་བོ་གཏན་ནས་མི་འདྲ་བ་དང་བྱ་བའི་བརྒྱུད་རིམ་གཏན་ནས་མི་འདྲ་བའི་རྩོམ་རིག་གི་བྱ་བ་གསུམ་ཡིན་ཞིང་དེ་གསུམ་བར་གྱི་འབྲེལ་བ་ཡང་དག་པར་ཐག་གཅོད་མ་ཐུབ་ཚེ་དམངས་རྩོམ་དང་སྙེར་རྩོམ་བར་གྱི་དབྱེ་མཚམས་འཁྲུལ་བ་དང་། ལྷག་པར་དུ་རྩོམ་རིག་གི་ལོ་རྒྱུས་དང་འཕེལ་རྒྱས་ཀྱི་ཞིབ་འཇུག་དེ་བཞིན་དམངས་རྩོམ་དང་སྙེར་རྩོམ་བར་གྱི་གཞིབ་བསྡུར། རྩོམ་རིག་གི་ལྟ་བ་བཅས་ལ་ཡང་མ་དག་པའི་སྟོམ་ཚིག་དང་ནོར་འཁྲུལ་གྱི་ལྟ་སྣང་བྱུང་རྒྱུ་བཟློད་མེད་ཡིན། དེར་བརྟེན་འདིར་དེ་སོ་སོའི་ངོ་བོ་དང་དེ་ཚོའི་བར་གྱི་འབྲེལ་བ་གང་ཡིན་རགས་པའི་ཚུལ་དུ

བརྗོད་དོ།

ཐོག་མར་དམངས་རྩོམ་གྱི་ལེགས་སྒྲིག་ཅེས་པ་གང་ལ་ཟེར་ཞེ་ན་དེ་ནི་ངལ་རྩོལ་མི་དམངས་ཀྱི་ངག་ཐོག་གི་གསར་རྩོམ་རྨང་གཞིར་བྱས་ནས། བདེན་རྫུན་དབྱེ་འབྱེད་དང་སྒྲིགས་དོར་བཅུད་ལེན། ལྷུ་སྒྲིག་མཛོས་རྒྱན་འོས་འཚམས་སྦྲུས་ནས་ཡིག་ཐོག་ཏུ་ཕབ་པ་ཙམ་ཞིག་ཡིན། ལེགས་སྒྲིག་སྐབས་རྩོམ་ཡིག་དེའི་གདོད་མའི་བསམ་བློའི་ནང་དོན་དང་མི་སྣའི་གཟུགས་བརྙན་ཚ་བའི་བྱུང་རིམ་སྐད་ཆའི་སྒྱུ་རྩལ་ཉམས་འགྱུར་རྩོམ་ལུས་ཀྱི་རྣམ་པ་དེ་བཞིན་ས་གནས་དང་མི་རིགས་ཀྱི་ཁྱད་ཆོས་སོགས་རྩོམ་ཡིག་དེར་ལྡན་པའི་གདོད་མའི་ཁྱད་ཆོས་རྣམས་གང་བྱུང་དུ་བཅོས་བཟོ་འགྱུར་ལྡོག་བྱེད་མི་ཆོག་པས་མ་རྩོམ་དེ་རང་གི་ཁྱད་ཆོས་གང་ཡོད་རྣམས་མངོན་གསལ་དང་འབྲུར་ཐོན། སྒྲིགས་དོར་ལྷུ་སྒྲིག་གིས་ཆ་ཚང་བའི་མ་རྩོམ་སླར་གསོ་ཡོང་བ་བྱེད་རྒྱུ་དེ་དམངས་རྩོམ་ལེགས་སྒྲིག་གི་དགོས་པ་དང་དམིགས་ཡུལ་ཡིན།

བཅོས་སྒྲིག་ཟེར་བ་ནི་དམངས་ཁྲོད་དུ་དར་ཁྱབ་ཤིན་ཏུ་ཆེ་བའི་སྒྲུང་དང་ཡང་ན་སྒྲུང་གི་བྱུང་རིམ་དང་མི་སྣར་དམིགས་བསལ་གྱི་ཁྱད་ཆོས་ཡོད་པའི་སྒྲུང་གང་རུང་བཅོས་སྒྲིག་གི་རྨང་གཞིར་བྱས་ནས་བཅོས་སྒྲིག་པའི་མཛོས་དཔྱོད་ལྟ་བ་དང་དགོས་པ་ལྟར་སྒྲིགས་དོར་བཅུད་ལེན་དང་གསར་གཏོད་རང་བཞིན་ལྡན་པའི་སྔོན་འཕྲོ་སྣེ་སྒྲུང་གི་བྱུང་རིམ་ལ་གསར་སྣོན་མི་སྣ་སྤར་བས་གསོན་ཉམས་ལྡན་པ། རྩོམ་ཡིག་གི་ལུས་ཀྱི་རྣམ་པར་འགྱུར་ལྡོག་བསམ་བློའི་ནང་དོན་མཐོར་འདེགས་ལ་སོགས་པ་བྱས་པ་དེར་ཟེར།

བཅོས་སྒྲིག་བྱས་པའི་དམངས་རྩོམ་ད་ལྟའི་ཚར་མང་དུ་མཐོང་རྒྱུ་ཡོད་ཅིང་དེ་རྣམས་ལ་ཞིབ་ཏུ་དཔྱད་ན་བཅོས་སྒྲིག་པས་སོ་སོའི་དགོས་མཁོར་གཞིགས་ནས་དོན་བརྗོད་སྙན་རྩོམ་ཞུགས་པའི་དམངས་སྒྲུང་དུ་བྱས་པ་དང་དུས་མིང་གནས་མིང་ལ་འགྱུར་ལྡོག་བྱས་པ། མ་རྩོམ་དེར་མེད་པའི་བྱུང་རིམ་གསར་

སྟོན་དང་བྱུང་རིམ་སྔ་ཕྱི་འགྱུར་ལྡོག མི་སྣའི་གཤིས་ཀ་དང་འབྲེལ་བ་བྱ་སྤྱོད་སོགས་སྔར་བས་མངོན་གསལ་དང་ཕུན་སུམ་ཚོགས་པར་བྱས་པ་མང་བས་བཅོས་སྒྲིག་འདི་ལེགས་སྒྲིག་དང་བསྡུར་ན་རང་དབང་ཏ་ཅང་ཆེ་བ་ཞིག་ཡིན། མདོར་ན་བཅོས་སྒྲིག་བྱེར་བ་ནི་དམངས་རྩོམ་དེ་བཅོས་སྒྲིག་པ་པོ་རང་གི་བློ་འདོད་ལྟར་ཅུང་རྒྱ་ཆེ་བའི་ཐོག་ནས་བྱུང་རིམ་གསར་པ་སྒྲིག་འཛུགས་དང་། སྒྱུ་རྩལ་གྱི་བློས་བསླངས་གསར་པ་ཁ་སྣོན་ཐ་ན་རྩོམ་ལུས་ཀྱི་རྣམ་པའང་འགྱུར་ཚག་པའི་སྒྲིག་ཐབས་ཤིག་ལ་ངོས་འཛིན་བྱེད་ན་འགྲིག

བཅོས་སྒྲིག་བྱེན་པའི་རྩོམ་ཡིག་དེ་མ་རྩོམ་དང་ཁྱད་པར་ཆེ་བ་མ་ཟད་དེའི་ནང་བཅོས་སྒྲིག་པ་སྙེར་གྱི་སྒྱུ་རྩལ་ལྟ་བ་དང་། སྒྱུ་རྩལ་ཐབས་ཤེས་མི་ཚེ་དང་འཇིག་རྟེན་ལྟ་བ་རྒྱ་ཆེར་གནས་པས་དམངས་རྩོམ་དངོས་ལ་ངོས་འཛིན་ན་མི་འཚམས་པས་དེར་བཅོས་སྒྲིག་བྱས་པའི་དམངས་རྩོམ་ཞེས་མིང་བཏགས་བྱས་ན་ལེགས་སོ། །

གསར་རྩོམ་ནི་དམངས་རྩོམ་དེ་གསར་རྩོམ་གྱི་གདོད་མའི་རྒྱུ་ཆ་ཙམ་དུ་བྱས་ནས་རྩོམ་པ་པོས་རང་འདོད་ལྟར་གསར་རྩོམ་བྱས་པ་ཞིག་སྟེ་རྩོམ་པ་པོས་དམངས་རྩོམ་དེའི་བསམ་བློའི་ནང་དོན་དང་ལུས་ཀྱི་རྣམ་པ་བྱུང་རིམ་མི་སྣའི་ཁྱད་ཆོས་སྒྱུ་རྩལ་མཚོན་ཐབས་བཅས་གང་ལའང་མ་བསྟུན་པར་སོ་སོའི་སྒྱུ་རྩལ་ལྟ་བ། སེམས་ཁམས་མཛེས་དཔྱོད་ལྟ་བ་ལྟར་གསར་དུ་རྩོམ་པ་ཞིག་ཡིན། བཅོས་སྒྲིག་སྐབས་དམངས་རྩོམ་དེའི་རྣམ་པ་རྩ་བརླགས་མི་འགྲོ་བའི་བཀག་རྒྱ་ཡོད་ནའང་གསར་རྩོམ་ལ་དེ་ལྟ་བུའི་བཀག་རྒྱ་གཏན་ནས་མེད་པ་ཡིན།

གོང་བརྗོད་དག་ལས་ལེགས་སྒྲིག་ནི་དམངས་རྩོམ་དེའི་གདོད་མའི་རྣམ་པ་ལྟར་སྒྲིག་པ་དང་། བཅོས་སྒྲིག་ནི་དམངས་རྩོམ་རྨང་གཞིར་བྱས་ནས་དེའི་ཐོག་སྟོན་འཕྲོ་སྙིགས་དོར་འོས་འཚམས་བྱས་ནས་བཅོས་སྒྲིག་པའི་བློ་འདོད་ལྟར་སྒྲིག་པ། གསར་རྩོམ་ནི་དམངས་རྩོམ་རྒྱུ་ཆ་ཙམ་དུ་བྱས་ནས་རྩོམ་པ་པོའི་

བློ་འདོད་ལྟར་གསར་དུ་བརྩམ་པ་ཞིག་སྟེ་རྒྱའི་མཁས་པ། འཇའ་གྲེས་《མི་རིགས་ཀྱི་དམངས་ཁྲོད་རྩོམ་རིག་གི་འཚོལ་བསྡུ་ལེགས་སྒྲིག་གནད་དོན་སྐོར་གླེང་བ་》ཞེས་པའི་ནང་ལེགས་སྒྲིག་ཟེར་བ་ནི་མི་དམངས་ཀྱི་རྩོམ་རིག་དེ་ཁོ་རང་གི་གདོད་མའི་རྣམ་པ་རང་དུ་གནས་པའི་ཐོག་ནས་སྒྲིག་པ་ཞིག་ལ་ཟེར་ལ་བཅོས་སྒྲིག་ནི་མི་དམངས་ཀྱི་རྩོམ་རིག་དེ་བཅོས་སྒྲིག་མཁན་གྱི་བསམ་དོན་ལྟར་སྒྲིག་པ་ཞིག་དང་། གསར་རྩོམ་ནི་རྩོམ་པ་པོས་དམངས་ཁྲོད་རྩོམ་རིག་དེ་རྒྱུ་ཆ་ཙམ་དུ་བྱས་ནས་རྩོམ་དེབ་བསྒྲུན་པ་དེ་ལ་ཟེར་བ་ཡིན་ཞེས། གསུངས་པ་ལྟར་ཤེས་པར་བྱའོ། ། དམངས་ཁྲོད་རྩོམ་རིག་རྣམ་བཤད་ཅེས་པ་རེ་ཞིག་རྫོགས་སོ།། ། །

དཔྱད་གཞིའི་ཡིག་ཆ།

1.《ཀྲུང་གོའི་སྲིད་པ་ཆགས་རབས་ཀྱི་ལྷ་སྒྲུང་》ཐའོ་ཡང་དང་ཀྲུང་ཤྲའུ་ཡིས་བརྩམས། ཧྲང་ཧད་མི་དམངས་དཔེ་སྐྲུན་ཁང་ནས་བསྐྲུན།

2.《དམངས་རྩོམ་གྱི་རིག་གཞུང་རགས་བཤད་》ཀྲུང་ཅིང་འོན་གྱིས་བརྩམས། ཧྲང་ཧད་སྒྱུ་རྩལ་དཔེ་སྐྲུན་ཁང་ནས་བསྐྲུན།

3.《དམངས་རྩོམ་ལག་དེབ་》ལའེ་ཉིང་སློབ་ཆེན་རྒྱ་སྐད་ཡིག་ཚན་པས་མཉམ་སྒྲིག་བྱས།

4.《ཀྲུང་གོའི་ལྷ་སྒྲུང་གི་དཔྱད་པ་》ཞོན་ཀྲའུ་ཡིས་བརྩམས། འཛམ་གླིང་དཔེ་ཚོགས་ཙུས་ཀྱིས་བསྐྲུན།

5.《ཀྲུང་གོའི་ལྷ་སྒྲུང་གི་ཐོག་མའི་དཔྱད་པ་》མའོ་ཏུན་གྱིས་བརྩམས། མི་དམངས་རྩིས་རིག་དཔེ་སྐྲུན་ཁང་ནས་བསྐྲུན།

《ཀྲུང་གོའི་དམངས་སྒྲུང་གི་ཐོག་མའི་དཔྱད་པ་》ཐན་དབྱིང་གིས་བརྩམས། ཧྲང་ཧད་སྒྱུ་རྩལ་དཔེ་སྐྲུན་ཁང་ནས་བསྐྲུན།

6.《ཀྲུང་གོའི་ལྷ་སྒྲུང་གི་ཐོག་མའི་དཔྱད་པ་》ཐན་དབྱིང་གིས་བརྩམས། ཧྲང་ཧད་སྒྱུ་རྩལ་དཔེ་སྐྲུན་ཁང་ནས་བསྐྲུན་།

7.《ཀྲུང་གོའི་གཞས་མ་གཏམ་ལ་དཔྱད་པའི་གཏམ་ཐོར་བུ་》ཐན་དབྱིང་། གནའ་རྩོམ་དཔེ་སྐྲུན་ཁང་ནས་སྐྲུན།

8.《ཀྲུང་གོའི་དམངས་རྩོམ་གྱི་ལོ་རྒྱུས་》པེ་ཅིང་དགེ་འོས་སློབ་ཆེན་གྱིས་རྩོམ་སྒྲིག་བྱས། མི་དམངས་རྩོམ་རིག་དཔེ་སྐྲུན་ཁང་ནས་བསྐྲུན།

9.《དམངས་ཁྲོད་སྨུ་རྩལ་རིགས་བཤད་》ཀཱའོ་ཅིན་ཧྲན་གྱིས་བརྩམས། ཧྲང་ཧད་སེ་ཤིན་དཔེ་ཚོགས་ཁང་།

10.《མར་ཁེ་སི་རིང་ལུགས་ཀྱི་སྒྱུ་རྩལ་དཔྱད་པའི་གསུང་རྩོམ་བསྡུས་བཤད་》ཀྲུང་གོ་མི་དམངས་སློབ་ཆེན་ནས་བསྒྲུན།

11.《དམངས་རྩོམ་གྱི་རིག་གཞུང་རིགས་བཤད་》རོན་པའོ་ལིན་གྱིས་བརྩམས། པེ་ཅིང་སློབ་གྲྭ་ཆེན་མོའི་དཔེ་སྐྲུན་ཁང་ནས་བསྐྲུན།

12.《སྐད་ཆ་དང་ལྷ་སྒྲུང་》ཨན་སི་ཐླ་ཁ་ཤིར་གྱིས་བརྩམས། ཡུའུ་ཤོའོ་སོགས་ཀྱིས་བསྒྱུར། སན་ལན་དཔེ་སྐྲུན་ཁང་ནས་བསྐྲུན།

13.《མ་ཎི་བཀའ་འབུམ་》དཔེ་ཆ།

14.《བཀའ་ཆེམས་ཀ་བཀོལ་མ་》དཔེ་ཆ།

15.《དགེ་འདུན་ཆོས་འཕེལ་གྱི་གསུང་རྩོམ་》བོད་ལྗོངས་བོད་ཡིག་དཔེ་རྙིང་དཔེ་སྐྲུན་ཁང་ནས་བསྐྲུན།

16.《འཛམ་གླིང་ལྷ་སྒྲུང་སྤྱི་བསྡུས་》

17.《གླིང་གེ་སར་རྒྱལ་པོའི་སྒྲུང་ལ་དཔྱད་པ་ཀུན་གསལ་》འཕྲུལ་གྱི་མེ་ལོང་། གཙོད་པ་དོན་གྲུབ་དང་ཚབ་འགག་རྡ་མགྲིན་གྱིས་བརྩམས། མཚོ་སྔོན་མི་རིགས་དཔེ་སྐྲུན་ཁང་ནས་བསྐྲུན།

18.《བོད་ཀྱི་དམངས་ཁྲོད་སྒྲུང་གཏམ་》བོད་ལྗོངས་མི་དམངས་དཔེ་སྐྲུན་ཁང་ནས་བསྐྲུན།

19.《ལྷ་སའི་དམངས་གཞས་》ཕྱོགས་སྒྲིག་ཁག་གསུམ་ཁང་ནས་བསྒྲིགས

20.《ལྷ་སའི་སྒྲུང་གཏམ་》ཕྱོགས་སྒྲིག་ཁག་གསུམ་ཁང་ནས་བསྒྲིགས།

21.《བྱིས་སྒྲུང་དགའ་བའི་རྩེད་འཇོ་》མཚོ་སྔོན་མི་རིགས་དཔེ་སྐྲུན་ཁང་ནས་བསྐྲུན།

22.《མི་རོ་རྩེ་སྒྲུང་》མཚོ་སྔོན་མི་རིགས་དཔེ་སྐྲུན་ཁང་།

23.《བོད་ཀྱི་གཏམ་དཔེ་མཐོང་བ་འཛུམ་ཤོར་》མཚོ་སྔོན་མི་རིགས་དཔེ་

སྐྲུན་ཁང་།

24.《བོད་ཀྱི་བརྡ་རྙིང་ཡིག་ཆ་བདམས་བསྒྲིགས་》གཞའ་གོང་དཀོན་མཆོག་ཚེ་བརྟན་གྱིས་བརྩམས། ཀྲུང་དབྱང་མི་རིགས་སློབ་གྲྭ་ཆེན་མོའི་དཔེ་སྐྲུན་ཁང་།

25.《སྙན་ངག་སྤྱི་དོན་》ཚེ་ཏན་ཞབས་དྲུང་གིས་བརྩམས། ཀན་སུའུ་མི་དམངས་དཔེ་སྐྲུན་ཁང་།

26.《བོད་ཀྱི་ལོ་རྒྱུས་སྙན་རྩོམ་དང་སྒྲུང་པའི་ཞིབ་འཇུག་》ཧྲི་ཤད་ཨན་གྱིས་བརྩམས། བོད་ལྗོངས་མི་དམངས་དཔེ་སྐྲུན་ཁང་ནས་བསྐྲུན།

27.《ཞང་ཞུང་སྲིད་པའི་གྲེ་འགྱུར་》བོད་ལྗོངས་མི་དམངས་དཔེ་སྐྲུན་ཁང་ནས་བསྐྲུན།

རྩོམ་སྒྲིག་འགན་འཁུར་པ། ངག་དབང་ཕུན་ཚོགས།
责 任 编 辑： 阿 旺 平 措
མཛེས་རིས་ཇུས་འགོད་པ། ཀརྨ་རྡོ་རྗེ་ཚེ་རིང་།
封 面 设 计： 吾 要

༄༅། །དམངས་ཁྲོད་རྩོམ་རིག་རྣམ་བཤད།

རྩོམ་པ་པོ།	ཞིག་དམར།
དཔེ་སྐྲུན་མཁན།	མི་རིགས་དཔེ་སྐྲུན་ཁང་།
འགྲེམས་སྤེལ་མཁན།	མི་རིགས་དཔེ་སྐྲུན་ཁང་གི་བོད་ཡིག་རྩོམ་སྒྲིག་ཁང་།
གནས་ཡུལ།	པེ་ཅིན་གྲོང་ཁྱེར་ཧོ་ཕིང་ལི་བྱང་ལམ་ཨང་14པ།
སྦྲག་ཨང་།	100013
ཁ་པར་ཨང་གྲངས།	010-64227665
བརྒྱུད་འཚོང་མཁན།	རྒྱལ་ཡོངས་ས་གནས་སོ་སོའི་ཞིན་ཧྭ་དཔེ་ཚོང་ཁང་།
པར་འདེབས་མཁན།	སན་ཧོ་གྲོང་ཁྱེར་ཧྭ་ཧྥུང་པར་འདེབས་ཚད་ཡོད་ཀུང་སི།
དེབ་ཚད།	850mm×1168mm 1/32
པར་ཤོག	10.125
པར་གཞིའི་སྒྲིག་ཐེངས།	2005ལོའི་ཟླ་10པར་པར་གཞི་དང་པོ་བསྒྲིགས།
པར་ཐེངས།	2022ལོའི་ཟླ་11པར་པེ་ཅིན་དུ་པར་ཐེངས་བརྒྱད་པ་བརྒྱབ།
པར་གྲངས།	22501-24500
རིན་གོང་།	30.00

ISBN 978-7-105-07279-8/I • 1565（བོད།170）

图书在版编目（CIP）数据

民间文学 / 米玛著 . - 北京 : 民族出版社 ,
2005.10（2022.11 重印）
ISBN 978-7-105-07279-8

Ⅰ . 民… Ⅱ . 米… Ⅲ . 藏族 - 少数民族文学 - 文学研究 -
中国 - 藏语 Ⅳ . I207.914

中国版本图书馆 CIP 数据核字（2005）第 115888 号

民族出版社出版发行
（北京市和平里北街14号　邮编　100013）
http://www.mzpub.com
三河市华东印刷有限公司印刷
各地新华书店经销
2005年10月第1版　2022年11月北京第8次印刷
开本：850毫米×1168毫米　1/32　印张：10.125
印数：22501-24500册　定价：30.00元
ISBN 978-7-105-07279-8/I·1565(藏 170)

（藏文室电话：010-58130509　藏文发行科电话：010-64227665）